Über das Autorenteam »Daniel Herbst«:

R. M. Hahn

Hans Joachim Alpers und Ronald M. Hahn haben die »Daniel-Herbst-Krimis« gemeinsam geschrieben, sozusagen in »Teamwork«. Die beiden sind seit vielen Jahren gut befreundet und haben viel Spaß an der Zusammenarbeit – denn stilistisch und inhaltlich liegen sie auf derselben Linie.

H. J. Alpers

Daniel Herbst

Krimis mit Pfiff

1. Teil:
Die Schundklaubande

ENSSLIN & LAIBLIN VERLAG REUTLINGEN

Umschlaggestaltung: Gerlinde Keller

Satz und Reproduktion: ensslin-typodienst. Reproduktion Cover: Gröning Reproduktion GmbH, Ditzingen. Gesamtherstellung: Freiburger Graphische Betriebe, Freiburg. Printed in Germany.
ISBN 3-7709-0820-1

Gift und Galle

Als die blutrote Sonne am Horizont versank und die Dunkelheit über die staubbedeckte Ebene fiel, erreichte Tarzan die Ausläufer seines heimatlichen Dschungels. Hinter dem ersten Baum machte er halt und suchte nach einer kräftigen Liane, die dick genug war, seinen muskulösen Körper zu tragen. Behende kletterte er daran hoch und verschwand im Blattwerk, als hätte es ihn niemals gegeben. Irgendwo fauchte ein Leopard. Nur dies eine Geräusch zeugte davon, daß der Herr des Dschungels zurückgekehrt war. Wieder einmal hatte ein aufregendes Abenteuer sein Ende gefunden . . .

Als der Wecker Thomas Herzog schrill aus seinen Träumen riß, richtete er sich ruckartig im Bett auf und starrte die Wand an. Einen Moment lang glaubte er noch ein paar Dschungelpflanzen zu erkennen, dann war die Traumwelt endgültig verschwunden. Er schüttelte verwirrt den Kopf und atmete tief durch. Puh, war das wieder mal ein aufregender Traum gewesen!

Schlaftrunken warf er die Decke beiseite und rieb sich die Augen. Es war genau neun Uhr und fünfzehn Minuten, wie er mit einem raschen Blick auf den tickenden Wecker feststellte. Höchste Zeit für die Sportstunde. Denn heute war Samstag, und samstags stand nur Sport auf dem Stundenplan.

Der Alltag hatte ihn wieder. Er war Thomas Herzog, ein fünfzehnjähriger Junge mit dunklen Locken und einem schmalen Gesicht. Doch »Thomas« hieß er eigentlich nur für seine Eltern, während er unter seinen Freunden den stolzen Namen »Ringo« führte. »Ringo« – wie der Schlagzeuger der Beatles und wie ein Westernheld, von dem er seinen Freunden wochenlang mit ungebrochener Begeisterung erzählt hatte. Er mochte seinen Spitznamen inzwischen viel lieber als seinen richtigen Namen und hätte seinen Schülerausweis am liebsten auf »Ringo Herzog« abändern lassen. Aber leider verstand man bei der Schulbehörde wenig Spaß.

Ringo streckte sich, gab sich einen Ruck und schlüpfte in die bereitstehenden Clogs. Dann stieß er einen greulichen Fluch aus. Das konnte Ringo unheimlich gut, obwohl er sich meistens zusammennahm, wenn seine Mutter in der Nähe war. Aber – verflixt noch mal! – er hatte wahrhaftig Grund zum Fluchen. Ihm war nämlich eingefallen, daß die Sportstunde ausfiel und damit schulfrei war. Nix mit Schule heute, er war umsonst so früh aufgestanden!

Im nächsten Moment jubelte er, daß die Wände wackelten. Hurra, keine Sportstunde bei Dr. Kremp! Nicht daß Ringo etwas gegen Sport hatte, im Gegenteil. Aber Sport im allgemeinen und Sportstunden bei Dr. Kremp waren zwei völlig verschiedene Dinge. In den letzten Wochen hatte sich in ihm eine richtige Wut auf den Aushilfsturnlehrer angestaut.

Sicherlich war Dr. Kremp früher einmal Feldwebel oder etwas Ähnliches gewesen, denn nichts konnte ihn von der Überzeugung abbringen, daß militärische Disziplin und gebrüllte Befehle wichtiger waren als Gymnastik und Spiele.

Nur gut, daß sich der Schreier ein Bein gebrochen hat, dachte Ringo hämisch. Jetzt fällt die stramme Turnerei am Samstag für mindestens acht Wochen aus.

Na ja, da er aufgestanden war, hatte es wohl keinen Sinn, nochmals unter die Decke zu schlüpfen. Flüchtig erinnerte sich Ringo an einen Spruch von Eisen-Emil, seinem einzigen erwachsenen Freund. »Wenn du früh aus den Federn hüpfst, dann kommt dir der Tag doppelt so lang vor«, pflegte er zu sagen. Und da war etwas dran, vorausgesetzt natürlich, daß kein harter Arbeitstag wartete. Nur war es eben so, daß Ringo schrecklich gern in den Tag hineinschlief und deshalb selten diese doppelt so langen Tage erlebte.

Hinein ins Badezimmer und die Zähne geschrubbt war das eine – Wasser ins Gesicht gekippt und rein in die Klamotten das andere.

Als er keine zehn Minuten später fröhlich pfeifend in der Küche aufkreuzte, roch es dort schon herrlich nach frisch aufgebrühtem Kaffee und Spiegeleiern. Das hieß dann wohl, daß sein Vater bereits gefrühstückt hatte und – Samstag hin, Samstag her – unterwegs zur Arbeit war. Überstunden nannte man so etwas.

»Du?« fragte Frau Herzog, eine kleine, blonde Frau mit einigen Lachfältchen um die Augen, der beim Anblick ihres Sohnes fast die Kaffeekanne aus der Hand gefallen wäre. »Um diese Zeit? Ja, sag mal, bist du etwa aus dem Bett gestürzt?«

»Grglmpf«, erwiderte Ringo, zog sich einen Stuhl heran und langte zu. Auch wenn er gelegentlich den Morgenmuffel spielte – innerlich fühlte er sich eigentlich ganz heiter.

Seine Mutter schenkte ihm Kaffee ein. »Papa ist gerade weggegangen«, erklärte sie. »Es wird wieder spät werden. Hoffentlich hat das mit den Überstunden bald ein Ende. Wir sehen uns ja kaum noch.«
»Grglmpf«, machte Ringo wieder und mampfte mit vollen Backen. Etwas deutlicher fügte er hinzu: »War die Post schon da?«
Er hatte die Frage kaum gestellt, als es klingelte. Frau Herzog sagte: »Ich mach' das schon« und ging zur Tür.
Während Ringo noch am Frühstückstisch grübelte, ob er das gekochte Ei an der runden oder an der spitzen Seite aufschlagen sollte, kam sie wieder herein. Mit dem Brief in der Hand. Ringo wußte sofort, daß es der Brief war. Sie hatte ihn bereits geöffnet, und an ihrem Gesicht las er ab, daß es keine gute Nachricht war.
»Die Druckerei hat abgelehnt«, sagte Frau Herzog enttäuscht und legte tröstend einen Arm um Ringos Schultern. »Als Begründung steht hier, daß sie einen Realschüler in jedem Fall einem Hauptschüler vorziehen.«
Als Ringo eine Schnute zog und etwas hilflos aus seinen graublauen Augen guckte, fügte sie hinzu: »Nun mach dir mal keine Sorgen, Junge. Es gibt ja noch andere Druckereien in der Stadt. Und du hast dich doch erst bei fünfen beworben.« Sie seufzte leise, und dieser Seufzer sagte Ringo alles. Seine Mutter machte sich mehr Sorgen, als sie ihm gegenüber zugeben wollte.
»Na gut«, meinte er, entschied sich kurzerhand für die spitze Seite des Frühstückseis und klopfte energisch mit dem Löffel darauf herum. »Ich habe ja noch drei Monate Zeit, bis die Schule zu Ende ist. Irgend etwas werde ich schon noch finden. Obwohl . . . So ein Mist, daß die Meyersche Druckerei abgelehnt hat! Wo die doch so schöne Comichefte herstellen!«
Die Sache mit den Comicheften war kein Witz, sondern eine ausgesprochen ernsthafte Angelegenheit für Ringo Herzog. Schließlich war er ein stadtbekannter Sammler von Bildheftchen aller Art und besaß ein Archiv, das seinesgleichen suchte. Sein Traum, im zukünftigen Berufsleben selbst etwas mit der Herstellung der bunten Hefte zu tun zu haben, rückte jedoch nach dieser Absage wieder in weite Ferne. Natürlich wollte er in erster Linie Drucker werden. Aber schließlich kam es auch darauf an, was man druckte. Er wollte Comics drucken – und keine Rabattmarken!
Brummend aß er sein Frühstück zu Ende und ging dann zu seinem Mofa hinaus, das in der sonst unbenutzten Garage stand. Ringos

Vater ging nicht nur samstags arbeiten, um die Raten für das kleine Einfamilienhaus abzahlen zu können, sondern hatte aus dem gleichen Grund auf das geldverschlingende Auto verzichtet.
Ringo schwang sich auf seinen Feuerstuhl, winkte seiner Mutter, die gerade zum Küchenfenster hinaussah, nochmals zu und jagte mit der wahnwitzigen Geschwindigkeit von annähernd zwanzig Kilometern pro Stunde die Straße hinunter, vorbei an Häusern, die dem seiner Eltern zum Verwechseln ähnlich sahen. Nur die Briefkästen von unterschiedlicher Form, die verschiedenfarbigen Gardinen und die überall anders gruppierten Sträucher im Vorgarten gaben dem scharfe Auge diesen oder jenen Anhaltspunkt.
Drei Monate noch, dachte Ringo. Was würde dann sein? Als er in die achte Klasse versetzt wurde, war ihm die Zeit bis zur Schulentlassung noch unheimlich lang vorgekommen. Heute, da er eine Lehrstelle suchte, erschienen ihm die verbleibenden Monate als ein lächerliches Nichts. Die Zeit schwirrte an ihm vorüber, ohne daß er es recht merkte. So kam es ihm jedenfalls vor. Bald war er sechzehn. Ogottogott! Hätte er in diesem Augenblick nicht am Lenker seines Mofas gesessen . . . Am liebsten wollte er die Fäuste ballen und auf eine Tischplatte schlagen, daß die Gläser klirrten.
Aber dann ließ er doch das Grübeln sein, denn der Straßenverkehr beanspruchte ihn so sehr, daß er an nichts anderes mehr denken konnte. Schließlich wollte er keinen Unfall bauen. Er hatte noch nie einen gebaut, und das sollte auch so bleiben. Toi, toi, toi!
Er fuhr durch die Siemensstraße, tuckerte an einem braungestrichenen Bretterzaun entlang und hielt an, als ein kleines, mit ungelenker Hand beschriebenes Firmenschild in sein Blickfeld geriet.

EMIL ERPEL stand dort. Und darunter: SCHROTTHANDEL.
SPEZIALIST FÜR COMIC STRIPS. AN- UND VERKAUF.

Ringo stellte sein Mofa am Zaun ab, durchwühlte die Taschen seiner verwaschenen Jeans und zählte seine Barschaft. Sechs Mark achtundsiebzig. Ob er hineingehen und nachsehen sollte? Vielleicht hatte Eisen-Emil neue Sachen am Lager.
Es war schwer, diesem Gedanken zu widerstehen. Wenn Emil seinen guten Tag hatte, konnte Ringo ihm glatt einige seltene »Superman«-Hefte abschwatzen. Das Dumme bei Eisen-Emil war nur, daß er mit Comics nicht nur handelte, sondern sie auch selbst sammelte. Und was ein treues Sammlerherz ist, das kann sich nun einmal von den erworbenen Schätzen nur schwer trennen.

Jetzt hatte sich Ringo aber doch entschieden. Er schloß das Mofa ab und betrat den Innenhof. Sein Blick fiel auf teilweise demontierte Autos, alte Badewannen mit Zinnfüßen, von denen die Emaille abblätterte, rostige Ölfässer, zerbeulte Kühlschränke und Schreibmaschinen, zerbrochene Zahnräder, geborstene Maschinenteile, eine rostzerfressene Dampfwalze mit einem Fahrerhaus, in dem das Unkraut wucherte. Dazwischen lagen Unmengen von Metallteilen, deren frühere Funktion nicht mehr zu erkennen war, Kisten und Kästen mit angegammelten Schrauben sowie Nägel, die sämtlich krumm- und schiefgeschlagen waren.

Und inmitten von all dem alten Tand stand Emils Wohnwagen, der zwar auch nicht zu den neuesten Modellen zählte, aber immer noch schmuck anzusehen war. Er wirkte reichlich fremdartig in dieser rostigen Umgebung. Die Tür des Wagens stand offen, also war Emil in der Nähe.

Im gleichen Moment, als sich Ringo in den Spalt zwischen Tür und Seitenwand zwängen wollte, um in den Wagen zu gucken, hörte er von drinnen einen wütenden Schrei. Erschrocken ließ er die Tür los und machte einen Satz zurück.

»Banditen! Schurken! Ganovenpack! Zum Teufel mit ihnen!«

»Emil?« fragte Ringo schüchtern. Er glaubte die Stimme erkannt zu haben, so wutverzerrt sie auch geklungen hatte.

»Dreimal verflucht bis in alle Ewigkeit!« Emils rostroter Bart tauchte in der Türöffnung auf. Die Augen des Mannes funkelten. Seine Barthaare sträubten sich. So wütend hatte ihn Ringo noch nie gesehen. Dann erkannte Eisen-Emil den Jungen. Ein angedeutetes Lächeln erhellte sein Gesicht, und er sagte halbwegs freundlich: »Ach, du bist es, Ringo! Komm bloß mal rein, und schau dir diese Schweinerei an! Hast du so was schon mal gesehen?«

Ringo lugte neugierig in den Wagen. Es sah aus, als hätte dort eine Bombe eingeschlagen. Die fein säuberlich nach Serien und Jahrgängen sortierten Comichefte – Emil besaß davon mehr als dreißigtausend Stück, die er auf rätselhafte Art im Wohnwagen untergebracht hatte – lagen wie Kraut und Rüben durcheinander. Jemand hatte einen Teil der Stapel durchwühlt und die Hefte wahllos durcheinandergeworfen. Da lagen nun die Kostbarkeiten über den ganzen Boden verstreut und häuften sich in den Ecken des Wohnwagens zu Papiergebirgen.

»Das ist doch . . .«, flüsterte Ringo fassungslos.

». . . ein Verbrechen, eine bodenlose Gemeinheit!« ergänzte Eisen-Emil und ballte seine mächtigen Pranken zu Fäusten, bei deren Anblick den unbekannten Tätern Hören und Sehen vergangen wäre. »Ha!« donnerte er plötzlich, als sein Blick von einem ausgeräumten Regal auf die davorliegenden Hefte glitt. Dann kniete er nieder, suchte fiebrig zwischen den Heften herum und machte auch bei den anderen Stapeln Stichproben. »Dachte ich mir's doch«, flüsterte er heiser. »Der komplette ‚Akim, Sohn des Dschungels' ist weg. Und mindestens dreißig ‚Sigurd'-Großbände fehlen ebenfalls.« Er fuchtelte erregt mit den Armen, wurde blaß um die Nasenspitze und suchte nach einem Halt. Rasch schob Ringo einen Schemel heran, gerade rechtzeitig, sonst wäre sein Freund der Länge nach auf seine Comichefte gefallen.
Eisen-Emil schnaufte. Er schien einem Herzinfarkt nahe zu sein, und Ringo wurde es schon angst und bange. Aber Eisen-Emil fiel etwas Besseres ein, als seine Wut in sich hineinzufressen und daran zu ersticken. Er machte sich Luft und schrie wieder los: »Einbrecher! Gangster! Klaubrüder! Wenn ich die erwische!«
»D-d-der komplette ‚Akim' ist w-weg, w-wirklich weg?« stotterte Ringo, den die Sache kaum weniger mitnahm als Eisen-Emil. »Aber der kostet doch über tausend Mark, nicht?«
»Eben!« grunzte Eisen-Emil. »Sogar eher zweitausend. Ich Hornochse! Weißt du, daß erst gestern jemand danach gefragt und mir zweitausend Mark geboten hat? Hätte ich doch bloß eingewilligt! Hätte ich doch . . .« Er hielt plötzlich inne. Seine Augen funkelten unter der wilden Haarmähne, die ihm weit in die Stirn hing. Jetzt wirkten sie nicht so sehr zornig, sondern eher listig. »Hältst du es für möglich, daß dieser Bursche – dieser Mann, der den ‚Akim' kaufen wollte – die Hefte gemopst hat?«
»Wie sah er denn aus?« fragte Ringo neugierig. Er spürte einen unerhörten Kriminalfall auf sich zukommen. Vielleicht kannte er den Menschen; schließlich waren die städtischen Heftsammler alle irgendwie miteinander bekannt.
»Groß, fett, nach vorn gebeugte Haltung«, sagte Eisen-Emil. »Er trug teure Klamotten, dazu aber eine unmoderne Brille.« Angestrengt dachte er über weitere Einzelheiten nach. »Richtig, er rauchte wie ein Schlot. Eine Zigarette nach der anderen. Eine teure Marke, die ich vorher noch nie gesehen habe. Schien irgendwie nervös zu sein, wie einer, der süchtig ist nach alten Comics.«

»Kenn' ich nicht«, mußte Ringo enttäuscht zugeben.
Nein, so sah keiner von den Sammlern aus, mit denen er bisher zu tun gehabt hatte.
»Der Kerl war noch nicht alt, vielleicht dreißig. Schien ein Fachmann zu sein. Eigentlich hat er gleich einen verdächtigen Eindruck auf mich gemacht – so wie der sich benahm. Kramte überall herum, als hätte er Angst, irgendwas zu übersehen.«
Emil raufte sich die Haare und verlegte sich nun aufs Jammern: »Meine schönen Hefte! Meine Schätze! Und zu allem Übel kann ich den ganzen Schiet auch noch neu sortieren und aufstapeln.«
»Du mußt die Polizei verständigen, Emil«, riet Ringo aufgeregt. »Du kannst das doch nicht auf sich beruhen lassen!« Ihm wurde fast übel, wenn er daran dachte, daß dieser Ganove mit ausgerechnet jenen Heften auf und davon war, die er so gern besessen hätte.
Eisen-Emil bekam beinahe einen Lachanfall. »Die Polizei? Haha. Hahahaha! Hahahahahahahaha!« Er grinste Ringo treuherzig an. »Ja, glaubst du denn, ich will mich bei denen lächerlich machen? ‚Man hat Ihnen Heftchen gestohlen, Herr Erpel? Tatsächlich, Herr Erpel? Heftchen?' – Das werden sie mich fragen. H-e-f-t-c-h-e-n, Ringo, verstehst du? In den Augen von Laien haben die doch keinen Wert. Die lachen sich tot. Für die Polizei ist das ein Bagatellfall. Sie wird Kinder dahinter vermuten, die beim Spielen auf dem Schrottplatz den Wagen aufgeknackt haben. Und damit bleibt die Schuld dann wieder an mir hängen. Schließlich habe ich ja auch alle Kinder aus der Straße hier spielen lassen, sooft sie wollten und solang sie wollten. Weil es in dieser Gegend weit und breit keinen Spielplatz gibt. ‚Hätten sie eben mit rechnen müssen, Herr Erpel.' – Das werden die mir auf der Polizei sagen.«
Ringo schluckte. Was Eisen-Emil da sagte, hatte bestimmt Hand und Fuß. Welcher Erwachsene wußte schon, daß der Wert der Hefte in Emils Wohnwagen in Sammlerkreisen auf ein kleines Vermögen geschätzt wurde? Daß es genügend Leute gab, die bereit waren, tief in die Tasche zu langen, um ihre Jugendzeitschriften wieder zu erstehen? Daß es einen Sammlermarkt gab, der beileibe nicht nur aus Jugendlichen bestand, auf dem Tausende und aber Tausende von Heften getauscht oder gegen harte D-Mark verkauft wurden? Die Polizei würde nur schwer davon zu überzeugen sein, daß hier ein professioneller Dieb Kunstgegenstände gestohlen hatte. Wahrscheinlich überhaupt nicht.

Aber dennoch: Ringo würde sich persönlich an die Fersen des Diebes heften. Das war Ehrensache. Das war er sich und Eisen-Emil und allen Sammlern schuldig. Er wollte den Dieb finden und stellen. Koste es, was es wolle!

Zu Ringos Lieblingsbeschäftigungen an schulfreien Samstagmorgen gehörte der Besuch auf dem Kinder-Flohmarkt, der in den Sommermonaten jede Woche stattfand. Kinder, die ihrer bunten Heftchen nach zwei- oder dreimaligem Lesen überdrüssig geworden waren, versammelten sich im Zentrum der Stadt in der Fußgängerzone und boten zum Verkauf an, was sie nicht mehr brauchten. Natürlich wurden diese Hefte weit unter ihrem Kaufpreis verscherbelt und kosteten deshalb selten mehr als zwanzig Pfennig.

Ringo, der ja ein Raritätensammler war, interessierte sich für das breitgestreute Angebot an verhältnismäßig neuen Heften wenig. Was ein eingefleischter Sammler war, der hatte nur ein verächtliches Lächeln für alles übrig, was weniger als fünf Jahre alt war. Er ließ seinen Blick eher gelangweilt umherschweifen und war immer auf der Suche nach einem Zufallstreffer.

Was ihn interessierte, waren jene Heftchen, die seine Altersgenossen aus Kellern und Bodenkammern ans Tageslicht zerrten. Denn – wenn es auch die meisten nicht zugeben wollten – auch die Väter dieser Kinder hatten einst die Bildgeschichten von »Jezab, der Seefahrer« oder »Nick, der Weltraumfahrer« gelesen. Und einigen von ihnen war es schwergefallen, sich von den im Laufe der Jahre vergilbten Heftstapeln zu trennen. Sie hatten sie – in Koffern oder Pappkartons verstaut – irgendwann in eine dunkle Ecke gepackt und sie dem Staub und den Motten überlassen. Gelegentlich gelang es einem Kind, den Vater davon zu überzeugen, daß der alte Schund auf dem Flohmarkt noch ein paar Mark zusätzliches Taschengeld einbringen könnte, und ihm die Sachen abzuschwatzen.

Feuer und Flamme

Und so fanden die alten Heftchen dann nicht nur den Weg ans Tageslicht zurück, sondern gelangten früher oder später auch in die liebevollen Hände eines Sammlers. Ein Sammlerherz erfreute sich nicht nur an den Stücken selbst, sondern auch daran, daß sie günstig erworben wurden. Deshalb verriet natürlich keiner, welchen

Wert manche der Zwanzigpfennigobjekte in Sammlerkreisen hatten. Was Ringo betraf, so kam hinzu, daß er sich teure Hefte bei seinem kleinen Taschengeld gar nicht leisten konnte. Ringos Augen begannen zu glänzen, als er eine besonders seltene Ausgabe von »Harry, der Grenzreiter« entdeckte. Er verhandelte mit dem Besitzer, einem Jungen mit Pickelgesicht und strubbeligen, roten Haaren, über den Preis. Dabei bemerkte er nebenan einen Knirps, der eine alte Wolldecke ausbreitete und in aller Seelenruhe mindestens ein Dutzend »Sigurd«-Großbände aus einem Karton holte und auf die Decke legte. Ringo wollte vor freudiger Erregung fast das Herz stehenbleiben.
»Sechzig Pfennig«, sagte der »Harry«-Händler, der Erfahrung mit Sammlern zu haben schien.
»Dreißig«, sagte Ringo, ohne die Augen vom Nachbarstand zu wenden. »Willst du mich ruinieren?«
»Na gut, sagen wir fünfzig.«
»Sag mal, Kleiner«, sprach Ringo den Knirps an. »Hast du noch mehr davon?«
Der Rothaarige guckte böse auf die Konkurrenz und sah seine Felle schon davonschwimmen. Schnell sagte er: »Gemacht, gemacht, Mann! Her mit den dreißig Pfennig!« Und im stillen sagte er sich: Besser dreißig Pfennig für den alten »Harry« als gar nichts. »Harry, der Grenzreiter« – den will sonst doch niemand haben, der ist nicht mehr in.
Ringo kramte in der Hosentasche, zog Kleingeld hervor und zählte dem jungen Händler drei Groschen hin. Dann nahm er beinahe achtlos das somit erworbene Heft und kniete sich zu dem Kleinen auf die Decke. Der sah ihn freundlich an und sagte: »Nee, ich hab' nur die hier. Elf Stück. Aber alle sehr spannend.«
»Mal sehen.« Ringo untersuchte das oberste Heft und sah sich auch die Rückseite an. Ausgezeichnet, die Sammelmarke war nicht herausgeschnitten worden. Das erhöhte den Wert des Heftes, denn bei vielen fehlte die Marke. Mit einer Anzahl von Sammelmarken konnte man damals, als die Hefte erschienen, ein Gratisheft anfordern, und das hatten natürlich viele Leser getan.
Und dann traf Ringo beinahe der Schlag: Auf der hinteren Umschlaginnenseite prangte der Stempel eines gewissen Werner Fuchs, der, wie man in Sammlerkreisen wußte, der wildeste »Sigurd«-Fan und der größte Comicssammler von Nordrhein-Westfa-

len gewesen war, bevor er einen Teil seiner Sammlung verkaufte, nach Hamburg zog und sich dort von dem Geld eine Segeljacht kaufte. Und Fuchs hatte seine »Sigurd«-Hefte an Eisen-Emil verkauft – das wußte jeder Sammler in Wuppertal und Umgebung.
Heftiger, als er eigentlich beabsichtigt hatte, fuhr Ringo den Kleinen an: »Wo hast du die her, he? Wohl geklaut, was?«
Der Dreikäsehoch machte ein weinerliches Gesicht und fing dann tatsächlich an zu plärren. Da er höchstens neun Jahre alt und nicht besonders stark war, schien er eine Heidenangst vor dem viel größeren Ringo zu haben. »Ich klaue nicht«, heulte er. »Hab' die Hefte geschenkt gekriegt. Von einem Mädchen. Auf der Engelbert-Allee. Ganz bestimmt!«
»Och, komm«, sagte Ringo, bei dem das schlechte Gewissen erwacht war, weil er den Knirps so erschreckt hatte. »War doch nicht so gemeint.« Er legte dem kleinen Jungen die Hand auf die Schulter und tröstete ihn. »Kannst du das Mädchen beschreiben?« fragte er.
Der Kleine schniefte noch einmal, wischte sich mit dem Ärmel die Nase ab und lachte dann wieder, weil er dem Großen einen Gefallen tun konnte. »Klar«, versicherte er eifrig. »Die war ungefähr so alt und fast so groß wie du. Und ganz schwarze Haare hatte sie, ganz lange schwarze Haare.«
Der rothaarige Junge von nebenan hatte dem Gespräch interessiert zugehört. Jetzt beugte er sich zu Ringo hin und meinte: »Damit kannst du sicher nicht viel anfangen, was?«
Ringo biß sich auf die Unterlippe und schüttelte den Kopf: »Nee. Besser wäre schon, wenn ich wüßte, wo sie wohnt.« Immerhin sah dies hier wirklich nach einer heißen Spur aus.
»Oh, das weiß ich«, meinte der Kleine nun wieder. »Sie wohnt in der Engelbert-Allee. Nummer 18. Sie hat mir schon oft Hefte geschenkt, sonst aber meistens ‚Mickymaus'.«
»Jetzt sag bloß noch«, Ringo schnaufte in komischer Verzweiflung, »daß du auch ihren Namen weißt.«
»Na klar!«
Ringo schickte einen Blick zum Himmel. Diesem Burschen mußte man aber auch wirklich jedes Wort aus der Nase ziehen.
»Wäre eine tolle Idee von dir, wenn du mir den Namen sagen würdest«, meinte er und spielte mit einem Zweimarkstück vor der Nase des kleinen Jungen herum. »Ich könnte mich dann glatt vergessen und dir das ganze Zeug hier abkaufen.«

Der Kleine griff zu und ließ die Münze blitzschnell in der Hosentasche verschwinden. Wahrscheinlich befürchtete er, daß es sich Ringo noch anders überlegen könnte. Dann sah er sich triumphierend um, als erwarte er ohrenbetäubenden Applaus von allen, die zugehört und zugesehen hatten. So ein dickes Geschäft — Junge, Junge!
»Sie heißt Susi«, flüsterte er wie ein Verschwörer. Dann fegte er mit vor Aufregung glühenden Ohren die Hefte zusammen und reichte sie Ringo.
Kopfschüttelnd machte sich der auf den Weg. Er wußte gar nicht so recht, was er mit diesem Wissen anfangen sollte. Zu Eisen-Emil gehen? — Nein, entschied er sich, dafür war es noch zu früh. Am liebsten würde er seinen bärtigen Freund mit der vollständigen Aufklärung des Diebstahls überraschen. Na klar, er mußte die Sache selbst in die Hand nehmen! Zunächst einmal verstaute er die Neuerwerbungen — die er Eisen-Emil natürlich zurückgeben wollte, das war doch Ehrensache — in einer für diesen Zweck stets mitgeführten alten Plastiktüte auf dem Gepäckträger seines Mofas und knatterte dann zur Engelbert-Allee.
Er hatte auf Anhieb das richtige Ende der Straße gefunden und mußte nicht lange nach der Nummer suchen. Sie stand an der Außenwand eines Hauses, das schon ziemlich heruntergekommen aussah — und dieser gammelige Eindruck verstärkte sich mit jedem Meter, den er näher kam.
Es war ein altes Geschäftshaus. Mehrere angerostete Firmenschilder verkündeten, daß man hier die Süßwarengroßhandlung Sperfeld, die Schneiderei Delacroix und den Briefmarkenhändler Wortmann finden konnte. In den drei Stockwerken darüber gab es etliche Wohnungen. Ringo sah bunte Gardinen in einigen offenen Fenstern flattern, und einmal schaute aus einem der Fenster kurz ein blonder, langhaariger junger Mann heraus. Er zündete sich ein Pfeife an und folgte sinnierend den blauen Rauchwolken, die sich ins Freie ringelten. Dann wandte er sich wieder vom Fenster ab.
»Susi . . .« Ringo stöhnte und musterte die Klingelschilder. Wenn er doch nur ihren Nachnamen wüßte! Nun, er würde wohl irgendwo klingeln und nach einem Mädchen mit langem schwarzen Haar fragen müssen.
Da waren zunächst die Schilder von drei Geschäftsleuten, ganz unten. Sie galten wohl den Läden, während die Inhaber selbst anderswo wohnten. Die nächsten beiden Klingelknöpfe trugen gar keine

Namen. Entweder waren die Mieter ziemlich nachlässig, oder sie meinten, sie seien auch ohne Schild bekannt in der Gegend. Auf dem obersten Schild stand der seltsame Name Hartmann-Bogowsky-Steinberg.

Von Leuten, die ihrem Namen Müller oder Meier noch den ihres Heimatortes anhängten, hatte Ringo schon gehört. Aber daß jemand gleich einen Dreifachnamen besaß . . .

Die Haustür war unverschlossen. Ringo überlegte nicht mehr lange, sondern schlüpfte in den Flur und spähte die Treppe hinauf. Irgendwo dort oben spielte ein Radio, Plattenspieler oder Tonbandgerät ziemlich laut einen amerikanischen Hit, und eine helle Mädchenstimme sang dazu.

Recht gut sang sie, mußte Ringo anerkennend feststellen. Ob das die gesuchte Susi war?

Frechweg klingelte er in der zweiten Etage an der Tür mit dem Dreifachnamen. Es dauerte nur ein paar Sekunden, dann öffnete derselbe junge Mann, den er vor kurzem noch pfeiferauchend am Fenster gesehen hatte.

»Guten Tag«, sagte er und paffte an seiner Pfeife.

»Guten Tag«, erwiderte Ringo etwas unsicher. Richtig wohl fühlte er sich nicht in seiner Haut. Er mußte vorsichtig sein, denn es war ja nicht auszuschließen, daß er geradewegs in das Hauptquartier einer Einbrecherbande hineintappte. »Sind Sie Herr Hartmann-Bogowsky-Steinberg?«

»Ich? Wer soll ich sein?« Der junge Mann lachte, als habe ihm jemand gerade den neuesten Ostfriesenwitz erzählt, und hörte erst auf, als er sich am Rauch seiner Pfeife verschluckt hatte.

Einbrecher hin, Einbrecher her: Ringo klopfte ihm hilfreich auf den Rücken.

»Ich . . . bin . . . Kalle . . . Steinberg«, sagte der junge Mann außer Atem vor Lachen. »Du kannst ruhig Kalle zu mir sagen. Ich bin erst zweiundzwanzig.«

»Ich heiße Thomas, aber meine Freunde nennen mich Ringo.«

»Na, dann komm mal rein, Ringo!«

Ehe Ringo sich versah, war er schon mitten in der Wohnung, genauer gesagt in Kalle Steinbergs Wohnmuseum. Sein Blick fiel zunächst einmal auf einen verschossenen Perserteppich, dann auf eine uralte Wanduhr mit tickendem Perpendikel und Gewichten, die den Mechanismus in Gang hielten. Es gab eine Unmenge alter und nicht ganz heiler Porzellanvasen zu bestaunen, die wie Orgelpfeifen auf dem Boden standen, ein marokkanisches Sitzkissen, ein Feldbett aus US-amerikanischen Armeebeständen, einen mit Papieren bepackten Schreibtisch und ein Dutzend Bücherregale, vollgestopft mit Zeitschriften, Broschüren, Büchern und sonstigem Bedruckten. Ringo schielte nach einzelnen Bücher- und Zeitschriftentiteln. »Zeitschrift für Sozialpolitik« und »Politische Vierteljahresschrift« las er. Herrje, was war denn das? »Sind . . ., bist du Politiker?« fragte er Kalle Steinberg.

»Was? Politiker? Iiiiich?« Der junge Mann nahm behende die Pfeife aus dem Mund, als wolle er verhindern, daß ihm der Qualm noch einmal in die falsche Kehle geriet. »Ach, jetzt verstehe ich – wegen der Zeitschriften. Nee, die lese ich sozusagen beruflich. Ich bin Lehrer, weißt du? Äh . . ., zumindest will ich mal einer werden.«

»Ach du Schreck!« entfuhr es Ringo, und er schlug sich verlegen mit der Hand auf den Mund. Ein Pauker am freien Samstag! Wenn das bloß kein Unglück brachte!

Auf einen Wink von Kalle Steinberg hin nahm er auf dem Sitzkissen Platz, das unter dem Gewicht ächzte. Es hatte schon seine Jahre auf dem Lederbuckel. Kalle setzte sich auf das Feldbett.

»Ein altes Stück«, erklärte Kalle, deutete auf das Kissen und setzte die erloschene Pfeife wieder in Brand. »Hab' ich auf dem Flohmarkt gekauft. Mein Gewicht hält es gar nicht mehr aus. – Nein, nein, du kannst getrost sitzen bleiben.«

Mit der brennenden Pfeife wurde der Geruch nach geräucherten Pflaumen mit einem Schuß Whisky wieder intensiver. Kalle schien eine Spezialmarke zu rauchen. Zufrieden schnupperte er dem Rauch hinterher und fragte dann: »Nun mal raus mit der Sprache! Was kann ich für dich tun?«

»Tscha!« machte Ringo. »Das ist nämlich so . . .« Ärgerlich stellte er fest, daß ihm die richtigen Worte nicht einfallen wollten. Aber eigentlich war das ja gar kein Wunder. Was hätte er auch sagen sollen, wo er aus heiterem Himmel in diese fremde Wohnung geschneit war? Daß er einer Einbrecherin auf der Spur war, die er in diesem Haus, vielleicht sogar in dieser Wohnung zu finden hoffte? Das sollte er einem netten Beinahelehrer sagen, der ihn freundlich hereingebeten und ihm Platz angeboten hatte – obwohl er ihn schließlich überhaupt nicht kannte? Da war er ja in eine feine Zwickmühle geraten! Er hätte lieber unten in einem der Geschäfte nach Susi fragen sollen. Mal angenommen, Kalle Steinberg war der Bruder oder ein ganz dicker Freund von Susi: Der würde ihm doch glatt eine runterhauen, wenn er mit seiner Diebstahlgeschichte herausrückte.

»Nur frei von der Leber weg«, forderte Kalle ihn auf. »Brauchst du vielleicht Nachhilfestunden? Hat dich einer meiner Schüler zu mir geschickt?«

Schon wollte Ringo den Weg des geringsten Widerstands gehen und ein »Ja« stottern, als sich die Tür öffnete und ein Mädchen hereinkam, das ihm auf den ersten Blick gefiel.

Sie trug einen verschlissenen Jeansanzug und Turnschuhe, das Haar war tiefschwarz und schulterlang, und sie hatte Augen, in denen der Schalk steckte. Nur die Nase wirkte ein wenig spitz, aber das störte Ringo nicht.

Er war sofort Feuer und Flamme und starrte sie an. Das Mädchen lächelte ihm flüchtig zu und legte ein Buch auf Kalles Schreibtisch. Dann suchte sie zwischen den anderen Büchern herum.

Es dauerte eine ganze Weile, bis Ringo bemerkte, daß ihn Kalle, offenbar nicht zum erstenmal, angesprochen hatte.

»Ja?« fragte er naiv. Da fiel ihm die Lösung ein. Er holte tief Luft und sagte: »Eigentlich bin ich wegen Susi gekommen.«

»Wegen mir?« Das Mädchen, das etwa in seinem Alter war, ließ das Buch sinken, das sie vom Schreibtisch genommen hatte, und sah ihn verblüfft an.

»Wieso denn? Wir kennen uns doch gar nicht.«

»Das macht doch nix«, meinte Kalle. »Dann lernt ihr euch eben jetzt kennen. Das ist schließlich ein ganz natürlicher Vorgang.« Er stand auf und begann damit, Arbeitsmaterialien, die er aus einer Tasche zog, systematisch auf seinem Schreibtisch aufzustapeln. »Kommt mir sehr gelegen, wenn ihr beschäftigt seid. Um so mehr Zeit habe ich für meine Arbeit. Ich muß nämlich in diesem Semester noch einen wichtigen Schein machen.« Der letzte Satz war hauptsächlich an Ringo gerichtet.

»Was für'n Schein denn?« wollte Ringo wissen. Endlich gelang es ihm, seinen Blick von Susi zu lösen. Aber er durfte ihn bald zurückwandern lassen.

»Studenten brauchen so was ab und zu«, erklärte Susi. »Angeblich beweist das, daß sie alles kapiert haben, was es zu kapieren gab. Kalle zweifelt ja daran . . .«

»Hinaus!« rief Kalle und drohte lachend mit dem Zeigefinger. »Wenn der alte Professor Petri hören könnte, daß jemand seine Standpunkte anzweifelt! Unterhalten könnt ihr euch ebensogut nebenan, okay?« Er zwinkerte Ringo und Susi zu, während die beiden in das Nachbarzimmer gingen und die Tür schlossen. Hier war die schon im Flur und in Kalles Zimmer hörbare Musik besonders laut, und Ringo sah jetzt auch den Plattenspieler, der momentan »It's all over now, Baby Blue« dudelte. Mindestens fünfzig Langspielplatten lagen über den Boden und Susis Bett verstreut.
Das Mädchen drehte erst einmal die Musik etwas leiser. »Herrje!« sagte sie dann und stieg über die Platten. »Da muß ich erst mal Ordnung schaffen.«
»Macht nix«, meinte Ringo. »Ich find's unheimlich gemütlich hier.« Er stieg ebenfalls vorsichtig über die Platten und setzte sich zu ihr auf den Teppich vor den Plattenspieler. Er sah sich die eine oder andere Platte an und sagte dabei so beiläufig wie möglich: »Ist Kalle dein Bruder?«
Susi lachte hellauf. »Nee! Er ist der Bruder von Inge Hartmann.«
»Und wieso heißt er dann Steinberg?«
»Weil Inge Hartmann mit Fred Hartmann verheiratet ist.«
»Aha«, machte Ringo. »Dann heißt du wohl Bogowsky?«
»Nee.« Kopfschütteln, daß die Haare flogen. »Berti Bogowsky ist der Mann von Margret. Ich heiße Susi Roloff.«
Ringo begann der Schädel zu brummen. Die Angelegenheit schien kompliziert zu sein. »Dann seid ihr teilweise gar nicht miteinander verwandt und lebt doch alle in einer Wohnung? Ist das hier etwa eine Kommune?« Davon hatte er schon gehört. Besonders Onkel Walter erzählte solche Sachen und regte sich dann immer schrecklich über die Lebensgewohnheiten der jungen Leute von heute auf.
»Ach Quatsch!« sagte Susi. »Dies ist eine Wohngemeinschaft. Sieh mal, wir haben eine riesige Wohnung, die viel zu groß für eine normale Familie ist, und da haben sich ein paar Leute zusammengetan, die befreundet sind und gut miteinander auskommen. Ist doch auch alles viel billiger. Man zahlt weniger Miete, braucht nur einen Kühlschrank und eine Waschmaschine. Sogar einkaufen kann man günstiger.« Sie schaute Ringo plötzlich etwas seltsam an. »Sag mal, wieso hast du eigentlich keine Ahnung von alledem, wo du doch den Kalle kennst? Schließlich gehört er ja nicht gerade zu denen, die besonders wenig reden.«

Nun war Ringo an der Reihe zu lachen. »Ich habe Kalle eben zum erstenmal in meinem Leben gesehen. Da staunst du, was?«
Jetzt schien Susi nichts mehr zu verstehen. »Ja . . . aber . . . wieso . . .«, stotterte sie. Sie schien ratlos zu sein.
Ringo fühlte sich jetzt wieder sicher genug, um dem Mädchen zu erklären, weshalb er gekommen war. Er sagte natürlich nicht geradeheraus, daß er sie für eine Diebin gehalten hatte. Wo er Susi doch so gut leiden mochte, hätte er sich lieber die Zunge abgebissen, als ihr seinen rabenschwarzen Verdacht an den Kopf zu werfen.
»Ich komme wegen der Comics«, sagte er deshalb. »Du weißt doch, die Comics, die du dem Kleinen geschenkt hast. Ich hab' sie ihm auf dem Flohmarkt abgekauft und möchte gern wissen, ob du noch mehr davon hast. Ich bin nämlich Sammler und ganz scharf auf dieses alte Zeug.«
»Comics?« fragte Susi. Dann erhellte sich ihr Gesicht, als ihr einfiel, was gemeint war. »Ach, diese ‚Sigurd'-Dinger! Ja, jetzt erinnere ich mich. Die habe ich gestern abend auf der Straße gefunden und heute früh dem kleinen Jungen geschenkt. Nee, wirklich, da hast du Pech gehabt. Das war reiner Zufall mit den Heften.«
»Hab' ich 'nen Hörfehler?« fragte Ringo stöhnend. »Oder hast du wirklich gesagt: gefunden?«
Er konnte es gar nicht fassen, daß man so etwas auf der Straße finden konnte. War da vielleicht doch etwas faul? – Nein, das konnte nicht sein. Susi war viel zu nett und dabei überhaupt nicht verlegen. So perfekt konnte niemand lügen.
»Ja, natürlich, du hast schon richtig gehört. Ein ganzer Stapel von diesen Heften lag hier auf der Straße, ein paar Häuser weiter, direkt in der Einfahrt der Firma Gift und Galle.«
»Firma Gift und Galle?« fragte Ringo verblüfft. Das wurde ja immer toller. »Ist das ein irrer Name! Heißen die wirklich so, oder ist das nur ein Gag?«
Susi kicherte. »Die heißen so und finden das überhaupt nicht komisch. Im Gegenteil, die Inhaber sind ziemlich grimmig und verstehen keinen Spaß. Sonst hätte ich vielleicht auch nachgefragt, ob sie etwas mit den Heften zu tun haben. Aber die hätten mich sicher angeschrien und hinausgejagt.«
»Ja, wenn das so ist . . .«
»Weißt du«, setzte Susi an, weil es ihr wohl leid tat, daß sie Ringo enttäuschen mußte, »ich hätte dir wirklich gern noch andere

Hefte gegeben, ehrlich. Aber sie sind alle weg. Ich habe sie dem Kleinen gegeben, weil . . .« Sie zögerte einen Moment, als würde sie sich scheuen, darüber zu reden. »Na ja, ich schenkte sie ihm, weil er so heulte. Jemand hatte ihn gerade verprügelt. Und wie er so dastand, mit seiner Rotznase . . . Also, er tat mir einfach leid.«
Ringo erhob sich. »Na, vielen Dank jedenfalls für die Auskunft«, sagte er artig. »Und tschüs dann!«
»Tschüs!« sagte auch Susi und brachte ihn zur Tür. Als Ringo draußen auf der Straße stand und seine Gedanken ein wenig ordnete, stellte er fest, daß er eigentlich gern noch ein bißchen geblieben wäre. Oder er hätte sich ja wenigstens mit ihr auf ein Eis verabreden können. So was Dummes!

Kühlschränke für Eskimos

Das Haus, in dem die Firma mit dem einprägsamen Namen Gift und Galle ihr Geschäft betrieb, war ein Neubau mit vier Stockwerken. Ringo stellte sein Mofa in der Nähe ab – eigentlich hatte es sich gar nicht gelohnt, die paar Meter zu fahren – und ging einige Male vor dem Gebäude auf und ab. Er beäugte die Leute, die ein und aus gingen. Direkt neben der protzigen Eingangstür aus Glas, Teakholz und Aluminium befand sich ein riesiges, blankpoliertes Messingschild mit der Aufschrift: GIFT UND GALLE, IMPORT – EXPORT. Und darunter ein einziger Klingelknopf. Ringo versuchte durch die Fenster im Parterre zu spähen, mußte aber schnell einsehen, daß dies unmöglich war. Zum einen lagen sie für ihn zu hoch, zum anderen bestanden die unteren Hälften der Scheiben aus undurchsichtigem Milchglas. Und auf jeder Scheibe wiederholte sich in blauer Schrift der Firmenname: GIFT UND GALLE – GIFT UND GALLE – GIFT UND GALLE.
Rechts neben dem Eingang zu den Büroräumen gab es eine Einfahrt oder besser gesagt eine Durchfahrt bis zum Hof, denn an ihrem anderen Ende schimmerte Sonnenlicht. Zweifellos war dies der Ort, wo Susi die Hefte gefunden hatte.
Ringo blieb neugierig an der Durchfahrt stehen und musterte den Teil des Hinterhofes, den er von hier aus sehen konnte: ein trostloses Stück asphaltierten Bodens, auf dem in einer Reihe mehrere Autos verschiedener Fabrikate standen.

Ringo hatte schon zwei, drei Schritte in Richtung Hof getan, als sich eine Tür öffnete, die wohl zu den Büroräumen führte. Ein knochentrocken aussehendes Männchen mit einem Kaiser-Wilhelm-Schnurrbart trat in den Durchgang und rief über die Schulter zurück: »Vergessen Sie bloß nicht den Anruf in Hamburg, Anton! Sie wissen ja, daß neuer Stoff eingetroffen ist. Wenn Sie vor leeren Regalen stehen, können Sie Ihren Hut nehmen, verstanden? Melden Sie sich als ein gewisser Dieter Baier, und sagen Sie, Ihre Frau hätte nach einem Streit das ganze Material verbrannt. Nun wollten Sie sich neu eindecken. Dann wird man das Zeug für uns zurücklegen. Alles andere überlasse ich Ihrem Erfindungsgeist!«
Die Antwort bekam Ringo nicht mehr mit, denn der spindeldürre Mann hatte ihn gerade gesichtet und schrie: »Was treibst du dich hier herum, Bürschchen? Mach, daß du Land gewinnst!«
Eilig tappte Ringo die paar Schritte bis zur Straße zurück, während der unfreundliche Mann in einen schwarzen Wagen stieg, die Tür zuwarf und den Motor startete. Dann brauste er mit halsbrecherischer Geschwindigkeit durch die Einfahrt, fuhr haarscharf an Ringo vorbei und schoß auf die Straße hinaus. Im Vorbeifahren zeigte er Ringo seine Faust und lachte über das erschrockene Gesicht des Jungen. So ein rücksichtsloser Kerl! Wäre gerade ein Fußgänger vorbeigekommen, hätte er ihn bestimmt umgefahren.
Auch beim Einfädeln in den Straßenverkehr verschaffte er sich laut hupend rücksichtslos Vorfahrt. Ein Polizist, der gerade gemächlich mit seinem Motorrad in der Gegenrichtung fuhr, klappte daraufhin das Visier seines Helmes hinab, brummte: »Aha, ein Kunde!« und brauste hinterher.
Ringo sah ihm lachend nach und reckte den Hals. Aber ob und wo das Strafmandat ausgestellt wurde, konnte er nicht mehr sehen. Auf jeden Fall gönnte er es dem Dürren, daß er nun sein Fett bekommen würde.
Eigentlich wußte Ringo jetzt nicht mehr so recht, was er noch anstellen sollte, und klimperte schon mit dem Mofaschlüssel in der Hosentasche. Weitere Nachforschungen – wenn die überhaupt sinnvoll waren – mußte er wohl auf später verschieben.
Da öffnete sich die Haupteingangstür der Firma Gift und Galle, und ein sehr dicker Mann trat heraus. Er war ziemlich groß, trug eine ganz und gar unmögliche Brille und sog gierig an seiner Zigarette. Kaum hatte er den ersten Fuß auf den Bürgersteig gesetzt, als

er die Zigarette auf das Pflaster warf und sich sofort eine neue ansteckte. Zerstreut schüttelte er den Kopf. »Herrje, der Anruf!« murmelte er. »Jetzt hätte ich beinahe den Anruf vergessen.«
Plötzlich war Ringo nicht nur hellwach, sondern reagierte auch blitzschnell. Bevor die Tür zuschlagen konnte, hatte er seinen Fuß zwischen Tür und Angel gesetzt und verhinderte damit das Zuschnappen. Irgend etwas an dem Mann kam ihm merkwürdig vor. Ihm war, als hätte er ihn schon einmal gesehen. Oder vielmehr nicht eigentlich selbst gesehen, sondern . . . Richtig! Die Erleuchtung folgte auf dem Fuß. Eisen-Emil hatte von einem dicken, großen Mann mit unmoderner Brille gesprochen. Und hatte Emil nicht auch erzählt, daß dieser Mann wie ein Schlot rauchte? Jawohl, das mußte der Besucher gewesen sein, der einen Tag vor dem Einbruch nach den später gestohlenen Heften gefragt hatte!
Ringo fühlte in sich die Spannung wachsen. Er stieß die Tür auf und schlich in den Hausflur. Gerade noch sah er den Dicken – der, wenn er sich nicht irrte, auf den Namen Anton hörte – um die nächste Ecke verschwinden. Ringo folgte ihm auf leisen Sohlen. Er zweifelte eigentlich nicht mehr daran, jetzt auf der richtigen Spur zu sein. War nicht alles in diesem Haus seltsam und verdächtig, die Milchglasscheiben, der giftige, unfreundliche Kerl mit dem Auto, der ihn beinahe über den Haufen gefahren hatte . . . Und dann dieser Herr Anton, auf den Eisen-Emils Beschreibung wie die Faust aufs Auge paßte. Ringo pirschte an Büros vorbei, aus denen das Klappern von Schreibmaschinen und das Rattern von Fernschreibern drang. Am Ende des mit Marmor ausgekleideten Korridors stand eine Bürotür offen. UWE B. ANTON stand darauf. Und darunter war zu lesen: ASSISTENT DER GESCHÄFTSLEITUNG. Eine laute Stimme tönte aus dem Raum. Es war unzweifelhaft die von Herrn Anton, dem dicken Mann von vorhin. » . . . ja, Anton hier! Guten Tag, Ethelbert. Ich wollte nur ankündigen, daß ich am kommenden Wochenende wieder in Hamburg bin. Wie? Ja, ja, ich will bei diesen Halunken vorbeisehen . . . Du weißt schon. Was? Ja, Krimi-Klink. Und bei Dealer Skodzikowski auch. Die sollen heiße Ware auf Lager haben. Wie? Ja, genau. Wertvolle Ware, da lecken sich alle die Hände nach. Hör zu, mein Name darf nicht ins Gespräch kommen, du weißt schon warum. Ruf doch bitte bei denen an, und gib dich als Sekretärin von einem Dieter Baier aus . . ., ja, Baier, der Name ist in einschlägigen Kreisen bekannt. Ist ein

Vorschlag vom Chef. Also: Dieter Baier läßt mitteilen, daß seine Frau nach einem Ehekrach das ganze Zeug verbrannt hat und er deshalb wieder neue Ware benötigt. Klar? Das sollte genügen, um die Halunken scharfzumachen und die beste Ware zu reservieren. Und dann . . ., na, du weißt schon. Vergiß bitte nicht, ein Hotelzimmer zu buchen. Ja, im Eichenstübchen, wie immer.«

Ringo hatte jedes Wort verstanden und spürte, daß seine Erregung wuchs. Wovon redete der Mann eigentlich? Von heißer Ware? Von Krimi-Klink und Dealer Skodzikowski? Von Halunken? Was waren das für merkwürdige Geschäfte, die von der Firma Gift und Galle betrieben wurden?

»He, du!« sagte plötzlich eine Männerstimme hinter ihm. »Was treibst du denn hier?«

Ringo hatte das Gefühl, als hätte ihn ein Pferd getreten, obwohl ihm körperlich ja nichts geschehen war. Er wirbelte herum und sah sich einem mittelgroßen, dickbäuchigen Mann gegenüber, der grüne Ärmelschoner und eine Sonnenblende auf der Stirn trug. Die Augen des Mannes funkelten wütend. »Wer hat dich überhaupt hereingelassen?«

»Ich . . ., äh . . ., ich suche eine Lehrstelle«, erwiderte Ringo geistesgegenwärtig, nachdem er den ersten Schock verdaut hatte. »Und da wollte ich fragen, ob sie nicht zufällig . . .«

»Lehrstelle?« fragte der Mann und korrigierte den Sitz seiner Sonnenblende. »Lehrstelle? Lehrstelle? Wüßte ich nicht, nein, wüßte ich nicht. Außerdem müßtest du da meinen Partner fragen, Herrn Gift. Aber der ist gerade weggefahren. Der ist nicht hier.«

So unangenehm die Situation auch war – Ringo hatte doch Mühe, sich ein Grinsen zu verkneifen. Der giftige Kerl im Auto hieß also tatsächlich Gift und war Teilhaber dieser Firma. Ringo steckte einen Finger in den Mund, um verdächtige Grimassen zu vermeiden und starrte den anderen – demnach Herrn Galle – unschuldig an. »Na, dann kann man eben nichts machen. Außerdem sieht das hier eigentlich auch wenig nach Druckerei aus. Ich will nämlich gerne Drucker werden.«

»Wie interessant«, sagte Herr Galle, aber man konnte seinem Gesicht ansehen, daß ihn das überhaupt nicht interessierte. »Wir importieren und exportieren«, fügte er hinzu. »Hast du denn unser Firmenschild nicht gelesen? Hier wird nichts gedruckt. Und nun gehst du wohl besser.«

In diesem Augenblick kam Herr Anton mit wehendem Mantel aus seinem Büro gefegt, grüßte zerstreut Herrn Galle und wetzte zum Ausgang. Ohne Zweifel war er ein nervöser Mensch und dauernd in Eile. Ob er wieder einen Einbruch vorbereitete?
Ringo verabschiedete sich artig von Herrn Galle, der daraufhin seines Weges ging und nicht weiter auf den Jungen achtete. Der verirrte sich auf der Suche nach dem Ausgang – nicht ganz unbeabsichtigt – und stolperte in das Büro, das wohl Herrn Galle gehörte und dessen offenstehende Tür so einladend lockte.
Nachdem Ringo den schicken Schreibtisch – echtes Holz mit schöner Maserung –, die vollgestellten Aktenregale und das tolle Kofferradio – der Größe nach ein Weltempfänger – auf dem Fensterbrett betrachtet hatte, wurde sein Blick allerdings von einer Besonderheit wie magisch angezogen.
Und diese Besonderheit machte Ringo zweifelsfrei klar, daß er auf der richtigen Spur war. Vor Herrn Galles Schreibtisch stand nämlich ein alter Pappkarton, der nicht recht in die Ordnung, die in dem Raum herrschte, passen wollte. Aber der Karton war Ringo weit weniger wichtig als der Inhalt, der unter dem Kartondeckel hervorlugte: Comics. Im Karton lagen massenhaft Comichefte.
Ringo schob den Kartondeckel beiseite und nahm einen Teil der Hefte heraus. – Uiiiiiii! Das waren »Tarzan«-Hefte aus den fünfziger Jahren, erstklassig erhalten, ohne auch nur den kleinsten Schmutz- oder Fettfleck, ohne Eselsohren und ohne Rißstellen. Über den Daumen gepeilt mußte der Inhalt des Kartons – unter Brüdern – gut und gerne zweitausend Mark wert sein.
Ringo mußte sich fast dazu zwingen, die Hefte zurückzulegen und den Karton wieder so aussehen zu lassen wie vorher. Am liebsten hätte er sofort damit angefangen, in den Heften zu schmökern. Das waren nun wirklich Raritäten, von denen er kaum zu träumen wagte: »Tarzan« aus dem Mondial-Verlag. Uralte Sachen, unter Sammlern so geschätzt wie anderswo eine Stradivarigeige oder die Blaue Mauritius! Und hier lagen sie herum, neuwertig, Heft um Heft, wahrscheinlich sogar komplett.
»Da drüben geht es raus«, sagte hinter ihm die Stimme von Herrn Galle. Zum Glück hatte sich Ringo gerade wieder aufgerichtet, so daß seine Beschäftigung mit dem Inhalt des Kartons dem Mann wohl entgangen war. Aber trotzdem: Irrte er sich, oder war tatsächlich eine gehörige Spur Mißtrauen im Tonfall von Herrn Galle?

Ringo trat eifrig einen Schritt zur Seite und Herrn Galle dabei unbeabsichtigt auf die Zehen. Das wiederum führte zu einer heftigen Handbewegung des Getretenen, wobei er mit dem Ellbogen ein Wasserglas vom Schreibtisch fegte. Es zerbrach am Boden und benetzte den teuren Teppich mit gelber Limonade.

Herr Galle fluchte, aber bevor er sich von seinem wütenden Erstikkungsanfall erholen konnte, war Ringo bereits an ihm vorbei und hetzte zum Ausgang.

Keuchend und mit glühendroten Wangen erreichte er sein Mofa, schwang sich hinauf und startete. Langsam beruhigte er sich. Niemand folgte ihm, und auch der kühle Fahrtwind sorgte für Ernüchterung. Aber eines blieb: das Gefühl, auf eine heiße Sache gestoßen zu sein. Sonnenklar! Die gesamte Firma Gift und Galle schien eine Diebesorganisation zu sein. Wer weiß, was die alles stahlen oder als Hehler weiterverkauften! Und mit Sicherheit befaßte sie sich auch mit Comicheften.

Ringo hätte niemals gedacht, daß eine große Firma, die sich mit Im- und Export befaßte – was bedeutete, daß sie ausländische Waren einführte und inländische Waren ausführte –, Interesse an Comicheften hatte. Und da sich Firmen fast ausschließlich für Dinge interessieren, mit denen Geld zu verdienen ist, konnte dies nur heißen, daß der Handel mit – am Ende noch gestohlenen – alten Comicheften ein großes Geschäft war und jetzt auch von richtigen Geschäftsleuten als solches erkannt worden war.

Ha! dachte Ringo. Die haben gespannt, daß es eine Menge Sammler gibt, darunter auch Leute, die bereit sind, viel Geld für ihr Hobby auszugeben. Sie kaufen Hefte auf oder stehlen sie und entziehen sie damit dem Markt. Dann warten sie, bis die Sammlerpreise wegen fehlender Angebote weiter angezogen haben, und verkaufen zu astronomischen Preisen. Liebhaber ohne dicke Brieftaschen blieben da schnell auf der Strecke. So eine Frechheit!

Als er mit röhrendem Motor auf Eisen-Emils Schrottplatz fuhr, hatte er sich äußerlich zwar abgekühlt, aber innerlich kochte er.

Emil sortierte immer noch brummelnd seine Hefte, und Ringo überfiel ihn mit einem herausgesprudelten Wortschwall. Er erzählte hastig und nicht immer in der richtigen Reihenfolge, was sich in den letzten Stunden ereignet hatte.

Eisen-Emil hörte drei Minuten lang zu, dann setzte er sich auf seinen Schemel und sagte, die Ruhe in Person: »Nun noch einmal von

vorn. Wer ist Anton Galle, und wieso hat er auf dem Flohmarkt Zigaretten verkauft? Und welche Rolle spielt Susis Vetter?«
»Wie? Was?« Ringo war zuerst ganz baff, aber dann mußten beide lachen. In aller Ruhe und Ausführlichkeit wiederholte Ringo schließlich seine Geschichte, Wort für Wort, aber jetzt in der richtigen Reihenfolge.
Als er geendet hatte, schwieg Eisen-Emil ziemlich lange, fast eine Minute oder so. Dann endlich gab er seinen Kommentar ab. »Du glaubst also, die Firma Gift und Galle klaut überall die seltensten Hefte zusammen, hortet sie und verkauft sie später, wenn sich die Sammler wegen des geringen Angebots gegenseitig überbieten, zum mehrfachen Einkaufspreis? Hm.« Noch bevor Ringo eine zustimmende Antwort geben konnte, schüttelte Emil zweifelnd den Kopf. »Also, ich kann mir das einfach nicht vorstellen. Die Leute haben doch sicher andere Geschäfte abzuwickeln, die mehr einbringen. Sicher wären auf diese Art etliche Tausendmarkscheine zu verdienen – aber nicht über einen langen Zeitraum, denn man kann dieses Geschäft nicht beliebig wiederholen. So eine Firma mit mehreren Angestellten muß schon einen Umsatz von mindestens einer Million Mark machen, um nicht pleite zu gehen. Nee, ich glaube eher, die verkaufen Nähmaschinen nach Hongkong oder so etwas.«
»Warum nicht gleich Kühlschränke an die Eskimos?« Ringo war sauer. Warum wollte Emil nicht einsehen, daß zwischen den Heften, die Susi in der Hauseinfahrt der Firma gefunden hatte, den seltsamen Telefongesprächen und dem Stapel »Tarzan«-Heften im Büro des Herrn Galle ein Zusammenhang bestehen mußte?
»Hm«, machte Eisen-Emil. »Na, du hast schon recht, daß etwas faul an der Sache ist. Ja, aber was soll man da tun?« Er schwieg nachdenklich und sagte plötzlich: »Da fällt mir ein – was ist, wenn der Herr Galle einen Sohn hat, der die Hefte sammelt? ‚Tarzan'-Hefte jedenfalls. Und Herr Galle hat ihm die Dinger als Geburtstagsgeschenk gekauft. Das wäre möglich.«
»Teures Geschenk«, maulte Ringo. »Und woher soll er die Hefte wohl haben? Doch nur von einem Sammler. Weißt du einen in der Stadt, der die Hefte besitzt und auch verkaufen würde? Ich kann mir nicht vorstellen, daß ein Geschäftsmann wie Herr Galle auf Flohmärkte geht und zu Sammlern Kontakt aufnimmt.«
»Das ist auch wieder wahr. Aber deshalb muß er sie nicht gestohlen haben. Andererseits . . .«

»Wir zeigen sie an«, sagte Ringo geradeheraus.
»Bist du verrückt?« Eisen-Emil fiel vor Schreck beinahe die Stummelpfeife aus dem Mund. »Wir haben doch nicht einen einzigen stichhaltigen Beweis. Nur zusammengereimte Indizien!«
»Hast du die Hefte vergessen, die Susi gefunden hat?«
»Das beweist doch nichts. Wenn der Dieb etwas mit der Firma zu tun hat, wird man uns sagen, daß ein Unbekannter die Hefte in die Durchfahrt gelegt hat. Wie willst du da beweisen, daß sie ihm in Wahrheit aus der Tasche oder aus dem Karton gerutscht sind?«
»Aber . . . «
»Na stell dir mal vor, die Polizei stellt vor dem Haus deiner Eltern ein gestohlenes Auto sicher. Meinst du etwa, man würde deshalb deinen Vater des Diebstahls bezichtigen? Man würde ihn nicht einmal verdächtigen, weil ein geschickter Dieb wohl kaum solche Visitenkarten vor seinem Haus anbringt.«
Dieses Beispiel ließ Ringo zunächst mal schlucken und dann recht kleinlaut werden. So einfach war das alles wohl nicht, wie er es sich vorgestellt hatte. Aber das änderte nichts an seinem Verdacht. Er knetete verbissen seine Finger und zog daran, daß die Gelenke knackten. »Na gut«, meinte er schließlich. »Dann werde ich eben die nötigen Beweise finden.«
Eisen-Emil paffte eine blauweiße Kringelwolke in die Luft und seufzte. Manchmal hatte er den Eindruck, daß allzuviel Heftchenlesen einen jungen Menschen ganz schön verbohrt machen konnte. Aber er änderte seine Meinung bald wieder, als Ringo den mitgebrachten Plastikbeutel öffnete und die gestohlenen »Sigurd«-Hefte auf den Tisch legte. Ein guter Junge, ein wirklicher Freund! Da ließ sich Eisen-Emil nicht lumpen und steckte Ringo einen Zehnmarkschein zu. Das war ihm die Sache wert.

Heiße Kastanien

Es schien, als gäbe es eine geheimnisvolle, beinahe magische Kraft, die Ringo bereits am nächsten Tag in die Engelbert-Allee zurückführte. Seine Verstimmung über Eisen-Emils Skepsis hatte sich wieder gelegt. Auch wenn sein älterer Freud keine Schritte gegen den dicken Herrn Anton und seinen möglichen Komplizen unternehmen wollte – er würde jedenfalls am Ball bleiben.

Daß an einem Sonntag normalerweise nicht gearbeitet wird, interessierte ihn dabei wenig. So zeigte er sich auch nicht überrascht, als kaum, daß er sein Mofa abgestellt hatte, ein Wagen heranfuhr und in die Einfahrt einbog. Am Steuer saß niemand anderer als der dicke Herr Anton, der an einer Riesenzigarre paffte. Ringo schnalzte leise mit der Zunge. Er pirschte auf leisen Sohlen näher, spähte in die Einfahrt und sah gerade noch, wie Herr Anton das Gebäude durch jene Tür, die auch Herr Gift benutzt hatte, betrat. Nervös, wie er war, hatte er den Schlüssel von außen steckenlassen.
Unschlüssig sah sich Ringo um. Ihm war klar, daß er etwas Verbotenes — und wenn sich sein Verdacht bewahrheitete, auch etwas Gefährliches — unternehmen wollte. Aber es mußte sein. Und da er keine Angst hatte und sicherlich auch viel schneller rennen konnte als der dicke Herr Anton, schlich er entschlossen hinterher.
Es war ein so enger Korridor, daß er schon beim Hineinschlüpfen mit dem rechten Knie gegen etwas stieß. Es waren zwei große Kartons, auf denen rote Zettel klebten. Die Aufschriften setzten Ringo sogleich in fiebrige Aufregung. »Der kleine Sheriff«, las er. Und: »Die gesammelten Abenteuer von Prinz Eisenherz«. Ha! Wenn das kein Diebesgut war!
Er öffnete einen der Kartons — die Deckel waren nur lose zugedrückt und nicht verklebt worden — und besah sich den Inhalt. Für seine Augen war das wie Weihnachten. Das waren Schätze! Und alle sahen nagelneu aus. Obwohl die Hefte mehr als zwanzig Jahre alt waren, konnte man meinen, sie seien eben erst gedruckt worden. Bewundernd stellte er fest, daß jedes Heft einzeln in Zellophan eingeschweißt war. So gingen nur Sammler vor, die den festen Willen hatten, ihre Hefte in das nächste Jahrhundert hinüberzuretten.
Etwas benommen stolperte Ringo weiter. Jetzt mündete der Gang in den Korridor ein, den er schon kannte. Das Büro von Herrn Anton kam in Sicht. Die Tür war angelehnt — dieser Mensch schien die Angewohnheit zu haben, niemals eine Tür hinter sich zu schließen —, und wieder drangen Gesprächsfetzen nach draußen. Herr Anton telefonierte.
» . . . zu dumm, daß die nichts zurücklegen wollten. Nicht mal für Dieter Baier — das sind aber harte Zeiten geworden . . . Ach so, dann ist ja alles gut. Wenn das Neumann-Material sowieso erst am Donnerstag eintrifft, kann es ja nicht schon zwei Tage später vergriffen sein . . . Na ja, das mußte ja kommen. Ganz klar, irgend-

wann mußte der Schu-Schmu-Schu auf uns aufmerksam werden. Aber keine Sorge, die Bande steche ich mit links aus . . . Ach was, das ist ein Kinderspiel . . .« Die weiteren Worte konnte Ringo nicht verstehen, da Herr Anton fürchterlich husten mußte und eine Weile nur noch heiser flüsterte. Dann sprach er wieder lauter und verständlicher: »Der Chef hat in der letzten Nacht groß zugeschlagen. Wie? Nein, nein, das nicht. Im Fernsehen hat man nichts darüber gebracht. Die Brüder haben nicht spitzgekriegt, worum es ging. Na ja, kein Wunder. Das Zeug nimmt niemand ernst.«

Das war der Augenblick, in dem Ringo dringend niesen mußte. Er klemmte die Nasenlöcher zwar verzweifelt mit Daumen und Zeigefinger zu, aber das zischende »Hriiiiiefffffff!«, das dabei trotzdem entstand, war laut genug, um Herrn Anton zu alarmieren. Erschrocken rief er: »Ist da jemand?«

Doch Ringo war schon auf dem Rückzug. Als Herr Anton aus seinem Büro schaute, hatte er bereits den Korridor zur Einfahrt erreicht und hetzte ohne Pause weiter, an den Kartons vorbei und hinaus ins Freie. Dann spurtete er durch die Einfahrt zur Straße. Im nächsten Moment lief er gegen etwas Weiches. Das Weiche entpuppte sich als ein quiekendes Mädchen, das mit ihm gemeinsam zu Boden ging.

Sie erkannten sich erst, als sie beide auf dem Hosenboden saßen und losschimpfen wollten. Sie sahen sich an und lachten.

»Tag, Ringo, du bist aber ungestüm.«

»Tag, Susi. Das macht die Wiedersehensfreude.«

Herr Anton tauchte an der Tür auf und schrie: «Du da, Bengel! Komm mal her, aber fix!«

Ringo rappelte sich auf, nahm Susis Hand, zog sie mit sich und rannte mit ihr auf die andere Straßenseite. Herr Anton machte ein wütendes Gesicht, verschwand dann aber wieder im Innern des Gebäudes. Dieses Mal bemerkte er den steckenden Schlüssel, zog ihn ab und knallte die Tür zu.

»Das versteh' ich nicht«, meinte Susi und schüttelte den Kopf, als Ringo ihr im Gehen von seinen Erlebnissen berichtet hatte. »Und das machst du alles nur wegen dieser alten, gammeligen Hefte? Ist dir eigentlich klar, daß dich der Dicke wegen versuchten Einbruchs anzeigen kann?«

»Na ja«, gab Ringo zur Antwort und wurde ein bißchen rot. »Aber kapier das doch! Das sind nicht irgendwelche gammeligen

Hefte. Dir kommen sie vielleicht so vor. Aber in Wahrheit sind sie viel Geld wert. Sammler zahlen horrende Preise dafür. Und diese Kartons im Hausflur – also, so viele alte und dazu blendend erhaltene Hefte kann ein einzelner Sammler gar nicht zusammengrabschen. Da steckt etwas anderes dahinter, glaub es mir. Erst der Einbruch bei Eisen-Emil, und jetzt die Kartons mit den nagelneuen Heften . . . Die haben wieder etwas angestellt, da möchte ich wetten. Und schließlich hab' ich am Telefon gehört, wie Anton sagte, im Fernsehen sei aber nichts darüber gebracht worden. Also war es ein großes Ding, das sogar etwas für das Fernsehen gewesen wäre. Die müssen eine Riesensache abgezogen haben.«

»Mensch!« sagte Susi plötzlich. »Jetzt fällt mir aber etwas ein. Ich habe vorhin im Radio die Nachrichten gehört, und da wurde von einem Einbruch in Frankfurt berichtet, und zwar in irgendeiner großen Bibliothek. Man weiß bloß nicht, was die Diebe wollten, denn es fehlte nicht ein einziges Buch. Aber einige Stapel Schundhefte sollen spurlos verschwunden sein. Meinst du etwa, daß . . .«

Ringo fühlte sich schwindelig. »In Frankfurt? Auweia! Das kann nur die Deutsche Bibliothek sein. Zufällig weiß ich nämlich, daß dort alles Gedruckte gesammelt wird. Alles, verstehst, du, was hierzulande erscheint. Egal, ob es von einem Nobelpreisträger stammt oder eine Schülerzeitschrift ist. Und an Comics haben die natürlich auch alles, was jemals herausgekommen ist. Ladenneu natürlich. Und vielleicht auch eingeschweißt, damit es länger erhalten bleibt.«

»Weißt du was?« fragte Susi. »Wir gehen jetzt erst mal zu mir nach Hause und reden in Ruhe darüber. Die ganze Sache fängt nämlich an, interessant zu werden. Sogar für mich.«

Ringo war es nur recht, daß er noch eine Weile mit Susi zusammensein konnte. Er stiefelte hinter dem Mädchen die Treppe hinauf. Heute herrschte mehr Betrieb in der Wohngemeinschaft als bei seinem letzten Besuch. Neben Kalle Steinberg saß eine schlanke Frau mit einer großen, runden Brille am Küchentisch. Das war Margret Bogowsky, wie Ringo sogleich erfuhr. Und Berti, ihr Mann, hielt sich auch in der Küche auf. Er war ein bißchen kleiner als seine Frau, hatte kurze Beine, einen kleinen, runden Bauch und außerdem eine Stirnglatze. Er wusch gerade das Geschirr ab, pfiff dabei fröhlich und winkte mit seiner Stielbürste. Ein anderer junger Mann, der mit Fred angeredet wurde, trocknete ab.

Auf dem Flur krabbelte ein zweijähriger Junge namens Martin auf sie zu und zeigte ihnen zufrieden glucksend sein buntes Bilderbuch. Der würde bestimmt mal ein großer Comicsfan werden, das sah Ringo sofort mit Kennerblick.
Susi lachte, als ihr Ringo seine Vermutung mitteilte. »Eigenwillig ist er jetzt schon«, meinte sie. »Kalle hat ihm den Spitznamen ‚Kompli' gegeben.«
»Abkürzung für kompliziert!« rief Kalle. »Das ist er auch, besonders, wenn man ihm die Bilderbücher wegnimmt. Dann fängt er an zu brüllen, als würde die Welt untergehen. Aber Tagchen erst mal, Ringo. Wenn wir uns zum dritten Mal treffen, mußt du aber einen ausgeben.«
Die anderen lachten. Jemand klopfte Ringo auf die Schulter und sagte: »Halt die Ohren steif, Junge!« Kichernd verschwand Susi mit ihm in ihrem Zimmer. Immer noch lagen die Schallplatten auf dem Boden, und die beiden begannen damit, sie wegzuräumen. Susi erzählte unterdessen, daß die anderen Mitbewohner Studenten wie Kalle oder Sozialarbeiter waren, die sich von Berufs wegen um Kinder aus zerrütteten Familien kümmerten. Und natürlich auch, weil sie darin eine wichtige Aufgabe sahen.
»Ich habe auch keine Eltern mehr«, fuhr Susi fort. »Mehrere Jahre lang habe ich in einem Kinderheim zugebracht, wo es ziemlich mies war. Die hatten einfach keine geschulten Leute. Und es waren auch viel zu wenige, die uns betreuten. Sie kamen mit uns nicht klar, hatten keine Ahnung, wie man Kinder behandeln muß. Den ganzen Tag über wurde herumgeschrien, gemeckert, bestraft. Wer das mitgemacht hat, wird entweder richtig eingeschüchtert und hat vor allem Angst oder fängt an, sich zu wehren. Viele versuchen abzuhauen. Hab' ich auch mehrmals gemacht, mindestens sieben- oder achtmal. Aber wo sollte ich schon hin? Die haben mich bald wieder aufgegriffen und zurückgebracht. Dann gab es Strafe. So 'ne Art Einzelhaft. Du darfst dein Zimmer nicht verlassen, und mit Fernsehen ist es auch nichts. Das war ziemlich schlimm. Eigentlich kann man das gar nicht erzählen, man muß das schon selbst mitgemacht haben. Als ich dann zum letzten Mal ausgerissen bin, hat mich Fred am Autobahnzubringer aufgelesen. Ich wollte per Anhalter nach Hamburg. Und von da aus nach Amerika. Bis Hamburg bin ich auch gekommen, mit Fred. Er hat mir unterwegs erzählt, daß es in Amerika auch nicht besser ist, schon gar nicht für Einwanderer,

die ohne Erlaubnis ins Land kommen. Man steckt sie in den Knast, irgendwo mitten in einer Wüste. Na ja, da bin ich eben hiergeblieben. Fred und seine Frau arbeiten bei der Stadt und bekamen schnell die Erlaubnis, mich aufzunehmen. Ich mußte nicht mal mehr ins Kinderheim zurück; meine Sachen hat Fred abgeholt. Bin ich froh, daß es so gekommen ist. Sind alles nette Leute hier, die auch sofort damit einverstanden waren, daß ich einziehe. Hier bestimmen nämlich alle gemeinsam, verstehst du?«

»Toll«, sagte Ringo und meinte es auch so.

Da hatte ihm die kleine Susi aber einiges an Erfahrung voraus, das mußte er zugeben. Er selbst hatte noch niemals von zu Hause weglaufen wollen, schließlich hatte er im Gegensatz zu Susi Eltern und kam wunderbar mit ihnen klar. Aber die große weite Welt lockte ihn manchmal natürlich schon.

»Unter freiem Himmel zu schlafen stelle ich mir unheimlich romantisch vor«, meinte er.

Susi lachte. »Na, du hast vielleicht Vorstellungen! Daran, daß es schweinisch kalt sein kann und daß Ameisen und Ohrenkriecher auf dir herumkrabbeln, denkst du wohl gar nicht, was? Und dann das ewige Knacken im Unterholz! Einmal wurde ich wach, weil ein ausgewachsenes Wildschwein an meiner Nase rumschnupperte. Es hatte dann allerdings mehr Angst als ich.« Sie kicherte und schüttelte sich gleichzeitig. »Ich hatte Bammel!«

Ringo klopfte sich vor Lachen auf den Schenkel, als er sich vorstellte, daß Susi vielleicht vor Schreck den nächsten Baum hochgeklettert war und von dort aus um Hilfe gerufen hatte.

»Aber kommen wir lieber zum Thema.« Susi zählte an den Fingern auf, was Ringo schon alles herausgefunden hatte. »Erstens: Bei Eisen-Emil wurden wertvolle Hefte geklaut. Zweitens: Die Beschreibung des verdächtigen Kunden paßt ziemlich genau auf Herrn Anton. Drittens: In der Firma Gift und Galle gibt es etliche Kartons mit alten Heften. Viertens: In der Deutschen Bibliothek oder wie das heißt ist eingebrochen worden. Fünftens: Herr Anton erzählt am Telefon seltsame Dinge und auch davon, daß der Chef groß zugeschlagen hat. Außerdem erwähnt er das Fernsehen, das wohl von der Riesensache hätte berichten können. Und sechstens: Herr Anton will in Hamburg irgendwelche Halunken treffen. Und dann waren da noch diese verdächtigen Namen . . ., äh . . ., wie hießen die noch mal?«

»Dealer Skodzikowski und Krimi-Klink.«
»Das hört sich doch wirklich nach Gangstern an.«
»Vergiß nicht den Schu-Schmu-Schu. Sicher so etwas wie der Ku-Klux-Klan oder die Mafia.«
»He, du kennst dich ja aus!«
»Und was hältst du jetzt von alledem?«
»Hm. Bestimmt stecken die unter einer Decke – ich meine, der Anton, der Gift und vielleicht auch der Galle. Sicher auch der Galle – bei dem hast du ja auch Hefte gefunden. Also: Der saubere Herr Anton macht die Dreckarbeit, die kleinen Klauereien. Vielleicht auch größere Sachen, weiß ich nicht. Herr Gift übernimmt wohl die großen Dinger. Ach, über die Einzelheiten können wir eigentlich nur rumrätseln. Wahrscheinlich muß der Anton die heißesten Kastanien aus dem Feuer holen, weil er nur Angestellter ist. Fest steht jedenfalls, daß es sich um 'ne ganze Bande handelt – um eine Schundklaubande, hihihi!«
Ringo wollte gegen den Ausdruck »Schund« protestieren, aber dann lachte er mit.
Susi wurde wieder ernst. »Aber was könnte wohl das Motiv für die Einbrüche sein?«
»Na, sie klauen so viel zusammen, bis die Sammler nur noch bei ihnen kaufen können. Und dann schrauben sie die Preise hoch.«
»Das ist zwar gemein, aber nicht verboten, glaube ich.«
»Aber Einbrechen und Stehlen.«
»Richtig.« Susi rieb sich nachdenklich das Kinn. »Sollten wir nicht einfach zur Polizei gehen?«
»Das habe ich Eisen-Emil ja gestern auch gesagt«, meinte Ringo. »Aber inzwischen glaube ich, daß Emil recht hat: Uns fehlen greifbare Beweise. Jeder Polizist würde uns für Spinner halten. Und selbst wenn man die Firma aufsuchen und die Hefte finden würde – so leicht läßt sich nicht beweisen, daß die nicht ehrlich erworben wurden. Jede Wette, daß die Bande verdächtige Exemplare – beispielsweise gestempelte Hefte – aussortiert und versteckt hat.«
»Dann bleibt uns nur eines: Wir müssen die feinen Herren auf frischer Tat ertappen«, schloß Susi rasiermesserscharf.
»Wir?« fragte Ringo erfreut und mit leichtem Herzklopfen. »Hast du wirklich ‚wir' gesagt?«
»Na klar! Glaubst du etwa, ich könnte meine neugierige Nase aus der Angelegenheit jetzt noch raushalten?« Sie klopfte Ringo auf die

Schulter und rief laut: »Hiermit geben wir die Gründung des Detektivbüros Herzog und Roloff bekannt!«
»Klasse!« Ringo freute sich. »Dafür würde ich dir am liebsten ein Küßchen geben.«
»Und warum tust du es nicht?« wollte Susi wissen und hielt ihm die Wange hin.
Das ließ sich Ringo nicht zweimal sagen.
»Nun mal nicht so stürmisch!« rief Kalle, der gerade die Tür geöffnet hatte. Er schmunzelte. »Du machst unsere Susi ja ganz konfus! Guck mal, jetzt ist sie sogar rot geworden . . .«
Er balancierte eine Kaffeekanne und ein riesiges Tablett. »Wollen die Herrschaften Kaffee und Pflaumenkuchen?«
Das war vielleicht eine Frage!

Hamburg ist ziemlich groß

Die ersten Tage der Woche brachten hauptsächlich Regen. Die Osterferien – Ringos letzte Schulferien – standen vor der Tür. Aber der Regen störte Ringo wenig, und die Ferien regten ihn auch nicht besonders auf. Er hockte oft bei Susi und erledigte dort vor allem auch seine Hausaufgaben.
Schließlich war Kalle Steinberg ein wahres Genie in Mathematik und sprach außerdem noch fließend Englisch.
Frau Herzog, die auf die neuen Freunde ihres Sohnes neugierig war, tauchte am Mittwoch ganz überraschend auf und wurde von Inge Hartmann und Margret Bogowsky gleich zu Kaffee und Pflaumenkuchen eingeladen. Pflaumenkuchen gab es übrigens in dieser Woche beinahe jeden Tag zum Kaffee. Berti Bogowsky war nämlich ein begeisterter Kleingärtner und hatte im letzten Jahr mehr als einen Zentner Pflaumen geerntet, die seit Monaten die Tiefkühltruhe blockierten und nun endlich weggegessen werden mußten.
Ringos neue Bekannte gefielen seiner Mutter auf Anhieb sehr, und am nächsten Abend schaute auch Ringos Vater vorbei, der sich schnell mit Susi anfreundete und sie einlud, in der nächsten Woche doch mal zu ihnen zu kommen.
Am selben Abend, nach einem aufregenden und schweißtreibenden Tischtennismatch im Aufenthaltsraum der Wohngemeinschaft, durchfuhr Ringo blitzartig die Erkenntnis, daß es höchste Eisen-

bahn war, sich zu überlegen, was man gegen die Aktionen des Herrn Anton tun konnte.

»Mensch, Susi!« rief er. »Der Anton will doch an diesem Wochenende nach Hamburg fahren. Wir müssen uns unbedingt an seine Fersen heften!«

»Mit deinem Mofa etwa?« fragte Susi und lachte.

»Hmmm, das geht wohl nicht. Aber wie wär's per Anhalter? Wo wir doch sowieso Ferien haben.«

»Na, ich weiß nicht. Das kann ganz schön nerven, wenn man Pech hat und irgendwo festhängt. Ich hab' meine Erfahrungen gemacht, du weißt ja.«

»Meine Eltern dürfen davon eigentlich auch nichts wissen«, gab Ringo zögernd zu. Plötzlich hellte sich seine Miene auf. »He! Meine Eltern fahren ja morgen sowieso für ein paar Tage an die Mosel. Ich sollte meine Tante Karin in Hofgeismar besuchen, aber . . .« Er lächelte listig. »Aber das könnte ich ausfallen lassen. – Wie steht es mit dir?«

»Ich möchte schon . . .« Und im Grunde hatte Susi auch wirklich Lust, mit Ringo nach Hamburg zu fahren. Ganz abgesehen davon, daß dies sozusagen eine heilige Pflicht für das Detektivbüro Herzog & Roloff war. Aber sie suchte immer noch nach einem besseren Weg, als per Anhalter zu reisen. Nur kosten durfte es nicht viel.

»Kalle hat übrigens eine Freundin in Hamburg, die Steffi. Da könnten wir schlafen.«

»Ist doch prima!« Ringo war sofort begeistert, weil sich damit ein weiteres Problem von selbst erledigte.

»Paß auf, ich schreibe Tante Karin – ach was, ich rufe sie an und sage ihr, daß ich es mir anders überlegt habe und mit meinen Eltern fahre. Meinen Eltern sage ich nix davon. Und wenn du Schwierigkeiten mit deinen Leuten befürchtest, dann sagst du einfach, du fährst mit mir nach Hofgeismar, zu Tante Karin. Wenn wir zurückkommen, können wir ja alles beichten. Man wird uns schon nicht gleich die Köpfe abreißen. Was hältst du davon?«

»Ach, ich find' das blöd, daß wir unseren Leuten nicht die Wahrheit sagen. Ich würde bestimmt die Erlaubnis kriegen, nach Hamburg zu fahren. Und deine Eltern haben sicher auch nichts dagegen. Du mußt ja nicht gleich sagen, daß wir einen Gangster jagen wollen.«

»Also, wenn ihr mich fragt«, ließ sich eine Stimme aus dem Hintergrund vernehmen, »ich halte auch nicht viel davon, daß ihr euch in

solche Sachen verstrickt. Aber wenn ihr wirklich so wild darauf seid – dann fahrt doch, in Herrgotts Namen!«
»Kalle!« Wie von der Tarantel gestochen sprangen die beiden Verschwörer vom Teppich auf. »Du hast alles gehört?« Ringo sah verlegen zu Boden.
Kalle Steinberg schloß die Tür und steckte sich wieder seine Pfeife an. »Klar«, meinte er lässig. »Aber man ist ja schließlich kein Spielverderber. Nur müßt ihr mir versprechen, vorsichtig zu sein.«
Er blies kleine, blaue Kringel gegen die Vorhänge, versenkte seine Hände in den Hosentaschen und fügte grinsend hinzu: »Mit vierzehn habe ich auch so meine einschlägigen Erfahrungen gesammelt. Fast jeden Monat einmal Amsterdam und zurück. Mein armer Papa war jedes Mal hinter mir her wie der Teufel hinter der armen Seele. Aber nun mal ernsthaft: Das Fahren per Anhalter ist in eurem Alter nicht das Wahre. Zumal es ein paar Lustgreise gibt, denen unsere Susi nur zu gut gefallen könnte. Reden wir nicht mehr darüber, denn das könnt ihr euch sowieso schenken. Ich mache euch nämlich einen besseren Vorschlag: Ich fahr' euch nach Hamburg. Abgemacht? Bei der Gelegenheit komme ich endlich dazu, Steffi mal wiederzusehen.«
»Kalle!« rief Susi. »Du bist ein Schatz!«
Alles weitere war ein Kinderspiel. Jetzt war überhaupt kein Versteckspiel mehr nötig. Fred und Margret, dem Papier nach Susis »Erziehungsberechtigte«, hatten keine Einwände, weil sie mit Kalle fuhr. Und die Herzogs stimmten nach kurzem Zögern ebenfalls zu, weil sie sowohl Susi als auch Kalle vertrauten. Das war ein schönes Gefühl, ein reines Gewissen zu haben. Nur ein bißchen hatte Ringo geflunkert, als er den Eltern den Grund für den Ausflug verschwieg. Aber alles dürfen besorgte Eltern nun mal nicht wissen.
Ringo köpfte sein Sparschwein, packte seine Reisetasche und verabschiedete sich. Kalle wollte am nächsten Morgen gegen vier Uhr losfahren, weil dann die Autobahn noch ziemlich leer war, und Ringo sollte die Nacht davor in der Wohngemeinschaft schlafen, auf Kalles Luftmatratze, die auch die Reise nach Hamburg mitmachen würde. Und natürlich hatte sich Kalle sicherheitshalber telefonisch bei Steffi angemeldet, um zu hören, ob sie willkommen waren. – Sie waren willkommen.
Klare Sache, daß die Luftmatratze in dieser ersten Nacht gar nicht richtig benutzt wurde. Weder Susi noch Ringo machten vor der Ab-

fahrt ein Auge zu, dafür waren sie viel zu aufgeregt. Unruhig wälzten sie sich hin und her und schmiedeten Pläne, wie sie den dicken Herrn Anton und seine Schundklaubande hereinlegen konnten. Am besten würden sei ihn gleich am Bahnhof erwarten und ihm nicht mehr von den Fersen weichen, bis sie ihn auf frischer Tat ertappten. Dabei fiel ihnen ein, daß sie nicht einmal wußten, um welche Zeit Herr Anton in Hamburg eintraf. Und Hamburg war groß – wo wollte man ihn da finden?
Dieser unangenehme Gedanke wurde schnell wieder verdrängt, und die Phantasie der beiden verschaffte sich Raum. Aus Gift, Galle und Anton wurde eine Riesenorganisation mit Hunderten von Mitarbeitern, die weltweit unschuldige Sammler ausspionierte und die gesammelten Erkenntnisse mit riesigen Computern verarbeitete. Sicher plante man längst, auch ausländische Bibliotheken zu berauben. Ringo wußte nämlich, daß einzelne Comichefte in Amerika Tausende von Dollars kosteten. Das mußte die Diebe noch viel mehr reizen als das einheimische Material. Und sicherlich hatten sie schon längst Sammler und Bibliotheken in Holland, Belgien und Frankreich im Auge, denn dort gab es eine große Comicsproduktion. Die dortigen Zeichner und Texter waren außerdem für ihr Können und ihren Witz weltberühmt.
So kam es, daß Kalle, als er kurz vor vier Uhr frisch und ausgeschlafen in Susis Zimmer kam, auf zwei blasse und müde Gestalten stieß, die dann schlaftrunken am Frühstückstisch hockten und wie Schlafwandler in Kalles Wagen stiegen.
Natürlich verschliefen Ringo und Susi neunundneunzig Prozent der Fahrt. Einträchtig aneinandergekuschelt ratzten sie vor sich hin. Einmal, als Kalle an einer Tankstelle hielt, um seine Ente mit dem teuren Saft zu versorgen, schreckte Ringo hoch. Er fuchtelte mit den Armen herum und krächzte mit geschlossenen Augen: »An meinen ‚Tarzan' kommt ihr nicht heran, ihr Gauner!« Dann öffnete er kurz die Augen, schnüffelte, brummte: »Benzingestank, pfui Deibel!« und schlief wieder ein.
Auf der Weiterfahrt hatten ihn die Alpträume wieder fest im Griff. Wohin er sich im Traum auch wendete, überall sah er den Kettenraucher Herrn Anton, der mit gierigen Fingern kostbare Heftchen befummelte, an seiner unmöglichen Brille rückte, dabei teuflisch grinste und kicherte: »Das wird bald alles mein sein, alles mein sein, alles mein sein, hihihihihi!« Dann wieder flitzte Herr Anton

mit einem riesengroßen schwarzen Koffer zungenschnalzend hinter einem armen Sammler her, der seine Schätze verzweifelt unter der Jacke versteckt hielt und nach einem Taxi rief. Ein Taxi brauste heran – aber am Steuer saß Herr Gift, jetzt mit Melone und goldener Uhrkette, und grinste höhnisch. Dann streckte er die Rechte aus und flüsterte heiser: »Pro Kilometer kostet die Fahrt einen ‚Supermann'! Hahaha!«
Stöhnend wachte Ringo auf. Ihm war kalt, weil er noch immer unausgeschlafen war. Seine Zähne begannen zu klappern. Wie durch einen schwarzen Schleier sah er Kalles Hinterkopf. Es dauerte eine Weile, bis er begriff, daß der Schleier nichts anderes war als Susis Haar. Ihr Kopf lag nämlich auf seiner Schulter, und ihr Haar versperrte ihm die Sicht. Er pustete leicht dagegen, um Susi nicht aufzuwecken, und hatte nun freie Sicht.
Kalle drehte sich bei dem Geräusch kurz herum und fragte: »Na, wieder auf dem Damm? Oder soll ich mal kurz anhalten?«
»Aber wieso denn?« wollte Ringo verblüfft wissen. »Na, du hast gestöhnt, als würde jemand auf deiner Kehle sitzen. Ich dachte schon, dir wär' schlecht.«
»Ach, das! Nee, ich hatte 'nen fiesen Alptraum.«
Erleichtert lehnte sich Ringo wieder zurück und betrachtete Susi. Im Schlaf sah sie noch hübscher aus als sonst, fand er. Er fühlte sich sehr stolz, weil sie ihren Kopf auf seine Schulter gelegt hatte. Er kuschelte sich ganz eng an sie und streichelte sanft erst ihr Haar und dann ihr Gesicht.
Susi seufzte leise, und Ringo war sich nicht mehr ganz sicher, ob sie wirklich noch so fest schlief. Leise fragte er Kalle: »Sind wir bald da?« Er sah nämlich plötzlich, daß sie längst die Autobahn verlassen hatten und an Häuserreihen vorbeifuhren.
»Bald da ist gut«, meinte Kalle, trat auf die Bremse und rief: »Endstation! Alles aussteigen!«
Susi schreckte hoch und lächelte Ringo schlaftrunken an. Kalle hielt vor einem hübsch angemalten Altbau, an dem sich wilder Wein bis zum zweiten Stockwerk emporrankte. Er hupte mehrmals.
Oben flog ein Fensterflügel auf. Ein Mädchen mit einem dunkelblonden Pferdeschwanz schaute heraus, winkte, lachte und warf ihnen Kußhändchen zu.
Kalle Steinberg sprang aus seiner Ente und stieß ein Freudengeheul aus. Dann öffnete er den Kofferraum und holte die beiden ersten

Gepäckstücke heraus. Ringo und Susi torkelten aus dem Auto und schnappten sich den Rest.
»Ich hab' kaum was von der Fahrt gemerkt«, sagte Susi und blickte Ringo mit so sanften Augen an, daß ihm ganz anders wurde. Jetzt zweifelte er nicht mehr daran, daß sie sein Streicheln mitbekommen hatte.
»Mir ist auch, als wäre ich gerade erst eingestiegen«, sagte er schnell. »Das war wie eine Zeitreise. Wir sind vier Stunden in die Zukunft gereist.«
Dann schleppten sie die Sachen nach oben. Steffi bereitete in Windeseile ein zweites Frühstück zu und freute sich, daß es ihren Gästen schmeckte. Besonders Ringo stopfte in sich hinein, was sein knurrender Magen nur fassen konnte. Dazu trank er fast einen Liter Orangensaft. Kein Wunder, vor der Abfahrt hatte er kaum etwas angerührt.
Kalle verschob die Magenbesänftigung erst mal und schmuste mit seiner Freundin, die er seit mehr als vier Wochen nicht mehr gesehen hatte. Aber dann setzte er sich doch an den Tisch und langte zu.
»Paßt bitte auf, daß keine Marmelade auf die Hefte kommt«, sagte Steffi und schob einen Papierstapel noch weiter zum Rand des Tisches. »Die hab' ich nämlich ausgeliehen. Ich brauche sie für eine Seminararbeit an der Uni.«
»Ha!« stieß Ringo im gleichen Augenblick hervor, denn er hatte in dem Papierwust etwas erspäht. »Was sehen meine fiebrigen Sammleraugen? Sind das etwa Comichefte?«
»Sicher. Interessierst du dich dafür?« meinte Steffi überrascht.
Ringo wischte sich den Mund mit einer Papierserviette ab und stand auf. »Das ist die Untertreibung des Jahrhunderts«, brummelte er und beäugte die Stücke aus der Nähe. Tatsächlich, haufenweise »Kobra«- und »Zack«-Magazine. Die waren zwar nicht alt genug, um sein Blut in Wallung zu bringen, aber er konnte es kaum fassen, daß man sich nun sogar an den Universitäten mit seiner Lieblingslektüre befaßte. Irgendwie fühlte er sich sofort um vier bis fünf Zentimeter größer.
»Deine eigenen?« fragte er Steffi.
»Nö, die habe ich von einem Händler ausgeliehen. Der wohnt hier gleich um die Ecke und ist sehr nett. Er hat ein Spezialgeschäft, wo die Sammler einkaufen. Skodzikowski heißt der gute Mann.«
»Wie heißt er?« fragten Ringo und Susi wie aus einem Mund.

Dann mußte Susi erst einmal einen Brotkrümel abhusten, der ihr in der Aufregung fast in die Luftröhre gerutscht wäre.
»Skodzikowski«, wiederholte Steffi erstaunt. »Kennt ihr den?«
»Sko . . ., Skod . . ., Skodzikowski!« stotterte Ringo. Er war ganz blaß um die Nasenspitze geworden, und jede Spur von Müdigkeit hatte sich in nichts aufgelöst. »Und das ist wirklich ein Comicshändler? Uff, ich schnalle ab! Am Ende kennst du auch noch jemanden, der Klink heißt?«
»Den Krimi-Klink? Sicher, das ist ein anderer Heftchenhändler. Hat sich mehr auf Krimis spezialisiert, daher der Name. Warum fragst du? Was hat es mit den beiden auf sich?«
»Das wissen wir selbst noch nicht so genau«, schaltete sich Susi ein, die den Kampf gegen den Krümel inzwischen gewonnen hatte. »Auf jeden Fall ist jemand nach Hamburg gekommen und will ein krummes Ding drehen. Auch wenn du jetzt darüber lachen wirst: Der Mann stiehlt Hefte, und zwar solche, die alt und damit unter Sammlern wertvoll sind. Ringo hat ihn am Telefon belauscht und dabei die Namen Skodzikowski und Krimi-Klink aufgeschnappt. Allerdings dachten wir, die beiden wären Gangster, von denen er Ware übernehmen wollte. Aber jetzt sieht es ja so aus, als seien das die Opfer, bei denen er klauen will. Was meinst du, Ringo?«
Ringo nickte eifrig. »Klare Sache. Und jetzt haben wir auch gleich eine neue Spur. Nach dem großen Mampfmampf sehen wir uns mal im Laden von Skodzikowski um.«
Dann mußten sie Steffi in aller Ausführlichkeit erzählen, welcher heißen Sache das Detektivbüro Herzog & Roloff auf der Spur war.

Spürnase voraus!

»Ach, du liebe Güte!« rief Steffi, als sie zufällig auf die uralte Standuhr, ein schönes und kostbares Erbstück von ihren Großeltern, blickte. »Schon elf Uhr! In einer Viertelstunde beginnt mein Anglistikseminar. Das darf ich auf keinen Fall verpassen. Ich muß nämlich ein Referat halten.«
»Ich fahr' dich schnell hin«, bot Kalle an.
»Das ist lieb von dir«, erwiderte Steffi, die bereits in eine hellbraune Jacke aus imitiertem Fell schlüpfte. »Mit der S-Bahn würde ich es nicht mehr schaffen.«

»Dann nix wie los!« Kalle schob den letzten Rest einer Marmeladenstulle in den Mund, erhob sich vom Frühstückstisch und langte nach den Autoschlüsseln.
»Es macht euch doch sicher nichts aus, ein paar Stunden allein zu sein?« fragte Steffi und sah ihre jungen Gäste an. »Das heißt, ihr wolltet ja sowieso noch zu diesem Skodzikowski. Moment, ich gebe euch auf jeden Fall einen Schlüssel, damit ihr reinkönnt, wenn Kalle noch nicht zurück sein sollte.« Sie kramte nervös in den verschiedenen Schubladen ihres Schreibtisches und hielt nach einigem Suchen einen Zweitschlüssel in der Hand. »Hier«, sagte sie und warf ihn Susi zu. »Und für den Fall, daß ihr euch verlaufen solltet – das kann ja mal vorkommen, wenn man in einer fremden Stadt ist –, gebe ich euch noch meine Adresse.« Sie riß einen Zettel von einem Notizblock ab und drückte mit einem kleinen Taschenstempel ihre Adresse darauf. Dann nahm sie ihre Umhängetasche mit den Büchern für die Uni und reichte Ringo den Zettel.
»Hopp, hopp!« rief Kalle und machte den anderen Beine. Lachend polterte das Quartett die Treppe hinunter, nachdem Steffi die Wohnung abgeschlossen hatte.
Unterwegs las Ringo den Zettel: »Stephanie Lindemann, Schulterblatt 77, 2000 Hamburg 6, Telefon 89 77 52.« Er kicherte in sich hinein und konnte schließlich doch nicht mehr an sich halten. »Schulterblatt!« platzte er heraus. »Ihr habt vielleicht komische Straßennamen.«
Lachend erwiderte Steffi: »So heißt das hier nun mal. In der Nähe gibt es sogar eine Straße, die ,Ellbogen' heißt. – Daß ihr jetzt aber nicht anfangt, hier nach alten Knochen zu buddeln!«
»Keine Sorge«, antwortete Ringo grinsend. »Wir buddeln bei Skodzikowski nach alten Heften.«
»Ihr geht einfach die Straße entlang und biegt in die zweite Querstraße links ein«, erklärte Steffi, während Kalle schon mal die Ente startklar machte. »Fünfzig Meter weiter findet ihr den Laden von Skodzikowski. Ihr könnt ihn eigentlich gar nicht verfehlen. Bis nachher dann!«
»Tschüüüs!« riefen Ringo und Susi.
Steffi schwang sich auf den Beifahrersitz, schloß die Tür, und Kalle gab Gas. Die beiden winkten noch einmal, dann setzte sich der Wagen rumpelnd und quietschend in Bewegung. Ringo und Susi stiefelten in entgegengesetzter Richtung los.

»Mensch«, entfuhr es Ringo, als sie an der zweiten Spielhalle vorbeikamen, »das ist ja wie in Las Vegas: ein Groschengrab neben dem anderen. Und was die für Klamotten haben!« Er spähte durch eine schmutzige Fensterscheibe und sah allerlei blinkende Flipperautomaten und TV-Pingponggeräte.
»Duuuu hast vielleicht 'ne Ahnung von Las Vegas!« gab Susi langgedehnt zurück.
Sie hatte nämlich erst ein paar Tage zuvor im Fernsehen einen amerikanischen Gangsterfilm gesehen, und der hatte in Las Vegas gespielt.
»Die haben da piekfeine Spielsalons, in die man nur mit Smoking und Abendkleid reingelassen wird.«
»Muß man beides zugleich tragen?« fragte Ringo spöttisch.
Susi bekam rote Ohren. »Natürlich nicht! Aber Las Vegas kannst du mit diesen armseligen Bruchbuden nicht vergleichen.«
»Du bist ja bloß neidisch, weil du noch so jung aussiehst und deswegen nicht reingelassen wirst.« Ringo spähte noch immer durch die Scheibe. »Die haben 'nen klasse Kicker stehen.«
»Pah!« erwiderte Susi. »Und dich würden sie reinlassen, was? Da muß ich aber grinsen!«
»Wetten, daß?« Ringo warf sich in die Brust. »Ich geh' doch glatt für achtzehn durch. Zu Hause hab' ich mehr als ein Match am Kikker ausgetragen.«
»Hihi! Aber bestimmt nur deshalb, weil du den Groschenmann kanntest und der mal ein Hühnerauge zugedrückt hat.«
Susi sah an Ringos peinlich berührtem Blick, daß sie damit haargenau in die Zwölf getroffen hatte.
Tatsächlich war Paul, der Aufseher und Geldwechsler in der heimatlichen Spielhölle, ein alter Bekannter von Eisen-Emil und damit auch von Ringo. Und er hatte Ringo und seine Spießgesellen tatsächlich ab und zu an das Tischfußballgerät gelassen – unter der Bedingung, nicht mehr als eine Mark zu verspielen und die anderen Gäste in Ruhe zu lassen. Gelegentlich hatte er sogar ein Spiel aus eigener Tasche finanziert.
»Außerdem«, fuhr Susi triumphierend fort, weil es sie ungeheuer wurmte, daß Ringo den dicken Max markierte, »bin ich selbst auch ganz gut am Kicker.«
Ringo löste sich endlich von der Glasscheibe. »Du spielst Tischfußball?« fragte er erfreut.

»Na klar! Warum auch nicht?«
»Weil . . ., ja, weil . . ., ähm, da müßte ich eigentlich was von wissen. Bei Paul warst du jedenfalls noch nie.«
»Hab' ich auch gar nicht nötig.« Susi schenkte Ringo einen gezierten Augenaufschlag. »Kalles Freund Edgar hat einen ausrangierten Kicker in seiner Wohnung stehen. Da schnallst du ab, was?«
»Ist nicht wahr!« Ringo war so verdattert, daß er mitten im Schritt stockte. »Einen richtigen Kicker? Nicht so einen Winzling, wie man ihn in jedem Kaufhaus kriegt?«
Das hörte sich in der Tat gut an, diesen Edgar mußte er unbedingt kennenlernen.
»Wenn ich's dir doch sage! Ein richtiges großes Ding aus einer Spielhalle. Du kannst ja mal mitkommen, wenn wir wieder zu Hause sind. Dann machen wir ein Match.«
»Klasse! Und ich schlage dich elf zu null.«
»Das werden wir ja sehen.«
Das würden sie auch, beschloß Ringo, obwohl er ein bißchen Bammel hatte. Ob Susi ein geheimes Kickertalent war? Vielleicht hatte er doch etwas zu sehr auf den Putz gehauen. Er würde ganz schön dumm dastehen, wenn sie . . .
Die Umgebung nahm ihn plötzlich wieder gefangen. Es gab in diesem Viertel nämlich nicht nur zahlreiche Spielhallen, sondern auch jede Menge Läden und Lokale. Viele Kneipen trugen griechische und türkische Namen, etwa »Taverna Plaka«, »Klein-Istanbul« oder einfach »Bei Dimitri«.
Ringo wußte, daß solche Lokale wegen ihrer fremdländischen Spezialitäten und der niedrigen Preise vor allem bei jungen Leuten sehr beliebt waren.
Auf der Straße sah man jetzt immer mehr Leute mit dunklen Haaren und bräunlicher Haut. Die Männer trugen oft gewaltige Schnauzbärte. Sicherlich wohnten in den alten Häusern dieser Gegend viele Türken und andere ausländische Arbeiter und natürlich auch Studenten, Rentner und Leute, die arbeitslos waren oder nur wenig verdienten — Menschen eben, die es sich nicht leisten konnten, hohe Mieten zu bezahlen.
»Nun komm schon«, drängelte Susi, als Ringo mal wieder die Nase an einer Schaufensterscheibe platt drückte. Diesesmal hatte er sich einen An- und Verkaufsladen ausgesucht. »Da vorne — das muß die Straße sein, in der Skodzikowski seinen Laden hat.« Eine Neben-

straße hatten sie nämlich schon passiert, und nach Steffis Beschreibung mußten sie gleich abbiegen.
»Na schön.« Ringo seufzte. »Aber auf dem Rückweg sollten wir hier unbedingt noch mal vorbei. Die haben nämlich massenhaft Hefte in den Regalen.«
»Die findest du doch auch bei Skodzikowski«, meinte Susi und mußte über den Eifer ihres Freundes kichern. Der kam doch wirklich an keinem Schundladen vorbei.
»Ja, sicher, aber die sind dort viel teurer. Der nimmt Sammlerpreise, während man in diesen alten Hökerläden manchmal ganz tolle Sachen zu einem Spottpreis abstauben kann.«
Aber er sträubte sich nicht länger. Es wurde wirklich Zeit, daß sie ihre Detektivarbeit aufnahmen. Spürnase voraus! Schließlich waren sie nicht aus purem Vergnügen nach Hamburg gefahren, sondern weil es galt, dem dicken Herrn Anton das Handwerk zu legen.
»He, da vorn, das könnte es sein!« rief Ringo, nachdem sie in die nächste Nebenstraße eingebogen waren und er seinen Kennerblick in die Runde hatte schweifen lassen.
Mit ungeheurer Zielsicherheit hatte er sich unter all den kleinen Läden genau den herausgesucht, der seinen Vorstellungen von einem Sammlerparadies am nächsten kam. Sofort legte Ringo einen Dauerlauf ein und nahm die Sache genauer in Augenschein. Susi kam schnaufend hinter ihm hergerannt.
Und er hatte sich nicht getäuscht. Die bunte Figur am Eingang, die ihn schon aus der Ferne auf den Laden aufmerksam gemacht hatte, erwies sich nämlich als der Comicheld »Superman«. Offenbar hatte jemand die zwei Meter hohe Gestalt aus einer Spanplatte ausgesägt und liebevoll bemalt und lackiert. Das war »Superman«, wie er allen Comicfans bekannt ist: gekleidet in einen blauen, enganliegenden Dreß, das bekannte Symbol auf dem muskelbepackten Oberkörper, den roten Umhang umgelegt.
»Der sieht aus wie ein Angeber«, sagte Susi naserümpfend.
»Na, erlaube mal!« Ringo tastete mit den Fingern über das Holz und sagte, ohne sich umzudrehen, in einem leicht beleidigten Tonfall: »Das ist ein Meisterwerk! Saubere Arbeit!« Seiner Meinung nach hatte der Künstler – möglicherweise sogar Skodzikowski selbst – das sagenhaft gut hingekriegt.
»Das ist vielleicht ein irrer Name für ein Geschäft.« Susi prustete plötzlich los und deutete auf das über dem Ladeneingang ange-

brachte Schild: Da stand in großen, altmodischen Buchstaben SKODZIKOWSKIS SCHUNDGRUBE.
Händereibend sagte Ringo: »Nichts wie hinein!« Wenn er an die vielen tausend Comichefte dachte, die dort lagerten . . . Er flitzte die schiefgetretenen Stufen zur Ladentür hinab, denn das Geschäft lag im Souterrain, das heißt, es war eigentlich mehr ein ausgebauter Keller. Der Name SCHUNDGRUBE war wirklich pfiffig ausgewählt und hatte in der Tat seine Berechtigung.
Beim Öffnen der schweren Ladentür bimmelten mehrere Glöckchen, die über dem Eingang angebracht waren und von der schwingenden Tür berührt wurden. Aber das Signal war eigentlich unnötig, denn der Inhaber stand am Tresen und unterhielt sich mit einem seltsam aussehenden Kunden. Zwei junge Männer suchten eifrig in hohen Heftstapeln herum.
»Guten Tag«, sagten Susi und Ringo wie aus einem Mund, wobei Ringos Stimme vor Aufregung etwas belegt klang. Seine Argusaugen wanderten von Regal zu Regal, und es hätte nicht viel gefehlt, da wären sie ihm tatsächlich herausgefallen. Mannomann, was er hier gleich auf den ersten Blick für Kostbarkeiten erspähte! Gegen dieses Angebot war das von Eisen-Emil wirklich eine Kleinigkeit.
»Tagchen«, erwiderte der Mann hinter dem Tresen. Er war Ende dreißig, ziemlich groß und trug auf dem Kopf einen selbstgebastelten Raumfahrerhelm mit allerlei Antennen. Ringo war so von den Heften fasziniert, daß er das im ersten Augenblick gar nicht bemerkt hatte. Aber Susi hatte schon beim ersten Schritt in den Laden das seltsame Gebilde angestarrt und konnte sich auch jetzt kaum davon lösen.
Der Mann, der offenbar Skodzikowski war, freute sich über Susis Interesse und fummelte an dem Helm herum. Plötzlich begann sich der obere Teil zu drehen, während gleichzeitig zwei rote und zwei gelbe Glühbirnen blinkten. Ringo und Susi sperrten vor Staunen Mund und Nase auf, und auch die beiden jungen Burschen unterbrachen für ein paar Sekunden ihre emsige Wühltätigkeit und starrten zu Skodzikowski hinüber.
Der Mann vor dem Tresen kicherte in sich hinein.
Ein breites Grinsen wanderte über das mit einem dichten Krautbart bedeckte Kinn Skodzikowskis. »Und wenn ich tausendmal so aussehe«, erklärte er, »ich bin trotzdem kein Marsmensch! Ist alles nur fürs Geschäft. Manchmal gehe ich mit diesem Helm durch die Stadt

und verteile Reklamezettel für meinen Laden. Man muß sich halt was einfallen lassen.«
»Dann sind Sie also Herr Skodzikowski?« fragte Ringo etwas schüchtern. Daß er diesen Mann noch vor kurzer Zeit für einen Gangster gehalten hatte, verriet er natürlich nicht.
»Klar bin ich das«, erwiderte der Mann mit dem Helm. »Was kann ich für euch tun?«
»Ich . . ., äh . . .«, haspelte Ringo, »bin nämlich auch ein . . ., äh . . ., Sammler. Und ich . . ., äh . . ., möchte mich mal'n bißchen bei Ihnen umsehen.«
»Tu dir keinen Zwang an«, sagte Skodzikowski und breitete die Arme einladend aus. »Nur um sorgfältige Behandlung der Hefte möchte ich gebeten haben. Aber wenn du wirklich ein Sammler bist, sage ich dir damit nichts Neues. Und – na ja, das wirst du auch wissen . . . Ich sage es nur, um euch eine Enttäuschung zu ersparen: Also, die meisten Hefte hier im Laden sind nicht billig.«
Wahrscheinlich dachte Skodzikowski daran, daß sie seine Preise sowieso nicht bezahlen konnten.
»Klar«, antwortete Ringo. »Dachten wir uns schon.«
»Kommt ihr aus Köln?« fragte Skodzikowski sehr interessiert.
»Nää«, sagte Susi. »Aus Wuppertal. Hört man dat nich' gleich?«
Skodzikowski lachte und wandte sich wieder seinem Gesprächspartner zu, den Ringo bisher nur aus den Augenwinkeln gemustert hatte, weil er sich sofort wie magisch von einem Stapel Piccolo-Heften angezogen fühlte. Horrido, waren das Hämmer! »Sigurd, der ritterliche Held«, erste Serie – und fast komplett. Vieles doppelt und dreifach, alles wie neu. Junge, Junge!
»He!« zischte Susi und knuffte ihn in die Seite. »Bevor du jetzt völlig abschaltest, vergiß nicht, daß wir etwas über den dicken Anton rauskriegen müssen. Vielleicht fragst du mal, ob er schon hier war und ob was gestohlen wurde.«
Sie hatte so leise wie möglich und ganz nah an Ringos Ohr geflüstert, aber diese Vorsicht wäre an sich gar nicht nötig gewesen. Skodzikowski unterhielt sich nämlich bereits wieder ziemlich laut mit dem Kunden am Tresen, einem kleinen und spitzbäuchigen Mann, der eigentlich genauso unübersehbar war wie Skodzikowski mit seinem Raumfahrerhelm.
Er hatte wallendes Haupthaar, das ihm bis auf den Rücken reichte, und dazu einen Kaftan, um den Hals eine dicke Metallkette und

schließlich ausgetretene Turnschuhe an den sonst nackten Beinen.
»Und uns kann det ja nur recht sein«, sagte der mysteriöse Typ zu Skodzikowski, nahm seine dicke Hornbrille ab, die eigentlich nicht recht zu seiner sonstigen Aufmachung paßte, und putzte sie mit einem Zipfel seines angehobenen Kaftans.
»Wenn die Sammler immer jünger werden, dann heißt det für uns, dat die Preise inne Höhe jehen. Da zahlt det sich aus, dat sich unsereiner für billijes Jeld rechtzeitich wat zusammenjejrapscht hat.«
Dieser schon etwas angejahrte Hippie schien – jedenfalls dem Dialekt nach – aus Berlin zu stammen. »Andererseits«, fuhr er auf Skodzikowskis Nicken hin fort, »is' det natürlich so'ne Sache. Wer heute mit dem Sammeln anfängt, is' arm dran. Nüscht mehr billich zu holn. Früher, det sage ick Ihnen, also früher, da har ick det jantze Jelumpe kiepenweise wegjetragen. Für'n Fuffzjer. Jantze Kiepen voll für'n Fuffzjer. Jawoll!«
»Nun mach schon!« flüsterte Susi ungeduldig. »Frag doch mal!«
»Pschscht!« machte Ringo, der plötzlich sehr nervös wurde. Nicht etwa, weil er eine besondere Rarität entdeckt hatte – so was gab es hier überall –, sondern weil sein Blick zufällig durch das kleine Kellerfenster auf die Straße gewandert war. »Jetzt wird's spannend!«
Susi folgte seinem Blick und erstarrte. Draußen stand ein dicker Mann in einem langen Mantel. Er hielt einen Zettel in der Hand. Die Augen hinter der großen, unmodernen Brille wanderten mehrmals vom Zettel zur Ladentür und wieder zurück. Dann steckte er den Zettel mit einem zufriedenen Gesichtsausdruck ein und stieg die Stufen zum Eingang hinab.
»Die Frage können wir uns jetzt schenken.« Ringo stöhnte. »Da kommt der Bursche, auf den wir warten. Mist – wenn er mich wiedererkennt, riecht er doch sofort den Braten und macht Mücke! Was sollen wir jetzt bloß tun?«

Keine Panik!

Für großartige Pläne blieb ihnen keine Zeit mehr. Ringo hatte den Satz kaum beendet, als die Tür sich öffnete und die Glöckchen drauflosbimmelten. Aber der Ladenkeller bot ohnehin keine guten Versteckmöglichkeiten. Und da Ringo weder einen Schlapphut trug, den er sich hätte ins Gesicht ziehen können, noch einen künstlichen Bart in der Tasche hatte – der ihn sowieso nur noch verdächtiger gemacht hätte, denn welcher Junge seines Alters trug schon einen Bart? –, blieb ihm nichts anderes übrig, als die Nase noch tiefer in die angestaubten Hefte zu stecken. Gleichzeitig baute sich Susi so vor ihm auf, daß sie Ringos Gesicht verdeckte.
Aber der dicke Mann sah sich ohnehin nur flüchtig um und schenkte auch den anderen Kunden keine Beachtung.
Zielstrebig steuerte er den Tresen an und musterte befremdet Skodzikowski mit seinem blinkenden, sich drehenden Helm und den nacktbeinigen Mann im Kaftan.
Kopfschüttelnd sagte er dann: »Dieser Laden wurde mir empfohlen. Ist Herr Skodzikowski anwesend?«
Skodzikowski setzte den Helm ab und schaltete den darin eingebauten Kleinstmotor aus.
»Das bin ich«, sagte er. »Entschuldigen Sie meine Aufmachung, alles nur fürs Geschäft, müssen sie wissen. Ich gehe mit diesem Helm auf dem Kopf manchmal durch die Stadt und verteile . . .«
»Macht nichts, macht nichts«, entgegnete Herr Anton knapp. Noch immer musterte er den Kleinen im Kaftan, als würde er erwarten, daß dieser sich daraufhin sofort umziehen, entschuldigen und sodann sich gleich hinausbegeben würde.
Der komische Typ aus Berlin tat ihm aber diesen Gefallen nicht und musterte seinerseits mit einem abfälligen Grinsen die teure Kleidung, die sich Herr Anton wohl unter Beratung eines cleveren Verkäufers in irgendeiner Boutique gekauft hatte. Dieser elegante Mantel mit Fellbesatz, die Krokodillederschuhe, der Jeansanzug aus weinrotem Samtcord, das Rüschenhemd . . .
Herr Anton schien der abfällige Blick dieses Individuums nicht zu gefallen. Er räusperte sich, setzte eine überlegene Miene auf und schenkte seine Aufmerksamkeit wieder dem Ladenbesitzer.
»Alles, was mich interessiert«, begann er, »ist die Alfred-E.-Neumann-Sammlung. Wie ich erfahren habe, ist sie in Ihre Hände

übergegangen. Ich bin an einigen dieser Stücke interessiert, zum Beispiel an den kompletten Folgen von ‚Fulgor' und ‚Carnera'. Und selbstverständlich an den Stücken aus der Vorkriegszeit.«
»Einen Teil der Sammlung habe ich noch bei mir zu Hause«, erwiderte Skodzikowski schulterzuckend. »Wenn Sie wirklich daran interessiert sind, können wir gern hinfahren. Zunächst können Sie sich aber noch die Hefte ansehen, die ich schon hierhabe.«
Der Händler, der das Geschäft seines Lebens witterte, öffnete dienstbeflissen eine neben dem Tresen stehende Glasvitrine und nahm mehrere Schubladen ganz heraus. Wie in einem Juweliergeschäft waren die Laden mit Samt ausgeschlagen. Darauf lagen einige besonders seltene und wertvolle Comics.
Ringo wäre nun gern näher gekommen, um sich die Schätze, die für ihn selbst unerschwinglich waren, wenigstens mal aus der Nähe anzusehen, aber das ging natürlich nicht, weil Herr Anton ihn dann sicher erkannt hätte. So beobachtete er sehnsüchtig aus der Ferne, halb verborgen durch Susis Körper, halb hinter dem Drehständer mit Heften stehend, was an der Ladentheke vor sich ging.
»Fein, fein«, murmelte Herr Anton, der immer gleich mehrere Hefte auf einmal nahm, sie drehte und wendete, gegen das Licht hielt und die Innenseiten auf ihren Zustand hin untersuchte.
Skodzikowski zog unmutig die Augenbrauen hoch, als er sah, daß der Kunde die wertvollen Hefte achtlos über den Tresen verstreute, ohne einen weiteren Kommentar der Begeisterung abzugeben.
»Einige gute Sachen sind dabei«, gab Herr Anton bekannt und reichte dem Händler eines der Hefte. »Wie teuer ist dieses?«
»Na ja«, murmelte Skodzikowski, guckte sich das Exemplar aus der Nähe an, kontrollierte Heftung und Seitenzahl und kratzte sich schließlich am Kopf. »Das hier ist ausgesprochen selten. Ich kann es unter dreihundert Mark nicht hergeben.«
»Ein hoher Preis – aber angemessen«, stimmte Herr Anton ihm zu. »Allerdings habe ich für einen Großeinkauf im Moment nicht genügend Bargeld dabei. Bringen Sie doch bitte morgen auch die restlichen Stücke der Neumann-Sammlung mit, und richten Sie sich darauf ein, daß ich für einige tausend Mark einkaufe. Auf Wiedersehen, mein Herr!« Den berlinerischen Typ ignorierend drehte er sich auf dem Absatz um und stürmte hinaus.
»Gewiß doch!« rief Skodzikowski ihm händereibend nach. »Sie finden morgen alles Gewünschte vor!«

Der Berliner sagte: »Ick mag den Kerl nicht leiden.« Skodzikowski nahm die Hefte und breitete sie wieder liebevoll auf dem Samt aus. »Ein komischer Kauz«, gab er zu, »aber ein Kunde. Und der ist nun mal König.«

Ringo, der es nun doch nicht mehr aushalten konnte, eilte herbei und half beim Sortieren der Seltenheiten. »Ich möchte sie ja nur mal in der Hand haben«, erklärte er.

Lächelnd ließ der Händler ihn gewähren und freute sich über Ringos erstaunte Blicke. Donnerwetter, das waren aber auch Sachen! Ringo hatte bisher nur davon gelesen, daß es diese Comics gab, aber gesehen hatte er sie niemals. Die mußten ja zehn Jahre älter sein als er selbst, wenn nicht sogar zwanzig!

»Ringo«, hörte er Susi sagen, »wir müssen weiter!« Sie zerrte an seinem Ärmel. »Hast du nicht gehört? Wir müssen hinterher – äh, ich meine, los!«

»Klar!« Ringo riß sich mit Gewalt von den Schätzen los. »Wiedersehen!« rief er dem Händler noch zu. »Wir kommen wahrscheinlich morgen wieder!«

»Ist in Ordnung.«

»Ringo«, sagte Susi, als sie die Stufen zur Straße hinaufstiegen und außer Hörweite waren, »hast du gesehen, wie geschickt er das angestellt hat?«

»Was hat wer angestellt?« fragte Ringo erstaunt.

»Mein Gott noch mal, bist du denn mit Blindheit geschlagen?« schimpfte Susi. »Und du willst ein Detektiv sein? Die Hefte in dem Keller da unten haben dich wirklich völlig durcheinandergebracht. Das erinnert mich an den Einbrecher, der deshalb ungeschoren alles klauen kann, weil er dem Wachhund ein paar saftige Würstchen mitbringt.«

»Willst du nun endlich heraus damit?« fragte Ringo. Er fühlte sich ein wenig schuldbewußt. Die vielen Kostbarkeiten hatten ihm tatsächlich die Sinne etwas vernebelt.

»Ja, hast du denn wirklich nicht gesehen, wie der Anton mehrere von den teuren Heften in die Tasche gesteckt hat?«

»Waaas?« Ringo drehte jetzt beinahe durch. »Und das sagst du mir erst jetzt?«

»Er hat die Hefte absichtlich so unordentlich auf den Tresen gelegt«, erklärte Susi aufgeregt. »Als der Händler abgelenkt war und die Preise abschätzte, hat der Dicke wie zufällig seine linke Hand in

die Manteltasche gesteckt und dabei mindestens drei Hefte verschwinden lassen.«
»Und du hast keinen Ton gesagt?«
»Ja, wollen wir den Anton auf frischer Tat ertappen oder herausbekommen, was hinter den ganzen Diebstählen steckt? Der hätte doch alles als Versehen hingestellt und die Hefte bezahlt. Und auf jeden Fall wäre er dann schon gewarnt gewesen.«
Das leuchtete Ringo nun doch ein. »An sich hast du recht«, gab er zu. »Aber dieser andere Mann, der komische Berliner in dem Nachthemd . . .«
»Das war kein Nachthemd, sondern ein Kaftan.«
»Ja, hab' ich doch auch gemeint. Also jedenfalls dieser Typ mit dem Berliner Dialekt – der hat auch nichts gemerkt?«
»Ich glaube nicht. Der Anton hat es ja extra so angestellt, daß die Hefte auf der Seite des Tresens lagen, wo sonst niemand war.«
»Und die beiden Jungs, die in den Regalen herumgewühlt haben?«
»Die waren beschäftigt.«
»Mensch!« sagte Ringo mit gerunzelter Stirn und beschleunigte den Schritt. »Weißt du, was ich befürchte?«
»Da vorne ist der dicke Anton!« unterbrach ihn das Mädchen plötzlich. »Wir dürfen ihn jetzt nicht mehr aus den Augen verlieren.«
»Mir ist ganz schlecht«, sagte Ringo stöhnend. »Weißt du, was passieren wird? Skodzikowski wird seine Hefte sortieren und feststellen, daß ihm etwas fehlt. Und dann wird er sich überlegen, wer sie gestohlen haben könnte. Den dicken Anton in seinen teuren Klamotten wird er bestimmt nicht verdächtigen. Aber mich! Ich Idiot habe ihm doch beim Einräumen geholfen. So ein Mist kann aber auch nur mir passieren.«
»Nun mal mit der Ruhe und keine Panik auf der Titanic«, tröstete ihn Susi. »Das biegen wir schon wieder hin. Und außerdem ist gar nicht gesagt, daß er das Fehlen der Hefte sofort bemerkt.«
»Hast du 'ne Ahnung! Das merkt ein echter Sammler sofort. Und ein Händler, der davon lebt, erst recht.«
»Nun hör doch auf zu jammern! Noch ist schließlich nichts passiert. Achten wir lieber darauf, daß uns der Anton nicht durch die Lappen geht.«
Aber Herr Anton schien es nicht eilig zu haben. Einmal blieb er sogar stehen und blickte wieder auf seinen Zettel. Dann suchte er nach einem Straßenschild und nickte zufrieden, als er es gefunden

hatte. »Weißt du, was ich glaube?« fragte Ringo, der sich ein bißchen beruhigt hatte, weil niemand sie verfolgte. »Der Anton geht jetzt zum Krimi-Klink und beklaut den genauso. Wir müssen das unbedingt beobachten. Und nachher werden wir Klink sofort über die Sache aufklären. Damit haben wir gleichzeitig einen Zeugen für unsere Unschuld.«

Susi gab ihm recht.

Das war das Beste, was sie im Moment machen konnten.

Ihre Geduld wurde auf keine allzu harte Probe gestellt. Nach einem neuerlichen Blick auf seine Notizzettel bog Herr Anton nach zehn Minuten ununterbrochenen Geradeauslaufens in eine Nebenstraße ein. Hier gab es so gut wie keinen Verkehr, weder auf der Fahrbahn noch auf dem Bürgersteig. Ein paar alte Wohnhäuser, riesige Reklametafeln vor unbebautem Gelände, auf denen ihrer ungünstigen Lage wegen wohl nur noch zu Wahlzeiten Plakate aufgeklebt wurden, schließlich eine Baracke.

Die allerdings war unübersehbar. Nicht etwa, weil sie so windschief und verfallen aussah, sondern weil der Besitzer das morsche Holz mit knalligen Farben kunterbunt angemalt hatte. Im Schaufenster hing ein wuchtiges Holzschild mit herausgeschnitzten Buchstaben: KRIMI-KLINK, HAMBURGS GRÖSSTER KRIMI-SPEZIALIST. Und darunter stand: FREIBIER ODER EXORZISMUS, was weder Ringo noch Susi etwas sagte.

Herr Anton hatte bereits Krimi-Klinks Türklinke in der Hand, aber dann, als habe er das Gefühl, beobachtet zu werden, drehte er sich plötzlich um und musterte die Kinder.

Ringo blieb beinahe das Herz stehen, als er sich den Bruchteil einer Sekunde lang Auge in Auge mit dem Dicken sah. Auf der Stelle begann er kräftig zu schielen und zog den Kopf zwischen die Schultern. »Fehlt Ihnen etwas, mein Herr?« fragte Herr Anton. Er kniff die Augen hinter seinen dicken Brillengläsern zusammen, und Ringo wurde schlagartig klar, daß die ganze Verstellung für die Katz gewesen war.

Herr Anton war nämlich beinahe so blind wie ein Maulwurf, und auch seine Brille erfüllte kaum den Zweck, dem sie eigentlich zu dienen hatte. Er erkannte Ringo überhaupt nicht und schien auch erst in diesem Moment zu bemerken, daß er keinen Erwachsenen, sondern einen Jungen vor sich hatte. » . . . äh, junger Mann, meinte ich.« Herr Anton öffnete die Tür und trat ein.

»Puh!« machte Ringo und stieß pfeifend die angehaltene Luft aus. »Der hat nicht nur ein unmögliches Fahrrad auf der Nase – das Ding taugt auch nicht viel«, stieß er erleichtert hervor. »Auf alle Fälle hat er mich nicht erkannt.«
»Ein Grund mehr, daß wir ihm umgehend folgen!« rief Susi und stürmte ihrem Freund voran.
Im ersten Moment konnten die beiden in dem Laden gar nicht viel erkennen, denn das winzige Schaufenster, das zudem noch teilweise durch das Schild verstellt war, ließ kaum Tageslicht herein. Und einen Stromanschluß schien die Baracke auch nicht zu haben. Dafür hingen mehrere Petroleumlampen von der Decke herab und tauchten den Raum in eine Art Zwielicht. Aber gemütlich war es hier, fand Ringo, der als Fachmann sofort schnupperte, als ihm der Geruch staubigen, alten Papiers in die Nase stieg.
Hier empfand man den Duft der Vergangenheit noch deutlicher als in der »Schundgrube«.
Herr Anton stand bereits an der Ladentheke. Er wandte sich nicht um, als die Kinder eintraten. Wie bei Skodzikowski erkundigte er sich auch hier nach seltenen Exemplaren. Diesmal schien er aber nicht auf Comics scharf zu sein, sondern auf Heftromane, also Groschenhefte, in denen kaum Zeichnungen waren. Hauptsächlich suchte er nach Titeln, die bereits vor dem ersten Weltkrieg erschienen waren. Ringo hörte Seriennamen wie »Der Luftpirat und sein lenkbares Luftschiff«, »Nat Pinkerton« und »Minx, der Geistersucher«. Der Ladenbesitzer, ein glatzköpfiger junger Mann mit buschigen Augenbrauen, die wie aufgeklebt wirkten, schlurfte, beide Hände in den Hosentaschen, in den Nebenraum und suchte dort nach dem Gewünschten.
Und dieses Mal sah auch Ringo ganz genau, wie der dicke Herr Anton klaute. Der wartete nämlich gar nicht erst ab, bis Klink zurückkehrte, sondern nahm fünf oder sechs Hefte aus der Mitte eines Stapels heraus, der auf dem Tresen stand, und stopfte sie rasch in die innere Manteltasche. Das war sehr geschickt gemacht, denn wenn er das oberste Heft genommen hätte, wäre das dem Händler sicherlich sofort aufgefallen.
So jedoch kehrte Klink mit einigen Heften zurück und schien nichts zu bemerken. Herr Anton nahm sie an sich und begann erneut mit der Prozedur, die er bereits bei Skodzikowski vorgeführt hatte: Er betrachtete sie von allen Seiten.

Ringo fragte sich, wie er es wohl diesmal anstellen würde, um an die Schätze heranzukommen, denn seine interessierte Betrachtungsweise ließ darauf schließen, daß die von Klink angeschleppte Ladung viel mehr wert war als die Hefte, die er bereits beiseite geschafft hatte. Der Ladenbesitzer folgte jeder Bewegung seines Kunden mit Argusaugen und griff sofort zu, wenn Anton eines der Stücke aus der Hand legte. Die Taktik mit dem Aufhäufen und Durcheinanderbringen würde hier wohl nicht klappen.
Das sah auch Herr Anton. Er nahm sich zum Betrachten der Objekte ungewöhnlich viel Zeit und schien über eine andere Möglichkeit nachzugrübeln.
»Findet ihr, was ihr sucht?« fragte Klink in Richtung von Ringo und Susi, ohne die Sammlerstücke aus den Augen zu lassen.
»Ja, sicher«, erwiderte Susi, nahm sofort, scheinbar sehr interessiert, ein Heft von einem großen Stapel und begann darin herumzublättern.
Ringo mußte natürlich gar nicht erst Interesse heucheln. »Frank Allan, der Rächer der Enterbten«, las er. Junge, Junge, was es doch für seltsame Sachen gab, die er noch gar nicht kannte!
Aber schließlich war er auch mehr auf Comics spezialisiert und nicht auf Groschenromane.
»Und du, Fredy?« fragte Krimi-Klink wieder, ohne die Augen zu heben. »Hast du das Heft endlich durchgelesen?«
»Ich suche die Fortsetzung«, sagte ein junger Mann, dessen Lokkenkopf erst jetzt hinter einem gewaltigen Heftstapel hervorlugte. »Möööönsch, war das spannend! Ich werd' wohl heute wieder den ganzen Tag hier klebenbleiben.«
»Die Fortsetzung liegt hier vorne. Die mußt du dir schon abholen.« Der Händler schmunzelte und sagte zu Herrn Anton: »Wissen Sie, der Fredy ist ein Kunde, an dem nicht viel zu verdienen ist. Der liest die Hefte gleich hier im Laden durch.«
Als Herr Anton nicht antwortete, zuckte Klink die Schultern und reichte Fredy das gewünschte Heft über die Theke. »Aber sorgfältig behandeln«, mahnte er. »Auf gar keinen Fall umknicken!«
»Mache ich doch nie!« erwiderte der junge Mann empört und kehrte mit dem Heft in die Leseecke unter der Petroleumlampe zurück.
In diesem Moment öffnete sich erneut die Tür. Ein kleiner Mann mit Kniebundhose, derben Lederstiefeln, einer Trachtenjacke, einem Rucksack und einem Sepplhut mit Gamsbart, unter dem strup-

piges, graues Haar hervorschaute, betrat den Raum und schmetterte: »Hollodriodiöööh!«
Krimi-Klink starrte auf seine auf dem Tresen aufgestapelte Ware und dann auf Herrn Anton. Mißtrauen sprach aus seinem Blick, aber einen konkreten Verdacht schien er nicht zu haben.
»Was kann ich für Sie tun?« fragte er schließlich den für norddeutsche Verhältnisse recht seltsam angezogenen Fremden.
»Hollodriodiööööh!« wiederholte dieser und fuhr dann ganz unvermutet fort: »Also, ick suche olle Schmöker.«
Ringo und Susi hatten plötzlich das vage Gefühl, diesen Mann nicht zum ersten Mal in ihrem Leben zu sehen.
»Ja, mein bester Herr Klink«, sagte Herr Anton, dem es offensichtlich nicht viel ausmachte, andere Leute mitten im Gespräch zu unterbrechen. »Wie ich sehe, haben Sie hier einige recht interessante Stücke. Wissen Sie, ich bin fremd in dieser Stadt und möchte die Gelegenheit nützen, meine Sammlung zu vervollständigen. Leider habe ich im Moment nicht genug Bargeld bei mir, und als Ehrenmann sollte man ja alle Geschäfte in bar tätigen, hehe! Ich komme morgen wieder vorbei und werde dann einen größeren Teil Ihres Lagers käuflich erwerben. Auf Wiedersehen, mein Guter, auf Wiedersehen! Bis morgen!«
Ringo und Susi warfen einander einen Blick zu. Viel hätte nicht gefehlt, und sie hätten beide laut losgelacht.
»Aber gerne, mein Herr«, erwiderte Krimi-Klink gut gelaunt und begleitete seinen Kunden zur Tür. Dann wandte er sich wieder dem kleinen Mann in der Bayerntracht zu. »Sag mal, Heini – bist du es wirklich?« rief er lachend und schlug dem Kleinen auf die Schulter. »Was soll denn dieser Mummenschanz nun wieder? Fast wäre ich darauf reingefallen.«
Der Bayern-Berliner machte eine abwehrende Handbewegung, die eigentlich nur für Krimi-Klink gedacht war. Aber Ringo und Susi, die Augen und Ohren offenhielten, entging sie nicht.
»Ick wüßte wirklich nich', wo ick Sie schon mal jesehn hätte«, sagte der Bayer.
»Wie bitte? Aber Heini . . .« Klink schien ziemlich verwirrt zu sein. Doch plötzlich schien er zu verstehen. »Verzeihung, mein Herr, ich muß Sie wohl verwechselt haben. Kann ja mal vorkommen. Womit kann ich dienen?«
»Na ja, wie ick schon jesacht habe, suche ick olle Schmöker.«

»Na los, du Feigling!« zischte Susi und schubste Ringo nach vorn. »Du mußt jetzt reinen Tisch machen. Sag dem Krimi-Klink, daß eben der größte Klaubruder des Universums in seinem Laden war.«
»Ich weiß nicht . . .«, gab Ringo kleinmütig zurück. Irgendwie hatte er das dumme Gefühl, daß alles schiefgehen würde. Dieser Berliner . . . Irgend etwas war hier nicht ganz geheuer. Dann näherte er sich doch langsam dem Tresen.
»Ja, was liegt denn an?« fragte Klink und wandte sich ihm zu.
»Das ist nämlich so . . .«, begann Ringo.
»Det sind die Typen von der Schundklaubande!« donnerte der Bajuware auf einmal los und zeigte auf Ringo und Susi. »Ick war dabei, als sie beim Skodzikowski mehrere seltene Comics gezockt haben. Und ick will ab sofort nich' mehr Heini Ehrlich, sondern Heini Lügenbold heißen, wenn sie nicht auch jestern nacht bei Pfefferle eingebrochen haben!«
Klink grinste schadenfroh. »Bei dem geizigen Schwaben? Hehe!«
»Aber wir sind nicht die Diebe, sondern der dicke Herr!« rief Ringo entsetzt und sah sich hilfesuchend nach Susi um, die sofort an seiner Seite war.
»Es ist sinnlos, wir müssen türmen«, flüsterte sie ihm ins Ohr, anstatt sich gegen die nächste Beschuldigung zur Wehr zu setzen. Sie zerrte an Ringos Ärmel und zog ihn so in Richtung Ausgang.
»Nicht entweichen lassen!« rief Heini. »Fredy, halt sie uff!«
Fredys Lockenkopf erschien wieder zwischen den Heftstapeln.
»Unmöglich!« rief er in gequältem Tonfall. »Ich hab' hier gerade eine unheimlich spannende Stelle!«
»Mann, hast du denn jar nix mitbekommen?« schrie Heini Ehrlich. »Das waren Diebe!«
Ringo und Susi warfen die Tür hinter sich ins Schloß und suchten ihr Heil in der Flucht.
Fredy sagte mit umflortem Blick: »Möööönsch, ist das spannend!«
Heini Ehrlich stieß ein paar saftige Flüche aus, wünschte ihm Vampire und Nachtmahre an den Hals und nahm nun selbst die Vorfolgung auf. Aber seine enggeschnürten Bergsteigerstiefel waren für einen schnellen Spurt denkbar ungeeignet. Als er den Kopf aus der Barackentür steckte, waren die Kinder bereits ein gutes Stück entfernt. Sie liefen, so schnell sie konnten. Weit vor ihnen sah man noch den dicken Mann, der ebenfalls bei Krimi-Klink gewesen war. Der schien es seltsamerweise auch recht eilig zu haben.

»Potz und Donner!« fluchte Heini Ehrlich und kehrte in den Laden zurück. »Ich muß mich erst umziehen und die Verfolgung dann in einer unauffälligen Verkleidung fortsetzen.«
»Mööönsch, ist das spannend!« ließ sich Fredy aus seiner Leseecke vernehmen.
»Jetzt sehe ich es erst«, begann Krimi-Klink nun loszujammern. »Diese Ganoven haben es doch tatsächlich fertiggekriegt, mir die besten Stücke unter meiner Nase wegzumopsen! Wie haben die das bloß geschafft? Das müssen Meisterdiebe sein! Und ich war mißtrauisch gegenüber dem Dicken. Wahrscheinlich haben die Kinder mich bestohlen, als ich mich mit dem Dicken beschäftigte. Seltsam ist natürlich, daß . . .«
Er brabbelte noch einige Minuten vor sich hin.
Fredys Kommentar aus dem Hintergrund blieb stets der gleiche: »Mööönsch, ist das spannend!«
Unterdessen waren Ringo und Susi ziemlich außer Puste an der nächsten Straßenecke angelangt, wo sie erst einmal verschnauften. Der kleine Bajuware, der zweifellos mit dem komischen Hippie aus der »Schundgrube« identisch war, hatte die Verfolgung offenbar aufgegeben. Das bedeutete, daß sie nun wieder langsamer gehen konnten.
»Jetzt sitzen wir aber richtig drin in der dicken, schwarzen Tinte!« schimpfte Ringo, als er wieder etwas Atem entbehren konnte. »Warum wolltest du bloß, daß wir abhauen? Das war doch für die Leute im Laden soviel wie ein Schuldgeständnis.«
»Mann!« gab Susi zurück. »Dieser komische Heini Ehrlich hätte uns doch erst mal eine ganze Weile aufgehalten und vielleicht sogar noch unsere Freunde und Helfer in der grünen Minna alarmiert. Wenn er nicht sogar selber bei der Polizei ist! Die hätten uns doch kein Wort geglaubt. Gut, immerhin hätte man die geklauten Hefte nicht bei uns gefunden. Aber man hätte angenommen, wir hätten sie anderswo im Laden deponiert, um sie vielleicht später hinauszuschmuggeln. Und wie lange, glaubst du, hätte es gedauert, bis alle Heftstapel und Regale durchwühlt gewesen wären?«
»Oje!« stammelte Ringo. »Bei den dreihunderttausend Heften? Eine ganze Woche.«
»Siehst du! Und inzwischen wäre Anton längst über alle Berge.«
»Aber ob wir so viel besser dran sind?« meinte Ringo zweifelnd. »Jetzt sind wir diejenigen, die gejagt werden.«

»Aber wir haben eine Chance: Wir müssen den dicken Anton in Panik versetzen und ihm vor Zeugen die geklauten Hefte abnehmen.«
»Prima Idee! Aber kannst du dir vorstellen, daß der in Panik gerät? Ich nicht!«
»Nicht? Na, dann warte mal ab. Siehst du, wer da vorne marschiert, als könnte er kein Wässerchen trüben?«
»Ha!« rief Ringo. »Der Fettsack!«
»Richtig«, bestätigte Susi. »Und nun paß mal auf!« Sie holte mächtig Luft und schrie dann, so laut sie konnte: »Haltet den Dieb! Der Mann hat kostbare Kunstschätze gestohlen!«
Mehrere Passanten wandten sich um. Jetzt brüllte auch Ringo los. »Der Dicke mit dem Papageienanzug! Er ist ein Dieb!«
Bei Susis Geschrei war der dicke Herr Anton zwar leicht zusammengezuckt, hatte sich sonst aber nicht anmerken lassen, daß er die Beschuldigungen auf sich bezog. Nur noch ein bißchen schneller waren seine Schritte geworden. Ringos Stimme jedoch, durch Anfeuerungsgeschrei im Fußballstadion geschult, ging ihm durch Mark und Bein. Herr Anton spürte, daß ihn bereits die ersten Spaziergänger zu mustern begannen.
Wieder riefen die beiden Kinder: »Haltet den Dieb! Haltet den Dikken fest! Haltet ihn!« Gleichzeitig begannen sie ihm nachzurennen.
Normalerweise hätte Herr Anton sich durch Ereignisse dieser Art nicht beeindrucken lassen. Was würden schon die Aussagen zweier Kinder gegen die Worte eines Prokuristen der Im- und Exportfirma Gift und Galle wiegen? – Nichts!
Und was warf man ihm vor? Daß er etwas gestohlen hatte? Wertvolle Kunstschätze gar? – Lächerlich! Alles, was er bei sich trug, waren ein paar Schundheftchen und Groschenromane. Und deren Wert kannte niemand, hehe!
Da mochte sich der eine oder andere Passant möglicherweise darüber wundern, was ein gutgekleideter Geschäftsmann wie er damit anfangen wollte – aber das Argument des Diebstahls würde nicht ziehen. Er wußte nur zu gut, daß jeder Normalbürger, der Herr seiner Sinne war, diesen Heftchen nicht einmal den Wert des aufgedruckten Originalpreises zugestand.
Solche Hefte waren nichts wert. Also war es auch unsinnig, derartigen Plunder zu stehlen.

Soweit schien alles klar. Aber was würde geschehen, wenn ein Polizist in der Nähe war? Wenn die Kinder schlau genug waren, darauf zu bestehen, daß man ihn Krimi-Klink gegenüberstellte? Und was das schlimmste war: Hatte dieser Bayer in Klinks Laden nicht eine gewisse Ähnlichkeit mit dem Hippie in der »Schundgrube« gehabt? Wenn er nun ein verkleideter Polizist war? Und überhaupt konnte der jeden Augenblick hier auftauchen. Dann die Kinder – die hatte er doch schon bei Skodzikowski gesehen. Und den Jungen – kannte er den nicht von irgendwoher? Zu dumm, daß er so kurzsichtig war. Alles schien ein abgekartetes Spiel zu sein. Sie steckten alle unter einer Decke – die Kinder und der kleine Berliner mit seinen verrückten Verkleidungen.

Der dicke Herr Anton rannte los. Und wie er plötzlich rennen konnte! Er rempelte eine ältere Frau an und kassierte dafür einen schmerzhaften Hieb mit einem Regenschirm. Ein paar Meter weiter stolperte er über einen großen Spielzeuglaster, den ihm ein kleiner Junge in den Weg rollen ließ. Herr Anton ging fluchend zu Boden und fiel mitten in eine übelriechende Ölpfütze. Schimpfend rappelte er sich wieder auf und stellte fest, daß sein teurer Mantel ziemlich lädiert aussah. Keuchend rannte er weiter.

»Haste gut gemacht«, lobte Ringo im Vorüberrennen den Kleinen.

»Hauptsache, ihr kriegt den Gangster!« gab der zur Antwort.

Das schien aber wirklich nicht so einfach zu sein, denn der Dicke konnte überraschend flink laufen und hatte bald wieder einen guten Vorsprung gewonnen. Gerade bog er um eine Hausecke in eine Querstraße ein.

»Ich kann nicht mehr!« jammerte Susi, die schon einige Meter zurückgefallen war. »Ich hab' Seitenstiche!« Ringo kämpfte mit sich selbst. Er konnte Susi doch nicht zurücklassen! Andererseits war nun alles aus, wenn sie Herrn Anton aus den Augen verloren.

»Bis zu der Ecke noch!« stieß er ermattet hervor und rannte weiter. Dort angekommen blieb er stehen und hielt nach Herrn Anton Ausschau. Aber er konnte den Dicken nirgendwo erspähen. So ein Mist! Sollte ihn denn der Erdboden verschluckt haben? Auf der Straße waren zwar einige Leute, aber niemand hatte auch nur die geringste Ähnlichkeit mit ihm. Susi kam heran und legte erschöpft einen Arm um Ringos Schulter.

»Er ist weg«, sagte Ringo überflüssigerweise. »Wie durch Zauberei vom Erdboden verschw . . .«
»Quatsch!« unterbrach ihn Susi keuchend. »Wieso soll das Zauberei sein, wenn jemand vom Erdboden verschwindet? – Vielleicht richtest du deine bezaubernden blauen Guckerchen mal auf das dikke ‚U' dort hinten.«
»Ich werd' verrückt!« rief Ringo und schlug sich mit der flachen Hand auf die Stirn. Jubelnd rannte er, Susi an der Hand, dem blauen Leuchtbuchstaben entgegen. Darunter befand sich, hinter einer unscheinbaren Hecke verborgen, eine Treppe. »Er ist nicht wie vom Erdboden verschwunden«, jubelte er, »sondern unter ihm! Er will uns mit der U-Bahn entwischen! – Wenn nicht gerade in diesem Moment ein Zug abgefahren ist, haben wir ihn in der Falle!«
»Komm«, sagte Susi, die sich nach der kurzen Verschnaufpause wieder besser fühlte. »Wir dürfen keine Zeit verlieren.«
Aber bevor sie die Treppenstufen erreichten, sahen sie aus der Straße, in der sie Antons Verfolgung aufgenommen hatten, ein Taxi heranbrausen. Noch ehe der Wagen ganz zum Stillstand gekommen war, sprang aus dem Fond ein kleiner Mannn heraus und warf dem Fahrer eine Banknote zu. »Da sind die Diebe!« schrie er und deutete mit seinem Krückstock auf Ringo und Susi.
Der kleine Mann trug eine Vollglatze, eine Augenklappe wie ein Seeräuber und einen mächtigen Kaiser-Wilhelm-Schnauzbart. Bekleidet war er mit einem langen, grauen Regenmantel, an dessen rechtem Ärmel eine Blindenbinde prangte, Sandalen an den Füßen und einem goldenen Ohrring im linken Ohr. Auf das letzte Stück seiner »Tarnung«, den Krückstock, verzichtete er allerdings bald.
»Haltet das Diebesgesindel!« schrie er wild, fuchtelte abermals mit dem Stock und warf ihn schließlich in einen Müllbehälter, um eilenden Fußes die Verfolgung aufzunehmen.
»Ist das etwa schon wieder dieser Ehrlich?« fragte Susi entgeistert.
»Wer könnte es sonst schon sein?« meinte Ringo und zog Susi ein Stück weiter. Hand in Hand verschwanden die beiden Verfolgten unter der Erde.
»Allmächtiger, ein Wunder ist geschehen!« rief eine alte Frau und starrte den heranspurtenden Ehrlich an. »Die Lahmen können wieder gehen!«
Ehrlich knurrte etwas in seinen Bart und machte einen Bogen um die Frau herum, die sich ihm in den Weg gestellt hatte.

»Und sehen kann er auch wieder! Welch ein Tag!« Die Frau war sichtlich entzückt, als sie jetzt Ehrlichs Blindenbinde entdeckte.
»Die Kriegsveteranen sind auch nicht mehr das, was sie früher mal waren«, brummte der Taxifahrer, der das Geschehen mit offenem Mund verfolgt hatte. Dann fuhr er kopfschüttelnd davon.
»Willst du keine Fahrkarten lösen?« fragte Susi, als sie an einem Automaten vorbeikamen.
»Gerne«, erwiderte Ringo, »wenn du Kleingeld dabei hast. Ich habe nämlich nur einen Zwanzigmarkschein.«
»Hm«, machte Susi und sah in ihrem Täschchen nach. Aber sie konnte nur einen Fünfziger und zwei Groschen entdecken. Und da sie beide nicht wußten, wie weit sie fahren würden, hätten sie die teuersten Fahrscheine lösen müssen: pro Nase drei Mark, alles in Silbergeld einzuwerfen.
»Blöde Automaten«, nörgelte Ringo. »Die zwingen einen ja geradezu zum Schummeln.« Ein mit einem Fahrkartenverkäufer besetzter Schalter war nämlich weit und breit nicht zu entdecken.
»Dann muß es eben ohne Karten gehen«, entschied Susi. »Darauf kommt es nun auch nicht mehr an.«
»Wir müssen uns jetzt aber wirklich beeilen«, meinte Ringo. »Das ist vielleicht ein blöde Situation! Den einen verfolgen wir und dürfen ihn auf keinen Fall entwischen lassen. Andererseits sollten wir uns selbst am besten ins nächste Mauseloch verkriechen, um diesem irren Ehrlich nicht in die Hände zu fallen.«
Gemeinsam eilten sie durch die unterirdischen Gänge und versuchten möglichst viele unbeteiligte Fahrgäste zwischen sich und den Verfolger zu bringen. Vorläufig tauchte Heini Ehrlich allerdings nicht auf. Vielleicht hatte er auch Probleme mit der Fahrkarte.
»Auweia!« sagte Ringo und deutete auf die Tunnelgabelung vor ihnen. »Was machen wir nun?« Auf die angegebenen Fahrtziele der U-Bahn achtete er nicht weiter, denn das waren alles Namen, die ihnen sowieso nichts sagten: »Hagenbecks Tierpark« und »Wandsbek-Gartenstadt«. Na ja, mit Hagenbecks Tierpark konnte man schon was anfangen, aber in welchem Stadtteil von Hamburg das lag, war ihnen schleierhaft. Und außerdem wußten sie nicht, wo der dicke Herr Anton hinwollte.
»Jetzt brauchen wir eine gehörige Portion Glück«, flüsterte Ringo und zog Susi mit sich in den rechten Tunnel hinein: »Wandsbek-Gartenstadt«.

»Wenn er uns jetzt entwischt, darfst du mir einen Satz Ohren abrupfen, Susi. Aber für einen Gang müssen wir uns nun mal entscheiden, wenn wir uns nicht trennen wollen.«
»Deine süßen Segelöhrchen gefallen mir viel zu gut, als daß ich sie dir ausrupfen würde«, erwiderte Susi. Nur gut, daß Ringo jetzt keine Zeit hatte, um verlegen zu werden. Zusammen stürmten sie zum Bahnsteig. »Findest du meine Ohren wirklich . . ., äh . . ., süß?« fragte er schließlich und erhielt dafür sofort einen Knuff in die Seite.
In der Ferne hörten sie jetzt das Donnern eines herannahenden Zuges, und als sie auf dem Bahnsteig ankamen, sahen sie, daß er gerade auf dem Gegengleis eingefahren war. Nur die Fahrgäste, die den anderen Eingangstunnel benutzt hatten, konnten einsteigen.
Ringo sah mit mulmigem Gefühl zu dem Zug hinüber. Er versuchte, unter den Ein- und Aussteigenden eine große, dicke Gestalt in einem ölverschmierten Mantel zu entdecken, was ihm aber nicht gelang. Auch Susi reckte den Hals und hielt eifrig Ausschau. Der Zug war so vollgestopft mit Menschen, daß es beinahe unmöglich war, Herrn Anton in diesem Gewimmel ausfindig zu machen. Dann fuhr der Zug wieder an und verschwand in der Dunkelheit.
Sie mußten nun eben davon ausgehen, daß sie auf das richtige Pferd gesetzt hatten, sonst war ihre letzte Chance ohnehin vertan. Herr Anton mußte sich einfach auf diesem Bahnsteig aufhalten. Er hatte gefälligst hier zu sein!
Aber wenn das so war: Wo steckte er dann? Eifrig musterten die beiden Verfolger die Wartenden und zwängten sich durch die Menschemenge hindurch. Es war Feierabendzeit. Die Menschen kamen von der Arbeit und warteten auf den Zug, der sie nach Hause bringen sollte. Und dementsprechend voll war es auf dem Bahnsteig. Trotzdem: so unheimlich groß war er nun auch wieder nicht. Eigentlich hätte der dicke Herr Anton mit seinen teuren Klamotten hier auffallen müssen. – Tat er aber nicht.
Halb verzweifelt, halb erleichtert – weil sich damit die Möglichkeit bot, dem Verkleidungskünstler Heini Ehrlich zu entfliehen – sahen Ringo und Susi dem Zug entgegen, der jetzt auf ihrem Bahnsteig einfuhr. Sie mußten natürlich mitfahren, ob der Gesuchte sich nun unter den Fahrgästen befand oder nicht.
»Da ist er!« schrie Susi plötzlich und deutete auf einen Mann, der ganz hinten, am anderen Ende des Bahnsteigs, hinter einer Zeitung

verborgen auf einer Bank gesessen hatte, die Zeitung nun zusammenfaltete und eilig auf den ersten U-Bahn-Wagen zuging. »Wir müssen nach vorn!« rief Susi. Aber daran war bei diesem Gedränge gar nicht zu denken. Niemand ließ sie durch.

»Bitte einsteigen und von der Bahnsteigkante zurücktreten. Die Türen schließen automatisch. Bitte Vorsicht am Zug!« kam es aus einem Lautsprecher.

»Rrrrein«, sagte Ringo. Dieses Mal nahm er das Mädchen bei der Hand und zwängte sich mit den letzten Fahrgästen, die Einlaß fanden, in den nächsten Wagen. Dann fuhr der Zug an.

»Sieh doch mal!« rief Susi entzückt und deutete auf den gegenüberliegenden Bahnsteig. Dort stand Heini Ehrlich und musterte mit grimmigem Gesicht und mißtrauischem Blick die Fahrgäste des unerreichbaren, abfahrenden Zuges – genauso, wie Susi und Ringo es vor wenigen Minuten getan hatten.

Ringo konnte nicht anders. Als Ehrlich zufällig in seine Richtung blickte, streckte er ihm die Zunge heraus. Der kleine Mann hatte ihn gesehen, das zeigte seine Reaktion nur allzu deutlich. Er riß die Blindenbinde ab, warf sie zu Boden und begann zähnefletschend darauf herumzutrampeln, als hätten ihn alle guten Geister verlassen. Das letzte, was die Kinder von ihm sahen, war, daß er mit weitausholenden Schritten zum Ausgang stelzte.

»Das hätte ich wohl besser nicht machen sollen«, meinte Ringo zerknirscht. »Den haben wir garantiert bald wieder auf dem Hals – wo er doch nun weiß, daß wir ihm durch die Lappen gegangen sind.«

»Immerhin weiß er nicht, an welcher Station wir aussteigen«, tröstete ihn Susi. »Das wissen wir ja selbst nicht mal. Also sooo schnell kann er uns auch nicht wiederfinden.«

»Laß uns nach vorne gehen«, schlug Ringo vor. Sie kämpften sich durch die dichtgedrängt stehenden Menschen, mußten aber bald feststellen, daß die einzelnen Wagen nicht miteinander verbunden waren. So kamen sie an Herrn Anton nicht heran.

»Na gut«, meinte Susi. »An der nächsten Haltestelle springen wir raus, sehen nach, ob Anton aussteigt oder nicht, und rennen ein paar Waggons weiter, falls er drinnen bleibt.«

»Prima Idee«, antwortete Ringo begeistert und gab Susi einen saftigen Schmatzer auf die Stirn.

»So jung und schon so verdorben!« giftete ein älterer Mann, der empört zugesehen hatte.

Eine Antwort blieb ihm erspart, denn der Zug hielt genau in diesem Moment an.
»Raus!« zischte Ringo.
Schon kämpften sie draußen gegen den Ansturm der Zusteigenden. Ringo sprang mehrmals aus dem Stand in die Luft, um zu sehen, ob Herr Anton auch ausgestiegen war. Es sah nicht so aus.
»Schnell wieder rein!« rief Susi. Gerade noch rechtzeitig schlüpften sie in einen Waggon, der näher an ihrem Ziel lag. »Meinst du, daß er uns schon bemerkt hat?«
»Ich habe ihn gerade am Fenster gesehen«, erwiderte Ringo. »Sah ziemlich gelangweilt vor sich hin. Ich nehme an, er denkt, er hätte uns abgehängt.«
»Um so besser.«
Bei der nächsten Station gingen sie wieder in gleicher Weise vor, mit dem Erfolg, daß sie Herrn Anton erneut näher auf die Pelle rückten. Noch eine Station, dann hätten sie den vordersten Wagen erreicht. Sie würden Herrn Anton vor allen Leuten bloßstellen, mitten auf der Strecke. Darauf freuten sie sich schon mächtig. Aber es kam anders.
An der nächsten Haltestelle hastete Herr Anton als einer der ersten aus dem Wagen und bewegte sich zielstrebig auf den Ausgang zu. Entweder hatte er sein Fahrtziel erreicht, oder ihm war aufgefallen, daß man ihn beschattete.
»Hinterher!« schmetterte Ringo, aber das war einfacher gesagt als getan. Hier hatte es offenbar jeder eilig, rasch wieder ans Tageslicht zurückzukehren. Es gab allerlei böse Gesichter und auch ein paar wütende Kommentare, als sich die beiden vordrängelten. Herr Anton war schon weit vor ihnen auf der Rolltreppe und fuhr gemütlich nach oben.
Immerhin kamen Susi und Ringo gerade noch rechtzeitig genug an die Oberfläche, um zu sehen, welchen Ausgang der Dicke benutzte. Hier konnten sie wieder etwas an Boden gewinnen, weil sich die Menschenmenge in den Hallen des Bahnhofs verlief.
»Schlump«, las Ringo flüchtig im Vorbeihasten. Komischer Name für eine Haltestelle der U-Bahn. Er fühlte sich an die kleinen blauen Comicfiguren erinnert, die unter der Bezeichnung »die Schlümpfe« bekannt waren. Irre Namen hatten die Hamburger!
»Jetzt ist er futsch!« sagte Susi enttäuscht, als Herr Anton ein wartendes Taxi bestieg.

»Nein«, gab Ringo energisch zurück. Er war von seinem eigenen Tatendrang überrascht. Mit Susi an der Hand rannte er zum nächsten Taxi hinüber und quetschte sich auf den Rücksitz.
Susi knallte die Tür zu.
»Folgen Sie dem Wagen da«, sagte Ringo so lässig wie möglich. Schließlich taten das die Detektive im Fernsehen auch.
»Aber gern, ihr beiden Hübschen«, sagte der Taxifahrer nach einem Blick in den Rückspiegel. »Ihr könnt das doch hoffentlich auch bezahlen?«
Ringo kramte seinen Zwanziger aus der Tasche und wedelte damit vor der Nase des Fahrers herum.
»In Ordnung, in Ordnung«, knurrrte der Mann. »Meinetwegen könnt ihr Räuber und Gendarm spielen, soviel ihr wollt. Aber wenn das Taxameter die hübschen Zahlen Zwo Null Null Null anzeigt, ist die Jagd zu Ende.«
Er trat kräftig auf das Gaspedal und raste den Rücklichtern des anderen Taxis nach, gerade noch rechtzeitig, um mit ihm vor der Rotphase über die nächste Kreuzung zu schießen. Sonst wäre der Traum schon hier aus gewesen.
Nach knapp fünf Minuten bog das vordere Taxi rechts ab, kurvte in ein Parkplatzgelände vor einem großen Bahnhof ein und hielt schließlich vor dem Portal eines Hochhauses.
»CCH« stand in Leuchtbuchstaben an der Front des Turmes.
»Sind wir da?« fragte der Fahrer Ringo. »Eine aufregende Fuhre war das ja nicht, aber ich wünsche euch noch viel Erfolg bei der Jagd. Macht zehn fünfzig.«
Ringo steckte das Wechselgeld ein, bedankte sich und machte, daß er mit Susi fortkam. Herr Anton verschwand nämlich gerade im Foyer des Gebäudes. »Aha!« donnerte eine bekannte Stimme.
Susi und Ringo fuhren herum und stöhnten auf. Das durfte doch nicht wahr sein! Wer da gerade aus dem dritten Taxi stieg, war niemand anderes als – Heini Ehrlich! Da gab es keinen Zweifel, obwohl sich der Gute diesmal als Neger geschminkt hatte, einen dikken blauen Seemannspullover trug und sich ein Schifferklavier umgehängt hatte. Auf dem Kopf trug er eine Pudelmütze.
Für eine Flucht war es nun zu spät, das war sowohl Ringo als auch Susi klar. Sie gaben auf.
Heini Ehrlich, der wohl noch gar nicht so recht glauben konnte, daß die Jagd jetzt ein Ende hatte, kam mißtrauisch näher. Dann

grinste er. Der Mann war ein Künstler. Trotz der Eile hatte er es nicht versäumt, einen seiner Zähne zu schwärzen, um eine Zahnlücke vorzutäuschen.

»Also, ick muß schon sagen, ihr habt mir janz schön ausse Puste jebracht«, erklärte er dann. »Und wenn ick nich' diese Eintrittskarte auffem Bahnsteig jefunden hätte, hätt' ick aba alt ausjesehn, wa?« Stolz zeigte er ihnen eine Karte.

»CAP-Vollversammlung im Congreßcentrum (CCH) am 4. April um 18.00 Uhr – Eintritt frei«, war darauf zu lesen. Und ganz klein darunter: »Club der Astrologen und Phantasten (CAP)«.

»Aber die Karte gehört uns gar nicht«, protestierte Ringo.

»Ach nee«, sagte Ehrlich. »Und weshalb seid ihr dann hier, wa?«

»Weil wir Herrn Anton verfolgt haben«, erwiderte Susi spitz. »Der hat doch die Hefte geklaut – und dem gehört wahrscheinlich auch die Eintrittskarte.«

»Keine Räuberpistolen, Leutchen«, sagte Heini Ehrlich drohend. »Auf so wat falle ick nich' rein.«

»Wer sind Sie überhaupt?« fragte Ringo, der seine Selbstsicherheit nun wiederfand. »Sie tun ja geradeso, als wären wir Verbrecher. Dabei haben wir gar nichts getan.«

»Ick bin vom Schu-Schmu-Schu«, flüsterte Ehrlich geheimnisvoll. Ringo wurde blaß. Das hatte ihnen gerade noch gefehlt. Ehrlich war also weder Detektiv noch Polizist, sondern gehörte einer Gangsterbande an, von der Herr Anton schon am Telefon erzählt hatte. Herrje, da waren sie ja zwischen mehrere Fronten geraten!

»Und jetzt, Piepels«, sagte Heini Ehrlich und warf sich das Schifferklavier auf den Rücken, »her mit den jestohlenen Heften! Oder habt ihr die am Ende schon vanichtet?«

»Na, dös wär' das Schlechteste nicht, Herr Kollege«, sagte plötzlich eine fremde Stimme hinter ihrem Rücken. »Und wann's Eahna beliabt, dann lassen'S bittschön die Herrschaften laufen. Wenn die Herrschaften die Schundheftln vernichten tun, dann san's allemoal mei' Freund'.« Der Mann, der diese Worte gesprochen hatte, war von rundlicher Gestalt und trug eine Hornbrille mit dicken Gläsern. Jetzt trat er hinter einer Säule hervor und hielt einen langen Regenschirm schlagbereit wie einen Degen.

»Ich werd' verrückt!« grunzte Heini Ehrlich, nahm das Schifferklavier und schleuderte es wutentbrannt zu Boden. »Auf Sie hab' ick grad' noch jewartet, Herr Doktor Grottensteiner.«

»Ja, da san'S perplex, Herr Kollege«, meinte Dr. Grottensteiner freundlich und charmant. Seine listigen kleinen Äuglein wanderten von den Kindern wieder zu Ehrlich.
»Ham Sie uns etwa die jantze Zeit über verfolgt?« wollte Ehrlich ziemlich fassungslos wissen.
»Na, na. Ich bin rein zufällig hier, Herr Kollege. Oder besser gesagt: Ich besuche einen Kongreß. Aber jetzt lassen'S gefälligst die Herrschaften los, aber hurtig!«
Und nun machten Ringo und Susi große Augen, denn mit dem lauten Schlachtruf: »Kampf der verderblichen Schundliteratur!«, den er mehrfach wiederholte, drosch der gute Doktor mit seinem Schirm auf den fassungslosen Heini Ehrlich ein, der wild protestierte und nach seinem Anwalt verlangte.
Da Ringo und Susi keine Lust hatten, den Ausgang des Kampfes zu verfolgen, gingen sie zunächst ein paar Schritte zurück, nahmen dann jedoch ganz plötzlich die Beine in die Hand und rannten auf den Eingang der Kongreßhalle zu. Die unvermuteten Zwischenfälle hatten nichts daran geändert, daß sie immer noch hofften, Herrn Anton stellen zu können. Und der war schließlich in diesem Kongreßgebäude verschwunden. Wo mochte er stecken? Das »CCH« war ein Bau mit ungewöhnlichen Dimensionen und hatte mindestens dreißig Stockwerke. Da konnte man lange suchen!
Bevor Susi und Ringo im Foyer verschwanden, blickten sie noch einmal zu Heini Ehrlich und dem mysteriösen Dr. Grottensteiner zurück. Mehrere Rocker hatten einen Ring um die beiden gebildet und feuerten sie an. Dann trat ein erboster älterer Mann dazwischen, kaum größer als Ehrlich, und schrie wütend: »Immer auf die Kleinen! Hören Sie sofort auf, sie dicker Flegel!« Er boxte Dr. Grottensteiner in die Rippen und bekam nun seinerseits den bereits reichlich zerfledderten Regenschirm über den Kopf gezogen.
»Was erdreisten Sie sich!« schimpfte Dr. Grottensteiner nun in reinstem Hochdeutsch. »Immerhin bin ich Akademiker!«
Als letztes sah Ringo, daß Heini Ehrlich die Ablenkung seines Gegners benutzte, um zu entkommen. Er rannte auf einen in der Nähe abgestellten Autobus zu und sprang hinein. TITUS PARELLI – KOSTÜME, MASKEN, ILLUSIONEN konnte man in dicken, bunten Buchstaben auf der Vorderfront des Busses lesen.
»Jetzt geht mir erst ein Licht auf«, sagte Ringo. »Also deshalb taucht der Ehrlich immer so fix in den verschiedensten Verkleidun-

gen auf! Der läßt einen Helfershelfer hinter sich herfahren. Auf jeden Fall müssen wir in einigen Minuten wieder mit ihm rechnen. Bin gespannt, wie er dann aussieht.«

»Ob der Grottensteiner einer gegnerischen Bande angehört?« überlegte Susi. »Immerhin hat er Ehrlich sofort erkannt und schien einen ziemlichen Rochus auf ihn zu haben. Und was sollte dieser komische Kampfruf? So interessant wird das Geschäft mit den Heften doch nicht sein, daß es nicht nur Händler, sondern gleich mehrere Gangsterbanden gibt, die damit zu tun haben.«

»Weiß der Kuckuck! Ich blicke hier jedenfalls im Moment nicht mehr durch. Da tun sich ja wahre Abgründe auf! – Machen wir lieber, daß wir diesen Anton aufspüren.« Ringo setzte sich in Bewegung. »Was war das noch für ein Kongreß, der hier stattfindet?«

»Astrologen und Phantasten«, informierte ihn Susi. »Ich hab' keine Ahnung, was das ist. Hört sich aber so an, als ob die sich mit Horoskopen und so was beschäftigen.«

»Am besten fahren wir mit dem Lift«, schlug Ringo vor.

»Ja, aber in welche Etage?«

»Holzauge, sei wachsam! Wenn du nicht über diesen Grottensteiner nachgegrübelt hättest, wäre dir das Plakat sicher auch aufgefallen. Darauf stand: ‚Kongreßteilnehmer: 4. Stock, CAP-Versammlung'«, verkündete Ringo.

»He, ihr da!« rief der Pförtner aus seinem Glashäuschen heraus. »Wo wollt ihr denn hin? Habt ihr überhaupt Eintrittskarten?«

»Der Eintritt ist doch frei!« riefen Ringo und Susi wie aus einem Mund und rannten los, schlüpften in eine wartende Fahrstuhlkabine und blickten auf die Bedienungstafel. Ringo fand als erster den Knopf mit der 4 und drückte ihn.

Der Pförtner war inzwischen aus seinem Häuschen geeilt und kam beängstigend schnell näher. »Hiergeblieben!« schrie er. »Da sind nur geladene Gäste zugelassen!« Er drohte ihnen mit der Faust.

Nervenaufreibend langsam schlossen sich die Fahrstuhltüren. Das Gesicht des Pförtners war bereits geifbar nahe, und er versuchte, eine Hand zwischen die sich schließenden Türhälften zu schieben. Wäre ihm das gelungen, hätte die Sicherheitsschaltung den Eingang wieder freigegeben. Aber er kam ein paar Zehntelsekunden zu spät. Die Kinder sahen das wütende Gesicht des Uniformierten zwischen den Türen zu einem schmalen Strich werden. Dann beschleunigte der Fahrstuhl und trug sie nach oben.

Rasch hatten sie den vierten Stock erreicht und stiegen aus. Ringo hatte noch ein paar Knöpfe gedrückt, damit die Luftkabine nicht sofort wieder ins Erdgeschoß hinabfuhr.
Natürlich blieben ihren Verfolgern noch die anderen Fahrstühle. Aber der Pförtner würde sich nicht so ohne weiteres aus der Empfangshalle entfernen dürfen.
Ob er per Telefon Kollegen verständigte? Aber auch er konnte allenfalls vermuten, daß die ungebetenen Gäste wirklich im 4. Stockwerk ausgestiegen waren.
Sie durften keine Zeit verlieren. Vor Ringo und Susi breitete sich ein langer, hellerleuchteter Korridor aus. Ein Schild mit einem dikken Pfeil und dem Hinweis »CAP-Kongreß« wies ihnen den Weg. Wenn Anton glaubte, sich unter den Astrologen und Phantasten verstecken zu können, war er schiefgewickelt. Zunächst ging es den Korridor entlang bis zu einer Gabelung. Dann hatte man die Wahl, links oder rechts zu gehen. Ein weiteres Schild – diesmal nur mit einem Pfeil – zeigte nach links.
»Mensch, ich hab' eine Idee!« rief Susi. Sie drehte den Pfeil herum. Jetzt wies er in den rechten Korridor. »Das wird Heini Ehrlich ganz schön in die Irre führen«, sagte sie kichernd.
»Klasse!« lobte Ringo.
Sie erreichten eine Biegung, und Ringo tönte: »Das ist ja das reinste Labyrinth hier oben!« Dann stellte er auch schon fest, daß sie am Ziel waren. Sie hatten bereits eine Reihe numerierter Türen passiert, die aber offenbar zu irgendwelchen Verwaltungsräumlichkeiten gehörten. »Sekretariat« stand darauf oder »Manager, Trakt 4« oder »Hugo Krone, Personalangelegenheiten«.
Aber nun erhob sich zu ihrer Linken eine verglaste Wand, die nur zum Teil mit Vorhängen gegen Einsicht von außen versperrt war. Hinter dem Glas saßen mehrere hundert Menschen an weißgedeckten Tischen. Dicke Wolken von Zigarettenqualm lagen über der Versammlung. Durch die Glaswand hindurch drang ein vielstimmiges Gemurmel, das Klirren von Gläsern und Eßbestecken, dazu Fetzen verzerrter Musik aus schlecht eingestellten Lautsprechern.
Eine breite Schwingtür führte in das Innere des Saales, aus dem zwei stirnglatzige, hochaufgeschossene Männer kamen, die Schnellhefter unter den Armen trugen, sich über die schweißbedeckten Stirnen wischten und sich murmelnd in Richtung der Waschräume entfernten.

»Ich will aber Vorsitzender werden!« plärrte der eine Mann. »Keiner versteht soviel davon wie ich!« »Beruhige dich doch, Alfred«, gab der andere zurück. »Meine Stimme hast du jedenfalls!«
»Wenn der Anton hier ist, werden wir Mühe haben, ihn zu finden«, meinte Ringo mit einem abschätzenden Blick auf die Versammlung. »Hättest du gedacht, daß es so viele Leute gibt, die in einem Club für Astrologen und Phantasten sind?«
»Hinter dem Eingang steht ein Bursche, der die Karten kontrolliert«, flüsterte Susi, die die zum Saal führende Tür für einen klitzekleinen Spalt aufgedrückt hatte. »Und jetzt ist er gerade verschwunden. Vielleicht sollten wir das mal fix ausnutzen.«
»Auf der Stelle!«
Unbeachtet von den anderen Kongreßteilnehmern, die gerade mit ziemlich wütenden Protestrufen den Redner von der Bühne vertrieben, schlüpften sie in den Saal hinein und brachten erst einmal zehn Meter zwischen sich und den Eingang. Gerade rechtzeitig, denn der Kontrolleur, auf dessen Brust ein rundes Abzeichen mit einer stilisierten fliegenden Untertasse prangte, baute sich soeben wieder vor der Pendeltür auf.
Wenigstens fielen Susi und Ringo unter den etwa dreihundert Teilnehmern der Veranstaltung nicht weiter auf. Der größte Teil der Anwesenden war zwischen zwanzig und dreißig, wenngleich hier und da auch einige ältere Gesichter zu sehen waren. Alles in allem waren aber auch mindestens fünfzig Jugendliche da, die interessiert auf die vier Männer starrten, die sich jetzt auf der Bühne hinter einen langen Tisch setzten und zu diskutieren begannen.

Dicht auf den Fersen

Inzwischen stiefelte ein Schornsteinfeger ins Foyer des »CCH«. Er trug die traditionelle Tracht seines Berufsstandes, dazu sein Handwerkszeug, und schien seinem schwarzen Gesicht nach einen arbeitsreichen Tag hinter sich zu haben. Er war klein, trug aber einen riesengroßen Zylinder, der das wieder wettmachte. Eigenartig war allenfalls, daß er über der Schulter einen Eispickel trug.
Mit forschem Schritt eilte er zur Loge des Pförtners. »Ick soll hier 'n Kamin fejen, Meister«, sagte er. »Bei den Leuten, die jrade 'n Kongreß abhalten. Bin anjerufen worden.«

»Was denn, um diese Uhrzeit noch? Und während die Veranstaltungen laufen?« Der Pförtner wunderte sich.
»Is' nich' mein Bier, Freundchen«, sagte der Schornsteinfeger. »Hauptsache, die Piepen stimmen, vastehste? Also, wo sind die Kongreßheinis?«
»Vierter Stock, immer den Schildern nach«, murmelte der Pförtner und sah kopfschüttelnd dem schwarzen Mann nach, der zu den Fahrstühlen ging. Komisch, dachte er, da ist man seit sechs Jahren Pförtner im »CCH« und erfährt jetzt zum ersten Mal, daß es dort oben einen Kamin gibt. Und was für Irre sich hier herumtrieben! Wer hatte je schon einen Schornsteinfeger mit einem Eispickel gesehen? Der Kamin war doch wohl nicht eingefroren? Zu dieser Jahreszeit? Aber darüber sollte sich jemand anderer Gedanken machen. Schließlich war er ja nur der Pförtner.
Als Heini Ehrlich – wer sollte es sonst schon gewesen sein? – in seiner neuen Verkleidung das Ende des Korridors erreichte und auf den Hinweispfeil stieß, kam ihm ein pfiffiger Gedanke. Der Pfeil zeigte nach rechts. Wie wäre es, wenn er ihn umdrehte? Falls dieser schreckliche Dr. Grottensteiner ihn verfolgte, wäre er erst einmal für eine Weile ausgeschaltet. Das konnte der entscheidende Zeitgewinn sein, um die jugendlichen Angehörigen der Schundklaubande zu fassen und mit ihnen zum Versammlungsraum des Schu-Schmu-Schu zu verschwinden. Gedacht, getan. Der Pfeil zeigte nun nach links.
Heini Ehrlich lachte sich insgeheim ins Fäustchen. Wieder einmal hatte er einen gefährlichen Gegner überlistet. Dann betrachtete er mißmutig den schweren Eispickel. Zu dumm, daß seine Unterlagen über die Berufskleidung eines Schornsteinfegers nicht vollständig gewesen waren. Aber auch diese in letzter Zeit eingerissene Schlamperei konnte man dem Konto jener Bande zuschreiben, die in seinem Gehirn herumspukte.
Wie sollte man anständige Akten führen, wenn man ständig auf Achse war! Na, egal. Lieber einen Ausrüstungsgegenstand mehr als einen zuwenig. Der Pickel mußte mit. Schließlich wollte er ja nicht auffallen. Er eilte weiter.
Irgendwann kam es Heini Ehrlich zu Bewußtsein, daß er schon mehrmals sich kreuzende Gänge passiert hatte und der Nase nach gegangen war, weil er keine weiteren Pfeile oder Hinweisschilder gesehen hatte. Er mußte sich verlaufen haben.

Die nächste Tür sah breit und wuchtig aus. Sie mochte zu einem Versammlungssaal führen. Heini Ehrlich drückte die Klinke hinunter. Nichts! Die Tür war verschlossen. Er irrte weiter und rüttelte an den nächsten Türen. Ohne Erfolg.
Erst nach einer halben Stunde kam er auf den Gedanken, mit dem Fahrstuhl ins Erdgeschoß zurückzufahren und sich beim Pförtner noch einmal genau nach dem Weg zu erkundigen.

Die Männer auf der Bühne gaben allerlei seltsame Meinungen zu Horoskopen und fliegenden Untertassen ab, aber Susi und Ringo hörten gar nicht hin. Ihre Augen suchten den halbdunklen Saal ab. Der dicke Herr Anton war nirgends zu entdecken. Und doch mußte er hier sein. Wo hatte er sich versteckt?
Ringo und Susi drückten sich an der Wand entlang, setzten sich aber nicht an einen der Tische. Schließlich wollten sie alles im Auge behalten, was im Saal geschah.
»Da kommt unser Freund von vorhin«, flüsterte Susi und zeigte auf einen Herrn mit Regenschirm, der gerade am Eingang aufgetaucht war. Es war Dr. Grottensteiner!
Er blickte sich kurz um, entdeckte Ringo und Susi, winkte ihnen fröhlich zu und setzte sich dann auf einen freien Stuhl. Von dort aus beobachtete er sichtlich amüsiert das Geschehen im Saal und auf dem Podium.
Ringo spürte, wie er mit der Zeit immer müder wurde. Die Stimmen der Diskussionsredner auf dem Podium plätscherten an seinen Ohren vorbei, und einmal ertappte er sich dabei, daß ihm die Augen zugefallen waren. Der Kopf war ihm auf die Brust gesunken. Er ruckte hoch, blickte benommen zur Bühne – und war sofort wieder hellwach.
Hinter dem Podium gab es einen hellblauen Vorhang. Zwischen den zwei Hälften des Vorhangs lugte niemand anderer hervor als – Herr Anton!
Ringo tippte Susi an, die ebenfalls im Stehen vor sich hingedöst hatte. Beide verständigten sich mit Blicken und bewegten sich dann langsam auf die Bühne zu.
In diesem Augenblick gab es einen Tumult am Eingang des Saals, auf den sogar die Diskussionsredner aufmerksam wurden. Ein Schornsteinfeger versuchte in den Saal einzudringen, wurde aber von dem bulligen Ordner daran gehindert.

»Ha, da sind sie!« schrie er plötzlich und zeigte auf Ringo und Susi, die er gerade entdeckt hatte.
Aller Augen folgten seinem ausgestreckten Arm und blickten auf die beiden. Auch der Ordner. Heini Ehrlich – den die Kinder natürlich sofort unter seiner Maske erkannt hatten – nutzte die Gelegenheit, trat dem Mann auf den Fuß und flitzte an ihm vorbei.
Noch jemand war auf Ringo und Susi aufmerksam geworden: Herr Anton. Er wurde merklich blasser und zog die beiden Enden des Vorhangs zusammen. Hastige Schritte verrieten, daß er sich hinter dem Vorhang davonmachte.
»Los!« rief Ringo. Die Situation kam ihm mehr als vertraut vor. Vor ihnen der flüchtende Herr Anton, hinter ihnen ihr wahnsinniger Verfolger Heini Ehrlich. Aus den Augenwinkeln heraus sah Ringo, daß sich auch Dr. Grottensteiner erhoben hatte. Aber diesmal würde er sich nicht vor Heini Ehrlich retten können.
Leise murmelnd verfolgten die Kongreßteilnehmer die Verfolgungsjagd. Ringo und Susi waren inzwischen auf das Podium geklettert und verschwanden unbehelligt hinter dem Vorhang. Susi zeigte auf eine Eisentür. Nur dahinter konnte Herr Anton verschwunden sein. Eine andere Fluchtmöglichkeit gab es nicht.
Ringo riß die Tür auf, rannte in den dahinterliegenden Gang und landete in einem Raum, von dem mehrere Türen abgingen. Susi kam hinter ihm hergefegt. Herr Anton war nicht mehr zu sehen. Die beiden öffneten der Reihe nach die Türen, fanden dahinter aber nur kleine fensterlose Zimmer mit weiteren Ausgängen. In den Zimmern gab es Spiegel, Schminktische und Kleiderschränke. Verstärker, Lautsprecherboxen und Instrumententaschen, wie sie Musiker benutzen, standen herum. Irgendwo klappte eine Tür, und ein Schlüssel wurde umgedreht.
Als Ringo und Susi herbeieilten, war es schon zu spät. Sie stießen auf eine verschlossene Tür. Herr Anton war wieder einmal entwischt. »Ringo! Sieh doch mal!« Susi hatte etwas gefunden. Sie wedelte mit einem Blatt Papier herum, das sie gerade vom Fußboden aufgehoben hatte. »Diese Adressen . . . Das muß der Notizzettel sein, auf den Anton geschaut hat, bevor er zu Skodzikowski in den Laden kam!«
»Mensch, zeig mal her! Was steht denn sonst noch drauf?« Ringo grabschte nach dem Blatt, hatte aber Mühe, in dem Halbdunkel der Künstlergarderobe die Schrift zu entziffern.

»Her damit!« knurrte jetzt Heini Ehrlich von der Tür her. Wie man sehen konnte, war er ihnen gefolgt. »Det is' Beweismaterial, und ick bestehe darauf . . .«
Hinter ihm tauchte Dr. Grottensteiner auf. »Also, i' möcht' jetzt endlich wissen, was hier gespielt wird«, forderte er und deutete mit der Schirmspitze auf Heini Ehrlichs Nase, der unter seiner schwarzen Schminke blaß wurde. »Der ganze Kongreß is' scho' am Toben zwegn Eahna!« Er schnalzte mit der Zunge.
Jetzt tauchte noch ein weiterer Mann auf dem Gang auf und zwängte sich in die enge Garderobe. Er trug einen pechschwarzen Vollbart, hatte eine kleine Nase und einen gewaltigen Bauch. Er fletschte die Zähne wie ein Wolf. Am auffälligsten war jedoch die glitzernde Trompete, die er in der rechten Hand trug. »Schwierigkeiten, Heini?« fragte er. »Mir scheint, ich komme gerade zur rechten Zeit, was?« Ehrlich seufzte erleichtert auf. »Axel Mehlbart! Du kommst wirklich wie jerufen!« Er deutete auf Ringo und Susi. »Det sind die beiden Diebe, die seit Monaten bei Sammlern einbrechen und die Heftchenläden ausplündern. Und der Grottensteiner will mir daran hindern, det Pärchen dingfest zu machen. Möglicherweise steckt er mit denen unta eene Decke!«
»Ich protestiere!« sagte Dr. Grottensteiner energisch. »Schließlich bin i' Akademiker!«
»Der Doktor arbeitet bei den Hamburger Wasserwerken und liest die Zähler ab«, meinte Heini Ehrlich und grinste.
»Na und?« meinte Dr. Grottensteiner trotzig. »Is' dös a Schand? I' mog halt kan Job mit viel Streß.«
»Wir sind keine Diebe!« rief Ringo. »Und den Herrn Doktor haben wir auch erst vor einer Stunde kennengelernt. In Wirklichkeit sind wir nämlich hinter dem echten Dieb her. Wenn Sie nicht so blind wären, hätten sie das schon längst erkannt.«
»Und wer soll det wohl sein?« höhnte Heini Ehrlich. »Am Ende bin ick det sogar! Ick, Heini Ehrlich vom Schu-Schmu-Schu!« Er lachte, und sein Kumpan mit dem ulkigen Namen Mehlbart fiel dröhnend in das Gelächter ein.
»Das sagt ja keiner«, maulte Susi. »Aber wer war denn wohl außer uns in den Heftchenläden, als etwas geklaut wurde? Und stand außerdem direkt am Tresen, wo die Sachen verschwanden? Dieser dicke Mann in den teuren Klamotten. Wir kennen ihn – er heißt Herr Anton. Das ist der Dieb!«

»Und det soll ick globen?«
»Dann bringen Sie uns eben zur Polizei«, sagte Ringo trotzig. »Aber davor haben Sie ja sicher mehr Angst als wir. Sie und Ihre Gangsterbande Schu-Schmu-Schu! Was ist das überhaupt? Ein Art von Mafia?«
Bei diesen Worten blieb Heini Ehrlich und Axel Mehlbart die Spukke weg. Beide schnappten hörbar nach Luft.
Dr. Grottensteiner gluckste in sich hinein. »Na, na«, sagte er schließlich. »Der Schu-Schmu-Schu is' koa Verbrecherorganisation, sondern der ,Schund-und-Schmutz-Schutzverband'. Und die Mitglieder dieses illustren Vereins sind verkrachte Akademiker, die tonnenweise alte Schundheftln horten, weil in ihrer kindlichen Entwicklung etwas schiefgelaufen ist.«
»Lügner!« heulten Ehrlich und Mehlbart auf.
»Jedenfalls können sich diese armen Menschen von ihren Heftchen nicht mehr trennen«, fuhr Dr. Grottensteiner ungerührt fort und bewies dabei, daß er auch ganz ohne Akzent Hochdeutsch reden konnte. »Ganz im Gegensatz zu anderen Erwachsenen, die ihre kindlichen Angewohnheiten irgendwann ablegen. Herr Ehrlich ist übrigens Schauspieler und war zuletzt bei den Städtischen Bühnen Geesthaacht engagiert. Daher die Leidenschaft für Verkleidungen. Im Moment ist er wohl arbeitslos. Und Herr Mehlbart spielt als Musiker in der Jazzband ,Vienna City Stompers Incorporated' — ein Landsmann von mir.«
»Da-da-dann sind die beiden gar keine Gangster?« fragte Susi ganz entgeistert.
»Im Gegenteil, im Gegenteil!« rief Axel Mehlbart. »Wir sind bestohlene Sammler. Unser Verband hat es sich zur Aufgabe gemacht, alte Comichefte vor der Vernichtung zu bewahren.«
»Aber dann sind wir ja Verbündete!« rief Ringo. »Ich bin nämlich selbst ein Comicssammler!«
»Waaaaaas? Na, das ist ein Ding!« rief Mehlbart.
»Ick bin baff!« sagte Heini Ehrlich.
»Unfaßboar«, raunzte Dr. Grottensteiner und fiel vor Schreck in seinen Wiener Tonfall zurück. »Ihr ghört zu denen da?« Mit unverhohlenem Mißfallen zeigte er auf die beiden erwachsenen Heftchensammler. »Und ich dachte scho', i' könnt' zwei neue Mitglieder für meine Anti-Schund-Zeitung ,Kampf der verderblichen Schundliteratur' gewinnen.«

»Tut mir leid, Herr Doktor«, meinte Ringo. »Aber damit können wir wirklich nicht dienen.«
»Na ja«, murmelte Dr. Grottensteiner. »Nett seid ihr trotzdem. Möglicherweise werde ich meine Position euch gegenüber einer Überprüfung unterziehen.«
»Was meint er?« wollte Susi wissen.
»Daß wir alle miteinander Freundschaft schließen sollen«, sagte Ringo keck.
Mehlbart und Ehrlich sahen etwas skeptisch auf den Doktor, und der blickte nicht minder mißtrauisch zurück. Aber dann nickten die drei Männer zögernd und reichten sich die Hände.
»Großartig!« freute sich Ringo und gab Heini Ehrlich den Zettel. »Das dürfte der Beweis sein. Hier stehen eine Menge Adressen drauf, darunter die von Skodzikowski und Krimi-Klink. Die meisten sind bereits abgehakt.«
Heini Ehrlich studierte bedächtig den Zettel und holte erst einmal tief Luft. »Ick werd' wahnsinnig!« stöhnte er dann. »Det sind genau die Sammler und Händler, die det Aas während der letzten Tage und Wochen beklaut hat. Und ick Hornochse hab' die Falschen verfolgt. Dabei war mir der jeschniegelte Kerl von Anfang an nich' janz geheuer.«
Axel Mehlbart nahm ihm den Zettel aus der Hand und hielt ihn nun seinerseits vor das spärliche Licht der winzigen Lampe über dem Eingang des Raumes. »Tatsächlich!« rief er und las laut vor: »W. Tradewald, Lemstraße 16 – M. Kubiliak, Cottongasse 109 – Skodzikowskis Schundgrube, Lehningweg 4 – Krimi-Klink, Am Horrido 2 – Container B 231, Pier 13, Schuppen C . . . Waaaaaas? Noch einmal! Tatsächlich, hier steht als letzte Notiz: Container B 231, Pier 13, Schuppen C. Und klein daneben gibt es den Vermerk ‚Sonntag, 14.40 Uhr'. Kann mir vielleicht einer sagen, was das zu bedeuten hat?«
»Container . . ., Pier . . .«, murmelte Heini Ehrlich nachdenklich. »Hamburger Hafen, det iss mal klar. Aber sonst?«
»Was ist denn ein Container?« wollte Ringo wissen.
»Ein riesiger Behälter aus Metall«, erklärte Axel Mehlbart. »Meistens groß genug, um mehrere Autos aufzunehmen – dies nur als Größenvergleich.«
»Mensch, ich hab's!« rief Ringo. »Er will das ganze geklaute Zeug damit außer Landes schaffen!«

Mehlbart und Ehrlich wechselten einen erschrockenen Blick. »Aber einen Container für die paar Hefte?« fragte Ehrlich zweifelnd.
Jetzt schlug Ringos Stunde. Er erzählte, daß Herr Anton nur ein einzelnes Mitglied einer ganzen Bande war.
Dahinter steckte die Firma Gift & Galle. Und das war – wohlgemerkt – eine Firma, die Sachen aus dem Ausland einführte und Waren aus dem Inland ausführte. Daß die etwas mit Containern zu tun haben konnte, lag doch auf der Hand. Und wenn man alle Einbrüche zusammenzählte und vor allem auch an den Diebstahl in der Deutschen Bibliothek dachte, dann mußten schon beträchtliche Heftstapel zusammenkommen.
Aber Dr. Grottensteiner runzelte die Stirn und fummelte nervös an seinem zerfledderten Schirm herum. Er sah aus, als versuche er, etwas aus den hintersten Winkeln seines Gehirns hervorzukramen, das für das Problem von Wichtigkeit war. Dann schien er sich plötzlich zu erinnern, denn seine Augen leuchteten. Er druckste herum und wollte nicht recht mit der Sprache herausrücken. Obwohl alle seine Unruhe bemerkt hatten und ihn ansahen.
»Herr Doktor«, sagte Susi ganz sanft. »Sie verschweigen uns etwas, nicht wahr?«
»Wie bitte? Nein, nein, ich wollte nur . . . Ach, Mist!« rief Doktor Grottensteiner.
Heini Ehrlich schnaufte. »Bei aller begrabenen Feindschaft, Doktor Grottensteiner! Sie werden uns doch in einem solchen Moment nicht hängenlassen! Jetzt, wo wir einer internationalen Schundheftschieberbande so dicht auf den Fersen sind!«
»Eigentlich«, erwiderte Dr. Grottensteiner, »bin i' ja scho' dafür, daß die Schundheftln eingestampft werden, damit sie nicht länger das kulturelle Erbe des Abendlandes unterminieren . . .«
»Herr Doktor!« brummte der Jazztrompeter Mehlbart und schwenkte seine Trompete. »Das ist doch Diebesgut! Da ist es doch schietegal, was man sonst davon hält. Und außerdem« – er grinste hinterhältig – »verstößt Ihr Schweigen eben nicht nur gegen das Gesetz, sondern auch gegen unsere Abmachung, die wir damals auf der Universität getroffen haben. – Weißt du es nicht mehr, Lazarus? Hast du sogar deinen Spitznamen vergessen?«
Dr. Grottensteiner war ziemlich blaß geworden. Er räusperte sich und sagte: »Aber Axel! Das wirst du mir doch nicht antun wollen!«
Kalt lächelnd erwiderte Axel: »Doch, doch, mein lieber Lazarus! Ich

sage jedem, der es hören will, daß du, bevor du deinen Doktortitel bekamst, der größte Schundsammler von ganz Österreich warst.«
Ringo und Susi lachten, daß ihnen die Bäuche weh taten.
Auch Ehrlich setzte mit einem hohen, meckernden Lachen ein und lehnte sich gegen die Wand. »Det is' det Jrößte!« heulte er, während Tränen an seinen Wangen hinabliefen. »Der Doktor Grottensteiner mit seinen Antischundkampagnen war früher selber ... Haha, hahaha, hahahahaaaaahahahaha!«
Dr. Grottensteiner seufzte. »Wehe, wenn ihr ein Sterbenswörtchen verratet! Mein ganzer Ruf wäre im Eimer. Schließlich ist man ja Akademiker.«
»Wir schweigen wie ein Grab«, versprachen Ringo, Susi und Heini Ehrlich, »wenn ...«
»Nun gut.« Dr. Grottensteiner seufzte noch einmal. »Dann muß es wohl sein: Ich bin nämlich ziemlich sicher, daß der Anton nicht Hefte außer Landes schmuggeln, sondern seinen größten Coup landen will. Vor vierzehn Tagen wurde nämlich die Ausstellung in der Hamburger Kunsthalle geschlossen. Na, welche Ausstellung meine ich wohl? Richtig, die Comicsausstellung! Dort wurden die wertvollsten Stücke aus der Sammlung des amerikanischen Millionärs William T. Kotzwinkle des Dritten gezeigt.«
Ehrlich und Mehlbart erbleichten. Ringo fragte nur: »Na und?«
»Nun, Kotzwinkle hatte weder Zeit noch Lust, eine Auswahl zu treffen, und schickte die ganze Sammlung nach Europa: 100 000 Einzelhefte. Eine der umfassendsten und wertvollsten Comicssammlungen der Welt. Es sind Hefte darunter, die mehr als 15 000 Dollar wert sind. Selbst das allererste amerikanische ‚Superman'-Heft, das einen unschätzbaren Wert hat, ist mit dabei.«
»Ich verstehe immer noch Bahnhof«, erklärte Ringo.
»Das wird sich geben. Ich habe in der Zeitung gelesen, daß die Sammlung an diesem Wochenende verschifft wird.«
»Uff!« machte Ringo nur.
»Das darf doch nicht wahr sein!« hauchte Susi fassungslos. »Der will mit einem Schlag die ganze Sammlung klauen!«
»Wir alarmieren sofort den gesamten Schu-Schmu-Schu!« rief Axel Mehlbart.
»Auf zu unserem Hauptquartier!« Das war Heini Ehrlich. »Und ihr beiden Hübschen kommt am besten mit. Wie heißt ihr überhaupt?«
»Ringo, wie der Beatle.« – »Und ich bin Susi.«

»Na prima, Ringo und Susi. Und wie is' det mit Sie, Doktor Grottensteiner? Kommen Sie ooch mit? Wo Sie doch jetzt sozusajen zur Familie jehören?«
»Ich schau' mir das lieber aus der Ferne an. Das könnte ich nicht übers Herz bringen – aus nächster Nähe mit ansehen müssen, wie sich der menschliche Geist wegen dieser Schundheftln ereifert«, murmelte Dr. Grottensteiner.
»Dann los!«

Schu-Schmu-Schu

Ein Taxi brachte sie in fünfzehn Minuten an ihr Ziel. Draußen war es sehr düster, und im ersten Moment konnten Ringo und Susi überhaupt nichts erkennen. Dann wurden im Licht einer fernen Straßenlampe die Konturen einiger alter Wohnhäuser sichtbar.
»Wo sind wir?« fragte Susi.
»In der Nähe des Fischmarkts«, antwortete Axel Mehlbart. »Falls euch das etwas sagt. Na ja, ein paar Meter weiter links ist jedenfalls die Elbe.«
»Und wo ist das Hauptquartier?« wollte Ringo wissen. Ganz geheuer war ihm nicht. Er starrte den entschwindenden Rücklichtern des Taxis nach. Wenn Ehrlich und Mehlbart nun gelogen hatten und in Wahrheit doch einer Gangsterorganisation angehörten? – Ach, dummes Zeug!
Heini Ehrlich lachte, als hätte er Ringos Gedanken gelesen. »Ihr steht direkt üba det Quartier.«
»Üba?« meinte Ringo verdutzt und ahmte ungewollt den Tonfall des Kleinen nach.
»Genau«, sagte Mehlbart. »Das ist ein ehemaliger Bunker, den wir gemietet haben. Früher wurde dort gejazzt, deshalb kannte ich ihn. Als der Laden einging, hat der Schu-Schmu-Schu zugegriffen.«
»Toll!«
Susi zappelte plötzlich aufgeregt herum, weil ihr etwas eingefallen war. »Können wir von dort aus auch telefonieren?« fragte sie. »Wir müssen nämlich unbedingt mal telefonieren! Mensch, Ringo, daß dir das nicht eingefallen ist! Kalle und Steffi machen sich bestimmt schon Sorgen, daß wir so lange weg sind. Die denken doch glatt, daß uns die Schundklaubande gekidnappt hat.«

»Ach, du liebe Güte!« Ringo war entsetzt, daß sie nicht früher daran gedacht hatten.
»Keine Sorge, wir haben Telefon«, beruhigte sie Axel Mehlbart.
»Ick muß ooch noch den Rest der Jungens zusammentrommeln«, fügte Heini Ehrlich hinzu. »Aber zuerst dürft ihr telefonieren.«
»Und wo ist nun der Eingang?« fragte Ringo und musterte die Umgebung. Alte Häuser, hohe, ungepflegte Hecken, überquellende Mülltonnen, ein mit Unkraut bewachsenes Grundstück – mehr konnte er nicht entdecken, obwohl sich seine Augen jetzt an das spärliche Licht gewöhnt hatten.
»Werdet ihr gleich sehen!« flüsterte Heini Ehrlich. »Paar von den Kumpels hab' ick doch schon vom Congreßcentrum aus angerufen. Da ist der erste, Professor Eisenbeiß. Paßt gut auf!«
Ringo und Susi beobachteten aufmerksam den gebückt gehenden älteren Herrn auf der anderen Straßenseite. Er trug einen wallenden weißen Rauschebart und einen schwarzen Schlapphut. Gelegentlich schaute er sich um, als befürchte er, verfolgt zu werden. Seine Beobachter schien er jedoch nicht zu bemerken. Vor dem ersten Haus blieb er stehen, zündete sich eine Pfeife an, kramte in der Manteltasche und brachte schließlich eine Taschenlampe zum Vorschein. Dann schlenderte er weiter. Vor dem dritten Haus, dicht an der grünen Hecke, stand eine Litfaßsäule, hinter der er mit einem unvermuteten Sprung verschwand.
Heini Ehrlich grinste.
Axel Mehlbart wieherte und meinte: »Genial, was?«
Ringo schüttelte den Kopf. »Wo steckt er denn? Wieso taucht er auf der anderen Seite nicht wieder auf?«
»Vielleicht muß er mal?« vermutete Susi.
»Überlegt ruhig weiter«, sagte Heini Ehrlich und ließ sie noch ein paar Minuten warten. »So«, meinte er dann. »Los! Den Ofen wird er jetzt in Gang gesetzt haben.«
Ringo und Susi folgten den beiden Männern kopfschüttelnd über die Straße. Vor der Litfaßsäule blieben sie stehen. »Jetzt!« flüsterte Heini Ehrlich, zog nun seinerseits eine Taschenlampe hervor und umrundete die Säule.
Auf der Seite, die der Hecke zugekehrt war, leuchtete er die Säule an und schob einen Finger in ein Loch in Kopfhöhe.
Lautlos öffnete sich daraufhin in der Litfaßsäule eine Tür. Der Kegel der Taschenlampe erfaßte eine enge, eiserne Wendeltreppe, die

in die Tiefe führte. »Jut, wa'?« fragte Heini Ehrlich und freute sich über die verblüfften Gesichter.
»Det war früher der Notausgang von det Jazzlokal. Nun is' det unser Haupteingang, weil der frühere Haupteingang zugeschüttet wurde. Straßenbauarbeiten, vasteht ihr?«
Er ging voran. Dann folgten Ringo und Susi. Als letzter schob sich Axel Mehlbart in die Säule und verschloß die Tür. Die Schritte dröhnten auf den Stufen, und durch den von den Wänden zurückgeworfenen Schall in dem engen Schacht klang das doppelt so laut. Nach fünf oder sechs Metern hatten sie den Boden erreicht. Vor ihnen befand sich eine Tür.
SCHUND- UND SCHMUTZ-SCHUTZVERBAND – SEKTION HAMBURG stand auf dem Türschild.
Heini Ehrlich drückte die Tür auf. Sie quietschte ganz erbärmlich.
»Ooooooh!« Mit offenen Mündern blieben Ringo und Susi auf der Schwelle stehen. Vor ihnen erstreckte sich ein Raum von mindestens sechzig Quadratmetern Bodenfläche. Sämtliche Wände waren dicht an dicht mit Regalen verstellt. Und darin standen, wohlgeordnet, Tausende, Zehntausende, wenn nicht Hunderttausende von Comics und Heftromanen aus aller Welt. Aus allen Jahrzehnten des Jahrhunderts und in allen denkbaren Zuständen, mal ladenneu, mal zerfetzt und zerfleddert.
In der Mitte des Raumes standen mehrere Tische, jeder mit einer Leselampe versehen. Dahinter luden bequeme Sessel zum Ausruhen und Schmökern ein. Vor den Regalen gab es noch mindestens vier alte Schreibtische, die nicht zueinander paßten – vielleicht aus dem Sperrmüll gefischt worden waren. Sie waren überladen mit Dutzenden von Karteikästen.
Auf dem Fußboden lag ein alter und schon etwas dünner, aber sauberer Perserteppich – jedenfalls an der Schwelle. Den Rest des Bodens bedeckten weitere ausgediente Teppiche, so daß von dem häßlichen Beton darunter kaum etwas zu sehen war.
In der linken Ecke standen ein schwerer, hufeisenförmiger Tisch und darum herum mindestens zwölf Stühle. Auf einem der Stühle saß Professor Eisenbeiß, der Mann mit dem langen, weißen Bart. Vor ihm lagen ein kleiner Stapel Comichefte, ein Karteikasten und ein Stapel leerer Karten. Offensichtlich hatte der Professor die Wartezeit damit verbracht, einige Neuerwerbungen bibliographisch zu erfassen. Der Ofen hatte ihm wohl nur wenig Arbeit gemacht und

war sicher schon am Tag zuvor vorbereitet worden. Rotgelbe Flammen leckten an dicken Holzscheiten. Das konnte man durch die geöffnete Feuerungsklappe erkennen.
Der Professor hatte Hut und Mantel anbehalten, weil es eine Weile dauerte, bis der Raum aufgeheizt war. »Das sind also unsere jungen Freunde, von denen Herr Ehrlich am Telefon erzählt hat!« rief er und drückte Susi, dann Heini Ehrlich die Hand. »Ein Schornsteinfeger. Wenn das kein Glück bringt!«
»Aber Professor Eisenbeiß!« protestierte Heini Ehrlich. »Das bin doch ick. Dort, der Junge, das ist Ringo.«
Kopfschüttelnd ließ der Professor Heini Ehrlichs Hand los und begrüßte nun den Richtigen.
»Ick bin gleich zurück«, sagte Ehrlich und verschwand in einem kleinen Nebenzimmer. »Det Telefon is' dort drüben«, sagte er noch und zeigte auf einen der Schreibtische.
Ringo starrte immer noch wie betäubt auf all die Hefte.
Dann ging er ein paar Schritte näher und nahm die ersten Kostbarkeiten in die Hand.
»Du brauchst ja sicher noch länger«, meinte Susi kichernd. »Ich werde inzwischen mal bei Steffi anrufen.« Sie griff in Ringos Jakkentasche und zog den Zettel mit der Telefonnummer heraus. Ringo war so geistesabwesend, daß er es kaum bemerkte.
Er blätterte eifrig in einem der frühesten »Falk«-Hefte. Die fehlten ihm fast alle noch.
Während er sich festlas, beruhigte Susi am Telefon den aufgeregten Kalle, der sich wirklich schon die allergrößten Sorgen und Vorwürfe gemacht hatte. Er kündigte an, daß er sie in einer Stunde mit seiner Ente abholen würde. Dagegen hatte Susi nichts einzuwenden. Sie fragte Axel Mehlbart nach der genauen Adresse und gab sie gleich an Kalle weiter.
Ringo las immer noch seinen »Falk«.
Heini Ehrlich kehrte zurück, abgeschminkt, zum ersten Mal ohne Verkleidung. Er hatte kaum Haare auf dem Kopf, dafür aber sehr lange Koteletten. »Det is' sehr praktisch bei der Haarwäsche«, erklärte er dem Mädchen und zeigte auf seine Glatze. »Kannste alles mit 'nem Waschlappen in weniger als fünf Sekunden erledigen. Und denn is' det jut für die Perücken, die man als Schauspieler meist tragen muß.«
Ringo las immer noch seinen »Falk«.

Nach und nach trudelten die anderen Mitglieder des Schu-Schmu-Schu ein. Edgar Berghaus, der früher einmal eine große Speditionsfirma geleitet hatte, dann aber mit dem Lesen von Comics in der Firma begann und darüber alles andere vergaß. Jetzt stapelte er Apfelsinenkisten auf dem Gelände des Hamburger Großmarktes. Fredy, jener junge Mann aus Krimi-Klinks Bretterbude, der sich hauptsächlich durch die dauernde Wiederholung eines einzigen Satzes als großartiger Rhetoriker entpuppt hatte. Er zeigte sofort Verständnis für den schmökernden Ringo. »Spannend, was?« fragte er, erhielt aber keine Antwort.

Endlich gelang es Susi, ihren Freund wieder in die Wirklichkeit zurückzuholen. »Das ist Herr Fuchs!« schrie sie ihm ins Ohr und stellte ihm dann einen anderen jungen Mann vor, der eine wuschelige Frisur im Afro-Look trug und sein Studium bereits bis in das zweiundzwanzigste Semester ausgedehnt hatte, weil er immer noch auf der Jagd nach einigen fehlenden »Akim«-Heften war und deshalb nicht dazu kam, sein Examen abzulegen. Das war also der legendäre Herr Fuchs, der in seinen besten Zeiten als der größte Sammler Nordrhein-Westfalens galt!

Endlich erfuhr Ringo auch Näheres über Professor Eisenbeiß. Der war bis vor einigen Jahren Professor für Literaturwissenschaft an der Hamburger Universität gewesen und hatte nach der Pensionierung seine gesammelten Klassiker in den Müll geworfen und das Sammeln von Mickymaus-Heften begonnen. Ein anderer Neuankömmling stellte sich als Herr Knowiak vor. Ein verschmitzt lächelnder Mann, der erst einmal eine eisbedeckte Flasche Korn aus dem Kühlschrank holte und sich ein Gläschen einschenkte. Von Herrn Knowiak, den man nur mit tadellosem Anzug und Schlips kannte, wurde hinter vorgehaltener Hand erzählt, er habe einst eine große Tapetenfabrik besessen, sich dann aber allzusehr für die Comichefte seiner kleinen Tochter interessiert. Das Ende vom Lied war, daß er nur noch Tapeten mit Comicfiguren drucken ließ, wenig davon verkaufen konnte, Pleite machte und seither als Staubsaugervertreter durch Hamburg zog.

Die Namen der anderen Mitglieder des Schu-Schmu-Schu wurden ebenfalls genannt, aber Ringo und Susi konnten sie nicht alle behalten. Zumal jetzt mit dem Kriegsrat begonnen wurde.

Zunächst einmal berichteten Ringo, Susi und Heini Ehrlich abwechselnd von ihren Erlebnissen. Nach einigem Hin und Her hatten alle Anwesenden begriffen, daß die rätselhaften Diebstähle der letzten Zeit allesamt auf das Konto der Schundklaubande in Gestalt von Gift, Galle und Anton gingen. Mehr noch: daß man dieser Bande das Handwerk legen mußte, um zu verhindern, daß die noch nicht bestohlenen Sammler ebenfalls Opfer der Diebe wurden. Nicht auszudenken, wenn das Trio von der geheimen Bunkerbibliothek des Schu-Schmu-Schu erfuhr!

Die größte Aufregung herrschte jedoch, als Heini Ehrlich den dreisten Plan der Bande erwähnte, den Container mit der Kotzwinkle-Sammlung auf noch unbekannte Art und Weise an sich zu bringen.

»Keine Frage, daß wir dem sauberen Herrn Anton morgen auf die Patschhändchen klopfen!« stieß Herr Fuchs empört hervor.

»Wäre es nicht besser, die Polizei zu verständigen?« meinte Herr Knowiak. »Bei Gangstern dieses Formats muß man mit allem rechnen. Dieser Anton könnte eine Waffe bei sich haben.«

»Und wenn schon!« antwortete Susi und gab sich gelassener, als sie sich in Wahrheit fühlte. »Der ist doch so kurzsichtig, daß er selbst einen Möbelwagen verfehlen würde.«

Fredy servierte Tee und begann damit, aus einem kleinen Beutel sechsundvierzig verschiedenfarbige Pillen herauszuholen und auf dem Tisch auszubreiten. »Will jemand 'ne Tablette?« fragte er. »Ich habe wieder ein paar neue. Galaktisch, sage ich euch!« Er warf wahllos eine Handvoll Pillen in den Mund und spülte sie mit Tee hinunter. »Guuut!« sagte er nachdrücklich und sammelte den Rest wieder ein, als alle dankend abgelehnt hatten.

»Alter Hypochonder«, sagte Herr Fuchs und grinste.

»Hypo . . . was?« fragte Ringo.

»Ein eingebildeter Kranker«, tönte es aus Fredys Ecke. »So nennt man Leute, die Pillen schlucken, obwohl ihnen gar nichts fehlt.«

»Irre!« fand Susi. »Und du bist so einer?«

»Ja, ja!« rief Herr Fuchs, bevor Fredy protestieren konnte. »Der Fredy! Hahahahaha!«

»Aber ich bin wirklich krank«, maulte Fredy.

»Natürlich meinst du das. Das gehört ja dazu. Aber du bist es nicht. Ganz im Gegensatz zu mir!« Dann nahm Herr Fuchs seine Aktentasche vom Boden auf und begann ebenfalls auszupacken. Er kam auf zweiundsiebzig verschiedene Pillenschachteln.

»Nun zu meinem Schlachtplan«, sagte Heini Ehrlich und warf den Pillenfanatikern einen strengen Blick zu. Er hüstelte und fuhr fort:

»Da wir wissen, wo det olle Ding von Container steht – nämlich Pier 13, Schuppen C –, pirschen wir uns in Massen an det Objekt heran und schnappen uns den Gangster, wenn er auftaucht. Ick sehe eigentlich nur det Problem, ins Hafengebiet reinzukommen. Aber auch dazu is' mir schon eene jute Lösung einjefallen: Wir verkleiden uns als Seeleute. Kostüme besorge ich. Det langt für alle.«
»Nööööööö!« maulten einige Zuhörer. Offenbar wurden sie nicht zum ersten Mal bei Verkleidungsaktionen eingesetzt.
Nur Ringo rief begeistert: »Au ja, prima! Da kriegt der Anton sicher Schiß, wenn er so viele Matrosen sieht. Und dann – schnapp! – haben wir ihn.«
»Det hat sich doch herausgestellt«, sagte Heini Ehrlich und brachte seine Kritiker zum Schweigen. »Maske is' immer jut. Ohne meine Verkleidung wär' ick der Bande nie auf die Spur gekommen. Der dicke Anton hätte mir jleich ausjespäht. Det bleibt dabei: Wir jehen als Seeleute.«
Davon, daß er bis zum Schluß eigentlich immer die Falschen verfolgt hatte, erwähnte der Gute natürlich nichts. Aber das wäre wohl auch etwas zuviel verlangt gewesen.
»In Ordnung, in Ordnung«, meinte Professor Eisenbeiß. »Nun zu den Einzelheiten . . .«

Das Scheusal in der Falle

»Guck doch mal, guck doch mal!« rief der Zollbeamte, stieß seinem Kollegen mit dem Ellbogen in die Rippen und deutete aus dem Fenster des kleinen Abfertigungshäuschens.
Die beiden uniformierten Beamten drückten sich die Nasen an der Fensterscheibe platt.
Aus einem in der Nähe abgestellten roten Autobus stiegen nacheinander mehrere Personen aus, ordneten sich im Gänsemarsch und pirschten näher an das Zollhäuschen heran. Die seltsamen Gestalten trugen dunkelblaue Pudelmützen, Jeans von der gleichen Farbe und noch dunklere dicke Seemannspullover, deren mit Reißverschlüssen versehene Rollkragen bis hoch unter das Kinn geschlossen waren. Jeder einzelne hatte ein Lasso um den Oberkörper geschlungen. Und sie trugen ausnahmslos lange und tiefschwarze Bärte, was an sich komisch war, denn einige der Männer besaßen

blondes und rotes Haupthaar. Einer der Bartträger fiel besonders auf, weil er sehr zierlich wirkte, eine zarte Haut hatte und außerdem unter dem Pullover nur mühsam einige seltsam aussehende Rundungen verbergen konnte.
»Ich werd' verrückt!« Der Zollbeamte stöhnte.
Diese merkwürdige Truppe hatte das Häuschen nun erreicht und schlich – schön einer nach dem anderen – geduckt unter dem Fenster vorbei.
Der zweite Zollbeamte öffnete die Abfertigungklappe des Fensters.
»He!« rief er. »Seid ihr vom Zirkus?«
Der erste Bartträger, der das Fenster schon beinahe passiert hatte, blieb wie angewachsen stehen.
Es war ein kleiner Mann mit dicker Hornbrille und einem Spitzbauch: Heini Ehrlich.
»Wat denn?« meinte er, nachdem er sich von dem plötzlichen Schock des Angesprochenwerdens erholt hatte. »Wat heißt denn hier Zirkus? Hab' ick vielleicht'n Clownjesicht oder so wat?«
Jemand – es war Susi, die zierliche Bartträgerin mit den seltsamen Rundungen – kicherte und erntete prompt einen empörten Blick des Anführers.
»Ick und meine Leute sind ehrliche Seeleute, vastehste?« fuhr Heini Ehrlich, den Zöllnern zugewandt, fort.
»Seeleute, hahahaha!« Der erste Zöllner lachte und hielt sich den Bauch. »Hast du das gehört, Fietje? Das sind Seeleute! Und wir dachten, die wären vom Zirkus! Hahahahaha!«
Der Spitzbäuchige fixierte den erheiterten Zöllner mit einem giftigen Blick. »Ick wüßte nicht, wat daran so komisch sein soll, Männeken! Kommt, Jungs!«
»Moment!« rief der erste Zöllner und rieb sich die Lachtränen aus den Augenwinkeln. »Was wollt ihr ehrlichen Seeleute mit den Wäscheleinen?«
»Wohl noch nie'n echten Seebär jesehn, wat?« schimpfte Heini Ehrlich. »Gibt doch immerzu wat zum Festmachen. Und außerdem: Wie soll'n anständiger Matrose wohl in die Wanten klettern, wenn er kein Lasso hat, Sie Schlaumeier?«
»Wanten?« fragte der Zöllner mit todernstem Gesicht. »Ach – die Herren sind von einem Segelschiff?« Er grinste seinen Kollegen an, der bereits bemüht war, beide Hände vor den Mund zu pressen, um nicht laut herauszuplatzen.

»Det is' mir aber jetzt zu dumm!« brummte der Spitzbäuchige. »Abmarsch nach Pier 13, aber fix!«
»Nichts für ungut«, meinte der erste Zöllner beschwichtigend. »War nicht so gemeint. Aber wenn ihr zu Pier 13 wollt, braucht ihr auch noch Wanderschuhe. Der ist nämlich noch mindestens eine halbe Stunde Fußmarsch von hier entfernt.«
»So ein Mist!«
»Ja, warum nehmt ihr denn nicht den Bus?«
»Dürfen wir dat denn?« fragte Heini Ehrlich mit großen Augen. »Ick dachte immer, für Unbefugte is' det Hafenjelände . . .«
»Erstens seid ihr als Matrosen nicht unbefugt«, erwiderte der Zöllner und blinzelte ihm zu, »und außerdem kann hier jeder passieren, der nichts zu verzollen hat. Ihr habt doch nichts zu verzollen?«
»Nich', dat ick wüßte«, meinte Heini Ehrlich.
»Na also!«
»Mir nach!« rief Heini Ehrlich hoch erfreut. »Wir fahrn mit der Kutsche direkt zum Tatort von det Vabrechen! Besten Dank auch für den Tip, Mann!«
»Verbrechen?« fragte der zweite Zöllner, der sich mittlerweile von seinem Heiterkeitsanfall erholt und auch sein Gebiß wieder halbwegs in den Griff bekommen hatte. »Ich höre Verbrechen?« Aus seiner Stimme klang offenes Mißtrauen.
»Versprechen«, schaltete sich Ringo rasch ein. »Wir haben nämlich versprochen, pünktlich am Pier 13 einzutreffen.«
»Ach so, dann ist ja alles klar.«
Die Truppe machte, daß sie zu ihrem Bus zurückkam. »Da hättest du uns ja beinahe ganz schön reingerissen«, brummte Axel Mehlbart im Gehen seinem Freund Ehrlich zu.
»Und dann diese Wäscheleinen!« pflichtete ihm Professor Eisenbeiß eifrig bei. »Ich war gleich dagegen, aber auf mich will ja niemand hören. Richtige Seeleute haben nämlich kein Lasso bei sich, sondern sie haben Schwimmwesten umgeschnallt, damit sie gleich ins Wasser hüpfen können, wenn ein Eisberg das Schiff zu rammen droht. Lassos werden meines Wissens nur von amerikanischen Kuhhirten getragen.«
»Quatsch!« verteidigte sich Heini Ehrlich. »Ihr habt doch jehört, dat dat Männeken vom Zoll keine Ahnung hatte. Wahrscheinlich hat der och nie'n Schiff von innen jesehen.«
»Können wir die Bärte abnehmen?« fragte Susi. »Die kratzen.«

»Der Bart bleibt dran!« donnerte Heini. »Alle Seeleute tragen Bärte! Willst du, daß wir auffallen?«
»Wie gut, daß ich mir nicht so ein Ding aus Pferdehaar ankleben mußte«, murmelte der Jazztrompeter Mehlbart, der einen echten Bart hatte. Professor Eisenbeiß stimmte ihm zu. Er hatte ebenfalls keinen Kunstbart nötig.
Fredy hatte sich bereits hinter das Steuer des Wagens gesetzt und fuhr ruckelnd an. Man merkte, daß er erst vor einer Woche seinen Führerschein gemacht hatte. Direkt vor dem Zöllnerhäuschen kam der Bus wieder zum Stehen.
»Motor abgewürgt!« Heini Ehrlich stöhnte.
»Der Fredy! Hahaha!« Herr Fuchs freute sich.
»Laß mich mal«, verlangte Axel Mehlbart. »Die Zöllner gucken schon wieder so komisch.«
»Kommt nicht in Frage«, protestierte Professor Eisenbeiß. »Wenn jemand Ihre Bierfahne riecht, kommen wir überhaupt nirgendwo mehr an – es sei denn in der grünen Minna. Mußten Sie auch schon am frühen Morgen unbedingt zwei Liter Bier kippen?«
»Das ist gut für die Verdauung«, erwiderte der Trompeter und rülpste. »Und außerdem ist das wichtig für mein Image! Schließlich sind alle weltbekannten Jazzgrößen entweder dem Alkohol verfallen oder rauschgiftsüchtig.«
»Ogottogott!« murmelte Herr Knowiak und blickte gen Himmel.
»Ach, du liebe Güte!« meinte Fredy nervös. »Da ist er ja schon wieder, dieser aufdringliche Zollmops!« Mit fliegenden Fingern fummelte er an den Schaltungen herum.
»Tüchtig Gas geben!« riet der Zöllner, der mit seinem Kollegen vor das Häuschen getreten war. Beide starrten neugierig in das Innere des Busses.
»Die schlauen Reden kann er sich sparen«, murmelte Fredy und versuchte weiter, den Motor in Gang zu kriegen. Allmählich geriet nicht nur er tüchtig ins Schwitzen, sondern auch den anderen Wageninsassen stand der Schweiß auf der Stirn.
»Irgendwie kommt mir der Kleine mit der Hornbrille bekannt vor«, sagte der zweite Zöllner und deutete auf Heini Ehrlich. »Wenn ich nur wüßte, wo ich ihn hinstecken soll . . .«
Dann hatte Fredy es geschafft. Mit einem unerwarteten, aber nichtsdestotrotz mächtigen Ruck schoß der Bus nach vorn. Die Passagiere purzelten durcheinander.

»Jetzt weiß ich es wieder!« schrie der Zöllner hinter dem losrasenden Bus her. »Sie sind doch der Schauspieler, der am Stadttheater Geesthacht den Hamlet gespielt hat! Was haben wir gelacht! Den Abend vergesse ich nie!«
»Kunstbanause!« zischte Heini Ehrlich noch, dann näherte sich der Bus auch schon dem Hafengelände.
»Aber warum denn?« wollte Ringo wissen. »Ist es denn für einen Schauspieler nicht schön, wenn er die Menschen zum Lachen bringen kann?«
»Normalerweise schon«, murmelte Heini Ehrlich verschämt. »Jedenfalls, wenn ick in'ner Komödie spiele. Hamlet is' aber'n traurijet Stück, da jibts nischt zu lachen.«
Mit einer komischen Gebärde warf er die Arme hoch und fauchte: »Kann ick vielleicht wat dafür, wenn ick mir den Berliner Tonfall nich' mehr abjewöhnen kann? Daran ham die im Theater sich natürlich hochjezogen.«
»Guter Freund, Sie müssen links abbiegen«, meldete sich jetzt Professor Eisenbeiß. »Da war gerade ein Hinweisschild auf Pier 10 bis Pier 13.«
»Schon gesehen«, erwiderte Fredy, der nun seine Unsicherheit abgelegt hatte.
Ringo sah zum Fenster hinaus, aber viel Interessantes gab es nicht zu entdecken. Nur häßliche Backsteinschuppen und ein Gewirr von Eisenbahnschienen kamen in sein Blickfeld. Ganz in der Ferne konnte man allerdings schon Wasser schimmern sehen — und die Aufbauten von Schiffen.
»Wie spät ist es denn?« wollte Herr Fuchs wissen.
»Meine Uhr sagt fünf, aber das sagt sie immer.« Dabei zeigte er Ringo und Susi grinsend seinen linken Unterarm.
Die staunten nicht schlecht, als sie sahen, daß Herr Fuchs sich dort eine riesige Armbanduhr hatte eintätowieren lassen, die recht bunt und psychedelisch aussah und mit tausend Schnörkeln verziert war. Tatsächlich zeigte sie fünf Uhr an. Darunter stand ein hübscher, wenn auch rätselhafter Spruch: »Die Semester kommen und gehen — ich aber bleibe bestehen.«
»Gleich halb drei«, stellte Herr Knowiak fest. »Fredy, drück mal ein bißchen auf die Tube!«
»Mach' ich, mach' ich«, brummte der Fahrer und fügte hinzu: »Mööönsch, ist das spannend!« Der Motor heulte auf.

»Früher mal«, sagte Herr Fuchs mit einem träumerischen Ausdruck in den Augen, »wollte ich Journalist werden.« Er musterte die anderen mit einem beinahe strafenden Blick. »Aber ich blieb an den Comics kleben, hahaha! Sehr zum Kummer meiner Frau.« Er blickte so traurig drein, daß man beinahe Mitleid mit ihm haben konnte. »Jetzt geht jeder Pfennig für die Raritäten drauf. Und dabei benötigen wir so dringend ein neues Waschbecken.«
»Ist Ihres denn kaputt?« fragte Susi.
»Es brach aus der Wand. Ich hatte zu viele Comics draufgestapelt.«
»Konnten Sie sie nicht anderswohin legen?« meinte Ringo. Ein Waschbecken als Aufbewahrungsort für solche Raritäten kam ihm irgendwie komisch vor.
»Leider nein. Es war bereits alles voll.«
Die anderen Mitglieder des Schu-Schmu-Schu heulten vor Lachen.
»He«, unterbrach Herr Knowiak das allgemeine Gelächter, »da vorne muß es sein!« Er deutete auf einen Lagerschuppen. In großen Buchstaben konnte man dort lesen: Pier 13, Schuppen A.
»Der übernächste also«, sagte Professor Eisenbeiß händereibend.
Fredy gab noch einmal Gas, dann parkte er den Bus direkt vor Schuppen C. Alle stiegen aus und lockerten die steifen Glieder. Es war ziemlich unbequem, wenn man zu zehnt in solch einem engen Fahrzeug sitzen mußte.
»Wir müssen uns beeilen!« rief Axel Mehlbart.
»Ich sehe weit und breit keinen Container«, flüsterte Susi. »Auch kein Wasser und keine Schiffe.«
»Ich auch nicht«, gab Ringo zurück und stiefelte mit den Schu-Schmu-Schu-Leuten hinter Mehlbart und Ehrlich los. »Aber wahrscheinlich sind wir auf der falschen Seite des Schuppens.«
»Da steht ein Taxi!« rief Professor Eisenbeiß. »Sollte mich nicht wundern, wenn unser Erzfeind damit hierhergefahren ist.«
Die Truppe marschierte an dem Taxi vorbei. Dem Fahrer, der in einer Zeitung gelesen und nur zufällig einen Blick aus dem Seitenfenster geworfen hatte, fiel bei diesem Anblick der Zigarrenstummel aus dem Mund. Verblüfft hielt er sich am Lenkrad seines Wagens fest, wobei die ganze Zeitung zerknittert wurde. Er kniff sich in den Arm und starrte dem pudelbemützten Verein noch nach, als dieser längst um die Ecke des Schuppens verschwunden war.
Das Hafenbecken kam in Sicht. Am Kai lag ein dicker Pott, auf dem geschäftiges Treiben herrschte. Mehrere Besatzungsmitglieder lie-

fen an Deck hin und her. Am Kai darunter unterhielten sich drei Hafenarbeiter in derber Kleidung aus Segeltuch und behandschuhten Händen miteinander. Sie standen neben einem Eisenpoller und schienen auf das Kommando zu warten, die Drahtseilhaltetrossen des Schiffes zu lösen.

Inzwischen hatte Heini Ehrlich die Führung übernommen, dicht gefolgt von Susi und Ringo, die eine Sensation witterten und keinesfalls etwas verpassen wollten.

Als der kleine Mann aus der Deckung des Lagerschuppens hervortrat, blieb er so plötzlich stehen, daß es hinter ihm zu einer mittelschweren Massenkarambolage kam.

»Pssssst!« flüsterte er aufgeregt, obwohl niemand etwas gesagt hatte, und machte einen Schritt zurück. »Der Halunke steht da vorne und macht sich an einem Container zu schaffen. Wir kommen wirklich keine Sekunde zu früh.«

Ringo, der nun ebenfalls um die Ecke lugte, sah einen riesengroßen Metallbehälter, der verlassen auf dem Kai stand. Jetzt wußte er auch, daß er schon früher Container gesehen hatte. Das waren die großen Metallbehälter, die von den dicken Sattelschleppern über die Landstraßen gezogen wurden. HAPAG-LLYOD, SEALAND oder ähnliches stand darauf. Genauso sah auch dieser Container aus, nur daß er keine Räder hatte.

Und davor stand niemand anderer als der dicke Herr Anton. Die beschmutzte Kleidung vom Vortag hatte er gewechselt. Er trug nun einen wahrscheinlich sündhaft teuren grünen Wildledermantel. Aus dem Kragen lugte ein seidenes Halstuch.

Herr Anton hielt eine Sprühdose in der Hand und spritzte damit Farbe auf den Container. Ringo konnte jetzt genau erkennen, was der Dicke tat: Er veränderte die Containernummer.

Während er die Sprühdose hin und her schwenkte, schielte er mit einem Auge immer wieder zu den Hafenarbeitern am Poller hin. Aber die konnten sowieso nur die beiden ihnen zugekehrten Seiten des Metallbehälters sehen.

Heini Ehrlich hatte inzwischen Kommandos geflüstert, woraufhin sich Axel Mehlbart und Professor Eisenbeiß schnaufend in Bewegung setzten. Sie sollten den Schuppen an der Straßenseite umrunden und den Dieb abfangen, wenn er flüchten wollte.

Heini Ehrlich wartete, bis sie um die Ecke verschwunden waren, und zählte dann langsam bis zehn. Dann schrie er: »Auf sie . . .,

äh . . . ich meine, ihn, mit Gebrüll!« Er flitzte rachsüchtig aus seiner Deckung hervor, verhedderte sich im Lasso und fiel der Länge nach auf die Nase, während die anderen an ihm vorbeistürmten.
Die Hafenarbeiter unterbrachen erstaunt ihr Gespräch, als sie die seltsame Meute heranstürmen sahen. So viele bärtige Matrosen mit Pudelmützen und Seemannspullovern hatten sie während ihrer ganzen Arbeitsjahre im Hafen noch nie auf einem Haufen gesehen.
»Mönsch, dor bünnich aber vonne Socken!« sagte der eine.
»Büschen viel Äktschn auf einmal«, meinte ein anderer.
Der dritte Mann kratzte sich nur am Kopf. Dann klönten sie weiter.
Herr Anton allerdings war bei Heini Ehrlichs Schlachtruf erschrokken zusammengezuckt und sah von seiner emsigen Tätigkeit auf. Dann wurde er kreidebleich, warf die Sprühdose fort und rannte los. Heini Ehrlich, der sich mittlerweile wieder aufgerappelt hatte und schimpfend an der Spitze der Meute rannte, riß sich im Laufen das Lasso von der Schulter und ließ es wie ein Cowboy über dem Kopf kreisen. »Gleich hab' ick dir!« brüllte er.
Die Schlinge sauste los.
»Klassewurf!« mußte Ringo neidlos anerkennen. Tatsächlich hätte Heini Ehrlich den Flüchtenden damit gefangen — wenn der nicht gerade in diesem Moment um die Ecke des Containers verschwunden wäre.
»Oh, wie schade!« rief Susi enttäuscht.
»Macht nischt!« knurrte Heini Ehrlich und rang nach Luft. »Wir ham det Scheusal in der Falle!«
Ganz hinten, am anderen Ende des Schuppens, tauchten nun Axel Mehlbart und Professor Eisenbeiß auf. Herr Anton konnte nicht entkommen. Es half ihm gar nichts, wenn er sich jetzt hinter dem Container versteckte.

Kaffee und Kuchen

Aber als Ringo, Susi und ihre neuen Freunde vom Schu-Schmu-Schu den Container erreichten und sofort von beiden Seiten umzingelten, erlebten sie eine Überraschung: Herr Anton war wieder einmal wie vom Erdboden verschwunden!
Und dieses Mal gab es weit und breit keine Treppe, die zu einer U-Bahn-Station führte.

»Wo is' det Aas denn nur geblieben?« schimpfte Heini Ehrlich verzweifelt und riß sich vor Wut und Enttäuschung den künstlichen Bart ab. Er war so aufgeregt, daß er gar nicht merkte, wie er das gute Stück langsam in kleine Fetzen zerriß.
»Vielleicht ins Wasser gehüpft?« fragte Ringo und sah vom Kai aus in das trübe Hafenwasser. Aber dort rührte sich nichts. Außerdem hätte man ein Plätschern hören müssen. Und selbst die Hafenarbeiter, die sonst so leicht nichts aus der Ruhe bringen konnte, wären dann sicher sofort mit einem Rettungsring herbeigeeilt.
»Bis zum Schiff ist es zu weit«, stellte Herr Knowiak fest. »Das könnte er in der kurzen Zeit niemals schaffen.« Er deutete auf den Frachter, der fünfzig Meter weiter am Pier lag und nur über eine schmale Gangway zu erreichen war. »Sierra Madre« stand in dicken Lettern am Heck. Und etwas kleiner darunter konnte man die Angabe des Heimathafens erkennen: Boston. Aber Herr Knowiak hatte recht: Dort konnte Anton nicht sein.
»Seht euch das mal an!« rief Fredy, der sich den Container aus der Nähe genau angesehen hatte. »Der hat aus der Drei doch glatt eine Acht gemacht!«
Der Container trug jetzt die Nummer B 281 statt B 231.
»Ha!« sagte Herr Fuchs. »Das war gründlich vorbereitet!« Er hob ein farbbeschmiertes Stück Pappe auf. Jemand hatte sorgfältig die Ziffer 8 ausgeschnitten.
Das Pappstück hatte dem Dicken als Schablone gedient. Die neue Nummer sah perfekt aus, sogar der Farbton stimmte.
»Jedenfalls is' det Janovenstück jeplatzt«, meinte Heini Ehrlich triumphierend, der sich langsam von seiner Enttäuschung über das rätselhafte Entkommen des Diebes zu erholen begann. »Die Kotzwinkle-Sammlung wird nicht verschoben, haha! Wir bleiben, bis dat Malheur wieder ausjebügelt ist!«
»Tüüüüt! Tüüüüüüüüüt!« machte es plötzlich in nächster Nähe. Alle sprangen augenblicklich zur Seite, als sie ein Ungetüm auf vier Reifen an den Container heranrollen sahen.
Es war eine Art Riesenauto mit einer Hebevorrichtung und einer Fahrerkabine hoch über ihren Köpfen.
Der Fahrer lugte aus dem offenen Fenster und rief hinunter: »Macht mal'n büschen Platz, Jungs! Ich hab' nämlich eilige Order! Die Blechkiste da soll noch mit nach Amerika!«
»Amerikaaaaa?« echote der ganze Verein erfreut.

»Klar doch!« rief der Fahrer zurück. »Es gab ziemlichen Ärger deswegen. Der Erste Offizier von der ,Sierra Madre' erhielt'n Anruf von einer Tally-Firma. Angeblich sei ein falscher Container hier angeliefert worden. 281 statt 231. Aber der Erste hat mit eigenen Augen gesehen, daß hier einer mit der Nummer 231 am Pier steht. Und das komischste ist: Als er sich überzeugt hatte und zurückrief, wußte in der Tally-Firma kein Aas was von diesem Anruf.«
»Was ist denn eine Tally-Firma«, wollte Ringo wissen.
Herr Knowiak flüsterte: »So'ne Art Spedition.«
»Aber . . .«, setzte Susi an, doch den Rest des Satzes wurde sie nicht los, weil Ringo ihr im gleichen Moment den Mund mit einer Hand verschloß. »Pschscht!« flüsterte er. »Laß ihn doch machen!«
»Ist ja auch zu albern!« rief der Fahrer des Ungetüms noch einmal, während er die hydraulische Hebevorrichtung so dirigierte, daß sie in die dafür vorgesehenen Ösen des Containers glitt. »Dabei sieht man von hier oben aus ganz deutlich die Nummer! Sie lautet 231 und nicht anders. Na, denn tschüs!«
Er kurbelte das Fenster wieder hoch.
»Tschüüüüüs!« riefen die Verfolger des dicken Herrn Anton zurück. Dann lagen sie einander lachend in den Armen, weil sie begriffen hatten, daß der Plan, den Herr Anton sicherlich mit viel Mühe ausgetüftelt hatte, sich als glatter Schlag ins Wasser erwiesen hatte. Die Metallbehälter trugen nämlich nicht nur an den Seitenwänden eine Nummer, sondern auch auf dem Dach. Und das hatte Herr Anton nicht gewußt oder vergessen. Den Mann in dem schweren Fahrzeug interessierte aber nur die Nummer auf dem Dach, weil diese die einzige war, die er aus seiner luftigen Höhe überhaupt sehen konnte. Herr Anton wäre also auch bei Nichtanwesenheit des Schu-Schmu-Schu und seiner Verbündeten hereingefallen.
Das Ladefahrzeug fuhr los und steuerte die »Sierra Madre« an. Als Ringo hinter dem riesigen Behälter herstarrte, bemerkte er zum ersten Mal, daß sich an der Rückwand Scharniere und Verriegelungen befanden. Offenbar konnte man einen Teil der Wand aufklappen und als Tür benutzen. Hmmmmm . . . Und an der Verriegelung hing lose ein Draht mit einer Plombe herab. Als habe sich jemand an der Tür zu schaffen gemacht. Ringo kam ein Verdacht . . .
In diesem Augenblick kamen Axel Mehlbart und Professor Eisenbeiß mit wehenden Bärten angerannt. »Wir haben von dahinten aus dauernd gewinkt und gerufen«, keuchte der Jazztrompeter.

»Aber ihr wart so beschäftigt. Dieser elende Schurke ist in den Container hineingeschlüpft, wir konnten das genau beobachten! Die Tür stand sowieso offen. Vermutlich hat er sich erst mal seine Beute aus der Nähe ansehen wollen, bevor er an die Arbeit ging!« Er schnappte nach Luft. Professor Eisenbeiß japste. Er war ganz blau im Gesicht.
»Ich habe gesehen, daß die Plombe beschädigt ist«, platzte Ringo nun mit seiner Entdeckung heraus.
»Hinterher!« donnerte Heini Ehrlich. »Den kaufen wir uns!«
Einer der drei Hafenarbeiter war näher gekommen. Offenbar hatte er einiges von ihrem Gespräch aufgeschnappt. »Das schafft ihr nicht mehr«, erklärte er. »Der Container ist schon an Bord, und in spätestens fünf Minuten legt die ‚Sierra Madre' ab. Der Käpten hat nur noch auf diese Blechschachtel gewartet. Seht ihr? Der Wänkerrier kommt schon zurück.«
Sie schauten zur »Sierra Madre« hinüber. Das Ungetüm hatte den Container an Deck abgesetzt, wo er sofort von der bordeigenen Hubvorrichtung in den Laderaum verfrachtet wurde. Ein auf der Brücke stehender Offizier hakte nach einem Blick auf die Dachnummer etwas in seinen Papieren ab. Die Matrosen machten sich sofort daran, die Frachtluke zu schließen.
»Ein Wänk . . . was?« wollte Susi wissen.
»Ein Riesenschlitten, mein Junge«, erwiderte der Hafenarbeiter. »Ist englisch, weißt du: v-a-n-c-a-r-r-i-e-r.«
Die Tatsache, daß der Arbeiter Susi mit »mein Junge« angesprochen hatte, erinnerte sie daran, daß sie noch immer diesen ulkigen Bart trug. Sie riß ihn herunter und warf sich in die Brust. »Ach so«, sagte sie. »Aber ich bin kein Junge.«
»Da bist du platt!« staunte der Arbeiter. »Das ischa 'ne Deern!« Er zog einen seiner dicken Handschuhe aus und kratzte sich am Kopf.
»Das ist nämlich so«, mischte sich Professor Eisenbeiß ein. »Van heißt auf Deutsch Lastwagen, während carrier von to carry, nämlich von tragen kommt. Mit anderen Worten . . .«
»Aber was passiert nun mit dem Container und dem dicken Anton?« unterbrach Ringo das sich anbahnende Anglistikseminar. »Er ist zwar ein Dieb, aber man kann doch nicht einfach zulassen, daß er in diesem Behälter erstickt oder verdurstet.«
»Verhungern wird er bei seinem vielen Fett ja nicht so schnell«, meinte Herr Fuchs. »Ich wünschte, ich bekäme etwas von ihm ab.«

»Wenn ich das richtig verstanden habe«, sagte der Hafenarbeiter, »dann ist soeben jemand in den Container reingekrochen?«
Der Schu-Schmu-Schu und seine Alliierten nickten eifrig.
»Also«, sagte der Mann und schob seine speckige Schippermütze tief in die Stirn, »der Käpten kann die Abreise deswegen nicht verschieben. Dahinten sind schon die bestellten Schlepper.«
Von der anderen Seite her hatten sich zwei Hafenschlepper der »Sierra Madre« genähert. Einer setzte sich vor den Bug des Frachters, der andere tuckerte zum Heck und legte sich quer, denn seine Funktion war es, die Fahrt bei Bedarf abzubremsen. Mit Ösen versehene schwere Trossen wurden von den Matrosen der »Sierra Madre« hinabgelassen. Die Männer auf den Schleppern zogen sie an Bord und legten sie auf die wuchtigen stählernen Schlepphaken. Einer der Kollegen des Arbeiters stieß einen schrillen Pfiff aus und winkte heftig.
»Es gibt Arbeit, ich muß los«, verabschiedete sich der Mann eilig. »Ihr könnt ja dem Käpten noch zurufen, daß er einen Blinden an Bord hat.«
»Machen wir, machen wir!« rief Heini Ehrlich und lief mit den anderen zum Schiff. Die Hafenarbeiter nahmen gerade die Gangway ab und machten sich daran, die Trossenschlaufen von den Pollern zu heben. Die Winden der »Sierra Madre« liefen scheppernd an und zogen die Stahlseile an Bord.
»Hallo, Herr Kapitän!« rief Susi, als sie auf der Höhe der Brücke angelangt waren.
»Käpten ahoi!« brüllte Ringo.
Alle winkten. Ringo und Susi hüpften wie Pingpongbälle auf und nieder, um auf sich aufmerksam zu machen. Professor Eisenbeiß schaute ihnen eine Weile fasziniert zu, dann hüpfte er mit.
Auf der Brücke waren mehrere Männer zu sehen, aber sie wirkten alle sehr beschäftigt. Und die Matrosen an Deck hatten alle Hände voll zu tun. Sie ließen Kugeln aus Tauwerk, groß wie Wasserbälle, an Seilen von der Reling herab, um zu verhindern, daß das Schiff gegen die Kaimauer gedrückt und dabei beschädigt wurde. Dann brummten die Maschinen des vorderen Schleppers auf. Am Heck peitschten die Propeller das Wasser, die Trossen strafften sich. Die »Sierra Madre« legte ab.
Endlich war einer der uniformierten Männer – der Kapitän oder einer seiner Offiziere – auf die sich wie eine Schar heulender Derwi-

sche aufführende Gruppe aufmerksam geworden. Aber die Maschinen der Schlepper erzeugten einen solchen Lärm, daß er keines der ihm zugerufenen Worte verstand. Außerdem schrien alle durcheinander. Es war gar nicht so einfach, in wenigen Worten zu erklären, was sie sagen wollten. Schließlich einigten sie sich darauf, im Chor »Blinder Passagier an Bord« zu rufen.

Aber jetzt lagen schon mehr als zehn Meter zwischen dem Pier und der »Sierra Madre«. Die Verständigung wurde immer schwieriger. Der Offizier – ein älterer Mann mit grauen Schläfen und einer Knollennase – zuckte hilflos mit den Schultern, deutete mit dem rechten Zeigefinger auf sein rechtes Ohr und entschied sich schließlich dafür, das Winken, Brüllen und Hüpfen als originelle Verabschiedung der Hamburger Eingeborenen zu betrachten. Er strahlte über das ganze Gesicht, winkte zurück und zog sich dann in das Innere der Brückenaufbauten zurück, wo er in englischer Sprache zu seinem Rudergänger sagte: »In allen Häfen der Welt hab' ich mir bisher immer sagen lassen müssen, wir Amerikaner seien verrückt. Aber diesen Germans kann wirklich keiner das Wasser reichen.«

Zu spät fiel Ringo ein, daß der Mann ein Amerikaner war und wahrscheinlich kein Deutsch verstand.

»Blindman!« schrie er noch hinterher, obwohl er sich keinesfalls sicher war, wie man einen blinden Passagier in der amerikanischen Umgangssprache bezeichnet.

»Auch jut«, ließ sich Heini Ehrlich vernehmen. »Ick werd' dem Kapitän ein Telegramm schicken, damit er sich unsern Janoven mal vornimmt. Aber er soll ihn erst mal jehörig zappeln lassen!«

Alle mußten zugeben, daß dies unter den gegebenen Umständen der vernünftigste Vorschlag war. So schnell würde dem dicken Herrn Anton schon nichts passsieren, denn offenbar war in dem Container noch genügend Luft. Selbst wenn es im Frachtraum so eng war, daß er die Tür nicht ganz öffnen konnte, so würde sicher Raum genug da sein, um Frischluft zu ihm hereinzulassen.

»Jedenfalls ist die Kotzwinkle-Sammlung gerettet!« jubelte Ringo, der das Gefühl hatte, daß die Jagd nun zu Ende war. Eigentlich hätte er dem Dicken ja noch gern die Meinung gesagt, aber das ging nun mal nicht mehr. Immerhin konnte er jetzt nicht entwischen und würde sich bald mitten auf dem Meer befinden.

»Hurra – unser Erzfeind wird außer Landes geschafft!« jubelte der Schu-Schmu-Schu und tanzte vor Freude am Pier, bis die Hafenar-

beiter sich gegen die Stirn tippten und die Köpfe schüttelten. »Das sind sicher Rheinländer«, meinte einer von ihnen. »Haben wir denn schon wieder Karneval?«
»Ick brauche sofort 'ne neue Kluft!« rief Heini Ehrlich. »Det olle Kratzdings von Pullover piesackt mir jehörig! Wo bleibt denn bloß der Titus!«
»Schon hierrr«, sagte eine Stimme hinter Ringo. Dort stand ein Hüne mit grauen Locken, gekleidet in einen Frack und einen wallenden Umhang. Er wirkte wie ein Bühnenkavalier aus der »Lustigen Witwe«, stellte sich in Pose, hob theatralisch die Hand und sagte mit rollendem R: »Hierrr bin ich, mein edler Frrreund. Titus Parelli ist stets zur Stelle, wenn man ihn rrruft!«
»Huch!« sagte Susi. »Ist das Frankenstein?«
»Det is'n alter Kumpel von mir«, erklärte Heini Ehrlich. »Kollege von der Bühne. Auch arbeitslos.«
»Die Brrretterrr, die die Welt bedeuten«, deklamierte Titus Parelli und gab Ringo und Susi die Hand. »Wirrr hatten noch nicht das Verrrgnügen. Ich bin ein Künstlerrr, derrr den Schlaf schätzt.«
»Deshalb spielt er ooch meistens Vampire.« Heini Ehrlich kicherte. »Die schlafen ja tagsüber auch. Von ihm hab' ick gestern abend noch die kratzigen Klamotten geholt. Titus arbeitet nämlich nicht nur als Statist beim Theater, sondern hat auch einen eigenen Kostümverleih. Netter Bursche – nur für alte Schundhefte interessiert er sich leider nicht.«
»Was sind alte Schundhefte gegen die Drrramen unserrres Meisterrrs Schillerrr!« gab Titus zum besten. »Was ist Donald Duck gegen die Jungfrrrau von Orrrléans!«
»Donald Duck ist lustiger«, meinte Ringo, der sich so leicht nicht ins Bockshorn jagen ließ.
»Das ist wahrrr!« gab Titus Parelli unumwunden und etwas verblüfft zu.
»Abmarsch!« ordnete Heini Ehrlich an und musterte seine Schar. »Ihr könnt euch alle im Bus von Titus umziehen. Er hat unsere Zivilklamotten gleich mitgebracht.«
Im Gänsemarsch marschierten sie zum Abstellplatz ihres Wagens zurück. Dort fanden sie auch das Fahrzeug von Titus Parelli, das Ringo und Susi bereits vor der Kongreßhalle gesehen hatten.
»Ist das sein richtiger Name: Titus Parelli?« fragte Susi nahe an Heini Ehrlichs Ohr.

»Ach was«, flüsterte der zurück. »Ihr dürft det aber nicht weitersagen. Eigentlich ist das sein Künstlername. Er heißt Hans Beckmann. Und seine Tochter, die er im Geschäft als Marcellina Parelli ausgibt, heißt Bärbel Beckmann. Ist das nicht komisch?« Heini Ehrlich begann zu gackern wie ein verirrtes Huhn.
Ringo drehte sich nach ihm um und fragte, leicht grinsend: »Und wie heißt du, wenn du auf der Bühne stehst?«
Heini Ehrlich wurde rot wie eine Tomate. »Ick nenn' mir auffe Bühne Boris Kalaschnikoff«, gab er verschämt zu und brüllte im gleichen Atemzug: »Soll ick mir vielleicht mit dem Namen Heini Ehrlich auf die Bretter wagen?«
Donnerndes Gelächter brandete zwischen den Lagerschuppen auf. Ein Rudel Möwen suchte kreischend das Heil in der Flucht.
»Genug des goldigen Humors«, verkündete Herr Knowiak und zupfte an seiner Krawatte. »Ich lade alle Teilnehmer dieser Expedition bei mir zu Hause zu Kaffee und Kuchen ein. Und wer will, kann sich bei dieser Gelegenheit die größte Piratenromansammlung des Kontinents anschauen.«
»Gell, gell«, sagte da plötzlich eine Stimme aus dem Hintergrund. »Da möcht' i' mich schon anschließen. Nicht wegen der Schundbüchln, sondern wegen des Kuchens. Aber nix weitererzähln, bittschön. – Immerhin ist man ja Akademiker.«
»Doktor Grottensteiner!« schrie alles auf.
Und er war es auch.

Gib Gas!

Ringo wollte gerade zu einem Dauerlauf ansetzen, um als erster bei den Autobussen zu sein, als ein auffälliges, großes, schwarzes Auto auf den Kai fuhr.
Die anderen Mitglieder des Schu-Schmu-Schu, die in ein angeregtes Gespräch mit Dr. Grottensteiner vertieft waren, bemerkten den Wagen zuerst gar nicht.
Plötzlich hielt das Fahrzeug neben Ringo. Auf dem Rücksitz hockte ein Mann, der jetzt das Fenster herunterkurbelte.
»He, Matrose!« rief er Ringo zu. »Ja, dich meine ich!«
Ringo stand wie versteinert und starrte dem Mann ins Gesicht. Der Kaiser-Wilhelm-Schnurrbart, das faltige, knochige Gesicht, die

kleinen Äuglein – kein Zweifel: das war Herr Gift von der Firma Gift & Galle!
»Du gehörst wohl nicht gerade zu den Schlauen im Lande, he?« kommentierte Herr Gift das überraschte Gesicht des Jungen. »Aber sicher wirst du mir trotzdem sagen können, wo hier der Container B 281 herumsteht. Das war nämlich eine Fehllieferung, und ich will veranlassen, daß er schleunigst wieder abtransportiert wird.«
»Herr G-G-Gift«, stotterte Ringo, der erst jetzt wieder nach Luft schnappen konnte. Der mit einem grauen Anzug und einer gleichfarbenen Mütze bekleidete Chauffeur riß erstaunt die Augen auf. Herr Gift reagierte jedoch ganz anders: »Woher kennst du meinen Namen, Bursche?« fauchte er wütend und entsetzt zugleich. »Das stinkt mir nach Verrat!«
Das war der Augenblick, in dem Ringo endgültig der Kragen platzte. »Den Container mit der Kotzwinkle-Sammlung können Sie getrost abschreiben, Herr Gift«, trumpfte er lachend auf. »Und ebenso Ihren feinen Prokuristen Anton. Die sind beide unterwegs nach Amerika.«
»Verfluchter Mist!« keifte Herr Gift. »Aber auch nichts kann man dem Personal überlassen. Überall muß man persönlich nachhaken!« Dann bemerkte er, daß sich Ringos Freunde näherten. Hastig tippte er seinem Fahrer auf die Schulter. »Fahren Sie zu, Alfons, hier haben wir nichts mehr verloren.«
Mit aufheulendem Motor und quietschenden Reifen wendete der Wagen und entfernte sich mit hoher Geschwindigkeit.
»Das war Gift!« schrie Ringo aufgeregt. »Der Obergangster, der den dicken Anton angestiftet hat! Er darf uns nicht entwischen!«
»Vorwärts!« rief Herr Fuchs. »Alle Mann in die Wagen! So eine Kanaille! Dem werden wir aber zeigen, wo der Pfeffer wächst!«
In den Schu-Schmu-Schu kam Bewegung. Jeder rannte, sogar Dr. Grottensteiner, der aufgeregt murmelte: »Ich hätt' das Heftlnlesen doch nicht aufgeben sollen. Immerhin erlebt man dabei viel spannendere Sachen, als wenn man all diese garstigen Kritiken darüber schreiben muß. – Aber schließlich ist man ja Akademiker.«
Zeit zum Umziehen gab es jetzt nicht mehr. Das mußte auf später verschoben werden. Die Türen der beiden Busse knallten zu, und die Motoren heulten auf. Es half Heini Ehrlich gar nichts mehr, daß er mit beiden Händen winkend hinter den Wagen herschrie. Im Eifer des Gefechts hatte man ihn, Ringo und Susi draußen ste-

henlassen. »Dahinten steht das Taxi noch!« rief Susi. Sie rannten darauf zu. Der Fahrer war immer noch damit beschäftigt, die zerknitterten Zeitungsblätter wieder einigermaßen zu glätten.
Susi und Ringo schoben sich auf die Rücksitze. Heini Ehrlich nahm neben dem verdutzten Fahrer Platz, dem bei diesem unerwarteten Überfall ein zweites Mal die Zigarre aus dem Munde fiel.
»Das geht doch nicht!« protestierte der Mann und fischte gleichzeitig nach dem entglittenen Zigarrenstummel. »Der Wagen ist besetzt. Ich warte auf einen Kunden.«
»Den können Sie verjessen, guter Mann«, sagte Heini Ehrlich, riß dem Fahrer die Zeitung aus der Hand und knüllte sie zusammen. »Ihr Fahrgast ist unterwegs nach Amerika, Männeken. Sehen Sie zu, daß Sie Ihren Wagen in Bewegung kriegen.«
»Und wer zahlt mir die Herfahrt und das lange Warten?« jammerte der Fahrer.
»Der Giftzwerg, der gerade mit dem schwarzen Auto vorbeigebrummt ist«, sagte Ringo schlagfertig.
»Aber das auch nur, wenn wir ihn erwischen, bevor er das Zollhäuschen passiert hat. Also – dalli, dalli!« fügte Susi hinzu.
Der Taxifahrer machte gute Miene zum bösen Spiel. Er startete den Wagen und fuhr mit einem höllischen Tempo los, während das Taxameter ratterte. Siebenundvierzig Mark achtzig, las Ringo. Als der Fahrer einen kurzen Blick in den Rückspiegel warf, sah er, wie Susi Ringo behilflich war, den künstlichen Bart abzunehmen.
»Herrje!« Er seufzte auf. »Mit euch habe ich doch gestern schon einen Wagen verfolgt. Habt ihr denn immer noch nicht genug vom Räuber-und-Gendarm-Spielen?«
»Ach, du liebe Güte!« erwiderten Ringo und Susi wie aus einem Mund. »Das ist ja der Taxifahrer vom Schlump.«
»Nun achten Sie mal auf die Straße und det andere Auto, Männeken«, fuhr Heini Ehrlich aufgeregt dazwischen. »Det soll nicht Ihr Schaden sein, wenn Sie den Kerl erwischen.«
Der Fahrer murmelte zunächst etwas Unverständliches, tat aber dann sein Bestes, um den Wagen einzuholen.
Sehr schnell hatte er die beiden Autobusse überholt, die nun immer weiter zurückfielen. Zum Glück gab es nur diese eine Straße, die aus dem Hafen hinausführte.
Schon einige Minuten später tauchte vor ihnen die schwarze Limousine auf. Herr Gift schien entweder nicht mit einer Verfolgung

zu rechnen, oder er wollte verhindern, daß er wegen einer Geschwindigkeitsüberschreitung angehalten wurde. Als er aber bemerkte, daß sich das Taxi immer mehr näherte, befahl er seinem Fahrer, Gas zu geben. Das Taxi fiel sichtlich zurück.
»Dranbleiben!« knirschte Heini Ehrlich und ruderte so wild mit den Armen, daß der Taxifahrer beinahe nichts mehr sah. Dennoch brummte er gutmütig: »Na gut. Auch wenn ich dabei meine Lizenz riskiere. Aber wenn mich jemand um das Fahrgeld beschummelt, seh' ich rot.«
Der Abstand blieb gleich.
»Da vorne ist die Zollkontrolle!« rief Ringo. »Da muß er anhalten!«
»Haha!« schmetterte Heini Ehrlich triumphierend. »Jetzt aber! Jetzt aber!«
Der Zollbeamte beugte sich gerade hinunter, um in Herrn Gifts Wagen zu sehen. Er wollte ihn schon durch die Sperre winken, als das Taxi dahinter mit quietschenden Reifen zum Stehen kam und Heini Ehrlich heraussprang.
»Nicht durchlassen!« schrie er aufgeregt. »Det ist ein Gangster!«
»Ach, der Hamlet von Geesthacht«, erwiderte der Zöllner grinsend. »Und jetzt ohne Bart. Na gut, weil ich damals so unverschämt gelacht habe, will ich Ihnen den Gefallen mal tun.« Er wandte sich wieder Herrn Gift und seinem Fahrer zu und sagte: »Steigen Sie bitte aus. Dieser Wagen muß gründlich auf Schmuggelware untersucht werden. Wir bauen ihn ganz auseinander.«
»Alfons, geben Sie Gas!« kreischte Herr Gift.
»Ich bin doch nicht beim Erdbeerpflücken von der Leiter gefallen«, erwiderte dieser lakonisch, zog den Zündschlüssel ab und stieg aus.
»Sie sind entlassen!« fauchte Herr Gift mit rotem Gesicht. Er platzte beinahe.
»Mal nicht so große Töne spucken, Männeken«, sagte Heini Ehrlich und öffnete die Tür der Limousine auf Herrn Gifts Seite. »Sonst reisen Sie höchstens noch inne jrüne Minna.«
Herr Gift sah wohl ein, daß er ausgespielt hatte, und stieg mit hängendem Kopf aus seinem Wagen aus. Selbst die Spitzen seines Kaiser-Wilhelm-Schurrbartes zeigten nach unten. »Was wissen Sie?« fragte er leise. »Und – wer sind Sie?«
»Alles wissen wir!« trompetete Heini Ehrlich. »Sie haben Sammler und Händler beklaut und wollten sogar dem Kotzwinkle sein Zeug absahnen! Und wir können det auch allet beweisen! – Und wer wir

sind? Ick bin der Vorsitzende vom Schund-und-Schmutz-Schutzverband. Wir sammeln Hefte.«

»Ich gebe alles zurück und zahle auch eine Entschädigung, wenn Sie mich laufenlassen«, haspelte Herr Gift, der jetzt einen sehr kleinlauten Eindruck machte, schnell herunter.

»Sie sind ein Gangster und gehören ins Gefängnis!« erwiderte Heini Ehrlich. »So billig kommen Sie uns nicht davon! Ehrliche Sammler zu beklauen! Pfui Deibel!«

»Und Eisen-Emils ‚Akim'-Sammlung hat er sich auch unter den Nagel gerissen«, trumpfte Ringo auf.

»Aber Sie dürfen nicht zur Polizei gehen«, jammerte Herr Gift, der jetzt ganz grün im Gesicht wurde. »Meine Familie! Wenn das mein Erbonkel Theodor erfährt! Und die Handelskammer! Meine Geschäftsfreunde! Besonders Baron von Zitzewitz! Ich wäre ruiniert! Ach, hätte ich doch niemals mit diesem verflixten Heftchensammeln angefangen. Mein Partner und ich wollten ja gar nichts stehlen. Wir wollten die Sachen bezahlen, gut bezahlen. Aber diese Sammler geben ja nichts her, sitzen wie Glucken auf ihrem Nest und rücken nichts heraus. Und wir wollten die Hefte haben, wir mußten sie einfach haben. Später fragt man gar nicht, ob man etwas kaufen kann, sondern klaut es gleich. Können Sie als Sammler das denn nicht verstehen? Ein kleines bißchen wenigstens? Wir waren einfach süchtig nach dem Zeug.«

»Na ja, ein bißchen vielleicht schon«, meinte Heini Ehrlich zögernd, während es um seine Mundwinkel verdächtig zuckte. »Aber wirklich nur'n jantz kleenet bißchen. Mit Klauen ham wir nämlich nischt im Sinn.«

Er schaute auf, weil mittlerweile die beiden Busse mit den anderen Schu-Schmu-Schu-Leuten eingetroffen waren. Was dazu führte, daß Herrn Gift nun das Herz vollends in die Hosen rutschte.

»Sie werden mich doch wohl nicht verprügeln?« flüsterte er ängstlich, als er die grimmigen Gesichter rundherum sah.

»Hört zu!« rief Ringo laut. »Der Gift ist zwar ein alter Gangster, aber er will alles wiedergutmachen. Wollen wir das annehmen?«

Die beiden Zollbeamten wieherten in ihrer Kabine vor Lachen. Offenbar nahmen sie an, daß das Ensemble des Geesthachter Theaters hier ein neues Stück unter freiem Himmel einstudierte.

»Das war noch nicht alles!« sagte Herr Gift und straffte sich, als hätte er soeben einen großen Entschluß gefaßt. »Eigentlich hat uns

– ich meine meinem Partner Galle und mir – die Sammlung in letzter Zeit gar keinen Spaß mehr gemacht. Und ich sehe ein, daß es so auf keinen Fall weitergehen kann. Deshalb biete ich Ihnen an, daß ich allen bestohlenen Sammlern und Händlern die Hefte zurückgebe und ihnen außerdem ein kleines Geschenk mache. Und den ganzen Rest der Sammlung schenke ich Ihrem Verband. Nehmen Sie an?«

»Ja, wenn det so ist«, sagte Heini Ehrlich.

Ein begeistertes Glitzern trat in seine Augen, und die Gläser seiner Brille begannen zu beschlagen.

»Aber nur, wenn die anderen Beklauten zustimmen«, warf Professor Eisenbeiß ein.

»Und wenn der Fahrer nicht gefeuert wird«, ergänzte Susi.

»Und Herr Anton auch nicht, wenn er aus Amerika zurückkehrt!« rief Ringo.

»Alfons soll bleiben – und Herr Anton auch, wenn er das will«, gestand Herr Gift ihnen zu. Er sah plötzlich sehr erleichtert aus. »Ich zahle ihm auch alle Unkosten und das Gehalt weiter. Und . . . außerdem muß ich ihn in Schutz nehmen. Er wollte bei der ganzen Geschichte überhaupt nicht mitmachen. Ich habe ihm immer wieder die Pistole auf die Brust gesetzt.«

Herr Gift wirkte auf einmal viel freundlicher und gelöster als vorher. Seinem Namen machte er auf jeden Fall keine Ehre mehr. Es schien, als sei ihm eine Zentnerlast vom Herzen gefallen.

»Ist einer dagegen?« fragte Heini Ehrlich. Niemand rührte sich. »Also jut«, fuhr er fort. »Wir schlagen ein, vorausgesetzt, die anderen Leute sind auch einverstanden.«

»Juchhu!« rief Ringo und machte einen Luftsprung. »Die Schundklaubande hat aufgehört zu existieren!«

»Ich bin richtig froh, daß endlich ein Schlußstrich unter diese Geschichte gezogen wird«, sagte Herr Gift und gab allen die Hand. »Ich konnte schon gar nicht mehr richtig schlafen. Ich bin froh, wenn der ganze Ramsch bei uns abgeholt wird.«

»Sollen wir den Wagen jetzt noch durchsuchen, Herr Hamlet?« fragte der Zollbeamte, der mit seinem Kollegen wieder aus dem Abfertigungshäuschen kam. Er konnte sich ein breites Grinsen nicht verkneifen.

»Nicht mehr nötig«, sagte Heini Ehrlich. »Und besten Dank! Sie ham uns allen 'nen jroßen Gefallen getan. Da verzeih' ick Ihnen

glatt det wiehernde Gelächter im Theater. Ick kann mir nämlich jenau an Sie erinnern . . .«
»Und jetzt auf zu Kaffee und Kuchen!« rief Herr Knowiak. »Herr Gift soll auch mitkommen. Und Alfons ebenfalls. Vielleicht sammelt Herr Gift in Zukunft Piratenromane. Solange er bei mir nicht klaut, habe ich nichts dagegen.«
»Nein, nein«, wehrte Herr Gift entsetzt ab. »Von diesem Laster bin ich endgültig kuriert. Aber gegen Kaffee und Kuchen habe ich nichts einzuwenden.«
»Ich auch nicht«, meinte Alfons.
Laut hupend fuhr der ganze Verein ab. An der Spitze fuhr der Bus von Titus Parelli. Herr Knowiak war dort zugestiegen und wies den Weg zu seinem Haus. Dann folgte der Wagen von Herrn Gift mit Ringo, Susi und Heini Ehrlich. Den Schluß bildete der kleine Bus mit den restlichen Mitgliedern des Schu-Schmu-Schu. Er fuhr ein bißchen ruckelnd an, und das bedeutete: Fredy saß wieder am Steuer. Der Taxifahrer hatte sich schon früher verabschiedet, nachdem Herr Gift ihm nicht nur die Fahrt bezahlt, sondern auch noch ein Trinkgeld zugesteckt hatte. Zurück blieben allein die beiden Zollbeamten, die der Kolonne nachwinkten und dann kopfschüttelnd wieder in ihrem Häuschen verschwanden. Das war wirklich ein ereignisreicher Tag für sie gewesen.

Zurück nach Hause

Nach Abschluß dieser turbulenten Ereignisse gibt es nicht mehr viel zu berichten. Wie der Leser erfahren hat, wurde der Schundklaubande nicht nur das Handwerk gelegt, sondern sie löste sich – mit sanftem Nachdruck – mehr oder weniger freiwillig auf. Herr Gift hielt nämlich sein Wort. Er überzeugte seinen Partner, Herrn Galle, und gab allen bestohlenen Sammlern und Händlern ihre Hefte zurück. Auch die Geschenke vergaß er nicht, die er den Opfern seiner Sammelwut als »Schmerzensgeld« versprochen hatte. Meistens waren es ein paar kostbare Hefte aus jenem – übrigens größten – Teil der Sammlung, die die Herren Gift und Galle auf ehrliche Weise erworben hatten. Was übrigblieb, wurde in einem Möbelwagen verstaut und nach Hamburg geschickt, »zu Händen von Herrn Heini Ehrlich, 1. Vorsitzender des Schu-Schmu-Schu«.

Die Folge davon war, daß der Schund-und Schmutz-Schutzverband drei volle Monate zu tun hatte, um all die Neueingänge zu ordnen, zu katalogisieren, neue Regale zu bauen und wenigstens gelegentlich in einem oder mehreren Heften zu schmökern. Letzteres machte meist Fredy. Wenn die anderen schweißbedeckten Hauptes Nägel in die Wände trieben, um neue Regale aufzuhängen, hörte man ihn aus irgendeiner Ecke schreien: »Möööönsch, ist das spannend!«
Heini Ehrlich hielt ebenfalls Wort. Er schickte nämlich ein Telegramm an den Kapitän der »Sierra Madre« und faßte es – mit Hilfe von Professor Eisenbeiß – für alle Fälle zweisprachig ab.
Der Kapitän nahm die Sache mit Humor und verzichtete, ebenso wie auch die anderen Beteiligten, auf die Mitwirkung der Polizei und der Gerichte. Er sorgte sogar dafür, daß Herr Anton in seinem mit Heftchen vollgeladenen Container Luft bekam und im Frachtraum etwas zu trinken vorfand. Außerdem ließ er unauffällig eine Lampe herbeischaffen.
Als der dicke Herr Anton nach drei Wochen hungrig an Deck stolperte, war er gar nicht mehr so dick, sondern ein schlanker junger Mann, der sich zuallererst passende Jeans und einen Pullover auslieh und dann seine teuren, mittlerweile viel zu weit gewordenen Klamotten über die Reling warf. Nach vier Monaten ging er wieder im Hamburger Hafen an Land. Er war nicht nur schlank geblieben, sondern wirkte auch sonst ziemlich verändert.
Er hatte sich die Haare und einen Bart wachsen lassen, wollte nichts mehr von Modeboutiquen wissen, rauchte nicht mehr und war ein brauchbarer Seemann geworden. Vor allen Dingen kündigte er aber sofort bei der Firma Gift & Galle und blieb auch dabei, als er erfuhr, wie sich die Dinge während seiner Abwesenheit entwickelt hatten.
Später schrieb er dann ein Buch über Comics, denn er hatte während der Seefahrt – die rund um Südamerika herum bis zum Zielhafen San Francisco führte – genügend Zeit gefunden, alle wichtigen Stücke aus der Kotzwinkle-Sammlung zu lesen (wenn er nicht gerade das Deck schrubben mußte).
Und Ringo und Susi?
Die waren nach der Kaffeetafel bei Knowiaks zu Kalle und Steffi zurückgekehrt und mußten erst einmal lang und breit von ihren haarsträubenden Abenteuern berichten. In den darauffolgenden Tagen konnte man sie oft bei den Leuten vom Schu-Schmu-Schu finden. Ringo versäumte nicht, die Heftstapel in den ausgespähten An-

und Verkaufsläden durchzusehen, und fand dabei doch tatsächlich zwei »Sigurd«-Großbände und einen »Gert im Kampf mit Piraten«. Dann ging es zurück nach Hause, wieder in Kalles Ente.
Daß das Sammeln von alten Heften allein nicht glücklich macht, sondern im Gegenteil machmal einen schlimmen Tick verursachen kann, mußte man ihm nicht lang erklären. Dafür hatte Ringo in den vergangenen Tagen lebhaften Anschauungsunterricht erhalten.
Aber eines Tages flatterte den Herzogs ein Brief ins Haus, der Ringo mehr bedeutete als jedes noch so seltene Comicheft. Die Druckerei, die unter anderem auch Comics herstellte, teilte »Herrn Thomas Herzog« mit, daß überraschend noch eine weitere Lehrstelle als Drucker geschaffen worden sei und man ihn zu einem Gespräch in die Personalabteilung einlade. Ein Geschäftsfreund der Firma habe sich sehr für ihn eingesetzt. Kein Zweifel: Das war Herr Gift, dem Ringo damals bei Kaffee und Kuchen sein Leid geklagt hatte. Jetzt wollte er alles wiedergutmachen.
Sosehr Ringo sich auch freute, daß sein Wunsch in Erfüllung gegangen war, sowenig vergaß er, daß er eine gehörige Portion Glück dabei gehabt hatte, überhaupt einen Ausbildungsplatz zu erwischen. Was wäre aus ihm geworden, wenn er nicht zufällig mit Herrn Gift Bekanntschaft geschlossen hätte? Er fand, daß es sehr ungerecht war, wenn man nicht lernen durfte, was man wollte, und womöglich überhaupt nichts lernen durfte, weil es nicht genügend Lehrstellen gab.
Was Susi anbetrifft, so schleppte sie ihren Freund Ringo ein paar Tage nach den Ereignissen in Hamburg in die Wohnung von Edgar und schlug ihn am Kicker dreimal hintereinander 7 : 4. Aber einmal gönnte sie ihm auch einen gnädigen 6-:-5-Sieg. Auch sonst steckte sie viel mit Ringo zusammen und war häufig zu Gast im Hause Herzog. Sie freute sich mit ihm über den Brief der Druckerei und über jenes Paket, das eines Tages aus Hamburg kam: Heini Ehrlich schickte mit den besten Wünschen des Schu-Schmu-Schu die komplette Comicserie von »Falk, der edle Ritter« und – die Ehrenmitgliedschaft für Ringo und Susi. Wenn das nichts war . . .

2. Teil:
Das seltsame Testament

ENSSLIN & LAIBLIN VERLAG REUTLINGEN

Der Brief ist weg

Freitag war der letzte Schultag gewesen, und heute war Samstag. Etwas Schöneres konnte es überhaupt nicht geben: Die Ferien hatten begonnen, obwohl der erste Ferientag eigentlich erst am Montag war. Chris räkelte sich behaglich auf der Eckbank in der Küche. Dann fiel ihr Blick auf den nicht abgeräumten Frühstückstisch. Sie seufzte. Ein vollkommenes Glück war eben höchst selten.

Hardy, ihr Vater, hatte sich verdrückt, wie meistens. Chris überlegte, ob und wie sie ihn an seine Haushaltspflichten erinnern sollte. Seit Mutter sie verlassen hatte, war die Küchenarbeit etwas, an dem sie sich beide beteiligten. Zumindest am Wochenende, wenn Frau Becher, die sonst für sie kochte, nicht da war. Alle übrigen Aufgaben im Haus und die Arbeit im Garten teilten sie unter sich auf und wechselten sich wöchentlich ab.

»Hm . . .« Chris überlegte. Dann stand sie auf und trug kurz entschlossen das Geschirr zur Spüle, räumte Butter und Wurst in den Kühlschrank und stellte auch die Marmelade wieder an ihren angestammten Platz im Schrank. Das Abwaschen konnte warten. Vielleicht erbarmte sich Hardy ja doch noch, wenn ihm das ungewaschene Geschirr genügend lange ins Auge sprang. Dann zog sie sich in ihr Zimmer zurück.

Sie schaute aus dem Fenster in den Garten. Die Wolken hatten sich verzogen, und gerade war die Sonne voll durch die Wolkenschleier gebrochen. Voraussichtlich würde es ein besonders schöner, warmer Tag werden. Ein Tag, den man mit Musik einläuten sollte.

Chris ließ den Blick über verschiedene Plattenhüllen gleiten. »Wer die Wahl hat, hat die Qual«, murmelte sie und furchte ihre Stirn in lustige Dackelfalten. Dann legte sie ihre beiden derzeitigen Lieblingsplatten nebeneinander auf das Bett. Die eine stammte von der Gruppe »Ideal«, die andere von »Trio«. Welche Platte sollte die Ehre haben, den Sonnenschein und die Ferien zu begrüßen?

Sie rechnete nach. »Ideal« hatte sie gestern siebenmal aufgelegt, »Trio« dagegen nur viermal. Klarer Fall, »Trio« war dran.

Das Einschalten von Receiver und Plattenspieler war Routinesache. Zum Eingewöhnen setzte Chris den Tonarm erst einmal auf die Rillen ihres Lieblingsstückes. Dann drehte sie den Ton laut und ließ sich rücklings auf das Bett fallen.

»Du liebst mich nicht, ich lieb' dich nicht, aha, aha, du liebst mich nicht, ich lieb' dich nicht, da, da, da . . .«, dröhnte die Stimme des Sängers aus den Boxen. Es dauerte keine zwanzig Sekunden, als sich auch schon die Tür einen Spaltweit öffnete und das Gesicht ihres Vaters sichtbar wurde. Chris mußte kichern, als sie ihn sah. Er war noch im Unterhemd, und die paar Stellen in seinem Gesicht, die er trotz seines Vollbartes rasierte, waren mit Schaum bedeckt. Er fuchtelte wild mit dem Rasierzeug herum. »Heiliger Strohsack, was ist denn das für ein infernalischer Krach am frühen Morgen? Da kann man sich ja vor Schreck den Schlund abschnippeln!« Die lustigen Lachfältchen in seinen Augenwinkeln zeigten an, daß er längst nicht so aufgebracht war, wie er sich den Anschein gab.

Chris verkniff sich ein Lächeln über ihren mit dem Strubbelkopf und dem Schaum im Gesicht wirklich wie ein Clown aussehenden Vater. »Ich weiß gar nicht, was du hast«, sagte sie dann, drehte dabei aber den Lautstärkeregler etwas leiser. »Das ist ganz normale Musik von ‚Trio'.«

»Pah, von wegen ‚ganz normale Musik'. Immer dieser Punk!«

»Papa, du hast keine Ahnung. Das ist kein Punk, sondern die Neue Deutsche Welle.«

»Und wenn schon, für mich bleibt das Stumpfsinn. Da, da, da – da klappen einem ja die Fußnägel hoch!«

»Mann!« Chris regte sich auf. »Das ist Satire!«

»Soso, Satire?« Hardy stöhnte und verdrehte die Augen. »Daß ich nicht kichere!«

»Ach, du immer mit deinen Rolling Stones. Du bist ja für überhaupt nichts Neues zu haben«, schmollte Chris. »Nimm dir ein Beispiel an Nolte, unserem Biolehrer. Der spielt in einer Band . . .«

»Das überrascht mich überhaupt nicht«, krähte Hardy. »Bei anständiger Beatmusik konnten wir ihn früher nie gebrauchen, weil er nur zwei Griffe auf der Gitarre beherrschte. Kein Wunder, daß der jetzt seine große Zeit hat.«

»Du bist gemein«, wehrte Chris ab. »Seitdem du mal als Drummer in'ner Band gespielt hast, haben sich die Zeiten geändert. Und das gilt nun mal auch für die Musik.«

»Knirsch«, machte Hardy und verzog sein Schaumgesicht zu einem Lächeln. »Gut pariert, Fräulein Christine, obwohl ich manchmal der Meinung war, daß mein Töchterlein meine alten Platten gar nicht so schlecht fand.«
»Na ja«, bequemte sich Chris zuzugeben. »Einige sind ja auch wirklich klasse, vor allem die Blues-Scheiben. Aber ‚Trio' ist auch gut.«
Hardy lachte jetzt über das ganze Gesicht. »Okay, okay«, räumte er ein. »Wahrscheinlich hast du recht. Und vor allem sollte man sich über Musikgeschmack niemals streiten.«
Chris nickte und bedachte ihren Vater mit einem anerkennenden Blick. Das war das Tolle an Papa: wenn es irgendwelche Meinungsunterschiede gab, versuchte er niemals, ihr oder anderen seine Ansichten aufzuzwingen. Wenn sie da an die Eltern ihrer Freundin Regina dachte . . .
»Ahem«, hüstelte Hardy und machte noch keine Anstalten, sich zurückzuziehen, im Gegenteil. Er betrachtete mißbilligend die bis zur Kippe aufgerauchte Zigarette, die er irgendwann im Laufe der Unterhaltung aus dem Mund genommen hatte und nun zwischen zwei Fingern hielt. »Komme gleich wieder«, murmelte er.
An den Geräuschen auf dem Flur erkannte Chris, daß Papa nach einem Aschenbecher suchte, um die Zigarette auszudrücken. Endlich schien er einen gefunden zu haben und kehrte zurück.
»Das war die letzte aus der Packung«, brummte Hardy. »Aber ich hab' doch erst vorgestern eine ganze Stange Glimmstengel gekauft. Weißt du, wo ich die gelassen habe?«
»Im Kleiderschrank«, gab Chris seufzend zurück. »Aber du sollst doch nicht so viel rauchen.«
»Mit dem Rauchen geht's mir wie dir mit ‚Trio' – ich kann einfach nicht davon lassen«, sagte Hardy und zwinkerte ihr zu. »Da, da, da . . . Ach ja, irgendwas wollte ich doch noch . . .« Plötzlich schlug er sich mit der flachen Hand vor die Stirn und zog dann eine schelmische Grimasse. »Genau, jetzt hab' ich's: Ich wollte eine gewisse Mitbewohnerin dieses Hauses daran erinnern, daß sie heute Gartendienst hat. Also, Mädchen, komm in Schweiß. Die Gräser und Büsche warten schon sehr auf eine kräftige Dusche. – Wo, sagtest du, sind die Zigaretten? Im Kleiderschrank? Fröhliches Schaffen!« Demonstrativ pfeifend zog er die Tür ins Schloß.
Mit einem Satz sprang Chris auf die Beine, riß die Tür wieder auf und rief ihm nach: »Oller Stimmungsmörder! Glaub ja nicht,

daß du ungeschoren davonkommst. Wirf mal einen Blick in die Küche. Wirst schon sehen . . .«
Chris ließ ein vergnügtes Kichern folgen, während Hardy etwas von »raffinierte Göre« und »alten Mann ausnutzen« in seinen Schaumbart murmelte. Es klang aber eher belustigt als verärgert.
Papa hat recht, dachte Chris. Wenn er mich nicht erinnert hätte, wäre ich wahrscheinlich zu einem Stadtbummel aufgebrochen. An den Garten hatte sie wirklich nicht mehr gedacht.
Sie schaltete die Stereoanlage aus, zumal die erste Seite der Platte sowieso abgespielt war. Dann suchte sie die ältesten Jeans und eine schon ziemlich verwaschene Bluse hervor und zog sie an. Uff, war die Hose eng, aber es ging gerade noch. Mit dem Fuß zog sie einen Stuhl heran und setzte sich vor den Spiegel. Sie musterte selbstkritisch ihr Gesicht, ärgerte sich ein wenig über die Sommersprossen, war im großen und ganzen aber doch recht zufrieden.
Schließlich schüttelte sie das lange, pechschwarze Haar mit einer energischen Kopfbewegung nach hinten und begann, es sich mit Haarspangen hochzustecken. So hinderte es sie am wenigsten bei der Gartenarbeit.
Nachdem diese Vorbereitungen abgeschlossen waren, schlüpfte sie in flaches Schuhwerk, summte »Du liebst mich nicht, ich lieb' dich nicht« vor sich hin und fegte dann wie ein Wirbelwind quer durch das ganze Haus zur Kellertür.
Sie nahm immer zwei Stufen auf einmal, als sie die Kellertreppe hinabsauste, schnappte sich im Vorübergehen einen Schlüsselbund, schloß die Tür zur Garage auf und sah sich suchend nach den Gartenutensilien um. Aha, dort war der Gartenschlauch. Und daneben lehnten Hacke und Harke an der Wand. Das würde erst mal genügen. Hardy wedelte mit dem Geschirrtuch hinter dem Küchenfenster, als Chris den Schlauch anschloß. Fröhlich winkte sie zurück und begann damit, die Sträucher, die Blumen und den Rasen mit Wasser zu besprengen.
»Hallo, guten Morgen, hier ist die Post!« ertönte in diesem Augenblick eine Stimme an der Gartenpforte.
Als Chris sich umdrehte, sah sie das vertraute schmale Gesicht des Briefträgers, der soeben sein gelbes Postfahrrad am Zaun abstellte und in der Tasche herumwühlte.
»Morgen, Herr Fröhlich!« rief Chris zurück. »Ich bin gerade beim Rasensprengen. Stecken Sie's doch bitte in den Briefkasten, ja?«

»Geht nicht«, erwiderte Herr Fröhlich und wedelte mit einem der Briefe in der Luft herum. »Da ist ein Einschreiben für deinen Vater dabei. Ich brauche eine Unterschrift. Soll ich deinen Vater herausklingeln, oder gibst du mir deinen Servus?«
»Wenn Ihnen meiner genügt – ich komme schon«, antwortete Chris und stellte das Wasser ab.
»Aber klar«, meinte Herr Fröhlich und lächelte, als sie näher kam. »Deine Unterschrift ist mir soviel wert wie die von deinem Vater. Ich kannte dich schon, als du noch sooo klein warst.«
Er zeigte mit der Hand, wie klein sie einmal gewesen war, und Chris hatte das dumpfe Gefühl, daß er sie damals mit einem Yorkshireterrier verwechselt hatte. Überhaupt, daß die Erwachsenen sich so schwer daran gewöhnen konnten, daß aus kleinen Kindern nun einmal junge Leute wurden. Na ja, aber sonst war Herr Fröhlich eigentlich immer sehr nett.
»Was ist denn das für ein Brief?« fragte Chris.
»Hm«, machte Herr Fröhlich und betrachtete ihn genauer. »Scheint von einem Rechtsanwalt zu sein. Also, hier auf dem roten Zettel brauche ich dein Autogramm.«
Er zeigte ihr die Stelle, wo sie unterschreiben mußte, und gab ihr einen Kugelschreiber. Dann legte er den Einschreibebrief auf den Stapel der anderen Briefe und Zeitschriften, die für Hardy Beranek bestimmt waren. Papa war selbständiger Computerfachmann und bekam immer sehr viel Post.
Nachdem sie unterschrieben hatte, reichte sie Herrn Fröhlich den Zettel und den Kugelschreiber zurück und streckte die andere Hand nach dem Poststapel aus.
In diesem Moment tauchte hinter dem Briefträger plötzlich ein unrasierter junger Mann auf. Er trug mindestens so abgewetzte, aber weitaus schmutzigere Jeans wie Chris.
Sein kurzes, dunkelblondes Haar war fast völlig unter einer runden, roten Schirmmütze verborgen. Solche Mützen trugen sonst vor allem Amerikaner beim Baseballspiel. Chris erinnerte sich, so was im Fernsehen gesehen zu haben.
»Entschuldigen Sie bitte«, sagte der junge Mann überaus höflich, was ihn aber nicht daran hinderte, sich energisch an Herrn Fröhlich vorbeizudrängeln.
Chris konnte jetzt eine weitere Einzelheit erkennen: Der Fremde trug sehr mitgenommen aussehende Tennisschuhe.

Der Briefträger, der den jungen Mann offenbar nicht hatte kommen hören, zuckte sichtlich erschrocken zusammen und machte Platz. Und dann geschah es!

Der Fremde sagte artig: »Gestatten Sie?«, grinste ihnen beiden frech ins Gesicht und schnappte mit einer blitzschnellen Handbewegung den Einschreibebrief von dem Briefstapel weg.

»Das ist ja wohl . . .« Herr Fröhlich riß empört die Augen auf.

»He, geben Sie sofort den Brief zurück!« rief Chris, nachdem sie zwei Sekunden lang mit offenem Mund zugeschaut hatte, ohne einen Ton über die Lippen zu bringen.

Aber der freche Dieb winkte ihnen nur triumphierend mit dem Brief zu. Er war wie ein riesiger Frosch mit einem Supersatz aus dem Stand davongehüpft, als er seine Beute ergattert hatte, und war schon dabei, in einem Tempo die Straße hinunterzurennen, als wollte er sich für die Teilnahme an der nächsten Olympiade qualifizieren.

»Ihm nach!« brüllte Chris und flitzte los.

»Ihm nach!« krächzte Briefträger Fröhlich und schwang sich hastig auf sein gelbes Postfahrrad.

Verfolgung mit Hindernissen

Bis Chris und Herr Fröhlich den Bürgersteig erreicht hatten, betrug der Vorsprung des Diebes schon mindestens dreißig Meter.

»Der scheint aber gut in Form zu sein«, bemerkte Chris, als sie nun ebenfalls in einen schnellen Trab fiel. »Was der wohl mit dem Brief vorhat? Ob Geld drin ist? Aber dann müßte er ja gewußt haben, daß er heute ausgetragen wird.«

»Wahrscheinlich ist es nur ein dummer Streich.« Der Briefträger, der sich mit voller Kraft in die Pedale legte, aber trotzdem nicht so recht von der Stelle kam, schnaufte. Ein Postfahrrad ist kein Rennrad, und die schwere Tasche war auch nicht gerade hilfreich, wenn man einen Spurt im Sinn hatte. Zudem war Herr Fröhlich nicht mehr der Jüngste.

Chris legte einen Zahn zu, und der radelnde Postbote fiel zurück. Trotzdem wollte sich der Abstand zu dem Dieb nicht spürbar verringern. Und dabei schien der überhaupt noch nicht aus der Puste gekommen zu sein. Er schaute mehrmals zurück, grinste höh-

nisch und schwenkte immer wieder seine Beute über dem Kopf. Er machte sich anscheinend über sie lustig.
Der Dieb mit den Tennisschuhen und seine beiden Verfolger passierten eine Reihe von Vorgärten, hinter denen lauter ähnliche Einfamilienhäuser lagen, wie jenes, in dem die Beraneks wohnten. Einige Autos parkten am Straßenrand, aber Menschen waren in der stillen Wohnstraße trotz des Sonnabendvormittags weit und breit nicht zu erblicken.
In diesem Moment öffnete sich wenige Meter vor dem flüchtenden Dieb eine Vorgartentür, und ein rundlicher Mann in einem grauen Nadelstreifenanzug trat auf die Straße. Er machte ein sehr zufriedenes Gesicht und schwenkte gut gelaunt eine Aktentasche. In der anderen Hand hielt er seine Autoschlüssel und klimperte damit. Er bewegte sich auf eines der Fahrzeuge zu.
»Halten Sie ihn, er ist ein Dieb!« Chris keuchte.
Der dicke Mann sah verwirrt zu ihr hinüber und schien nicht recht zu wissen, wie er sich verhalten sollte.
Seine Unentschlossenheit hatte zur Folge, daß er breitbeinig mitten auf dem Bürgersteig stehenblieb, der durch die stattliche Statur des Mannes nun beinahe völlig blockiert war.
Der Dieb hatte sich gerade wieder einmal umgeschaut, als der dicke Mann die Straße betrat, und war erst durch Chris' Ruf darauf aufmerksam geworden, daß etwas vorging.
Da war es jedoch zum Ausweichen zu spät. Vor ihm stand der dicke Herr im Nadelstreifenanzug, das Gesicht zu einer erschrockenen Grimasse verzerrt. Links befand sich eine solide Vorgartenmauer, rechts parkte ein Auto.
Kurzerhand senkte der Dieb den Kopf und rammte ihn dem Dicken in der Leib. Dieser ächzte und ließ pfeifend wie ein Ballon, dessen Ventil geöffnet wird, die Luft heraus. Dann kippte er mit einem deutlich vernehmbaren dumpfen Plumps zu Boden. Wie er so mit ausgestreckten Armen und Beinen auf dem Rücken lag, sah er aus wie ein riesiger Käfer, der das Gleichgewicht verloren hat.
Ein Käfer mit Aktentasche allerdings, denn die hatte der dicke Mann nicht losgelassen.
Der Zusammenstoß hatte auch den Dieb aus dem Gleichgewicht gebracht. Für zwei oder drei Sekunden lag er auf dem strampelnden Dicken. Aber der fuchtelte nur mit Armen und Beinen in der Luft herum und machte keine Anstalten, den anderen festzuhalten.

Schon hatte sich der junge Mann mit den Tennisschuhen wieder aufgerappelt, setzte mit einem geschickten Sprung über den Dicken hinweg und rannte die Straße hinunter.
Sekunden später erreichte Chris den am Boden liegenden Mann. Hinter sich hörte sie Herrn Fröhlich, der energisch die Klingel seines Fahrrades betätigte.
Flüchtig überlegte Chris, ob sie es dem Dieb gleichtun und mit einem Satz über den Dicken hinwegspringen sollte. Aber dann tat ihr der Mann leid. Zwar war nicht ganz klar, ob er ihr hatte helfen wollen, aber zumindest hatte er sich ja irgendwie dem Flüchtenden in den Weg gestellt. Sie kniete neben dem Mann im Nadelstreifenanzug nieder.
»Hoffentlich haben Sie sich nichts getan«, sagte sie. »Wissen Sie, wir verfolgen den Mann, weil er uns einen Einschreibebrief gestohlen hat.«
Der Dicke schaute sie einen Moment lang verständnislos an. Dann schien er sich seiner Lage bewußt zu werden und verzog ungnädig das Gesicht. »Dieser . . ., dieser Unhold!« kreischte er. »Sehen Sie mal, was er gemacht hat! Der schöne Anzug!«
Der Postbote war inzwischen ebenfalls zur Stelle, und gemeinsam halfen sie dem Mann wieder auf die Beine. Allein hätte Chris es wohl kaum geschafft. Dem Dicken merkte man die hundert Buletten an, die er vermutlich pro Monat verzehrte.
»Polizei . . .«, brummelte der Dicke in sich hinein, während er den Staub aus seinem teuren Anzug klopfte. »Man muß etwas tun. Gesindel! Am hellichten Tag . . ., ehrbare Bürger . . .«
Plötzlich stieß er einen schrillen Schrei aus, als hätte ihm jemand eine Ladung Eiswasser in den Nacken gekippt.
»Meine Brieftasche!« brüllte er. »Der Kerl hat meine Brieftasche gestohlen! Mindestens fünfhundert Mark sind darin – und alle meine Papiere!«
Er hüpfte wie ein Indianer auf einem Fuß herum, gab unverständliche, kehlige Laute von sich und zog immer wieder das Futter der Brusttasche seiner Anzugjacke hervor. Er wollte wohl klarmachen, daß wirklich nichts mehr in dieser Tasche war.
»Das wird ja immer toller!« schnaufte der Postbote, der von der Anstrengung, seinen Drahtesel auf Touren zu bringen, sichtlich erschöpft war. »Also, man sollte die Polizei verständigen. So eine Unverschämtheit ist mir noch nicht untergekommen.«

Der Dicke hörte auf zu hüpfen und nickte beifällig.
Chris war nervös und nicht ganz zufrieden über die Entwicklung, die die Dinge nahmen. Mit Herumpalavern würde man den Dieb bestimmt nicht fangen. Sie blickte auf und entdeckte gerade noch die Tennisschuhe des Flüchtigen. Und die verschwanden eben in der kleinen Parkanlage, die zum Weserufer hinunterführte.
»Hinterher«, rief sie. »Wir dürfen ihn nicht entkommen lassen. Bis die Polizei da ist, ist der Bursche längst über alle Berge. Mensch, ist das ein abgefeimter Ganove!«
»Die Kleine hat recht«, trompetete der Dicke und schien etwas von der Entschlußkraft und dem Tatendrang zurückgewonnen zu haben, die ihm sonst vermutlich zu eigen waren.
Er stieß einen energischen Pfiff aus, und im nächsten Moment raste aus dem Grundstück hinter der Gartenpforte ein ausgewachsener Bernhardiner hervor.
Er machte einen ganz begeisterten Eindruck, erhob sich auf die Hinterbeine und leckte seinem Herrchen liebevoll das Gesicht. Trotz der ärgerlichen Ereignisse prustete Chris ungewollt los, als sie sah, wie der Dicke vergeblich versuchte, sich vor der breiten, rauhen Zunge in Sicherheit zu bringen. Unter diesen Umständen vergab sie ihm sogar, daß er sie »Kleine« genannt hatte.
»Laß das, Sigurd«, schimpfte sein Herr und machte sich frei. »Jag den Dieb! Na los, such ihn!«
Sigurd schaute erst seinen Herrn, dann den Postboten und schließlich Chris an. Er war verwirrt und verstand nicht, was man von ihm wollte.
»Komm, Sigurd«, rief Chris und stürmte los.
Damit hatte Sigurd zumindest begriffen, daß eine Art Geländespiel angesagt war. Freudig bellend schoß er neben Chris her. Das Mädchen hatte Mühe, nicht über ihn zu stolpern, als er um sie herumhüpfte. Aber die Idee, einen so großen und imposanten Hund bei der Verfolgung einzusetzen, fand sie toll.
»Tut mir leid«, hörte sie hinter sich Herrn Fröhlich rufen. »Aber so eine Verfolgungsjagd ist nichts für meine olle Pumpe. Außerdem schaffe ich sonst meine Tour nicht mehr. Mach dir aber keine Sorgen wegen der Unterschrift. Ich werde den Vorfall auf der Post melden. Über die Einschreibenummer kann man vielleicht den Absender herausfinden und ihn verständigen.«
»Schon gut«, rief Chris zurück und winkte. »Und vielen Dank!«

Hinter sich hörte sie die Schritte des dicken Mannes, der ihr erstaunlich leichtfüßig folgte und wenig später sogar zu ihr aufschloß. Obwohl er ziemlich schnaufte, schien er eine prima Atemtechnik zu haben und gut zu Fuß zu sein.

»War früher mal Langstreckenläufer«, knurrte der Dicke, der entweder ihren überraschten Gesichtsausdruck bemerkt oder sonst irgendwie das Gefühl hatte, eine Erklärung abgeben zu müssen. »Der Lack ist längst ab, aber zu einer halben Stunde Dauerlauf langt es noch, wenn es sein muß.«

Chris nickte und sparte sich ihren eigenen Atem für das Laufen. Unterdessen zeigte sie auf den Eingang zu der Parkanlage. Sigurd passierte die Fahrradsperre als erster und schoß sofort auf die Wiese hinaus, die sich vor ihnen ausbreitete, nachdem sie die Büsche am Eingang hinter sich gelassen hatten.

Er blickte sich um, machte einen Luftsprung und kam dann zurückgeschossen. Die überraschende Entwicklung der Ereignisse schien seinen ungeteilten Beifall zu finden.

Die beiden Verfolger stoppten und sahen sich um. Keine Spur von dem Mann mit der roten Schirmmütze und den Tennisschuhen.

»So ein Pech«, stieß Chris enttäuscht hervor. »Der ist uns wohl durch die Lappen gegangen.«

»Immer mit der Ruhe«, erwiderte der Dicke. Er zeigte auf einige Baum- und Buschgruppen. »Er kann zwar überall und nirgends und vielleicht schon über alle Berge sein, aber irgendwie hab' ich so ein Gefühl, daß wir ihn uns schnappen werden.«

»Was ist mit Sigurd?« meinte Chris hoffnungsvoll und zeigte auf den Bernhardiner, der eifrig an einem Busch geschnuppert hatte und nun erwartungsvoll herbeigerannt kam.

»Hm, weiß nicht«, sagte der Langstreckenläufer im Nadelstreifenanzug und zog dabei die Schultern hoch. »Er ist ziemlich verspielt. Außerdem müßte er den Geruch des Mannes kennen, um ihn finden zu können. Aber trotzdem . . .«

Er wandte sich Sigurd zu und rief: »Na los, Sigurd. Such ihn!«

Mit einem leisen »Wuff« tapste Sigurd zu dem interessant riechenden Busch zurück und hob ein Bein. Der Mann rief ihn zurück, hielt ihn am Halsband fest und gestikulierte wild.

Das schien zu nützen. Zumindest trottete Sigurd los und erkundete die Umgebung. Der Dicke und Chris folgten ihm. »Übrigens, mein Name ist Hermann.«

»Oh, hallo, Hermann«, erwiderte Chris mit einem spontanen Lächeln. »Ich heiße Chris – Christine Beranek, um genau zu sein. Wir wohnen weiter unten in der Schmiedestraße.«
Als Chris sah, daß der dicke Mann leicht rot im Gesicht wurde, erkannte sie plötzlich ihren Fehler. »Äh . . ., tut mir leid«, brachte sie stockend hervor. Oje, da hatte sie sich ja schön blöd benommen. »Ich meine . . ., ist mir das peinlich. Sie heißen vermutlich Hermann mit Nachnamen?«
»Genauso ist es«, versetzte Herr Hermann spitz. »Architekt Georg Hermann, wenn dir das etwas sagt.«
Er betonte das Wort Architekt besonders und sprach den ganzen Satz so aus, daß Chris den Eindruck hatte, er erwarte von ihr unbedingt eine Antwort.
Architekt Georg Hermann . . . Sie überlegte angestrengt, wo sie den Namen schon mal gehört hatte. Klar, sie wußte, daß er in der Schmiedestraße wohnte, aber sonst?
»He!« rief sie plötzlich und schnippte triumphierend mit den Fingern. »Jetzt hab' ich's. Papa hat mal von Ihnen erzählt. Er war richtig wütend. Sie haben diesen häßlichen Betonklotz von Kaufhaus entworfen, der die Innenstadt verunziert . . . « Sie biß sich auf die Lippen. Was hatte sie nun schon wieder angerichtet! Stolz darauf, überhaupt etwas über den Architekten Hermann zu wissen, hatte sie drauflosgeplappert.
Sie blickte verlegen zu Boden, aber dann riskierte sie einen raschen Blick schräg nach oben.
Georg Hermanns sanfte Gesichtsröte hatte sich zwar in ein knalliges Feuermelderrot verwandelt, aber er sah dabei mindestens genauso verlegen aus wie Chris. Und er war nicht wütend. »Na ja«, meinte er und scharrte mit dem Fuß einige Kiesel auf dem Weg zusammen. »Schön ist das Kaufhaus wirklich nicht, aber glaub mir, die Auftraggeber wollten es so haben. Es war nicht meine Schuld, jedenfalls nicht meine allein. Ich kann auch anderes entwerfen. Bestimmt«, beteuerte er.
»Ich glaub's Ihnen ja«, stieß Chris erleichtert hervor. Gott sei Dank, daß dieses heikle Thema vom Tisch war. »Aber wir sollten uns um den Dieb kümmern. Sonst sehen Sie Ihre Brieftasche und ich unseren Einschreibebrief nie wieder.«
Auch der dicke Herr Hermann zeigte sichtbare Erleichterung darüber, daß diese Klippe umschifft war, und schritt energisch aus.

Fast wäre ihm ein fröhliches Pfeifen über die Lippen gekommen. Aber dann dachte er wohl an seine Brieftasche und machte nur ein wenig melodiöses »Pfffft«.
Irgendwo bellte ein Hund.
»Sigurd«, rief Herr Hermann triumphierend. »Er hat das Versteck des Ganoven aufgestöbert.«
»Hoffentlich zerfleischt er ihn nicht«, meinte Chris besorgt. Dieser Dieb war zwar ein gemeiner und hinterhältiger Vogel, aber dieses Schicksal wünschte sie ihm doch nicht.
»Quatsch«, brummte der Architekt und setzte sich in Richtung auf das Bellen in Bewegung. »Sigurd ist lammfromm. Der würde sogar mit einem Einbrecher seine letzte Wurst teilen.«
»Und warum bellt er dann?« erkundigte sich Chris aufgeregt. Sie konnte nur mühsam Schritt halten.
»Das möchte ich auch gern wissen«, erwiderte Herr Hermann ganz unsicher.
Als sie die nächste Wegbiegung erreicht hatten, sahen sie den Grund. Sigurd spielte mit einem Dackel. Oder besser: Der Dackel spielte mit ihm. Er jagte den großen Hund mit fliegenden Ohren durch das hohe Gras, was dieser mit halb empörtem, halb lustvollem Bellen quittierte.
Der Architekt seufzte ergeben. »Sigurd«, rief er und ließ einen Pfiff folgen. »Bei Fuß!«
Der Bernhardiner blickte auf, legte sich hin, schien sich die Sache aber dann zu überlegen und kam gemächlich angetrottet. Der Dakkel begleitete ihn noch einige Schritte weit und versuchte ihn kläffend zu einer neuen Spielrunde zu überreden. Dann schien er einzusehen, daß sein Werben sinnlos war, und trollte sich davon.
»Ein schöner Spürhund bist du mir«, schalt Herr Hermann den Hund, als er herangekommen war. »Du solltest dich was . . .«
»Halt, da vorne ist er«, unterbrach Chris ihn ungeduldig. »Sehen Sie doch. Dort an der Treppe, wo es zur Weser hinuntergeht.«
Sie deutete nach vorne. Von ihrem derzeitigen Standpunkt aus konnten sie die Treppe gut übersehen, die aus der Parkanlage heraus zu einer der beiden Weserbrücken führte. Und tatsächlich, dort war das leuchtende Rot der Baseballmütze des Diebes zu erkennen. Er stieg gerade die Treppe hinunter. Zwar blickte er sich noch um, ging ansonsten aber ganz gemächlich. Er schien der Meinung zu sein, daß er seine Verfolger abgehängt hatte.

»Na warte, Bürschchen!« knurrte Architekt Hermann. »Dich kriegen wir noch! Komm mit, Chris, ich kenne eine Abkürzung.«
»Aber wenn wir in Sichtweite sind, sollten wir nicht mehr rennen«, erwiderte Chris eifrig. »Wir müssen ihn in Sicherheit wiegen und uns langsam anpirschen. Wenn er dann nicht mehr entwischen kann, schlagen wir zu.« Langsam begann sie an der Verfolgungsjagd Gefallen zu finden.
»Gute Idee«, lobte Herr Hermann. »Aber jetzt machen wir erst ein bißchen flott, damit er keinen zu großen Vorsprung gewinnt. Wir nehmen die Bäume als Deckung. Komm, Sigurd!«
Chris nickte mit vor Aufregung glühenden Wangen. Plötzlich mußte sie kichern. »Auf eine gewisse Art hat uns Sigurd doch geholfen, ihn zu finden«, gluckste sie. »Wenn er nicht mit dem Dakkel gespielt hätte, wären wir nicht rechtzeitig hier oben bei der Treppe gewesen.«
Sigurd sah sie mit schiefgehaltenem Kopf an, als sie sprach, und schien dann zu nicken, als wollte er sagen: »Na endlich mal jemand, der kapiert, was für ein kluger Hund ich bin.«

Die Sache mit den Eiskugeln

Der Dieb hatte inzwischen alle Vorsichtsmaßnahmen aufgegeben und drehte sich nicht mehr um. Das letzte Mal hatte er am Ende der Weserbrücke zurückgeblickt und hastig die hinter ihm gehenden Passanten gemustert.
Chris war dabei das Herz fast in die Hose gerutscht, aber der Blick des Mannes ging flüchtig und desinteressiert über sie, den Architekten und Sigurd hinweg.
Ganz offensichtlich erwartete er allenfalls Polizei oder rennende und wild gestikulierende Verfolger. Und obendrein war Sigurds Anwesenheit eine gute Tarnung. Der Dieb wußte nichts von dem Hund und ließ deshalb wohl unbewußt die Dreiergruppe aus dem Kreis möglicher Verfolger ausscheiden.
Den Brief und die Brieftasche hatte der junge Mann mit der Baseballmütze inzwischen bestimmt in der Gesäßtasche seiner Jeans verschwinden lassen. Er hatte immer noch einen Vorsprung von rund fünfzig Metern und tauchte jetzt in das Gewimmel eines Wochenmarkts ein.

Herr Hermann berührte Chris leicht am Oberarm und zischelte verschwörerisch: »Wir sollten aufschließen. Hier wird's langsam unübersichtlich.«

»Ja«, gab Chris zurück. »Nur gut, daß er diese auffällige Mütze trägt. Ohne das Ding hätten wir ihn wahrscheinlich schon aus den Augen verloren.«

Der Dieb schien es nun überhaupt nicht mehr eilig zu haben und ließ ihnen reichlich Zeit, bis auf wenige Meter an ihn heranzukommen. Er trödelte von Stand zu Stand, schaute sich die Früchte, Blumen und Gemüsesorten an, die feilgeboten wurden, kaufte aber nichts. Lediglich als er an einer Bratwurstbude vorüberkam, schnupperte er fast so neugierig wie Sigurd dem Duft der Würstchen nach und hielt kurz inne.

Er griff an die Gesäßtasche und befühlte die Brieftasche. Aber dann ließ er sie wieder los.

Klickediklick, klickediklack – Chris konnte förmlich spüren, wie sich die Räder in seinem Gehirn drehten. Er hatte Appetit auf eine Bratwurst, ganz klar. Chris war dies gut verständlich, auch ihr lief bei dem leckeren Geruch das Wasser im Mund zusammen. Und er hatte Geld, viel Geld, vermutlich in großen Scheinen. Aber so abgerissen, wie er aussah, wollte er sich wahrscheinlich nicht damit verdächtig machen, daß er in aller Öffentlichkeit aus einer dicken Brieftasche einen Hundertmarkschein zog, um damit eine Bratwurst zu bezahlen.

Womit Chris allerdings nicht gerechnet hatte war, daß sich der Dieb plötzlich doch wieder umschaute.

Der Gedanke an die Brieftasche hatte ihn für einen Moment vorsichtig gemacht. Er musterte mißtrauisch die Gesichter der Passanten in seiner Nähe.

Geistesgegenwärtig tauchte Chris das Gesicht in einen Blumenstrauß, der direkt vor ihrer Nase auf einem Verkaufstisch stand. Und ihr fiel ein Stein vom Herzen, als sie Herrn Hermanns charakteristischen runden Kopf mit den graumelierten Haaren hinter der ausladenden Zeltplane eines Käsestandes verschwinden sah.

Der Mann mit der Baseballmütze nahm sich ausgiebig Zeit, sich die Gesichter anzusehen. Chris wußte schon gar nicht mehr, an welcher Blume sie vorgeben sollte zu riechen, als sich der Dieb schließlich umdrehte und weiterschlenderte.

»Puh!« machte Chris. »Das war knapp!«

»Kann man wohl sagen«, flüsterte der Architekt, der aus dem Versteck des Käsestandes hervortauchte. Sigurd, etwas unsicher wegen der vielen Menschen, folgte ihm auf den Fersen.
»Soll's der Blumenstrauß nun sein?« fragte die dicke Marktfrau etwas ungehalten.
»Tut mir leid«, sagte Chris und stellte den kleinen Strauß in den Blecheimer zurück. »Ich sehe gerade, daß ich meinen Geldbeutel vergessen habe.«
»Anfassen gibt's bei mir nicht! Merk dir das fürs nächstemal!« polterte die Marktfrau wütend.
Der Architekt zog Chris rasch weiter.
»Können wir nicht . . .«, flüsterte Chris ihm zu. »Ich meine, wenn wir schreien: ‚Haltet den Dieb!', hat er doch keine Chance, uns zu entkommen.«
»Ich weiß nicht so recht«, entgegnete Herr Hermann. »Hier sind einfach zu viele Menschen. Wahrscheinlich würde es ein Riesentohuwabohu geben, und jeder würde jeden für den Dieb halten. Auch uns könnte man verdächtigen.«
»Stimmt«, gab Chris ihm recht.
»Stell dir vor: Uns hält man fest, weil man uns für Eierdiebe hält, während der richtige Dieb entkommt«, ergänzte Herr Hermann. »Nee, ich will den Kerl an einem Ort haben, wo er keine Sperenzchen mehr machen kann. Noch etwas Geduld, dann haben wir ihn bestimmt soweit.«
Der Dieb verließ nun das Marktgelände und ging ohne Hast in Richtung Innenstadt.
Das Gedränge war hier nicht mehr so dicht, aber sie konnten den Mann trotzdem weiter verfolgen, ohne aufzufallen.
»Wenn das so weitergeht, machen wir mit dem noch eine Sightseeing-Tour durch die Stadt«, beschwerte sich Chris, die an die unverrichtete Gartenarbeit zu Hause dachte.
»Na, irgendwann wird er schon am Ziel sein oder eine Pause einlegen«, gab der Architekt zurück. »Und dann lassen wir die Falle zuschnappen.«
Chris seufzte. »Hoffentlich!«
Der Strom der Passanten wurde dichter, denn sie hatten inzwischen die Fußgängerzone erreicht. Vor den schönen Fachwerkfassaden der alten Häuser quirlte und wimmelte es von Einkaufswütigen mit Taschen und Plastiktüten, jungen Paaren, alten Leuten, Kindern,

Hunden, Eiligen und Müßiggängern. An jeder zweiten Straßenecke gab es Zuckerwatte oder Softeis, und viele Geschäfte boten ihre Waren an Tischen auf der Straße an.
Chris versuchte krampfhaft, die Softeisstände zu übersehen, aber unwillkürlich leckte sie sich immer wieder über die Lippen. Ein Eis wäre jetzt toll.
Als wieder eine Softeismaschine in Sicht kam, hielt sie es nicht länger aus und stürzte los.
Herr Hermann ließ ein überraschtes und tadelndes Grunzen hören, aber Chris kümmerte sich nicht darum.
»Eine große Portion Vanille und Himbeer«, verlangte sie. Die Vorfreude ließ ihre Stimme leicht zittern. Sie suchte nach ihrem Geld, und der Eismann griff nach einer Waffel.
»Nein, halt!« rief Chris aufgeregt und entsetzt. »Ich . . . hab' mein Geld vergessen.«
Siedendheiß war ihr eingefallen, daß sie ihre ältesten Hosen trug und ihr Portemonnaie in den Jeans steckte, die sie vorhin ausgezogen hatte. Chris schluckte zweimal trocken. So ungefähr mußte sich ein Verdurstender fühlen, wenn vor ihm jemand einen Krug Wasser in den Sand goß.
Der Eismann zuckte ungerührt die Schultern und legte die Waffel wieder zu den anderen zurück. »Wer nicht will, der hat schon«, brummte er. Wahrscheinlich hielt er die Sache für einen Trick, um sich ein Eis zu erbetteln.
Als Chris sich vom Eisstand abwandte, sah sie, daß der dicke Architekt ihr aufgeregt zuwinkte. Er zeigte mit dem Finger nach vorn. Chris' Blick folgte der Richtung. Sie machte gerade noch eine rote Mütze und die Sohlen der Tennisschuhe aus.
»O nein!« entfuhr es Chris. Mußte sich der Bursche denn ausgerechnet einen Eissalon aussuchen! Sie holte Luft und zog eine komisch-resigniert wirkende Grimasse. Es half nichts. Also hinterher!
Sie rannte hinüber zu Herrn Hermann und Sigurd, der sie schweifwedelnd begrüßte. »Jetzt schlägt unsere große Stunde«, trumpfte der Architekt wichtigtuerisch auf. Er wischte sich mit einem Taschentuch den Schweiß von der Stirn. Ganz wohl schien ihm bei der Sache nicht zu sein.
»Soll ich die Polizei holen?« fragte Chris eifrig.
»Unsinn, das schaffen wir auch allein!« trompetete Herr Hermann. »Wollen diesem Burschen doch mal zeigen, was 'ne Harke ist!«

»Aber er ist flink wie ein Wiesel«, gab Chris zu bedenken. Sie mußte an den Spurt denken, mit dem der junge Mann davongerannt war, als er dem Postboten den Brief aus der Hand gerissen hatte.
»Papperlapapp, wir überlisten ihn mühelos«, wischte der Architekt ihren Einwand beiseite. »Also, der Einsatzplan lautet wie folgt: Markieren, aufscheuchen, schnappen.«
Chris sah ihn halb verdutzt, halb belustigt an. Herr Hermann schien das Ganze mit einer Szene aus einem Fernsehkrimi zu verwechseln. Aber bitte, er war schließlich der Erwachsene und gab den Ton an. Und immerhin ging es ja auch um seine Brieftasche. Mühsam ein Schmunzeln unterdrückend, fragte sie: »Und wie geht das nun genau?«
»Ist doch ganz klar«, verkündete Herr Hermann und drückte selbstbewußt seinen Bauch nach vorn. »Du gehst hinein, während Sigurd und ich an der Tür warten. Wenn du ihn entdeckt hast, gehst du auf ihn zu und sagst: ‚Sie sind ein Dieb. Geben Sie sofort die Sachen zurück!'«
»He, Moment mal!« protestierte Chris. »Warum denn ich? Außerdem ist er viel älter und kräftiger als ich. Der lacht mich doch aus — wenn er mir nicht sogar eine klebt.«
»Wagt er nicht vor all den Leuten«, behauptete der dicke Architekt. »Und falls doch, werden sich bestimmt Beschützer für dich finden. Deshalb sollst du ja auch gehen. Wenn ich da reingehe, ergreifen womöglich andere Jugendliche für ihn Partei, und er kann wieder abhauen.«
»Ja, da ist was dran«, gab Chris zu.
»Allerdings. Du wirst sehen: Er ergreift vor dir das Hasenpanier. Und wenn er aus der Tür stürzt, dann greif' ich ihn mir.«
»Na gut, meinetwegen.« Übermäßig wohl fühlte sich Chris nicht in ihrer Haut. Aber dann riß sie sich zusammen. Bangemachen gilt nicht, dachte sie. Von diesem frechen Dieb lass' ich mich nicht einschüchtern. Trotzdem schlug ihr das Herz bis zum Hals, als sie auf ein Zeichen von Herrn Hermann hin den Eissalon betrat.
Die Türglocke bimmelte, als sie eintrat, und einige der Gäste schauten auf. Chris warf blitzschnell einen Blick in die Runde, konnte den Mann mit der roten Mütze aber nirgends entdecken. Am Tresen saßen drei Punks und schlürften Milchshakes. Der eine hatte lila Haarfransen, der zweite nach Art der Skinheads Sträflingsstoppeln, der dritte trug auf seinem ansonsten kahlen Schädel eine fas-

zinierende Irokesenhaarbürste. Sie waren in geflickte Jeans und ebensolche Jacken aus Jeansstoff gekleidet.
Trotz ihres kriegerischen Aussehens machten sie einen ganz und gar friedlichen Eindruck.
Hinter dem Tresen stand ein Mann mit hellem T-Shirt und weißem Käppi. Er blickte zu ihr herüber, während er eine Show beim Mixen eines neuen Shakes abzog. Er wirbelte den Mixbecher durch die Luft, daß es eine wahre Pracht war.
Am anderen Ecke des Tresens stand eine Serviererin mit schwarzem Rock – nein, es war ein schwarzes Kleid – und einer adretten kleinen Schürze darüber. Sie stellte gerade vier prächtige Eisbecher neben zwei Teller mit Tortenstücken auf ein Tablett und tippte dann etwas in die Registrierkasse.
Neben der Serviererin wartete ein hochaufgeschossener Junge mit halblangem, dunkelblondem Haar und hielt eine Münze in der Hand. Offenbar wollte er sich ein Eis zum Mitnehmen kaufen. Er war etwa im gleichen Alter wie Chris, vielleicht auch etwas älter, und trug Jeans sowie ein gelbes T-Shirt, auf dem ein Charakterkopf mit überlangen Koteletten und einer Brille aufgedruckt war.
Chris löste verschmachtend den Blick von den Eiskugeln, den Schokokrümeln, dem Sahneklacks und der Waffel in einem der Eisbecher und sah sich weiter um. Das ungute Gefühl in ihrem Magen wurde immer mulmiger. Der Mann mit der roten Mütze schien wie vom Erdboden verschluckt zu sein, obwohl er doch erst kurz vor ihr die Eisdiele betreten hatte.
Es gab ungefähr dreißig weiße Tische in dem Raum. Die meisten davon waren besetzt. Chris verharrte am Tresen und musterte jeden einzelnen. Aber wohin sie auch blickte, sie sah nichts als fröhliche Genießer. Die meisten Besucher des Lokals waren unter zwanzig, aber es gab auch einige matronenhaft wirkende Damen, die sich genüßlich über wahre Tortengebirge hermachten. An einem der Tische saß ein schmusendes Pärchen, das mit zwei Strohhalmen an einem einzigen Milchshake nuckelte. Über drei Tische hinweg breitete sich eine mindestens zehnköpfige, unaufhörlich schnatternde Familie aus, die vom Zigarre rauchenden Opa bis zum quäkenden Baby reichte. Offenbar hatte man den Einkaufsbummel unterbrochen, um sich kurz zu erholen.
Nur der Mann mit der roten Mütze war und blieb verschwunden! Trotz ihrer stetig wachsenden Spannung bemerkte Chris beifällig

die musikalische Berieselung, die das Stimmengewirr übertönte. Das waren »Extrabreit« mit »Hurra, hurra, die Schule brennt«. Auch nicht schlecht, die Jungs. Chris' Freundin Marion besaß zwei LPs von dieser Gruppe, und Chris hatte sich die Platten schon zweimal gepumpt.
»Na was ist, Schwester?« fragte der Punk mit dem Irokesenschnitt. »Soll ich dir 'nen Kuheutersaft mit Schmackes spendieren?«
»Mach mich nicht an«, gab Chris geistesabwesend zurück. Dann überlegte sie sich, daß sie wohl doch etwas zu schroff gewesen war, und fügte hinzu: »Trotzdem danke. Keine Zeit.«
Der Punk wandte sich schulterzuckend wieder seinem Shake zu. Einen Sekundenbruchteil lang fragte sich Chris, ob sie ein Eis wohl auch abgelehnt hätte.
Aber sie wurde abgelenkt, als sie zur Tür blickte und Herrn Hermann sah. Er linste durch die Scheibe und wirkte nervös.
Als sich ihre Blicke kreuzten, rollte Chris komisch mit den Augen und sah dann ergeben zur Decke hinauf. Zaubern konnte sie nun mal nicht. Aber der Dieb – der schien das zu können.
Chris spürte, wie jemand sie ansah, und bemerkte, daß der Blick des Jungen neben der Serviererin auf ihr ruhte. Als sie ihm in die Augen sah, schaute er schnell weg und wandte sich ab. Chris lächelte. Sie fand es niedlich, wenn Jungen schüchtern waren. Dabei gefiel ihr der lange Bursche recht gut.
Allmählich kam es Chris so vor, als ob sie hier nur ihre Zeit vergeudete. Es war wohl besser, sich mit dem Architekten zu beraten.
Sie wollte gerade das Café verlassen, als die Serviererin einen Schritt zur Seite trat. Damit wurde der Blick auf einen Tisch in der Ecke frei, den Chris bisher übersehen hatte. Plötzlich sträubten sich ihr die Haare, und ihr Blut schien aus Eiswasser zu bestehen. Dort in der Ecke saß der Dieb! Zwar waren das Stoppelgesicht und die rote Mütze hinter einer hochgehaltenen Zeitung verborgen, aber die schäbigen Tennisschuhe verrieten ihn sofort.
Chris setzte eine triumphierende Grimasse auf, blickte erneut zu Herrn Hermann und machte unauffällig eine Kopfbewegung in Richtung auf den Tisch. Der Architekt schien zu verstehen und nickte aufgeregt.
Puh, jetzt kam die Stunde der Wahrheit. Chris atmete tief durch und stelzte dann mit steifen Schritten quer durch das Café auf den Tisch des Diebes zu. Der schien sie nicht wahrzunehmen und stu-

dierte seelenruhig weiter seine Zeitung. Mit klopfendem Herzen baute sich Chris vor ihm auf.
Dann sagte sie so laut, daß trotz der vielen Geräusche fast jeder im Café es hören konnte: »Hosen runter, Strauchdieb! Geben Sie sofort die Brieftasche und den Brief zurück!« Ihre Stimme hatte einen schrillen Unterton, aber sonst konnte sie mit sich zufrieden sein. Gleichzeitig riß sie die vor ihr aufragende Zeitung herunter.
Sie blickte in die vor Überraschung geweiteten Augen eines unbekannten Gesichts. Der Mann sah asketisch aus, war bestimmt über fünfzig, trug einen wallenden Bart und langes graues Haar.
Er sah einem indischen Guru nicht unähnlich. Für einen Moment geisterte die absurde Idee durch den Kopf des Mädchens, daß der Mann zu Fuß von Indien gekommen war und deshalb so ausgelatschte Tennisschuhe trug. Aber er war natürlich kein Inder.
»Was soll das?« rief der Guru. Etwas leiser fügte er hinzu: »Ich bin ein armer Mann und habe weder eine Brieftasche noch einen Schatzbrief. Bei mir ist nichts zu holen, Mädchen.«
Chris war völlig verdattert. Sie wurde abwechselnd rot und blaß. »Tu-tut mir leid«, stammelte sie. »Ist mir wirklich peinlich. Es liegt wohl eine Verwechslung vor.« Gleichzeitig versuchte sie, sich unauffällig zurückzuziehen.
Das war gar nicht so einfach, denn es gab niemanden, der sie nicht entgeistert anstarrte. Nur der Guru war erstaunlicherweise in Windeseile wieder besänftigt, machte »Ts, ts, ts« und las weiter in seiner Zeitung.
Die drei Punks gafften sie mit offenem Mund an, als sie den Tresen erreicht hatte, und der Junge mit dem gelben T-Shirt war so erstaunt, daß er vergaß, an seinem Eis zu lecken.
Noch immer waren alle Gespräche verstummt, und sogar das Baby hatte aufgehört zu schreien. Nur »Extrabreit« fetzte weiter von der brennenden Schule.
Der Mixer hinter dem Tresen fand als erster die Sprache wieder. Eine dicke Zornesfalte hatte sich auf seiner Stirn gebildet. »Hör mal, wenn du hier Ärger machen willst . . .!« brüllte er wütend los.
»Easy, Mann«, krächzte der Punk mit dem Irokesenschnitt. »Du siehst doch genau, die Schwester ist nicht ohne.«
»Ich geh' ja schon«, brachte Chris ziemlich kleinlaut und mit hochrotem Kopf hervor.
Meine Güte, war ihr die Sache unangenehm!

Sie wollte sich gerade abwenden und wie ein startender Jet hinausstürmen, als neben dem Tresen eine Tür aufging, die offensichtlich zu den Toiletten führte, und in den Raum trat niemand anderes als der Dieb mit der roten Schirmmütze.
Chris wollte etwas sagen, brachte aber zunächst nur ein Röcheln hervor. Dann flüsterte sie: »Das . . ., das ist er. Das ist der Kerl, der den Einschreibebrief und die Brieftasche geklaut hat!«
Noch bevor sie den Satz ganz ausgesprochen hatte, war der stoppelgesichtige junge Mann an ihr vorbeigeschossen. Er hatte die Situation offenbar sofort erfaßt.
Bevor es Chris gelang, noch einen weiteren Pieps von sich zu geben, war der Dieb an der Tür. Dort aber stand inzwischen auch der Junge mit dem gelben T-Shirt und dem Eis.
Er machte eine unentschlossene Geste, als wolle er den Flüchtenden aufhalten, aber der nahm ihn als Gegner offenbar überhaupt nicht ernst. Da er ihm jedoch den Weg nach draußen versperrte, packte er ihn kurzerhand an den Schultern und stieß ihn vor sich auf die Straße.
Der Junge geriet ins Straucheln und fiel hin, während der Dieb über ihn hinwegsprang.
»So ein gemeines Aas!« schimpfte Chris empört und stampfte wütend mit dem Fuß auf.
Draußen war inzwischen ein wahres Chaos ausgebrochen. Eine Frau stieß einen spitzen Schrei aus, eine derbe Männerstimme schrie: »Autsch!« Ein Hund, vermutlich Sigurd, bellte, und alles übertönend erklang Herrn Hermanns triumphierende Stimme: »Endlich hab' ich dich!«
Mit einem Seufzer der Erleichterung eilte Chris hinaus. Ein unbeschreibliches Bild bot sich ihr: Eine Frau sammelte schimpfend Lebensmittel und Äpfel zusammen, die aus ihrer zu Boden gerissenen Tasche gerollt waren. Nicht mehr zu retten waren hingegen mehrere Eier, deren Inneres sich über das Straßenpflaster ergossen hatte. Ein Mann hüpfte auf einem Bein und rieb sich das Schienbein. Einige Kinder halfen der Frau beim Aufsammeln. Und mittendrin balgte sich der dicke Architekt in einem unentwirrbaren Knäuel mit dem Dieb. Sigurd sprang bellend um die beiden herum und war offensichtlich von dem neuen Spiel begeistert.
Kurz darauf erkannte Chris plötzlich, daß an dieser Szene etwas völlig verkehrt war.

»Aufhören, aufhören«, rief sie und packte den Architekten, der seinen Gegner jetzt im Schwitzkasten hatte, von hinten. »Herr Hermann, sehen Sie denn nicht – das ist doch der Falsche!«
Der Architekt hörte und sah vor lauter Kampfeseifer überhaupt nichts. Kurzerhand begann Chris, ihn oberhalb der Hüfte zu kitzeln. Das wirkte. »Ni-ni-nicht, hihihi«, wieherte Herr Hermann und ließ prompt sein Opfer frei.
Chris eilte auf die Gestalt zu. Es war niemand anderes als der Junge mit dem Eis.
»Hast du dir weh getan?« fragte sie mitfühlend und half ihm auf.
»Nicht der Rede wert«, schnaufte der Junge und holte erst einmal tief Luft. »Ich fühle mich nur, als wäre ich unter eine Dampfwalze geraten.« Er schlenkerte kurz mit den Armen, wohl um zu sehen, ob noch alles heil war.
Als er den Kopf hob und sie ansah, mußte Chris unwillkürlich losprusten. Das war nicht nett, das wußte sie.
Aber es war wohl mehr eine Reaktion auf die Anspannung der letzten Minuten, die sich nun Luft machte. Schadenfreude war noch nie ihre Sache gewesen, andererseits sah der Junge wirklich sehr komisch aus. Entweder der flüchtende Dieb oder der Architekt hatte ihm sein Eis direkt ins Gesicht gedrückt, und von dort aus war es in bunten Bahnen quer über das T-Shirt gelaufen.
»Kicherliese«, motzte der Junge unwillig. »Dumme Pute – ich kann mir verdammt gut vorstellen, wie ich aussehe.«
»Ist mir nur so herausgerutscht«, beteuerte Chris. »Tut mir wirklich sehr leid. Nun sei doch nicht gleich knatschig.«
Er tat ihr wirklich leid, und sie machte sich sofort mit ihrem Taschentuch daran, die gröbsten Spuren zu beseitigen. Er ließ es ohne Protest geschehen. Offenbar hatte er ihr vergeben.
»Hier, nimm«, sagte Chris und gab ihm das Taschentuch. »Da ist Eis unter deinem T-Shirt.«
»Danke«, brummte der Junge, zog das T-Shirt hoch und wischte seine Brust ab. Sigurd umkreiste ihn unterdessen schweifwedelnd und schleckte das heruntergefallene Eis auf.
»Äh, das war wohl nichts«, bemerkte Herr Hermann und trat verlegen näher.
»Sie sind mir ein schöner Aufpasser«, tadelte Chris. »Halten den Falschen fest und lassen den Richtigen entkommen. Wo ist der Schurke überhaupt geblieben?«

»Hm, ich hab' mich wirklich wie ein Trottel benommen«, gab der Architekt zerknirscht zu. »Aber ich konnte ja nicht ahnen, daß er den jungen Mann vor sich herschubst. Ich habe mich einfach auf den ersten geworfen, der aus der Eisdiele gestürzt kam.« Er ordnete seinen Anzug, klopfte den Staub aus der Hose, nahm die zu Boden gefallene Aktentasche auf und strich sich über das Haar.
»Irre, Mann, hier geht ja bös was ab«, kommentierte der Punk mit den lila Haaren und starrte fasziniert auf die Szene. Er war mit seinen beiden Kumpels vor die Tür des Eissalons getreten.
»Wahnsinn«, pflichtete ihm der Punker mit dem Irokesenschnitt begeistert bei.
»Wahnsinn!« stöhnte der mit der Skinheadfrisur.
Der dicke Architekt warf einen reichlich irritierten Blick auf die Gruppe der Punks und dann auf die Schar der übrigen Zuschauer, die sich um sie geschart hatten und die Ereignisse diskutierten. Jeder wußte Einzelheiten beizusteuern oder gab Vermutungen preis. Danach war der Entkommene mal ein gefährlicher Bankräuber, mal ein gesuchter Terrorist und dann wieder ein in flagranti erwischter Casanova, der mit der Frau des Dicken angebändelt hatte.
Chris wurde die Sache bald zu bunt. »Was ist denn nun?« fragte sie aufgebracht. »In welche Richtung ist er abgezischt?«
»Hm«, meinte Herr Hermann. »Ich glaube, in die da.« Er zeigte die Straße entlang.
»Ach Quatsch!« näselte der Punk mit den lila Haaren. »Der ist die Osterstraße raufgezischt wie'n Düsenjäger. Mußt nur seinem Kondensstreifen folgen.«
»Bullshit«, meinte der Punk mit dem Irokesenschnitt. »Ich hab' ihn wieder ins Café gehen sehen. Der pfeift sich 'ne Torte rein.«
Plötzlich wußte jeder in der Runde mehr oder weniger ernstgemeinte Angaben über die Fluchtrichtung zu machen. Die Angaben hatten nur eines gemeinsam: Jede war anders.
»Das ist ja wie im Irrenhaus«, schnaubte Herr Hermann. »Los, Sigurd, nimm die Fährte auf!«
Tatsächlich setzte sich Sigurd zielstrebig in Bewegung. Er tapste gemächlich die Straße zur Linken hinunter, machte »wuff, wuff!« und bog dann in eine Querstraße ein.
»Hoffentlich führt er uns nicht zur nächsten Würstchenbude«, bemerkte Chris, als sie hinter dem dicken Architekten dem Bernhardiner folgte.

Herr Hermann erwiderte nichts, aber der Junge mit dem gelben T-Shirt lachte laut los. Es war das erstemal, daß er lachte. Chris fand sein Lachen sehr sympathisch und zwinkerte ihm zu. »Ich komme mit — das heißt, wenn ich darf!« rief der Junge. »Schließlich bin ich nun auch ein Geschädigter.«
»Prima!« Chris freute sich.
»Einverstanden«, brummte der Architekt.
Der Junge setzte sich rasch in Bewegung und schloß zu Chris auf.

Ein Zipfel des Rätsels wird gelüftet

Eine Weile folgten ihnen noch einige Neugierige, darunter die drei Punks. Aber dann wurde ihnen die Sache zu langweilig, und sie blieben zurück.
»Wie heißt du eigentlich?« erkundigte sich Chris.
»Martin«, antwortete der Junge. »Und du?«
»Christine — aber alle sagen Chris zu mir.«
»Hallo, Chris! Und was wollt ihr von Honky?«
»Honky? Wer ist Honky?«
»Na, der Bursche, den ihr verfolgt.«
»Was denn!« Chris staunte. »Sag bloß, du kennst diesen Dieb!«
»Der ist doch stadtbekannt«, erwiderte Martin, als wäre das die selbstverständlichste Sache der Welt.
»Wieso? Ich kenne ihn jedenfalls nicht.«
»Na schön«, gab Martin zu. »Ich kenne ihn auch nur per Zufall. Hab' mal für den ‚3 L' einen Artikel über Nichtseßhafte geschrieben und dabei einige Penner im Bürgergarten interviewt. Zu denen gehörte auch Honky. Er hat oft Ärger mit der Polizei. Der klaut nämlich wie ein Rabe.«
»Das kann man wohl sagen«, mischte Herr Hermann sich griesgrämig ein. »Dann hat dieser Kerl gar kein Zuhause?
»Nö«, gab Martin zurück. »Der pennt im Bürgergarten oder in irgendwelchen Anlagen.«
»Moment mal — was ist der Dreielch?« erkundigte sich Chris neugierig bei Martin.
»‚3 L'«, korrigierte Martin. »Du weißt aber auch gar nichts. Das ist die Schülerzeitschrift ‚Lustig-listiger Landbote', und ich bin der Chefredakteur. Und Drucker. Und Auslieferer.«

»Toll«, sagte Chris und sah ihn bewundernd an.
»Ach, alles halb so wild«, winkte Martin ab. »Macht aber unheimlich viel Spaß.«
»Bringt ihr auch etwas über Umweltschutz?«
»Klar, jede Menge.«
»Find' ich klasse. Wenn ihr noch Mitarbeiter sucht, würd' ich gern mal was darüber schreiben.«
»Mensch, das wär' prima. Du bist hiermit offiziell zur Umweltschutzredakteurin ernannt.«
»Juchhu, ich bin bei der Presse«, jauchzte Chris.
»Nun mußt du mir aber sagen, was Honky ausgefressen hat«, verlangte Martin.
Das ließ sich Chris nicht zweimal sagen. Eifrig schilderte sie, was sich ereignet hatte.
Martin schüttelte verwirrt den Kopf. »Das mit der Brieftasche ist typisch Honky«, meinte er. »Das war eine Gelegenheit, die er sich nicht entgehen lassen konnte. Aber einen Brief . . . seltsam.«
Sigurd führte sie noch immer die Straße entlang.
Zwar kam er manchmal bellend zurückgerannt und wollte spielen, aber auf den energischen Befehl seines Herrchens hin setzte er sich immer wieder schnuppernd in die zuvor eingeschlagene Richtung in Bewegung.
Irgendeiner Spur schien er also tatsächlich zu folgen, aber der Himmel mochte wissen, was für eine Spur das war.
Endlich blieb er vor der Einfahrt zu einer Tiefgarage stehen und gab ein herausforderndes »Wuff-wuff-wuff« von sich.
»Worauf warten wir noch?« fragte Chris unternehmungslustig, als die drei Verfolger die Garageneinfahrt erreicht hatten.
»Vielleicht ist es nicht ganz ungefährlich«, meinte der Architekt vorsichtig. »Immerhin weiß er jetzt, daß wir ihm auf den Fersen sind. Und in die Enge gedrängt werden solche Leute manchmal zu Berserkern. Sicherlich hat er ein Messer bei sich.«
»Honky nicht«, protestierte Martin. »Mit ihm mag ja nicht viel los sein, aber er ist weder ein Schläger, noch sonst irgendwie ein gewalttätiger Typ. Da hält er sich raus.«
»Na, ich weiß nicht.« Herr Hermann zögerte. Das Unbehagen war ihm deutlich anzumerken. »Und überhaupt – wahrscheinlich ist Sigurd nur den Spuren einer Hündin gefolgt, deren Herrchen oder Frauchen hier unten ins Auto gestiegen ist.«

»Dann hätten wir uns die ganze Herumlatscherei auch schenken können«, maulte Chris. Ihr war allerdings klar, daß der dicke Architekt nur Angst vor der eigenen Courage bekommen hatte und nach einer Ausrede suchte.
»Hörst du, Sigurd, wie schlecht dein Herrchen von dir spricht?« neckte Martin. »Aber keine Angst, ich glaube an dich. Ich schaue jetzt mal nach, ob Honky sich hier unten versteckt hat. Wer ist so mutig und geht mit?«
»Ich komme mit«, verkündete Chris. »Mir reicht's. Ich will jetzt endlich den Brief zurückhaben.«
»Schon gut, schon gut«, tönte Herr Hermann, der sich auf keinen Fall blamieren wollte. »Gehen wir also zusammen hinunter und sehen nach.«
Martin setzte sich mutig an die Spitze und stieg die Treppe neben der Zufahrtsrampe hinunter. Wenig später gingen sie an der Einfahrtschranke vorbei.
Vor ihnen tat sich die Betonlandschaft der Parkebene auf, ein riesengroßer Raum, dessen Decke in regelmäßigen Abständen von mächtigen Pfeilern gestützt wurde. Zweihundert Autos oder mehr mochten hier Platz haben, und die meisten Parkplätze waren belegt. Es war still hier unten, denn im Moment kam weder ein Auto hinzu, noch fuhr eines der geparkten Fahrzeuge weg. Alle Wände waren unverputzt. Grellweißes Licht aus Leuchtstoffröhren gleißte von der Decke herab.
Sigurd schnüffelte unruhig herum. Vielleicht witterte er den Dieb. Vielleicht kräuselte er aber auch nur die Nase, weil ihm der Gestank von Abgasen, Benzin und Öl nicht gefiel.
»Gott sie Dank ist der Ausgang gleich hier vorne«, flüsterte der Architekt. »Wenn der Bursche tatsächlich hier unten steckt und erneut flüchten will, dann muß er an uns vorbei.« Er reckte seinen Bauch vor und packte den Hund am Halsband. »Ich gehe jetzt mit Sigurd los und schaue nach, wo er sich versteckt hat. Ihr bleibt hier und schneidet ihm den Weg ab, wenn er türmen will.«
»Gute Idee«, lobte Chris.
Herr Hermann schien seinen Mut wiedergefunden zu haben. Vielleicht wollte er aber auch nur die Scharte von vorhin auswetzen. Der Architekt ließ das Halsband des Bernhardiners los, und Sigurd blickte seinen Herrn unschlüssig an. Dann schob er sich schnüffelnd an den Autos vorbei. Herr Hermann folgte.

Eine Weile tat sich überhaupt nichts. Aber als die beiden das Ende einer Autoreihe und damit die gegenüberliegende Wand der Garage erreicht hatten, sah Chris von ihrem Standort aus eine flüchtige Bewegung drei Reihen weiter. Dort stand ein Autotransporter, und um die Fahrerkabine lugte ein Gesicht.
»Dort drüben!« schrie sie und deutete hinüber. Sie wußte natürlich nicht, ob es sich dabei um Honky oder um den Fahrer des Transporters handelte.
»Schon gesehen!« rief Herr Hermann zurück, und Sigurd schoß auf den Transporter zu. Im gleichen Moment verließ dort drüben ein Mann die Deckung des Kleinlasters und stürmte mit mächtigen Sätzen die Kolonne der geparkten Fahrzeuge entlang, genau auf Chris und Martin zu.
»O weh!« Chris bibberte. »Jetzt wird's ernst.«
Es war Honky. Daran bestand wenige Sekunden später kein Zweifel mehr. Zwar hatte er – wohl zur Tarnung – seine auffällige Mütze abgesetzt und in die Tasche gesteckt, aber seine sonstige Kleidung und das Stoppelgesicht verrieten ihn sofort.
So schnell Honky allerdings auch rannte, Sigurd war schneller. Nur brachte das den Verfolgern keine Vorteile. Der Bernhardiner sprang nur einmal um Honky herum und kehrte mit freudigen Luftsprüngen zu seinem Herrn zurück.
Angesichts des großen Hundes war der Dieb einen Moment lang stehengeblieben, aber jetzt setzte er die Flucht noch schneller fort.
»Faß ihn, Sigurd!« befahl Herr Hermann, aber Sigurd ließ sich nur hechelnd zu seinen Füßen nieder und wollte gestreichelt werden. Herr Hermann fluchte lauthals.
Honky stieß ein meckerndes Lachen aus und rief, während er sich beängstigend schnell dem Ausgang und damit Chris und Martin näherte: »Ihr seid verdammt zäh, aber das hilft euch überhaupt nichts. Ich werde euch immer wieder entkommen. Wenn ihr schlau seid, gebt ihr die Sache auf.«
»Wir geben auf, wann es uns paßt!« rief der Architekt zurück. »Ganove, dich kriegen wir schon noch!«
Honky ließ erneut sein meckerndes Lachen hören. »Wetten, daß nicht?« höhnte er. Er war jetzt bis auf zehn Meter an Chris und Martin herangekommen. Sein entschlossenes Gesicht machte deutlich, daß er sie nach bewährter Manier einfach niederrennen würde, falls sie ihm nicht Platz machten.

»Halt, Honky!« hakte Martin schnell nach, bevor der Dieb zu einer Entscheidung kam. »Ich kenne deinen Namen. Und eines darfst du mir glauben: Wenn du jetzt nicht sofort die geklaute Brieftasche und den Brief rausrückst, sorgen wir dafür, daß die Polizei dir den ganzen Sommer über das Leben ungemütlich machen wird. Egal ob im Bürgergarten oder sonstwo, du wirst keine Ruhe finden.«
Chris sah Martin von der Seite her an, um zu prüfen, ob er es ernst meinte. Nun, er wirkte jedenfalls sehr überzeugend. Daß die Polizei sich tatsächlich wegen eines Taschendiebs so viel Mühe machen würde, war allerdings sehr zweifelhaft.
Honky konnte das natürlich nicht wissen. Wie alle kleinen Ganoven hielt er sich selbst für viel wichtiger, als er eigentlich war. Er glaubte jedes Wort von dem, was Martin gesagt hatte.
Er wirkte unschlüssig, ohne dabei in seiner Wachsamkeit nachzulassen. »Stehenbleiben!« schnauzte er Herrn Hermann an, als dieser näher kam. »Noch einen Schritt, und ihr seht mich nie wieder. Es gibt auch noch andere Städte.« Er wandte sich an Martin: »Na, was ist, Schlaumeier? Damit hast du nicht gerechnet, wie? Daß ich einfach abzische? Irgendwohin, wo die Bullen mich nicht kennen.«
Martin schluckte. »Ja«, sagte er schließlich leise. »Aber ich kenne dich. Es gefällt dir hier. Für die paar Piepen würdest du die Stadt nicht verlassen.«
Honky grinste. »Schlaumeier, du bist wirklich ein gerissener Fuchs«, gab er dann anerkennend zu. »Laßt mich in Ruhe, und geht nicht zu den Bullen. Hier ist die Knete, und der Brief ist dabei.«
Mit diesen Worten warf er die Brieftasche des Architekten schwungvoll zu Boden, drückte Martin und Chris beiseite und lief in mäßigem Tempo die Treppen hinauf.
Der Architekt stürzte sich auf die Brieftasche, hob sie auf, blätterte den Inhalt flüchtig durch und knurrte:
»Es scheint nichts zu fehlen.«
Er trat zu Chris und reichte ihr den Brief.
»Moment mal, Honky!« rief Chris dem Dieb nach. »Warum gerade dieser Brief? Was sollte das?«
Honky hatte bereits das obere Ende der Treppe erreicht und drehte sich noch einmal grinsend um. »Keine Ahnung!« rief er. »War'n Auftrag! Vergiß es!« Mit diesen Worten verschwand er.
»Das wird ja immer rätselhafter«, murmelte Chris und betrachtete den Brief. Absender war die Anwaltsfirma »Dr. Lange, Dr. Mund

und Partner«. Der Brief war dünn und enthielt allem Anschein nach kein Geld. Chris zuckte die Schultern und steckte den Brief in die Gesäßtasche ihrer Jeans. Dann strahlte sie Martin an.
»Du warst ganz toll«, lobte sie ihn. »Wirklich – so überlegen und cool. Toll, wirklich toll.«
Martin wand sich vor Verlegenheit und gleichzeitigem Stolz über das Lob. Aber dann schnitt er eine Grimasse. »Wenn du wüßtest, wie mulmig mir dabei zumute war, würdest du ganz anders reden.«
»Nein, wirklich«, fiel der Architekt ein. »Das hast du gut gemacht. Ich . . . äh, ich möchte mich irgendwie erkenntlich zeigen.«
Während er sprach, blätterte Herr Hermann die Geldscheine in seiner Brieftasche durch. Schließlich zog er einen Zwanzigmarkschein hervor und reichte ihn Martin. »Hier, das soll eine kleine Belohnung sein. Teilt euch das Geld. Ihr habt euch den Schein redlich verdient. Und kauf dir ein Eis. Hoffentlich schlägt es dir diesmal nicht wieder ein Trottel aus der Hand.«
Martin lachte fröhlich auf. Chris fiel nach einem vorsichtigen Blick in sein Gesicht in das Gelächter ein, und auch Herr Hermann gestattete sich ein breites Schmunzeln. Wenn er wollte, konnte er eigentlich ganz liebenswürdig sein.
»Wie steht's?« erkundigte sich Martin aufgeräumt bei Chris. »Gehen wir zusammen ein Eis essen?«
»Ich wüßte nicht, was ich lieber täte«, stimmte Chris begeistert zu. »Den ganzen Vormittag lechze ich schon danach!«
»Na, dann will ich mich mal verabschieden«, meinte der Architekt, als sie die Garage hinter sich gelassen hatten. Er deutete auf die Bushaltestelle direkt vor ihnen. »Sigurd und ich nehmen den Bus. Vielleicht sehen wir uns mal wieder. Und nochmals vielen Dank.«
»Wir sehen uns bestimmt wieder«, erklärte Chris. »Und vielen Dank für die Belohnung.«
»Ja, vielen Dank«, rief auch Martin und winkte. Beide streichelten zum Abschied Sigurd, dessen gute Nase sie schließlich doch noch zum Ziel geführt hatte. Jetzt schien er müde zu sein.
»Und«, begann Chris schelmisch, als sie bereits ein paar Schritte die Straße entlanggegangen waren, und drehte sich noch einmal um, »in Zukunft bitte nicht mehr so häßliche Dinger bauen, ja?«
Die Miene des Architekten wirkte leicht beleidigt, und er drohte Chris scherzhaft mit dem Finger. Der Bus hielt mit quietschenden Bremsen. Herr Hermann stieg ein und zog Sigurd hinter sich her.

»Bist du denn überhaupt nicht neugierig, was in dem Brief steht?« fragte Martin verwundert, als sie zehn Minuten später in einer Eisdiele saßen.
»Klar, ist doch logo«, erwiderte Chris und streckte genüßlich die müden Beine aus.
»Ja und?«
»Was, na und?«
»Willst du den Brief nicht öffnen?«
»Hab' ich auch schon dran gedacht. Und nach all dem Chaos hätte Papa wahrscheinlich nichts dagegen. Ich mache es aber trotzdem nicht. Weißt du, wir haben so eine Art Abkommen. Ich kümmere mich nicht um seine Post, und er kümmert sich nicht um meine. Außerdem würden wir bestimmt nur Bahnhof verstehen. Anwälte drücken sich immer so kompliziert aus. Bestimmt hat es was mit Papas Beruf zu tun.«
Martin kratzte sich am Ohr. »Aber wer klaut denn schon so einen Brief? Und warum sollte jemand verhindern wollen, daß dein Vater ihn bekommt?«
»Bin ich der liebe Gott?« entgegnete Chris und rollte verzweifelt die Augen. »Du kannst vielleicht Fragen stellen. Wahrscheinlich ein Konkurrent von Papa.« Sie überlegte einen Moment lang und lächelte ihn dann an. »Aber ich glaube, das sind Papa und ich dir schuldig: Wenn du Zeit und Lust hast, kommst du gleich mit mir nach Hause. Papa wird den Brief öffnen und uns dann sagen, worum es geht.«
»Find' ich klasse. Klar, ich komme mit.«
Als die Serviererin an ihren Tisch trat, bestellten sie je einen mit Kirschen garnierten Rieseneisbecher.
»Fein!« Chris leckte sich voller Vorfreude die Lippen. »Das wird ein Fest.« Sie befühlte ein paar Haarsträhnen, die ihr ins Gesicht hingen. »Uiii, ich sehe wahrscheinlich wie eine Wilde aus. Bin gleich wieder da.« Sie verschwand in Richtung Toiletten.
Als sie zurückkam, standen die Eisbecher bereits auf dem Tisch. Chris lief das Wasser im Mund zusammen. Die sahen lecker aus! Martin hatte brav gewartet, bis sie wieder da war.
»Hier ist besetzt«, sagte Martin, als sie sich hinsetzen wollte. »Äh . . ., ach, du bist es. Du siehst mit offenen Haaren plötzlich

ganz anders aus.« Wenn er erst abweisend und verwirrt geschaut hatte, so blickte er sie jetzt geradezu bewundernd an.
Chris kicherte. »Du bist mir einer«, flachste sie. Sie schüttelte ihre schwarze Mähne nach hinten. »Und jetzt vorwärts mit Gebrüll!«
Das ließ sich Martin nicht zweimal sagen. Eine Weile herrschte Ruhe, und sie löffelten stillvergnügt das Eis in sich hinein.
»Du bekommst wohl viele Briefe?« fragte Martin schließlich mit belegter Stimme. »Ich meine Briefe, von denen du nicht möchtest, daß dein Vater sie öffnet – Liebesbriefe und so.«
Chris sah ihn über ihren Eisbecher hinweg an und prustete los. »Wenn du damit fragen willst, ob ich einen Freund habe«, meinte sie, »dann lautet die Antwort: nein.«
»Oh!« Martin fühlte sich ertappt, aber gleichzeitig schien er sehr erleichtert zu sein.
»Wie alt bist du eigentlich?« fragte er schnell, um das Thema zu wechseln.
»Fünfzehn«, antwortete Chris.
»Wirklich?«
»Jedenfalls beinahe. Und du?«
»Sechzehn – auch beinahe.«
Beide lachten.
»Sag mal, was ich dich vorhin schon fragen wollte«, sagte Chris und deutete auf Martins von den Eisspuren in Mitleidenschaft gezogenes T-Shirt. »Wer ist eigentlich dieser Typ, den du da durch die Gegend schleppst?«
»Was, den kennst du etwa nicht?« entrüstete sich Martin. »Das ist Isaac Asimov.«
»Wer ist das? Ein Rocksänger?«
»Ein Rocksänger! Du hast vielleicht 'ne Ahnung. Isaac Asimov ist der beste SF-Autor der Welt.«
Chris stöhnte. »Wahrscheinlich komme ich dir unheimlich blöd vor, aber was ist ein Esseffautor?«
Martin raufte sich die Haare. »SF ist die Abkürzung für Science-fiction. Und frag mich jetzt bloß nicht, was das ist, sonst flipp' ich noch glatt aus.«
»Reg dich ab«, gab Chris lässig zurück. »Ich bin doch nicht von gestern. Science-fiction kenne ich natürlich. ‚Krieg der Sterne' zum Beispiel, ‚Raumschiff Enterprise' und so was. Und dieser . . ., dieser Asimovsky oder wie der heißt – der schreibt solche Dinger?«

»Asimov«, korrigierte Martin entnervt. »Hör zu: Der Asimov schreibt viel bessere Sachen als diese Filmschinken. Er ist absolut berühmt. Und ich steh' auf ihn, klar?«
»Mann, reg dich doch nicht auf«, beruhigte ihn Chris. »Ich find' das ja irre, daß du dich für so viele Sachen interessierst. Du kannst mir ja mal ein Buch von ihm leihen. Ist das eigentlich ein Russe?«
Martin war wieder besänftigt und bekam vor Begeisterung darüber, daß er ihr etwas über Asimov erzählen konnte, ganz rote Ohren.
»Ein Ami«, sagte er. »Aber ursprünglich kommt er aus Rußland. Ich weiß schon, was ich dir ausleihe: die Roboterstories. Die sind berühmt und irre gut.«
»Prima. Und was gefällt dir sonst noch, Martin? Musik zum Beispiel? Was hältst du von ‚Ideal' oder ‚Trio'? Die finde ich toll.«
»Brrr, scheußlich! So was Ödes!«
»Was?« Chris konnte es nicht fassen. »Du hast ja null Ahnung. Was Besseres gibt es doch nicht.«
»Klar gibt es das, zum Beispiel Jazz und Blues.«
»Ist doch langweilig. Du redest wie Papa. Die ollen Kamellen haben doch überhaupt keinen Pep.«
»Von wegen keinen Pep!« explodierte Martin. »Du solltest mal den ‚Tap Dance Boogie' von Hopkins hören. Das geht voll ab. Steckt alles in den Sack.«
»Trotzdem was für Opas.«
»Pah! Und ‚Ideal' ist was für Babys.«
Sie funkelten sich erregt an und schwiegen. Dann, wie auf Kommando, prusteten sie beide los.
»Äh, einiges von der Neuen Deutschen Welle finde ich ja auch ganz gut«, lenkte Martin ein.
»Und eigentlich kann ich Blues ganz gut ab«, gestand Chris. »Mein Vater hat ein paar tolle Scheiben in seiner Sammlung.«
»Die muß ich mir mal ansehen!« rief Martin begeistert aus. »Dann nichts wie los!«
Chris lachte. »Erst mal müssen wir zahlen«, erwiderte sie. »Sonst gibt es am Ende noch eine Verfolgungsjagd – nur daß diesmal der Cafébesitzer der Jäger ist und wir die Flüchtenden.«
»Klar.« Martin winkte die Serviererin heran und wedelte lässig mit dem Zwanzigmarkschein. Als er bezahlt hatte, wurde das Wechselgeld gerecht geteilt. »Ist für jeden von uns noch mindestens eine Single drin«, meinte er.

»Laß uns jetzt lieber nicht darüber streiten, wer was kauft«, bat Chris in gespielter Verzweiflung.
»Okay, okay!« Martin winkte ab. »Und wo geht's jetzt hin? Ich meine, wo wohnt ihr?«
»Schmiedestraße. Das ist am anderen Weserufer, aber nicht weit.«
»Und wie heißt ihr? Ich kenne ja bis jetzt nur deinen Vornamen.«
»Beranek.«
»Wie bitte?« Martin ächzte, zog eine Grimasse und rutschte beinahe vom Stuhl.
»Hörst du schlecht? Be-ra-nek.«
»Ich bin platt!« Martin stieß ein schrilles Gelächter aus und hielt sich den Bauch vor Lachen.
Chris sah ihn verdutzt an. »Na hör mal«, sagte sie empört. »Jetzt langt's mir aber. Erst nennst du mich eine Kicherliese und dumme Pute, und jetzt lachst du dich über meinen Namen kaputt. Es gibt viel ungewöhnlichere Namen. Hinkenkleister zum Beispiel oder Scheuermann. So heißen Nachbarn von uns. Und wie heißt du denn, du Scherzkeks?«
Martin wieherte erneut los und sagte dann mühsam: »Du wirst es nicht glauben . . .«
»Na, sag schon. Sicher Müller oder Meier oder so.«
»Nee, ich heiße auch Beranek.«
Jetzt war es Chris, die vor Überraschung fast vom Stuhl fiel.
»Du machst dich über mich lustig.«
»Nein, bestimmt nicht. Um drei Ecken herum sind wir wahrscheinlich miteinander verwandt. Mein Vater heißt Paul und meine Mutter Waltraud. Vielleicht sagt dir das was.«
»Meine Güte! Zu den Beraneks gehörst du also! Mein Vater heißt Hardy und meine Mutter Sigrid. Aber meine Eltern sind geschieden, und ich lebe bei meinem Vater.«
Martin saß auf einmal wieder ganz ernüchtert auf seinem Stuhl. Das Lachen war ihm vergangen. »Wir . . ., äh . . .«, begann er ziemlich kleinlaut. »Ich meine, unsere Familien sind verfeindet miteinander, nicht wahr?«
»Scheint so«, sagte Chris lakonisch. Sie war irgendwie wütend, aber nicht auf Martin.
»Dann wird's wohl nichts mit dem Besuch bei euch«, murmelte Martin und erhob sich. Zögernd reichte er ihr die Hand. »War trotzdem nett, dich kennengelernt zu haben. Wirklich schade . . .«

Chris hatte sich ebenfalls erhoben. Statt seine Hand loszulassen, stampfte sie plötzlich mit dem Fuß auf. »Kommt gar nicht in die Tüte«, entschied sie energisch, »daß wir uns genauso blöde verhalten wie sie. Du kommst jetzt mit zu uns nach Hause. Du wirst sehen, mein Papa ist kein Menschenfresser. Der reißt dir schon nicht die Ohren ab. Und außerdem bin ich ja auch noch da.«
»Ich weiß nicht, ich weiß nicht«, jammerte Martin. »Ich glaube, deine und meine Leute nehmen den Streit verdammt ernst.«
»Nur Mut!« Chris ließ seine Hand los und sah ihm ins Gesicht. »Laß wieder den heldenhaften Martin Beranek raus, der in der Garage Honky zum Aufgeben gebracht hat. Sei ein tapferer Raumschiffkapitän. Und außerdem: Wenn du mich ein bißchen magst, dann wirst du jetzt nicht kneifen.«
Martin seufzte ergeben. »Wenn das so ist, dann kann ich wohl nicht nein sagen«, brummelte er.
Sie verließen das Café und bummelten zur Schmiedestraße. Chris' Fröhlichkeit verdrängte Martins sehr gemischte Gefühle.

Das Geheimnis des Briefes

Chris zog Martin durch die Gartenpforte. Hardy Beranek kam ihnen auf dem Weg bereits entgegen. Er schloß Chris in die Arme und sagte: »Ein Glück, daß du wieder hier bist. Ich hab' mir schon Sorgen gemacht. Herr Fröhlich hat mir von dem geklauten Brief erzählt. Mensch, Chris, das hätte leicht ins Auge gehen können. Solche Sachen solltest du der Polizei überlassen.«
»Dann hättest du das hier nie wiedergesehen!« rief Chris und zog triumphierend den Brief aus der Tasche. »Sieh mal, Herr Hermann, Martin – das ist übrigens Martin, Papa – und ich haben ihn dem Dieb abgenommen. Ich meine, ohne Sigurd wäre er uns entwischt. Du hättest Martin mal sehen sollen, wie er Honky . . .«
»Langsam, langsam!« bremste Hardy den Redefluß seiner Tochter. »Honky, Herr Hermann, Sigurd . . . Das müßt ihr mir alles ganz genau erzählen. Aber kommt erst mal mit ins Haus.«
Er nahm den etwas zerknitterten Brief entgegen. »Unglaublich – so eine Aufregung wegen eines Stück Papiers.«
Während Chris im Wohnzimmer erzählte, wie sich alles abgespielt hatte, rutschte Martin auf der Sesselkante hin und her.

»Und was das Tollste ist«, verkündete Chris schließlich mit einem unschuldigen Blick, »Martin und ich haben vorhin im Eiscafé festgestellt, daß wir beide Beranek heißen.«
»Äh, wie?« machte Hardy und schaute Martin groß an.
»Ja«, sagte Chris. »Und stell dir vor: Martin ist der Sohn deines lieben Großvetters Paul.«
Hardys Miene verfinsterte sich. »Ist dir klar, daß Paul mich als Sohn eines Taugenichts und Enkel eines Flötendiebes beschimpft hat?« fragte er dann grimmig an Chris gewandt.
»Mein Vater hat gesagt, Sie . . ., du . . . hättest ihn einen dicken Mantelpavian genannt«, wagte Martin zu bemerken.
»Hab' ich das?« knurrte Hardy. »Das ist ja wohl kaum eine Beleidigung, gemessen am ‚Enkel eines Flötendiebes', was?«
Bevor Chris empört aufspringen und ihren Freund und dessen Familie in Schutz nehmen konnte, grinste Hardy, machte eine beschwichtigende Handbewegung und steckte sich zur Beruhigung eine Zigarette an. »Schon gut, schon gut«, beschwichtigte er. »Ich finde diese ganze Streiterei ja auch im höchsten Maße kindisch. Aber ihr wißt ja, wie sich so was entwickelt. Einer fängt an, und jeder setzt noch einen drauf. Schließlich sind sich alle so spinnefeind, daß keiner mehr den Mumm aufbringt zu sagen: ‚Vertragen wir uns wieder.' Dieser Wilfried, der Dritte im Bunde – das ist eine Knalltüte und gleich auf achtzig.«
»Wir, das heißt Martin und ich, sind uns einig, daß wir das alles ganz beknackt finden. Wir wollen nichts damit zu tun haben«, entschied Chris.
»Ich hab's gehört«, sagte Hardy Beranek. »Aber ich habe mir auch niemals eingebildet, daß ich dir verbieten könnte, dir anzulachen, wen du willst.«
Martin wurde rot, aber Hardy klopfte ihm auf die Schulter. »Also, Martin, wenn deine Familie nichts dagegen hat: Du bist hier willkommen.«
Chris eilte auf ihren Vater zu und gab ihm einen Kuß. »Du bist klasse, Papa!« rief sie.
»Dieser Streit«, wollte Martin wissen, »reicht der weit zurück?«
»Kann man wohl sagen«, erwiderte Hardy. »Und zwar so weit, daß es schon fast albern ist, daß er immer noch nicht beigelegt ist. Eure Urgroßväter sind als junge Leute bei einer Erbschaftsangelegenheit aneinandergeraten. Ein kostbares Familienerbstück ist damals ver-

schwunden: eine goldene Flöte. Angeblich hat sie dem Rattenfänger von Hameln gehört. Aber das glaube, wer lustig ist. Tatsache ist, daß die Flöte nicht aufzufinden war und die drei Brüder sich gegenseitig beschuldigten, sie gestohlen zu haben. Seitdem ist keiner dem anderen mehr grün. Und das wurde dann weitergegeben an die Söhne und Enkel.«

»Irre, Mann, würde der Punk aus der Eisdiele jetzt sagen«, meinte Martin kichernd.

Alle stimmten in das Gelächter ein.

»So«, sagte Hardy Beranek und griff nach dem Brieföffner. »Wir wollen mal sehen, was in dem Brief so Interessantes steht, daß irgend jemand seine Zustellung unbedingt verhindern wollte.« Er öffnete den Brief, las und pfiff durch die Zähne.

»Was steht denn drin, Papa?« fragte Chris.

»Daß wir geerbt haben«, antwortete Hardy und schüttelte ungläubig den Kopf. »Wir sollen am Mittwoch zur Testamentseröffnung eines gewissen John Leman aus New York in die Anwaltskanzlei Doktor Lange, Doktor Mund und Partner kommen. Also wirklich, das ist eine Überraschung, zumal ich keinen John Leman kenne. Aber mir ist unklar, warum jemand den Brief klauen wollte. Oh, Moment, das könnte ein Grund sein. Hier steht, daß alle Ansprüche verfallen, wenn man diesen Termin nicht wahrnimmt.«

»Rätselhaft«, murmelte Martin.

»Wißt ihr was?« sagte Hardy Beranek. »Ich rufe im Anwaltsbüro an. Möglicherweise kann man uns dort mehr sagen. Vielleicht hat der Anwalt noch andere Briefe abgeschickt, die auch geklaut wurden. Dann sollte er die Leute telefonisch benachrichtigen.«

Ohne lange zu fackeln, griff Hardy nach dem Apparat. Jemand meldete sich, und nach einigem Hin und Her erzählte Hardy der Person am Telefon von dem vereitelten Diebstahl. Nach mehrmaligem »Aha, interessant!« und »Dacht' ich mir's doch!« legte er auf.

»Es war so, wie ich vermutet habe«, erklärte Hardy und zündete sich erneut eine Zigarette an. »Nur daß der Anwalt schon davon wußte und mich sowieso angerufen hätte. Es sind insgesamt drei Briefe abgeschickt worden, und alle drei wurden gestohlen. Die anderen konnten allerdings nicht wiederbeschafft werden, aber die Post hat den Anwalt über die Diebstähle informiert. Und ratet mal, wer die Empfänger der anderen beiden Briefe sind.«

»Meine Eltern«, entfuhr es Martin.

»Genau«, sagte Hardy Beranek. »Und der dritte Brief ging an Wilfried und seine Frau. Doktor Lange hat sie telefonisch informiert. Das wird ja am Mittwoch ein fröhliches Familienfest geben.«
»Bin ich froh, daß alle drei Briefe gestohlen wurden«, flüsterte Martin. »Einen Moment lang hatte ich schon Angst, mein Vater könnte Honky beauftragt haben, den Brief zu klauen, obwohl ich ihm eigentlich eine solche Gemeinheit nicht zutraue.«
»Ich auch nicht«, meinte Hardy. »Trotz allem. Dann schon eher Wilfried. Aber wie es aussieht, wurde der ja auch geschädigt. Es muß einen vierten geben, der uns allen dreien nicht grün ist.«

Die Testamentseröffnung

Als Hardy Beranek und seine Tochter Chris am Mittwochabend kurz vor achtzehn Uhr das Vorzimmer der Anwaltskanzlei betraten, waren alle anderen Beraneks bereits versammelt.
Hardy brummte ein »Guten Abend«, das ebenso brummig erwidert wurde, setzte sich, zog den Aschenbecher näher und zündete sich nervös eine Zigarette an. Chris blinzelte Martin zu, und der zwinkerte zurück. Ein peinliches Schweigen senkte sich über die Versammlung. Chris musterte die Anwesenden.
Da waren zunächst Martins Eltern. Neben Martin, der diesmal statt des Asimov-T-Shirts ein helles Hemd und eine Nylonjacke trug, saß ein dicker Mann. Wahrscheinlich Paul Beranek, sein Vater. Chris konnte sich gut vorstellen, daß er normalerweise eher ein gemütliches, humorvolles Gesicht hatte, aber im Moment war es von Unmutsfalten zerfurcht. Paul Beranek war relativ groß und verfügte über einen stattlichen Bauch. Er war zwei oder drei Jahre älter als Hardy, hatte aber bereits eine Vollglatze, wie Chris von ihrem Vater wußte. Davon sah man allerdings nichts, denn Paul trug eine voluminöse Lockenhaarperücke. Er war von Beruf Koch, aß selbst leidenschaftlich gern und viel – was nicht zu übersehen war – und arbeitete in einem erstklassigen Restaurant.
Neben ihm saß Waltraud, seine Frau, eine etwas aufgedonnerte Person mit roten Haaren. Im Gegensatz zu Paul war sie ausgesprochen schlank. Sie besaß eine kleine Modeboutique.
Zwischen den dreien und der nächsten Zweiergruppe waren zwei Stühle unbesetzt. Die anderen mußten Wilfried und seine Frau

Astrid sein. Wilfried, knapp über dreißig, rutschte auf seinem Sitz hin und her und schaute mit flinken Augen von einem zum anderen. Er schien ein nervöser Typ zu sein. Sein blondes Haar, schon leicht gelichtet, wies einen modischen Schnitt auf. Auffällig waren seine Schuhe, die ungewöhnlich hohe Absätze hatten. Offensichtlich sollten sie vertuschen, daß Wilfried so klein war. Wenn Chris sich recht erinnerte, arbeitete Wilfried beim Finanzamt.
Astrid, Wilfrieds Frau, war Krankenschwester. Sie hatte kurzes, hellblondes Haar und trug ein schlichtes Kostüm. Die beiden hatten keine Kinder.
Drei Stühle weiter saß noch ein Mann, den Chris nirgends einordnen konnte. Er trug einen Bürstenhaarschnitt, hatte abstehende Ohren, daß es eine Pracht war, und war mit einem auffälligen, großkarierten Jackett bekleidet.
Chris stieß ihren Vater an und machte eine unauffällige Kopfbewegung in seine Richtung.
»Der gehört nicht zu uns«, raunte Hardy ihr zu.
»Na, Verschwörerpläne schmieden?« fragte Wilfried spitz. »Ich hab' schon zu meiner Frau gesagt: ‚Astrid', sagte ich, ‚wenn wir mit der Bande zusammen sind, mußt du auf alles gefaßt sein. Wenn du nicht wie ein Luchs aufpaßt, klauen die dir den Stuhl unter dem Hintern weg.'«
»Du Schnösel aus einer Sippe von Hühnerdieben und Flötenklauern«, explodierte Paul, während Hardy schwieg, aber sichtlich mit sich zu kämpfen hatte, um nicht aufzuspringen und in Pauls Schimpfkanonade einzustimmen.
»Du wagst es, mir so etwas ins Gesicht zu schleudern?« Wilfried war emporgeschnellt, als hätte ihn eine Spirale aus dem Polster des Sessels hochkatapultiert. Er ballte die Fäuste und hüpfte wie ein verhinderter Preisboxer vor Paul auf und ab. »Du . . ., du . . ., du dicker Gangster!«
»Gib's ihm, gib's ihm!« feuerte ihn Astrid an und sprang auf.
»Paul, du wirst dir das doch wohl nicht gefallen lassen?« empörte sich Waltraud. »Und du, meine liebe Astrid, bleibst, wo du bist, sonst passiert etwas!« Sie erhob sich ebenfalls und stemmte herausfordernd ihre Hände in die Hüften.
Martin saß da und schaute besorgt von einem zum anderen.
»Pah!« entgegnete Paul und tat gelassen. »Ich vergreife mich doch nicht an Liliputanern.«

Der Mann mit dem großkarierten Jackett sah dem Treiben interessiert zu und verbarg offenbar nur mühsam seine Schadenfreude. In diesem Moment öffnete sich eine der Bürotüren, und eine junge Frau kam in den Raum gestürzt. »Aber meine Damen und Herren – ich muß doch sehr bitten! Das ist doch keine Stehbierhalle!«
Die kampfentschlossenen Parteien ließen wutschnaubend voneinander ab und kehrten betreten auf ihre Plätze zurück.
Die energische junge Dame funkelte die Kampfhähne noch einmal mißbilligend an und sagte schließlich: »Nun möchte ich Sie bitten, mir zu folgen. Doktor Mund ist jetzt soweit.«
Alle standen auf und folgten ihr, nur der Mann mit dem karierten Jackett blieb zurück.
Die junge Dame öffnete eine Tür und geleitete sie in eine Art Konferenzzimmer, in dem zehn oder zwölf Stühle um einen riesigen, kreisrunden Tisch angeordnet waren. Als sie eintraten, kam ihnen ein Mann entgegen. »Das ist Doktor Mund«, stellte die Sekretärin vor und schloß die Tür von außen.
»Ich freue mich, Ihre Bekanntschaft zu machen«, sagte Dr. Mund lächelnd und gab jedem die Hand. Nachdem er sie gebeten hatte, Platz zu nehmen, eilte er zu seinem Schreibtisch am anderen Ende des Raumes, griff nach einem Aktenordner und betätigte dann die Gegensprechanlage. »Frau Pritschrk soll mir den Schönfelder und das Präzedenzurteil Weber gegen Weber bringen.«
Er drückte einen anderen Knopf. »Doktor Lange, kommen Sie doch mal rüber. Bei mir können Sie jetzt noch etwas lernen.«
Er legte den Aktenordner auf den Tisch und faßte die Versammlung ins Auge. Dann setzte er sich. »Na«, begann er. »Wer ist nun derjenige, welcher? Sie, nicht wahr?« Er schaute Hardy an. »Kommen Sie, ich sehe es Ihnen doch an.«
Die Tür ging auf, und ein Herr trat ein. Er trug eine Brille und sah jünger aus als Dr. Mund. Vermutlich war es Dr. Lange.
»Wie? Ich verstehe nicht«, entgegnete Hardy.
»Nur keine Sorge, wir holen Sie da schon raus«, dröhnte Dr. Mund zuversichtlich. »Aber jetzt erzählen Sie mal. Sie müssen volles Vertrauen zu Ihrem Anwalt haben.«
»Ich weiß wirklich nicht . . .«, setzte Hardy an.
»Das hätten Sie sich vorher überlegen müssen«, dozierte Dr. Mund. »Wie ich immer zu sagen pflege: Die Faktizität des Normativen ist nicht die Normativität des Faktischen.«

Wieder ging die Tür auf, und die Dame mit dem unaussprechlichen Namen brachte einige Bücher.
»Also wirklich, mein Lieber«, begann Dr. Mund von neuem und warf Hardy einen strengen Blick zu. »Heiratsschwindel, vor allem dreifacher wie in Ihrem Fall, ist eine ernste Angelegenheit.«
»Nun machen Sie aber mal einen Punkt!« brauste Hardy auf. »Ich bin doch kein Bigamist.«
»Würde mich aber nicht überraschen, wenn du einer wärst«, spottete Wilfried leise.
Die Vorzimmerdame beugte sich vor und raunte Dr. Mund ins Ohr: »Herr Doktor, dies ist nicht der Fall Pente. Die Herrschaften sind wegen der Testamentseröffnung Leman hier.«
»Äh, wie? Oh, Pardon!« entschuldigte sich der Anwalt. »Doktor Lange, Sie können dann wieder gehen. Und Frau Pritschrk, Sie bringen mir dann bitte die vorbereiteten Unterlagen, ja?«
»Also, meine Herrschaften«, sagte Dr. Mund. »Ich darf Ihnen in wenigen Augenblicken ein Testament verlesen, das mir von einer amerikanischen Kanzlei übermittelt wurde. Es handelt sich hierbei, wie ich Ihnen schon mitteilte, um den letzten Willen des John Leman, eines amerikanischen Millionärs und Inhabers einer Kette von Hamburger-Restaurants.
Die Testamentsbestimmungen sehen vor, daß ich alle hier ansässigen Mitglieder der Familie Beranek ausfindig mache und daraus jene auswähle, die zwischen dreißig und fünfundvierzig und männlichen Geschlechts sind. Das sind die Herren Paul, Hardy und Wilfried Beranek. Bevor ich zu den Einzelheiten des Testaments komme, darf ich Ihnen mitteilen, daß einer von Ihnen – aber nur einer – das gesamte Vermögen des John Leman erben soll.«
»Ist denn der . . . teure Verstorbene ein Verwandter von uns?« wollte Wilfried wissen.
»Meines Wissens nicht«, erklärte Dr. Mund. »Warum er gerade Mitglieder der Familie Beranek ausersehen hat, geht aus den Akten nicht hervor.«
»Ist ja'n Hammer!« Chris stöhnte. Ihr wurde ganz flau im Magen. Sich vorzustellen, daß Papa die Chance hatte, Millionär zu werden!
»Au Backe!« pflichtete Martin bei, der sich unauffällig neben Chris gesetzt hatte.
»Und noch etwas«, fuhr Dr. Mund fort. »Ob Sie nun erben oder nicht: Ich habe den Auftrag, Ihnen allen, also auch den Ehefrauen

und den Kindern, Tickets für einen Flug nach New York zu überreichen. Sie sind eingeladen, dort vier Wochen zu verbringen. Für die Kosten kommt der amerikanische Testamentsvollstrecker auf.«

»Juhu«, jauchzte Chris in das allgemeine Stimmengewirr hinein. Sie würden nach Amerika fliegen!

»Es geht am nächsten Montag los«, ergänzte Dr. Mund. »Und ich muß hinzufügen, daß nur erbberechtigt ist, wer tatsächlich an dieser Reise teilnimmt. Ich kann Ihnen deshalb nur empfehlen, sich irgendwie freizumachen.«

In diesem Augenblick ertönte von draußen ein spitzer Schrei. Alle fuhren auf. Frau Pritschrk kam völlig aufgelöst in das Konferenzzimmer gestürzt. »Der Mann im Vorzimmer . . . der mit dem karierten Jackett . . . er hat mir die Testamentsunterlagen aus der Hand gerissen und ist geflüchtet.«

»Ein Überfall in meiner Praxis!« rief Dr. Mund.

»Den lassen wir nicht entkommen«, trompetete Paul Beranek und stürzte los.

Noch bevor er an der Tür war, überholte ihn leichtfüßig Wilfried. »Wenn ihn einer nicht entkommen läßt, dann bin ich das«, knurrte er giftig.

Im Nu stand die ganze Schar, Dr. Mund und Frau Pritschrk eingeschlossen, auf der Straße. Sie kamen gerade noch rechtzeitig, um ein großkariertes Jackett in einem Gebäude verschwinden zu sehen, das sich am anderen Ende der Straße befand. Als sie es erreichten, stellten sie fest, daß es sich um eine moderne Kirche handelte.

Hardy, Chris und Martin, die sich letztlich doch als die schnelleren erwiesen hatten, hielten inne.

»Was ist denn?« fauchte Wilfried, schob sich an ihnen vorbei und stürmte in die Kirche. Die anderen drängten sich hinter ihm in das Gebäude. In der Kirche fand gerade eine Tauffeier statt. Zwanzig Köpfe wandten sich ihnen zu, und der Pfarrer, der vor dem Altar stand, drehte sich ebenfalls um. Nach einem Moment des Zögerns kam er auf sie zugeeilt.

»Ich bitte Sie«, flüsterte er. »Sehen Sie denn nicht, daß Sie stören?«

»Wir verfolgen einen Dieb«, erklärte Wilfried selbstbewußt. »Wir haben genau gesehen, daß er hier hineingegangen ist.«

»Wenn Sie den Mann meinen, der vor einigen Minuten in der Kirche Zuflucht gesucht hat: Er ist die Treppe zum Glockenturm hinaufgerannt.«

»Ihm nach!« Wilfried setzte sich in Bewegung.
»Nichts da!« befahl der Pfarrer und hielt ihn am Kragen fest. Er hatte erstaunlich kräftige Hände und Arme. »Er mag ein armer Sünder sein«, erklärte der Pfarrer. »Aber er hat in der Kirche des Herrn Zuflucht gesucht, und die wird ihm gewährt. Ich dulde es nicht, daß Sie ihm folgen.«
Wilfried sah sich jetzt doch den Pfarrer ein bißchen genauer an und schluckte. »Das finde ich nicht richtig«, protestierte er lahm.
»Wenn ich auch mal etwas sagen dürfte«, meldete sich Dr. Mund und drängelte sich in den Vordergrund. »Wir sollten hier wirklich nicht länger stören. Der Dieb hat nämlich sehr albern gehandelt. Selbstverständlich habe ich Kopien des Testaments. Ich bitte Sie also, mit mir in die Kanzlei zurückzukommen, damit wir endlich fortfahren können.«
So kam es, daß sie zehn Minuten später wieder im Konferenzzimmer der Anwaltskanzlei versammelt waren und schließlich doch noch die »Testamentseröffnung mit Hindernissen« erlebten.
Dr. Mund hatte vor sich die Kopie liegen. Da das Testament in Englisch abgefaßt war, las er eine Übersetzung vor.
»Ich, John Leman, im Vollbesitz meiner geistigen Kräfte, erkläre hiermit . . .«, begann er. Und dann folgte ein überaus merkwürdiger Text. John Leman hatte sich tatsächlich entschieden, einem Beranek sein Vermögen zu hinterlassen.
Aber aus irgendeinem Grunde wollte er es ihm nicht einfach machen. Der Erbe sollte nicht nur, wie Dr. Mund schon erwähnt hatte, männlichen Geschlechts und zwischen dreißig und fünfundvierzig Jahren alt sein, sondern hatte während des vierwöchigen Aufenthalts in Amerika obendrein eine Fülle von Bedingungen zu erfüllen. So mußten die drei Kandidaten verschiedene sportliche Prüfungen über sich ergehen lassen.
Die Leistungen wurden mit Plus- und Minuspunkten bewertet. Sie durften weder rauchen noch Alkohol trinken, und am Ende der vier Wochen weder mehr noch wesentlich weniger als fünfundsiebzig Kilogramm wiegen. Für jedes Gramm darüber oder darunter gab es Minuspunkte, genauso wie für jedes Bier oder jede Zigarette, mit denen die Kandidaten erwischt wurden. Nur einer konnte gewinnen und damit erben – vorausgesetzt, daß er nicht mehr als eine bestimmte Menge an Minuspunkten angesammelt hatte. Alle weiteren Einzelheiten würde man in New York erfahren.

Wilfried triumphierte, als er die Bedingungen gehört hatte. »Das Erbe ist mir so gut wie sicher. Ich trete gegen einen Fettwanst und einen Nikotinabhängigen an. Keine Frage, wer Sieger wird!«
»Sieh du erst mal zu, daß du Speck auf die Rippen bekommst«, brummte Paul. »Dann sprechen wir uns wieder.«
»Ob ich es schaffe, von den Glimmstengeln runterzukommen?« raunte Hardy Chris zu.
»Aber klar doch«, flüsterte Chris zurück. Richtig glauben konnte sie es allerdings auch nicht.
»Sie kennen nun die Bedingungen«, verkündete Dr. Mund. »Darf ich Sie fragen, ob jemand sich nicht um das Erbe bewerben will?«
Niemand meldete sich.
»Schön«, sagte Dr. Mund. »Meine Sekretärin wird Ihnen Ihre Flugtickets aushändigen. Ich darf mich dann empfehlen.«
Er schüttelte ihnen allen die Hände und wünschte ihnen Glück, bevor er sie hinausbegleitete.
»Ob der Mann mit der großkarierten Jacke wohl auch Honky und die anderen Briefdiebe angeheuert hat?« überlegte Chris laut, als sie zu ihrem Vater ins Auto stieg.
»Möchte ich meinen«, antwortete Hardy. Er schaute sich die Flugtickets an. »Wir fliegen ab Düsseldorf«, stellte er fest. »Wir fahren mit der Bahn hin. Am Wochenende heißt es packen.«
Er startete den Wagen und fuhr Richtung Schmiedestraße. »Weißt du was«, sagte er schließlich. »Ich glaube, ich bitte meinen Anwalt, Herrn Schulte, mitzukommen. Irgendwas stinkt zum Himmel. Ich brauche jemanden, der mir juristische Ratschläge geben kann.«

Auf nach New York

Am Düsseldorfer Flughafen sahen sich alle wieder. Chris, die ihren Koffer bereits am Schalter der Lufthansa abgegeben hatte, entdeckte in der Schlange der Wartenden als ersten den korpulenten Paul Beranek.
Er schien unter seiner teuren Lockenpracht mächtig zu schwitzen, denn seine Stirn war schweißbedeckt und sein Gesicht stark gerötet. Er hielt ein zusammengefaltetes Boulevardblatt in der Hand, mit dem er sich Luft zufächelte, während er sich angeregt mit einem vertrocknet aussehenden Herrn unterhielt.

Die überaus großen Ohren und vorstehenden Zähne seines Gesprächspartners erinnerten Chris irgendwie an einen Hasen.
Martin war auch da. Als er Chris bemerkte, winkte er ihr zu. Seine Mutter, die vor ihm stand, drehte sich um und sagte etwas, aber Martin zuckte die Schultern und kam auf Chris zu. Er trug eine blaue Reisetasche in der Hand. »Ich hab' Lesestoff eingepackt«, sagte er anstelle einer Begrüßung. »Damit wir während des Fluges in dieser Gesellschaft nicht durchdrehen.«
»Prima«, erwiderte Chris. Sie sah sich nach ihrem Vater um, aber der war plötzlich verschwunden. Wahrscheinlich wartete er am Eingang der Halle auf Herrn Schulte, seinen Anwalt.
»Wo steckt denn dieser unheimliche Wilfried mit seiner besseren Hälfte?« erkundigte sich Chris.
Martin kicherte. »Er scheint hier übernachtet zu haben. Hat wohl Angst gehabt, er könnte die Maschine verpassen«, antwortete er und deutete spöttisch auf die zum Flugfeld führende Glastür. »Da steht er. Ganz vorne. Nicht zu übersehen.«
Chris wäre beinahe vor Lachen erstickt. Tatsächlich, das war Wilfried Beranek. Er trug perlmuttbeschichtete Cowboystiefel mit hohen Absätzen, einen modischen Jeansanzug mit protzigen Stickereien, ein rotkariertes Hemd und einen breitkrempigen Filzhut.
»Schließlich fliegen wir ja nach Amerika«, witzelte Martin hinter vorgehaltener Hand. »Er glaubt wohl, New York läge in Texas.«
Als hätte Wilfried seine Bemerkung gehört, drehte er sich um. Er schien nervös zu sein, denn seine Hände waren in ständiger Bewegung. Er sah ziemlich blaß aus, aber ob das daran lag, daß er die Nacht im Flughafen verbracht hatte, war ungewiß.
Im Gegensatz zu Wilfried war seine Frau Astrid mal wieder die Ruhe selbst. Sie trug eine Sonnenbrille und unterhielt sich mit einem elegant gekleideten Herrn, der wie ein Geschäftsmann aussah und ein kleines Aktenköfferchen bei sich hatte.
Wilfried schien nichts dagegen zu haben, obwohl er, wie Chris auf dem Weg zum Flugplatz von ihrem Vater erfahren hatte, von Natur aus sehr eifersüchtig war.
Chris und Martin kamen nicht mehr dazu, noch viele Worte zu wechseln, denn plötzlich tauchte Hardy Beranek in Begleitung seines schwergewichtigen Rechtsanwalts auf. Herr Schulte ähnelte in mehrfacher Hinsicht dem dicken Paul, hatte aber darauf verzichtet, seine spiegelblanke Glatze mit einer Kokosmatte zu verzieren. Er

hielt eine schwarze Zigarre zwischen den Zähnen. Ihr Rauch trieb Chris beinahe die Tränen in die Augen.
»Na, das war aber wirklich in letzter Sekunde«, meinte Hardy Beranek. Er durchwühlte seine Jackentaschen und murmelte: »Wo, zur Hölle, sind bloß diese verfluchten Zi . . .«
»Papa!« sagte Chris vorwurfsvoll. Ihr Vater errötete bis unter die Haarwurzeln. »Oh, ich habe vergessen, daß man in Gegenwart von Damen nicht fluchen soll«, verteidigte er sich, und versuchte davon abzulenken, daß Chris' Einwurf einer anderen Tatsache gegolten hatte. Hardy Beranek brummte vor sich hin. Er mußte etwas tun, um sich von seiner Nikotingier zu befreien. Aber was? Er ließ den Blick über die restlichen Passagiere schweifen. Paul und Wilfried lächelten ihm mit gespielter Freundlichkeit zu und winkten.
Schließlich wurden die Passagiere aufgerufen. Chris und Martin stellten erfreut fest, daß ihre Sitzplätze genau nebeneinanderlagen.
»Mensch«, prustete Martin, als sie ihr Handgepäck hochgewuchtet und sich in die engen Sitze gezwängt hatten, »das ist ja fast zuviel des Glücks. Ich war schon darauf vorbereitet, mir die ganze Zeit über den Austausch von Bissigkeiten anhören zu müssen.«
Auch Chris spürte ein Gefühl der Erleichterung. Nicht etwa, daß sie sich in Gesellschaft ihres Vaters gelangweilt hätte, aber die Anwesenheit von Herrn Schulte deutete zweifellos darauf hin, daß man sich während der Reise hauptsächlich über juristische Probleme unterhalten würde. Martin schien ihr ein vernünftiger Typ zu sein — und außerdem ein heller Kopf. In seiner Gegenwart würde ihr bestimmt nicht langweilig werden.
Bevor die Maschine auf die Startbahn rollte, sah Chris sich noch einmal um. Ihr Vater und Herr Schulte saßen nebeneinander in Reihe siebenundzwanzig auf den rechten Plätzen, direkt vor ihr und Martin. Aber was war das? Im Mittelteil von Nummer siebenundzwanzig saßen Wilfried und Astrid — und zwischen ihnen ein elegant aussehender junger Geschäftsmann mit Aktenköfferchen. Chris schwante Fürchterliches. Als sie dann einen Blick auf die linken Plätze der gleichen Reihe warf, stellte sie fest, daß dort Paul und Waltraud saßen. Zwischen ihnen hatte der Herr mit den Segelohren und Hasenzähnen Platz genommen.
»Sag mal«, fragte sie Martin, als die Maschine über das Flugfeld jagte und langsam abhob, »was ist das eigentlich für ein Mann, der drüben zwischen deinen Eltern sitzt?«

»Der mit den Ohren?« fragte Martin zurück. Seine Stimme hörte sich merkwürdig gedämpft an, und als Chris sich ihm zuwandte, stellte sie fest, daß sein sonst sonnengebräuntes Gesicht einen seltsamen grünlichen Farbton angenommen hatte. Offenbar machte ihm die Fliegerei mehr zu schaffen, als er zuzugeben bereit war.
»Was?« fragte Chris. »Ich habe nicht verstanden.«
»Das war auch nicht für dich bestimmt.«
»Oh!« Chris kratzte sich am Kopf. Wolkenfetzen jagten an ihnen vorbei. Die Tragflächen begannen zu zittern. Offenbar waren da ein paar Turbulenzen im Anmarsch.
»Herr im Himmel, steh mir bei!« flüsterte Martin. »Ich hab' die Reisetabletten vergessen.«
Jetzt erst verstand Chris. Er hatte gebetet.
»Hör mal zu, du Raumfahrer«, sagte sie in spöttischem Tonfall. »Wenn das dein heißgeliebter Asimov wüßte! Das haben wir gern: Von der Reise zu anderen Planeten träumen und dann Angst vorm Fliegen haben.«
»Oh, oh!« jammerte Martin, aber man sah seinem verschmitzten Grinsen an, daß er absichtlich übertrieb. »Ich bin verdammt. Nie wieder werde ich die grünen Auen der Erde sehen . . .« Er setzte sich plötzlich auf und sagte: »Asimov hat in seinem ganzen Leben noch kein Flugzeug von innen gesehen. Und außerdem braucht ein Theaterkritiker keine besseren Stücke schreiben zu können als Shakespeare.« Er blickte sich verdutzt um. »Äh, was wollte ich eigentlich damit sagen?«
»Lenk nicht vom Thema ab«, wies Chris ihn zurecht und deutete nach rechts. »Wer ist der Mann da? Wer ist er, he?«
»Dieser Mann«, antwortete Martin, der allmählich wieder zu seiner normalen Gesichtsfarbe zurückfand, »hört auf den ungewöhnlichen Namen Doktor Theodor Mümmelmann.«
»Du willst mich wohl verkohlen«, stellte Chris mit Bestimmtheit fest. »Der Zufall wäre zu groß.«
»Wieso?« fragte Martin.
»Weil er schon wie ein Hase aussieht«, erwiderte Chris und funkelte ihn aufgeregt an. »Da kann er nicht auch noch einen solchen Namen haben.«
Martin lachte. »Er heißt wirklich so. Und von Beruf ist er . . .«
»Rechtsanwalt.«
»Woher weißt du das?« fragte Martin verwundert.

»Weil es zuviel des Zufalls gewesen wäre, wenn er zufällig auch noch den Beruf eines Osterhasen ausüben würde.«
Martin konnte sich nicht mehr halten. Einige der anderen Passagiere drehten sich nach ihm um und versuchten, die Quelle seiner Heiterkeit ausfindig zu machen. Chris prustete nun auch los. Ihr Vater wandte sich um, sagte aber nichts. Herr Schulte hatte sein Köfferchen geöffnet und wühlte in allerlei amtlich aussehenden Papieren. Wilfried Beranek, der nur durch den schmalen Zwischengang getrennt neben ihm saß, machte Stielaugen und reckte seinen dünnen Hals. Mit einem befriedigten Grinsen stellte Chris fest, daß Herr Schulte ein ausnehmend cleverer Bursche war, denn er deckte die Papiere mit der Hand ab.
Dennoch konnte Wilfried seine Neugier nicht bremsen. Ein hintergründiges Lächeln umspielte seine Lippen, dann stand er auf, beugte sich über Herrn Schulte hinweg und sagte zu Chris' Vater: »Hier, alter Junge, nimm! Hast wohl deine Zigaretten vergessen.«
Hardy Beranek warf ihm einen dankbaren Blick zu. Sein linker Arm wurde lang und länger, aber dann, als er die Zigarettenschachtel in der Hand seines Vetters beinahe erreicht hatte, zuckte er wie vor einer Giftschlange zurück.
»Nein, danke«, murmelte er dabei gequält. »Ich bin gerade dabei, mir das Rauchen abzugewöhnen.«
»Ach, tatsächlich?« sagte Wilfried. Er steckte die Schachtel wieder ein und nahm unaufgefordert neben Herrn Schulte Platz. »Aber eine kannst du doch ruhig nehmen. Eine zum Abgewöhnen.«
»Die hat er nach dem Frühstück schon geraucht«, warf Chris schnippisch ein. »Gib dir keine Mühe. Wenn er einmal einen Entschluß gefaßt hat, dann bleibt er auch dabei.«
»Jawohl!« bekräftigte Hardy Beranek. »Man kann mir ja allerhand nachsagen – aber nicht, daß ich keinen festen Willen hätte.«
»Hört, hört«, kommentierte Wilfried spöttisch. Er unternahm einen letzten Versuch, in Herrn Schultes Köfferchen zu linsen, aber auch der schlug fehl. Mißgestimmt stand Wilfried auf. »Hör mal, Hardy«, meinte er mit einem giftigen Lächeln, »ich weiß doch genau, was du am Tag paffst. Du hast ja schon mit sechzehn jeden Tag eine Schachtel durchgeblasen. Glaubst du überhaupt, daß du es schaffst, von diesem Laster loszukommen?«
»Du rauchst ja selber«, entgegnete Hardy Beranek, als wolle er sich entschuldigen.

»Ja!« Wilfried grinste. »Sieben, acht Stück. Ich kann sofort damit aufhören, wenn ich will. Aber du?« Er kicherte schadenfroh. »Bis wir in New York sind, bist du ein Nervenbündel.«
Er schien erst jetzt zu bemerken, daß Martin und Chris nebeneinandersaßen. »He«, raunzte er, »was ist denn das? Deine Tochter und Pauls Junge in trauter Eintracht? Was hat das zu bedeuten?« Er warf Paul einen mißtrauischen Blick zu. Offenbar glaubte er, daß man sich gegen ihn und seine Frau verschworen hatte.
»Na und?« knurrte Hardy Beranek. »Die beiden sehen die ganze Sache eben aus kühler Distanz.«
»Gut gekontert, Papa!« lobte Chris.
»Vielleicht . . .« Wilfried grinste hinterlistig, »vielleicht hat Paul aber auch nur vor, dich auf diese Weise auszutricksen?«
Nun platzte Martin der Kragen. Er sprang auf und fauchte: »Was willst du damit sagen, he? Soll das etwa heißen, daß ich hier den Spitzel mime?»
»Was ist los, Martin?« fragte seine Mutter, die aufmerksam geworden war.
Martin schüttelte energisch den Kopf. »Ich möchte nur klarstellen«, sagte er zu Wilfried, »daß ich nicht hier bin, um jemanden auszuhorchen oder in Akten zu linsen, sondern . . .«
»Also das ist doch die Höhe!« Wilfried reckte seine Hühnerbrust. »Ich verbitte mir diese Unterstellungen. Du könntest ruhig ein bißchen mehr Respekt vor älteren Leuten zeigen, du Schnösel!«
»Ältere?« rief Chris aus. »Ich lach' mich kaputt.«
»Halt du dich da raus.«
»Meiner Tochter gibst du keine Befehle«, schaltete Hardy Beranek sich ein. Chris stand nun ebenfalls auf. Die übrigen Passagiere reckten neugierig die Hälse. Dies schien ja ein überaus abwechslungsreicher Flug zu werden.
»Die Gören werden doch wirklich immer frecher«, warf Wilfrieds Frau abschätzig ein.
»Dich hat niemand um einen Kommentar gebeten«, versetzte Martin patzig.
Astrid fuhr hoch wie eine Furie und keifte Martins Mutter an: »Dein Bengel hat ja eine feine Erziehung genossen! Hast du ihm nicht beibringen können, daß man Erwachsene nicht duzt?«
Das brachte das Faß zum Überlaufen, denn sosehr sie zu Hause auch an Martin herumnörgelte, von anderen ließ Waltraud Beranek

ihren Sohn nicht zur Schnecke machen. Sie rasselte mit ihren Armbändern und fauchte: »Ich habe ihm beigebracht, nur solchen Menschen gegenüber Respekt zu zeigen, die ihn auch verdienen.«
»Was?« rief Astrid. »Was?« Sie zwängte sich an dem jungen Mann vorbei, der neben ihr saß, und packte Wilfried an der Schulter. »Muß ich mir das bieten lassen? Unternimm doch endlich was!«
»Was soll ich denn unternehmen?« Wilfried hatte keine Lust, gleichzeitig an mehreren Fronten zu kämpfen, und die ganze Angelegenheit war ihm peinlich. Die Passagiere, die die Szene beobachtet hatten, grinsten und tuschelten.
Wilfried murmelte etwas, drehte sich um, verhedderte sich mit den Absätzen seiner hochhackigen Cowboystiefel im Gestänge der Sitze und landete mit einem dumpfen Plumps auf dem Schoß seines elegant gekleideten Begleiters, dem vor Schreck das Aktenköfferchen aus der Hand rutschte.
Sofort war Chris auf dem Sprung. Nicht etwa, daß sie besonders neugierig gewesen wäre, aber das Spielchen fing an, ihr Spaß zu machen. Wie sie erwartet hatte, sprang das Köfferchen auf. Mehrere Aktenbündel lagen im Zwischengang.
»Hände weg«, rief Wilfried, der sich mühsam hochrappelte. »Das sind private Unterlagen, die niemand etwas angehen.«
Zu spät. Chris raffte bereits die Papiere zusammen. Natürlich hatte sie nicht genug Zeit, um irgend etwas genau zu lesen, aber die Briefköpfe waren aufschlußreich genug. Mit einem schadenfrohen Grinsen ließ sie zu, daß Astrid ihr die Akten wieder aus den Händen nahm. Eisiges Schweigen breitete sich aus. Während alle wieder ihre Plätze einnahmen, beugte Chris sich zu Martin hinüber und flüsterte: »Sie haben auch einen Anwalt dabei.«
Eine Weile später wurde das Essen serviert. Während Martin und Chris mit Vergnügen aßen, die Anwälte der drei möglichen Erben gepflegt tafelten, die Frauen der Kontrahenten sich gegenseitig an Geziertheit beim Umgang mit dem Plastikbesteck übertrafen und Wilfried und Hardy Beranek die Hälfte ihrer Speisen zurückgehen ließen, knabberte Paul lustlos an einem Radieschen. Martin konnte sich vor Lachen kaum halten, als er den enttäuschten Blick seines Vaters sah, denn bisher hatte er nicht nur viel, sondern auch immer das Beste essen können. Paul Beranek runzelte die Stirn.
Man sah ihm an, daß er das Spiel am liebsten aufgegeben hätte. Aber seine ehrgeizige Frau hatte da ein Wörtchen mitzureden.

Nach dem Essen wurde ein Film gezeigt, der weder Chris noch Martin interessierte. Zorro, der Rächer der Enterbten, tobte über die Leinwand und erledigte mit jedem Schuß mehrere Banditen.
Das Klima im Umkreis der Beraneks wurde mit jeder weiteren Flugstunde frostiger.
Astrid und Wilfried versuchten irgendwann, Martins Vater Paul zum Besuch der Bordbar zu bewegen, aber angesichts der dort in reichlicher Zahl ausgeschütteten Kalorien wußte Martins Mutter dies zu verhindern. Daß Paul einen guten Cognac nicht verachtete, wußte sie, und daß er an der Bar nur Sprudelwasser zu sich nehmen würde, nahm sie ihm nicht ab.
Chris' Vater blieb während des ganzen restlichen Fluges nahezu stumm, denn er hatte sich in der Rauchersektion plazieren lassen, und das machte ihm nun zu schaffen. Herrn Schultes schwarze Zigarren trugen auch nicht gerade dazu bei, seinen Versuch, sich vom Nikotin zu befreien, zu fördern. Er wurde immer nervöser.
»Hoffentlich hält er diesmal durch«, murmelte Chris, als sie sich New York näherten.
»Hat er es denn schon mal versucht?« fragte Martin und schaute von seinem Science-fiction auf.
»Seit ich ihn kenne vierzehnmal.«
»Also jedes Jahr einmal?«
Chris schürzte die Lippen und sagte: »Ungefähr. Es muß die reinste Folter sein. Am ersten Tag geht es ja noch, aber dann . . . Wenn er drei Tage nicht gepafft hat, wird er unausstehlich.«
»Ich bin froh, daß ich damit gar nicht erst angefangen habe«, sagte Martin. »Ich kenne Jungen, die haben mit vierzehn den ersten Glimmstengel im Mund. Und wenn sie sechzehn sind, geben sie im Monat einen Fünfziger für das Zeug aus.« Er schüttelte den Kopf. »Da kauf' ich mir lieber Bücher für das Geld.«
Chris zuckte die Schultern. Was die Qualmerei anbetraf, würde es mit ihrem Vater Schwierigkeiten geben, das wußte sie. Wenn Wilfried nur eine halbe Schachtel am Tag rauchte, konnte er mit etwas Glück in ein paar Tagen seine Sucht überwinden. Aber ihr Vater? Auch Paul Beranek würde zu kämpfen haben. Gegen sein Gewicht. Aber bestimmt hatte er in dieser Hinsicht schon etwas unternommen. Amerika als Land der angeblich unbegrenzten Möglichkeiten verfügte sicherlich auch über Fitneßstudios, in denen entsprechende Wunderdinge vollbracht wurden.

Der Wetterbericht besagte, daß in New York eine Temperatur von plus sechsunddreißig Grad Celsius herrschte. Für Chris und Martin war das anfangs ein Grund zur Freude. Aber nicht lange.

Ein Bilderbuchamerikaner

Kaum hatten sie das Flughafengebäude verlassen, fiel die Hitze über sie her wie ein Urwaldmonster. Es war nicht warm, sondern heiß, und zwar nicht zum Aushalten. Die trockene Hitze, die bleiern über der Stadt lastete, weil eine Glocke aus Smog sie nicht entweichen ließ, war fürchterlich. Die Beranek-Sippe war kaum in den Linienbus gestiegen, der sie nach Manhattan bringen sollte, als jedem einzelnen auch schon der Schweiß ausbrach.

Das Flughafengelände lag gerade hundert Meter hinter ihnen, als der Busfahrer anhielt und ein Mann zustieg, der ihm gegen eine Quittung das gesamte Fahrgeld abnahm, das er von seinen Passagieren kassiert hatte.

»Vorsicht ist die Mutter der Porzellankiste«, kommentierte Martin. »Die denken bestimmt an alles. Wer kein Bargeld hat, wird auch nicht ausgeraubt.«

Chris blieb fast das Herz stehen.

Die weitere Fahrt verlief ohne Zwischenfälle. Die Beraneks ignorierten einander und unterhielten sich statt dessen mit ihren Anwälten. Martin und Chris kam die ganze Geschichte zwar allmählich lächerlich vor, aber sie sagten nichts. Mit neugierigen Blicken schauten sie aus dem Busfenster. Alles machte irgendwie einen halbfertigen Eindruck. Die Straßen waren in einem erbarmungswürdigen Zustand, der Verkehr gnadenlos.

Am Horizont tauchten jetzt die Wolkenkratzer von Manhattan auf. Deutlich erkennbar ragten das Empire State Building und das Welthandelszentrum hervor.

»Wo ist denn die Freiheitsstatue?« fragte Chris und drückte sich die Nase an der Scheibe platt.

»Kann man von hier aus nicht sehen«, erklärte Martin im lässigen Tonfall eines weltgewandten Globetrotters. »Die ist dem Battery Park vorgelagert; steht auf 'ner kleinen Insel.«

Die Busfahrt dauerte etwa eine dreiviertel Stunde, dann kurvte der Bus durch enge Straßenschluchten. Der Horizont verschwand.

Chris kam sich wie eingemauert vor. Die Stadt war nicht nur von wimmelndem Leben erfüllt, sondern schien in ständiger Bewegung zu sein. Hunderte von gelblackierten Taxen fuhren herum; die Mehrzahl ohne Passagiere.
Die Taxifahrer waren meist Farbige, die ununterbrochen die Hupe betätigten, sich gegenseitig zuwinkten, wenn sie einander begegneten, und sich sofort auf jeden stürzten, der am Straßenrand stand und den Eindruck erweckte, er würde ihre Dienste benötigen.
Der Flughafenbus hielt an, die Reisenden stiegen aus und durchquerten eine große Wartehalle. Eine Lautsprecherstimme machte Durchsagen. Hardy, der die Beranek-Gruppe anführte, blieb stehen und lauschte. Dann grinste er breit und sagte: »Eine Warnung vor betrügerischen Taxifahrern. Offenbar wimmelt es nur so davon in dieser Stadt.«
»Das nenne ich Organisation«, meinte Wilfried. »Obwohl man mich nicht hereinlegen kann. Ich spreche perfekt Englisch.«
»How do you do?« fragte Martin spöttisch.
»Sicher, sicher«, murmelte Wilfried und schob sich mit seinen Koffern nach vorn. »Los, los, wer zuerst kommt, kriegt auch als erster ein Taxi!«
Vor der Busstation hatten sich mehrere Dutzend Leute versammelt, die alle auf einen Mietwagen warteten. Die gelben Wagen fuhren vor, luden Passagiere ein und dampften ab. Wenige Minuten später waren Hardy Beranek, Herr Schulte und Chris an der Reihe. Der Taxifahrer, ein netter, dicklicher Afroamerikaner in einem feuerroten T-Shirt, abgewetzten Jeans, mit nackten Füßen und einem prächtigen Wuschelkopf, verstaute die Koffer, verfrachtete seine Kundschaft in den Fond des Wagens und sagte: »Here we go!«
Chris hatte gerade noch Zeit, Martin zuzuwinken, dann waren sie auch schon unterwegs. Nach zwei Minuten überholte sie eine pechschwarze, chromglänzende Limousine, und Wilfried winkte ihnen hämisch zu. Der Blick, den er dem bescheiden aussehenden gelben Taxi schenkte, in dem Chris und Hardy saßen, drückte Verachtung aus. Zweifellos kam er sich in seinem Luxusschlitten vor wie Fürst Pückler persönlich.
Während Hardy Beranek und Herr Schulte – beide sprachen ganz passabel Englisch – sich mit dem Fahrer unterhielten und sich von ihm Tips und Hinweise geben ließen, genoß Chris noch einmal den Ausblick auf die Stadt. Allmählich kamen sie in eine vornehmere

Gegend. Die Straßen wurden breiter und sauberer – und hin und wieder konnte man sogar einen Baum erspähen oder einen Blick auf den Horizont erhaschen. Die Park Avenue, auf der sie jetzt entlangfuhren, zog sich beinahe schnurgerade dahin.
Der Wolkenkratzer der Fluggesellschaft Panam kam ins Blickfeld, und als Chris aufblickte, stellte sie fest, daß mehrere Helikopter über der Stadt kreisten.
Als der Wagen vor ihrem Hotel anhielt, verschlug es Chris den Atem. Daß es in Manhattan vor allem Wolkenkratzer gab, das hatte sie gewußt. Aber daß ein Hotel einen ganzen Wolkenkratzer einnahm, war ihr neu. Als sie in die Hotelhalle trat, vergaß Chris vor Staunen, den Mund zu schließen.
Die Rezeption war mindestens dreißig Meter lang, und dahinter hielten sich gut und gern zwei Dutzend Angestellte auf. Die Halle hatte die Ausmaße eines Fußballplatzes. Überall flitzten dienstbare Geister umher, brachten Gepäck herein oder hinaus, begleiteten die Gäste zu den Aufzügen oder machten sich sonst irgendwie nützlich. An der Decke hing ein gigantischer Kristalleuchter. Der Boden war bis in die letzte Ecke mit Teppichen ausgelegt, und inmitten des weitläufigen Raumes, in dem sich momentan mindestens hundert Menschen aufhielten, standen neben mehreren Sitzgruppen große Schreibtische herum, hinter denen würdevoll dreinblickende Angestellte hockten.
Chris schaute sich um und stellte fest, daß man von der Halle aus mindestens vier Restaurants betreten konnte. Die Hotelangestellten trugen kleine Namensschildchen, und auf den Tischen konnte man lesen, wer für welche Aufgaben zuständig war. Da gab es neben einem Herrn, der Auskünfte erteilte, auch einen »Bell Captain«.
»Was ist denn ein Bell Captain?« fragte Chris neugierig. »Heißt das nicht Glockenkapitän?«
Herr Schulte schmunzelte. »Die Pagen werden hier Bellboys genannt. Das Wort Bell steht für Glocke, weil sie früher herbeigeklingelt wurden. Und der Bell Captain ist der Chef der Pagen.«
»Aha«, sagte Chris. Das Innere des Hotels erinnerte sie an einen riesigen Ameisenhaufen. Es mußte interessant sein, diese Umgebung zu erkunden. Wenn doch nur Martin da wäre. Chris konnte es kaum erwarten, die Stadt unter die Lupe zu nehmen.
»Hellouuu!« ertönte plötzlich eine näselnde Stimme hinter ihr. »Are you Bärrayneks?«

»Wie?« Chris fuhr herum. Auch Herr Schulte und ihr Vater blickten verwirrt auf.
Vor ihnen stand ein absonderlich aussehender Mann. Er war fast zwei Meter groß, hatte einen superkurzen Bürstenhaarschnitt und trug ein großkariertes Jackett. Unterhalb seines viereckigen Kinns leuchtete eine purpurrote Fliege, die fast Propellerformat aufwies. Der Fremde zauberte ein breites Grinsen auf sein Gesicht, klopfte Hardy Beranek und Herrn Schulte auf den Rücken und sagte mit einer Stimme, als habe er eine heiße Kartoffel im Mund:
»Well, well. Froit mir, euch kännensulörnen. My Name is Henry. Henry Campbell, yeah! Abör nennt mir einfack Henry, das ist Heinrick auf Doitsch. Oh, old Germany! Bin very lang nickt mehr da gewäysen. Ach, Heidelbörg, Fränkfort, Sauerkraut. I loooove Doitschländ!«
»Wie bitte?« fragte Herr Schulte irritiert.
»Was?« machte Hardy Beranek.
Chris konnte ein Kichern nicht unterdrücken.
Das war ja der reinste Bilderbuchamerikaner! Aber nicht unsympathisch, das mußte sie zugeben.
»Ach, Sie sind Mister Campbell«, sagte Herr Schulte plötzlich. »Das Vergnügen ist ganz auf unserer Seite, Sir.« Er streckte dem Amerikaner die Hand hin, aber statt sie zu ergreifen, holte Henry Campbell erneut aus und klopfte dem Anwalt noch einmal auf die Schulter. Herr Schulte röchelte und wäre beinahe aus seinem Jakkett gerutscht.
»Nix da, Sir!« trompetete Campbell. »My Name is Henry. Und wie heißt du, old Fellow?«
»Äh . . ., Schulte«, entgegnete der Anwalt, der mühsam um Fassung rang.
Die kollegialen Umgangsformen des Amerikaners schienen ihn sehr zu irritieren.
Zum Glück tauchten in diesem Augenblick die anderen Beraneks auf. Paul schien vor Hunger ziemlich geschwächt, denn er wankte unter dem Gewicht der Koffer. Martin winkte Chris zu und feixte. Seine Mutter bewunderte mit ehrfurchtsvollen Blicken die pompös eingerichtete Hotelhalle und den Kronleuchter. Dann folgten Astrid und Wilfried. Letzterer hatte seine arrogante Maske abgelegt. Er sah kleinlaut aus und murmelte unentwegt: »Alles Lügner und Betrüger! Das nächstemal nehmen wir auch ein simples Taxi. Dieser

Halunke von einem Fahrer hat mir tatsächlich für fünf Minuten Fahrt zwanzig Dollar abgeknöpft.«
»Hättest du eben nicht bezahlen sollen«, meinte Paul Beranek ächzend und setzte seine Koffer ab. »Warum hast du keine Polizisten gerufen, wenn du so perfekt Englisch sprichst?«
Wilfried hielt es für besser zu schweigen.
Während Henry Campbell sich in seiner leutseligen Art auf die Neuankömmlinge stürzte, die Begrüßungszeremonie wiederholte und auch die restlichen Anwälte willkommen hieß, tuschelten Martin und Chris miteinander.
»Du hättest erleben sollen, wie Astrid Wilfried vor der Tür zur Schnecke gemacht hat.«
»Tja«, sagte Chris spöttisch, »das kommt davon, wenn man den dicken Otto markieren will und glaubt, man könnte in einem Luxusschlitten zum Bustarif fahren.« Sie freute sich königlich.
Henry Campbell wandte sich nun wieder Herrn Schulte und Hardy Beranek zu. »Come on, boys«, forderte er sie grinsend auf. »Ich schlage vor, ihr bringt die Koffers into your rooms, und dann gäyhen wir in eine excellent Restaurant. Ihr seid alle meine . . ., äh . . ., Gäste, okay?« Er schaute sich beifallheischend um.
Paul Beranek leckte sich die Lippen und erntete dafür einen giftigen Blick von seiner Frau. Wilfried, der für diesen Tag schon zuviel Geld ausgegeben hatte, stimmte dagegen begeistert zu. Auch die Anwälte schienen Hunger zu haben.
»Ich bin müde«, sagte Martin. »Wenn niemand was dagegen hat, haue ich mich erst mal für 'ne Weile auf die Matratze.«
»Ich auch«, fiel Chris ein. Erst jetzt, nachdem sie an ihrem Ziel angekommen waren, spürte sie, wie lange sie schon auf den Beinen war. Und dazu kam noch die Zeitverschiebung. Sie hätte auf der Stelle umfallen und einschlafen können.
»All right!« rief Henry Campbell begeistert. »I'll show you . . . Ich zeige euch New York. It's a great city. Ein wonderful Stadt. Hopp, hopp!«
Der Hotelaufzug jagte mit solcher Geschwindigkeit in die Höhe, daß Chris Angst bekam, ihr Magen würde im Parterre bleiben. Durch ein Labyrinth von Gängen erreichten sie schließlich ihre Zimmer. Sie waren luxuriös eingerichtet und mit Klimaanlage, Farbfernseher und Telefon ausgestattet. »Wenn jemand macht bum, bum an die Tür«, erklärte Henry Campbell, »erst fragen bei

die Rezeption, wer das ist. Always . . ., immer vorsiktik sein. May be . . ., vielleicht jemand will euch ausrauben.«
»Das sind ja schöne Aussichten.« Chris seufzte. »Willkommen in Amerika!« Aber sie war jetzt zu müde, um sich weiter Gedanken darüber zu machen. Sie hatte den Koffer kaum ausgepackt und sich auf eins der Doppelbetten gelegt, als sie auch schon einschlief.

Erste Streifzüge

Als Chris erwachte, war es taghell, aber ein Blick auf ihre – inzwischen umgestellte – Armbanduhr überzeugte sie davon, daß es erst vier Uhr morgens war. Ihr Vater schnarchte wie ein Sägewerk. Wahrscheinlich war er in Gesellschaft der anderen noch ein paar Stunden aufgeblieben und mußte nun Schlaf nachholen.
Chris stand lautlos auf. Sie fühlte sich immer noch ein bißchen weich in den Knien. Sie wußte, das würde sich erst im Laufe der nächsten zwei bis drei Tage legen. Die Zeitverschiebung machte auf Atlantikflügen allen Leuten zu schaffen, aber dem »Jetlag«, wie die Amerikaner dieses Phänomen nannten, kam man nur durch Gewöhnung bei. Sobald sich ihre »innere Uhr« auf den neuen Rhythmus eingestellt hatte, würde es ihr besser gehen.
Nachdem sie sich gewaschen und angezogen hatte, überlegte sie, was sie nun tun sollte. Darauf zu warten, daß ihr Vater wach wurde, konnte noch Stunden dauern. Außerdem brachte sein Geschnarche sie langsam, aber sicher auf die Palme. Schließlich steckte sie ein paar Dollarnoten ein, schrieb ihrem Vater einen Zettel und schlich hinaus. Sie hatte Hunger wie ein Bär, also mußte jetzt irgendwo etwas zu essen aufgetrieben werden.
Als sie die Zimmertür hinter sich ins Schloß zog, wäre sie beinahe mit Martin zusammengeprallt. Auch er war fertig angezogen und sah ein bißchen übernächtigt aus. »Na so was!« sagte er anstelle einer Begrüßung. »Du bist auch schon auf?«
»Ich habe Hunger«, erläuterte Chris. »Wo gibt's Frühstück?«
Martin lachte sie an. »Wir sind hier in Amerika«, prustete er. »Hier im Hotel gibt's keinen Frühstücksraum.«
Für Chris war das zunächst ein Schock, aber dann mußte sie ebenfalls lachen. »Ernähren sich die Leute hier etwa nur von Kaugummi?« fragte sie auf dem Weg zum Lift belustigt.

»Amerikanische Hotels sind in der Regel nur mit Restaurants ausgestattet«, erklärte Martin in oberlehrerhaftem Tonfall. »Wer frühstücken will, kann das in jeder Pommesbude tun.«
»Pommesbude?« wiederholte Chris.
Sie glaubte, sich verhört zu haben.
»Meinetwegen auch Frittenbude«, sagte Martin, während der Aufzug sie nach unten beförderte. »Man kann auch in einen Coffee-Shop gehen.«
»Was, zum Kuckuck, ist das schon wieder?« fragte Chris. Allmählich hatte sie wirklich den Eindruck, Martin wolle sie verkohlen.
»Coffee-Shops gehören zu größeren Hotels. Da kann man frühstücken, was man will.«
Die Halle war leer. Martin schien sich im Innern des Riesenhotels schon gut auszukennen, stellte Chris fest, denn er führte sie zielstrebig durch mehrere Gänge, eine Treppe hinunter und hielt ihr eine Tür auf. »Bitte, Mylady.« Er verbeugte sich.
»Man dankt.« Chris schaute sich neugierig um. Der Coffee-Shop war zwar schon geöffnet, aber Gäste waren noch keine da. Ein paar Kellner und Kellnerinnen beeilten sich diensteifrig, ihnen zu helfen. Martin sprach Englisch mit ihnen, und Chris mußte zugeben, daß er seine Sache ausgezeichnet machte.
Sie bestellten Ham and Eggs, natürlich Toast, Kaffee und zwei Riesengläser mit Orangensaft. Als Martin eine Minute später einen Blick auf die Karte warf, wurde er bleich.
»Heiliger Strohsack!« murmelte er. »Das kostet mich mein Taschengeld für eine Woche.« Als er Chris zeigte, wie teuer das Frühstück war, erging es ihr nicht anders. Der Spaß kam pro Nase auf umgerechnet fünfzehn Mark – aber abbestellen konnten sie jetzt nicht mehr.
Daß das Frühstück nicht nur reichlich ausfiel, sondern auch ausgezeichnet schmeckte, entschädigte sie ein bißchen für den Verlust. Aber sie schworen sich, am nächsten Morgen lieber nach einer Imbißbude Ausschau zu halten.
Wie Martin berichtete, war er am vergangenen Abend noch einmal aufgestanden. »Ich habe mir mal das Hotel angesehen, deswegen wußte ich auch, wo der Coffee-Shop ist«, erklärte er. »Meine Eltern sind übrigens erst nach Mitternacht zurückgekommen. Dieser komische Vogel scheint sie tatsächlich noch durch die halbe Stadt geschleift zu haben.«

»Meinst du Henry?« fragte Chris.
Martin nickte.
»Was hältst du von dem Burschen?« wollte Chris wissen und kaute genüßlich. »Der ist ganz schön aufgedreht, findest du nicht?«
»Aufgedreht?« Martin kicherte. »Durchgedreht paßt da wohl besser. Na ja, er macht aber einen ganz sympathischen Eindruck, und das ist letztlich ausschlaggebend.« Er trank einen Schluck Kaffee und meinte, plötzlich ernster werdend: »Sag mal, Chris, was glaubst du, wer diesen ausgeflippten Wettbewerb gewinnen wird?«
Chris blickte überrascht auf. »Offen gestanden, mir ist es eigentlich schnuppe«, antwortete sie. »Vorausgesetzt, es ist nicht dieser aufgeblasene Wilfried.«
Martin lachte lauthals heraus. »Im Ernst?«
Chris zuckte die Schultern. »Natürlich könnten wir ein paar Milliönchen gebrauchen.«
»Wer könnte das nicht?« Martin biß in eine Scheibe Toast und murmelte: »Mein Vater hat nicht die geringsten Chancen. Er futtert einfach zu gern. Glaubst du, er wäre sonst Koch geworden?«
»Und meiner kann das Qualmen nicht lassen«, sagte Chris. Sie runzelte die Stirn. »Ich frage mich, ob er gestern nicht doch noch ein paar durchgezogen hat. Immerhin war er ohne Aufsicht.«
»Der Schulte wird schon aufgepaßt haben.«
»Der? Der qualmt doch selbst wie ein Schlot.«
Martin machte ein nachdenkliches Gesicht. »Bleibt also als aussichtsreichster Kandidat nur Wilfried übrig. Wenn er sich in den nächsten vier Wochen ein paar Pfunde anmampft . . .«
»Wilfried hat einwandfrei Untergewicht«, stellte Chris fest. »Er müßte mindestens zwanzig Kilo zunehmen. Kannst du mir mal verraten, wie er das schaffen will?« Sie schüttelte den Kopf. »Also, wenn du mich fragst, würde ich sagen, daß keiner von den dreien eine große Chance hat.«
Martin grinste. »Ich traue diesem hinterlistigen Burschen wirklich alles zu. Vielleicht steigt er sogar mit einer bleigefütterten Unterhose auf die Waage.«
Chris platzte heraus. Der Gedanke kam ihr urkomisch vor.
»Jedenfalls geht es heute los«, kündigte Martin an. »Meine Eltern haben sich gestern nacht noch über die Sache unterhalten. Die New Yorker Anwälte dieses mysteriösen John Leman werden nicht nur jeden Schritt der Erbschaftskandidaten überwachen, sondern haben

auch noch einen Gesundheitsplan aufgestellt, an den sie sich halten müssen. Dazu gehören körperliche Ertüchtigung im Central Park, strenge Diät und absolute Enthaltsamkeit beim Rauchen und Trinken. Heute mittag werden unsere Väter und Wilfried genauestens über alles informiert. Dann folgt die vierwöchige Folter.«
Chris war mit dem Frühstück fertig. Martin stand auf, zahlte und begleitete sie hinaus. Es waren schon einige Autos unterwegs, aber kaum Passanten. Die Sonne schien, und die Temperatur betrug bereits jetzt etwa zwanzig Grad. Wenn das so weiterging, würde es noch ganz schön heiß werden.
»Ich schlage vor, wir sehen uns mal die Gegend an«, sagte Martin. »Immerhin wird dieses Hotel ja für die nächsten vier Wochen unser Zuhause sein.«
»Gemacht.« Chris nickte. »Da können wir gleich nach einer Imbißstube Ausschau halten.«
Wie sich ein paar Minuten später in einer Nebenstraße herausstellte, schien in New York jeder zweite Einwohner eine Imbißstube zu betreiben. Gegen halb sieben füllten sich die Straßen mit Menschen und Fahrzeugen. Das Autogehupe nahm orkanähnliche Ausmaße an, und was die Taxifahrer anbetraf, so erweckten die meisten von ihnen den Eindruck, in einer Mission unterwegs zu sein, bei der es um Leben und Tod ging. Einige von ihnen hätten auf internationalen Rennstrecken sicherlich Preise gewinnen können.
Und noch etwas fiel Chris auf: Die Einwohner der größten Stadt der Welt gaben sich nicht nur alle Mühe, die deutlich sichtbaren Verkehrsampeln zu übersehen – sie marschierten auch grundsätzlich bei Rot über die Straße.
Hin und wieder wurden sie von ausgeflippt aussehenden Gestalten mit Pudelmützen angesprochen, die sie wortreich zu einem Besuch im Tempel »des einzigen und wahren Gottes« einluden, damit auch ihnen das wahre Seelenheil zuteil werde. Martin und Chris schalteten in solchen Momenten nicht nur auf stur, sondern gaben auch vor, keiner englischen Silbe mächtig zu sein. Sektierer dieser Art gab es zwar zu Hause auch, aber in solcher Zahl traten sie dort nicht in Erscheinung.
Ein paar nicht ganz geheuer aussehende junge Männer, die offenbar Touristen auf einen Kilometer Entfernung erkennen konnten, boten ihnen unauffällig flüsternd »Dope« an, aber da sowohl Chris als auch Martin nicht von gestern waren, erkannten sie schnell, daß sie

es mit Drogenhändlern zu tun hatten. Es dauerte dann auch keine Stunde, da fingen Chris und Martin an, sich unwohl zu fühlen. Sie kamen sich vor wie auf einem anderen Planeten, und es hätte nicht viel gefehlt, und sie wären auf dem schnellsten Weg ins Hotel zurückgekehrt. Da hörten sie vor einem Schallplattengeschäft jemand Deutsch sprechen. Sofort war ihre Unsicherheit wie weggeblasen.
»Hallo«, sagte Chris unbefangen zu dem jungen Paar, das sich gerade die Schaufenster des Plattenladens ansah, »das ist aber eine Überraschung! Wir kamen uns schon vor wie zwei Erdbewohner auf dem Mars.«
Die junge Frau und ihr Begleiter drehten sich um. Sie schienen nicht minder erfreut zu sein, jemanden aus der Heimat zu treffen. Wie sich herausstellte, stammte die junge Frau aus Frankfurt. Ihr Mann war Amerikaner und kam aus Berkeley in Kalifornien. Sie hatten geschäftlich in New York zu tun und hielten sich seit zwei Wochen hier auf.
Natürlich hatten sie im Laufe dieser Zeit eine gehörige Portion Erfahrungen gesammelt und konnten Martin und Chris ein paar nützliche Tips geben.
»Am besten besorgt ihr euch erst einmal einen City Map, äh, Stadtplan«, empfahl der junge Amerikaner, der als Soldat mehrere Jahre in Hessen zugebracht hatte und fließend Deutsch sprach. »Den könnt ihr in jedem Drugstore kriegen. Da die New Yorker Straßen fast alle schnurgerade verlaufen, kann man die Sehenswürdigkeiten nahezu alle zu Fuß erreichen, wenn man Zeit hat. Meidet nach Möglichkeit die U-Bahn. Da treibt sich viel Gesindel herum. Und seid vorsichtig, in welches Taxi ihr einsteigt. Es gibt Fahrer, die sind darauf spezialisiert, Touristen übers Ohr zu hauen.«
»Davon haben wir schon gehört.« Martin erzählte von Wilfrieds kostspieliger Autofahrt.
»New York ist nicht nur eine Stadt, die niemals schläft«, sagte der junge Amerikaner. »Es ist auch . . . Wie sagt man bei euch?«
»Ein heißes Pflaster«, half seine Frau.
»Yeah, ein heißes Pflaster. Wenn ihr mal nicht weiterwißt und Hilfe braucht, ruft uns nur an. Wir sind Frank und Susi Bancroft und wohnen im Hotel Ramada Inn.«
»Danke«, sagten Chris und Martin wie aus einem Munde.
Sie winkten den beiden zum Abschied zu und kehrten dann ins Hotel zurück.

Da die Zimmer ihrer Eltern ebenso verwaist waren wie das von Wilfried und Astrid, gingen sie gleich wieder in die Halle.
»Wahrscheinlich sind sie beim Frühstück«, meinte Martin.
Er hatte recht. Im Coffee-Shop hatte sich die gesamte Verwandtschaft in Gesellschaft ihrer Anwälte versammelt.
»Vielleicht sollten wir sie warnen.« Chris kicherte und dachte an die Preise, die man den Gästen in diesem Haus für Toast, Eier und Schinken abknöpfte.
An den Tischen herrschte eine eisige Atmosphäre, was teilweise aber auch darauf zurückzuführen war, daß die Anwesenden heftig unter den Nachwirkungen der Zeitverschiebung litten.
Chris' Vater saß wie ein Häufchen Elend vor einem Glas mit eisgekühltem Orangensaft.
Paul Beranek hatte, so schien es, zum Frühstück lediglich eine Portion Rührei und ein Glas Mineralwasser bekommen. Er schaute ziemlich griesgrämig drein und schien darauf zu warten, daß irgendein Wunder geschah, damit er sich endlich wieder einmal satt essen konnte.
Waltraud Beranek begrüßte ihren Sohn und stand auf. »Wenn wir schon einmal in New York sind«, verkündete sie so laut, daß man es an den umliegenden Tischen hören konnte, »möchte ich mir auch mal die Auslagen von Tiffany ansehen.«
»Ja, ja«, sagte Paul Beranek eine Spur zu hastig. »Geh nur, kauf dir was Schönes.«
»Aber daß du mir in der Zwischenzeit nichts ißt«, warnte sie. »Martin!«
Martin, der sich gerade setzen wollte, blickte auf.
»Daß du mir deinen Vater ja im Auge behältst!«
»Klar, Mama.« Martin grinste. Sein Vater seufzte. Waltraut setzte ihre Sonnenbrille auf und rauschte ab.
Keine drei Sekunden später sprang auch Wilfrieds Frau auf und sagte: »Ich gehe ein bißchen spazieren. Ihr müßt euch ja auf den offiziellen Teil vorbereiten.«
»Bestimmt«, meinte Wilfried.
Chris zweifelte nicht daran, daß er Angst hatte, seine bessere Hälfte könnte mit einem teuren Pelz wiederkommen. Aber er ließ sich äußerlich nichts anmerken. Und überhaupt: Wenn Pauls Frau sich die Schaufenster des bekanntesten Juweliers der Welt ansah, konnte seine Astrid das schon lange.

Chris hatte sich kaum zu ihrem Vater und Herrn Schulte gesetzt, als Paul auch schon flink einen Finger hob, um den nächstbesten Kellner heranzuwinken.
Sein Anwalt bedachte ihn jedoch mit einem Blick, der Bände sprach, und so blieb ihm nichts anderes übrig, als die Bestellung zerknirscht rückgängig zu machen.
Wilfried veranlaßte dies zu einigen spöttischen Bemerkungen. Auch sein elegant gekleideter Begleiter schien sich zu amüsieren. Dies wiederum rief die Aufmerksamkeit des vertrocknet aussehenden Herrn Mümmelmann hervor, der dem Treiben eine Weile zusah und dann unverhofft sagte: »Junger Mann, ich weiß nicht, für welche Firma Sie arbeiten, aber Ihre offensichtliche Freude an den hämischen Bemerkungen Ihres Klienten sind eines Vertreters des Juristenstandes unwürdig.«
Wilfrieds Begleiter lief purpurrot an. »Sie«, schnarrte er in einem arrogant-beleidigten Tonfall, »ich arbeite für die anerkannt erste Anwaltskanzlei am Platze. Das nehmen Sie sofort zurück!«
»Einen feuchten Kehrricht werde ich!« fauchte Herr Mümmelmann, dem jetzt wirklich der Kragen zu platzen schien. »Stellen Sie sich gefälligst erst mal vor, Sie junger Hüpfer!«
»Ich bin Klaus-Eitel Drabert von Schmidt, Schmitz, Schmitt und Drabert«, belehrte ihn der junge Mann näselnd. »Und ich kann Ihnen nur raten, verehrter Herr Kollege, machen Sie mich nicht zu Ihrem Feind.«
»Erste Kanzlei am Platze?« Paul Beranek lachte auf.
Der Hunger hatte so viel Wut in ihm aufgestaut, daß er sie irgendwo loswerden mußte. »Daß in diesem Laden nur Winkeladvokaten arbeiten, weiß doch jedes Kind.«
»Laden?« bemerkte Herr Drabert entsetzt. »Winkeladvokaten?« Er wurde knallrot und fuchtelte aufgeregt mit seinem Besteck in der Luft herum.
Die Kellner warfen ihm mißtrauische Blicke zu. Offenbar rechneten sie damit, daß er sich gleich wütend auf seinen Kontrahenten stürzen würde.
»Das nehmen Sie sofort zurück!«
Unerwartet mischte sich nun auch der behäbige Herr Schulte in die Auseinandersetzung ein: »Ich muß doch sehr bitten, Herr Beranek. Sie können nicht in aller Öffentlichkeit die Ehrenhaftigkeit des Anwaltsstandes in Zweifel ziehen.«

»Danke, Herr Kollege«, sagte Herr Drabert matt und konzentrierte sich auf seine Spiegeleier.
»Sie hat niemand um einen Kommentar gebeten«, fauchte Paul Beranek angriffslustig.
Martin schickte einen verzweifelten Blick zum Himmel und seufzte. Paul wandte sich an seinen Vetter Hardy und meinte: »Vielleicht kannst du deinem Rechtsverdreher einmal sagen, daß es unfein ist, sich in die Gespräche anderer Leute einzumischen.«
Chris hielt den Atem an. »Ich?« explodierte nun ihr Vater, der wie ein Unschuldslamm hinter seinem Orangensaft gesessen hatte. »Nun halt aber mal die Luft an, Paul! Jetzt reicht's mir!«
»Ruhig, Papa, ruhig«, flüsterte Chris und legte ihm eine Hand auf den Arm. »Laß dich doch nicht provozieren.«
»Ich will mich aber . . .!« fauchte Hardy Beranek, brach irritiert ab, warf ihr einen um Verzeihung bittenden Blick zu und raunzte seinen Vetter an: »Noch ein Wort, und ich vergesse mich! So geladen wie heute war ich schon lange nicht mehr.«
»Pah!« machte Paul.
»Hähä!« gackerte Wilfried schadenfroh, denn er wußte genau, woran das lag.
Chris sah ein, daß es keinen anderen Ausweg mehr gab. Wenn sie verhindern wollte, daß die drei Vettern mitsamt ihren Anwälten aufeinander losgingen, mußte sie etwas tun. Sie langte kurz entschlossen nach Herrn Schultes auf dem Tisch liegenden Zigarrenetui, nahm eins der langen, schwarzen Stäbchen heraus und klemmte es ihrem Vater zwischen die Zähne.
Er biß wie ein Automat zu und fing sofort an zu saugen. Chris ließ Herrn Schultes Feuerzeug aufschnappen.
Auf der Stelle vergaß Hardy Beranek seine Verwandtschaft und paffte, was das Zeug hielt.
Nach drei tiefen Zügen schüttelte er sich, verzog das Gesicht zu einer angewiderten Grimasse und hustete.
»Was ist denn das für ein Kraut? Entsetzlich! Rauchen Sie alte Matratzenfüllungen?«
Chris und Martin lachten. Auch Paul Beranek grinste. Humor schien er zu haben.
Zum Glück tauchte in diesem Augenblick Henry Campbell im Coffee-Shop auf, begrüßte die Streithähne in seiner unnachahmlichen Art, bestellte Mineralwasser und bat Hardy, Paul und Wilfried mit-

samt ihren Anwälten kurz darauf auf die Straße, wo zwei dunkle Straßenkreuzer mit getönten Scheiben auf sie warteten.
»Let's go!« trompetete er. »Die Anwalts warten.«
»Es geht los«, sagte Hardy Beranek, der immer noch an der abscheulich stinkenden Zigarre nuckelte. »Jetzt werden wir in die Einzelheiten eingeweiht, Chris. Ich bin so aufgeregt, daß ich kaum einen Schritt gehen kann.«
»Mensch, Papa«, murmelte Chris, »wenn du dir bloß diese verdammte Qualmerei abgewöhnen könntest. Alle anderen Bedingungen könntest du doch mit Leichtigkeit erfüllen.«
»Ja, ja«, sagte Hardy Beranek nervös. »Aber ich frage mich, ob es die Sache überhaupt wert ist.«
Chris zuckte nachdenklich die Schultern. »Du mußt es durchstehen. Vielleicht ist das die beste Möglichkeit, um vom Nikotin loszukommen.«
Hardy Beranek nahm noch einen tiefen Zug und trat die Zigarre auf dem Boden aus.
»Schmeckt wirklich zum Abgewöhnen«, brummte er. Dann straffte sich seine Gestalt. »Das war die letzte. Sollte ich je wieder nach einem Glimmstengel greifen, fliegen wir sofort nach Hause zurück. Das ist ein Versprechen.«
Vetter Wilfried, der den letzten Satz mitbekommen hatte, grinste. Er schien einen Gedanken zu fassen, das sah man ihm an der Nasenspitze an.

Henry und der Doppelgänger

Kurz darauf rauschten die beiden Fahrzeuge ab. Jetzt ging es um die Wurst: Die amerikanischen Anwälte des rätselhaften Hamburgerkönigs würden den Kandidaten die genauen Bedingungen mitteilen, unter denen es zu erben galt.
Die Kanzlei lag direkt am Central Park, und da sich dort allerhand abspielte, beschlossen Chris und Martin auf der Stelle, sich vom Rest der Truppe abzusetzen. Ihre Väter hatten nichts dagegen. Mit mehreren Zehndollarnoten ausgerüstet, machten sie sich daran, den Riesenpark zu erforschen.
Da das Wetter ausgezeichnet war, wimmelte es in dieser Gegend von Menschen.

Junge Leute mit Gitarren und Banjos saßen auf den Bänken und musizierten. Ein paar Nachwuchskünstler stellten auf den Wiesen ihre Gemälde aus. Ein Asiate, der seinen Lebensunterhalt damit finanzierte, daß er in Windeseile für ein Honorar von drei Dollar Bleistiftporträts von den Touristen anfertigte, konnte sich über Auftragsmangel nicht beklagen.
Ein paar bärtige Studenten boten preisgünstig gebrauchte Bücher an. Zwei junge Männer mit riesigen Zylinderhüten und silbernen Fräcken liefen auf drei Meter hohen Stelzen durch die Gegend und tanzten zu den Klängen einer Blaskapelle. Hunderte von Touristen waren unterwegs – Menschen aus aller Herren Länder und Vertreter aller Hautfarben.
Kinder balgten sich um Bälle, und auf den Asphaltwegen wimmelte es von Rollschuhläufern, die offenbar ohne Begleitmusik nicht existieren konnten: Viele von ihnen trugen kleine Recorder am Gürtel und ließen sich per Kopfhörer mit Musik berieseln.
Martin und Chris bedauerten beide, keinen Fotoapparat mitgenommen zu haben.
Hin und wieder kamen ihnen berittene Polizisten entgegen. Die New Yorker Ordnungshüter trugen schwarze Uniformen, dunkle Brillen und waren mit Pistolen bewaffnet. Zudem hingen an ihren Gürtelschnallen beinahe armlange schwarze Schlagstöcke und metallisch glänzende Handschellen. Chris und Martin setzten sich am Rand eines Ententeichs auf den Rasen. Der Central Park schien unendlich groß zu sein. Die Leute, die am Rand wohnten, hatten sicher eine schöne Aussicht.
»Irgendwo dort muß Isaac Asimov wohnen«, murmelte Martin schläfrig. »Wäre das nicht eine Schau, wenn er mir hier über den Weg liefe?«
Chris fühlte sich plötzlich ungeheuer müde. »Denk lieber an unsere armen Väter«, gab sie zurück. »Die werden jetzt bestimmt durch die Mangel gedreht.«
»Siehst du, was ich sehe?« fragte Martin.
Chris riß die Augen auf. »Nee.«
Martin deutete auf einen Spazierweg, der in etwa zwanzig Meter Entfernung an ihnen vorbeiführte. »Ist das nicht unser Henry?«
Chris blinzelte. Die Sonne blendete sie.
»Wo denn?« fragte sie.
»Ungefähr zehn Meter vor dem Opa im Rollstuhl.«

Chris blinzelte erneut. Dann sah sie ihn: einen alten Mann mit schulterlanger, weißer Mähne. Er trug einen Rauschebart, der ihm bis auf den Bauch reichte, und sah fast aus wie der heilige Nikolaus. Bloß der gelbe Strohhut auf seinem Kopf paßte nicht zu dem übrigen Erscheinungsbild. Er saß in einem hochmodern aussehenden Rollstuhl und wurde von einer hübschen, blonden Krankenschwester über den Asphaltweg geschoben. Und ein Stück vor ihm schlenderte ein Mann mit Bürstenhaarschnitt, einer knallroten Fliege und einem großkarierten Jackett dahin.
Henry Campbell schien es nicht eilig zu haben. An einer Wegkreuzung blieb er stehen und schaute auf seine Armbanduhr. Wartete er auf jemanden?
»Sollte er nicht bei den Anwälten sein?« fragte Martin. »Er müßte doch den ganzen juristischen Hickhack überwachen.« Die blonde Krankenschwester steuerte den alten Herrn an Henry vorbei und blieb dann an einer Eisbude stehen.
»Vielleicht . . . .« Chris hielt inne. Ihr fiel auf, daß dieser Henry Campbell den Nikolaus mit einem durchdringenden Blick musterte. Der alte Herr nahm sein Strohhütchen ab und fächelte sich damit Luft zu. Die Krankenschwester kam zurück, überreichte ihm eine große Portion Eis und schob ihn langsam weiter.
Eine Gruppe von Spaziergängern steuerte auf Henry Campbell zu, aber das Komische daran war, daß sich in ihrer Mitte jemand aufhielt, der Henry Campbell aus der Ferne sehr ähnlich sah: ein rotgesichtiger Mann mit abstehenden Ohren und einem Lippenbärtchen. Unter seinem Kinn prangte ein knallroter Propeller, und sein großkariertes Jackett war eine naturgetreue Kopie des Kleidungsstücks, das auch Henry trug. Während die anderen Spaziergänger weiterschlenderten, blieb der Doppelgänger neben Henry stehen und schüttelte ihm die Hand.
»Den hab' ich schon mal irgendwo gesehen!« rief Chris aus. »Ich bin mir ganz sicher!«
»Was?« Martins Kopf flog herum. Henry und der andere steckten die Köpfe zusammen und redeten eifrig miteinander. Offenbar über wichtige Dinge.
Chris mußte nicht lange nachdenken. Die abstehenden Ohren des Fremden waren unverkennbar.
»Der Mann, der in den Glockenturm flüchtete!« stieß Chris aufgeregt hervor. »Das ist doch der Testamentsdieb!«

»Wie?« Martin sprang auf und schirmte mit einer Hand die Augen ab, um besser sehen zu können. Chris packte sein Hosenbein und riß ihn ungestüm herunter. Martin verlor prompt das Gleichgewicht und landete auf der Nase.
»Bist du wahnsinnig?« flüsterte Chris. »Wenn er uns sieht, sind wir erledigt.«
»Bist du sicher?« schnaufte Martin, der sich inzwischen von der ersten Überraschung erholt hatte. »Ich meine, ganz sicher? Kein Irrtum möglich?«
»Er ist es«, beharrte Chris. »Schau dir mal seine Ohren an!«
»Na, hör mal«, erwiderte Martin. »Solche Segelohren haben noch andere Leute.«
»Zugegeben«, sagte Chris kleinlaut. »Trotzdem, alles an ihm stimmt genau mit dem Typ überein, der in der Anwaltskanzlei zu Hause das Testament gemopst hat.«
»Aber was hat der Bursche in Gesellschaft von Henry verloren?« grübelte Martin. »Der Zufall ist doch wohl zu groß.«
»Da will anscheinend jemand verhindern, daß das Erbe an die Beraneks geht«, sprudelte Chris heraus, ohne die beiden Männer aus den Augen zu lassen. »Ob der alte Leman vielleicht doch noch irgendwelche Verwandte hat, die sauer auf uns sind, weil sie leer ausgehen sollen?«
»Möglich wäre das schon«, räumte Martin ein und versetzte Chris einen Schubs, da Henry und sein Begleiter in diesem Augenblick in ihre Richtung blickten. Die beiden schienen aber keinen Verdacht geschöpft zu haben, denn kurz darauf kauften sie sich ein Eis und schlenderten langsam durch den sommerlichen Park davon.
»Los!« sagte Chris. »Wir gehen ihnen nach.«
Martin zögerte einen Moment lang unentschlossen, aber dann folgte er ihr. Sorgfältig jede Deckung ausnutzend, stiegen sie einen Hügel hinauf und taten so, als hätten sie kein bestimmtes Ziel vor Augen. Das war natürlich nur eine vereinbarte Tarnung, denn in Wirklichkeit hatten sie den Blick fest auf die Männer in den großkarierten Jacketts geheftet.
Der Nikolaus tauchte ebenfalls wieder auf. Er hielt eine Popcorntüte in der Hand und mampfte fröhlich vor sich hin, während die Krankenschwester ihn durch den Park schob.
Ein paar dunkelhäutige Jungen mit gelocktem Kraushaar, die auf der Wiese Ball spielten, lenkten Martins Aufmerksamkeit ein paar

Sekunden lang ab, und da Chris im gleichen Augenblick den popcornkauenden Rauschebart musterte, verloren sie Henry und seinen Begleiter aus den Augen.
Aufgeregt suchten sie die Umgebung ab. Aber das Menschengewimmel war zu groß. Es dauerte fünf Minuten, bis sie die beiden endlich wieder im Blickfeld hatten. Sie standen an einer Erfrischungsbude. Henry klopfte seinem Begleiter auf die Schulter und entfernte sich.
Der andere Mann kaufte eine Dose Limonade, schlürfte gedankenverloren vor sich hin, warf die Büchse anschließend in einen Abfallbehälter und trat dann ebenfalls den Rückweg an.
»Was machen wir jetzt?« fragte Chris nervös. »Los, produzier eine Idee, aber fix!«
»Wie?« fragte Martin. »Was?«
»Wir müssen den Burschen verfolgen«, forderte Chris ihn auf. »He, bist du immer so schwer von Begriff? Wir müssen unbedingt rauskriegen, was der im Schilde führt. Hast du etwa schon vergessen, was er zu Hause für ein Ding gedreht hat?«
»Vielleicht sollten wir die Polizei . . .«, warf Martin ein, aber er wurde von Chris unterbrochen.
»Dazu ist keine Zeit. Wir müssen hinterher.«
Martin seufzte ergeben. Dann setzten sie sich in Bewegung.
Beim nächsten Ausgang des Central Parks nahm der Unbekannte ein Taxi. Keine drei Sekunden später kam das nächste gelbe Fahrzeug vorbei. Martin hielt es an. Der Fahrer war diesmal ein junger Mann aus Haiti, der ein völlig unverständliches Englisch sprach. Aber dafür kannte er sich in New York aus wie in seiner Westentasche. Zehn Minuten später endete die Fahrt auf dem Times Square. Der Mann mit dem großkarierten Jackett stieg aus und steuerte ein Geschäftshaus an, in dem auch einige Läden und Lokale untergebracht waren. Chris, die diesmal mit dem Zahlen an der Reihe war, machte die wohltuende Erfahrung, daß es in New York auch ehrliche Taxichauffeure gab.
»Los, Beeilung!« drängte Martin. »Er ist in dem Restaurant da verschwunden.«
Der Name des Lokals war eine Überraschung. Über einer riesigen Fensterfront stand in grellroten Neonbuchstaben: LEMAN'S.
»Was sagst du dazu?« rief Martin. »Schlägt das nicht dem Faß die Krone mitten ins Gesicht?«

»Du sprichst in Rätseln.« Chris lachte. »Immerhin sind wir auf eine heiße Spur gestoßen.«
»Fragt sich nur, wohin sie führt«, murmelte Martin. »Wonach suchen wir überhaupt?« Er studierte die neben der Tür des Restaurants ausgehängte Speisekarte. »Jedenfalls scheint's hier billig zu sein. Ich hab' schon wieder Hunger.«
»Wir müssen unbedingt herauskriegen«, erklärte Chris, »warum und in wessen Auftrag der Mann, dem wir auf den Fersen sind, in Deutschland war.«
»Eines wissen wir immerhin schon«, konterte Martin messerscharf. »Er wollte unbestritten John Lemans Testament klauen.«
»Darauf wäre ich allein nie im Leben gekommen«, erwiderte Chris ironisch, öffnete die Restauranttür und zerrte Martin hinter sich her. Am Fenster war ein kleiner Tisch frei. Sie setzten sich hin und stellten zweierlei fest: Der Gesuchte war verschwunden. Und das Bedienungspersonal trug ausnahmslos großkarierte Jacketts und abscheuliche rote Fliegen.
Martins Kinnlade klappte hinunter. Aber er fing sich rasch wieder und sagte in verschwörerischem Tonfall, der jedem Filmdetektiv Ehre gemacht hätte: »Okay, jetzt wissen wir auch, warum Henry tagtäglich in diesem bescheuerten Aufzug rumläuft: Es ist seine Dienstkleidung.«
»Bravo, Mister Marlowe!« versetzte Chris und fügte hinzu, als sie Martins verständnislosen Blick auffing: »Amerikas bester Filmdetektiv. Ins Kino gehst du Bücherwurm wohl nie?«
»Bleiben wir bei der Sache«, sagte Martin. »Weiterhin stelle ich fest, daß die diebische Elster, der wir bis hierher gefolgt sind, sich verdünnisiert hat. Was schließt du daraus?«
»Es gibt einen Hinterausgang.«
»Fein, fein. Gesetzt den Fall, er hat ihn benutzt, was würde das voraussetzen?«
»Daß er uns bemerkt hat«, antwortete Chris und wurde merklich blasser. »Martin – laß uns sofort abhauen!«
»Keine Panik.« Martin gab sich ganz souverän. »Der Bursche war nämlich nur in der Küche.«
Chris hob den Kopf. Tatsächlich. Der Mann, dem sie gefolgt waren, stand hinter dem langen Tresen und bediente einen Kunden. Ein anderer Kellner fragte die beiden nach ihren Wünschen. Martin bestellte zwei Eisbecher, die kurz darauf serviert wurden. Während

sie das Eis löffelten, behielten sie den Burschen mit den abstehenden Ohren scharf im Auge. Er schien sie nicht zu bemerken.
»Und nun?« fragte Martin.
»Wir müssen herauskriegen, wie er heißt«, flüsterte Chris. Das Problem, wie sie das bewerkstelligen sollten, löste sich zehn Sekunden später von selbst, denn ein Gast, der in Lemans Hamburger-Laden offensichtlich Stammkunde war, redetete ihn mit lauter Stimme beim Vornamen an und rief: »Hellouuu, Woulfgäng!«
Martin erstarrte. Der Eislöffel fiel ihm beinahe aus den Fingern.
»Wolfgang?« flüsterte Chris mit roten Ohren und wurde immer kleiner. »Das ist doch kein amerikanischer Name.«
Kurz darauf merkten sie, daß besagter Wolfgang mit einem hörbar rheinischen Akzent sprach. Er beherrschte die englische Sprache zwar fließend, redete jedoch so deutlich und seltsam, daß man nahezu jedes seiner Worte verstehen konnte. Er unterhielt sich mit dem Gast über eine Urlaubsreise, die ihn nach Deutschland – in seine alte Heimat – geführt hatte.
»Wir müssen hier raus«, sagte Chris alarmiert. »Wenn der Kellner, der uns bedient hat, ihm sagt, daß wir Deutsche sind, kommt er vielleicht an unseren Tisch. Und dann könnte er uns erkennen.«
»Glaubst du, er hat uns beim Anwalt richtig wahrgenommen?«
»Ich würde es jedenfalls nicht drauf ankommen lassen.« Hastig aßen sie ihr Eis zu Ende und standen auf. Als sie am Ausgang waren und die Rechnung bezahlen wollten, wandte der verdächtige Wolfgang sich plötzlich um und rief auf Englisch: »Einen Moment bitte, meine Herrschaften!«
Er hatte sie erkannt! Chris schaute sich verzweifelt nach einem Fluchtweg um, aber an der Kasse konnten sie ohne zu bezahlen nicht vorbei. Wolfgang eilte an den Tisch, an dem sie gesessen hatten, hob etwas auf und kam auf sie zu.
Chris schob der Kassiererin einen Fünfdollarschein hin, packte Martin am Ärmel und sagte: »Raus hier!«
Aber Wolfgang erwischte Martin gerade noch am Kragen. »He!« rief er. »Stehenbleiben!«
»Qué hora es?« quasselte Martin verständnislos grinsend. »Es la una! Son las tres en punto.«
»Wie bitte?« erwiderte Wolfgang auf Englisch. »Ich kann dich leider nicht verstehen. Hier.« Er hob die Hand und hielt Martin seine Geldbörse unter die Nase. »Habt ihr verloren.«

»Sons las quatro y cinco«, fuhr Martin geistesgegenwärtig fort. »Gracias, gracias!«
Der Kellner lächelte. Chris mußte an sich halten, um nicht laut loszubrüllen. Als sie wieder auf dem Bürgersteig standen, wischte Martin sich die Schweißperlen von der Stirn, lehnte sich gegen eine Hauswand und keuchte. »Das hätte ins Auge gehen können.«
»Ich wußte ja gar nicht, daß du so gut Spanisch sprichst.« Chris lachte, da sie ihren Mut wieder zurückkehren fühlte. Martin schlotterte noch immer an allen Gliedern.
»Ich kann überhaupt kein Spanisch«, gestand er. »Ich hab' nur mal in einem Sprachführer für Touristen rumgeschnüffelt, weil ich einen spanischen Schulfreund beeindrucken wollte. Ich hab' ganz einfach nach der Uhrzeit gefragt – ob's richtig war, weiß ich nicht.«
»Mensch, Uhrzeit!« Chris warf einen Blick auf ihre Armbanduhr. »Wir müssen ins Hotel zurück. Es ist bald Essenszeit.«
Mit Hilfe eines Stadtplans, den sie erstanden hatten, machten sie sich auf den Weg.

Das seltsame Testament

Chris traf ihren Vater und Herrn Schulte, als sie gerade ihre Zimmer verlassen wollten. Hardy Beranek sah immer noch ein bißchen blaß und nervös aus. Herr Schulte hingegen wirkte grimmig. Sie gingen zu dritt in eines der zum Hotel gehörenden Restaurants und aßen etwas. Später, als sie schon beim Kaffee angelangt waren, tauchten auch die anderen Beraneks auf. Diesmal saßen die Kontrahenten weit auseinander.
»Offen gestanden«, sagte Herr Schulte, »ist mir in meiner Praxis noch kein Testament untergekommen, das solche verrückten Klauseln enthält.« Er kratzte sich am Kinn. »Und wenn ich beobachte, wie Sie den Herrn am Nebentisch und seine Zigarette anstarren, muß ich gestehen, daß wir uns keine großen Siegeschancen ausrechnen dürfen.«
»Entschuldigung.« Hardy Beranek riß sich vom Objekt seiner Sehnsucht los und blickte den Anwalt an. »Sie haben sicherlich recht, Herr Schulte.«
»Und Ihre Mutlosigkeit«, dozierte Rechtsanwalt Schulte bissig, »schwächt meine Kampfmoral.«

Hardy Beranek entschuldigte sich erneut. »Aber im Grunde ist es mir eigentlich wurscht, ob ich nun die Millionen erbe oder nicht.«
»Wenn Sie nur weiter qualmen können«, fuhr Herr Schulte fort und steckte sich eine Zigarre an. »Ich muß schon sagen, daß ich diese Nikotingier ganz und gar nicht verstehen kann.«
Hardy Beranek stierte Herrn Schultes Zigarre an, entschloß sich dann aber, nichts zu sagen.
Chris fiel siedendheiß ein, daß sie noch kein Wort von ihrer Entdeckung hatte verlauten lassen.
»Papa«, setzte sie aufgeregt an, »ich . . .«
»Haben Sie eigentlich schon mal einen Marathonlauf gemacht?« unterbrach sie Herr Schulte und hüllte Chris in eine dicke blaue Rauchwolke ein.
»Ich habe mir noch nicht mal einen angesehen«, erwiderte Hardy Beranek.
»Marathonlauf?« fragte Chris ganz erstaunt. »Was denn für ein Marathonlauf?«
»Und wie steht's mit Ihren Schwimmkünsten?« fragte Herr Schulte weiter. »Gehen Sie manchmal schwimmen?«
»Ich gehe hin und wieder ins Stadtbad«, antwortete Hardy Beranek. »Aber ob man das, was ich da treibe, als Schwimmen bezeichnen kann?« Er wiegte bedenklich den Kopf.
»He!« rief Chris aufgeregt dazwischen. »Ich verstehe immer nur Bahnhof.«
»Wir wissen jetzt genau, welche Bedingungen erfüllt werden müssen, die einen Beranek zur Erbschaft berechtigen«, erklärte ihr Vater. »An sich müßte ich jetzt schon im Trainingsanzug die Fifth Avenue hinunterhecheln. Entweder war dieser komische John Hamburger . . .«
»John Leman«, berichtigte Herr Schulte.
». . . John Leman ein Sportfanatiker oder ein Gesundheitsapostel.« Hardy Beranek schüttelte sich. »Wer erben will, muß laut Testament mindestens fünfzig haarsträubende Bedingungen erfüllen. Und vor neunundvierzig davon graut mir jetzt schon.«
»Ihr Vater übertreibt«, erklärte Herr Schulte Chris. »Es geht lediglich um zehn Bedingungen, von denen er neun mit Leichtigkeit erfüllen kann.«
»Tatsächlich?« fragte Chris.
»Ihre Vettern sind da viel schlimmer dran«, tröstete Herr Schulte.

»Kann man nicht mal ein paar Einzelheiten hören?« fragte Chris. Herr Schulte lehnte sich zurück, erzeugte einen wunderschönen Rauchkringel und weihte sie ein. John Leman schien in der Tat eine Art Gesundheitsapostel gewesen zu sein, denn wer ihn beerben wollte, mußte nicht nur körperlich, sondern auch geistig absolut fit sein: Seine Nachlaßverwalter sollten mit Argusaugen darüber wachen, daß die Erbschaftskandidaten innerhalb von vier Wochen Leistungen erbrachten, die genau vorgegeben waren. Des weiteren mußte jeder Kandidat von sich behaupten können, bei geistiger Gesundheit und Nichtraucher zu sein. Wer beim Genuß von Bier oder Zigaretten erwischt wurde, bekam Minuspunkte, die sich gewaschen hatten – und zu allem Übel hatten die Nachlaßverwalter auch noch die weltbekannte Detektiv-Agentur Pinkerton & Co. engagiert, deren Mitarbeiter die Kandidaten rund um die Uhr unauffällig beschatten sollten.
Wer als erster die vorgegebenen Leistungen vollbrachte und ein Körpergewicht von fünfundsiebzig Kilogramm aufwies, hatte gewonnen. Gewichtsprobleme hatte Hardy Beranek keine. Die drei Pfund, die er zuviel wog, konnte er mit Leichtigkeit in einer Woche abspecken. Was die sportlichen Leistungen anbetraf, so würde er ein bißchen schwitzen müssen – aber das Hauptproblem waren und blieben die Zigaretten.
Paul Beranek, der Feinschmecker, war in einer weitaus übleren Ausgangslage. Er wog nämlich runde zwanzig Kilogramm zuviel. Und ob man die in vier Wochen herunterbekommen konnte, war mehr als fraglich. Wilfried dagegen brauchte nur zuzunehmen, denn so klein und wendig wie er war, konnte er die sportlichen Aufgaben mit Leichtigkeit lösen. Um auf die verlangten fünfundsiebzig Kilo zu kommen, mußte er jedoch ununterbrochen die fettesten Speisen verschlingen, und da stellte sich die Frage, ob er dabei noch Zeit finden würde, die anderen Aufgaben zu erfüllen. Noch heute, erfuhr Chris, sollte es losgehen. Begonnen wurde mit einem Zweitausendmeterlauf im Central Park.
»Ich muß fünf Zweitausendmeterläufe hinter mich bringen«, berichtete Chris' Vater. »Dann geht's auf viertausend. Offen gestanden, mir ist ziemlich bange davor.« Er stand auf und sagte: »Ich ziehe mich jetzt um. Kommen Sie mit, Herr Schulte?«
»Auf alle Fälle«, erwiderte der Rechtsanwalt: »Ich habe mir von der Hotelleitung sogar ein Fahrrad besorgen lassen.«

Nach und nach verzogen sich auch die anderen. Martin, der versprochen hatte, seinen Vater zum Training zu begleiten, winkte Chris noch einmal zu.
An diesem Abend sah sie niemanden mehr von der Familie, denn sie schlief wie ein Stein.

Sabotage

Das allgemeine Gesprächsthema des nächsten Tages betraf Muskelkater und dessen Behandlung. Gleich nach dem Frühstück ging es erneut los.
Chris rannte zweitausend Meter neben ihrem keuchenden und schnaufenden Vater her, während Rechtsanwalt Schulte ihnen auf dem Rad folgte und dabei pausenlos gute Ratschläge erteilte. Ein paar Frühaufsteher – darunter auch der bärtige Nikolaus mit seiner Pflegerin – applaudierten den tapferen Joggern, als sie durch den Central Park spurteten.
Wunderbarerweise war Hardy Beraneks Muskelkater nach dem zweiten Dauerlauf wie weggeblasen. Als es anschließend daranging, dreißig Minuten schwimmend im Pool des Hotels zu verbringen, fiel ihm nicht einmal das schwer. Hin und wieder tauchten am Bekkenrand jedoch unauffällig gekleidete Herren auf, die sich Notizen machten und die »Sportler« fotografierten.
Als sie sich vergegenwärtigte, daß das die Pinkerton-Detektive sein mußten, fiel Chris der Kellner Wolfgang wieder ein.
Aber ehe sie dazu kam, ihren Vater darüber zu informieren, war der schon wieder auf seinem Zimmer und hielt ein wohlverdientes Mittagsschläfchen.
Später traf sie sich mit Martin in der Halle, der seinem Vater inzwischen von der seltsamen Begegnung berichtet hatte.
»Und wie hat er darauf reagiert?« erkundigte sich Chris neugierig.
»Er meint, wir hätten eine blühende Phantasie«, sagte Martin.
Chris zog eine Schnute. »Das ist nun der Dank für unseren selbstlosen Einsatz«, schmollte sie.
»Zuerst war er ja auch mißtrauisch«, erzählte Martin weiter. »Aber als ich ihm sagte, dieser Wolfgang habe sich mit Henry getroffen, wollte er von der ganzen Sache nichts mehr wissen. Er findet Henry nämlich unheimlich in Ordnung.«

»Na ja«, meinte Chris. »Es war vielleicht ein Fehler, Henry in diesem Zusammenhang zu erwähnen. Da ist bei deinem Vater gleich die Klappe runtergegangen.«
Während sich die Beraneks auf ein für den Abend angesetztes Weitsprungtraining vorbereiteten, stromerten Chris und Martin noch ein wenig durch die Stadt. Wohin man auch blickte, überall waren Touristenscharen unterwegs. Fliegende Händler mit kleinen Karren boten allerlei exotische Köstlichkeiten an; farbenprächtig gekleidete Afroamerikaner verkauften Reiseandenken made in Hongkong; die Diskothekenmusik schwappte bis auf die Straße, und ganze Heerscharen von Neppern, Schleppern und Bauernfängern waren unterwegs, um die staunenden, kamerabewaffneten Touristen auszunehmen. Auf dem Broadway, wo die buntesten aller bunten Lichter flackerten, blieb Martin plötzlich stehen, packte Chris am Arm und sagte: »Da ist er wieder!«
Wolfgang stand an einer Zeitungsbude und rauchte. Er trug nun Zivil: Jeans, Straßenschuhe und ein blaues Leinenhemd. Offenbar wartete er auf jemanden, denn er blickte fortwährend auf die Uhr. Er war nur knapp zwanzig Meter von ihnen entfernt.
Und dann bog plötzlich Wilfried Beranek um eine Ecke. Seine Frau Astrid hatte sich bei ihm eingehakt. Sicherlich waren sie auf dem Weg zum Hotel, denn in einer halben Stunde mußte er sich dort zum Weitsprung-Wettbewerb melden.
Wolfgang pfiff ein Liedchen vor sich hin und tat so, als würde er die beiden nicht sehen. Chris und Martin hielten den Atem an. Irgend etwas ging hier vor, aber was? Konnte es ein Zufall sein, daß Wilfrieds und Wolfgangs Wege sich an dieser Stelle kreuzten? Wenn die beiden sich kannten, so zeigten sie es jedenfalls nicht. Astrid bewunderte gerade die Auslagen eines Modegeschäfts, als . . .
»He!« rief eine Männerstimme. Ein grüner Straßenkreuzer hielt vor Wilfried an der Bordsteinkante.
Zwei Männer sprangen heraus. Wolfgang nickte ihnen zu und hastete um die nächste Ecke. Ehe Wilfried sich versah, griffen die beiden Unbekannten in die Taschen, hielten ihm etwas unter die Nase und redeten lautstark auf ihn ein.
Wilfried, der doch angeblich perfekt Englisch sprach, ruderte mit den Armen und rief: »Astrid, was wollen die?«
Chris und Martin wechselten einen Blick. Aber bevor sie sich von der Stelle rühren konnten, hörten sie, wie einer der Unbekannten

deutlich sagte, er wäre Polizist. Der andere Mann schob die heftig protestierende Astrid in den Wagen und versetzte auch Wilfried einen Schubs. »Da geht doch was nicht mit rechten Dingen zu«, flüsterte Chris.

Als Wilfried und seine Frau im Fond des Wagens saßen, grinsten die beiden Unbekannten sich zu, verschlossen von außen die Türen und rannten lachend davon.

»Das hältst du doch im Kopf nicht aus!« rief Martin. Zusammen mit Chris lief er auf den Wagen zu und klopfte gegen die Scheibe. Wilfried schimpfte wie ein Rohrspatz, denn irgendwie war sogar ihm inzwischen klargeworden, daß man ihn hereingelegt hatte. Er fuchtelte mit den Armen, fluchte wie ein Kutscher und trommelte mit den Fäusten gegen die Scheibe. Leider ließ sich der Wagen nicht öffnen, aber das tat jetzt auch nichts mehr zur Sache, denn schon bog mit heulender Sirene ein Polizeiauto um die Ecke und hielt an. Trotz aller Versuche von Chris und Martin, die Sachlage zu erklären, ließen sich die Uniformierten auf nichts ein. Ein Abschleppwagen kam. Unter dem Gejohle und Gelächter mehrerer Dutzend Schaulustiger wurde das verschlossene Fahrzeug abgeschleppt.

»Na ja, das Mißverständnis wird sich in Kürze aufklären«, sagte Martin, um die aufgeregte Chris zu beruhigen. »Wie heißt es doch immer so schön in amerikanischen Kriminalfilmen? Sie haben das Recht, Ihren Anwalt anzurufen.«

»Ich finde das überhaupt nicht komisch«, bemerkte Chris. »Was soll das alles?«

»Ich glaube, jemand wollte verhindern, daß Wilfried pünktlich beim Training ist«, vermutete Martin. »Pünktlichkeit wird nämlich auch gewertet. Offenbar wollte Mister Leman damit ausschließen, daß so ein Larifarityp sein Erbe wird.«

»Und irgendwer macht sich das zunutze«, fuhr Chris nachdenklich fort. »Hör mal, Martin. Das kann doch nur ein Beranek sein!«

Martin zuckte ratlos die Schultern.

An der nächsten Telefonzelle hielten sie an, um Wilfrieds Anwalt mitzuteilen, wo seine Klienten steckten. Herr Drabert bekam beinahe einen Anfall, als er hörte, was geschehen war. Dann ließ Chris sich mit ihrem Vater verbinden.

Überraschenderweise meldete sich von dessen Apparat Herr Schulte. »Dein Vater läuft sich gerade auf dem Korridor warm«, sagte er. »Soll ich ihm etwas ausrichten?«

Rasch erzählte Chris, was passiert war.
»Das ist aber äußerst merkwürdig«, knurrte Herr Schulte beunruhigt. »Ich glaube, wir sollten von nun an die Augen etwas besser offenhalten.«
Martin rief ebenfalls seine Eltern an, aber die waren schon von Herrn Drabert informiert worden.
Als Martin zur Sprache brachte, wen sie kurz vor der Aktion gesehen hatten, wurde Paul Beranek doch ein bißchen nachdenklich. »Ihr zwei kommt am besten sofort ins Hotel zurück«, forderte er sie auf. »Jetzt wird's mir allmählich mulmig.«
Als sie im Hotel ankamen, waren Paul und Hardy Beranek in Begleitung ihrer Anwälte bereits zu einer Sporthalle unterwegs. Martins Mutter ließ sich vom Hotelfriseur verschönern.
Als Chris in das Zimmer trat, fiel ihr auf, daß der Schuhschrank nicht richtig geschlossen war. Sie wollte die Schublade gerade wieder ordentlich in das Fach hineinschieben, als sie einen kurzen, spitzen Nagel bemerkte, der von unten durch die Sohle des vordersten Schuhs geschlagen war.
»Martin!« schrie sie. »Martin!«
Keine zehn Sekunden später war Martin bei ihr.
»Sieh dir das an!« Chris streckte ihm den Schuh entgegen. »Ob das auch so ein Zufall ist?«
»Mensch!« stieß Martin hervor, als er den Schuh untersucht hatte. »Das sieht ja aus wie ein Dachdeckernagel. Wenn dein Vater den Schuh angezogen hätte, ohne hinzusehen . . .«
»Hör mal«, befahl Chris, »du gehst jetzt sofort zu euch rüber und untersuchst alle Schuhe, die dein Vater mitgebracht hat. Ich werde das gleiche tun.«
Kurze Zeit später wußte sie, daß sämtliche vier Paar Schuhe, die ihr Vater mitgenommen hatte, auf diese heimtückische Art und Weise präpariert worden waren. Und als Martin nach einigen Minuten zu ihr zurückkehrte, sah sie seinem Gesicht an, daß es im Nebenzimmer ähnlich aussah.
»Überall sind Nägel drin«, berichtete Martin. Seine Stimme zitterte. »Die Sache wird ernst, Chris. Das ist kein Spaß mehr.«
»Das ist es gewiß nicht.« Chris ließ sich auf ihr Bett sinken und schlug die Beine übereinander. »Weißt du was? Ich habe den Eindruck, daß da jemand existiert, der unter allen Umständen verhindern will, daß überhaupt ein Beranek erbt.«

Martin nickte. »Es sieht ganz so aus. Aber das würde doch voraussetzen«, er zupfte nervös an seinem T-Shirt, »daß es einen geben muß, der einen Vorteil davon hätte. Wer könnte das sein?«
»Dieser Wolfgang«, gab Chris zu bedenken. »Er ist kein Amerikaner. Vielleicht ist ein weiterer Beranek im Spiel, den wir nicht kennen, der von dem Testament erfahren hat und nun sauer ist, weil man ihn nicht berücksichtigt hat.«
»Du meinst, ein entfernter Verwandter?«
»Genau«, bestätigte Chris.
»Bei uns zu Hause kenne ich keinen, der Beranek heißt.«
»Und wenn er anderswo lebt?«
»Keine Ahnung.« Martin zuckte die Schultern. »Ausgeschlossen ist das natürlich nicht. Aber wie soll er denn von dem Testament erfahren haben?«
»Vielleicht durch Wolfgang?« mutmaßte Chris. »Da er bei Leman arbeitet, hat er möglicherweise etwas spitzgekriegt. Oder . . .« Ihr Mund blieb offenstehen. »Nein, das wäre zu phantastisch!«
»Was denn?« wollte Martin aufgeregt wissen. »Los, raus damit!«
»Oder dieser Wolfgang ist selbst ein Beranek«, stieß Chris atemlos hervor. »Auch wenn Segelohren für unsere Familie nicht gerade typisch sind. Er hat per Zufall – vielleicht von Henry – erfahren, daß ein männlicher Beranek John Leman beerben soll, und ist auf der Stelle nach Deutschland geflogen, um Genaueres rauszukriegen.«
»Und in Deutschland war er.« Martin nickte. »Das hat er ja laut erzählt.« Er legte seine Stirn in Falten und schüttelte den Kopf. »Aber wenn es so gewesen wäre, dann wüßte er ja, daß für ihn nichts drin ist. Warum sollte er in einem solchen Fall Wilfried mattsetzen und unseren Vätern Nägel in die Schuhe klopfen?«
»Aus Gehässigkeit«, meinte Chris. »Aber das kann ich auch nicht so ganz glauben. Nein, er muß eine Chance sehen, an Lemans Erbe heranzukommen.«
»Nehmen wir mal das schlaue Buch hier.« Martin langte nach einem Telefonbuch. »In dieser Stadt leben an die neun Millionen Menschen. Wir wollen doch mal sehen, ob es auch Beraneks gibt.« Es gab welche. Vierundsiebzig Stück. Aber keinen Wolfgang. »Und wenn er kein Telefon hat?«
»Hier stehen zwei, die geben ihren Vornamen nur mit W an«, verkündete Martin. »Meinst du, wir sollten die mal ganz unbefangen anrufen und fragen, wie sie heißen?«

»Wenn dieser Wolfgang einer davon ist, wird er sicher gleich mißtrauisch«, sagte Chris. »Ich glaube, das lassen wir lieber.«
Als Martins Mutter vom Friseur kam und die Nägel in den Schuhen ihres Mannes sah, fiel sie fast in Ohnmacht. Und als eine Stunde später Paul und Hardy Beranek in Begleitung von Herrn Schulte aus der Sporthalle zurückkehrten, gab es eine weitere Überraschung: Herr Mümmelmann von der Anwaltskanzlei Lampe und Mümmelmann befand sich im Krankenhaus.
Als er vor seinem Klienten die Umkleidekabine hatte verlassen wollen, war er über einen durchsichtigen Nylonfaden gestolpert, den jemand boshafterweise zehn Zentimeter über dem Boden gespannt hatte. Beim Aufprall auf den Boden hatte er sich dann beide Handgelenke verstaucht.

Einer für alle

All diese Ereignisse trugen dazu bei, daß die Beraneks noch nachdenklicher wurden, als sie aufgrund der Geschichte mit Wilfried schon waren. In düsterer Stimmung versammelte man sich nach dem Abendessen in Vetter Hardys Zimmer. Inzwischen war auch Wilfried eingetroffen.
Sein Anwalt hatte ihn mit einer Kaution erst einmal freibekommen.
»Diesen Finsterlingen werde ich es noch heimzahlen«, krähte Wilfried und plusterte sich auf. »Als ob ich nicht schon genug Ärger hätte.«
Herr Schulte sagte in seinem beruhigenden Tonfall: »Ich habe den Eindruck, wir haben es mit einem ernstzunehmenden Gegner zu tun. Die Frage ist nur: Welche Absichten verfolgt er tatsächlich – und was wird er als nächstes tun, um sein Ziel zu erreichen?«
Sein Kollege Drabert nickte zustimmend. »Drei Attentate an einem einzigen Tag sind genau drei zuviel«, bemerkte er. »Ich finde, wir haben praktisch keine andere Wahl, als von nun an solidarisch zusammenzuarbeiten.«
Paul und Hardy Beranek waren sofort dazu bereit. Nur Wilfried nörgelte vor sich hin und sagte: »Wie stellen Sie sich eine solche Zusammenarbeit vor?«
»Ich hätte da eine Idee«, meinte Herr Schulte. »Aber lassen Sie uns davon später sprechen.«

Martin meldete sich zu Wort: »Chris und ich haben bisher ja wohl die meisten Beobachtungen gemacht. Vielleicht sollten wir mal darlegen, wie wir die Sache sehen.«

»Pah!« machte Wilfried. »Kindermund!«

». . . tut Wahrheit kund«, ergänzte Chris spöttisch.

Und dann trug sie die Theorie vor, die sie gemeinsam mit Martin entwickelt hatte.

Obwohl Paul, Hardy und Wilfried sich alle erdenkliche Mühe gaben, fiel ihnen kein anderer Beranek in der Stadt ein, der vielleicht übergangen worden sein konnte. Und einen Wolfgang Beranek kannten sie schon gar nicht.

Nie gehört.

Herr Drabert hatte schließlich eine zündende Idee, die die beiden im Telefonbuch stehenden W. Beraneks betraf. »Wenn dieser Wolfgang wirklich einen deutschen Akzent hat«, sagte er, »müßte man ihn doch erkennen, auch wenn er nur ein paar völlig belanglose Worte spricht.«

Er nahm das Telefonbuch, wählte die erste Nummer, erkundigte sich in fließendem Englisch nach einem gar nicht existierenden Joe und legte enttäuscht auf.

»Fehlanzeige. Der Mann, mit dem ich sprach, hatte zwar einen Akzent, aber einen unverkennbar slawischen.

Beim nächsten Anruf ging es noch schneller: Dieser W. Beranek entpuppte sich nämlich als alleinstehende ältere Dame, die weder Ehemann noch Kinder hatte und auch in ihrer Verwandtschaft keinen jungen Mann namens Wolfgang kannte.

»Aber das beweist immer noch nichts«, stellte Wilfried fest. »Es kann zum Beispiel sein, daß dieser geheimnisvolle Wolfgang kein Telefon hat. Vielleicht wohnt er auch bei seinen Eltern oder irgendwo zur Untermiete.«

Sein Anwalt nickte.

»Kann alles sein«, gab Martin zu. »Aber so schlau waren Chris und ich auch schon.«

»Die bisherigen Einmischungen, wenn ich sie so nennen darf«, faßte Herr Schulte zusammen, »scheinen darauf hinzudeuten, daß jemand vorhat, Sie aus dem Rennen zu werfen. Das ergäbe aber nur dann einen Sinn, wenn dieser Unbekannte daraus einen Vorteil für sich ziehen könnte.«

Er machte eine Kunstpause.

»Mit anderen Worten: Wenn die Möglichkeit besteht, daß ein anderer Lemans Ladenkette erbt, wenn Sie die Bedingungen nicht erfüllen, dann existiert auch ein Motiv.«
»Da ist also noch jemand hinter dieser Erbschaft her«, rief Wilfried ungeduldig. »Und der will uns Ihrer Ansicht nach ausschalten?«
Herr Schulte zuckte die Schultern. »Das ist zumindest nicht auszuschließen. Sie wissen, daß der Verstorbene seine Anwälte beauftragt hat, jeden Ihrer Schritte und Fortschritte diskret überwachen zu lassen. Wenn Sie jemand bei der Erfüllung der gestellten Bedingungen behindert, ist das eine andere Sache. Wenn die Beobachter nicht bemerken, daß Ihre Bemühungen sabotiert werden . . .«
Er streckte entschuldigend die Hände aus. »Nur das Ergebnis zählt. Leider.«
Paul Beranek seufzte hörbar.
»Also, ich weiß nicht, ob ich bei diesem Unfug weiter mitspielen soll«, rief Hardy Beranek aus. »Ich komme mir allmählich vor wie ein Trottel.«
»Aber Papa«, sagte Chris vorwurfsvoll. »Denk doch auch mal an die Fortschritte, die du machst. Oder hast du heute etwa heimlich geraucht?«
Paul, Wilfried und Martin lachten.
Hardy Beranek wurde rot bis unter die Haarwurzeln und antwortete empört: »Natürlich nicht! Glaubst du etwa, man könnte qualmen, wenn man zweitausend Meter läuft?«
»Da qualmen einem höchstens die Socken«, warf Paul ein und gab seinem Vetter einen fast freundschaftlichen Klaps auf die Schulter.
Chris und Martin staunten sichtlich.
»Da wir davon ausgehen können, daß man uns – ich meine Sie – auch weiterhin behindert«, meinte Herr Schulte, »schlage ich vor, daß wir uns auf eine solidarische Vorgehensweise einigen.«
»Bravo!« lobte Paul Beranek trotz der mißbilligenden Blicke seiner Frau. Martin und Chris nickten ebenfalls.
Nur Astrid und Wilfried verhielten sich weiterhin abweisend.
»Und wie soll diese gemeinsame Taktik aussehen?« erkundigte sich Astrid interessiert.
»Nun, das ist ganz einfach«, erklärte Herr Schulte eifrig. »Sie werden Ihre Kräfte nicht mehr verzetteln und zersplittern, sondern alle an einem Strang ziehen und dann einem einzigen Kandidaten den Rücken stärken.«

»Was denn!« rief Wilfried. »Höre ich recht?«
Er sprang auf. »Soll das heißen, nur einer erbt, und die anderen fassen sich an die Nase?«
»Das kommt gar nicht in Frage!« trompetete Waltraud Beranek. »Gleiche Chancen für alle!« Sie stieß ihren Mann in die Rippen. »Nun sag doch auch mal was, Paul.«
»Nun ja«, setzte der an. »Ich . . .«
»Das ist ja lächerlich«, sagte Astrid von oben herab. Sie war zwar nicht so aufbrausend wie Wilfried, aber von vornherein wollte sie die Erbschaft nicht verschenken.
»Ich bin damit einverstanden!« rief Hardy Beranek. »Hauptsache, ich kann endlich mal wieder eine Zigarette qualmen.« Damit rief er natürlich den Widerspruch seiner Tochter hervor.
Kurz darauf brach das schönste Chaos aus. Während Wilfried schrill darauf hinwies, daß derartige Vorschläge mal wieder typisch für die Anwälte der Enkel von Flötendieben seien, Astrid sich mit Waltraud in den Haaren lag und die Anwälte alles mögliche taten, um sich Gehör zu verschaffen, zuckten Chris und Martin müde die Schultern und sagten gar nichts mehr.
Schließlich, als wieder allgemeine Ruhe einkehrte, bat Rechtsanwalt Schulte ums Wort und erklärte, daß er mit seinem Vorschlag ja noch gar nicht fertig gewesen sei.
»Erben soll zwar offiziell nur einer«, gab er bekannt, »aber teilhaben sollen natürlich alle.«
»Na prima!« rief Hardy. »Freiwillige vor!«
»Warum haben Sie das denn nicht gleich gesagt?« meinte Paul vorwurfsvoll.
»Na, wenn das so ist . . .«, ergänzte Wilfried.
Die Anwälte Schulte und Drabert entwickelten sofort einen genauen Plan. Einer der drei Vettern sollte sein Bestes geben, um die Bedingungen des Testaments zu erfüllen. Die anderen – einschließlich der Frauen, Kinder und Anwälte – sollten eine Art Wächterfunktion übernehmen, um mögliche weitere Anschläge zu vereiteln. »Mit vereinten Kräften sind wir unschlagbar«, verkündete Paul Beranek begeistert.
Seine Frau stimmte ihm zu.
»Nur – wer ist der aussichtsreichste Kandidat von uns dreien?« erkundigte sich Paul.
»Na, du natürlich«, entgegnete seine Frau, ohne zu zögern.

»He, he! Moment mal!« warf Wilfried aufgebracht ein und ruderte wild mit den Armen. »Und was ist mit mir?«
Unvorsichtigerweise hatte er mal wieder seine Standfestigkeit auf den hochhackigen Cowboystiefeln überschätzt. Er knickte um und landete auf dem Schoß seines Anwalts.
»Also so kommen wir nicht weiter«, sagte Martin und stand auf. Er schaute seinen Vater an. »Papa, sei mal ehrlich. Wie lange, glaubst du, würdest du brauchen, um deine überschüssigen Pfunde abzutrainieren?«
Chris blickte ihn erstaunt an.
»Ich fürchte«, erwiderte Paul Beranek mit einem treuherzigen Augenaufschlag, »daß ich sie gar nicht loswerden will.«
»Paul!« rief seine Frau vorwurfsvoll.
»Und du, Wilfried?« fragte Paul Beranek seinen Vetter. »Kannst du überhaupt so viel futtern, um schneller auf fünfundsiebzig Kilo zu kommen, als Hardy sich das Rauchen abgewöhnen kann?«
Auch Wilfried wurde nun ziemlich kleinlaut.
Hardy Beranek hob alarmiert den Kopf. »He!« rief er aus. »Was soll das im Klartext heißen?«
»Du wirst das Rennen machen, Papa!« Chris fiel ihm begeistert um den Hals. »Du bist der aussichtsreichste Kandidat.«
»O nein!« Hardy stöhnte auf. »Ich will nicht.« Er schüttelte heftig den Kopf. »Paul kann weiterfuttern, und ich soll leiden müssen?«
»Tja, Alter«, sagte Paul väterlich und klopfte ihm freundschaftlich auf die Schulter, »das ist nun mal seit jeher der Lauf der Welt. Einer muß meistens dran glauben.«
»Na, komm schon!« fiel Vetter Wilfried überraschend freundlich ein. »Wir helfen dir doch gerne dabei. Wir lenken dich den ganzen Tag über ab, bis du total vergessen hast, daß es überhaupt so was wie Zigaretten gibt.«
Seine Frau nickte zustimmend.
Überhaupt herrschte plötzlich erstaunliche Eintracht. Die ganze Familie schien ein Herz und eine Seele zu sein. Ausgenommen Hardy Beranek. Er erweckte den Eindruck, als hätte man ihn gerade zum Tode verurteilt.
Man trennte sich bald. An diesem Abend waren alle müde und gingen zeitig schlafen. Es war ein ereignisreicher Tag gewesen.

In der Höhle des Löwen

Der nächste Tag verlief ohne Zwischenfälle. Auch der übernächste und überübernächste verging ganz nach Plan.

Hardy Beranek absolvierte seine Zweitausendmeterläufe, brachte sein Schwimmpensum hinter sich, erschien abends in der Sporthalle, übte sich im Weit- und Hochsprung, und seine Ergebnisse wurden zusehends besser.

Seine Vettern, die ihn stets begleiteten, täuschten vor, daß sie sich die größte Mühe gaben, aber in Wahrheit wachten sie mit Argusaugen darüber, daß niemand Hardy in die Quere kam. Ihre eigenen Leistungen wurden natürlich von Tag zu Tag schlechter, und da Paul nun endlich seinen nagenden Hunger stillen konnte, fiel er den unauffällig gekleideten Herren, die mit Kamera und Notizblock an seinen Fersen klebten, fortwährend auf.

Auch Wilfried tat alles, um Hardys Leistungen im besten Licht erscheinen zu lassen: Sobald er einen Pinkerton-Detektiv witterte, bestellte er sich ein Glas Bier und zog an einer Zigarette. So verging eine Woche.

Hardy wurde allmählich ruhiger, aber er bestand nun eisern darauf, daß in seiner Gegenwart nicht geraucht wurde.

Herr Schulte verzog sich regelmäßig auf den Korridor, wenn es ihn nach einer Zigarre gelüstete.

Chris und Martin hatten inzwischen einen Teil der Millionenstadt erkundet: Sie waren auf dem Empire State Building gewesen und hatten das Welthandelszentrum und die Freiheitsstatue besichtigt.

In der Mitte der zweiten Woche – Hardy Beranek hatte die ersten drei Viertausendmeterläufe hinter sich – wurde Herr Mümmelmann aus dem Krankenhaus entlassen.

»Wenn Sie noch eine Woche so weitermachen«, sagte Herr Schulte, »erfüllen Sie die Bedingungen des Testaments leicht. Ich werde die Nachlaßverwalter bitten, den Prüfungstermin vorzuverlegen.«

Kaum hatte er dies getan, ging es mit den Behinderungen auch schon wieder los.

Zum nächsten Trainingstermin wurden die Beraneks vom Zimmerservice viel zu spät geweckt. Das gab eine Menge Minuspunkte. Nachforschungen ergaben, daß jemand den Wecktermin telefonisch hatte ändern lassen. Immerhin gelang es Hardy mühelos, seine tägliche Schwimmleistung zu erbringen. Aber als er abends mit seinen

Vettern und den Anwälten zur Sporthalle starten wollte, um dort einen Hochsprungtermin wahrzunehmen, verfuhren sich ihre Taxifahrer wie verabredet und setzten sie irgendwo in Brooklyn ab. Da die Männer ziemlich diebisch grinsten, als die wackeren Erbschaftskandidaten ausstiegen, konnte man nur annehmen, daß man sie bestochen hatte. So platzte auch der zweite Termin. Einen Tag später – Herr Schulte hatte einen großen Mietwagen chartern lassen, um weitere Zwischenfälle dieser Art zu verhindern – mußte man mit Erschrecken feststellen, daß unbekannte Täter sämtliche Reifen des Fahrzeugs zerstochen hatten. Auch der dritte Termin fiel ins Wasser. Wilfried, Paul und Hardy waren daraufhin kurz vor dem Durchdrehen.

Als sie endlich weg waren, sagte Martin zu Chris: »Je näher der Prüfungstermin rückt, desto unangenehmer werden die Behinderungen. Und das Schlimme ist, daß man nichts dagegen machen kann. Selbst wenn wir zur Polizei gingen, wäre es schwierig, glaubhaft zu machen, daß es sich nicht um Zufälle handelt.«

»Vielleicht sollten wir jemanden um Hilfe bitten«, schlug Chris vor. »Wir müßten ein Heer von Detektiven anheuern, die . . .«

»Wer soll das denn bezahlen?« konterte Martin. »In einem Kriminalroman habe ich mal gelesen, daß amerikanische Detektive zweihundert Dollar pro Tag nehmen – plus Spesen.«

»Das kann sich doch kein Mensch leisten.« Chris nagte an ihrer Unterlippe. Plötzlich kam ein listiges Funkeln in ihre Augen.

»Du kommst mir vor wie der große böse Wolf in einem Comic strip«, frotzelte Martin. »Über deinem Kopf hängt eine Sprechblase, und darin steht: rabenschwarzer Gedanke.«

Chris kicherte.

»Mir ist da gerade ein altes Sprichwort eingefallen. Wenn der Brunnen nicht zum Krug kommt, muß der Krug zum Brunnen gehen . . . äh . . . oder jedenfalls so ähnlich. Wenn dieser ominöse Wolfgang für die Gemeinheiten der letzten Zeit verantwortlich ist, sollten wir ihn einfach aus dem Verkehr ziehen.«

»Na, hör mal.« Martin riß die Augen auf. »Jetzt redest du schon wie ein Mafiaboß!«

Chris lachte. »So schlau wie der sind wir schon lange. Wir müssen ihn behindern.«

»Und wie?« fragte Martin. »Indem wir auf der Park Avenue eine Fallgrube bauen und ihn reinlocken?«

»So was Ähnliches.« Chris nickte. »Hauptsache, er sitzt fest.«
Martin verstand zwar kein Wort, aber als sie zehn Minuten später vor dem Hamburger-Restaurant standen, in dem der verdächtige Wolfgang arbeitete, blickte er allmählich durch. Und Chris ging wirklich raffiniert vor. Wolfgang hatte dienstfrei. Ein anderer Kellner, dem ihr ausländischer Akzent auffiel, fragte, ob sie etwa Verwandte von Wolfgang seien. Chris und Martin logen auf der Stelle das Blaue vom Himmel herunter. Eine Minute später hatten sie seine Adresse. Er wohnte gleich um die Ecke in einem roten Ziegelbau, der ziemlich heruntergekommen aussah. Auf den Klingelschildern war nicht ein deutscher Name zu finden.
»Hillman, McGuinn, Clark«, las Martin vor. »White und Parsons. Und was machen wir jetzt?«
»Entweder hat er seinen Namen geändert . . .«
»Oder was?«
»Oder er wohnt tatsächlich bei einem dieser Leute zur Untermiete.«
»Wir können doch nicht überall rumklingeln«, knurrte Martin, »wenn wir seinen Nachnamen nicht kennen. In New York passieren so viele Verbrechen. Die Leute sind mißtrauisch bis zum Gehtnichtmehr. Ich will auf der Stelle einen Straßenbesen aufessen, wenn die uns 'ne Auskunft geben.«
»Dreh dich nicht um«, zischte Chris plötzlich. »Los, wir gehen weiter!« Martin tat, wie ihm geheißen. Sie schlenderten am nächsten Haus vorbei und bogen in eine Einfahrt ein.
»Henry kommt«, flüsterte Chris aufgeregt. »Er geht auf das Haus zu. Versuch mal rauszufinden, auf welche Klingel er drückt.«
Henry Campbell stieg aus einem dunklen Wagen, sah sich um, fuhr sich mit der Hand über den Bürstenhaarschnitt und rückte seinen roten Propeller zurecht. Tatsächlich, er ging auf das fragliche Haus zu und hob den Arm.
»Das muß die oberste Klingel gewesen sein«, flüsterte Martin, den nun ebenfalls das Jagdfieber gepackt hatte.
Kaum war Henry im Haus verschwunden, eilten sie an den Ort des Geschehens zurück.
»Also Hillman«, sagte Martin. »Wahrscheinlich hat er seinen Namen nur um eine Kleinigkeit englischer gemacht und heißt in Wirklichkeit Hillmann, mit zwei ‚n'.«
Sie zuckten beide zusammen, als die Haustür sich öffnete und ein hagerer Mann auf die Straße trat.

»Na, wollt ihr jemanden besuchen?« fragte er in sehr britisch klingendem Englisch, so daß weder Chris noch Martin daran zweifelten, es mit einem Europäer zu tun zu haben.

»Danke für's Aufmachen«, sagte Martin. Als sie vier Treppen hochgestiegen waren, flüsterte er Chris zu: »Und was jetzt? Willst du ihm die Wohnungstür zunageln?«

»Mensch«, gab Chris leise zurück, »eine solche Chance kommt vielleicht nie wieder. Ich frage mich, welche Beziehung zwischen Henry und diesem Burschen besteht. Wieso gibt er sich als Geschäftsführer eines Riesenkonzerns überhaupt mit einem kleinen Kellner ab?«

»Es soll sogar Millionäre geben, die ab und zu mit Busschaffnern Tennis spielen«, behauptete Martin.

Wolfgang Hillman wohnte im obersten Stock des Hauses. Die Nebenwohnung war leer; dort war offenbar gerade jemand ausgezogen. Da die Tür sperrangelweit offenstand, steckte Chris den Kopf hinein und entdeckte ein großes Fenster und eine Balkontür. »Komm!« zischte sie. »Vielleicht . . .«

Martin war mulmig zumute. Auf alle Fälle zog er zur Vorsicht die Tür hinter sich zu.

Chris öffnete die Balkontür, spähte hinaus und winkte ihn heran. »Dachte ich's mir doch«, flüsterte sie. »Der Balkon geht über die ganze Rückfront.«

»Paß bloß auf!« wisperte Martin. »Wenn sie uns entdecken, ist der Ofen aus.«

Auf allen vieren krochen sie auf den sonnenbeschienenen Balkon hinaus. Sie blickten auf einen großen Hinterhof hinunter, der einem Schrottplatz glich. Jede Menge Gerümpel lag dort herum, sogar ein rostiges Auto. Überall waren Feuerleitern zu sehen, die in die Tiefe führten.

Hätten sie das vorher gewußt, hätten sie sich die mühsamen Überlegungen sparen können. Wolfgang hatte die Balkontür zwar geschlossen, aber ein Fenster stand offen.

Die Männer sprachen Englisch. Ihre Stimmen klangen dumpf. Als Chris und Martin auf der Höhe des offenen Fensters waren, legten sie sich auf den Bauch und lauschten. Wenn jetzt einer der beiden auf die Idee kam, auf den Balkon hinauszugehen . . .

Martin schwitzte, aber das lag nicht allein an der Hitze. Chris schien überhaupt keine Angst zu haben. Wie machte sie das bloß?

Martin harrte tapfer aus und spitzte die Ohren. »Verstehst du was?« flüsterte Chris. Er schüttelte den Kopf. Wenn Henry Campbell sprach, befleißigte er sich eines breiten Dialekts. Für jemanden, der lediglich Schulenglisch gepaukt hatte, klangen seine Worte nahezu unverständlich. Außerdem sprach er ungeheuer schnell und näselte dabei. Wolfgangs Antworten fielen langsamer und deutlicher aus, aber er schien weiter vom Fenster weg zu sitzen.
Plötzlich machte es laut und vernehmlich »ratsch!«. Martin und Chris erstarrten vor Schreck. Dann hörten sie Wolfgang sagen: »Diese Sonne – ist nicht zum Aushalten hier. Wollen wir nicht in eine klimatisierte Kneipe gehen?«
Martin hob den Kopf. Die Übergardinen waren vorgezogen. Henry murmelte etwas.
»Na, dann nicht«, meinte Wolfgang, der jetzt offfenbar unmittelbar am Fenster stand. »Aber gleich muß ich wieder los. Diese Burschen haben mit ihren Anwälten irgend etwas ausgebrütet. Die Jungs sagen, daß sich nur einer von ihnen richtig anstrengt. Die anderen tun bloß so, als würden sie sich Mühe geben.«
Henry murmelte wieder etwas.
»Kann schon sein«, versetzte Wolfgang. »Damit wollen sie möglicherweise die Nachlaßverwalter reinlegen. Einer erbt – und dann werden die Piepen geteilt. Dumm sind diese Brüder ja nicht.« Er lachte. »Aber für uns bedeutet das, daß wir nur noch einen ausschalten müssen.«
Henry erwiderte etwas, worauf Wolfgang sich vom Fenster entfernte. Chris und Martin wechselten einen Blick. Bisher hatten auch sie nicht so recht glauben wollen, daß Henry Campbell in die ganze Angelegenheit verwickelt war, aber nun bestand kein Zweifel mehr. Die Männer redeten zwei Minuten gedämpft weiter, dann wurde Wolfgangs Stimme wieder lauter.
»Also, in Ordnung. Wenn du genau weißt, daß der Dicke und der Kleine schon jetzt aus dem Rennen sind – mit dem Kettenraucher allein werden wir schon fertig. Die Jungs brauchen übrigens wieder mal Geld. Kostspielige Sache!«
Henry seufzte. Dann knisterten Geldscheine. Wolfgang bedankte sich und sagte: »Okay, Chef. Dann bis morgen.«
Für Chris und Martin war das genug. Sie krochen lautlos in die leerstehende Wohnung zurück, warteten, bis Henry Campbell das Haus verlassen hatte, und stürzten dann auf die Straße, um nach ei-

ner Telefonzelle Ausschau zu halten. Dabei wären sie beinahe über einen Rollstuhl gestolpert. Darin saß, mit einem fröhlichen Grinsen auf den Lippen, der bärtige Nikolaus und ließ sich ein Hot dog schmecken. Der Rollstuhl stand bei einer Würstchenbude. Die Krankenschwester war weit und breit nicht zu sehen.

»Ich will auf der Stelle tot umfallen, wenn das nicht einer von diesen Pinkerton-Detektiven ist«, sagte Martin. »Der ist uns doch schon mal begegnet.«

»Schon zweimal.« Chris nickte. »Immer war Henry in der Nähe.«

»Das sollte uns zu denken geben«, meinte Martin.

Wie nicht anders zu erwarten, bekamen sie niemand von den Beraneks an die Strippe. Wahrscheinlich waren alle wieder im luxuriösen Swimmingpool des Hotels, und die Vettern versuchten, einen Rekord im Brustschwimmen aufzustellen.

»Ein Funkgerät müßte man haben«, knurrte Martin und stampfte vor Wut mit dem Fuß auf. »Die elende Taxifahrerei hat schon fast mein ganzes Taschengeld aufgefressen.«

Trotz aller Warnungen versuchten sie es mit der U-Bahn. Die Fahrt war ein Erlebnis. Von der ursprünglichen Farbe der Züge war so gut wie nichts mehr zu sehen. Die Wände waren von oben bis unten mit Sprühdosensprüchen und Malereien bedeckt. Von Mickymaus bis zum sich ausbreitenden Atompilz war alles zu sehen, was man grafisch darstellen konnte.

Martin und Chris versuchten vergeblich, ein paar Parolen zu entziffern, aber die anonymen Sprühdosenkünstler waren sich bereits dermaßen ins Gehege gekommen, daß ihre Kritzeleien unentwirrbar ineinander übergingen.

Im Hotel angekommen, wartete die nächste Hiobsnachricht auf sie: Unbekannte Täter hatten den Leihwagen gestohlen – die Erbschaftskandidaten hatten mal wieder mit dem Taxi fahren müssen und waren prompt am Kennedy-Flughafen abgesetzt worden. Wieder einige Minuspunkte.

Hardy war einem Nervenzusammenbruch nahe. Wilfried war so nervös, daß er sogar anfing, Kette zu rauchen. Auch an Vetter Paul waren die Aufregungen nicht spurlos vorübergegangen: Er hatte keinen Appetit mehr.

Die Anwälte hatten einen Krisenstab gebildet. Sie tagten schon seit Stunden und berieten eingehend, wie man den Sabotageakten am besten beikommen könne. Herr Mümmelmann schlug Schutz

durch Privatdetektive vor, aber dieser Plan mußte schon aus finanziellen Gründen fallengelassen werden. Herr Schulte hatte bereits mit den Nachlaßverwaltern telefoniert und sie auf die permanenten Behinderungen durch Unbekannte hingewiesen. Leider brachte man ihm kein allzu großes Verständnis entgegen.
Wie er von einem Mitarbeiter der New Yorker Kanzlei unter der Hand erfuhr, schlossen die Verwalter von Mr. Lemans Vermögen nicht aus, daß man die Behinderungen bloß erfunden hatte, um Verständnis für die schlechten Leistungen der Erbschaftskandidaten zu wecken.
Als Martin und Chris mit ihrer neuesten Information herausrückten, herrschte zunächst einmal Schweigen. Dann explodierte Hardy Beranek, aber nicht, weil er sich über den abgefeimten Plan ärgerte, daß man ihn ausbooten wollte, sondern weil es ihn entsetzte, in welche Gefahr Chris und Martin sich gebracht hatten. »Nun reicht es mir aber endgültig«, schnaubte er. »Noch so ein Zwischenfall, und wir reisen ab!«
Mit vereinten Kräften gelang es den anderen, ihn wieder zu beruhigen. Abend und Nacht verliefen ereignislos – und am nächsten Tag war auch der gestohlene Mietwagen wieder da.
Hardy Beranek absolvierte den letzten vorgeschriebenen Viertausendmeterlauf, schwamm dreißig Runden im Schwimmbecken des Hotels, brachte Hoch- und Weitsprung hinter sich und sammelte weitere Pluspunkte. Nach Zigaretten verlangte es ihn nun nicht mehr, dafür war er viel zu beschäftigt. Aber er ärgerte sich inzwischen über jeden Raucher, der in seine Nähe kam.
Der darauffolgende Tag verging ebenfalls reibungslos, aber als die gesamten Beraneks mit ihren Anwälten einen Abendspaziergang über den hellerleuchteten Broadway machten, geschah wieder etwas: Ein offenbar angeheiterter, baumlanger Mann rempelte Hardy an, der daraufhin das Gleichgewicht verlor und gegen einen geparkten Wagen fiel. Obwohl der Unbekannte ihm auf die Beine half und sich wortreich entschuldigte, hatten alle das Gefühl, daß die Rempelei geplant war.
»Aus! Schluß! Feierabend!« rief Hardy Beranek aufgebracht. »Dieser Leman kann sich seine Hamburger-Ladenkette an den Hut stekken. Wir packen unsere Koffer!« Während seine Vettern und deren Frauen mit Engelszungen auf ihn einredeten und die Anwälte betreten schwiegen, entdeckte Chris auf der anderen Straßenseite den

bärtigen Nikolaus, der amüsiert vor sich hin grinste und dabei an einem riesigen Lollipop lutschte.
»Weißt du was?« flüsterte Chris Martin zu. »Das ist gar kein Pinkerton-Detektiv, sondern einer von Wolfgangs Leuten.« Sie faßte Martin am Arm und rannte über die Straße. »Dem werden wir jetzt mal ein paar Fragen stellen.«
Der Mann mit der weißen Mähne und dem Rauschebart, der gemütlich in seinem Rollstuhl saß, ließ den bunten Lollipop sinken und starrte sie an.
Offenbar hatte er nicht damit gerechnet, daß man ihn irgendwie mit dem Sabotagetrupp in Verbindung bringen würde. Plötzlich – Chris und Martin hatten gerade die Hälfte der Straße überquert – riß er sich die Decke von den Beinen, sprang behende auf und flitzte mit erstaunlicher Geschwindigkeit in eine Seitenstraße.
»Ha!« rief Chris. »Das ist der Beweis.«
Die anderen schienen jetzt auch etwas bemerkt zu haben, denn sie liefen ihnen nach. Ein paar Touristen gafften mit offenem Mund.
In der Seitenstraße war es ziemlich dunkel. Der bärtige Nikolaus war wie vom Erdboden verschwunden.
»Was ist denn hier los?« fragte Paul Beranek neugierig. Martin erklärte atemlos, was es mit diesem seltsamen Rollstuhlfahrer auf sich hatte. »Zunächst dachten wir, er sei einer der Detektive, die euch beobachten sollen«, berichtete er, »aber dann meinte Chris, er könne ebensogut zu den Saboteuren gehören.«
»Hätte er sonst so gegrinst?« fragte Chris. »Und überhaupt: Habt ihr gesehen, wie der vorhin laufen konnte? Der Rollstuhl war nur Tarnung.«
»Ich weiß zwar absolut nicht, was ich von dieser Sache halten soll«, sagte Hardy Beranek, »aber eines weiß ich genau. Morgen ist für mich Ultimo! Herr Schulte?«
»Ja?«
»Teilen Sie den Nachlaßverwaltern des seligen Mister Leman mit, daß ich . . .« Er grinste plötzlich breit. Dann fuhr er fort: »Daß ich morgen sämtliche Prüfungen ablegen werde.«
»Bravo!« schrien Paul und Wilfried einstimmig.
Die Anwälte applaudierten.
»Aber Papa . . .«, hauchte Chris.
»Morgen oder gar nicht«, beharrte Hardy Beranek. »Ich will es hinter mich bringen. Noch zwei Wochen, das halte ich nicht durch!«

Zum erstenmal bekamen nun auch Chris und Martin die Nachlaßverwalter Mr. Lemans zu Gesicht: Es waren mehrere silberhaarige, seriös aussehende Herren in dunkelblauen Nadelstreifenanzügen. Nach einem üppigen Frühstück und dem obligatorischen Händeschütteln verließ man das Hotel. Am Eingang fuhren einige dicke Straßenkreuzer vor, und man stieg ein.
Erstaunlicherweise war auch Henry Campbell unter dem Begleitpersonal. Er grinste jovial, machte die freundlichste aller freundlichen Mienen, klopfte den Kandidaten auf die Schulter und tat so, als könnte er kein Wässerlein trüben.
Paul, Wilfried und Hardy begegneten ihm mit kühler Zurückhaltung, denn ihnen schwante, daß seine Anwesenheit nichts Gutes verhieß. Wie auch immer Henry Campbells Pläne aussehen mochten: Wenn er bei der Prüfung anwesend war, konnte das seinem Alibi nur dienlich sein, falls in letzter Minute etwas passieren sollte. Chris und Martin, die im letzten Wagen mitfuhren, nahmen sich vor, ihn unauffällig im Auge zu behalten.
»Herrn Schultes Anruf bei den Nachlaßverwaltern muß ihm einen gehörigen Schrecken eingejagt haben«, meinte Martin auf dem Weg zu dem kleinen Stadion, in dem die Abschlußprüfung stattfinden sollte. »Aber wie hat er davon erfahren, daß die Sache schon heute über die Bühne geht?«
»Mag sein, daß er einen Spitzel im Büro der Verwalter sitzen hat«, sagte Chris. »Das ist sogar sehr wahrscheinlich. Auf alle Fälle hat er zum Glück nicht viel Zeit gehabt, etwas vorzubereiten.«
»Ja«, stimmte Martin zu. »Aber das könnte bedeuten, daß er jetzt mit roher Gewalt vorgeht.«
»Wenn ich doch bloß wüßte, welches Motiv dahintersteckt!« Chris überlegte. »Er muß schließlich etwas davon haben, wenn die Beraneks nicht erben.«
»Aber was?«
Das war die Frage aller Fragen. Natürlich bestand immer noch die Möglichkeit, daß er – und nicht Wolfgang Hillman – für einen vierten Beranek arbeitete, der wütend war, daß er für die Erbschaft nicht in Frage kam. Wolfgang war vielleicht bloß sein Werkzeug gewesen, ein bezahlter Saboteur, der sich an Ort und Stelle besser umsehen konnte als der Bilderbuchamerikaner selbst.

»Ich kann nur hoffen«, sagte Chris fröstelnd, »daß ihn angesichts der vielen Leute doch noch der Mut verläßt, eine große Dummheit zu begehen.«
Zu dem kleinen Stadion gehörte auch eine Schwimmhalle. Überall wimmelte es von Angestellten der Nachlaßverwalter, die an kleinen Namensschildchen zu erkennen waren, die sie an Jacketts und Blusen trugen. Professionelle Schiedsrichter – drei an der Zahl – waren engagiert worden und warteten mit Stoppuhren in der Hand auf die Kandidaten. Niemand wunderte sich über den grotesken Wettstreit, der hier ausgetragen wurde, um den zukünftigen Nutznießer eines Testaments ausfindig zu machen: Offenbar waren derlei Dinge in Amerika nichts Ungewöhnliches.
Hardy, Wilfried und Paul zogen sich um. Die Nachlaßverwalter und ihr Stab nahmen auf der Tribüne Platz. Die Herren Mümmelmann, Schulte und Drabert flitzten eilig umher, und Astrid und Waltraud ließen sich von der Morgensonne bescheinen. Insgesamt hielten sich in dem kleinen Stadion an die fünfzig Personen auf, darunter auch Bedienstete der Anlage und die Chauffeure.
Henry Campbell saß kaugummikauend zwischen den Schiedsrichtern und schaute den Kandidaten zu, die sich bereits warm liefen. Zuerst jedoch wurden Hardy, Paul und Wilfried gewogen. Die Schiedsrichter machten sich Notizen. Als Paul an die Reihe kam, rauften sie sich die Haare.
Dann fiel der Startschuß. Die Vettern rannten los. Wilfried spurtete wie ein Weltmeister.
Er überholte Paul und Hardy, aber dann verließen ihn die Kräfte. Hardy zog ein paar Minuten später leichtfüßig an ihm vorbei. Nach der Hälfte der Strecke gab Paul auf. Wilfried hielt eine Runde länger mit, dann fiel er immer weiter zurück und schleppte sich schließlich erschöpft an den Rand der Aschenbahn.
Hardy Beranek lief nun allein, aber sonderlich spannend war das natürlich nicht mehr. Chris nützte die Gelegenheit, um sich ein wenig umzusehen. Nach ein paar Minuten hörte sie einen mageren Höflichkeitsapplaus und wußte, daß ihr Vater es überstanden hatte. Sie hatte keine Ahnung, was nun an der Reihe war, aber sicher würden die Schiedsrichter erst mal eine Pause einlegen.
Schließlich konnte man von einem Viertausendmeterläufer nicht auch noch verlangen, daß er anschließend sofort Höchstleistungen im Schwimmen erbrachte.

Chris stellte plötzlich fest, daß auf dem Stadionparkplatz ein kleiner, roter Wagen stand, der ihr bei der Ankunft nicht aufgefallen war. Ob das was zu bedeuten hatte?
Martin machte ein mißmutiges Gesicht, als er davon erfuhr. »Ich glaube, wir machen mal einen Kontrollgang«, schlug er vor. »Sicher ist sicher.«
Sie schlenderten langsam zwischen den leeren Sitzreihen entlang und betraten eines der zum Stadion gehörenden Gebäude. Es war ausgesprochen kühl im Inneren des Hauses.
Ihre Schritte hallten von den Wänden wider.
»Ist da jemand?« rief Martin auf Englisch.
Keine Antwort.
»Vielleicht war es doch nur falscher Alarm«, sagte Chris achselzuckend. Da die Türen, die von dem Korridor abzweigten, allesamt offen waren, nutzten sie die Gelegenheit und spähten hinein. Die meisten Räume waren Einzelumkleidekabinen, aber dann stießen sie auch auf Büros, einen Tagungsraum und eine Sauna.
Der ganze Bau schien menschenleer zu sein. Martin fand ein offenes Fenster, blickte hinaus und sah direkt auf den roten Wagen. Auf dem Rücksitz lag ein gelber Strohhut. »Mensch«, sagte Chris, »der gehört doch dem Nikolaus!«
»Bist du sicher?«
»Natürlich, der Rauschebart«, rief Chris. »Er ist bestimmt hier!«
»Los, wir alarmieren die Anwälte«, bestimmte Martin. »Wir müssen ihn finden, bevor er etwas anstellen kann.«
Als sie sich gerade umdrehten, um ins Innere des Stadions zurückzugehen, hörten sie plötzlich ein dumpfes Geräusch, einen lauten Fluch und hastig sich entfernende Schritte.
Dann knallte eine Tür.
»Was war das?« fragte Martin aufgeregt. »Hast du das auch gehört? Da war doch wer!«
»Pssst!« Chris hielt ihm den Mund zu. Ihr Herz hämmerte so laut, daß sie nichts anderes hörte.
»Hallo«, schrie Martin. »Ist da wer?«
Beängstigende Stille.
»Hach«, fauchte Chris aufgebracht. »Wärst du bloß nicht so laut gewesen. Jetzt ist er weg.«
»Wer?« fragte Martin. »Hier geht es nicht mit rechten Dingen zu. Da plant jemand eine Ferkelei. Wir müssen die anderen warnen.«

Hardy ist verschwunden

Als sie wieder draußen waren, kam ihnen Herr Schulte aufgeregt entgegen und fragte: »Wo bleibt denn nur dein Vater, Christine? Er muß jetzt auf die Waage.«
»Das fragen Sie mich?« antwortete Chris verdutzt. »Ist er denn nicht im Stadion?«
»Er sagte, er müsse mal dringend . . ., äh, ein gewisses Örtchen aufsuchen«, erwiderte Herr Schulte leicht verlegen. »Wir warten alle, aber er kommt einfach nicht wieder.«
»Oh!« murmelte Chris und erinnerte sich an das dumpfe Geräusch. Es hätte nicht viel gefehlt, und sie wäre in Panik ausgebrochen. »Sie haben ihn! Sie haben ihn!«
»Denk bloß nicht gleich an das Schlimmste«, sagte Martin und faßte nach ihrem Arm. »Komm, wir suchen ihn!«
»Glaubt ihr, da steckt wieder eine Teufelei dahinter?« fragte Herr Schulte besorgt. Mit ein paar Worten erklärte Martin dem Anwalt, was sie gesehen und gehört hatten.
»Ich werde sofort meine Kollegen alarmieren«, versprach Herr Schulte und setzte sich in Bewegung. »Vielleicht können wir bei den Nachlaßverwaltern einen Aufschub erwirken.«
Die ehrwürdigen Herren mit dem Silberhaar ließen sich jedoch nicht erweichen. Sie hielten eisern an der Pünktlichkeitsklausel des Testamentes fest. Jede Verzögerung kostete die Kandidaten Strafpunkte. Für sie zählte nur das Ergebnis, sonst nichts.
Während Wilfried und Paul ergeben die Stellung hielten, brach unter den drei Anwälten eine spürbare Hektik aus. Herr Mümmelmann und Herr Drabert rannten im Eiltempo auf das Stadiongebäude zu und liefen zu jenem gewissen Örtchen, von dem Herr Schulte gesprochen hatte. Chris und Martin stiegen in den ersten Stock des Gebäudes, in den zweiten, dann bis unters Dach.
Kurz darauf holte sie Herr Schulte keuchend und schnaufend ein. »Er ist buchstäblich vom Erdboden verschwunden«, meldete er.
Chris fing an zu zittern. Am liebsten wäre sie auf Henry Campbell zugegangen und hätte ihn mit seinem roten Propeller eigenhändig erwürgt. Er stand zwischen den Schiedsrichtern und paffte mit gleichgültigem Gesicht eine Zigarette.
»He, schau mal!« rief Martin. »Was glitzert denn da so?« Er deutete auf ein Wäldchen am Stadionrand. »Das ist doch . . .«

»Der Nikolaus!« ergänzte Chris. »Er lehnt an einem Baum und hat ein Fernglas in der Hand.«
»Wie bitte?« meinte Herr Schulte. »Jetzt ist wohl kaum der geeignete Zeitpunkt für Scherze!« Dann ging ihm ein Licht auf. Er winkte seine Kollegen heran, die gerade das Stadiongebäude verließen, und sagte: »Diesem Herrn werden wir jetzt aber mal auf den Zahn fühlen. Irgendwie kommt er mir höchst verdächtig vor.«
»Passen Sie bloß auf«, rief Martin. »Vielleicht ist er bewaffnet.«
»Pah«, machte Herr Schulte. »Mit dem werde ich schon fertig. Ich war mal Judo-Meister!«
»Los, komm«, forderte Martin Chris auf. »Wir sehen uns da unten noch mal um.«
Die Nachlaßverwalter schienen ihre hektische Betriebsamkeit gar nicht wahrzunehmen. Paul und Wilfried, die offenbar gar nicht wußten, daß Hardy verschwunden war, befanden sich am anderen Stadionende beim Weitsprung.
»Ich habe eine Tür schlagen hören«, sagte Chris. Sie überprüften die nach draußen führenden Ausgänge, aber die waren alle verschlossen.
»Wenn sie deinen Vater wirklich entführt haben«, sagte Martin plötzlich, »dann muß er noch irgendwo hier drin sein. Der einzige offene Ausgang führt direkt ins Stadion hinein.«
»Ob es hier einen Keller gibt?« fragte Chris.
»Bestimmt«, erwiderte Martin. »Aber . . . können wir uns da allein hinunterwagen?«
»Mann«, versetzte Chris erbost. »Es geht um meinen Vater!«
»S-sicher.« Martin sah sich unbehaglich um.
Noch einmal öffneten sie alle Türen. Nichts.
Schließlich kamen sie in einen großen, gekachelten Duschraum. Aber auch der war leer. Dann entdeckte Martin, daß die letzte Duschkabine gar keine war, sondern eine Art Vorraum, von dem aus eine Metalltür weiterführte.
Eine Aufschrift besagte, daß hier nur das zuständige Personal Zutritt hatte. Offenbar führte die Tür in den Heizungskeller.
Chris packte den Türknauf und drehte ihn. Die Metalltür war nicht verschlossen. Dahinter breitete sich ein schmuckloser Korridor aus. Daß er beleuchtet war, gab ihr zu denken. »Los, hol Wilfried und deinen Vater«, wisperte sie. »Wir pfeifen auf die Erbschaft. Jetzt geht es ums Ganze.«

Martin schüttelte heftig den Kopf. »Kommt nicht in Frage«, gab er ebenso leise zurück. »Ich lass' dich nicht allein hier. Da könnte ja sonst was passieren.«
Sie lauschten in den Korridor hinein und hörten plötzlich jemanden lachen. Die Truppen, die Henry Campbell – oder der Nikolaus – kommandierte, mußten sich sehr sicher fühlen.
Hinter ihnen erklangen Schritte. Nun hatten sie keine andere Wahl mehr. Ein Zurück war nicht mehr drin, denn weder Martin noch Chris zweifelten daran, daß sich ihnen ein Feind näherte. Sie huschten in den Korridor hinein und hasteten aufgeregt vorwärts. Sechs Türen zweigten vom Gang ab, drei auf jeder Seite. Die dritte Tür rechts war angelehnt, dahinter brannte Licht, und von dort kamen auch die Stimmen.
Die Zeit drängte. Martin probierte aufs Geratewohl die gegenüberliegende Tür und fand sie unverschlossen. Eine Art Schaltzentrale tat sich vor ihnen auf. Keine Sekunde zu früh. Sie lehnten sich aufatmend von innen gegen die Tür.
»Die Nachlaßverwalter werden allmählich ungeduldig«, sagte eine Stimme, die sie als die von Wolfgang identifizierten. »In fünfzehn Minuten brechen sie die Aktion ab. Sie kommen sich verhohnepiepelt vor. Kein Wunder.«
Er lachte höhnisch, und zwei andere fielen in sein Gelächter ein. »Die beiden anderen Kandidaten sind völlig aus dem Rennen. Sie haben nicht mal zwanzig Prozent der erforderlichen Punkte zusammengebracht und glauben, daß der hier sich aus dem Staub gemacht hat. Der Boß scheint sehr zufrieden zu sein. Wäre ich an seiner Stelle auch.« Die Männer wechselten noch ein paar belanglose Worte, dann sagte Wolfgang: »Los, wir hauen jetzt ab. Die Sache ist sowieso gleich gelaufen.« Gebannt lauschten Martin und Chris auf den Klang der sich entfernenden Schritte. Als die Metalltür ins Schloß fiel, stürzten sie aus ihrem Versteck und eilten nach gegenüber. Das Licht hatten die Ganoven brennen lassen.
Hardy Beranek lag geknebelt und zu einem sauberen Päckchen verschnürt auf einem Stapel blaugrauer Turnmatten, rollte mit den Augen und stieß dumpfe Laute aus.
»Ach, du lieber Schreck!« entfuhr es Chris. »Martin, tu was!«
Zunächst befreiten sie ihn von dem Knebel. Hardy Beranek fluchte kräftig und brüllte dann zornig: »Na wartet, ihr Halunken! Damit kommt ihr bei mir nicht durch!«

»Beruhige dich, Papa«, sagte Chris. »Sie haben dir nichts getan.«
»Nichts getan?« knirschte Hardy Beranek. »Seit einer Stunde muß ich aufs Töpfchen und konnte nicht! Das war die reinste Folter!« Endlich war er frei. »Ich weiß jetzt genau, daß dieser Campbell dahintersteckt«, rief er. »Die Brüder haben ununterbrochen von einem Henry geredet. Und der, der sie abgeholt hat, war der Bursche, der schon versucht hat, uns zu Hause reinzulegen.«
»Der Nikolaus ist auch noch im Spiel«, berichtete Martin. »Herr Schulte kümmert sich um ihn.«
»Na wunderbar«, sagte Hardy Beranek und stand auf. »Jetzt muß ich aber mal dringend wohin.« Wie ein geölter Blitz verschwand er.
Martin und Chris schauten sich an.
»Also Sorgen hat er . . .«, murmelte Martin.

Der Nikolaus mit dem Rauschebart

Als sie wieder ins Stadion hinaustraten, fiel ihnen zunächst die ungewöhnliche Stille auf. Chris blieb stehen und erstarrte. Kein Zweifel, die Nachlaßverwalter waren mit ihrem aufwendigen Troß verschwunden. Ein paar Angestellte der Stadionverwaltung räumten die benutzten Geräte und ein paar Sonnenschirme zusammen. Paul und Wilfried saßen mit belämmerten Gesichtern am Spielfeldrand und debattierten. Astrid und Waltraud hatten sich von ihren Sitzen erhoben und kamen auf sie zu.
»Aus der Traum«, sagte Martin. »Dieser Henry hat gewonnen. Die Beraneks sind aus dem Rennen.«
»Excuse me«, ertönte hinter ihnen plötzlich eine altbekannte Stimme. Martin trat instinktiv zur Seite. Ein Mann in großkariertem Jackett zwängte sich an ihm vorbei. Als Chris aufsah, traf sie fast der Schlag. Es war Wolfgang Hillman, und daß er das Stadion noch nicht verlassen hatte, konnte nur bedeuten, daß auch er noch einmal das gewisse Örtchen hatte aufsuchen müssen.
Martin reagierte blitzschnell. Er streckte ein Bein aus. Der Mann mit den Segelohren stolperte, fluchte und landete auf der Nase.
»Hilfe!« schrie Chris und warf die Arme hoch. Martin sah sich nach einer Waffe um. Paul und Wilfried sprangen auf. Aus dem Inneren des Stadiongebäudes erklang nun die Stimme von Hardy Beranek: »Festhalten! Den kaufe ich mir!«

Der Mann im großkarierten Jackett sprang flink wie eine Katze auf die Beine und rannte los. Paul und Wilfried hatten ihn jetzt anscheinend erkannt. Sie nahmen die Beine in die Hand und liefen dem Flüchtenden entgegen.
Hillman schlug einen Haken, aber jetzt war auch Hardy Beranek zur Stelle. Die Stadionbediensteten, die offenbar dachten, hier werde ein Dieb verfolgt, ließen ihre Geräte fallen und nahmen ebenfalls die Verfolgung auf.
Im Nu war das reinste Kesseltreiben entstanden, an dem sich auch Chris und Martin beteiligten.
Der Ganove hielt auf den Stadionausgang zu, aber dort tauchte plötzlich der Rechtsanwalt Drabert auf – mit einem Stock in der Hand. Hillman schrie auf, aber es schien niemand mehr dazusein, der ihm hätte helfen können: Henry Campbell und seine Leute hatten offenbar längst das Weite gesucht.
Hillman wandte sich nach rechts, hechtete über die Sitzreihen und versuchte, die Treppe zu erreichen. Da tauchte ein etwa zwei Meter großer Farbiger mit langen, muskulösen Beinen auf, warf sich reaktionsschnell nach vorn und brachte ihn zu Fall. »Hilfe!« brüllte Hillman. »Chef! Chef!«
Im Nu hatten die Verfolger ihn umringt.
»What the hell ist going on here?« fragte der Farbige. »Hat der Kerl jemanden bestohlen?«
Herr Drabert ließ seinen Stock sinken, nahm ihn beiseite und redete eifrig auf ihn ein.
Wilfried Beranek rief: »Den Burschen mache ich fertig!«
»Keine Selbstjustiz«, schnaufte Hardy. »Jemand soll gefälligst die Polizei anrufen.«
»Das überlassen Sie besser uns, Mister Beranek«, sagte der schwarze Zweimetermann, griff in die Tasche und hielt ihm einen Ausweis unter die Nase. »Ich bin Roy Jackson von der Pinkerton-Detektei.«
Er deutete auf einen anderen Mann mit unverkennbar italienischen Gesichtszügen, der gerade herankam. »Das ist Lou Pepperoni, mein Kollege.«
Mr. Pepperoni bleckte freundlich die Zähne und sagte: »Natürlich haben wir nicht nur Sie und Ihre Verwandten überwacht.«
Hillman rappelte sich auf und schimpfte wie ein Rohrspatz. »Von mir erfahrt ihr kein Wort!« bellte er. »Mein Boß holt mich schon wieder raus.«

»Dazu wird er kaum noch Gelegenheit haben«, erwiderte Mr. Pepperoni. »Dem sind unsere Kollegen bereits auf den Fersen. Seit wir einen Minisender in Ihrer Wohnung installiert haben, wissen wir nämlich bestens Bescheid.«
Am Stadioneingang tauchten nun die Rechtsanwälte Mümmelmann und Schulte auf. Zwischen sich führten sie den Nikolaus, vor dessen Bauch ein Prismenfernglas baumelte. Er zeterte und schimpfte, aber da die beiden Rechtsanwälte mindestens zwanzig Jahre jünger waren als er, konnte er nichts gegen sie ausrichten.
Seltsamerweise wurde Roy Jackson von der Pinkerton-Detektei sichtlich blaß.
»Da haben wir ja noch einen von der Bande«, freute sich Martin. »Dieser Mann ist uns gefolgt.«
»Auweia!« sagte Mr. Pepperoni.
Hillman lachte plötzlich auf. Je näher die Anwälte mit ihrem Gefangenen kamen, desto lauter lachte er. Chris wurde die Sache allmählich mulmig. Als der komische Nikolaus noch zehn Meter von ihnen entfernt war, hörte sie, daß der Mann auf vertraute Weise schimpfte: Er bediente sich akzentfrei der deutschen Sprache.
Die Beraneks wechselten verwunderte Blicke.
»Darf man fragen, was hier überhaupt vor sich geht?« erkundigte sich Paul. Auch Wilfried schien nichts zu verstehen.
»Ich protestiere auf das schärfste gegen diese Behandlung!« schrie der Nikolaus die beiden Anwälte an. »Das ist Freiheitsberaubung! Kidnapping! Ich werde zweiundsiebzig Anwälte auf Sie hetzen. Lassen Sie mich sofort los.«
Aber plötzlich grinste der Nikolaus und sagte: »Okay, okay, ich gebe auf. Ich laufe auch nicht weg. Ihr könnt mich loslassen.«
Roy Jackson schüttelte dem Nikolaus die Hand. Mr. Pepperoni nickte ihm zu. Chris und Martin kamen sich ziemlich dämlich vor. Was hatten sie da nur wieder angerichtet? Der Nikolaus gehörte also doch nicht zu Henrys Mannen, sondern zu den Pinkerton-Detektiven. Aber warum hatte Hillman so hysterisch gelacht, als die Anwälte ihn herangeschleppt hatten?
»Sie sind es also doch, Sir«, sagte Hillman. »Als Sie mir im Central Park begegneten, hatte ich gleich einen Verdacht. Ihre Maske ist ausgezeichnet.«
»Maske?« fragte Hardy Beranek. »Wo?«
»Was?« quäkte Wilfried. »Wie?«

»Häh?« machte Paul. »Huh?«
Roy Jacksons und Lou Pepperonis Grinsen wurde immer breiter. Der Nikolaus lachte polternd. Dann riß er sich die wallende weiße Perücke vom Kopf. Darunter kam eine spiegelblanke Glatze zum Vorschein. Er zupfte an seinem langen Rauschebart und nahm ihn ab. Darunter hatte er einen winzigen, roten Spitzbart.
Chris und Martin schnappten nach Luft. Waltraud und Astrid Beranek, die bisher nur gestaunt hatten, machten: »Oh!«
Roy Jackson kratzte sich verlegen am Kinn und sagte: »Ladies and Gentlemen – darf ich Ihnen Mister John Leman, den Hamburger-König vorstellen?«
»Freut mich aufrichtig, eure Bekanntschaft zu machen«, sagte der Nikolaus und schüttelte allen der Reihe nach kräftig die Hand.
Es war natürlich klar, daß die Beraneks eine geraume Weile brauchten, um diesen ungeheuren Schock zu überwinden.
Mit dem Gedanken, daß ihnen eine Millionenerbschaft durch die Lappen gegangen war, hatten sie sich zwar abgefunden – aber daß der totgeglaubte Hamburger-König putzmunter und quietschfidel unter ihnen weilte, war doch eine Überraschung, die nicht so leicht zu verdauen war.
»Eigentlich«, sagte der verschmitzt lächelnde kleine Mann eine halbe Stunde später, als sie im Wohnzimmer seiner Villa saßen und die von der Krankenschwester herbeigezauberten Eisbecher löffelten, »eigentlich heiße ich Johannes Lehmann.«
»Sie kommen aus Deutschland?« fragte Herr Schulte. »Das hatte ich mir fast gedacht.«
Mr. Leman nickte. »Als junger Mann ging es mir ziemlich dreckig. Wissen Sie, in den späten zwanziger Jahren war ich als Handwerksbursche unterwegs. Ich habe Zimmermann gelernt. Aber damals herrschte Arbeitslosigkeit, und ich war des öfteren darauf angewiesen, daß mir eine barmherzige Seele ein Stück Brot oder eine warme Suppe schenkte. Und eines schönen Tages«, fuhr Mr. Leman weiter fort, »kam ich in Ihre Stadt.« Er räusperte sich und schaute in die Runde. »Ich klopfte bei einem Herrn Beranek an.«
»Aha«, sagte Wilfried mit leuchtenden Augen. »Also jetzt verstehe ich alles. Mein gütiger Großvater hat Sie damals vor dem Verhungern gerettet, und darum . . .«
»Nichts dergleichen«, wehrte Mr. Leman ab und schüttelte energisch den Kopf. »Dieser Herr Beranek war ein schnöder Geizhals.

Er hat mich weggeschickt und mich einen Taugenichts, einen Wermutbruder und ein arbeitsscheues Element genannt.«
Wilfried wurde immer kleiner und purpurrot. »Das kann unmöglich mein Opa gewesen sein«, protestierte er. »Wir Beraneks sind für unser warmes Herz bekannt. Ich . . .«
Mr. Leman lachte und machte eine abwehrende Handbewegung. »Schwamm darüber! Jedenfalls hat mich das dermaßen geärgert, daß ich beschloß, mich an ihm zu rächen.«
»Wahrscheinlich war es der Opa von meinem Vetter Paul«, sagte Wilfried. »Der war wirklich als Geizhals bekannt.«
»Wenn ich mich recht entsinne«, warf Hardy Beranek ein, »waren unsere Großväter samt und sonders als Geizhälse verschrien.«
»Ich ging nach Amerika, als blinder Passagier im Maschinenraum eines Dampfers der Hamburg-Amerika-Linie«, fuhr Mr. Leman fort. »Es war abscheulich, denn damals dauerte die Überfahrt noch fast zwei Wochen, und ich mußte von dem leben, was mir ein paar Auswanderer, die selbst arm wie die Kirchenmäuse waren, heimlich zusteckten. In New York war es anfangs auch nicht leicht für mich. Ich arbeitete bei der Post, schleppte Kisten im Hafen, kutschierte Müll, spülte Geschirr in einem Hotel, war Liftboy, Kofferträger, Schuhputzer und Kartenabreißer in einem Kino.
Dann gewann ich zehntausend Dollar in einer Lotterie. In den dreißiger Jahren war das viel Geld. Ich eröffnete ein paar Imbißhallen, die prächtig florierten, kaufte neue hinzu, nannte mich fortan John Leman und bekam die amerikanische Staatsbürgerschaft.«
»Aber die geizigen Beraneks konnten sie einfach nicht vergessen, stimmt's?« fragte Hardy.
»Nun . . .« Mr. Leman druckste eine Weile herum. »Das hat weniger mit den Beraneks als mit meinem schlechten Gewissen zu tun.«
»Ich verstehe immer Bahnhof«, sagte Chris.
Mr. Leman sah jetzt sehr verlegen aus. »Meine Rache an diesem Beranek belastete mein Gewissen fünfzig Jahre lang, denn ich bin der Meinung, man sollte Gleiches nicht mit Gleichem vergelten. Als ich an meinem fünfundsiebzigsten Geburtstag sterbenskrank dalag und glaubte, es wäre aus mit mir, machte ich mein Testament. Ich wußte aber damals nicht genau, ob das Objekt meiner Rache Nachkommen hatte, deswegen hatte das Testament eine geheime Zusatzklausel, von der – wie ich glaubte – nur mein Nachlaßverwalter wußte.« Mr. Leman seufzte. »Falls es in Ihrer Stadt kei-

nen Beranek mehr gab, sollte Henry Campbell, mein Geschäftsführer, das Erbe antreten. Ich wußte aber nicht, daß sein Neffe in dem Anwaltsbüro tätig war, in dessen Safe mein Testament lag.«

»Aha!« sagten Hardy, Paul und Wilfried wie aus einem Munde. »Deswegen hat er versucht, uns zu behindern, wo er nur konnte.«

Mr. Leman nickte betrübt. »Da er diesen Wolfgang Hillman kannte, ließ er ihn in aller Eile nach Deutschland reisen. Er sollte euch vor den Nachlaßverwaltern ausfindig machen und euch möglichst viele Steine in den Weg legen.«

»Das hat er auch getan«, bemerkte Hardy Beranek.

»Tja«, sagte Mr. Leman. »Aber dann ging alles schief: Wie ihr seht, bin ich gar nicht gestorben. Meine Ärzte haben sich einfach geirrt. Ich hatte nur einen Heuschnupfen.«

Die gesamte Beranek-Sippe brach in Gelächter aus.

»Aber lassen wir das«, fuhr Mr. Leman erheitert fort. »Tatsache ist, daß mir die Idee kam, die Nachkommen dieses Geizhalses einmal persönlich kennenzulernen. Und das habe ich ja nun. Ich muß schon sagen, ihr gefallt mir ausgezeichnet.«

»Danke!« riefen Hardy, Paul, Wilfried, Martin, Chris, Waltraud und Astrid. »Das Kompliment können wir gern zurückgeben!«

Mr. Leman sprang behende von dem Sofa auf. »Und weil ihr mir die ganze Sache nicht übelnehmt, spendiere ich euch eine Weltreise. Packt die Koffer, morgen geht's erst mal nach Hawaii!«

»Hurra!« schrien Chris und Martin und fielen sich um den Hals. Astrid und Waltraud waren entzückt. Die Vettern klopften sich freudestrahlend auf die Schultern. »Eure Unkosten ersetze ich natürlich auch«, sagte Mr. Leman. »Und ich bezahle auch die Anwaltshonorare.«

Die hübsche Krankenschwester kam herein, gab Mr. Leman einen Kuß auf die Glatze und sagte: »Und wir fahren mit. Für uns wird es allerdings eine Hochzeitsreise sein.«

Das war natürlich die allergrößte Überraschung des Tages, denn daß der Hamburger-König mit seinen über siebzig Jährchen noch einmal heiraten wollte, konnte nur bedeuten, daß er wirklich absolut gesund war. Man schüttelte einander die Hände und umarmte sich. Chris und Martin führten einen Freudentanz auf. Ihre Freunde zu Hause würden vielleicht Augen machen, wenn sie von Hawaii erzählten. Und sie brauchten auch keine Angst mehr vor Henry Campbell und dessen Kumpanen zu haben. Die waren dingfest ge-

macht worden. Sie hatten mit allem gerechnet, aber daß ihr Chef sich nur totgestellt hatte – darauf waren sie nicht gefaßt gewesen. Es wurde allgemein zum Aufbruch geblasen.
»Mensch, ist das nicht toll?« sagte Paul. »Und all das haben wir nur dem Geiz von Wilfrieds Opa zu verdanken.«
»Mein Opa war das nicht«, wehrte Wilfried mit Entschiedenheit ab. »Der war wirklich eine Seele von einem Menschen.«
»Na, immerhin hat er das wertvolle Familienerbstück, die goldene Flöte, gemopst«, sagte Hardy kichernd. »Aber jetzt laßt uns diesen blöden Streit ein für allemal begraben.«
»Mein Opa war das nicht«, wiederholte Wilfried entrüstet. »Das kann nur deiner gewesen sein.«
»Ach, vergiß es«, sagte Paul. »Wen interessiert denn jetzt noch diese dämliche Flöte. Das ist doch alles schon über fünfzig Jahre her.«
Während die drei Vettern fröhlich pfeifend hinter Waltraud und Astrid Beranek Mr. Lemans Villa verließen und ein gelbes Taxi herbeiwinkten, blieben Chris und Martin auf der Türschwelle stehen und drehten sich noch einmal zu Mr. Leman um.
»Eins interessiert mich noch«, sagte Martin leise. »Sie haben zwar erwähnt, daß Sie sich an diesem geizigen Beranek damals gerächt haben – aber nicht, wie. Würde es Ihnen etwas ausmachen, Ihr schlechtes Gewissen zu erklären?«
»Oje!« murmelte Mr. Leman. »Ich hätte nichts erzählen sollen.«
Chris sah an ihm vorbei und blickte auf die Flurwand. Plötzlich grinste sie und zupfte Martin am Ärmel.
»Schon gut, Mister Leman, ich weiß jetzt Bescheid. Aber keine Angst, ich werd's nicht weitererzählen.«
John Leman atmete hörbar auf. Martin ließ sich widerstrebend mitziehen. Auf dem Bürgersteig angekommen, meckerte er: »Kannst du mir mal verraten, was das zu bedeuten hat?«
Chris kicherte. Das nächste Taxi brauste heran. Sie winkte. Das Taxi hielt. »Wenn du weniger zu den Sternen aufblicken und mehr auf deine Umgebung achten würdest«, entgegnete sie verschmitzt, »hättest du sie auch gesehen.«
Martin riß die Augen auf.
»In Mister Lemans Flur«, sagte Chris und öffnete den Wagenschlag, »da hing sie. Die Flöte. Und jetzt steig ein, du Pfeife. Hawaii wartet auf uns!« Das ließ Martin sich nicht zweimal sagen.

3. Teil:
Das Haus auf der Geisterklippe

ENSSLIN & LAIBLIN VERLAG REUTLINGEN

Siggi macht eine Bekanntschaft

An einem trüben Septembermorgen des an gutem Wetter nicht eben ruhmreichen Jahres saß der siebzehnjährige Siggi Salzberg mutterseelenallein in einem Flugzeug, das sich gerade anschickte, im spanischen Alicante zu landen.
Das heißt, ganz allein war er nicht, denn vor und hinter ihm saßen über zweihundert aufgeregte Touristen, die sich auf ihren wohlverdienten Sommerurlaub freuten. Siggi befand sich eben nur nicht – wie sonst um diese Jahreszeit – in Begleitung seiner Eltern. Ein Großteil der ihn umgebenden Menschen – jene Leute, denen es zum erstenmal vergönnt war, eine Flugreise zu machen – zitterten und bibberten vor Angst. Denn wie jeder weiß, der schon einmal eine solche Maschine von innen gesehen hat, sind Start und Landung die gefährlichsten Phasen eines Fluges.
Siggi nahm jedoch nichts davon wahr. In der Rechten hielt er ein zerfleddertes Taschenbuch, dem man schon von weitem ansah, daß es bereits durch Dutzende nicht immer ganz sauberer Schülerhände gegangen war. Siggi konnte auch deswegen nichts von der ihn umgebenden Aufregung sehen, weil er die Augen geschlossen hielt. Aber nicht etwa vor Angst – o nein! Er hielt sie geschlossen, weil er einen geradezu wundervollen Traum hatte.
Er war der berühmte, von allen hübschen Mädchen bewunderte Geheimagent James Blond ‚Kennziffer 008' und stand gerade dem berüchtigten Superverbrecher Dr. Goldfuß gegenüber, einem größenwahnsinnigen Erzschurken, der mit seinen skrupellosen Karate-Kämpfern die Weltherrschaft anstrebte. Das Geheimlabor, in dem Dr. Goldfuß ein epidemisch wirkendes Niespulver entwickelt hatte, befand sich am Fuße des Karakorums und wurde von einer Hundertschaft finster aussehender Halunken bewacht, die unterarmlange Messer zwischen den Zähnen trugen.
Das Versteck des Doktors war ungewöhnlich gut getarnt, aber er, der furchtlose, sportgestählte, intelligente und unglaublich gutaussehende James Blond, hatte es dennoch entdeckt.
»Geben Sie auf, Doktor Goldfuß«, sagte James Blond mit einem charmanten Lächeln, um zu zeigen, daß er nicht die geringste

Angst vor seinem bösartigen Widersacher hatte. »Sie haben keine Chance. Jeder weiß doch, daß man einen Mann wie James Blond nicht austricksen kann!«
Die Augen des wahnsinnigen Wissenschaftlers funkelten gemein. »Haha!« rief er höhnisch und musterte sein Gegenüber arrogant. »Bevor Sie mich kriegen, James Blond, müssen Sie aber noch ein paar Schinkenbrote mehr essen!«
»Na gut«, sagte James Blond lässig. »Dann . . .«
» . . . bleiben Sie bitte noch so lange angeschnallt, bis die Maschine ihren endgültigen Standort erreicht hat.«
Nanu? dachte James Blond – beziehungsweise Siggi Salzberg. Wessen Stimme ist denn das?
Er öffnete die Augen.
Aus der Traum.
Siggi blickte sich geistesabwesend um. Sein Puls raste ganz schön. Er hatte tatsächlich für eine Weile völlig vergessen, wo er war. Mann, war es nicht toll, was diese Geheimagenten erlebten? Er starrte fasziniert auf das Taschenbuch, das er in der Hand hielt: »James Blond jagt Dr. Goldfuß«. Siggi seufzte. Was führte er dagegen für ein kümmerliches Leben!
Die Stimme der Stewardeß drang wie durch einen dichten Watteteppich an seine Ohren. Die beiden jungen Männer, die links von ihm saßen, drückten hastig ihre Zigaretten aus, als sie der vorwurfsvolle Blick eines Stewards traf.
Automatisch machten sie sich kleiner.
Siggi lächelte. James Blond hätte sich niemals so verhalten. Nein, der nicht. Siggi seufzte noch einmal. Obwohl der Flug kaum drei Stunden gedauert hatte, kam er sich vor, als hätte er in einer Hundehütte geschlafen. Er war um fünf Uhr aufgestanden, um die Maschine bloß nicht zu verpassen – und dann war sie mit zwei Stunden Verspätung gestartet. Zu allem Übel hatte man ihn in die Rauchersektion verfrachtet. Obwohl es noch nicht einmal zwölf war, fühlte er sich müde und kaputt.
Leider hatten es seine Nebenmänner nicht lassen können, sich während der Reise eine Zigarette nach der anderen anzustecken. Siggi hatte den ganzen Flug in einer Qualmwolke verbracht. Er war durstig und hatte ein kratziges Gefühl im Hals.
Während rings um ihn herum klickend die Verschlüsse der Anschnallgurte aufsprangen – wie immer hielt sich auch diesmal kein

Mensch an die Durchsage –, reckte er sich und warf einen Blick nach draußen. Von überallher sausten Gepäckwägelchen heran. Hinter der Geländeumzäunung konnte man schon die ersten Palmen ausmachen.
Ob die Familie Martinez nach dieser langen Verzögerung überhaupt noch auf ihn wartete? Siggi hatte den Gedanken gerade zu Ende gedacht, als sich vor ihm jemand umdrehte und ihn pfiffig anschaute. Ein rothaariges Mädchen mit funkelnd grünen Augen. Oha! Sie war etwa in seinem Alter, vielleicht auch ein Jahr jünger.
»Hallihallo«, sagte Siggi freundlich.
Das Mädchen lachte, blickte ihn an und sagte etwas auf französisch. Leider verstand Siggi kein Französisch, und zum erstenmal in seinem Leben bedauerte er es, sich auf Englisch versteift zu haben. Er war sofort von der kleinen Rothaarigen gefangen. Gerade als er sich in die Brust werfen und einen guten Eindruck hervorrufen wollte, stieß der neben ihm sitzende junge Mann seinem Begleiter den Ellbogen in die Rippen und rief aufgeregt: »He, Gus! Da! Der Baron!« Und ehe Siggi sich versah, beugte er sich vor und winkte durch das winzige Bullauge jemandem zu, den Siggi nicht sehen konnte.
»Reiß dich doch zusammen, Mensch!« erwiderte Gus ziemlich ungehalten und zerrte seinen Freund mit beiden Händen zurück. »Wir müssen jetzt schnell aussteigen, los, los! Mach bloß die Pferde nicht scheu, Mann!«
Siggi horchte auf. Erst jetzt dachte er daran, daß die beiden während des ganzen Fluges kein Wort miteinander gesprochen hatten. Sofort erwachte sein Interesse. Als die beiden sich erhoben, überlegte er: Der Baron? Hatte nicht auch James Blond irgendwann einmal . . . Klar! In einem seiner tolldreisten Abenteuer in der Südsee hatte er sich gegen den heimtückischen Baron Blaufeld wehren müssen . . . Siggi musterte seine beiden Mitreisenden verstohlen von der Seite. Ob es Geheimagenten waren, in einer gefährlichen Mission unterwegs? Mit ihren T-Shirts, Jeans und Turnschuhen sahen sie völlig harmlos aus, aber das konnte eine raffiniert ausgetüftelte Tarnung sein. Und was ihr Alter anbetraf . . . Er schätzte sie auf Mitte zwanzig. Aber echte Geheimagenten verfügten gewiß über einen Schminkkoffer, mit dessen Inhalt sie ihr Alter den Gegebenheiten anpaßten.
»Do you speak English?« fragte das rothaarige Mädchen, das sich nun wieder zu Siggi umdrehte.

»Nö . . . äh . . . oui, oui . . . ich meine natürlich yes!« erwiderte Siggi, der wie aus einem Traum auffuhr und sich dämlich vorkam.
»Ich spreche auch deine Sprache«, sagte das Mädchen auf deutsch. »Habe ich auf einem Internat gelernt, in der Schweiz.«
»Tatsächlich?« sagte Siggi, der plötzlich spürte, wie seine Ohren rot wurden. »Auf 'nem Internat?« Er rückte verlegen an seiner Brille. »Dann bist du wohl 'ne sogenannte höhere Tochter, was?«
Das Mädchen lachte.
»Monique!« sagte die neben dem Mädchen sitzende Dame plötzlich mit schriller Stimme und stieß einen Schwall französischer Worte aus, die Siggi sofort verrieten, daß sie ungehalten war.
Monique erwiderte etwas, aber die Dame zerrte an ihrem Ärmel.
»Entschuldige«, sagte Monique schulterzuckend, »aber meine Gouvernante meint, es schickt sich nicht, fremde Herren anzusprechen. Es sei denn, man wurde ihnen vorgestellt.«
»Na, dann stell' ich mich eben vor«, sagte Siggi und nannte seinen Namen. Die Gouvernante schien auch dies nicht schicklich zu finden, denn sie zeterte unbeeindruckt weiter. Monique kicherte, drehte sich um und setzte sich wieder hin.
Die beiden vermeintlichen Geheimagenten waren inzwischen außer Sichtweite. Siggi nahm sein Köfferchen und schloß sich dem Strom der Touristen an. Als er die Gangway endlich erreichte, wußte er, warum die Sonne in Düsseldorf an diesem ekligen Morgen nicht hatte scheinen können: Sie war gerade in Spanien zu Besuch. Am Ende der Gangway lief die übliche spanische Ankunftszeremonie ab: Ein Fotograf knipste jeden aussteigenden Passagier. Wenn man am Ende des Urlaubs in die Heimat zurückflog, konnte man sein Porträt in der Abfertigungshalle des Flughafens erstehen.
An der Paßkontrolle stieß Siggi wieder auf seine beiden Nebenmänner. Als der Aufgeregtere der beiden sich herumdrehte, konnte Siggi zum erstenmal sein Gesicht richtig sehen.
He! dachte er. Den kenne ich doch! Als er seinen Gedanken Ausdruck verleihen wollte, wandte sich der betreffende junge Mann wieder seinem Gefährten Gus zu und sagte: »Wir haben's geschafft! Wir sind wirklich da! Mann, ist das irre hier!«
Gus erwiderte gelangweilt: »Mach bloß keinen Aufstand! Was gibt's denn hier Besonderes? Das habe ich alles schon gesehen.«
»Aber ich noch nicht«, sagte der andere. »Mann! Hier ist es wirklich irre! Hier könnte ich für immer bleiben! Bei uns in . . .«

»Kennen wir uns nicht von irgendwoher?« mischte sich nun Siggi in das Gespräch ein. »Sagen Sie mal, kann es sein, daß wir uns schon mal irgendwo gesehen haben?«
»Nein«, erwiderte Gus für den anderen. »Ihr kennt euch nicht. Und nun putz die Platte, Bübchen.«
Siggi riß erstaunt die Augen auf. Was bildete dieser Laffe sich denn ein? Am liebsten hätte er ihm vors Schienbein getreten, aber von einem angehenden Akademiker erwartete die Welt ja wohl, daß er sich mit seinem kühlen Intellekt zur Wehr setzte – schließlich hatte er bereits die Mittlere Reife.
Gus und der andere drängten sich an ihm vorbei und passierten die Paßkontrolle. Ein gesäßlastiger Herr in einem khakifarbenen Anzug eilte den beiden entgegen und schwenkte dabei eine Zeitung. Direkt dahinter war Juanito Martinez zu erkennen, der sich suchend umschaute. Er hielt eine Stange in der Hand, an deren Ende sich ein mit den Worten »Hotel Risco de Fantasma« beschriftetes Schild befand. Also war Siggi nicht der einzige Gast, den die Familie Martinez erwartete.
An der Paßkontrolle gab es keinerlei Schwierigkeiten. Siggi lief auf Juanito zu, der laut »Arriba!« schrie und ihm gleich um den Hals fiel. »Mann«, staunte Siggi. »Hänschen, bist du braun geworden! Gegen dich seh' ich aus wie ein Bleichgesicht.«
»Das macht die Sonne hier, du armes Großstadtkind«, sagte Juanito lachend mit einem leicht rheinischen Akzent. »Wie steht's daheim, alter Junge? In Düsseldorf?« Daß er von Düsseldorf als von seinem Zuhause sprach, lag daran, daß er dort zur Welt gekommen war und erst seit zwei Jahren in Spanien lebte. Seine Eltern hatten fünfzehn Jahre lang in dieser Stadt ein Restaurant geleitet. Nun führten sie in einer kleinen Mittelmeerbucht ein eigenes Hotel.
Rasch berichtete Siggi seinem alten Schulfreund, was sich während der letzten Zeit in der Heimat getan hatte. Inzwischen versammelten sich die ersten Touristenscharen um Juanito.
»Bus Nummer dreizehn«, wiesen sie gemeinsam die Feriengäste ein. »Vor dem Ausgang links!« Die Abfertigung verlief zügig. Zehn Minuten später gingen auch Siggi und Juanito zum Bus.
Juanito zählte die Passagiere. Zwei fehlten noch.
Sie kamen eine halbe Minute später über den Platz gerannt: Monique und ihre Gouvernante. Letztere bemühte sich, während des Laufens ein ungeheures Monstrum von einem Sonnenhut festzu-

halten, das auf ihrem Kopf schwankte. Juanito und Siggi konnten sich einen Lacher nicht verkneifen, was ihnen einen giftigen Blick der Gouvernante eintrug, als sie keuchend den Bus enterte.
»Willkommen an Bord«, begrüßte Siggi die rothaarige Monique. »Na, das nenne ich eine Überraschung. Wir haben ein Ziel!«
»Monique!« schrillte die Gouvernante.
Als Juanito sich wie ein Gentleman verbeugte, sagte Siggi: »Darf ich bekanntmachen? Senor Juan Paolo Sebastian Manuel Jorge Martinez de Sowieso, Juniorchef des Hotels Risco de Fantasma.«
»Von Adel?« fragte Monique interessiert.
»Nö«, sagte Juanito. »Wir Spanier haben alle so lange Namen.«
»Und dies, Hänschen«, sagte Siggi, »ist Mademoiselle Monique aus Frankreich.«
»Monique Vanderbilt«, sagte Monique und nahm neben Siggi auf dem letzten freien Sitz Platz. »Aus Belgien.«
Der Bus ruckte an. Juanito nahm neben dem Fahrer Platz, ergriff ein Mikrofon und erklärte den Neuankömmlingen ein paar Formalitäten. Die Gouvernante saß mehrere Sitzreihen von Siggi und Monique getrennt, wandte ihnen jedoch das Gesicht zu. Sie schien ziemlich besorgt zu sein.
»Warst du schon mal hier?« fragte Monique und schaute sich neugierig um.
»Nein«, sagte Siggi kopfschüttelnd. »Aber meine Eltern fahren jedes Jahr hierher. Mit dem ganzen Kegelverein.«
»Ich bin zum erstenmal ohne Eltern in Urlaub«, sagte Monique. Sie senkte die Stimme, als sie feststellte, daß die Gouvernante sie nicht aus den Augen ließ. »Mein Vater ist Diplomat, weißt du? Meine Eltern haben wahnsinnige Angst, jemand könnte mich entführen.«
»Tja«, sagte Siggi, »das sind so die Momente, in denen es wirklich besser ist, man heißt einfach Meier.«
Monique kicherte. »Paß bloß auf! Meine Gouvernante heißt auch Meyer. Sie spricht es bloß vornehmer aus – Majeer!«
»Heiliger Bimbam«, sagte Siggi und barg das Gesicht in den Händen. Was war die Welt doch verrückt. Er hatte sich schon immer gefragt, warum all die Müllers, die ihm während seines Lebens über den Weg gelaufen waren, einen Doppelnamen hatten – wie beispielsweise Dr. Müller-Retin, den sie in der Penne nur Müller-Kretin nannten, weil er im Labor stets eine große Ähnlichkeit mit dem alten Dr. Frankenstein an den Tag legte.

»Und wo fährst du sonst so hin?« fragte Siggi, als der Bus auf die Meeruferstraße abbog.
»Och«, sagte Monique, »meist in irgendwelche öden, langweiligen Städte. New York, Toronto, Rom, London, Paris, Rio, Karatschi . . .« Sie seufzte gequält, während Siggi fassungslos die Kinnlade hinunterklappte. »Du kannst dir gar nicht vorstellen, wie langweilig das alles ist. Ich würde lieber mal nach Hünxe fahren oder nach Radevormwald oder so.«
»Wir könnten ja mal tauschen«, schlug Siggi höflich vor. »Ich wollte schon immer mit der Transsibirischen Eisenbahn nach Ulan Bator fahren.«
Er verstummte plötzlich. Neben dem Bus jagte ein Kabrio über die Straße. Am Steuer saß der gesäßlastige Herr, den sein Nebenmann im Flugzeug wohl als den »Baron« bezeichnet hatte.
Der grantige Gus saß mit steinerner Miene neben ihm, der andere hockte mit vor Staunen offenem Mund auf dem Rücksitz.
Monique quietschte auf.
»Ist dir was?« fragte Siggi. Madame Majeer hob den Kopf und rümpfte die Nase. Offenbar hielt sie Moniques Äußerung für sehr undamenhaft.
»Das ist doch Tony!« rief Monique aus und drückte sich die Nase an der Scheibe platt. »Tony!« Sie deutete auf den Mann auf dem Rücksitz des offenen Sportwagens, der staunend die Landschaft angaffte.
»Toni Sailer, die Skikanone?« echote Siggi. »Das ist der einzige Toni, den ich kenne. Wenn man von Toni Appelbaum absieht, der von der Schule geflogen ist, weil er in der Pause tote Ratten durchs Fenster der Mädchentoilette geworfen hat . . .« Daß dieser Tony ihm selber bekannt vorgekommen war, wollte er nicht preisgeben.
»Tony Tholl!« sagte Monique verzückt. Sie preßte beide Hände auf ihren Mund. Siggi stellte fest, daß sie einen sehr komischen Blick aufgesetzt hatte. Monique war ja ganz aus dem Häuschen!
»Tony! Er ist es wirklich!« Monique winkte dem gaffenden jungen Mann heftig zu, aber Tony schien sich so in die Umgebung verschaut zu haben, daß er sie übehaupt nicht wahrnahm.
»Na und?« sagte Siggi. »Was hat dieser tolle Tony, was ich nicht auch habe?« Er reckte seine schmale Hühnerbrust. »Schau mal, Monique . . .«
Aber das Mädchen hatte keinen Blick mehr für ihn übrig. Jetzt beschleunigte der Personenwagen. Er überholte den Bus und jagte mit

kreischenden Reifen davon. »Er war es wirklich«, sagte Monique, noch immer ganz verzückt.
»Tony, Tony, Tony«, brabbelte Siggi. »Na, wenn schon! – Kennst du ihn überhaupt? Er hat doch vorhin im Flugzeug direkt neben mir gesessen.«
»Wirklich?« Monique schien plötzlich wieder großes Interesse an Siggi zu haben. »Was hat er gesagt? Ist er ein Freund von dir?«
Siggi stieß pfeifend die Luft aus. »Ich habe ihn noch nie zuvor gesehen«, behauptete er. »Ist er jemand, den man kennen sollte?«
»Oh, und ob«, erwiderte Monique. »Er ist ein Star! Ein richtiger großer Star!«
»Ein Star?« fragte Siggi und suchte in seinen Taschen nach einem Kaugummi, um seine Nerven zu beruhigen. Er stellte fest, daß sich das Wort in seinem Mund ziemlich verächtlich anhörte. Aber das sollte es ja auch. Er bemerkte, daß er plötzlich eifersüchtig auf diesen Tony war.
Das gab es doch nicht, daß sich ein Mädchen von – na, vielleicht sechzehn für einen solch alten Mann interessierte! Wahrscheinlich war er schon fünfundzwanzig.
»Ich hab' mich immer schon für die Steinzeit interessiert«, sagte Siggi so spitz und scheinheilig wie nur möglich. »Kannst du deinen Tony nicht mal fragen, wie es in seiner Kindheit so war?«
»Du bist gemein!« Monique funkelte ihn an. »Wie kannst du nur so über Tony reden? Du kennst ihn doch gar nicht persönlich!«
»Ich kenne auch Attila den Hunnenkönig nicht persönlich, aber trotzdem wüßte ich über den kein gutes Wort zu sagen.«
»Er hat Schallplatten gemacht!« fauchte Monique.
»Schallplatten?«
»Nun ja . . . eine«, sagte Monique.
»Pah«, sagte Siggi, weil ihm nichts Besseres einfiel. »Das ist nichts. Schallplatten macht heute jeder.«
»Ja, die aus Plastik, für fünf Mark am Hauptbahnhof«, höhnte Monique. Dann nahm ihr Blick wieder einen träumerischen Ausdruck an, und sie sang leise: »Nur di-hir ge-hö-ört mein He-erz.«
»Ein Schlagersänger!« Siggi wandte den Blick zum Himmel. Au weia, das konnte noch heiter werden! Musikalisch schienen sie ja nun gar nicht zusammenzupassen.
Um bloß keinen Boden preiszugeben, sagte er: »Also, mir gefallen Ernie & The Eimerschwenkers viel besser.«

»Pah!« sagte Monique und rümpfte die Nase. »Was für ein blöder Name für eine Band! Da merkt man doch gleich, daß die keine Kultur haben.«
»Was macht dieser Tony denn jetzt so?« fragte Siggi und tat zum Schein ungeheuer interessiert, um Monique nicht ganz zu verprellen. »Singt er jetzt in Las Vegas?«
»Leider ist er nach seinem einzigen Auftritt in der Hitparade in der Versenkung verschwunden«, sagte Monique, und es sah ganz so aus, als würde sie gleich in Tränen ausbrechen. »Ich nehme an, da war eine Verschwörung gegen ihn im Gange.«
Siggi schüttelte sich vor Mitgefühl.
»Ich bin aber sicher, daß er ein Comeback plant«, sagte Monique, jetzt wieder guten Mutes. »Und ich wette, er kommt noch mal ganz groß raus. Er wird noch bekannter als Ronald König oder Howard Chippendale!«
»Hast du vielleicht 'ne Plastiktüte da?« fragte Siggi. »Ich glaube, ich muß mich übergeben.«
Als Monique ihn mit einem fragenden Blick musterte, log er: »Ich kann Autofahren nicht vertragen. Da wird mir schlecht – ehrlich.«
Monique schien ihm jedoch nicht recht zu glauben. Darum wechselten sie das Thema und unterhielten sich über Weltrekorde der Kerbtiere. Kurz darauf verkündete Juanito, daß es nicht mehr weit sei. Schon näherten sie sich einem wunderbar grünen Palmenhain, in dessen Mitte ein weißes, vierstöckiges Gebäude im maurischen Stil aufragte. Zwanzig Meter dahinter lag das hellblaue Meer.
Es war wirklich paradiesisch. Das einzige, was Siggi weniger gefiel, war der gesäßlastige Baron, der am Swimmingpool stand und sich mit einer Gestalt unterhielt, gegen die selbst Graf Dracula wie ein sanftmütiger Jugendpfleger gewirkt hätte.
Das konnte nur eine Bedeutung haben: Dieser Tony war im gleichen Hotel abgestiegen wie sie.

Nachdem Siggi die überschwengliche und lautstarke Begrüßung von Juanitos Eltern hatte über sich ergehen lassen, führte Juanito ihn per Lift auf sein Zimmer. Es lag im vierten Stock und verfügte über einen kleinen Balkon, der einen phantastischen Ausblick auf das Meer gestattete.
Siggi packte seine beiden Koffer aus und richtete sich erst einmal ein. Juanito ging gleich darauf, nicht jedoch, ohne sich mit Siggi zu einer Tretbootfahrt am Nachmittag zu verabreden. Für den Sohn eines Hoteliers gab es eben nur wenig Freizeit.
Mit Bermudashorts, weißen Leinenschuhen und einem blauen T-Shirt bekleidet, marschierte Siggi kurz darauf in die Hotelhalle zurück, um sich ein wenig mit der neuen Umgebung vertraut zu machen. Er musterte die anderen Hotelgäste. Die meisten schienen schon länger hier zu sein, wie er an der gesunden Färbung ihrer Haut erkennen konnte. Hier und da konnte er auch einen ausgeprägten Sonnenbrand ausmachen. In der Halle nagte ein wolliger schwarzer Pudel fröhlich an einem Stuhlbein. Siggi sah ihm eine Weile belustigt zu, dann entschied er sich, den Pool in Augenschein zu nehmen. Die Sonne hatte jetzt ihren höchsten Punkt erreicht, deswegen herrschte im Freien nicht allzuviel Betrieb. Unter den Palmen räkelten sich nur ein paar Bikini-Trägerinnen. Man konnte ihnen schon an der Nasenspitze ansehen, daß sich jede von ihnen für die Schönste hielt: Sie hatten nämlich für die anderen nur hochnäsige Blicke übrig. Ein paar Männer mittleren Alters plantschten mit einem Wasserball herum und gebärdeten sich dabei, wie Siggi fand, ziemlich unerwachsen.
Er setzte sich unter eine schattenspendende Palme an den Beckenrand und nahm sich Zeit, die Umgebung eingehend zu studieren. Das Hotel Risco de Fantasma – »Geisterklippe« – erweckte den Eindruck eines gutgehenden Unternehmens und schien voll besetzt zu sein. Siggi wußte von seinen Eltern, daß die Familie Martinez über achtzig Zimmer verfügte. Mithin mußten sich in dem Hotel an die zweihundert Menschen tummeln. Die meisten erschienen ihm relativ jung zu sein – zwischen zwanzig und dreißig –, aber er entdeckte auch einige ältere Herrschaften und eine Menge ausgelassener Kinder. Zwischen den Palmen, die den Pool umgaben, standen zwei kleine, hölzerne Pavillons, wo man einen Imbiß zu sich neh-

men oder sich mit kalten Getränken versorgen konnte. Irgendwo dudelte Musik aus einem Kassettenrecorder. Das Gelände fiel nach Süden hin etwas ab und lief in eine etwa zweihundert Meter durchmessende Bucht aus, die von hohen Felsenklippen umgeben war. Auch dort befanden sich einige Dutzend Menschen. Sie dümpelten mit weißen Tretbooten auf dem Wasser oder plantschten im Meer. Die Brandung war schwach.
Siggi verspürte plötzlich Hunger und Durst. Als sein Blick auf den Pavillon fiel, der ihm am nächsten war, stand er auf, setzte sich an den Tresen und bestellte sich einen gebratenen Pollo und eine eisgekühlte Limonade. Das Hähnchen war ziemlich salzig, aber gerade das mochte er. Er wischte sich gerade die Lippen ab, als er den feisten Baron um eine Ecke biegen sah. Er ging auf den Pavillon zu, bestellte sich mit einer seltsam quäkenden Stimme ein alkoholisches Getränk und nahm im Schatten der Palme an einem kleinen rustikalen Tisch mit vier Stühlen Platz. Er schien auf jemanden zu warten, denn er blickte mehrmals auf die Uhr.
Siggi hielt den Atem an. Hoffentlich kreuzten jetzt Monique und Tony nicht im gleichen Augenblick auf! Es wurmte ihn ganz gewaltig, daß dieser Schnulzenhirni hier abgestiegen war. Warum war er nicht nach Marbella gefahren, wo sich die internationale Prominenz ein Stelldichein gab? Noch ehe er den Gedanken halbwegs zu Ende gedacht hatte, schlenderten Tony und Gus heran. Sie hatten sich noch nicht umgezogen und machten einen ziemlich erschöpften Eindruck. Als der Baron sie sah, winkte er sie zu sich. Da öffnete sich eine Balkontür und Monique trat heraus.
Siggi machte: »Uuuuaaaah!«
»Tut dir was weh, junger Freund?« fragte eine fröhliche Stimme neben ihm.
Siggi zuckte zusammen. Auf dem Hocker neben ihm hatte ein spindeldürrer, knochiger Mann in einer gefleckten Tarzan-Badehose Platz genommen, der ihm leutselig zuzwinkerte. Er hatte einen ziemlich spitzen Adamsapfel und paffte nervös an einem dünnen Zigarillo. Seine Haut war sonnenverbrannt. Dennoch sah er weniger nach einem Sportsmann als nach einem Müßiggänger aus.
»Schon gut«, sagte Siggi. »Ich dachte bloß, ich hätte da hinten im Gras eine Eidechse gesehen.« Es war natürlich keine Frage, daß Monique den am Tisch sitzenden Tony erspähte und einen begeisterten Aufschrei hören ließ. Der Baron, Gus und Tony zuckten zusam-

men. Monique löste sich aus ihrer Erstarrung und verschwand wie ein Blitz in ihrem Zimmer. Siggi überlegte. Entweder hatte sie plötzlich Angst vor der eigenen Courage bekommen – oder sie eilte jetzt nach unten, um sich von Tony ein Autogramm zu holen.
»Bist du neu hier?« fragte der nachgemachte Tarzan. »Du siehst bleich aus. Willste 'n Zigarillo?«
Siggi wehrte entsetzt ab und sagte: »Ich hab' mir das Rauchen schon mit sieben wieder abgewöhnt.«
Der Tarzan grinste. »Tolles Wetter heute, wat?« sagte er dann und gab damit zu erkennen, daß er aus Berlin stammte. »Ick bin sogar schon 'ne Runde geschwommen.« Er sagte das in einem Ton, als sei dies eine Meisterleistung.
Siggi musterte ihn etwas eingehender. Obwohl der Tarzan ein ziemlich jungenhaftes Gehabe an den Tag legte und an sich gar nicht erwachsen wirkte, schien er doch wenigstens ein Jahrzehnt älter zu sein, als er aussah.
Der Baron und seine Bekannten vertieften sich in eine – wie es schien – ziemlich erregte Diskussion, von der Siggi jedoch kein Wort verstand.
»An der Geisterklippe«, sagte der Tarzan gedankenverloren. »Da sieht's echt gespenstisch aus.«
»Wie? Wo? Was?« fragte Siggi. Er hatte das untrügliche Gefühl, daß er etwas überhört hatte. Der Tarzan wiederholte seinen letzten Satz, erst dann erkannte er, daß sein Gegenüber mit den örtlichen Gegebenheiten überhaupt noch nicht vertraut war. »Na, warum, glaubst du wohl, heißt dieses Hotel Risco de Fantasma?«
Der Tarzan schnippte mit den Fingern.
»Weil es hier 'ne Klippe gibt, die man so nennt.« Er deutete nach links, zum Meer hin. »Von da aus sieht das Ding wirklich unheimlich aus, wie ein Menschenkopf. – Brrr!« Er schüttelte sich. »Mit einer richtigen Nase und zwei Augen – ich meine, mit zwei Höhlen, die wie Augen aussehen. Und oben drauf wächst ein kleiner Dschungel. Wenn man das aus der Ferne sieht, hat man den Eindruck, dem Felsen würden Haare wachsen.«
»Klingt ja richtig geheimnisvoll«, sagte Siggi, nun tatsächlich interessiert. »Kann man da mit einem Tretboot hinfahren, ohne abgetrieben zu werden?«
»Kein Problem«, antwortete der Tarzan. »Da ist es ganz seicht und ungefährlich. Man kann sogar an Land gehen.« Erst jetzt schien

ihm die Idee zu kommen, sich vorzustellen. »Ich heiße übrigens Philip«, sagte er. »Philip von Wittenstein. Aber du kannst ruhig Phil zu mir sagen.«
»Freut mich«, sagte Siggi. »Ich heiße Siegfried, aber da ich mit keinem rede, der mich so nennt, kannst du mich ruhig Siggi nennen.« Er zwinkerte.
»Gemacht.« Phil zwinkerte zurück und schüttelte Siggi die Hand. »Bist du auch Student?«
»Nee, Schüler.«
»Ich bin noch Student«, sagte Philip. »Im sechsundzwanzigsten Semester.«
»Theologie?« fragte Siggi. »Oder Physik?« Er hatte mal irgendwo gehört, daß Theologen und Physiker ihr halbes Leben auf der Universität zubringen.
»Nee«, sagte Philip kopfschüttelnd. »Architektur, Theaterwissenschaften, Journalismus, Germanistik, Anglistik, Romanistik, Volkswirtschaft, Maschinenbau, Archäologie und Mathematik.«
Siggi standen beinahe die Haare zu Berge. »Was denn«, sagte er atemlos. »Alles auf einmal?«
»Alles hintereinander«, sagte Philip und drückte seinen qualmenden Zigarillo aus. »Ich bin leider nie dazu gekommen, etwas fertigzustudieren.« Er schlug die Augen gen Himmel. »Weißt du, ich habe eben wahnsinnig viele andere Interessen.«
»Mein Gott«, sagte Siggi und verbarg das Gesicht in den Händen.
»Sag mal«, sagte Philip plötzlich und deutete mit dem Kopf auf den Baron und seine beiden Begleiter, »kommt dir der eine da nicht auch irgendwie bekannt vor?«
»O nein«, log Siggi, »aber ich weiß trotzdem, wen du meinst.« Aus den Augenwinkeln nahm er wahr, daß Monique ins Freie trat. Zum Glück stand der Baron jetzt auf, und Gus und Tony taten es ihm gleich. Sie strebten dem Hotelparkplatz entgegen.
»Der Dicke«, sagte Philip, »ist Baron Bollmann. Der ist schon seit einer Woche hier. Aber der andere? Wo habe ich den nur schon mal gesehen? In Rio? Rom? London? Paris?«
»Wahrscheinlich in Hückeswagen«, sagte Siggi eilig und schüttelte seinem neuen Bekannten die Hand. »Ich muß jetzt weg, Phil, hat mich sehr gefreut, bis demnächst.« Er machte sich auf den Weg, um Monique zu begrüßen, die zum erstenmal nicht von ihrer Gouvernante begleitet wurde.

Bevor er sie erreichte, stand plötzlich Juanito vor ihm und sagte: »Feierabend! Los, wir gehen.«
»Einen Augenblick«, sagte Siggi. »Ich muß noch eben schnell . . .«
Monique wechselte die Richtung und verschwand.
»Keine Widerrede!« Juanito packte ihn am Arm und zerrte ihn hinter sich her. »Ich brauche jetzt zwei bis sechs Mußestunden!«
»Na schön«, sagte Siggi kleinlaut. Sie marschierten auf die Bucht zu. Ein paar Minuten später hatten sie ein Tretboot flottgemacht und stachen in See.
»Hör mal, Hänschen«, sagte Siggi nach einer Weile sinnlosen Herumtrampelns, »kennst du eigentlich die Geisterklippe?«
»Natürlich.« Juanito lachte. »Die kennt jeder hier. Ein unheimlicher Ort.«
»Tatsächlich?« Siggi fröstelte trotz der Hitze.
»Es gibt da ein paar unheimliche Legenden . . .«, sagte Juanito.
»Pah«, machte Siggi. »Davon läßt du dich doch als aufgeklärter Europäer nicht einschüchtern?«
»Natürlich nicht«, sagte Juanito großspurig. »Aber da du ja ziemlich schreckhaft bist . . .«
»Ich soll schreckhaft sein?« Siggi sprang empört auf. »Ich? Das ist . . . Hilfe!«
Juanito krümmte sich vor Lachen, denn er hatte das Boot so nebenbei ein bißchen zum Schwanken gebracht. Irgendwo in ihrer Nähe lachte noch jemand. Siggi – wegen seiner Schreckhaftigkeit etwas beschämt – hob den Kopf. Ein zweites Tretboot folgte ihnen. Am Steuer saß Monique, angetan mit einem grünen Badeanzug und einem gelben Stirnband, das ihr Haar zusammenhielt.
Siggi spürte zwar, wie rot er wurde, aber er nahm sich zusammen, winkte ihr zu und rief: »Das war nur ein kleiner Scherz von mir!«
»Wo ist denn die liebe Madame Majeer?« fragte Juanito laut.
»Ich bin ihr ausgebüchst«, rief Monique zurück. »Im Moment wird sie mich wohl irgendwo in einer Diskothek suchen, nehme ich an.« Sie lachte sich eins. »Wartet auf mich! Ich komme mit!«
Als sie aufgeschlossen hatte, rief Juanito: »Die Geisterklippe ist etwa zweihundert Meter von hier entfernt. Wir müssen nur um die Ecke da paddeln.« Sie legten sich mächtig ins Zeug, blieben jedoch die ganze Zeit über nahe an der Felsenküste. Die Klippe, die Juanito als »die Ecke da« bezeichnet hatte, glitt langsam an ihnen vorbei. Der Meeresboden war ziemlich felsig und kaum zwei Meter tief.

»Wir müssen etwas weiter raus, wenn wir alles richtig sehen wollen«, meinte Juanito. »Wenn man zu nahe dran ist, wirkt es nicht so.« Sie brauchten fünfzehn Minuten, dann waren sie weit genug von der Geisterklippe entfernt, um ihren Anblick richtig würdigen zu können.
Siggi war sprachlos, als er sie sah.
Auch Monique war von dem seltsamen Anblick begeistert. »Wirklich, es sieht aus wie ein menschlicher Kopf!« rief sie aus. »Schaut mal – da ist die Nase, da sind die Augen –, und das Ding hat sogar einen Mund!«
»Die Augen- und Nasenlöcher«, erklärte Juanito wie ein geborener Geologe, »gehen nicht tief rein. Nur zwei, drei Meter. Aber die Mundöffnung . . . dahinter liegt ein richtiger Höhlengang. Ich weiß nicht, wie tief der ist.« Er schüttelte sich. »Im vorigen Jahr bin ich mal dringewesen, mit zwei Kellnerlehrlingen, aber nach zwanzig Metern wurde es uns dann doch zu gruselig.«
»Los«, sagte Siggi, »da fahren wir hin!« Er war plötzlich Feuer und Flamme. War dies nicht eine herrliche Gelegenheit, Monique zu zeigen, was für ein toller Kerl er war? Siggi dachte an James Blond und fragte sich, ob der es wohl auch wagen würde, in eine finstere Höhle vorzustoßen, in der möglicherweise Hunderte von ekligen Spinnen und . . . Brrrr! Er schüttelte sich, aber da Monique bereits erfreut ihre Zustimmung bekundet hatte, blieb ihm nichts anderes übrig, als über seinen eigenen Schatten zu springen. Auf welchen Unsinn hatte er sich nur wieder eingelassen?
Juanito setzte das Boot bereits in Bewegung. Monique folgte ihnen. Je näher sie der Geisterklippe kamen, desto geringer wurde ihre Menschenähnlichkeit. Schließlich lag der durchlöcherte Felsen vor ihnen. Er ragte etwa dreißig Meter hoch auf.
»Ist hier Grund?« fragte Siggi, der nach einer Ausrede suchte, um das Unternehmen im letzten Moment abblasen zu können. Juanito nickte – zu Siggis Entsetzen – ziemlich fröhlich. »Tiefe ein Meter«, sagte er knapp und deutete nach unten. »Wenn du willst, kannst du zu Fuß rübergehen.«
»Nun ja«, sagte Siggi zögernd. »Aber einer von uns sollte auf die Boote aufpassen.« Er hüstelte. »Damit sie nicht abtreiben oder so.«
»Oh«, sagte Juanito, »das mach' ich schon.«
Siggi schluckte. Warum mußte er auch nur immer so angeben? Juanito packte Moniques Boot mit der Hand. Das Mädchen sprang ins

Wasser. Siggi zog sein T-Shirt aus und legte es zu seinen Schuhen auf den Sitz. »Willst du nicht lieber doch mit?« fragte er seinen Freund, während Monique wie ein geölter Blitz auf die Felsküste zuschwamm.
»Nun mach schon. Sonst schwimmt dir deine zukünftige Braut noch weg«, spöttelte Juanito.
Siggi hüpfte ins Wasser. Es war herrlich warm, aber er hatte trotzdem eine leichte Gänsehaut, als er bei Monique anlangte. Unterhalb des »Kinns« des Felsens gab es eine flache, von der See ausgewaschene Plattform. Fünf, sechs Meter dahinter – etwas erhoben – breitete sich ein wucherndes, mannshohes Dickicht aus. Man konnte das »Kinn« nur erreichen, wenn man es durchquerte, aber dazu hatte Siggi keine Lust. Das Dickicht war mindestens fünf Meter tief und dichtverwurzelt. Bestimmt wimmelte es dort von Spinnen und anderem abscheulichen Getier.
Die tropfnasse Monique nahm Siggis Hand. »Wir klettern zu der Mundhöhle rauf, okay?«
»Was?« Siggi riß sich los. »Das sind doch mindestens fünf Meter! Ich bin doch nicht Reinhold Messner!« Natürlich erwähnte er mit keinem Wort, daß er lieber den Mount Everest bestiegen hätte, als sich durch das Dickicht zu wagen.
»Nun hab dich doch nicht so!« Monique zerteilte das Gesträuch, rümpfte die Nase und hielt dann inne. »Ich weiß nicht so recht«, sagte sie zögernd. »Glaubst du, daß es hier Spinnen gibt?«
»Pah«, sagte Siggi schlagfertig. »Das ist wieder mal typisch Frau! Hast du etwa Angst vor Spinnen?« Innerlich schlug er drei Kreuze, obwohl er gar nicht katholisch war.
»Nun . . .« sagte Monique unentschlossen.
»Für mich wäre das kein Hinderungsgrund«, sagte Siggi tapfer und in dem Bewußtsein, daß er gewonnen hatte. »Aber wenn du dich natürlich vor diesen süßen kleinen Krabbeltierchen fürchtest . . .« Er zuckte weltmännisch mit den Schultern.
»Ich mag es nur nicht, wenn sie mir über die Füße krabbeln«, sagte Monique und drehte sich um. »Ich schwimme noch mal eben zum Boot zurück und hole meine Badeschuhe.«
Siggi kreischte auf, packte Moniques Hand, schrie etwas Wirres von einem Skorpion und sprang mit ihr ins Wasser. Wie von tausend Furien gehetzt kraulten sie zu den Booten zurück, wo sie ein grinsender Juanito in Empfang nahm.

»Habt ihr ein Gespenst gesehen?«
»Ein Skorpion!« Monique zog sich an Bord und schüttelte sich. Siggi hielt sich vornehm zurück und betete inbrünstig darum, daß sein Freund ihn nicht in die Pfanne haute.
Juanito, der natürlich nicht wissen konnte, zu welcher Notlüge Siggi gegriffen hatte, um sich ein ungewisses Schicksal in einem Spinnendickicht zu ersparen, lachte laut auf und prustete: »Hier gibt's doch gar keine Skorpione!«
Siggis Ohren wurden flammendrot. »Dann war's eben . . . dann war's eben eine Tarantel oder so was«, stieß er aufgeregt hervor, um seinem an den Haaren herbeigezogenen Geschichtchen den nötigen Nachdruck zu verleihen. »Ich schlage vor, daß wir jetzt das Weite suchen. Vielleicht kann diese Bestie sogar schwimmen!«
Er funkelte Juanito an, der jetzt endlich verstand und sich hurtig in die Pedale legte. Sie paddelten aufs Meer hinaus. Erst als die graubraune Geisterklippe wieder das Aussehen eines menschlichen Kopfes angenommen hatte, hielten sie an.
Siggi hatte sich inzwischen soweit beruhigt, daß er ein paar klare Gedanken fassen konnte. Mann, hatte er sich kindisch benommen! James Blond hätte sich nie so verhalten.
Hatte er nicht sogar in seinem Abenteuer »James Blond im Kampf gegen die Riesenspinne« eigenhändig . . .
»He«, sagte Monique plötzlich. »Auf der Klippe steht ja ein Haus.«
»Wie?«
Siggi drehte sich zu ihr um.
Sie schaute konzentriert durch einen Feldstecher.
»Auf der Geisterklippe?«
Juanito nickte und sagte nachdenklich: »Ja, da oben gibt es eine alte Villa. Ziemlich zerfallen, glaube ich. Und ganz zugewachsen von Ranken und Dornenbüschen. Kann man die von hier aus sehen?«
»Da hat etwas geblitzt«, erklärte Monique. »Sonst wäre es mir gar nicht aufgefallen. He, schau mal.« Sie reichte Siggi den Feldstecher.
»Du hast recht.« Siggi konnte ein Stück Mauer erkennen und daneben ein Fenster. Möglicherweise hatte sich die Sonne darin gespiegelt. – War es eine Halluzination oder sah er da tatsächlich . . .
»O nein!« stieß Siggi hervor. »O nein!«
»Ist was, Siggi?« fragte Juanito besorgt.
Kein Zweifel! Es war Tony. Und er war ohne Frage gerade damit beschäftigt, mit einer Axt das Dickicht abzuholzen, das wild um das

alte Haus herum wucherte. Mußte er diesem Burschen denn auf Schritt und Tritt begegnen?

»Es ist nichts«, sagte er schnell. »Ich mußte nur gerade an mein letztes Zeugnis denken.«

»Ich glaube«, sagte Juanito, der Augen wie ein Gebirgsadler hatte, »ich sehe es jetzt sogar ohne Fernglas. Da fällt jemand Bäume.«

»Ach wo«, nuschelte Siggi hastig, »da ist niemand. Eine optische Täuschung.«

»Ich sehe es aber auch«, warf jetzt Monique ein. »Vielleicht hast du das Ding nur falsch eingestellt. Zeig doch mal her.«

»Nie im Leben!« sagte Siggi und setzte dummerweise den Feldstecher ab. Monique riß ihn ihm einfach aus der Hand und fing an, an der Einstellung zu drehen. Obwohl das völlig sinnlos war, denn jetzt sah Siggi das gleiche wie seine beiden Freunde – und zwar ohne Sehhilfe. Tony wütete dort wie die Axt im Walde. Inzwischen konnte man das Haus auch mit bloßem Auge erkennen. Monique hob das Glas an ihre Augen, warf einen prüfenden Blick auf den Kopf der Geisterklippe und . . .

Sie kreischte auf: »Tony!«

»O nein!« wimmerte Siggi. »Nicht schon wieder dieser . . .«

»Tony?« fragte Juanito. »Wer ist Tony?«

»Tony«, wiederholte Monique. Sie setzte das Glas ab und riß es dann wieder hoch. »Er ist es wirklich!« Sie stand so impulsiv auf, daß sie ihr Boot beinahe zum Kentern brachte.

»Wer, zum Kuckuck«, sagte Juanito, »ist Tony?«

»Na, dieser Schlagersänger, der bei euch wohnt«, brummte Siggi säuerlich.

»Bei uns wohnt kein Tony«, sagte Juanito. »Ich kenne die Gästelisten. Das müßte ich wissen.«

»Nicht?« Siggis Herz machte einen freudigen Hüpfer. »Ja, wo wohnt er denn dann?«

»Tony!« Monique winkte dem Holzfäller auf der Geisterklippe zu, aber er konnte sie nicht hören, dazu waren sie zu weit entfernt.

»Keine Ahnung.« Juanito zuckte mit den Schultern. »Vielleicht zeltet er? Hier gibt es doch im Umkreis von zwanzig Kilometern gar nichts anderes.«

»Zelten?« Monique schürzte empört die Lippen.

»Ein Star zeltet doch nicht! Er hat die Villa auf der Geisterklippe gekauft. Er wohnt da oben.«

»Villa?« fragte Siggi. »Es sieht eher nach einer alten Ruine aus, wenn du mich fragst.« Er wollte Monique das Fernglas aus der Hand nehmen, aber sie hatte es bereits wieder an die Augen gesetzt. Siggi stöhnte auf. »Kommt, wir hauen besser ab«, sagte er. »Allmählich bekomme ich Hunger.«
»Einverstanden«, sagte Juanito, der über Moniques komisches Verhalten nur noch den Kopf schütteln konnte. Sie legten sich voll in die Pedale.
Die Geisterklippe blieb hinter ihnen zurück.
»Kann man die Klippe auch zu Fuß erreichen?« fragte Monique, die sich mächtig ins Zeug legen mußte, um nicht abgehängt zu werden. Siggi wollte ihr gerade in den leuchtendsten Farben schildern, daß es auf dem Landweg dorthin von Klapperschlangen und Wegelagerern nur so wimmelte, als der hilfreiche Juanito sagte: »Aber das ist doch überhaupt kein Problem.«
»Na gut«, sagte Monique, »dann spazieren wir am Spätnachmittag rüber.« Sie hielt kurz inne, drehte sich herum, hob das Fernglas und lugte zum letztenmal zum Kopf der Geisterklippe hinüber.
Als sie erneut aufkreischte, hörte Siggi schon gar nicht mehr richtig hin. Sollte einer die Frauen verstehen! Er verstand sie nicht.
»Tony!« hörte er Monique so laut schreien, daß es über das Wasser schallte. »Er wird entführt!«
Der Schreck fuhr Siggi und Juanito dermaßen in die Glieder, daß sie aufsprangen und herumwirbelten. Das hätten sie nicht tun sollen, denn eine Sekunde später krachte Moniques Boot gegen das ihre, und sie landeten alle drei kopfüber im Wasser.

Der Mann mit der Maske

Während Siggi noch röchelnd nach dem Boot griff, um sich daran hochzuziehen, stand Moniques Mund keine Sekunde lang still. Sie hatte es genau gesehen: Ein maskierter Mann hatte sich in heimtückischer Weise an den lieben, süßen, guten, talentierten Tony Tholl herangeschlichen und dabei ein Seil in der Hand gehalten – zweifellos mit dem Ziel, den lieben, süßen, guten, talentierten Tony zu fesseln und von diesem sonnigen, paradiesischen Ort an einen anderen zu verfrachten, wo er elendiglich in einem schmutzigen, finsteren, feuchten Verlies bei Wasser und Brot darben mußte,

bis seine Verwandten, Freunde und Fans ihn gegen eine Riesensumme wieder freikauften.
Juanito tauchte prustend neben ihnen auf und bewies, daß er ausgezeichnet auf spanisch zu fluchen verstand. Siggi, der sich sehnlichst wünschte, der Entführer möge Tony in der eisigen Ödnis des Südpols bei den Pinguinen verstecken, zog sich an Bord. Erst als er saß und Monique ihre Geschichte zum fünftenmal hervorsprudelte, klärten sich seine Sinne, und er kam sich wie ein Schuft vor. Wenn er Tony auch mehr haßte als die Beulenpest, so durfte man doch nicht vergessen, daß er ein Mensch war – wenn auch nach Siggis Meinung kein besonders netter.
»Okay«, keuchte er, nachdem er einigermaßen zu Atem gekommen war. »Beruhige dich! Warte einen Moment!«
Juanito spuckte einen Strahl Salzwasser aus, langte unter sein T-Shirt und zog einen zappelnden, kleinen Fisch hervor, um ihn ins Wasser zu werfen. Er schien ganz ruhig zu sein, denn er fragte sachlich: »Was hast du sonst noch gesehen?«
»Das habe ich doch schon zehnmal . . .« Monique war außer sich. Sie ruderte wild mit den Armen.
»Hast du gesehen«, keuchte Juanito schwer, »daß der Maskierte ihn niedergeschlagen hat?«
»Nein.« Monique schüttelte den Kopf und sagte kleinlaut: »Da seid ihr gerade ins Wasser gefallen.«
»Aha«, machte Juanito.
»Siggi!« schrie Monique. »Juanito! Die Sache ist doch wohl ganz klar! Ich meine . . . Wer würde sich schon maskieren und an einen anderen heranschleichen, wenn er ihn nicht . . .«
Sie hielt erschrocken inne und wurde ganz blaß. »Mein Gott, vielleicht hat er ihn auch . . .«
»Mensch«, warf Siggi ein, dem das Herz jetzt bis zum Halse schlug, »mal bloß nicht den Teufel an die Wand.« Nun machte er sich wirklich Sorgen. »So, volle Fahrt voraus!«
»Wir gehen an Land«, stimmte Juanito ihm zu. »Und dann nichts wie hin – zur Geisterklippe!«
Sie traten in die Pedale. Das Ufer kam näher. »Wollen wir nicht die Polizei rufen?« Moniques Stimme war kaum noch zu hören, schließlich mußte sie ja ihr Boot allein voranbewegen.
»Das dauert zu lange!« schrie Juanito, der nach Leibeskräften paddelte. »Außerdem ist unser Polizist heute auf einer Kindstaufe!«

»Unser Polizist?« Siggi fühlte sich plötzlich gar nicht mehr wohl. Sollte das bedeuten, daß es in der näheren Umgebung nur einen einzigen Ordnungshüter gab? Na, das konnte ja heiter werden!
Sie zogen die Tretboote ans Ufer und machten sich sofort auf den Weg. Es war nicht gerade ein Spaßvergnügen, barfuß durch den Sand zu laufen. Juanito eilte ihnen voraus, da er die Gegend am besten kannte. Monique und Siggi folgten ihm auf dem Fuße. Zweihundert Meter weiter hatten sie wieder festen Felsboden unter den Füßen und zogen ihre Schuhe an. Vom Meer kommend bogen sie nach rechts ab. Das Gelände stieg jetzt ziemlich steil an, so daß aus ihrem anfänglichen Laufen allmählich mehr ein Klettern wurde. Die Sonne brannte heiß vom Himmel und trocknete langsam ihre nassen Sachen. Siggi keuchte und schwitzte, und einmal wäre ihm beinahe im Eifer des Gefechts die Brille von der Nase gerutscht. Als sie oben angekommen waren, wurde es flacher. Rechts von ihnen fiel das Gelände steil ab.
Der »Haarwuchs« auf dem Kopf der Geisterklippe breitete sich etwa dreihundert Meter vor ihnen aus. Erst jetzt sah Siggi, daß das Wäldchen einen Durchmesser von mindestens zweihundert Metern hatte. Bis dahin jedoch war das Gelände öde und nur spärlich bewachsen. Sie kämpften sich durch vereinzeltes Gesträuch. Aufgeschreckte Eidechsen rasten im Zickzack hin und her, als die drei sich ihnen näherten. Einmal scheuchten sie einen bunten Vogel auf, der wie ein Zwergpapagei aussah.
»Da ist es!« Juanito blieb stehen. Auch Siggi und Monique verharrten und rangen nach Atem. Monique taumelte, und das Fernglas fiel ihr aus den Händen. Es schepperte zu Boden. Siggi hob es auf und schaute hindurch. Er hatte den Eindruck, als sei das Wäldchen nur noch fünf Meter von ihm entfernt. Da war ein verwittertes Schild, das jemand in den Boden gerammt hatte.
»Cuidado, perro!« las er vor.
Juanito übersetzte: »Vorsicht, Hund!«
In dem kleinen Wäldchen schien sich nichts zu rühren. Nirgendwo war ein Mensch zu sehen. Sie gingen bis zu den ersten Ausläufern des Miniaturdschungels. Totenstille überall. Nur das sanfte Rauschen der Brandung war zu hören.
»Na gut«, sagte Siggi, der an den Superagenten James Blond dachte und sich fragte, wie dieser in einer solchen Situation reagiert hätte. »Gehen wir rein und sehen uns um!« Obwohl sein Herz heftig

klopfte, ließ er sich nichts anmerken. Er schob Zweige und Gebüsche beiseite, und ein paar bange Minuten später glaubte er, eine schmutzigweiße Mauer zu erkennen. Ein Fenster. Er blieb stehen, wagte nicht, sich umzudrehen. Monique nahm seine Hand, und das erschreckte ihn so, daß er beinahe laut aufgeschrien hätte.
»Pssst!« machte sie. Und dann: »Siehst du was?«
»Nichts Besonderes«, flüsterte Siggi.
Unter seinem rechten Fuß knackte ein trockener Zweig. Juanito machte: »Huch!«, aber er fing sich schnell wieder und meinte heldenhaft: »Los, wir sehen uns hier mal ein bißchen näher um.«
Juanitos Heldenmut verunsicherte Siggi nur noch mehr. »Au ja«, sagte er mit einer Begeisterung, die er gar nicht spürte, »aber es ist besser, wenn du ab jetzt die Führung übernimmst.« Er räusperte sich. »Ich kenn' mich hier doch gar nicht aus.«
»Oh«, sagte Juanito und wich gleich einen Schritt zurück, »ich fühle mich als Abschlußmann ganz ausgezeichnet. Außerdem war ich lange nicht mehr hier. Und ganz abgesehen davon . . . bist du der Ältere von uns beiden.«
»Ja, vier Wochen«, sagte Siggi. Dann gab er seinem Herzen einen Stoß. Zu dumm, daß er den Führer gespielt hatte, jetzt mußte er es auch durchstehen.
Je näher sie dem alten Gemäuer kamen, desto deutlicher erkannten sie, daß es tatsächlich bewohnt war. Jemand hatte sich die Mühe gemacht, die urwaldähnliche Umgebung des Gebäudes zu roden. Wahrscheinlich hatte das Haus noch vor ein paar Tagen mitten im Dschungel gestanden: Nun wurde es von einer Lichtung umgeben. Sie war zwar klein – fünf Meter von den Hauswänden entfernt begann wieder das Gestrüpp –, aber man konnte sich bewegen. Zur Meerseite hin hatte man eine Schneise geschlagen. Offenbar wollten die Hausbewohner den Meeresblick genießen, ohne daß man sie selbst vom Land her sehen konnte.
Monique entdeckte eine Tür. Auch auf dieser war ein Schild befestigt: »Prohibido la entrada«. Und darunter stand auf deutsch: »Eintritt untersagt«.
»Seid bloß leise«, flüsterte Siggi.
Monique, deren Nervosität jetzt zunahm, suchte fieberhaft nach der Stelle, an der sie Tony zum letztenmal gesehen hatte. Vergeblich hielt sie nach Kampfspuren Ausschau, denn sie war felsenfest davon überzeugt, daß Tony wie ein Löwe um seine Freiheit ge-

kämpft hatte. Siggi hatte indessen etwas mehr Glück. Als er sich der Stirnseite der Geisterklippe näherte und einen Blick in die Tiefe riskierte, fand er eine etwa zwei Meter lange Wäscheleine, die jemand liegengelassen hatte.
Hatte Monique nicht ein solches Seil erwähnt?
»Irgend etwas ist hier oberfaul«, sagte er leise vor sich hin.
»Das ist es ganz gewiß«, sagte unerwartet eine Stimme neben ihm. »Dieser elende Schuft von einem Häusermakler hat mir nämlich hoch und heilig versichert, ich wäre hier völlig ungestört!« Siggi fuhr herum. Monique und Juanito zuckten zusammen. Ein etwa fünfzigjähriger Mann mit Kahlkopf, einem beträchtlichen Leibesumfang und dicken Brillengläsern lehnte sich aus einem Fenster und schnauzte äußerst ungehalten: »Ich frage mich, was ihr Rabauken heutzutage noch in der Schule lernt! Lesen und Benehmen ganz gewiß nicht!« Er knallte das Fenster zu und kam fünf Sekunden später wie eine kleine Kanonenkugel aus dem Haus geschossen. Er hielt einen Golfschläger in der Hand, fuchtelte wütend damit herum und keifte: »Was habt ihr hier verloren? Seht ihr nicht, daß das hier Privatbesitz ist? Verschwindet, aber ein bißchen plötzlich, sonst hetze ich meinen Hund auf euch! Jetzt habe ich die Nase aber endgültig voll!«
Der Mann schien außer sich zu sein. Siggi und Juanito gingen vorsichtshalber zwei Schritte zurück.
»Entschuldigen Sie, Senor«, sagte Juanito, »wir hatten nicht . . .«
»Wir suchen Tony«, warf Monique ein.
»Er ist offenbar entführt worden.«
»Tony?« sagte der Dicke ungehalten. »Ich kenne keinen Tony. Gewiß seid ihr nur igendwelche ungewaschenen Hippies, die hier herumlungern wollen. Ich will meine Ruhe haben! Ich bin extra nach Spanien gefahren, um meine Ruhe zu haben.«
»Aber . . .« begann Siggi mutig. »Wir wollten nur mal . . .«
»Alle wollen nur mal«, knirschte der Dicke und drosch mit dem Golfschläger auf die Luft ein. »Und möglichst auf Kosten von Doktor Julius Suhrbier. Auf meine Kosten! Ich habe dieses Grundstück gekauft, weil ich wenigstens im Urlaub meine Ruhe haben will! Und wenn ihr jetzt nicht verschwindet . . .«
Er wandte sich um und schrie: »Bello!«
»Wir hauen besser ab«, sagte Siggi zu Juanito, denn der Fremde kam ihm nicht geheuer vor.

Aber ehe er sich versah, war Monique beherzt einen Schritt vorgetreten und sagte laut: »Sie sind Julius Suhrbier? Der bekannte Literaturkritiker?«
Siggi und Juanito wechselten einen raschen Blick. Monique war doch immer wieder für eine Überraschung gut.
»Du kennst mich, mein Kind?« Dr. Suhrbier hielt in seiner wütenden Tirade inne, aber dann verfinsterte sich sein Gesicht wieder, und er fuhr fort: »Trotzdem! Ich will meine Ruhe haben! Warum gönnt mir niemand meine wohlverdiente Ruhe?«
In diesem Augenblick öffnete sich die Haustür erneut, und Gus trat ins Freie. Er trug Shorts, Sandalen und ein weißes Unterhemd. Als er Siggi sah, verharrte er einen Augenblick. Dann fragte er: »Werden Sie von diesen Leuten belästigt?«
»Moment mal«, sagte Juanito beherzt. »Wir belästigen niemanden. Wir wollen nur . . .«
»Jemand hat Tony entführt«, platzte Monique heraus. »Wir haben es genau gesehen!«
»Was?« fragte Gus. Er sah ziemlich erstaunt aus.
»Was habt ihr gesehen?«
»Wer, zum Kuckuck, ist Tony?« fragte Dr. Suhrbier und schwenkte seinen Golfschläger. »Das kann doch nur so ein Störenfried sein!«
»Ein Schlagersänger«, sagte Siggi. »Ein . . .«
»Ein Maskierter hat sich an ihn herangeschlichen«, unterbrach Monique. »Ich hab's gesehen. Vom Wasser aus.« Sie deutete auf das Meer. »Mit meinem Fernglas.« Sie hielt Dr. Suhrbier das Fernglas unter die Nase, als sei dies ein Argument.
»Ich verstehe kein Wort«, sagte Dr. Suhrbier. Er blickte Gus an. »Kennen Sie diesen Tony?«
Gus' Augen verengten sich zu schmalen Schlitzen. »Ich habe nicht die geringste Ahnung, von wem diese Kinder reden«, sagte er abfällig. »Wahrscheinlich haben sie alle drei einen Sonnenstich. Sie phantasieren sich was zusammen.« Er zwinkerte dem Doktor zu und tippte sich gegen die Stirn. »Ist ja auch kein Wunder, bei diesem Wetter.«
Siggi wollte gerade heftigen Einspruch einlegen, als Gus sagte: »Sie sollten sich überhaupt nicht mit diesen Gammlern abgeben, Herr Doktor. Die wollen doch nur, daß man sie wichtig nimmt.« Er deutete auf das Wäldchen. »Haut ab, ihr drei. – Und das sage ich nicht noch einmal.«

»Ja, verschwindet«, bekräftigte der Doktor. »Ich habe keine Zeit. Ich bin nur drei Wochen hier. Ich muß jede Minute für meine Studien nutzen. Das Leben ist kurz. Zack, zack!« Er packte seinen Golfschläger und marschierte auf die Tür zu.
Siggi hatte kurz Gelegenheit, das dahinterliegende Korridorinnere zu bewundern. Im Haus sah es ganz anders aus, als man von außen erwartete: Er erblickte einen roten Läufer und Gemälde an den Wänden. Es wirkte recht gemütlich.
Siggi und seine Freunde wollten sich gerade mutlos auf den Rückzug begeben, als sich ein Schatten durch den Korridor zwängte und der vermeintlich entführte Tony Tholl ins Freie trat. Er schien eine Runde geschlafen zu haben, denn das Sonnenlicht ließ ihn sofort die Augen zusammenkneifen.
»Tony!« sagte Monique laut. »Da ist er ja!« Und noch ehe Siggi Atem holen konnte, fügte sie freudig erregt hinzu: »Bitte, geben Sie mir ein Autogramm!«
Was, um alles in der Welt, ging hier vor? Siggis Überraschung wurde noch größer, als Tony seinen Gefährten Gus anschaute und dieser urplötzlich sagte: »Da täuschst du dich aber! Mein Freund heißt . . . äh . . . Felix, nicht Tony. Du mußt ihn mit jemandem verwechseln.«
»Äh . . . ja . . .«, ließ sich nun auch der vermeintliche Tony vernehmen. »Ich heiße Felix. Felix Schmidt.« Er grinste, aber sein Grinsen, so breit es auch war, wirkte verlegen und irgendwie unecht. Jedenfalls hatte Siggi diesen Eindruck. Und er sah noch etwas anderes: Die Hände des angeblichen Felix zitterten. Warum? Weil er log?
»Wißt ihr«, fuhr Felix fort, »alle möglichen Leute verwechseln mich mit Tony Tholl. Ich sehe ihm ja auch wirklich sehr ähnlich, nicht wahr?«
»Das darf doch nicht wahr sein!« rief Monique enttäuscht aus. »So eine Ähnlichkeit gibt es doch nicht!« Sie ging näher an den jungen Mann heran und packte seinen Arm. »Natürlich sind Sie Tony Tholl! Auf der Platte ist ihr Bild drauf.«
»Also du warst es, die sie gekauft hat?« versuchte Siggi ein flaues Scherzchen zu machen.
Monique deutete auf Felix' rechte Hand und rief: »Ja, hier ist der Leberfleck. Der ist auch auf der Plattenhülle zu sehen.«
»Ein dummer Zufall«, behauptete Felix lahm.

Gus, dem sichtlich der Geduldsfaden riß, schnauzte: »Jetzt seht aber zu, daß ihr Land gewinnt, wir haben zu tun! Wir sind hier als Gärtner angestellt!« Und zu Felix gewandt: »An die Arbeit, Mann! Der Doktor bezahlt uns nicht fürs Herumstehen!«
»Na, dann tschüs«, grüßte Siggi. Er packte Moniques Arm und zerrte das Mädchen hinter sich her.
Juanito schloß sich ihnen an.
»Und er ist doch Tony«, stellte Monique, trotzig mit dem Fuß aufstampfend, fest, als das Wäldchen sie verschluckt hatte. »Ich irre mich nicht.«
»Entführt hat ihn jedenfalls keiner«, sagte Siggi und fügte in Gedanken hinzu: Wie bedauerlich. »Ich frage mich, warum er sich verleugnet.«
»Um seine Ruhe zu haben«, zitierte Juanito grinsend den Doktor. »Wenn er wirklich ein Star ist . . . da wird er bestimmt alle naselang von irgendwelchen Fans belästigt.«
»Er ist doch gar kein Star«, sagte Siggi. »Er hat nur eine einzige Platte gemacht, und die war ein Flop.«
»Aber sie war gut«, warf Monique ein.
»Ich weiß nicht«, sagte Juanito kopfschüttelnd. »Irgendwie werde ich das Gefühl nicht los, daß dieser Mann unter Druck steht.«
»Glaub ich auch«, sagte Siggi. »Dieser Gus fährt ihm ständig übers Maul, schon im Flugzeug.«
»Vielleicht«, sagte Monique nachdenklich, »will er bloß nicht, daß man erfährt, was aus ihm geworden ist. – Vom Star zum Gärtner. Das ist ja nicht gerade eine glänzende Karriere.«
»Hör mal«, sagte Juanito. »Gärtner ist ein durchaus ehrenwerter Beruf. Mein Onkel Carlos . . .«
»He«, wandte Siggi plötzlich ein, »ich glaube, wir haben uns gründlich verlaufen.«
Tatsächlich. Sie waren irgendwie vom Weg abgekommen, denn den Pfad, auf dem sie sich jetzt wiederfanden, hatten sie auf dem Hinweg nicht gekreuzt. Und ebensowenig hatten sie das bonbonfarbene Auto bemerkt, das etwa zehn Meter vor ihnen im Schatten der Bäume stand. »Der Wagen kommt mir bekannt vor«, meinte Monique.
»Er gehört Baron Bollmann«, sagte Juanito. »Er ist Filmproduzent oder so und sucht in der Gegend Motive für den nächsten Streifen.« Er drehte sich um.
»Komisch. Warum hat er ihn hier abgestellt?«

»Vielleicht kennt er den Doktor?« vermutete Siggi. Sie gingen näher an den Wagen heran und musterten das Innere durch die Scheiben. Auf den Rücksitzen entdeckten sie ein gutes Dutzend prallgefüllter Plastiktüten mit der Aufschrift »Supermercado« – Supermarkt. Sie enthielten Konserven.
»Das ist aber seltsam«, sagte Juanito mit gerunzelter Stirn. »Der Baron ißt doch bei uns im Hotel. Mit diesem Zeug könnte man ja ein Dutzend Leute eine ganze Woche lang ernähren.«
»Vielleicht kommt in den nächsten Tagen sein Kamerateam«, überlegte Siggi. »Und da hat er ein paar Spezialitäten eingekauft.«
»In einem Supermarkt?« Juanito schüttelte den Kopf. »Das glaubst du doch selber nicht. – Außerdem haben wir die beste Küche weit und breit.«
»Seht doch mal!« rief Monique, die schnell um den Wagen herumgegangen war.
Siggi, der ihr folgte, stellte fest, daß der Kofferraumdeckel mehrere Zentimeter weit aufklaffte.
Mit einem schnellen Handgriff öffnete er ihn.
»Heiliger Bimbam!« Siggi gingen die Augen über. Der Kofferraum des Fahrzeugs war mit Wolldecken, Kochgeräten, Blechgeschirr, Spiritusflaschen, Wachskerzen, Zigarettenschachteln und Schnapsflaschen gefüllt. Und obenauf – Siggi schluckte – lag ein ledernes Schulterhalfter mit einer blauschwarz glänzenden Pistole.
»Madre de Dios!« rief Juanito. Die drei blickten einander an. Aber bevor sie Gelegenheit hatten, ihre Gedanken auszutauschen, erklang aus der Richtung des Hauses die laute Stimme von Dr. Suhrbier, und sie gingen automatisch in Deckung.
»Was schleichen Sie hier herum?« schrillte der Doktor wütend. »Was haben Sie hier verloren? Verschwinden Sie, aber ein bißchen plötzlich! Ich will meine Ruhe haben!«
Siggi erkannte sofort, daß diesmal nicht sie gemeint waren. Hier war nicht nur etwas oberfaul, ihm war auch eingefallen, daß Baron Bollmann, egal welchem Beruf er auch nachging, mit Gus und Tony befreundet war. Da anscheinend mit diesen Gestalten etwas nicht stimmte, und auch der Baron nach diesem Fund mit äußerst mißtrauischen Augen gesehen werden mußte, erwachte in Siggis Innenwelt sofort der bekannte Superagent James Blond.
»Augenblick«, flüsterte er den anderen zu. »Ich bin sofort wieder da.« Und er jagte den Weg zu Dr. Suhrbiers Haus zurück.

Hinter einem dichten Dornengebüsch verborgen, peilte Siggi die Lage: Der Doktor bedrohte Baron Bollmann mit dem Golfschläger. Dabei hüpfte er wie ein heulender Derwisch auf und nieder. Der Eindringling hob abwehrend beide Arme und versuchte, mit ängstlich klingender Stimme den wütenden Dr. Suhrbier zu übertönen.
»Ich habe extra diese Schilder überall aufstellen lassen!« donnerte der Doktor. »Ich frage mich, was Sie in der Schule gelernt haben!« Dann drehte er sich herum und schrie: »Herr Schmidt! Herr Flott! Schaffen Sie mir diesen Leisetreter vom Hals!«
Gus und Tony – oder Felix, je nachdem –, kamen mit Stöcken bewaffnet um die Hausecke gelaufen. Als sie den Baron erblickten, stutzten sie und blieben stehen. Es machte den Eindruck, als wüßten sie nicht, wie sie sich verhalten sollten. Während Felix vor Verlegenheit die Lippen spitzte, als wolle er ein Liedchen pfeifen, sagte Gus: »Verlassen Sie bitte sofort dieses Grundstück! Der Herr Doktor möchte unter keinen Umständen gestört werden. Er treibt hier seine wissenschaftlichen Studien, und dazu benötigt er Ruhe.«
»Jawoll!« rief Dr. Suhrbier und schlug mit seinem Golfschläger auf einen völlig unschuldigen Kaktus ein. »Absolute Ruhe!«
Der Baron sagte etwas, das Siggi nicht verstehen konnte, dann ließ er die Arme wieder sinken und machte einen Schritt zurück. Gus ging auf den Baron zu und packte ihn am Arm. »Sie gehen jetzt besser, mein Herr«, sagte er mit einem Blick, als hätte er Bollmann noch nie gesehen, und geleitete ihn auf den Waldrand zu.
Und nun, wo sie dem Doktor den Rücken zuwandten, konnte Siggi sehen, was Dr. Suhrbier verborgen blieb: Der Baron und Gus grinsten sich eins – und wie! Die beiden führten etwas im Schilde!
Siggi hielt den Atem an und preßte sich gegen den Waldboden. Als der Baron und Gus kurz vor seinem Versteck die Richtung wechselten, hörte er den Mann im Khakianzug sagen: »Tut mir leid, daß ich reingeplatzt bin, Gus, aber ich mußte dich sprechen. Ich habe die erste Ladung in meinem Wagen. Und die Kanone auch.«
Siggi ballte die Rechte zur Faust. Hier ging etwas vor, von dem Dr. Suhrbier keine Ahnung hatte. Lautlos wie ein Apache pirschte er durch den Wald zurück, um Monique und Juanito zu warnen.

Kriegsrat im Hotel

Sie saßen auf dem Balkon vor Siggis Zimmer im vierten Stock, nukkelten ihre Limonade und erholten sich von den Aufregungen der letzten Stunden. Inzwischen war es Spätnachmittag geworden. Das Schwimmbecken war verwaist, und die meisten Gäste hatten sich auf ihre Zimmer zurückgezogen, um sich für das Abendessen im Großen Saal feinzumachen. Madame Meyer, Moniques Gouvernante, eilte immer noch, mit einem Sonnenschirm bewaffnet, über die Klippen und hielt nach ihrem Schützling Ausschau. Sie schien ziemlich aufgeregt zu sein, und es verwunderte Siggi doch etwas, daß Monique keinerlei Anstalten machte, sich bei ihr zu melden. Aber wahrscheinlich gehörte ihre Verhaltensweise zu ihrem Charakter. Madame Meyer schien einiges gewöhnt zu sein.

»Fakt Nummer eins«, sagte Siggi, der sich inzwischen in seine verwaschenen Jeans geworfen hatte, »Tony Tholl und sein Kumpan schwindeln dem Doktor etwas vor. Sie kennen den Baron, was Doktor Suhrbier nicht weiß.«

»Ja«, meinte Juanito, »aber warum verschweigen sie ihm das? Das muß einen Grund haben.«

»Eben«, ließ sich Monique vernehmen. »Normalerweise hätten sie dem Doktor ruhig sagen können, daß der Baron ein Bekannter von ihnen ist. Dann hätte er nicht so unfreundlich reagiert.«

»Ich frage mich außerdem«, sinnierte Siggi, »was die Pistole in Bollmanns Kofferraum zu bedeuten hat. Ich kann mir nicht vorstellen, daß er damit auf die Jagd gehen will.«

Juanito lachte. »Das wäre auch schwer möglich. Außer ein paar Vögeln gibt's hier keine Tiere. Und soweit ich weiß, geht man mit einem Schießeisen auch nicht fischen.«

»Wißt ihr was?« fragte Siggi, stand auf und warf einen Blick über das Balkongeländer. »Dieser Baron ist gar kein Baron. Er ist ein . . . Hochstapler!« In seinem Inneren meldete sich wieder der geheime Superagent James Blond, der seine Phantasie mächtig anregte. »Ich will einen Handfeger verspeisen, wenn dieser Baron nicht ein Spion ist, der für eine fremde Macht arbeitet!«

»Wie?« fragte Juanito schockiert.

»Was?« fragte Monique.

Siggi nahm wieder Platz. Mit einer Kühle, von der er annahm, daß sie jeden Superagenten auszeichnete, sagte er: »Na, das ist doch sonnenklar! Wir haben gehört, daß der Doktor sich wissenschaftlichen Studien widmet. Gus und Tony haben sich wahrscheinlich nur bei ihm eingeschlichen, um eine Erfindung auszuspitzeln, die der Doktor gemacht hat. Sobald sie wissen, wie sie funktioniert . . .« Er machte eine Kunstpause, damit seine Worte auch die richtige Wirkung erzielten. »Dann schlägt der Baron zu!«

Siggi schlug mit der flachen Hand auf den Tisch und blickte sich beifallheischend um.

Aber die erwartete Reaktion blieb aus. Im Gegenteil: Juanito schaute belämmert drein, während Monique in Gelächter ausbrach.

»Ich weiß gar nicht, was es da so zu gackern gibt«, sagte Siggi mit knallrotem Kopf. James Blond hätte sich das gewiß auch nicht bieten lassen.

»Hihihi«, kicherte Monique und hielt sich die Seite. »Da bist du aber völlig auf dem falschen Dampfer! Doktor Suhrbier ist doch kein Atomforscher oder so was. Er ist Journalist. Ein Buchkritiker!«

Peng! Siggi konnte förmlich hören, wie seine wunderschöne Theorie in tausend Scherben zersprang. Wahrscheinlich hielt Monique ihn jetzt für einen kompletten Narren. Aber es war Juanito, der ihm in beispielhaft selbstloser Weise zu Hilfe kam.

»Siggis Idee muß deswegen aber nicht völlig falsch sein«, meinte er nachdenklich. »Vielleicht schreibt der Doktor gerade etwas, das für einen Dritten ziemlich unangenehm werden kann. Und dieser Unbekannte ist gezwungen, das Vorhaben des Doktors zu verhindern, indem er ihn beseitigen läßt.«

»Pah«, sagte Monique. »Der Doktor schreibt doch keine Enthüllungsberichte für irgendein Revolverblatt. Er arbeitet für eine stinkseriöse Zeitung.«

Was dieses Mädchen alles wußte! Siggi mußte zugeben, daß sie ihm in Sachen Allgemeinbildung ziemlich überlegen war – auch wenn sie für eine Null wie Tony Tholl schwärmte.

»Na schön«, sagte er. »Aber wir sind uns doch einig, daß sich hier etwas zusammenbraut, oder?«

Juanito und Monique nickten.

»Daß es für den Doktor ungemütlich werden könnte, davon können wir ausgehen, nicht wahr?«

Wieder nickten die beiden anderen.

»Also schlage ich vor, daß wir die Polizei über unsere Beobachtungen informieren.«

»Tja«, sagte Juanito, »aber so, wie ich den Polizisten einschätze, wird er uns nicht glauben. Was haben wir denn schon gesehen?«
Irgendwie, fand Siggi, hatte sein Freund recht. Da gab es einen erfolglosen Schlagersänger, der unter falschem Namen auftrat. Vielleicht war sein Name nicht einmal falsch. Möglicherweise hieß er wirklich Felix Schmidt, und Tony Tholl war nur sein Künstlername. Zweitens gab es da einen angeblichen, Filme produzierenden Baron Bollmann, der in seinem Wagen ein Schießeisen hatte. Was war, wenn der Mann einen Waffenschein besaß? Drittens: Gus und Tony hatten Dr. Suhrbier verschwiegen, daß sie den Baron kannten. Na und? War das etwa eine strafbare Handlung? Sie hatten keinerlei Beweise, nur Indizien.
»Wir sollten mit jemandem darüber reden, der ein bißchen Sachverstand hat«, schlug Siggi vor. »Vielleicht mit Juanitos Eltern?«
»Da weiß ich was Besseres«, sagte Juanito. »Im ersten Stock hat sich ein Polizist eingemietet, der jedes Jahr aus Hamburg zu uns kommt. Laßt uns doch mal mit dem sprechen!«
»Gute Idee.« Monique stand auf. »Das macht ihr zwei! Ich werde mich derweil umziehen und Madame Meyer sagen, daß ich wieder da bin.« Sie winkte Siggi und Juanito zu und eilte hinaus.
Auch Juanito verabschiedete sich.
Siggi zog sich um und verließ eine Viertelstunde später sein Zimmer. Er fuhr mit dem Aufzug ins Parterre hinunter. In den Gesellschaftsräumen des Hotels wimmelte es jetzt von Erwachsenen, die entweder Karten spielten, sich einen Videofilm ansahen oder Cocktails schlürften.
Aus einer Musikbox dröhnten die neuesten Hits. Philip von Wittenstein – nun mit einem piekfeinen dunklen Anzug bekleidet – saß an der Bar, rauchte und tat sein Bestes, um eine blonde junge Dame zu betören, die seinem Geplauder jedoch eher gelangweilt zuhörte. Es sah ganz so aus, als interessiere sie sich nicht die Bohne für das, was Philip da erzählte, und als Siggi näherkam, erfuhr er auch, warum: Der ewige Student hielt der Blonden einen Vortrag über das Kampfverhalten der roten Waldameisen. Kurz darauf ließ sie ihn einfach sitzen und stöckelte hinaus.
Philip entdeckte Siggi und winkte ihm zu. »Das war eine langweilige Pute«, sagte er, als Siggi sich neben ihm auf den nun freien Barhocker schwang. »Überhaupt kein Interesse an der Wissenschaft.« Philip schüttelte den Kopf. »Darf ich dir einen ausgeben?«

Siggi nahm dankend an und bestellte sich ein Glas Traubensaft. Er hatte gerade den ersten Schluck getan, als Baron Bollmann den Raum betrat und irgendwo Platz nahm. Er hatte einen Schnellhefter unter dem Arm, den er vor sich ausbreitete. Dann zückte er einen Drehbleistift und fing an, auf dem Papier herumzumalen. »Der Baron«, sagte Siggi zu Philip, »was macht der eigentlich hier?«
»Oh«, sagte Philip, »er ist Filmproduzent, glaube ich.« Er kniff die Augen zusammen. »Eigentlich sollte ich mich ihm mal vorstellen . . . In einem Film wollte ich schon immer mal mitspielen.«
»Vielleicht in einem Tarzan-Film«, sagte Siggi leicht belustigt. Dann kam ihm eine Idee, und er sagte: »He, wenn er hier einen Film dreht, braucht er vielleicht noch ein paar Statisten! Das wäre doch auch was für mich.«
Philip drückte seinen Zigarillo aus. »Ich war schon immer ein Mann von schnellen Entschlüssen«, sagte er. »Los, wir sprechen ihn einfach mal an.«
Siggi zögerte. Der Baron war ihm nicht geheuer.
Andererseits war dies eine gute Möglichkeit, etwas mehr über seine wahren Ziele zu erfahren.
»Herr Baron?« sagte Philip, als sie vor dem Tisch standen, an dem Bollmann saß. »Gestatten Sie?«
»Wie? Was?« Der Baron war sichtlich überrascht. Mit einem Griff schlug er den Schnellhefter zu – leider nicht schnell genug: Siggi hatte etwas gesehen, das ihm wie ein Lageplan vorkam. »Wer sind Sie? Was wollen Sie von mir?«
Philip hatte jedoch schon Platz genommen, winkte dem Kellner und bestellte eine Runde Sodawasser. »Mein Name ist Philip Freiherr von Wittenstein«, sagte er, »aber ich lege keinen Wert auf meinen Titel. Nennen Sie mich einfach Phil.«
»Was? Wie?« Bollmann errötete tatsächlich. Sein Blick huschte hin und her. Daß der Kerl ein schlechtes Gewissen hatte, konnte man unschwer erkennen.
»Wir haben gehört, daß Sie hier einen Film drehen wollen«, sagte Philip und bot dem Baron einen Zigarillo an. »Und da haben wir uns gedacht . . . mein Freund Siggi und ich . . . Wir fragen Sie einfach mal, ob Sie nicht noch . . .«
» . . . ein paar talentierte Statisten brauchen«, warf Siggi ein, denn ihm wurde sofort klar, daß der Baron sie mit der linken Hand abwimmeln würde, wenn Philip nach einer Hauptrolle fragte.

Der Baron war sichtlich verärgert über die Störung, aber Philip ließ ihn gar nicht erst zu Wort kommen. »Natürlich werden Sie sich jetzt fragen«, fuhr er fort, »ob wir überhaupt schauspielern können.« Er blickte den Baron triumphierend an. »Und da kann ich Ihnen nur sagen: Gewiß! Ich habe drei Semester Schauspielunterricht am Heinz-Müller-Institut in Krähwinkel . . .«
»Und ich«, warf Siggi sicherheitshalber ein, »habe Hunderte von Spielfilmen gesehen!«
»Augenblick! Augenblick!« Der Baron wedelte mit beiden Armen. »Das muß ein Mißverständnis sein. Ich bin lediglich auf Motivsuche hier, verstehen Sie? Wir suchen geeignete Orte und Landschaften, in denen wir irgendwann einen Film drehen wollen. Sie sehen also, meine Herren . . .«
Er zuckte entschuldigend mit den Schultern, aber Siggi, listig wie er war, feuerte auf der Stelle eine Fangfrage ab. »Heißt das, Sie warten hier gar nicht auf ein Kamerateam?«
»Keinesfalls«, sagte der Baron. »Ich bin allein hier und werde es auch bleiben.«
Natürlich hätte Siggi ihn jetzt am liebsten gefragt, aus welchem Grund er dann einen halben Supermarkt aufgekauft hatte, aber das unterließ er. Die Worte des Barons sagten ihm auch so genug.
Dennoch konnte er es sich nicht verkneifen, noch eine Bemerkung zu machen. Er mußte herausfinden, in welchem Verhältnis der Baron zu Tony Tholl und Gus stand. »Na, kommen Sie«, sagte er in einem beiläufig scherzhaften Tonfall, »Sie wollen uns doch nur verkohlen. Einer Ihrer Stars ist doch schon eingetroffen!«
»Einer meiner Stars?« Der Baron machte runde Augen. Er schien tatsächlich nicht zu wissen, auf wen Siggi anspielte. »Wie meinen Sie das, junger Mann?«
»Nun . . .« bemerkte Siggi vielsagend und ließ das eine Wort genüßlich auf der Zunge zergehen, »ich habe gehört, daß der bekannte Sänger Tony Tholl sich hier aufhalten soll. Wozu, wenn er nicht einen Film mit Ihnen drehen will?«
Baron Bollmann biß sich auf die Unterlippe. Er schien jetzt noch nervöser zu werden und hatte offenbar keine Ahnung, wie er reagieren sollte. Siggi freute sich diebisch, aber schließlich fing sich der Baron wieder und sagte: »Tja, dazu kann ich nur sagen, daß Sie einem Irrtum unterliegen, junger Freund. Wenn Tony Tholl sich wirklich in dieser Gegend aufhalten sollte, ist das reiner Zufall.«

»Kennen wir uns?« fragte ein etwa fünfunddreißigjähriger Mann, der bisher an einem der Nebentische gesessen und in einer Illustrierten gelesen hatte. »Ich kann mich gar nicht an Sie erinnern.«
Siggi, Philip und der Baron schauten verdutzt auf. Ihre Gesichter waren ein einziges Fragezeichen.
»Verzeihen Sie«, sagte der Mann. »Aber ich dachte, Sie hätten gerade meinen Namen genannt.« Er stand auf und deutete eine Verbeugung an. »Zufall ist mein Name. Rainer Zufall.«
Siggi prustete los. Auch Philip von Wittenstein schien die Situation höchst erheiternd zu finden, denn er schlug sich vor Vergnügen auf die Schenkel. Der Baron nutzte den günstigen Augenblick: Er raffte seinen Schnellhefter zusammen und suchte mit einer Entschuldigung das Weite.
»Schade«, sagte Philip. »Ich hätte so gerne in einem Film mitgespielt. Da wären meine Eltern stolz auf mich gewesen!«
Der Herr mit dem merkwürdigen Namen lachte. »Kommen Sie«, sagte er, »ich gebe einen aus. Das war aber auch wirklich zu komisch.« Er zwinkerte Siggi und Philip zu. »Tut mir wirklich leid, daß ich Ihre Karriere vermasselt habe.«
Siggi, aufs höchste alarmiert – seiner Meinung nach hatte sich der Baron endgültig als falscher Fünfziger entlarvt –, entschuldigte sich, verließ eilig den Gesellschaftsraum und blickte sich nach Bollmann um. Der Erdboden schien den Baron verschluckt zu haben. Als Siggi die Korridore des untersten Stockwerks absuchte, wäre er beinahe mit Monique zusammengeprallt, die sich inzwischen in eine richtige junge Dame verwandelt hatte. Sie trug zierliche Sandalen und ein luftiges weißes Kleid. Siggi hätte sie fast nicht erkannt.
»Mein lieber Herr Gesangverein!« sagte er baff. »Jetzt weiß ich wirklich nicht mehr, ob ich dich noch duzen soll!«
Monique lachte, aber ihr Lachen verstummte sofort, als Madame Meyer um die Ecke bog. Sie machte ein ziemlich miesepetriges Gesicht, und es war unverkennbar, daß sie geladen war. Offenbar gab sie Siggi die Schuld am Verschwinden ihres Schützlings. »Vorwärts«, sagte sie mit französischem Akzent und deutete auf den Eingang des Speisesaals. »Es ist höchste Zeit, Monique!«
Monique zwinkerte Siggi zu.
Siggi machte einen Diener, aber nur, damit die strenge Gouvernante ihn nicht für einen Banausen hielt. Außerdem wußte man nie, ob sich ein derartiges Benehmen nicht irgendwann auszahlte. Der

Blick, mit dem Madame Meyer ihn maß, war fast beleidigend. Möglicherweise hielt sie ihn für irgendeinen Halbstarken, der seinen schlechten Charakter geschickt hinter formvollendeten Manieren verbarg. Na, sei's drum, dachte Siggi. Als die beiden im Speisesaal verschwunden waren, sah er ein, daß es nun zwecklos war, weiter nach Baron Bollmann zu suchen.

Ein Ausflug im Morgengrauen

Siggi hatte das unwahrscheinliche Glück, mit Philip von Wittenstein und Herrn Zufall an einem Tisch zu sitzen. Man kam ins Gespräch, und so erfuhr er mehr über die beiden. Wie Philip schon angedeutet hatte, befand er sich seit geraumer Zeit auf Reisen. Seine Eltern waren wohlhabend und nicht damit einverstanden, daß ihr Jüngster – wie sie es ausdrückten – »einfach in den Tag hineinlebte.« Philips Brüder waren ausnahmslos Ingenieure geworden, die in aller Herren Länder Staudämme, Brücken, Krankenhäuser und Flughäfen bauten. Philip jedoch, den »zu viele private Interessen« daran gehindert hatten, jemals ein Examen abzulegen, war ein Globetrotter, wie er im Buche stand.
Gelegentlich schrieb er für eine Illustrierte Reiseberichte, aber unter einem anderen Namen: Die Freunde und Bekannten seiner Eltern wähnten ihn im brasilianischen Urwald, um die Sprache der Indianer am Rio Xingu zu studieren.
Was Siggi jedoch beinahe vom Stuhl warf, war die Erkenntnis, daß Herr Zufall eben jener Hamburger Polizist war, von dem Juanito noch zwei Stunden vorher gesprochen hatte. Siggi, der natürlich nicht am Abendbrottisch davon reden wollte, was ihm und seinen Freunden widerfahren war, nahm sich vor, den Beamten bei der erstbesten Gelegenheit auf den Fall anzusprechen.
Bald darauf saß er allein an seinem Tisch, denn Philip und Herr Zufall, die sich inzwischen ganz gut miteinander angefreundet hatten, hatten spontan beschlossen, die abendliche Kühle zu einem Tennismatch zu nutzen.
Monique und die Gouvernante waren auch verschwunden, also begab sich Siggi in die Privatwohnung der Familie Martinez.
»He!« rief Juanito, als Siggi eintrat und sich in einen Sessel warf. »Gibt's was Neues?«

Siggi erzählte ihm von seiner Begegnung mit dem Baron. Er ließ auch nicht unerwähnt, daß er die Bekanntschaft von Herrn Zufall gemacht hatte.
Juanito hörte sich alles ruhig an, dann sagte er nachdenklich: »Dieser geheimnisvolle Schnellhefter . . . Glaubst du, daß wir etwas mehr über den Baron erfahren würden, wenn es uns gelänge, einen Blick hineinzuwerfen?«
»Tja . . . wer weiß? Aber . . .« Siggi zögerte. »Können wir denn so einfach in sein Zimmer eindringen? Ich meine . . . Wäre das nicht Einbruch?« Ihm war bei dem Gedanken ziemlich mulmig zumute, aber Juanito grinste.
»Einbruch? Ha!« Er öffnete einen Wandschrank, entnahm ihm eine weiße Etagenkellnerjacke und zog sie an. »Als Angestellter dieses Hotels ist es geradezu meine Pflicht, das Zimmer des Barons mit frischer Bettwäsche zu versorgen.«
»Aber gerade heute?« fragte Siggi zweifelnd.
»Warum nicht?« fragte Juanito. »Bettwäsche kann man ja nicht oft genug wechseln.«
Er packte Siggis Arm, dann eilten sie zum Zimmer des Barons. Es lag genau am Ende des Korridors, direkt neben dem kleinen Kämmerchen, in dem das Hotelpersonal die frische Bettwäsche aufbewahrte. »Natürlich kann ich nicht in seinen Sachen herumwühlen«, flüsterte Juanito, »das wäre strafbar. Aber wenn sie einfach rumliegen . . . kann ich ja mal einen zufälligen Blick draufwerfen.«
»Laß dich bloß nicht erwischen«, flüsterte Siggi, der Schmiere stehen sollte.
Juanito zog einen Universalschlüssel aus der Tasche und betrat mit dem Wäschepaket das Zimmer des Barons. Siggi hörte mit angehaltenem Atem, wie er »Herr Baron, sind Sie da?« rief, dann herrschte Stille. Siggi spürte, wie ihm der Schweiß ausbrach. Hoffentlich beeilte sich Juanito.
Nach einer scheinbar endlosen Zeitspanne verließ Juanito mit einem fröhlichen Liedchen auf den Lippen das Zimmer und huschte in die Wäschekammer hinein, wo Siggi in atemloser Spannung auf seinen Enthüllungsbericht wartete.
»Heraus damit!« forderte er. »Oder ich platze!«
Der Schnellhefter lag auf seinem Bett«, sagte Juanito mit heiserer Stimme. »Er ist voller Zeitungsausschnitte, deren Sinn mir nicht recht klargeworden ist.« Er zögerte. »Weißt du, es sind Ausschnitte

aus spanischen Zeitungen, aber leider . . .« Er zuckte hilflos mit den Schultern und machte ganz den Eindruck, als würde er am liebsten laut losfluchen. »Ich spreche zwar fließend spanisch, Siggi, aber es hapert beim Lesen.«
»Ach, du grüne Neune!« Siggi warf die Arme hoch und sandte einen Blick zum Himmel. Er verstand sofort: Juanito war in eine deutsche Schule gegangen und mit der Schriftsprache seiner elterlichen Heimat nur selten in Berührung gekommen.
Juanito erklärte: »Es sind Ausschnitte aus Revolverblättern. Aber um was es in den Artikeln geht, kann ich nicht sagen.«
»Was waren denn für Fotos dabei?« fragte Siggi, jetzt wieder ganz im James-Blond-Fieber.
»Na, Gesichter von irgendwelchen unrasierten Kerlen, die in die Schlagzeilen geraten sind.«
»Hm«, machte Siggi. In seinem Kopf rasten die Gedanken. »Unrasierte Kerle . . .« Er blickte auf. »War das alles?«
Juanito schüttelte den Kopf. »Mensch!« rief er plötzlich aufgeregt. »Das hätte ich beinahe vergessen! Da war ein Foto von der Geisterklippe – vom Meer aus aufgenommen. Und ein Lageplan, der aussah wie der Grundriß eines Hauses.«
Siggi sprang auf. »Da haben wir's! Die Spur führt zur Geisterklippe!« Er legte Juanito eine Hand auf die Schulter. »Da draußen tut sich was. Wir sind da einer ganz heißen Sache auf der Spur!«
»Es sieht wirklich so aus«, sagte Juanito. Er stand ebenfalls auf. »Ich würde vorschlagen, daß wir uns dort noch einmal genauer umsehen. Und vorsichtiger als heute mittag.«
»Ganz meine Meinung. Und Monique kommt mit!«
Als sie wieder im Aufzug standen und nach oben fuhren, fragte Siggi: »Welchen Zeitpunkt würdest du für den günstigsten halten?«
Juanito schaute auf die Uhr. »Mein Dienst beginnt morgen früh um neun. Also, sagen wir um vier Uhr? Da ist es schon hell.«
»Abgemacht«, sagte Siggi. »Bis dann. Wir treffen uns am Pool. Ich sage Monique noch Bescheid.«
Das erwies sich jedoch als gar nicht so einfach, denn die gestrenge Madame Meyer, die Siggi die Tür öffnete, ließ sich nicht im geringsten von ihrer Überzeugung abbringen, eine junge Dame wie Monique, die außerdem eine sehr anstrengende Reise hinter sich hätte, könne um diese Zeit keinerlei Besuche mehr empfangen. Siggi eilte fluchend auf sein Zimmer, und dort fiel ihm ein, daß er Monique ja

anrufen konnte. Flugs wählte er die Nummer ihres Zimmers – mit dem Resultat, daß sich auch diesmal Madame Meyer meldete. Nein, sagte sie, Mademoiselle Monique könne jetzt nicht mehr ans Telefon kommen, sie liege bereits im Bett und lese ein literarisch wertvolles Buch.

»Na, prima«, erwiderte Siggi hastig, »denn gerade deswegen muß ich sie ja sprechen. Ich kann nämlich nicht einschlafen, und da Fräulein . . . äh . . . Mademoiselle Monique mir gerade dieses Buch heute empfohlen hat, möchte ich sie nur rasch nach dem Verfasser fragen.«

Dies schien Madame Meyer ein wenig zu versöhnen. Ein junger Mann, der die gleiche Lektüre wie das ihr anvertraute Mädchen schätzte, dachte sie wohl, konnte kein ganz ungezogener Kerl sein. Während Siggi noch bangte, daß sie nicht auf die Idee kam, den Verfasser einfach bei Monique zu erfragen und diese Information an ihn weiterzugeben, meldete sich Monique auch schon. Siggi informierte sie in rasender Eile über den neuesten Stand der Dinge und sagte ihr, daß er sie um vier Uhr morgens am Pool erwarte. Um Madame Meyers Mißtrauen nicht zu nähren, fragte er Monique anschließend nach dem Verfasser des Buches, das sie gerade las. Er war hocherfreut, als er hörte, daß es sich dabei um den Kriminalautor Raymond Chandler handelte. Madame Meyer schien ihn zum Glück nicht zu kennen. Wahrscheinlich hielt sie ihn für einen amerikanischen Schiller.

Die Anstrengungen des vergangenen Tages ließen Siggi sofort in einen tiefen Schlaf sinken. Kurz vor vier rasselte sein Reisewecker. Er schleppte sich im Halbschlaf ins Bad und duschte kalt. Zwei Minuten später fuhr er hellwach in seine Kleider.

Im Hotel war alles still. Siggi lief die Treppe hinunter, um durch das Benutzen des Lifts keinen unnötigen Lärm zu machen. Der Nachtportier war hinter der Rezeption eingenickt und schnarchte friedlich vor sich hin. Siggi schlich barfüßig an ihm vorbei. Als er das Haus verließ, prallte er beinahe mit Juanito zusammen, der ihn zwischen den Eingangssäulen des Hauses erwartete. Er schaute etwas übermüdet aus. Die Sonne war zwar noch nicht zu sehen, aber über der See wurde es bereits hell. In Kürze würde man hier draußen vermutlich problemlos die Zeitung lesen können.

Monique erwartete sie am Pool unter einer Palme. Sie trug Jeans und ein T-Shirt und war barfuß.

Es war ziemlich warm hier draußen.
»Habt ihr eure Badesachen an?« fragte Juanito, als sie zu dritt ein Tretboot losmachten und mit aufgekrempelten Hosenbeinen ins Wasser schoben. Siggi und Monique nickten. Die beiden Jungen nahmen die vorderen Sitze ein und legten sich in die Pedale. Monique enterte den Notsitz am Heck.
Es war menschenleer und irgendwie unheimlich. Ein paar Möwen kreisten über den Klippen, aber sie gaben keinen Laut von sich. Das würden sie wohl erst tun, wenn die Sonne aufging.
Sie hielten sich vorsichtshalber eng an der Felswand. Als sie noch etwa fünfzig Meter von der Geisterklippe entfernt waren, sagte Monique plötzlich leise: »He, schaut mal, da!« Sie deutete auf das Wasser. Einige Luftblasen stiegen dort auf, wo das »Kinn« der Klippe das Wasser berührte.
»Pssst!« machte Juanito und gab Siggi mit einem Handzeichen zu verstehen, daß er mit dem Treten aufhören sollte. Die Luftblasen wurden jetzt zahlreicher. Die Stille auf dem Wasser war absolut.
Siggi fröstelte plötzlich, denn das, was er sah, war dazu angetan, einen schaudern zu lassen: Ein merkwürdiges schwarzes Ding wurde jetzt vor ihnen sichtbar. Ein Hai?
Es erhob sich aus den Fluten, richtete sich auf und stapfte auf unsicheren Beinen der Geisterklippe entgegen. »Ein Froschmann!« flüsterte Juanito.
Und damit hatte er recht. Der geheimnisvolle Unbekannte trug eine Sauerstoffflasche auf dem Rücken. Er hatte die drei nicht bemerkt, denn er zog sich langsam an den Felsen hinauf, die zum »Kinn« der Geisterklippe führten.
»Was, zum Kuckuck . . .«, murmelte Siggi. Wer war der Mann, und was suchte er zu dieser Morgenstunde in dieser Gegend?
Der Froschmann hatte jetzt Land unter den Füßen. Er erhob sich und watschelte mit seinen Schwimmflossen wie eine Ente schnurstracks auf das Dickicht zu, von dem das »Kinn« der Klippe gesäumt wurde. Dort angekommen, entledigte er sich umständlich seiner Sauerstoffflasche, zerteilte die Büsche – und verschwand.
Siggi schüttelte sich. Trotz der milden Morgenstunde lief es ihm kalt den Rücken hinunter.
Wortlos bewegten sie das Boot weiter. Sie suchten sich einen aus dem Wasser ragenden Felsen und gingen dahinter in Deckung. Erst jetzt wagten sie es, aufzuatmen. Aber keiner sagte ein Wort.

Gerade ging die Sonne auf und überzog das Meer und die Felsenküste mit hellen Strahlen. Der Froschmann tauchte nicht wieder auf.

Vorstoß in die Unterwelt

Es war Monique, die das Schweigen brach. »Also, Jungs«, sagte sie, »wir sind hergekommen, um etwas herauszufinden.« Sie zog sich bis auf ihren Badeanzug aus. »Worauf wartet ihr?«
»N-nun j-ja«, stotterte Juanito, »w-wir . . .«
»Genau!« pflichtete Siggi ihm eilfertig bei und hoffte sehnlichst darauf, daß seinem Freund etwas einfiele. »Wir warten auf . . . äh . . .« Schon der Gedanke, sich in die Gefilde vorzuwagen, in denen der Froschmann verschwunden war, ließ ihm die Haare zu Berge stehen.
»Da fällt mir ein Spruch ein, den der gute Mark Twain einmal gesagt hat«, erinnerte sich Juanito mit erhobenem Zeigefinger. »Was du auf morgen verschieben kannst . . .«
» . . . kannst du auch übermorgen erledigen«, fuhr Siggi dazwischen, der den Spruch auch kannte, obwohl er mit der gegenwärtigen Lage rein gar nichts zu tun hatte. »Vielleicht sollten wir ein wenig nachdenken, bevor wir uns auf ein Wagnis einlassen, das höchst undurchschaubar ist.«
»Papperlapapp!« sagte Monique. Ihre Augen funkelten. »Was seid ihr doch für Waschlappen!«
»Es ist nicht etwa so, daß wir Angst hätten«, fuhr Juanito gestelzt fort, »aber . . .«
»Ich weiß.« Monique grinste. »Ihr fürchtet euch nur.« Sie verschwand mit einem eleganten Kopfsprung im Wasser und schwamm zielstrebig auf die Geisterklippe zu.
Siggi und Juanito, die das nicht auf sich sitzen lassen wollten, entledigten sich ihrer Jeans und T-Shirts und hechteten hinterher.
Als sie die Felsen erreichten, stand Monique triefend naß vor dem verfilzten Buschwerk und hielt nach dem verschwundenen Taucher Ausschau. Juanito untersuchte die Sauerstoffflasche und stellte fest, daß sie zu jenen Gegenständen gehörte, die das Hotel an Hobbytaucher vermietete.
»Der Bursche scheint bei uns zu wohnen«, sagte er.
»Ob es der Baron war?«

Siggi meinte: »Dazu war der Taucher zu schlank.«
»He!« zischte Monique jetzt. Sie schien etwas entdeckt zu haben. »Kommt doch mal her!«
Sie hatte die Stelle gefunden, wo der Froschmann im Gebüsch verschwunden war. Vereinzelte Wasserlachen zeigten an, daß er sich eine Schneise durch das Dickicht geschlagen hatte. Siggi schüttelte sich. Hastig blickte er sich um. Spinnen waren keine zu sehen. Aber was war mit den Eidechsen, die hier überall herumwimmelten? Juanito behauptete, sie kämen erst aus ihren Schlupfwinkeln, wenn die Sonne die Felsen erwärmt hätte.
»Er hat überhaupt keine Zweige abgebrochen«, ließ sich Monique vernehmen. »Wißt ihr was? Ich glaube, diese Schneise hier ist natürlich entstanden.«
»Ja, aber wo führt sie hin?« fragte Siggi. »Dahinter liegt doch nur die Felswand.«
»Los«, sagte Monique. »Mir nach!« Sie bückte sich und krabbelte auf allen vieren durch das Gebüsch. Siggi, der direkt hinter ihr stand, spielte den zweiten Mann, Juanito machte den Abschluß. Der Bursche hatte aber auch immer Glück!
Zwei Minuten später hielt Monique inne und flüsterte in verschwörerischem Tonfall: »Da ist ein Loch in der Felswand. Eine Höhle oder so was.«
»Was?« fragte Juanito. »Laß mich mal sehen.«
Er robbte an Siggi vorbei, der vor Freude lautlos jubelte. »Tatsächlich! Das ist ja ein Ding!«
»Und jetzt?« fragte Siggi, dem überhaupt nicht danach zumute war, den Kopf in das finstere Loch zu stecken. »Was machen wir jetzt?«
»Tja . . .« Monique zögerte auch. »Vielleicht . . .«
» . . . vielleicht lebt in der Höhle ein Höhlenbär«, stieß Siggi hoffnungsvoll hervor, »der nur darauf wartet, daß er uns den Kopf abbeißen kann.«
»Quatsch!« ließ sich Juanito vernehmen, der angestrengt in die Finsternis hineinstarrte. »Am Meer leben keine Bären. Und am Mittelmeer schon gar nicht.« Er schnupperte. »Riecht muffig, muß ich sagen. Aber . . . es ist gar keine Höhle. Es ist mehr ein Gang. Hoch genug, daß man aufrecht darin gehen kann.« Er schnalzte mit der Zunge. Das Forschungsfieber hatte ihn gepackt.
Siggi, der keinen Augenblick vergaß, daß sich hier irgendwo ein Mann in einem Taucheranzug herumtrieb, ließ sich auch davon

nicht beruhigen. Und dann fielen ihm Kellerasseln, Schnecken, Fledermäuse, Ratten und anderes Viehzeug ein, das möglicherweise hier hauste.

»Wir losen«, schlug Monique tapfer vor. »Einer muß ja zuerst hineingehen.«

»Mir wird plötzlich so merkwürdig übel«, stöhnte Siggi. »Ich glaube, ich kriege außerdem noch Zahnschmerzen. Und Fieber dazu.«

»Keine Ausflüchte!« Monique packte seinen Arm. »Du bist mir vielleicht ein Meisterdetektiv.«

»Ich gehe vor«, sagte Juanito mutig. »Bleibt hinter mir.« Er stand auf und wagte den ersten Schritt. Siggi hatte das ungute Gefühl, daß er mit seinem Verhalten bloß Monique beeindrucken wollte, und das konnte er natürlich nicht auf sich beruhen lassen. Er stand auf und folgte ihm. Monique machte den Abschluß. Juanito, der an alles gedacht zu haben schien, ließ eine Taschenlampe aufblitzen. Vor ihnen breitete sich der Korridor aus. Zackige Felswände, wohin man blickte. Von der Decke tropfte Wasser. Der Boden war naß und schlüpfrig. Siggi schauderte. Ihre Füße erzeugten ein platschendes Geräusch. Es war äußerst gruselig und kühl in der Höhle, und es dauerte nur Sekunden, bis Siggis Körper von einer Gänsehaut bedeckt war. Hinter ihnen wurde der Einstieg immer kleiner. Offenbar machte der Gang einen Knick.

»Es geht aufwärts«, flüsterte Juanito. Die Wände warfen das Echo seiner Stimme zurück. Geisterhaft, wie im Inneren eines Sarges. Siggi gruselte es noch mehr. Tatsächlich – der Weg stieg an, fast wie eine Treppe. Der Boden hier war viel trockener. Siggi, der sich dicht hinter seinem Freund hielt, versuchte sich daran zu erinnern, wie James Blond sich in einer vergleichbaren Situation verhalten hätte, aber seine Gedanken schweiften ab, während sein Blick nach Gefahrenquellen suchte.

Verflucht sollte dieser James Blond sein! Welche Gefahren der jeden Tag meisterte! Es war unnatürlich, daß der Bursche niemals Angst verspürte! In welch finsteren Höhlen der sich schon herumgetrieben hatte. Und immer piekfein in Schale, und jedes einzelne Haar an seinem vorbestimmten Ort. Der machte sich nicht mal die Finger schmutzig, wenn er durch einen Abwasserkanal kroch . . . Patsch!

»Arrgh!« Erst als Siggi auf dem Boden lag, bemerkte er, daß der Untergrund doch nicht so glatt war, wie er zuerst vermutet hatte.

»Pssst!« Juanito blieb abrupt stehen und löschte das Licht. »Hört ihr das?«
Die nachfolgende Stille war absolut. Oder doch nicht? Siggi spitzte die Ohren. Vernahm er da nicht ein leises Rauschen?
Ein Rauschen? Was war, wenn dieser Gang sich als eine Art Kanal entpuppte? Wenn jetzt hunderttausend Liter Wasser auf sie herabdonnerten, die aus unterirdischen Quellen kamen?
Er wollte gerade voller Panik aufspringen, als Monique sagte: »Sind das etwa Stimmen?«
Siggi rappelte sich lautlos und mit klopfendem Herzen auf. Hm . . . Ja. Es war kein Rauschen, was er hörte.
Es war eher ein Murmeln. Ein geisterhaftes Gemurmel, was da an seine Ohren drang.
Er packte Juanitos Arm. »Wer ist das?«
»Weiß ich doch nicht«, gab Juanito ebenso leise zurück. »Aber es sind Stimmen.«
»Ja, ja«, keuchte Siggi. »Das höre ich auch! Aber wessen Stimmen? Der Taucher ist doch ganz allein hier reingegangen!«
»Dann hat er sich mit jemandem getroffen«, ließ Monique sich vernehmen. »Ich glaube, wir hauen ab. Die Sache wird mir allmählich zu mulmig!«
Siggi, der nichts lieber getan hätte, als ihr zuzustimmen, hielt es für taktisch klüger, diesmal nichts zu sagen. Juanito schien eh anderer Meinung zu sein, denn er richtete den Strahl seiner Lampe jetzt wieder nach vorn und sagte: »Der Gang ist sowieso gleich zu Ende. Bis dahin gehen wir noch.« Das Licht fiel auf einen großen Steinhaufen, der den Felsenkorridor zu blockieren schien.
»Gut«, sagte Siggi, »nur noch zehn Meter.«
Allerdings stellte sich nun die Frage, wohin der Taucher verschwunden war. Und woher die Stimmen kamen. Ob es hier irgendwo eine Abzweigung gab, die sie im Eifer des Gefechts übersehen hatten? Ja, so mußte es wohl sein.
Als sie den Steinhaufen erreichten, erkannten sie, daß sie sich geirrt hatten. Zwar blockierte das Geröll den Gang zu achtzig Prozent, aber Juanito, der den Haufen erklomm, meldete kurz darauf, daß sich auf der anderen Seite ein unterirdischer See – oder Teich – befand. »Durchmesser etwa zehn Meter. Dahinter zweigen mehrere Gänge ab.«
»Mann«, sagte Monique, »laß mich sehen!«

Siggi machte gute Miene zum bösen Spiel, aber als er ebenfalls die Geröllhalde erstiegen hatte und im Strahl der Taschenlampe das finster und still daliegende Gewässer musterte, über dem sich ein hoher Felsendom erhob, sträubten sich plötzlich seine Nackenhaare. Er hatte ein Geräusch gehört.
Platsch, platsch, platsch, machte es.
Und wieder: Platsch, platsch, platsch.
Der Taucher! Er mußte hinter ihnen sein!
Siggi drehte sich um. Weit hinter ihnen blitzte plötzlich etwas auf. Eine Lampe! Er versetzte Juanito und Monique einen Schubs und hechtete mit einem Satz über den Geröllhaufen hinweg.
»Der Taucher«, zischte er. »Er ist hinter uns! Bloß weg von hier!«
Monique und Juanito verstanden sofort. Sie rappelten sich auf, umrundeten den kleinen unterirdischen Teich und eilten im dünnen Strahl ihrer Taschenlampe auf einen direkt dahinterliegenden Höhleneingang zu. Sie staunten nicht schlecht, als sie dort auf eine in den Fels gehauene Treppe stießen, die steil nach oben führte.
Auf der anderen Seite des Geröllhaufens platschte es hörbar. Ein solches Geräusch konnte nur jemand erzeugen, der mit Schwimmflossen ging. Ein Lichtstrahl wanderte über die Decke des Höhlendomes. Langsam kam er näher.
»Die Treppe rauf«, flüsterte Monique, die sich umgesehen hatte. »Los, sofort weg!«
Sie eilten die Stufen hinauf, schwitzend und keuchend. Dabei bemerkten sie mehrere Abzweigungen, die jedoch schon nach wenigen Metern in kleineren Höhlen endeten, als Versteck also nicht in Frage kamen. Niemand fragte sich, wohin sie hier geraten waren, aber eines stand fest: Die gesamte Geisterklippe war löchrig wie ein Schweizer Käse. Und nicht einmal Juanito hatte von diesem Höhlenlabyrinth etwas gewußt.
Unter ihnen verstummte das Platschen. Der Taucher schien eine andere Abzweigung genommen zu haben, von seinem Licht war nichts mehr zu sehen. Siggi, Monique und Juanito blieben auf den Stufen stehen, schnappten nach Luft und lauschten dem lauten Pochen ihrer Herzen.
Siggi hatte eine Höllenangst, und er zweifelte nicht daran, daß es seinen Freunden ebenso erging.
Zum Glück hatte Juanito die Lampe ausgemacht. So konnte keiner das Schlottern des anderen sehen.

Es dauerte eine ganze Weile, ehe sie den Mut fanden, sich zu rühren. Sie atmeten flach und lauschten in die Dunkelheit hinein.
Nach fünf Minuten hauchte Monique: »Wir müssen nachsehen, ob er noch da ist.«
»Eher friert die Hölle ein«, hauchte Juanito zurück, »als daß ich jetzt da runtergehe.«
»Genau«, flüsterte Siggi. Er war ziemlich bleich. »Da kriegen mich keine zehn Pferde runter.«
»Aber wenn schon einer gehen muß«, gab Juanito ebenso leise zurück, »dann gehst am besten du.«
»Auf keinen Fall«, sagte Siggi. »Ich brauche jemanden, mit dem ich ab und zu ein Wort wechseln kann.«
»Dann rede doch mit dir selbst«, sagte Juanito.
»Nee«, sagte Siggi kopfschüttelnd, »da kriege ich immer so dumme Antworten.«
Sie verfielen wieder in Schweigen.
»Hört mal«, sagte Juanito schließlich. »Wir sitzen hier auf einer Treppe.«
»Gut beobachtet.«
»Aber Treppen fangen gewöhnlich nicht in irgendeiner Höhle an, um irgendwo weiter oben im Nichts zu enden.«
»Atemberaubend, diese Logik«, flüsterte Monique.
»Eben.« Juanito schnalzte mit der Zunge. Es gab ein Echo, und er zuckte zusammen. »Was haltet ihr davon, wenn wir einfach weiter nach oben gehen? Irgendwo müssen wir doch da rauskommen!«
»Eine geniale Idee.« Siggi stand auf und rieb sich die Hände. »Mach mal Licht.« Juanito machte die Taschenlampe an. Der Strahl wanderte die Treppe hinauf. Die Stufen endeten etwa fünf Meter über ihnen. Dann kam ein Absatz, und der Gang wandte sich nach rechts. »Die Freiheit winkt«, sagte Siggi. »Ich spüre das.«
Sie setzten sich in Bewegung. Nachdem sie um die Ecke gebogen waren, verwandelte sich die Treppe in eine Wendeltreppe. Hier gab es sogar ein – allerdings ziemlich rostiges – Geländer.
»Na, bitte«, sagte Siggi, beinahe wieder guten Mutes. »Wir kehren in die Zivilisation zurück.«
Etwa fünfzig Stufen später war die Wendeltreppe zu Ende. Sie standen vor einer alten, hölzernen Tür mit schweren Eisenbeschlägen.
»Aus der Traum«, sagte Monique und kratzte zaghaft am Holz.
»Für uns ist hier die Welt zu Ende.«

»Hm«, machte Juanito. Der Strahl seiner Lampe wanderte über die Tür. Sie sah ziemlich alt aus, war aber noch sehr gut in Schuß. »Da ist eine Klinke.«
Er drückte sie hinunter. Die Tür ging auf. Sie quietschte nicht einmal, was nur bedeuten konnte, daß sie gelegentlich geölt wurde. Während Siggi und Monique den Atem anhielten, steckte Juanito den Kopf durch die Tür und hob seine Lampe. »Madre de Dios!« sagte er dann überrascht. »Seht euch das an!«

Die rätselhafte Grotte

Neugierig drängten sich Siggi und Monique an Juanito vorbei in den Raum. Juanito schwenkte seine Taschenlampe hin und her, damit sie an seiner Entdeckung teilhaben konnten.
»He!« entfuhr es Monique.
»Da legt mein Hahn doch Gänseeier!« stöhnte Siggi und rückte an seiner Brille. »Hänschen, du hast uns ja gar nicht verraten, daß es in diesem Löcherfelsen eine Jugendherberge gibt . . .« Verdutzt zeigte er auf die doppelstöckigen Betten, die im Licht auftauchten. Etwa zehn waren es, alle mit Bettzeug und Laken versehen.
Direkt einladend, fand Siggi.
»Quatsch, Jugendherberge«, erwiderte Juanito. »Wie kommst du denn auf so was? Aber merkwürdig ist das alles schon. Ich weiß gar nicht, was ich davon halten soll.«
»Ein Schlafsaal in einer Felsengrotte . . .«, wunderte sich auch Monique und zeigte auf die roh behauenen Felswände des Raumes. Der Fußboden allerdings war mit Zement ausgegossen worden.
»Wartet mal!« rief Siggi triumphierend. Er hatte etwas entdeckt. An der einen Wand war mit Plastikschellen ein Kabel befestigt. Das eine Ende verlor sich irgendwo im oberen Bereich der Grotte, aber am anderen Ende befand sich in Schulterhöhe ein Schalter.
»Auch ein Grottenolm im Felsendom verzichtet heutzutage nicht auf Strom«, dichtete Siggi aus dem Stegreif und freute sich diebisch über den geglückten Reim. Gleichzeitig drehte er den Schalter herum. Über ihren Köpfen gingen zwei Lampen an, die irgend jemand so provisorisch wie das Kabel an der Höhlendecke befestigt hatte.
»Donnerwetter!« Juanitos erstaunter Ausruf galt nicht der Tatsache, daß es Siggi gelungen war, für mehr Licht zu sorgen. Vielmehr

deutete er auf das, was nun hinter den Betten sichtbar geworden war. Dort stapelten sich mehrere leere Kartons, deren Inhalt sorgsam daneben aufgebaut war: ein Elektroheizkörper mit einer sehr langen Schnur, ein Kofferradio, ein Spirituskocher, ein tragbares Fernsehgerät und ein Videorecorder.
»Hier läßt sich's aushalten«, meinte Monique ganz verblüfft.
»Ha, das ist ja gar keine Geisterklippe, sondern ein Monte Video«, witzelte Siggi, der jetzt den Videorecorder genauer in Augenschein nahm.
»Laß doch die dummen Sprüche«, gab Monique leicht gereizt zurück. Sie war ganz kribbelig, weil ihr die Sache nicht geheuer vorkam. »Denk lieber darüber nach, was das alles zu bedeuten hat.«
Siggi fühlte sich auch nicht wohl in seiner Haut, versuchte das aber lässig zu überspielen. »'schuldigung, Mademoiselle«, flachste er. »Muß 'aben zu tun mit de la Höhlenluft, daß armer Siggi immer muß machen Scherz. Isch sofort will denken nach wie eine Weltmeisteeer, oui?«
Er brachte das so witzig heraus, daß Monique nicht anders konnte, als leise zu kichern. Auch Juanito verzog das Gesicht zu einem breiten Lächeln. Schnell wurden alle drei aber wieder ernst.
»Ich hab's«, meldete sich Monique plötzlich aufgeregt wieder zu Wort. »Die Sache ist ganz einfach. Dieser Doktor Suhrbier, der ja das Haus auf der Geisterklippe gekauft hat, fürchtet sich vor einem Atomkrieg und will sich im Ernstfall hier unten verschanzen.«
»Blödsinn!« protestierte Siggi. »Wenn es zu einem Krieg kommt, bleibt von Europa sowieso nichts mehr übrig. Wäre doch albern, sich in dieser Grotte zu vergraben.«
»Was nichts daran ändert, daß es Leute gibt, die glauben, sie könnten auf diese Weise ihr Leben retten«, gab Monique trotzig zurück. Sie machte die Lippen rund und schmollte.
»Na ja«, mischte sich Juanito in ihre Überlegungen ein. »Vielleicht hat Monique recht. Aber ich weiß nicht . . . Irgendwie sagt mir mein kleiner Finger, daß Doktor Suhrbier gar nichts von dieser Grotte weiß. Wahrscheinlich gibt es überhaupt keine Verbindung von da zum Haus. Denkt doch mal an den Froschmann. Wer sich hier auch eingenistet hat, ist bestimmt von der Wasserseite her gekommen, und . . .«
»Klar«, fiel Siggi ihm ins Wort, dem gerade ein James-Blond-Abenteuer eingefallen war. Um unbemerkt in das Hauptquartier des

Gegners zu gelangen, hatten sich Blond und seine Helfer in tagelanger Arbeit durch einen Stollen von unten her in den Stützpunkt gegraben. »Vielleicht gibt es in den Kellergewölben des Hauses über uns einen verborgenen Schatz, und man will die Leute im Haus nicht darauf aufmerksam machen . . .«

»Gar nicht mal so unwahrscheinlich«, stimmte Juanito mit glühenden Wangen zu, während Monique in allen Ecken herumstöberte, um dem Raum die restlichen Geheimnisse zu entreißen. Sie hörte nur mit einem Ohr zu, weil sie sich ein bißchen darüber ärgerte, daß die beiden Jungen ihre Lösung abgeschmettert hatten.

»Wißt ihr«, fuhr Juanito fort, »hier hat es nämlich früher von wilden Seeräubern nur so gewimmelt, und sie sollen irgendwo draußen ihre Verstecke gehabt haben. Junge, Junge, wenn ich mir vorstelle, daß wir vielleicht . . .«

»Bleibt auf dem Teppich, Jungs«, frotzelte Monique. »Euren Schatz glaube ich euch erst, wenn ihr mir Schaufeln und Pickel zeigt. Außerdem müßt ihr mir sagen, wie die Unbekannten die Stromleitung des Hauses angezapft haben.«

»Daran habe ich gar nicht mehr gedacht«, gab Juanito zerknirscht zu. »Das macht die ganze Angelegenheit auf einmal wieder völlig undurchsichtig.«

Siggi zuckte mit den Schultern. »Immer mit der Ruhe, das kriegen wir auch noch raus«, wischte er die unbequemen Argumente lässig beiseite. Er tat wenigstens so, als sei er ganz lässig. In Wirklichkeit war ihm mulmig zumute, und er konnte sich nach wie vor keinen Reim auf die Sache machen.

»Dann überzeugt dich vielleicht diese Tür«, stieß das Mädchen mit etwas zittriger Stimme erregt hervor. »Ich hab' nämlich hier etwas entdeckt . . .«

Siggi und Juanito eilten auf der Stelle zu ihr und begutachteten die Entdeckung. Es handelte sich um eine uralte Holztür mit schweren, reichlich angerosteten Eisenbeschlägen.

Das obere Teil bildete ein Halbrund. Insgesamt war die Tür so niedrig, daß jeder, der größer als einen Meter sechzig war, den Kopf einziehen mußte, wenn er sie passieren wollte. Aber dazu hatten die drei gar keine Gelegenheit. Es gab zwar eine riesige Klinke, die sich auch herabdrücken ließ, aber weder Monique noch die beiden Jungen schafften es, die Tür zu öffnen.

»Abgesperrt«, brummte Juanito enttäuscht.

Monique hatte sich niedergekniet und spähte durch das Schlüsselloch. »Alles duster«, meinte sie dann und stand wieder auf.
Siggi befühlte Klinke und Schloß. »Hm, hm.« Im Licht besah er sich seine Finger und trompetete ein zufriedenes »Aha« hervor.
Als ihn Monique und Juanito verständnislos anschauten, bequemte er sich zu einer Erklärung. »War so 'ne Idee von mir«, verkündete er stolz. »Weil die Tür so alt aussieht, wollte ich mal . . .« Er zeigte die Finger vor. »Seht ihr: Öl. Irgend jemand geht hier ein und aus und ölt das Schloß.«
Juanito zog ein pfiffiges Gesicht. »Suhrbier vielleicht? Hier unten hätte er die Ruhe, die er sich so sehr wünscht . . .«
»Dann schon eher Gus«, erwiderte Siggi und fügte, an Moniques Adresse gerichtet, etwas bissig hinzu: »Oder dieser Schlageraffe Tony.«
»Pah, und wenn schon«, gab Monique patzig zurück. »Ein Künstler braucht schließlich seine Abgeschiedenheit. Und überhaupt, vielleicht übt er hier für sein großes Comeback . . .« Erschrocken legte sie die Hand auf den Mund und zischte ein leises »Pschscht«, als die Jungen sie fragend anblickten. Sie gestikulierte wild und tippte mit einem Finger in Richtung Tür.
Jetzt hörten Siggi und Juanito es auch. Schritte. Sie hallten auf dem Steinfußboden und kamen ganz ohne Zweifel rasch näher. Dem Geräusch nach handelte es sich um mindestens zwei Personen.
Juanito war bleich geworden, und Siggi zappelte nervös.
»Was sollen wir jetzt tun?« bibberte er.
»Pscht«, machte Monique noch einmal. So aufgeregt sie auch war, es gelang ihr, einen kühlen Kopf zu bewahren. »Keine Panik!« flüsterte sie. Die Schritte verharrten jetzt, und ein Schlüsselbund klirrte. »Wir schaffen es nicht mehr bis zu der anderen Tür. Ab unter die Betten!«
»Aber . . . aber das Licht . . .«, stammelte Siggi. Weiter kam er nicht, denn Monique legte ihm ihre Hand auf den Mund und zog ihn mit sich. Die beiden warfen sich zu Boden und krochen unter das nächste Bett. Zum Glück standen hier zwei Doppelbetten nebeneinander, so daß sie Platz genug hatten.
Aus den Augenwinkeln heraus sah Siggi, daß auch Juanito nach ein oder zwei Sekunden der Ratlosigkeit losgespurtet war und soeben mit einem Hechtsprung und einigen robbenhaften Bewegungen unter einem anderen Bett verschwand.

Der Schlüssel drehte sich im Schloß.
Bibbernd preßten sich Monique und Siggi aneinander, ängstlich darauf bedacht, daß nur ja kein Fuß oder Haarschopf unter dem Bett hevorlugte. Jetzt hatten sie auch Juanito wieder im Blickfeld. Er kauerte sich unter ein Bett auf der gegenüberliegenden Seite des Raumes, gut und gern vier Meter entfernt. Er zog eine komisch-verzweifelte Grimasse, winkte ihnen zaghaft zu und zog sich dann tiefer in den Schatten zurück.
In diesem Moment wurde die Tür aufgestoßen, und zwei schnaufende Männer schlurften in die Grotte. Siggi und Monique konnten aus ihrer Perspektive nur ein paar schlotternde Hosenbeine und schiefgelaufene Turnschuhe erkennen, aber das Keuchen und breitbeinige Gehen ließ ahnen, daß die beiden schwere Lasten trugen. Ächzend warf einer der beiden seine Last auf das Bett, unter dem Siggi und Monique mit angehaltenem Atem kauerten. Um ein Haar hätte Siggi ein leises »Autsch!« hervorgestoßen, als ihn eine der unter dem Gewicht nachgebenden Stahlfedern des Bettrahmens in die Schulter piekte. Gerade rechtzeitig genug fiel ihm noch ein, daß er ein tapferer Indianer auf der Pirsch war, der keinen Schmerz kannte – ganz zu schweigen davon, daß er ja inzwischen so eine Art Geheimagent in der Höhle des Löwen war und sich an dem mutigen James Blond zu messen hatte.
Der war in »Todesfalle Bagdad« seinen Widersachern selbst nach drei Wochen raffiniertester orientalischer Folterung noch mit einem geringschätzigen Grinsen entgegengetreten. Siggi versuchte, so frech wie Blond die Mundwinkel zu verziehen, aber er brachte nur eine eher klägliche Grimasse hervor.
»Puh!« ließ sich der eine der beiden Männer vernehmen. »Hätte nicht gedacht, daß dieses Zeug solch ein Gewicht hat. Jetzt erst mal ein Zigarettenpäuschen, was, Tony?«
Monique stieß Siggi den Ellbogen so energisch in die Seite, daß er dieses Mal tatsächlich einen leisen Laut über die Lippen rutschen ließ. Zum Glück ging dieses Ächzen in den Geräuschen unter, die der andere – offensichtlich also Tony Tholl – beim Abladen seiner Last auf dem Bett verursachte, unter dem Juanito sich versteckte.
»Gus und Tony«, hauchte Monique Siggi aufgeregt ins Ohr. Ihr heißer Atem kitzelte, aber Siggi traute sich nicht, dem Juckreiz nachzugeben. Mit bis zum Zerreißen angespannten Nerven lauschte er auf die Geräusche über ihnen.

Ein zischendes Streichholz zeigte an, daß sich Gus eine Zigarette angezündet hatte. Er warf das Zigarettenpäckchen und die Streichhölzer zu Tony hinüber, der sie geschickt auffing. Dann knarrten einige Bettfedern, und Juanitos Gesicht zuckte überrascht zur Seite. Offensichtlich hatte es sich Tony auf dem gegenüberliegenden Bett bequem gemacht, während Gus weiterhin stand.
»Merkwürdig«, murmelte Tony, »ich hätte schwören können, daß ich gestern das Licht ausgemacht habe, als ich den Videorecorder herschaffte . . .«
Gus lachte meckernd. »Hast du wohl doch nicht, du alte Flasche. Kein Wunder, daß du bei deinem Gedächtnis nicht mal die paar Sätzchen deiner Schlagertexte behalten kannst. Hä, hä, hä.«
»Fang nicht schon wieder damit an«, maulte Tony beleidigt. »Außerdem bin ich da nicht der einzige. Hab' mit meinen eigenen Augen die Neger – das sind die Tafeln, auf denen die Texte stehen – gesehen, die der berühmte Fred . . .«
»Na, wenn schon. Auf jeden Fall steht fest, daß du kein Geistesakrobat bist. Aber mach dir nichts draus, alter Junge, nicht jeder kann Einstein sein.«
»Aber, Gus, ich . . .«
»Schluß jetzt mit den Volksreden, wir haben noch viel zu tun. Du weißt, daß wir alles verstauen müssen, solange Suhrbier weg ist. Wie ich den kenne, fährt der zum Flughafen und holt sich deutsche Zeitungen, um zu sehen, ob sein Name erwähnt wird. Und wir müssen noch zwei Wagenladungen nach unten schaffen.«
Tony wippte auf dem Bett und ließ die Füße baumeln, was den armen Juanito in arge Verlegenheit brachte.
»Wird sowieso ein anstrengender Tag heute, wie?« fragte Tony mit immer noch etwas schmollender Stimme. Er grämte sich wohl darüber, daß sein Kumpel Gus ihm weniger als Einstein zutraute. Dann hüpfte er mit Schwung von der Bettkante.
»Klar«, meinte Gus, großspurig wie ein Manager. »Mittags müssen wir zur Lagebesprechung zu Randale-Rudi ins Hotel. Dann sind noch tausend Kleinigkeiten zu besorgen. Abends treffen wir uns mit Delgado wegen der Pässe. Tja, und morgen reisen die Jungs an, wie du weißt. Also komm schon, du Geistesriese.«
»Selber Geistesriese«, knurrte Tony erbost.
Während Gus sich in Richtung Tür in Bewegung setzte, glitt Tony die Zigarettenschachtel aus der Hand, und er bückte sich danach.

Siggi und Monique drohte das Herz stillzustehen, denn die Schachtel rutschte direkt vor ihr Bett. Als Tony sie aufhob, war sein Gesicht keine dreißig Zentimeter von den vor Schreck fast kugelrund geweiteten Augen Moniques entfernt. Obendrein war sein Blick genau unter das Bett gerichtet. Aber er schien nichts bemerkt zu haben, sondern richtete sich wieder auf und stolperte Gus hinterher. Sekunden später wurde die Tür ins Schloß gezogen, aber der Schlüssel nicht umgedreht.
Wie auf Kommando ließen die drei laut pustend den zurückgehaltenen Atem frei und krochen unter den Betten hervor. »Ich dachte schon, es sei um uns geschehen«, sprudelte Juanito erleichtert hervor. »Nun aber nichts wie weg, bevor die beiden zurückkommen.«
Das ließen sich Monique und Siggi nicht zweimal sagen. »Dein Tony ist ja blind wie eine Nachteule«, meinte Siggi und schaute Monique an. Aber die war noch vor Schreck wie erstarrt, denn sonst hätte sie sicherlich auf das anzügliche »dein Tony« einiges an Kleingeld herausgegeben. So setzte sie steif Fuß vor Fuß und rannte mit den Jungen zu der Tür, durch die sie die Grotte betreten hatten.
Immerhin fand Siggi Zeit genug, um mit einem flüchtigen Blick die Sachen zu streifen, die Gus und Tony auf den Betten abgeladen hatten. Es waren neben einigen Konservendosen, Würsten und Broten genau jene Wolldecken, Kerzen, Schnapsflaschen, Eßbestecke und anderen Gegenstände, die sie in Bollmanns Wagen gesehen hatten. Und statt der einen Pistole im Schulterhalfter lagen jetzt vier davon auf dem einen Bett.
»Habt ihr gesehen, das sind die Sachen aus dem Wagen des Barons«, keuchte er, als sie die Tür hinter sich geschlossen hatten und hastig die Treppe hinunterstiegen.
Juanito nickte eifrig. »Madre de Dios, haben wir einen Dusel gehabt. Wenn uns der Tony entdeckt hätte . . . Nicht auszudenken. Die hätten uns niemals laufen lassen. Und wer weiß, ob dieser Gus nicht sogar auf uns geschossen hätte. Dem traue ich, was das angeht, nämlich einiges zu . . .«
Monique erwachte endlich aus ihrer Erstarrung und griff nach den Händen der beiden Jungen. »Juanito, Siggi«, stöhnte sie und schluckte dann. »Tony . . . also, Tony, der hat uns gesehen . . .«
Vor Überraschung wäre Siggi fast ins Stolpern geraten. »Unsinn«, brauste er auf. »Das bildest du dir nur ein. Was meinst du, was der für ein Theater gemacht hätte, wenn er uns wirklich entdeckt hätte.

Nein, nein, der hat uns nicht gesehen. Wahrscheinlich muß er eigentlich eine Brille tragen und ist nur zu eitel dafür. Und außerdem stand er im Licht, während wir im Schatten lagen.«
Monique stampfte zornig mit dem Fuß auf, ließ die Hände der Jungen frei und fuchtelte wild herum. »Ich weiß, wovon ich rede! Er hat mir direkt in die Augen geblickt.«
»Aber . . .«, begann Juanito.
»Jetzt laßt mich mal zu Ende reden«, forderte Monique resolut. »Also, ich schwöre, daß ich mir das nicht eingebildet habe. Ich weiß, wann mir jemand in die Augen schaut und wann nicht. Und ich weiß auch, ob er es bewußt tut. Tony war erschrocken, zuerst jedenfalls, aber dann hat er mir zugeblinzelt . . .«
»Ach was, du immer mit deinem Tony«, brummte Siggi ärgerlich und auch ein bißchen eifersüchtig. »Wenn ich das schon höre – zugeblinzelt! Das wird ein Staubkörnchen gewesen sein.«
Die Unterhaltung war die ganze Zeit hindurch trotz aller Aufgeregtheit natürlich nur leise erfolgt, denn sie befanden sich ja gewissermaßen immer noch im Territorium des Feindes, obwohl die Treppe inzwischen hinter ihnen lag und sie durch den Gang in Richtung Wasser eilten. Vor allem der umsichtige Juanito hatte sie immer wieder vorwärts gezogen. Aber gerade er war es jetzt, der stehenblieb und sich ihnen zuwandte. »Siggi«, sagte er, »du solltest aufgeben, denn Monique hat recht.«
»Ach, ihr spinnt doch beide!«
»Caramba, was bist du heute bockig!« regte sich Juanito auf. »Hör zu, ich habe nichts gesagt, weil ich dachte, ich hätte mich geirrt. Aber . . . Tony hat die Zigarettenschachtel absichtlich fallen lassen, damit er sich unauffällig bücken konnte.«
»Er hat wegen des Lichtes vermutet, daß jemand da ist, und vielleicht auch Geräusche gehört«, triumphierte Monique und schaute Juanito dankbar an.
»Da stülpt sich doch dem Küster die Glocke über den Kopf«, Siggi stöhnte und raufte sich in komischer Verzweiflung die Haare. »Ich glaube euch sofort, wenn ihr mir einen vernünftig klingenden Grund nennt, weshalb er uns dann nicht an Gus verraten hat.«
»Da fragst du noch?« schnaufte Juanito. »Gus hat ihn beleidigt, und das vor unseren Ohren. Da wollte er es ihm eben heimzahlen.«
»Jawoll!« stimmte Monique freudig erregt zu. »Und außerdem ist Tony ein viel netterer Bursche, als ihr beide denkt – nicht so ein

Schlitzohr wie Gus. Muß er einfach sein, sonst könnte er nicht so tolle Hits singen.«

»Arrgh«, machte Siggi. »Von wegen tolle Hits – eine Single, die auch noch ein toller Flop wurde. Das war auch schon das Tollste an Tony Tholl alias Felix Schmidt.« Er wich rasch einem Boxhieb von Monique aus. »Schon gut, ich gebe mich ja geschlagen. Also hat Tony uns gesehen und trotzdem nicht verraten. Und nun?«

»Nun kehren wir schleunigst zum Hotel zurück«, gab Juanito zur Antwort. »Dann kommen wir nämlich gerade zum Frühstück zurecht. Und ich bin ganz sicher, daß ich schon ungeduldig von meinen Leuten erwartet werde.«

»Und ich erst von meiner Madame Meyer«, fiel Monique ein.

Siggi pfiff sich eins. Da war er besser dran. Ach, war das schön, ein freier Mann zu sein. »Solange ihr von euren Erziehungsberechtigten in Atem gehalten werdet, observiere ich das Gelände«, verkündete er. »Mal sehen, was sich so tut. Aber gegen Mittag brauche ich unbedingt Unterstützung bei der Beschattung dieses ominösen Randale-Rudi.«

»Klar, ich mach' mich dann dünn bei Madame Meyer«, versprach Monique. »Das schaffe ich.«

»Ich werde immer in deiner Nähe sein, falls du mich brauchst«, ergänzte Juanito.

Inzwischen hatten sie das Freie erreicht und bahnten sich ihren Weg durch das Dickicht.

»Da«, rief Siggi, als sie am Meer angelangt waren. Er deutete auf einen nassen Fleck. »Der geheimnisvolle Taucher ist inzwischen auf und davon.«

Siggi hatte recht, denn die Sauerstoffflasche war verschwunden.

»Noch ein Rätsel, das wir lösen müssen«, sagte Monique seufzend.

Zum Glück befand sich das Tretboot mit ihren Sachen noch genau an der Stelle, an der sie es zurückgelassen hatten. Alle drei hechteten ins Wasser und veranstalteten ein Wettschwimmen. Juanito gewann und schwang sich grinsend als erster in das Boot. Siggi und Monique kamen gleichzeitig an, aber Siggi kletterte zuerst hinein und ließ es sich nicht nehmen, ganz galanter Gentleman, der kleinen Rothaarigen ins Boot zu helfen.

Ausnahmsweise dankte sie ihm dafür statt mit einer spitzen Bemerkung sogar mit einem kleinen Lächeln. Vergnügt summte Siggi vor sich hin, legte sich zusammen mit Juanito in die Pedale und brachte

das Boot auf Heimatkurs. Seine gute Laune sank gleich darauf wieder auf null, als Monique das leidige Thema Tony Tholl aufgriff.
»Der arme Tony«, seufzte sie und rollte verträumt die Augen. Hätte Siggi, dem reflexartig bei der Nennung des Namens das Kinn in Richtung Bauchnabel rutschte, genau hingeschaut, wäre ihm aber aufgefallen, daß Monique dabei spitzbübisch lächelte. Sie wollte ihn nur ein bißchen aufziehen. »Sicherlich ist der gute Junge auf teuflische Art in der Gewalt dieses gräßlichen Gus. Was für Höllenqualen er wohl zu erdulden hat . . .«
»Grrr«, machte Siggi und hielt nach einem Teppich oder einem kräftigen Stück Leder Ausschau, um hineinzubeißen. Erst als Monique und Juanito laut losprusteten, begriff er, daß das Mädchen ihm nur etwas vorgespielt hatte. Er rang sich ein gequält wirkendes Lächeln ab. Diese Frauen, dachte er. Man weiß wirklich nie, woran man bei ihnen ist.
Sie hatten den Hotelstrand fast erreicht und waren jetzt auch wieder trocken genug für die T-Shirts und Jeans. Monique schlüpfte als erste in ihre Sachen und sprang ans Ufer, als sich das Boot in den weißen Sand bohrte. Siggi und Juanito folgten.
»Hm«, meinte Juanito nachdenklich, während er sein T-Shirt überstreifte. »Laß uns trotzdem noch mal ganz kurz über Tony reden, auch wenn der Name für Siggi ein rotes Tuch ist. Wir müssen irgendwie verhindern, daß sich Tony die Sache nachträglich noch anders überlegt und unseren Besuch in der Grotte ausplaudert. Sonst könnten wir nämlich Gus oder dem Baron oder diesem Randale-Rudi in die Falle gehen.«
»Ich könnte versuchen, mit ihm allein zu reden«, bot Monique an. »Sicherlich erkennt er mich und weiß sofort, worum es geht.«
Zuerst wollte Siggi lauthals protestieren, aber er schluckte hinunter, was ihm auf der Zunge gelegen hatte. Schließlich hatte er Monique keine Vorschriften zu machen. Und außerdem war das gar keine schlechte Idee. »Sag uns aber vorher Bescheid, damit wir dir notfalls helfen können«, meinte er. »Du weißt ja, er könnte sogar ein Schießeisen bei sich haben.«
»Ja«, stimmte Juanito ein. »Sei bloß vorsichtig!«
»Mach' ich«, sagte Monique. »Und danke, euch beiden. Ihr seid wirklich schwer in Ordnung.«

Noch niemals war Siggi ein Vormittag so lang vorgekommen. Eine Zeitlang ließ er sich am Rande des Swimmingpools die Sonne auf den Bauch scheinen und behielt dabei unablässig den Haupteingang des Hotels im Auge. Damit dies nicht so auffiel, hatte er Sonnengläser über seine Brille geschoben. Aber für das Auftauchen von Gus und Tony war es noch viel zu früh, und auch Baron Bollmann ließ sich nicht blicken. Siggi hatte sein Zimmerfenster ausfindig gemacht, doch dort blieb alles ruhig, und die Vorhänge waren noch immer vorgezogen.

Phil tauchte in seiner Tarzan-Badehose auf und hockte sich neben ihn. »Lust auf ein paar Runden im Pool?« fragte er aufmunternd.

»Nö«, antwortete Siggi.

»Auf ein Bad in den wogenden Fluten des Mittelmeers?«

»Nö.«

»Wie wär's mit einer kleinen Tretbootpartie zur Geisterklippe?«

Siggi blickte mißtrauisch auf, wandte sich aber wieder dem Hoteleingang zu, als er Phils argloses Gesicht sah. »Nö.«

»Dann aber doch sicher auf einen kleinen Plausch, wie? Hab' da nämlich heute morgen eine interessante Entdeckung gemacht.«

»Nö.«

»Nein?« Phil verstand offenbar die Welt nicht mehr, so verwirrt schaute er drein. »Hast du etwa eine Art Gelübde abgelegt, das dir verbietet . . .« Plötzlich setzte er ein pfiffiges Gesicht auf, und seine Augen blitzten. »Ach, jetzt verstehe ich. Du hast Liebeskummer. Die Kleine mit den roten Haaren hat dich abblitzen lassen. Nimm's leicht, junger Freund, so was passiert gelegentlich sogar einem von Wittenstein. Na, wir sehen uns ja später bestimmt noch.« Damit schob er ab.

Wenig später tauchte Monique auf, allerdings in Begleitung der unvermeidlichen Madame Meyer nebst Sonnenschirm. Offensichtlich hatte die Gouvernante entschieden, daß es nun Zeit für einen gemeinsamen Spaziergang war. Monique machte eine komische Grimasse zu Siggi hin und zog in hilfloser Verzweiflung die Schultern hoch. Na, besser jetzt dieser Spaziergang als gegen Mittag, wenn Moniques Unterstützung gebraucht wurde.

Auch Juanito ließ sich blicken, allerdings in offizieller Funktion. Er trug jetzt schwarze Hosen und eine weiße Kellnerjacke. Dazu hielt

er ein Tablett in der Hand, und eine Stoffserviette lag über seinem Arm. Er servierte Siggi eine kalte Cola, fragte, ob es was Neues gab, und nahm dann die Bestellungen der anderen Gäste am Swimmingpool entgegen.
Allmählich ging es auf Mittag zu, und Siggi wurde es in der herabbrennenden Sonne zu warm. Er zog sich auf einen Liegestuhl in der zum Pool hin offenen Hotelhalle zurück.
Hier herrschte viel Betrieb. Siggi hatte seinen Platz so ausgesucht, daß er alles überblicken konnte, selbst aber hinter eingetopften Bäumchen und Pflanzen nicht gleich gesehen werden konnte.
Endlich geschah etwas. Baron Bollmann tauchte auf. Er machte allerdings eher einen gelangweilten als einen geschäftigen Eindruck. Träge stiefelte er zum Empfangstresen, gab seinen Zimmerschlüssel ab und setzte sich dann ins Restaurant. Wenig später brachte ihm eine Serviererin eine riesige Portion Eis, in der er mehr herumstocherte, als daß er es sich schmecken ließ.
Der Empfangschef, ein Onkel von Juanito, plagte sich derweil mit einem Gast herum, der nicht zahlen konnte oder wollte. Van Eifel oder so ähnlich hieß der wie ein angejahrter Playboy in einen weißen Anzug gekleidete Mann.
»Unverschämt, wie reden Sie mit mir?« beschwerte er sich gerade. »Ich habe schon 289 Heftromane mit einer Gesamtauflage von weltweit über 40 Millionen Exemplaren geschrieben!«
»Und dann können Sie die Rechnung nicht bezahlen, mein Herr?« fragte der Empfangschef erstaunt. »Na gut, arbeiten Sie es in der Küche ab. Wir können jede zusätzliche Hand gebrauchen. Da Sie Schriftsteller sind, dürfen Sie die Buchstabennudeln kochen und das Russische Brot backen.«
Siggi grinste und wandte sich einem höchst ungleichen Paar zu. Sie war eine Matrone mit einem gewaltigen Hut, ihr Partner dagegen ein dünnes Kerlchen mit Halbglatze und dicker Hornbrille.
»Karl Edward, du bewachst unsere Gummi-Ente!« befahl die Frau.
»Jawohl, Mäuschen«, antwortete er ergeben.
Die Matrone rauschte in Richtung Toiletten davon.
In diesem Augenblick betraten Gus und Tony das Hotel. Siggi bemerkte sie sofort und richtete sich in seinem Liegestuhl kerzengerade auf, was ihm den erstaunten Blick einer jungen Frau einbrachte, die sich in der Nähe mit ihrem zappeligen kleinen Sohn niedergelassen hatte.

Siggi murmelte etwas von dringenden Geschäften, schwang sich auf die Füße und flitzte eilig um die Pflanzendekoration herum. Gegenüber vom Empfangstresen blieb er hinter einer dicken, mit einem Mosaikmuster belegten Säule stehen.
Jetzt kamen Gus und Tony wieder in sein Blickfeld. Ohne eine Spur von Mißtrauen bewegten sie sich wie ganz normale Urlauber durch die Hotelhalle und steuerten schnurstracks auf das Restaurant zu, das sich inzwischen etwa zur Hälfte gefüllt hatte.
Die angeblichen Gärtner vom Haus auf der Geisterklippe blieben am Eingang des Restaurants stehen und blickten sich suchend um. Als er sich zur Seite wandte, hätte Tony dabei um ein Haar einem Kellner mit einem schwer beladenen Tablett den Ellbogen in den Magen gerammt. Der hatte aber zum Glück das Unglück kommen sehen und wand sich wie ein Schlangenmensch an dem ungeschickten Schlagersänger vorbei, wobei allerdings etwas Suppe über den Rand einer Schüssel schwappte. Der Kellner zischte einen ellenlangen spanischen Fluch durch die Zähne, setzte dann aber ein strahlendes Lächeln auf und entschuldigte sich wortreich.
Gus, der mit der Sache eigentlich gar nichts zu tun hatte, bedeutete ihm weiterzugehen, und gleich darauf winkte er in den Speisesaal hinein. Er packte Tony am Arm und zog ihn mit sich.
Verzweifelt reckte Siggi den Hals, in der Hoffnung, endlich den geheimnisvollen Randale-Rudi zu erspähen. Aber er sah nur den dikken Baron Bollmann, der den beiden entgegenblickte, als sie sich seinem Tisch näherten.
Ein Verdacht stieg in Siggi auf. Er schaute sich verzweifelt nach Juanito um, konnte ihn aber nirgendwo entdecken. Da am Empfangstresen gerade nichts los war, spurtete er hinüber und fragte nach seinem Freund. Juanitos Onkel blickte sich hilfsbereit um, konnte seinen Neffen aber auch nirgends sichten.
»Haben wir gleich«, meinte er lächelnd und drückte den Knopf einer Gegensprechanlage. Als sich jemand meldete, sprudelte er zwei, drei spanische Sätze in das Mikrofon, in denen auch der Name Juanito vorkam. »Das war die Küche«, sagte er dann wieder auf Deutsch zu Siggi. »Die schicken Juanito gleich her. Sonst noch einen Wunsch, junger Mann?«
»Nein . . . äh, vielleicht doch«, stammelte Siggi. »Dieser Baron Bollmann, der hat doch auch einen Vornamen, nicht? Wissen Sie den zufällig?«

Juanitos Onkel zog verwirrt die Augenbrauen hoch, holte dann aber den Ordner mit den Anmeldeformularen hervor und blätterte darin herum. »Hier haben wir ihn schon. Der Baron heißt Rudolf – Rudolf Bollmann.«
Siggi fiel es wie Schuppen von den Augen. »Vielen Dank, muchas gracias«, haspelte er hervor. »Das hat uns wirklich sehr geholfen.«
»Tatsächlich?« fragte Juanitos Onkel und lächelte verständnislos.
»Juanito erzählt es Ihnen später mal«, zog sich Siggi aus der Affäre.
An der Tür zur Küche tauchte Juanito auf, erblickte Siggi und beeilte sich, an den Tresen zu kommen.
Siggi zog ihn zur Seite. »Hör zu«, redete er hastig auf ihn ein. »Gus und Tony sind mit Bollmann im Restaurant. Und dieser Bollmann heißt mit Vornamen Rudolf, wie mir dein Onkel gerade verraten hat. Verstehst du – ‚Randale-Rudi' ist niemand anders als der angebliche Baron Bollmann!«
»Madre de Dios! Und was nun?«
»Du mußt versuchen, in ihre Nähe zu gelangen. Vielleicht kannst du etwas aufschnappen.«
Juanito lugte ins Restaurant. »Zu spät«, meinte er dann. »Die drei stehen gerade auf. Offensichtlich haben sie nicht die Absicht, hier zu essen.«
Siggi wurde abwechselnd rot und blaß. »Irgend jemand muß sich an ihre Fersen heften«, murmelte er, und schon während er das sagte, wurde ihm klar, daß nur er dieser Jemand sein konnte.
Monique war noch nicht von dem Ausflug mit ihrer Gouvernante zurück, und Juanito konnte sich zur Mittagszeit bestimmt nicht lange freimachen. Zu seiner großen Erleichterung betraten in diesem Moment Monique und Madame Meyer das Hotel. Vielleicht konnte er sich mit Monique die schwierige Aufgabe teilen. Zu zweit fühlte man sich doch gleich viel stärker.
Monique winkte ihnen heimlich zu, als sie mit der Gouvernante vorbeiging. Madame Meyer war offensichtlich hungrig und wollte ins Restaurant. Siggi ruderte wild mit den Armen und verdrehte die Augen, um Monique klarzumachen, daß er sie sprechen wollte. Leider bekam auch Madame Meyer seinen Veitstanz mit, und sie bedachte ihn mit einem langen, höchst befremdeten Blick. Fehlt nur noch das Lorgnon, dachte Siggi, mit dem sie mich von Kopf bis Fuß mustert. Monique konnte sich nur mühsam ein Lachen verkneifen, trottete aber brav neben der Gouvernante her. Am Eingang zum

Restaurant raunte sie ihr allerdings etwas zu, worauf Madame Meyer allein in den Speisesaal entschwebte. Vermutlich hatte Monique ihr erzählt, sie müsse mal aufs Töpfchen.
Viel hätte nicht gefehlt, dann wäre Monique direkt gegen den dikken Bauch des Barons gerannt, als sie sich umdrehte. Der kam nämlich gerade gemeinsam mit Gus und Tony aus dem Restaurant und achtete nicht auf den Weg. So aber passierte das Mißgeschick Madame Meyer, die voll gegen den angeblichen Baron Bollmann prallte. »He, he«, grunzte Bollmann verdutzt, obwohl ihn der Aufprall nicht aus dem Tritt gebracht hatte.
Madame Meyer hingegen wurde wie von einer Gummiwand einen halben Meter zurückgeschleudert und hatte Mühe, ihr Gleichgewicht zu bewahren. »Impertinenter Flegel«, keuchte sie. Sie war so fassungslos, daß sie sogar ihr feines Französisch vergessen hatte. Dann jedoch fügte sie ein wütendes »Pouvez-vous faire attention, bedaine de lourdaud?!« hinzu.
»Hä?« machte Bollmann und entschied sich aber für eine wenig feine Antwort: »Zimtzicke!«
Madame Meyer japste vor Empörung laut nach Luft, bedachte den Baron mit einem giftigen, durchbohrenden Blick, rümpfte schließlich die Nase und rauschte davon.
»Habt ihr das gesehen?« flüsterte Monique, die inzwischen bei den Freunden am Empfangstresen eingetroffen war, und gluckste in sich hinein.
»Da sind aber die Richtigen aufeinandergeprallt«, kicherte Siggi.
Juanito, ganz Sohn eines Hoteliers, der die Gäste nehmen mußte, wie sie kamen, bewahrte Haltung, konnte aber nicht ganz verhindern, daß es um seine Mundwinkel verdächtig zuckte.
Schlagartig wurden alle drei wieder ernst, als Bollmann nebst Gefolge an die Rezeption trat. Bollmann verlangte seinen Zimmerschlüssel, der ihm von Juanitos Onkel ausgehändigt wurde.
»Heute keinen Appetit auf Mittagessen, Senor?« erkundigte sich der Empfangschef höflich. »Die Muscheln sind sehr empfehlenswert.«
»Danke, danke, guter Mann«, gab sich Bollmann jovial. »Würde schon gern zulangen, habe aber eine wichtige geschäftliche Besprechung mit den beiden Herren. Schicken Sie uns doch bitte den Zimmerkellner, damit wir Getränke bestellen können.«
»Sehr wohl, Senor«, dienerte Juanitos Onkel.

Bollmann und sein Anhang setzten sich in Richtung Fahrstuhl in Marsch, wobei Monique von Tony mit einem merkwürdigen Blick bedacht wurde. Entweder hatte er sie wiedererkannt, oder er grübelte darüber nach, wo er dieses Mädchen schon einmal gesehen hatte. Vielleicht erinnerte er sich aber auch gar nicht an die Monique unter dem Bett, sondern nur an die Verehrerin auf der Geisterklippe, die ihn als Tony Tholl erkannt hatte.
»Los«, zischte Siggi aufgeregt. »Hänschen, das ist deine Chance. Du mußt den Zimmerkellner spielen. Vielleicht kannst du etwas in Erfahrung bringen.«
»Wenn du meinst«, antwortete Juanito zögernd und schluckte.
Wohl war ihm nicht bei dem Gedanken, im Zimmer des Barons Mäuschen spielen zu sollen. Wenn die nun Verdacht schöpften . . . Aber dann nickte er, beugte sich über den Tresen und redete auf seinen Onkel ein. Der hatte schon den Finger auf der Tastatur der Gegensprechanlage, zuckte dann aber mit den Schultern und wandte sich gerade eintreffenden Gästen zu.
»Alles klar.« Juanito griff nach Serviette, Tablett und Notizblock. »Wollt ihr mit? Ihr könnt ja im Flur auf mich warten.«
Eifrig nickten Siggi und Monique, aber dann zog das Mädchen eine Schnute. »Ich gehe besser zu Madame Meyer in den Speisesaal«, meinte sie. »Wenn ich sie jetzt vor den Kopf stoße, läßt sie mir den ganzen Tag keine Ruhe. Ist dieser Randale-Rudi auch schon da?«
»Der Baron ist Randale-Rudi«, klärte Siggi sie hastig auf. »Wir sehen uns nachher in der Lobby, okay?« Mit diesen Worten fegte er hinter Juanito her, der schon zum Fahrstuhl geeilt war und den Rückrufknopf gedrückt hatte.
Es dauerte eine Weile, bis der Fahrstuhl kam. Bollmann und seine beiden »Geschäftsfreunde« waren inzwischen sicherlich schon in Bollmanns Zimmer eingetroffen. Stumm und mit pochendem Herzen stiegen Siggi und Juanito im fünften Stock aus.
»Viel Glück«, murmelte Siggi, gab dem Freund einen Klaps auf den Rücken und blieb in der Nähe der Fahrstühle zurück.
Tapfer biß sich Juanito auf die Lippen, straffte sich dann, schritt den Gang entlang und klopfte an.
»Wer ist dort?« dröhnte Bollmanns Stimme.
»El camarero«, gab Juanito zur Antwort und zwinkerte dem nervös trippelnden Siggi zu.
»Äh . . . ja, herein.«

Juanito öffnete die Tür und trat ein. Der Baron, Gus und Tony hatten es sich auf einem Sofa und zwei Sesseln bequem gemacht. Offensichtlich hatten sie sich angeregt unterhalten, das Gespräch aber unterbrochen, als Juanito klopfte.
Ein geradezu peinliches Schweigen lastete im Raum, und Bollmann raffte eilig einige Papiere zusammen, die auf dem Couchtisch ausgebreitet waren. Immerhin konnte Juanito noch erkennen, daß eines der Papiere der schon von der Untersuchung des Schnellhefters bekannte Lageplan war.
»Senor?« wandte sich Juanito dienstfertig an den Baron und zückte Notizblock und Kugelschreiber. Hoffentlich erkennen mich Gus und Tony nicht wieder, dachte er im stillen.
»Bringen Sie uns drei Flaschen Bier«, knurrte Bollmann.
»No le comprende«, schauspielerte Juanito und zog ein bedauerndes Gesicht. »No hablo alemán.«
»Was hat er gesagt?« wollte der Baron wissen. »Das Bier ist alle?«
»Nein, nein«, half Gus aus. »Soweit meine paar Spanischbrocken reichen, heißt das wohl, daß er kein Deutsch kann.«
»Saftladen«, schimpfte Bollmann. »Weiß einer von euch den Ausdruck für Bier?«
»Klar, Boß«, meinte Gus und grinste. »So was muß man doch wissen, um hier klarzukommen.« Er wandte sich Juanito zu. »Cerveza, verstehen? Cerveza, gluckgluckgluck.« Er tat so, als würde er eine Flasche an den Mund führen. »Drei – tres, capito? Understand? Und ein bißchen dalli, verstanden?«
»Ah, cerveza!« Juanito notierte die Bestellung. »Cerveza clara?«
»Ja, ja, die Tante Klara trinkt auch einen mit«, antwortete Bollmann aufgeräumt und schlug sich wiehernd auf die Schenkel.
Juanito deutete eine Verbeugung an und verließ das Zimmer. Sofort kam Siggi herbeigestürmt, aber Juanito legte einen Finger an die Lippen und zog ihn zum Fahrstuhl.
»Nichts«, kam er Siggis Frage zuvor. »Immerhin glauben die jetzt aber, daß ich kein Deutsch verstehe. Ich hoffe, das macht sie sorgloser. Warte hier, ich bin mit den Getränken gleich zurück.«
Keine fünf Minuten später balancierte Juanito drei Flaschen Bier und drei Gläser auf seinem Tablett, winkte Siggi zu, klopfte und trat abermals in das Zimmer des Barons.
Tatsächlich nahmen die Männer diesmal von Juanito kaum Notiz. Nur Tony blickte kurz auf und musterte den Jungen nachdenklich.

Die anderen ließen sich in ihrer Besprechung nicht stören und räumten die Papiere nur so weit zur Seite, daß Juanito die Getränke abstellen konnte.
Wieder erkannte er den Lageplan und Zeitungsausschnitte.
»Die Sache geht, wie gesagt, heute abend über die Bühne«, erklärte Bollmann gerade. »Die Nacht verbringen die Jungs in einem Unterschlupf in der Nähe von Madrid, und morgen bringe ich sie euch. Wir brauchen dann möglichst rasch aktuelle Fotos für die Pässe. Das berede ich gleich mit Delgado.«
Betont langsam und umständlich öffnete Juanito die Flaschen und goß die Getränke ein.
»Wie lange müssen wir die Jungs denn nun tatsächlich verstecken?« wollte Gus wissen. »Bisher war immer von einigen Tagen die Rede, aber es kann auch länger dauern, wie?«
»Ich rechne mit einer Woche«, brummte Bollmann. »Sobald sich die Wogen geglättet haben, geht es per Fischerboot ab nach Tanger. Wir müssen nur abwarten, bis die mit Sicherheit zunächst verschärften Kontrollen der Küstenwacht wieder gelockert werden. Wenn's länger dauert, dann dauert's eben länger. Hier findet die keiner. Und danach wird abkassiert, he, he!«
Allmählich fiel Juanito kein Grund mehr ein, noch länger zu bleiben. Dann entdeckte er den vollen Aschenbecher, leerte ihn auf seinem Tablett aus und putzte ihn hingebungsvoll mit seiner Serviette, als gelte es, ein kostbares Schmuckstück für eine Ausstellung herzurichten.
Gus fiel in Bollmanns Gelächter ein. »Drei Millionen sind kein Pappenstiel, was, Randale-Rudi? Da stößt du dich gesund dran!«
»Ich will diesen Namen nicht mehr hören, klar?« giftete ihn Bollmann an. »Und nur kein Neid, hörst du? Es war schließlich meine Idee, und es waren meine Beziehungen, kapiert? Und ihr Pfeifen verdient schließlich auch nicht schlecht dabei, oder?«
»Reg dich ab, Rudi«, beschwichtigte Gus. »Ich freue mich ja nur für dich und uns alle.« Er nahm einen Schluck Bier.
Juanito putzte und putzte und putzte.
»Hoffentlich gibt es keinen Ärger«, meinte Tony. »Ich meine, das sind doch schwere Jungs . . .«
»Ha, der Grünschnabel kriegt Fracksausen«, amüsierte sich Bollmann. »Hör mal, Bursche, wenn du bei mir groß rauskommen willst, mußt du das Denken schon dem Chef überlassen. Mir, ver-

stehst du? Und außerdem . . .« Er unterbrach sich und starrte Juanito an. »Was will denn dieser Kellner noch immer hier? Zieh Leine, Amigo!«
Juanito stellte den polierten Aschenbecher ab und setzte ein einfältiges Grinsen auf. »Senor?« erkundigte er sich devot.
»Du sollst . . .«, begann Bollmann, brach dann aber ab und lachte trocken. »Jetzt hab' ich verstanden, der Junge wartet auf sein Trinkgeld. Okay, soll er haben.« Er kramte in seiner Hosentasche herum, förderte ein Bündel spanischer Banknoten zutage, nahm achtlos einen größeren Schein und stopfte ihn Juanito in die Hand.
»Nun, zufrieden?«
Mit einem raschen Blick erkannte Juanito, daß es sich um ein fürstliches Trinkgeld handelte, in der Tat.
Er ließ den Schein diskret in seiner Jackentasche verschwinden und ging rückwärts zur Tür. Dabei verbeugte er sich immer wieder und rief das eine über das andere Mal überschwenglich aus: »Gracias! Muchas gracias! Gracias, Senor!«
Das dröhnende Gelächter der drei Männer verfolgte ihn bis auf den Flur hinaus, wo er die Tür schloß.
Fröhlich die Serviette schwingend, eilte er auf den ungeduldig wartenden Siggi zu und zog ihn in die gerade im fünften Stockwerk parkende Fahrstuhlkabine. Er wehrte Siggis Fragen ab und drückte den Knopf für das Erdgeschoß. »Hat prima geklappt«, jubelte er. »Die haben mir meine Rolle voll abgekauft, und Bollmann hat mir ein dickes Trinkgeld gegeben!« Er zeigte den Schein vor.
»Na und?« wollte Siggi ungeduldig wissen. »Hast du etwas herausgefunden?«
»Und ob!« Juanito grinste breit. Dann zog er Siggi aber erst mal aus der Fahrstuhlkabine, da sie das Hotelfoyer erreicht hatten. Eine Gruppe von Gästen in Badekleidung lauerte bereits auf den Aufzug. In einer ruhigen Ecke am anderen Ende des Foyers wartete Monique auf die beiden. Sie hockten sich zu ihr, und Juanito begann, mit allerlei Ausschmückungen, die seine eigene Tapferkeit und Geistesgegenwart ins rechte Licht rückten, die Unterhaltung der drei Männer wiederzugeben. Mit dem zusammen, was sie bereits bei ihrem heimlichen Besuch in der Grotte erfahren hatten, ergab sich ein immer klareres Bild.
»Bollmann will also eine Reihe von gesuchten Gangstern außer Landes bringen«, faßte Siggi das Gehörte zusammen, »und Gus

und Tony helfen ihm dabei. Offenbar sollen die ‚schweren Jungs' eine Woche oder so in der Grotte hausen, bis die Luft rein ist. Daher die Betten, die Vorräte und das andere Zeug. Und wir wissen jetzt auch, daß Bollmann dafür ein nettes Sümmchen kassiert.«
»Das ist die Untertreibung des Jahrhunderts!« kommentierte Monique. »Drei Millionen! Das ist kein nettes Sümmchen, sondern ein Vermögen.«
»Aber von wem bekommt er das Geld?« wollte Siggi wissen. »Von den Gangstern? Von den Kontaktleuten? Was ist mit diesem Delgado los, der Pässe besorgen soll? Wer sind die Leute, und warum müssen sie unbedingt außer Landes?«
»Ich wette, die drehen heute abend ein großes Ding und wollen mit der Beute ins Ausland fliehen. Vielleicht überfallen sie die Staatsbank in Madrid oder einen Postzug . . .« Es war Monique, die sich mit roten Wangen ihrer Phantasie hingab.
»Hm«, machte Siggi und kratzte sich an der Nase. »Irgendwie passen aber die Zeitungsausschnitte nicht dazu. Wer ein großes Ding drehen will, läßt sich doch nicht vorher in Zeitungen abbilden.«
»Ich wüßte auch noch eine Theorie beizusteuern«, sagte eine neue, aber nicht unbekannte Stimme.
Erschreckt fuhren die Köpfe der drei Freunde herum. Hinter einem Blumenkübel reckte sich die dürre Gestalt Philip von Wittensteins empor. Er legte eine Zeitung beiseite und kam jetzt um die Blumen- und Bäumchenkübel herumgeschlendert. Offensichtlich hatte er dort unbemerkt seine Zeitung gelesen und war so, mehr oder weniger unfreiwillig, Zeuge des Gesprächs geworden.
»Tja«, sagte er und zuckte entschuldigend mit den Schultern. »Ich hab' nun mal alles mitangehört, und ich muß sagen, die Sache hat mich fasziniert. Zumal mir selbst einige Merkwürdigkeiten im Zusammenhang mit der Geisterklippe aufgefallen sind. Da staunt ihr, wat?« Er steckte sich erst mal mit Genuß einen Zigarillo an, bevor er fortfuhr. »Das war es, Siggi, was ich dir heute morgen mitteilen wollte, als du keine Lust auf einen Plausch hattest. Jetzt kann ich mir natürlich denken, warum nicht. Ja, was ich sagen wollte . . . Die Geisterklippe mit ihren Legenden hat mich nämlich gereizt, darüber einen kleinen Artikel für das ‚Weltenbummler-Magazin' zu schreiben . . .«
Siggi stellte ihn seinen Freunden vor, und Monique fragte: »Du bist Reporter?«

»Ach was«, wiegelte Phil empört ab. »Nur so aus Spaß schreibe ich ab und zu für diese oder jene Zeitung oder Zeitschrift ein Artikelchen. In Arbeit darf so etwas natürlich nicht ausarten, sonst macht's ja keenen Spaß mehr. Also, wie gesagt, ich wollte mehr über die Klippe erfahren und bin heute morgen in aller Herrgottsfrühe zu ihr rausgeschwommen . . .«
»Herrjemine, mir schwant was«, stöhnte Siggi, dem vor Aufregung die Brille beschlug. »Sag mal, Phil, du bist doch nicht etwa als Froschmann dort drüben durch die Gegend gelatscht?«
»Bin ich, woher weißt du das?« entgegnete Phil verdutzt. »Tauchen ist nämlich eines meiner zahlreichen Hobbys – immerhin habe ich auch einmal vorübergehend Tiefseebiologie studiert. So konnte ich das Angenehme mit dem Nützlichen verbinden. Na, wie auch immer – ich hab' zwar leider nicht so viel herausgefunden wie ihr, aber immerhin eine Reihe von Gängen und Höhlen entdeckt, darunter einen Gang, der bis hinauf in das Haus auf der Klippe führt und unzweifelhaft in letzter Zeit benutzt worden ist.«
»Nicht zu fassen«, erregte sich Monique. »Wir haben uns den Kopf über den Froschmann zermartert, und dabei war es nur Phil!«
»Das ‚Nur' kannst du streichen«, sagte Phil leicht pikiert. »Auch wenn ich bei dir nicht soviel Chancen habe wie unser Siggi hier.«
Die Köpfe von Monique und Siggi wurden prompt so rot wie vollreife Tomaten, doch bevor sie Protest einlegen konnten, fuhr Phil lässig fort: »Aber du bist sowieso viel zu jung für mich. Wenn ich es mir recht überlege, könnte ich fast dein Vater sein.«
»Hallo, Papi«, frotzelte Monique, die rasch ihre Fassung zurückgewonnen hatte.
Siggi dagegen wollte lieber von dem verfänglichen Thema ablenken und fragte daher: »Du wolltest uns deine Theorie erläutern.«
»Ach ja.« Phil kratzte sich gedankenverloren am Hinterkopf. »Wenn alles wirklich so ist, wie ihr es vorhin gesagt habt, dann kann ich mir noch jemanden vorstellen, der eventuell einem Mittelsmann sehr viel Geld zahlt, um Kriminelle außer Landes bringen zu lassen.«
»Die Mafia«, platzte Juanito heraus. »Aber die ist in Italien und Amerika aktiv. Bei uns hat sie nicht viel zu melden.«
»Nicht die Mafia«, knurrte Phil. »Die Regierung, der Staat.«
»Waaas?« fragten Monique, Siggi und Juanito verblüfft wie aus einem Munde.

»Natürlich, was soll daran so ungewöhnlich sein«, beharrte Phil. »In jedem Land gibt es Hunderte von Gestalten aus der Halbwelt, von denen die Polizei weiß, daß sie Dreck am Stecken haben, zwielichtige Organisationen leiten oder als Hintermänner von Verbrechen anzusehen sind. Nur nachweisen kann man ihnen nie etwas, weil sie sich selbst die Hände nicht schmutzig machen. Ich weiß das, weil ich nämlich auch mal Kriminologie studiert habe. Solche Ganoven außer Landes bringen zu lassen, könnte der Regierung einiges wert sein.« Phil blickte auf seine Uhr. »Nun muß ich aber wirklich essen gehen, bevor der Deckel auf die Gulaschkanone gelegt wird. Denkt mal darüber nach. Wir sehen uns ja sicherlich später.«

Inspektor Zufall geht baden

»Was haltet ihr denn davon?« fragte Juanito verstört. »Was mich angeht, so weiß ich langsam gar nicht mehr, was ich glauben soll.«
»Aber Hänschen«, protestierte Siggi empört. »Du hast doch mit eigenen Ohren gehört, was Bollmann und die anderen gesagt haben. Und du hast die Schießprügel gesehen. Glaubst du im Ernst, eure Regierung würde einem Ganoven wie Randale-Rudi vertrauen? Und wenn man diesen Drahtziehern und Bandenbossen schon nichts nachweisen kann, wie will man sie dann abschieben? Selbst wenn man sie kidnappt, würden sie doch sofort zurückkehren, sobald man sie in einem anderen Land freiläßt. Außerdem ist das ungesetzlich, und es würde einen Riesenskandal geben. Schließlich haben wir die Gesetze, damit sie auch eingehalten werden. Und wem nichts zu beweisen ist, der gilt eben als unschuldig. Wenn so etwas Schule machen würde, könnte man bald auch wirklich Unschuldige so behandeln – Leute, die eine andere politische Meinung haben, oder Ausländer zum Beispiel. Phil ist ganz schön auf dem Holzweg, finde ich.«
»Hast du auch wieder recht«, meinte Juanito.
»Mensch, Siggi, du hast dich ja richtig in Rage geredet«, staunte Monique und legte ihm die Hand auf die Wange. »Ganz heiß – oder ist das wegen der Bemerkung, die Phil vorhin gemacht hat?«
»Welche Bemerkung?« stellte Siggi sich dumm. »Ich . . .«
»Das könnt ihr später unter euch ausmachen«, fuhr Juanito nervös dazwischen. Er hatte seine Stimme merklich gedämpft. »Bollmann

und Konsorten verlassen nämlich gerade den Aufzug. Gebt mir Deckung, die dürfen mich nicht bei euch sehen, sonst schöpfen sie nachträglich Verdacht!«
Siggi und Monique schalteten sofort. Sie sahen nur kurz und wie zufällig auf, erhoben sich dann aus ihren Sesseln und bewegten sich dicht aneinandergedrängt plaudernd auf die Blumenkübel zu. Hinter ihnen duckte sich Juanito und schlüpfte dann hinter die Deckung der Pflanzen. Gerade noch rechtzeitig. Denn während Bollmann seinen Schlüssel bei der Rezeption abgab, ließ Gus einen prüfenden Blick durch die am frühen Nachmittag nicht mehr so belebte Hotelhalle wandern. Flüchtig ruhte dieser Blick auch auf Siggi und Monique. Kurz entschlossen hauchte Monique dem Jungen einen Kuß auf die Wange. Gus, wohl von ihrer Harmlosigkeit überzeugt, schaute anderswohin.
»Das war nur wegen der Tarnung«, meinte Monique kichernd.
»Kl . . . klar, doch«, stammelte Siggi verlegen, der schon wieder seine beschlagenen Brillengläser putzen mußte.
Bollmann verließ mit seiner Korona das Hotel, und Juanito tauchte hinter seiner Deckung hervor.
»Seht mal«, sagte Monique. »Gus steigt zu Bollmann in den Wagen, aber Tony benutzt ein anderes Auto. Wahrscheinlich ist das der Wagen, mit dem die beiden gekommen sind.«
Siggi rannte ins Freie und sah den beiden Autos nach, die gerade losfuhren. Bollmanns Sportwagen nahm die Straße nach Alicante, während Tony in die Küstenstraße einbog, die an der Geisterklippe vorbeiführte.
Monique und Juanito gesellten sich zu ihm. Die drei blickten sich ein wenig ratlos an.
»Dabei wollte ich doch ein paar Worte mit Tony reden«, sagte Monique enttäuscht.
»Ich weiß einen anderen, mit dem wir jetzt reden sollten«, meinte Siggi. »Und zwar mit Herrn Zufall, dem Polizisten aus Hamburg. Denn ich fürchte fast, wir kommen allein nicht mehr weiter.«
»Einverstanden«, sagte Juanito und nickte dazu.
»Wenn ihr meint . . .«, maulte Monique. »Eigentlich hätte ich vorher lieber mit Tony geredet. Wäre doch schade, wenn er am Ende für die Schurkerei der anderen mit geradestehen müßte. Aber gut, ich beuge mich der Mehrheit. Suchen wir Herrn Zufall.« Das erwies sich jedoch als ein nicht unerhebliches Problem.

Auf seinem Zimmer war er nicht, denn der Schlüssel hing am Brett in der Rezeption. Das Restaurant war inzwischen so gut wie leer, und Herr Zufall gehörte nicht zu den wenigen Nachzüglern. Nur Phil winkte ihnen mit einer Hand zu, während er mit der anderen eifrig Essen in sich hineinschaufelte. Am Swimmingpool sonnten sich etliche Mädchen im Bikini, wobei einige von ihnen von Verehrern förmlich umschwärmt wurden. Unter einem Sonnenschirm droschen drei schon etwas gesetztere Herren lautstark einen Skat. Ein Pärchen war ausdauernd am Schmusen und drohte jeden Moment in den Pool zu fallen. Aus einem Recorder plärrte Rock 'n' Roll der fünfziger Jahre. Ein junger Mann saß davor und hörte verzückt zu. Er war Siggi schon am Vormittag aufgefallen, wie er sorgsam seine mit viel Pomade zu einer Elvis-Entenschwanzfrisur gestylten schwarzen Haare vor der Berührung mit Wasser zu bewahren suchte und immer wieder mit einem Kamm kleine Unvollkommenheiten des Kunstwerks nachbesserte.
Herr Zufall war auch hier nicht anzutreffen.
»Gehen wir zum Meer hinunter, vielleicht macht er eine Bootspartie«, schlug Siggi vor.
»Geht ihr allein«, sagte Juanito. »Ich bin nämlich ziemlich sicher, daß man mich in der Küche beim Abwaschen braucht . . .«
»Wir könnten dir helfen«, meinte Monique. »Dann geht es schneller. Und hinterher gehen wir dann gemeinsam an den Strand.«
»Kommt gar nicht in die Tüte«, protestierte Juanito. »Ihr seid unsere Gäste! Ich werde böse, wenn du noch mal so was vorschlägst!«
Es war nicht nötig, an den Strand zu gehen. Der Gesuchte stolzierte soeben in die Hotelhalle.
Wankte, das wäre ein passenderer Ausdruck gewesen.
»Wach' ich oder träum' ich?« keuchte Siggi. »Der Inspektor ist ja sternhagelvoll.«
Das war ohne Zweifel richtig beobachtet, aber eigentlich noch das am wenigsten ins Auge stechende Merkmal. Denn Zufall kreuzte in einem höchst merkwürdigen Aufzug durch das Foyer. Sein kecker Pepitahut saß schief und versperrte ihm auf dem einen Auge die Sicht. Sein rotes Polohemd wies einen Dreiangel auf, und seine ehemals weißen Bermudashorts sahen aus, als habe er sie als Putzlappen bei der Reparatur eines Autos benutzt. Hinzu kam, daß das eine sichtbare Auge rot und blau schillerte wie ein Veilchen. Am tollsten war jedoch, daß der Inspektor einen Fisch geschultert hatte,

der mindestens einen Meter lang war. Schlagartig verstummten die Gespräche im Foyer.
Händeringend flitzte Juanitos Onkel hinter seinem Tresen hervor. »Um Himmels willen, Sie wollen dieses Ungeheuer doch wohl nicht mit auf Ihr Zimmer nehmen . . .«
»Wasch für ein Ungeheuer?« lallte Herr Zufall, schien sich dann aber des Fisches zu entsinnen, wuchtete ihn von den Schultern und lud ihn dem Empfangschef auf die gestikulierend vorgestreckten Arme. »Schpendier ich für die Küche. Mit einer schö . . . schönen Empfehlung von Schuschall . . . von Schu . . . ach, egal. Hick.«
Juanitos Onkel klappte den Mund auf, um etwas zu sagen, sandte dann einen ergebenen Blick gen Himmel, schloß den Mund wieder und trottete mit dem riesigen Fisch Richtung Küche.
»Armer Onkel José«, meinte Juanito und kicherte in sich hinein.
»Hat wohl keinen Sinn, jetzt mit ihm zu reden«, murmelte Siggi halb amüsiert und halb enttäuscht. »So, wie der abgefüllt ist . . .«
»Scheint mir auch so«, stimmte Monique zu.
Unschlüssig, was sie nun tun sollten, standen Monique, Juanito und Siggi beieinander. Inspektor Zufall bückte sich, um einen ihn neugierig beschnuppernden Dackel zu streicheln, und hätte dabei fast das Gleichgewicht verloren. Dann blickte er sich mit glasigen Augen in der Halle um, pfiff einem Serviermädchen hinterher und versuchte erfolglos, einem älteren Herrn seinen Pepitahut zu schenken. Schließlich entdeckte er die drei Freunde und bewegte sich schaukelnd auf sie zu.
»Hallo, Dschungs«, begrüßte er sie fröhlich. »Hallo, Deern.« Er legte Siggi und Juanito die Arme um die Schultern und kicherte ganz ohne Grund eine Weile vor sich hin.
Siggi hätte darauf wetten mögen, daß die Fahne des Inspektors eine Feuerlanze ergeben hätte, wäre sie mit einem brennenden Streichholz in Berührung gekommen.
»Was ist denn passiert, Herr Zufall?« erkundigte sich Monique, als der Polizist wieder aufschaute.
»Waschisch?« Herr Zufall sah sie verständnislos an.
Dann schüttelte er wild den Kopf, als wollte er ihn auf diese Weise wieder klarbekommen. Ein wenig schien es sogar geholfen zu haben, denn er sprach nun wieder etwas deutlicher. »Ihr könnt mich ruhig duzen. Würd' euch auch meinen Vornamen sagen, hab' ihn aber vergessen . . .«

»Rainer«, half Juanito aus.
»Ehrlich?« staunte der Inspektor. »Na ja, is' auch egal. Wo war'n wir stehngeblieben?«
»Sie . . . du hast wohl 'nen Kleinen getrunken?« fragte Siggi vorsichtig und zwinkerte Inspektor Zufall zu. Der Polizist hatte ihn und Juanito inzwischen aus der Umklammerung entlassen und stand wankend auf eigenen Beinen.
»Worauf du dich verlassen kannst«, grunzte Zufall.
»Aber das blaue Auge . . .«, setzte Monique an.
»Dassisch eine lange Schtory«, sagte der Inspektor und lächelte versonnen. »Wollt ihr sie hör'n?«
»Eigentlich wollten wir dir eine Story erzählen«, meinte Monique. »Aber das hat jetzt wohl wenig Sinn . . .«
Rainer Zufall straffte sich. »Nichts da«, forderte er. »Ich erzähl' euch meine Schtory, und ihr erzählt mir eure Schtory. Aber erst mal muß ich den Schtrom abschalten.«
Er sah sich suchend um, entdeckte draußen den Swimmingpool, stieg aus seinen Turnschuhen und rannte mit einem »Hurra!« auf den Lippen hinaus. »Kommt mit!« rief er auf halbem Wege. »Wir reden draußen weiter.« Mit einem langgezogenen zweiten »Huuuurrrraaaa!« hüpfte er über zwei Bikinischönheiten hinweg, die sich auf einem Badehandtuch ausgestreckt hatten, verhedderte sich in dem Zipfel des Handtuchs, kam ins Straucheln, fing sich wieder, zog die Beine an wie ein Frosch und landete mit einem Riesensatz mitten im Swimmingpool, daß es nur so spritzte. Ein Chor aus schrillem »Huch«- und »Igitt«-Geschrei antwortete vom Beckenrand. Das schmusende Liebespaar erhielt einen kühlen Guß und fuhr auseinander, und auch der Rock 'n' Roll-Fan schüttelte sich empört einige Wassertropfen aus der Pomade.
Inspektor Zufall sah und hörte von alledem nichts, denn er tauchte erst einmal unter. Er blieb sogar so lange unter Wasser, daß Siggi, Monique und Juanito, die herbeigeeilt waren, es ein bißchen mit der Angst zu tun bekamen. Aber dann durchbrach sein Kopf wieder die Wasseroberfläche, und er prustete wie ein Walroß. Sein Pepitahut schwamm neben ihm auf dem Wasser.
»Ah!« rief er lachend. »Jetzt ist mir aber schon viel besser.« Er schwamm mit kräftigen Schwimmstößen zum Beckenrand und schwang sich hinaus. In patschnasser Kleidung stakste er zum nächsten freien Liegestuhl, schälte sich aus den nassen Klamotten und

wickelte sich ein hoteleigenes Handtuch um die Hüften. Dann ließ er sich in den Liegestuhl fallen. »Das war ein Tag«, stöhnte er. »So was ist mir wirklich noch nie passiert, und ich trinke sonst auch nur mal einen Schluck zu Silvester. Aber heute . . .«
Er begann zu erzählen.
Der Inspektor war am frühen Morgen zu seinem täglichen Jogginglauf aufgebrochen, der ihn zum Hafen hinunter führte, in dem bunte Fischerboote idyllisch an den Kais dümpelten. Dort hatte er zwei Männer beobachtet, die sich stritten und mit drohend hochgereckten Fäusten aufeinander losgingen. Schlichtend wollte er dazwischentreten und lief dabei prompt in die Faust des einen Mannes. So war er zu seinem blauen Auge gekommen.
Zu allem Überfluß rutschte er dann auch noch aus, landete in irgendeiner Schmiere und riß sich an einem Eisenhaken das Hemd auf. Erschrocken und besorgt waren ihm die beiden Männer zu Hilfe geeilt. Wie sich herausstellte, waren die Männer Brüder, die gemeinsam ein Fischerboot besaßen. Ihr Hobby war Boxen, und der eine hatte es sogar mal zum ostspanischen Juniorenmeister gebracht. Morgens übten sie immer, wobei der eine den anderen anfeuerte, ohne jedoch wirklich zuzuschlagen. Armer Inspektor! Pedro und Julio, so hießen die beiden, bestanden darauf, den Schaden wiedergutzumachen.
Sie ließen nicht locker, bis der Hamburger mit ihnen gemeinsam eine Flasche hochprozentigen Rum geleert hatte, und schenkten ihm dann ihren größten Fisch. Was den Rest anbelangte, so erinnerte sich Rainer Zufall nur noch, sich auf einer Geburtstagsfeier von wildfremden Spaniern wiedergefunden zu haben, wo ihm erneut eingeschenkt wurde, bis er in einem lichten Moment seinen Fisch genommen hatte und gegangen war.
»Und jetzt führt ein wahnsinniger Dirigent in meinem Kopf ein Konzert für siebzehn Kirchturmglocken und dreißig Böllerschüsse auf«, stöhnte der Inspektor. »Aber bevor ich mich in die Heia schwinge, erzählt ihr mir jetzt eure Geschichte.«
Siggi, Monique und Juanito sprudelten alles hervor, was sie über Baron Bollmann, Gus, Tony und die mysteriöse Geisterklippe herausgefunden hatten, und Zufall hörte geduldig zu, ohne sie zu unterbrechen. »Wenn ich euch richtig verstehe«, sagte er dann, »erwartet ihr von mir, daß ich etwas unternehme.« Er massierte seine Schläfen und blickte fragend auf. Siggi und Juanito nickten.

»Ja«, rief Monique. »Sie . . . du bist doch Polizist, Inspektor sogar, wie uns Juanito verraten hat.«
Zufall lachte, hielt sich aber sofort wieder leidend seinen brummenden Schädel. »Bin ich«, murmelte er. »Aber in der Bundesrepublik Deutschland. Hier sind die spanischen Kollegen zuständig. Ich könnte sie natürlich informieren oder um Amtshilfe bitten, weil die Hauptakteure ja Deutsche sind. Aber . . . seid mir nicht böse, dafür ist die ganze Geschichte zu dünn. Wenn ihr einen handfesten Beweis hättet . . . Ach, ich kann jetzt nicht weiter grübeln, bin einfach zu kaputt. Reden wir morgen noch mal darüber, okay? Vielleicht schaue ich mir die Grotte dann einmal selbst an.«
»Aber morgen . . .« Siggi brach ab, weil der Inspektor aufgestanden und mit seinem nassen Zeug schon auf dem Weg zur Hotelhalle war. Morgen sind doch die mysteriösen Gäste bereits dort, hatte er sagen wollen, aber er sah ein, daß mit Rainer Zufall so oder so im Moment nicht zu rechnen war.
»Was machen wir nun?« fragte Monique enttäuscht. »Ob wir zur spanischen Polizei gehen? Juanito kann denen ja alles erklären.«
»Keinen Bock«, maulte Juanito. »Ihr wißt ja, daß wir hier nur einen einzigen Polizisten haben, und der ist nicht mehr der Jüngste und außerdem ein bißchen schwer von Begriff. Wenn der mich sieht, fällt dem sowieso nur ein, daß er mich mal beim Apfelsinenklauen erwischt hat. Nein, danke, ich verzichte.«
»Und wenn wir nach Alicante fahren?« meinte Siggi hoffnungsvoll.
»Die verweisen uns an den Ortspolizisten«, schmetterte ihn Juanito ab. »Außerdem hat der Inspektor recht – ohne Beweise klappt das nicht. Wahrscheinlich sperren sie uns eher ein, weil sie glauben, wir wollen sie auf den Arm nehmen.«
»Dann holen wir uns eben den Beweis!« trumpfte Siggi auf.
»Was? Wie?« echoten Monique und Juanito.
Siggi klopfte sich stolz auf die Schulter. »Gratuliert mir, ihr kleingläubigen Mitverschwörer, mir ist gerade ein toller Einfall gekommen. Wie wär's, wenn wir Zufall eins von den Schießeisen vorlegen würden? Dann müßte er was unternehmen!«
»Das ist die Idee!« jubelte Monique.
»Worauf warten wir?« fragte Siggi mit einem Lächeln, von dem er hoffte, daß es verwegen aussah.
»Ich sag' nur noch in der Küche Bescheid, daß ich erst später mithelfe!« begeisterte sich Juanito.

Er flitzte los.
»Die haben sowieso eine neue Hilfskraft«, rief Siggi ihm hinterher. »Einen Schriftsteller, der seine Rechnung nicht bezahlen kann.«

Ein Besuch zuviel

»Tretboot klar zum Auslaufen«, meldete Monique mit lauter Stimme und salutierte keck.
»Danke, Bootsfrau«, erwiderte Juanito grinsend und gab dem Boot einen Schubs, bevor er aufsprang. »Hißt die Piratenflagge. Und dann, Matrosen, legt euch in die Riemen und pullt.«
»Aye, aye, Sir«, sagte Siggi und stieg in die Pedale. »Beweisbeschaffungskommando unterwegs, Sir.«
Es dauerte nicht lange, bis Monique melden konnte: »Ahoi, Ziel in Reichweite.«
Juanito schaute prüfend in die Runde. »Alles klar«, verkündete er dann. »Weder der Feind noch störende Badegäste in Sicht. Krisenmannschaft klarmachen! Runter mit den Klamotten und rein in das kühle Naß! Juchhu!«
Übermütig sprangen die drei ins Wasser, um den Rest des Weges schwimmend zurückzulegen. Sie passierten das Kinn der Geisterklippe und halfen sich gegenseitig ins Trockene hinauf.
Mühelos fanden sie die Stelle im Gebüsch wieder, wo sich der Zugang zum Höhlensystem befand. Mit einem pfiffigen Lächeln streifte sich Juanito die Schnur über den Kopf, an dem die wasserdichte Taschenlampe hing.
»Da wären wir also«, sagte Siggi lahm. Der Übermut hatte sich bei allen angesichts des dunklen Höhlenlochs schnell gelegt. Irgendwie ging von der Geisterklippe eben doch etwas Gruseliges aus.
»Bringen wir's hinter uns – je schneller, desto besser«, meinte Juanito und betrat die Höhle. So mutig es sich auch anhörte, so wenig konnte er verhindern, daß sich bei ihm eine Gänsehaut bildete.
Tapsend bewegten sich Siggi und Monique hinter Juanito und seinem gelben Lichtkegel her. Alle drei waren sorgsam darauf bedacht, nur ja nicht den Kontakt zueinander zu verlieren und blieben auf engster Tuchfühlung. Jeder spürte den heftigen Atem und den schnelleren Pulsschlag des anderen, als gehöre das eine wie das andere zu ihm selbst.

Keiner sprach. Zu hören war nichts außer ihrem Atem, dem Platschen der Füße auf dem feuchten Boden und gelegentlich dem Klikkern eines Steinchens, das von einem Fuß angestoßen worden war und davonrollte. Manchmal blieb Juanito abrupt stehen, so daß die anderen bei ihm aufliefen. Er verharrte dann regungslos und hielt den Atem an. Die anderen taten es ihm gleich. Aber außer einem gelegentlichen »Pling!« von einem Wassertropfen, der in eine Pfütze fiel, und Schatten am Rande des unstet über die Höhlenwände tanzenden Lichts der Taschenlampe gab es nichts zu vermelden.
Sie erreichten die Stelle mit der Geröllhalde, kletterten darüber hinweg und passierten den unterirdischen Teich.
Hier hatte sie bei ihrem letzten Besuch der sich nähernde Phil in der Verkleidung eines Froschmannes zur Eile gezwungen. Jetzt nahmen sie die Gelegenheit wahr und schauten sich die beiden anderen Stollen an, die in den Felsendom einmündeten.
Der eine wand sich, leicht ansteigend, wie ein Wurmloch in das Gestein hinein, war aber groß genug, um einen auf allen vieren kriechenden Menschen aufzunehmen.
Der andere Gang erlaubte aufrechtes Gehen. Nach einer Biegung endete er in einer Sackgasse, öffnete sich nach oben hin aber wie ein Kamin. Eine rostige Eisenleiter führte hinauf und schien an einem Felsvorsprung zu enden. Genaues war nicht zu erkennen, da der Lichtschein der Lampe nicht so weit hinaufreichte.
»Madre de Dios«, flüsterte Juanito staunend. »Die Klippe ist wirklich so löchrig wie ein Schwamm!«
»Und immer wieder für eine Überraschung gut«, schnaufte Siggi. Vor seinem geistigen Auge spielte ihm seine rege Phantasie gerade einen tollen Farbfilm auf Breitwand und in 3-D vor. Ein riesiger einbeiniger Pirat mit struppigem Bart, einer Hakennase, einer Augenklappe und einem mächtigen Dreispitz trieb eine Schar von Matrosen in Ringelhemden, derben Leinenhosen und Stulpenstiefeln, alle ein Messer im Gürtel oder zwischen den Zähnen, mit Hieben der stumpfen Seite seines Degens zur Eile an. Die Männer hievten eine Schatztruhe, groß genug, daß sich ein Mensch darin hätte verstecken können, und so prall gefüllt mit Gold und kostbarem Geschmeide, daß sich der Deckel nicht mehr schließen ließ und die Kleinodien über den Rand quollen, an einem dicken Tau nach oben. Ganz neu war die Eisenleiter, an der sie sich festhielten. »Hier ist der Schatz sicher«, knurrte der Piratenkapitän und lachte mek-

kernd. Ein grüner Papagei, den Siggi auf der Schulter des Einbeinigen entdeckte, fiel kreischend in das Gelächter ein. Einer der Matrosen drehte sich um. Aber es war gar kein Mann, wie Siggi feststellte, sondern ein zierliches Mädchen mit roten Haaren und blitzenden grünen Augen. »Das muß der Zugang zum Haus sein, von dem Phil gesprochen hat«, meinte es.
»Hä?« machte Siggi verdutzt. Irgendwie paßte der Text nicht zu den Bildern.
»Sag mal, träumst du mit offenen Augen?« fragte Monique und stubste ihn. Der Film riß ab.
»Ich . . . äh . . . ich habe nur nachgedacht«, stammelte Siggi.
»Na prächtig«, frotzelte Monique. »Siggi, der Denker – mal was Neues!«
»Pah«, meinte Siggi, dem ausnahmsweise keine schlagkräftige Antwort einfallen wollte, weil ihm noch immer der Piratenschatz in den Pupillen brannte. Er wollte schon den Beleidigten markieren, als ihm ein Zucken ihrer Mundwinkel und ein Kräuseln der kleinen Nase verrieten, daß sie sich nur einen Spaß mit ihm machte.
»Pscht, pscht, pscht«, mischte sich Juanito nervös ein. »Vergeßt nicht, wo wir sind. Immerhin könnte sich dort oben jemand aufhalten und auf uns aufmerksam werden.«
»Schon gut«, stimmte Monique verlegen zu. Ihr Flüstern war jetzt nicht mehr als ein Hauch.
Kaum weniger leise ergänzte Siggi: »Kehren wir besser um und holen die Pistole, ja?«
Juanito und Monique nickten eifrig, und Juanito übernahm mit seiner Lampe wieder die Führung.
Sie bewegten sich zum Eingang zurück.
Ohne zu zögern, wählte Juanito dieses Mal den Gang, der ihnen von ihrer ersten Expedition her vertraut war, und sie stiegen die in den Fels gehauenen Stufen nach oben. Stumm folgten sie dann dem sich anschließenden Gang. Vor ihnen lag die Wendeltreppe. Sie nahmen auch diese unter ihre allmählich schwer werdenden Füße und mühten sich noch mehr als zuvor ab, nur ja kein verräterisches Geräusch zu machen. Vor Anstrengung pustend standen sie schließlich vor der alten Holztür mit den Eisenbeschlägen. Juanito gab ihnen ein Zeichen und knipste die Taschenlampe aus. Totale Finsternis umgab sie. Siggi und Monique standen regungslos da, während Juanito vor der Tür kniete und abwechselnd durch das

Schlüsselloch sowie durch den Spalt zwischen Tür und Türfüllung in die dahinterliegende Grotte zu lugen versuchte.
»Alles klar«, flüsterte er und ließ die Lampe wieder aufblitzen. »Kein Lichtschein zu sehen. Wir können es wagen.«
Monique nickte ihm aufmunternd zu. »Gus und Bollmann sind bestimmt noch in Alicante«, flüsterte sie. »Und Tony wird wohl kaum hier unten zu tun haben.«
Entschlossen drückte Juanito die Klinke hinunter, erschrak aber so sehr über das metallische Knirschen des Schlosses, das ächzende Knarren des Holzes und das Quietschen der Türangeln, daß ihm ein beschwörendes »Pschscht!« über die Lippen glitt.
Siggis Gesicht verzog sich zu einer halb amüsierten, halb angespannten Grimasse. Er tastete nach dem Lichtschalter und drehte ihn herum. Die Lampen gingen an. Die Augen brauchten einige Sekunden, um sich auf die ungewohnte Helligkeit einzustellen. Dann, als hätte ihnen ein unsichtbarer Dirigent ein Zeichen für ihren Einsatz gegeben, atmeten alle laut hörbar aus. Die Grotte lag so still vor ihnen, wie sie sie am frühen Morgen verlassen hatten. Nur die Zahl der Kartons neben den Betten und der auf den Betten selbst abgeladenen Gegenstände hatte sich erhöht.
»Dort sind die Pistolen«, stieß Siggi aufgeregt hervor und deutete auf eines der Betten. »Schnappen wir uns eine davon, und dann mit Allradantrieb, Turbo und Zusatzdüsen ab durch die Mitte!«
Ohne lange zu fackeln, machte Siggi den ersten Teil seiner Forderung selber wahr.
Schnurstracks stolzierte er auf das besagte Bett zu, griff nach der Waffe und steckte sie sich hinter den Gummizug der Badehose. Das blaue Metall lag unangenehm kalt auf seinem Bauch.
»Ganz schön leichtsinnig«, schimpfte Juanito leise. »Schau erst mal nach, ob das Ding gesichert ist. Am Ende löst sich noch aus Versehen ein Schuß.«
Etwas bleich um die Nase und mit ziemlich flatternden Fingern holte Siggi das Versäumte nach. Er verstand nicht viel von Revolvern und legte auch keinen Wert darauf, mehr darüber zu wissen, obwohl er gern Krimis und Spionageromane las. Schließlich ging es ihm nur um die Spannung und nicht um das Herumballern. Immerhin entdeckte er einen kleinen Hebel am Griff des Schießeisens, dessen Markierung nach oben statt auf einen roten Punkt weiter unten wies.

Juanito drängelte sich heran. »In Ordnung«, murmelte er. »Mein Vater hat eine Gaspistole, die so ähnlich aussieht. Wahrscheinlich ist der Revolver sowieso nicht geladen. Falls aber doch, so kann wenigstens nichts passieren.«
Erleichtert schob Siggi das wichtige Beute- und Beweisstück wieder in die Badehose. Jetzt fühlte sich die Pistole schon nicht mehr ganz so kalt an.
»Also, worauf warten wir noch?« zischelte Monique ungeduldig. »Wo bleibt bei euch der Allradantrieb mit Dingsbums?«
»Der Heizer wirft schon die Kohlen ins Feuerloch«, gab Siggi zurück und tänzelte wie ein nervöser Vollbluthengst vor dem Start eines Pferderennens auf der Stelle. »Wenn Mademoiselle Monique gnädigerweise den Startschuß geben würde . . .«
»Red mir nicht vom Schießen, solange du diese Kugelspritze bei dir hast«, erwiderte Monique nervös. »Na los, ihr Helden! Und vergeßt nicht, das Licht auszumachen.« Damit wandte sie sich zur Tür.
Siggi und Juanito ließen sich nicht länger bitten und eilten dem Mädchen erleichtert hinterher.
»Ich glaube fast, wir sind aus dem Schneider!« machte sich Siggi mit einem jubilierenden Kiekser in der Stimme Luft. »Mensch, begreift ihr, Leute? Wir haben es so gut wie geschafft. Da wird Inspektor Zufall aber staunen.«
»Siggi«, flüsterte Monique kläglich. »Siggi . . . ich . . . ich . . . Du hast dich zu früh gefreut.« Sie fügte etwas auf französisch hinzu, das Siggi nicht verstand. Es klang aber traurig und ängstlich.
»Was ist denn mit dir los?« wollte Siggi wissen.
Monique zeigte stumm in Richtung Treppe.
Eine Beantwortung der Frage war in der Tat nicht nötig, wie Siggi feststellte, als er ihrem Blick folgte, und ansonsten genügte es, daß er seine Ohren aufsperrte. Die Geschehnisse auf der Wendeltreppe waren Antwort genug.
Lichter näherten sich. Sie wurden von zwei Gestalten getragen.
»Verdammt!« fluchte eine polternde Stimme, die unverkennbar Gus gehörte. »Schau dir das an, Tony! Da sind Gestalten an der Tür. Und ich will auf der Stelle Hugo heißen, wenn das nicht die Früchtchen sind, die uns schon auf dem Flughafen und in Suhrbiers Garten unangenehm aufgefallen sind. Klar, da ist diese kleine Rothaarige . . . und daneben der schlaksige Halbstarke mit der beknackten Brille. Vorwärts, die kaufen wir uns!«

Siggi war zur Salzsäule erstarrt, als er die Stimmen hörte. Monique und Juanito war es nicht viel anders ergangen. Nur der kleine Mann in Siggis Ohr zeigte sich unbeeindruckt.
Er zog triumphierend eine Kassette aus Siggis Superminirecorder im inneren Ohr und knurrte: »Alles aufgezeichnet. Na, warte nur, den ‚schlaksigen Halbstarken mit der beknackten Brille' zahlen wir dir noch heim!«
Panikerfüllt hüpfte Monique hin und her. Sie war völlig von der Rolle. »Da . . . da kommen sie. Was sollen wir bloß tun?«
Gus und Tony stürmten mit klackernden Absätzen die Stufen der Wendeltreppe hinauf. Ihre Lampen schaukelten wild hin und her. Was dort aus dem Dunkel heraufgeschossen kam, hätte leicht auch ein klappernder, wild die glühenden Augen verdrehender Tatzelwurm sein können. Siggi löste sich aus seiner Erstarrung und knallte die Tür ins Schloß. Leider steckte kein Schlüssel, um sie von innen zu verriegeln. Sich dagegen zu stemmen hatte wenig Sinn, denn die beiden Männer waren kräftiger als Siggi, Juanito und Monique. Und für eine wirkungsvolle Barrikade fehlten schwere Gegenstände und vor allen Dingen Zeit.
»Die andere Tür«, keuchte Juanito. »Das ist unsere letzte Chance.« Er stürmte los.
»Taschenlampe an, Hänschen!« rief Siggi und drehte das Licht aus. Die Dunkelheit mochte ihnen einen kleinen Vorteil verschaffen, auch wenn die anderen Lampen hatten. Er griff nach Moniques Hand und zog sie mit sich.
Im gleichen Moment, als Gus die schwere Tür aufdrückte, durch die Siggi, Juanito und Monique eigentlich hatten verschwinden wollen, rüttelte Juanito an der gegenüberliegenden Tür. Der Lichtkegel seiner Lampe badete Türgriff und Türschloß in ein helles Licht. Die Tür war verschlossen. Daran änderte sich auch nichts, als Siggi und Monique entnervt gegen die Türfüllung trommelten.
Die unvermutete Dunkelheit gab den Flüchtenden tatsächlich einen kleinen Aufschub.
Gus fluchte, während Tony die Wände nach dem Lichtschalter absuchte. Er stellte sich dabei recht umständlich an, und Gus war schon in der Mitte der Grotte, als endlich die Deckenlampen für größere Helligkeit sorgten.
An der abgesperrten Tür gab es wahrhaftig keinen Blumentopf mehr zu gewinnen. Die drei Freunde hatten dies gerade rechtzeitig

genug erkannt und sich hinter einigen Kartons und einer Front aus zwei doppelstöckigen Betten verschanzt.
Gus näherte sich ihnen gemächlich, während Tony an der offenen Tür zurückblieb. Ein selbstgefälliges Grinsen lag auf Gus' Gesicht. Er schaltete seelenruhig seine Taschenlampe aus, warf sie auf eines der Betten und zauberte ein Klappmesser aus der Hosentasche hervor. »Aha«, meinte er und ließ das Messer aufspringen. Er näherte sich den Betten und beugte sich lauernd mal in die eine, mal in die andere Richtung. »Ein Spanier macht auch mit, wie? Stimmt ja, der war vorgestern ebenfalls dabei.« Daß Juanito als Kellner auch bei der Besprechung mit Bollmann Mäuschen gespielt hatte, schien ihm nicht bewußt zu sein. Immerhin hatte er heute mittag ja auch Kellnerkleidung getragen und seine Rolle sehr überzeugend gespielt. Außerdem versteckte Juanito sein Gesicht hinter den Kartons, so gut dies eben möglich war.
»Hört zu, ihr Pfeifen«, knurrte Gus und ließ das Messer von der rechten in die linke Hand und wieder zurück springen. »Dies hier ist einige Nummern zu groß für euch, verstanden? Knackt weiter eure Automaten, oder klaut den Omis die Handtaschen. Hier gibt es für euch nichts zu holen, klar? Und damit ihr das kapiert, bekommt ihr jetzt erst mal gehörig Saures und werdet für eine Woche aus dem Verkehr gezogen. Ich höre schon eure Muttis flennen. Oder sitzt die ehrenwerte Familie im Kittchen, he?«
»Wir sind keine . . .«, rief Monique zornig aus, und Juanito spuckte, ganz stolzer und in seiner Ehre gekränkter Spanier, vor Gus aus. »Mitspielen«, zischelte Siggi und hielt Monique den Mund zu. »Laßt ihn doch denken, daß wir eine Einbrecherbande sind. Das ist weniger brenzlig, als wenn er die Wahrheit herausbekommt.«
»He, he«, protestierte Gus. »Hier wird nicht getuschelt. Schluß damit. Und jetzt heraus mit euch – einzeln!«
»Frag sie doch mal, wie sie das Versteck gefunden haben«, schaltete sich Tony ein.
»Na, wie schon?« fuhr ihn Gus an. »Sie sind dir vorgestern gefolgt, du Trottel, als du den anderen Zugang sehen wolltest. Stimmt's?«
»Ja, ja, genauso war's«, bestätigte Siggi eifrig.
»Und da dachtet ihr, hier ist leicht abstauben, wie?« Gus ließ wieder sein unangenehmes, selbstgefälliges Gelächter ertönen. »Aber da habt ihr euch gewaltig geschnitten. Und jetzt raus aus euren Löchern. Ich sag's nicht noch mal.«

Monique und Siggi zwinkerten einander zu. Juanito wurde von Monique mit dem Fuß angestupst.
Zum Glück war er nicht schwer von Begriff.
»Jetzt!« rief Siggi, richtete sich voll auf und warf eine Konservenbüchse nach Gus.
Der Mann mit dem Messer war so überrascht, daß er beinahe einen Volltreffer gegen das Kinn hätte hinnehmen müssen. Im letzten Moment zuckte sein Kopf jedoch zur Seite, und die Dose prallte krachend gegen die Felswand.
Um so größer war Moniques Erfolg. Sie hatte sich eine kleinere Dose ausgesucht und damit von vornherein auf die Hand mit dem gefährlich aussehenden Messer gezielt. Es war ein Meisterwurf, der Gus am Daumen erwischte. Er zuckte, als hätte er einen elektrischen Schlag abbekommen, und ließ das Messer los. Klirrend fiel es auf den Zementfußboden. Juanitos Geschoß, wieder eine große und schwere Konservenbüchse, wie sie Siggi benutzt hatte, prallte am Bettpfosten ab, plumpste dann aber zielsicher auf den linken Fuß des Messerhelden.
»Auuuuuahhh!« jaulte Gus und sprang, einen Fuß und eine Hand schüttelnd, wie ein Schimpanse auf und ab, der im Zoo eine Bananenstaude sieht, sie aber nicht erreichen kann.
Juanito und Siggi nickten einander zu. Jeder von ihnen wuchtete einen der stabilen, aber jetzt leeren Kartons hoch und warf ihn in Richtung Gegner. Die sperrige Paketpost traf den hüpfenden Empfänger gegen Bauch und Brust und wurde ohne Quittung entgegengenommen. Gus verlor das Gleichgewicht, kippte nach hinten und krachte in einen dritten Karton, der ihn dort schon erwartet hatte.
Tony, der zunächst ratlos an der Tür gestanden hatte, eilte seinem Kumpan zu Hilfe. Das war die Gelegenheit! Der Fluchtweg war frei. Siggi feuerte seinen letzten Karton genau in Tonys Laufrichtung, und dieser kam schimpfend ins Straucheln.
Er ruderte noch einmal wild mit den Armen, um die Balance zu halten, kippte dann aber vornüber und lag wie ein nasser Sack quer über dem Karton.
»Jetzt zeigt mal, daß ihr Carl Lewis wie eine Schnecke aussehen lassen könnt«, feuerte Siggi seine Gefährten an, sprang auf und nahm die Beine in die Hand. Hinter sich hörte er das Platschen der nackten Fußsohlen von Monique und Juanito auf dem Zementboden. Im Nu hatten die drei die Tür erreicht und schlüpften hindurch.

Aber die Schlacht war noch lange nicht gewonnen. Mit seinem letzten Blick in die Grotte sah Siggi, wie sich Gus gerade wieder aufrappelte und Tony nebst Karton aus dem Weg schob.
»Sie dürfen nicht entkommen!« schrie er aufgeregt und bleckte wütend die Zähne.
Der Blick zurück erwies sich als verhängnisvoll. Als Siggi sich der Wendeltreppe zuwenden wollte, rempelte er ungewollt Juanito an, der ihn inzwischen überholt hatte. Wie das Pech es wollte, fummelte dieser gerade an der Taschenlampe herum, um sie einzuschalten. Das Ergebnis des Zusammenpralls war klirrend und duster, denn die Lampe glitt Juanito aus den Fingern, stieß scheppernd weiter unten gegen das Treppengeländer und schlug am Fuß der Treppe auf. Glas splitterte.
»Die können wir vergessen«, seufzte Juanito.
»Weiter, weiter«, drängte Monique. »Wir müssen uns eben den Rückweg ertasten.«
»Scheibenkleister!« fluchte Siggi.
Zeit zum Wehklagen blieb ihnen nicht. Monique stürzte sich, beide Hände am Geländer, als erste in die Dunkelheit. Hastig folgten die beiden Jungen.
Es ging besser als erwartet, und ein bißchen half der Lichtschein von der offenen Tür. Sie hatten schon fast vierzig der fünfzig Stufen hinter sich gebracht, als eine Silhouette in der Türfüllung erschien. Gus! Er hielt sein Messer in der Hand. Tony tauchte neben ihm auf. Die beiden schalteten ihre Taschenlampen an und stiegen ihnen nach. Sie holten auf – viel zu schnell, wie Siggi fand.
Monique hatte den Fuß der Treppe erreicht und rannte den Gang entlang. Siggi und Juanito folgten ihr Sekunden später.
»Das schaffen wir nie«, keuchte Juanito.
»Wir müssen!« rief Siggi schnaufend. »Dieser brutale Gus macht sonst Hackfleisch aus uns.«
»Spart eure Puste fürs Laufen auf!« rief Monique.
Hinter ihnen jammerte Tony, daß er sich irgendwo gestoßen habe.
»Halt die Klappe«, wies ihn Gus barsch zurecht. »Überhaupt ist es deine Schuld, daß wir diese Mickymäuse noch nicht im Sack haben. Wärst du an der Tür geblieben . . .«
»Mickymäuse«, notierte sich der kleine Mann in Siggis Ohr. »Dann ist der Ganove aber Kater Carlo«, raunte er Siggi zu. »Und daß Mickymaus Kater Carlo stets überlistet, das weißt du ja wohl.«

Ein wenig tröstlicher Gedanke, da Gus und Tony nun die Treppe hinter sich gebracht hatten und ihnen bedrohlich nah auf den Fersen waren.
Immerhin kraxelten die Freunde inzwischen die zweite Treppe hinunter und vergrößerten den Vorsprung wieder ein wenig, weil Gus sich durch die vielen Seitenhöhlen und Nischen irritieren ließ und dabei Zeit verlor.
Japsend rannte Monique als erste aus dem Gang und tastete sich an der Wand des Felsendoms mit dem kleinen See entlang. Sie nahm jedenfalls an, daß sie dort war, denn sehen konnte sie nichts.
Gus und Tony mit ihren Lampen waren noch hinter der Biegung des Ganges.
»Nicht zum Wasser«, flüsterte Siggi irgendwo in ihrem Rücken beschwörend. »Vielleicht können wir sie abhängen, wenn wir einen der anderen Gänge benutzen.«
»Einverstanden«, hauchte Monique und tastete sich weiter. Sie fühlte die Konturen des kleinen Ganges, in den man nur kriechend gelangen konnte. Nein, entschied sie sich. Dieser Gang konnte sich als Mausefalle erweisen. Es blieb Zeit genug, in den größeren Gang vorzudringen. Und der führte immerhin nach oben.
Aber Monique hatte sich getäuscht. Schon tauchten die Lichtkegel der beiden Lampen der Verfolger auf. Jetzt blieb nur noch eines: volles Risiko. Sie hatte die Position der Gänge noch recht gut im Kopf und rannte nun einfach dorthin, wo ihrer Meinung nach der Gang mit der Eisenleiter einmündete. Irgendwo weiter hinten kamen die heftigen Atemstöße von Siggi und Juanito.
»Schneller!« zischte Monique, die gerade den schartigen Stolleneingang ertastet hatte und in den Gang hineintauchte.
Draußen wurde es heller. Das Licht der Taschenlampen von Gus und Tony tanzte auf den Felswänden und wurde von der Oberfläche des Sees reflektiert. Monique zog sich so geräuschlos wie möglich tiefer in den Schatten hinein. Plötzlich bemerkte sie, daß sie allein war. Und draußen in der großen Höhle waren nur die Schritte und gedämpften Stimmen der beiden Ganoven zu hören. Siggi und Juanito schien der Erdboden verschluckt zu haben.

Wenn Monique irgend etwas für die Freunde hätte tun können, dann wäre sie aus ihrem Versteck geschlüpft und hätte ihnen geholfen. Aber wie es aussah, hatten sich die beiden anderswo versteckt. Jetzt mußte jeder auf eigene Faust handeln. Und wichtiger als alles andere war wohl tatsächlich, daß wenigstens einer der drei ins Freie gelangte, um Hilfe zu holen, falls die anderen den Ganoven in die Hände fielen.
Murmelnd beratschlagten Gus und Tony, was sie tun sollten. Monique konnte nicht verstehen, was sie sagten, nutzte ihre Ratlosigkeit jedoch aus. Sie tastete sich weiter den Gang voran, erreichte die Eisenleiter und zog sich Sprosse um Sprosse in die Höhe. Ihr war so mulmig zumute wie noch nie zuvor in ihrem Leben, als sie sich dort in der Dunklheit vorantastete. Wenn nun eine der Sprossen durchgerostet war? Oder der Fels weiter oben schlüpfrig oder brüchig wurde? Oder ein Abgrund lauerte?
Nur ein Trost blieb ihr: Phil war vor ihr hier hinaufgeklettert und bis ins Haus von Suhrbier gelangt. Es mußte einfach klappen!
Sie erreichte das Ende der Leiter. Jetzt begann Neuland, das sich vorhin dem Licht der Taschenlampe entzogen hatte. Bibbernd und auf allen vieren kroch Monique auf den Felsvorsprung und tastete sich weiter. Tief unter sich hörte sie Schritte. Sie hielt den Atem an. Ein Lichtfinger streifte den Felsvorsprung, auf dem sie kauerte. Einer der Verfolger lauerte dort unten und schien sich zu fragen, ob es lohnte, die Leiter hinaufzusteigen.
Sekundenlang geschah überhaupt nichts. Nur der Lichtfinger tastete den Felskamin ab, konnte Monique aber nicht erfassen. Ganz vorsichtig zog sie sich weiter in den Gang hinein, der vor ihr schemenhaft Konturen gewann. Und dann passierte es. Einer ihrer Füße stützte sich gegen ein poröses Stückchen Gestein, das sich beim Weiterkriechen löste. Leise klickernd trudelte es dem Abgrund zu, kippte, streifte klirrendes Metall und schlug weiter unten auf.
Monique hielt erschrocken den Atem an und machte sich so klitzeklein wie möglich. Aber das half natürlich auch nichts. Nach einem kurzen Moment der Stille begann ihr Verfolger, langsam die Leiter hinaufzuklettern.
Das bißchen Licht der sich nähernden Lampe reichte gerade aus, um Monique einen vagen Eindruck von ihrer Umgebung zu verschaf-

fen. Sie befand sich in einem etwa mannshohen Gang, der leicht bergauf führte. Monique richtete sich auf und tastete sich den Gang entlang. Das Herz schlug ihr bis zum Hals.
Der Gang endete nach nur wenigen Metern am Fuße einer Steintreppe. Sie führte nach oben. Das Ganze sah nicht mehr nach dem Gestein der Klippe, sondern nach einem alten Gemäuer aus. Monique biß sich aufgeregt auf die Unterlippe und begann, die Stufen hinaufzusteigen. Sie wünschte sich fieberhaft, daß sie sich bereits im Kellertrakt des Hauses auf der Geisterklippe befand. Vielleicht gelang es ihr doch noch zu entkommen.
»He, du, bleib stehen!« rief am anderen Ende des Ganges der Mann mit der Lampe. Es war Tony, der soeben das obere Ende der Leiter erreicht hatte und auf den Felsvorsprung krabbelte. Er hatte wohl gerade noch die Beine der nach oben huschenden Monique gesehen.
»Ich denke gar nicht daran«, gab Monique mutig zurück und legte beim Treppensteigen noch einen Zahn zu.
»Rotznase, ich erwisch' dich ja doch!«
»Selber Rotznase!«
Es dauerte eine Weile, bis Monique begriff, was sich plötzlich verändert hatte. Es war immer noch duster, aber die Stufen waren jetzt wenigstens andeutungsweise zu erkennen.
Und das lag nicht an Tonys Lampe! Als sie nach oben schaute, entdeckte sie einen Treppenabsatz und weiter oben eine geöffnete Kellerluke, durch die mattes Licht nach unten drang.
Innerlich jubelnd jagte Monique, immer zwei Stufen auf einmal nehmend, den Rest der Treppe hinauf, schlüpfte durch die Öffnung und wirbelte um die eigene Achse, um sich schnell die neue Umgebung einzuprägen.
Sie befand sich in einem etwas muffig riechenden Kellerraum. In der Ecke stand ein morsch aussehender Stuhl mit nur drei Beinen. Das war auch schon alles an Einrichtung. Durch zwei Kellerfenster fiel Tageslicht herein. Sie waren aber zu hoch angebracht und auch zu schmal, als daß sie zur Flucht getaugt hätten. Außerdem versperrte ein Gitter den Weg nach draußen.
Da sich die Luke nicht verkeilen ließ, hielt sich Monique nicht mit dem Versuch auf, Tony aufzuhalten. Sie flitzte zu der einzigen Tür des Raumes und drückte die Klinke hinunter. Sie war nicht verschlossen und ließ sich mühelos öffnen. Auf der Treppe war Tony zu hören. Monique huschte hinaus.

Sie befand sich in einem Korridor. An der Decke brannte eine verstaubte Glühbirne, die ohne Lampenschirm an einem Kabel von der Decke hing. Der Gang führte nach links und nach rechts. Sie mußte sich für eine der beiden Richtungen entscheiden, und zwar blitzschnell. Sie rannte nach rechts.

Nach wenigen Schritten knickte der Korridor im rechten Winkel ab. Dicht dahinter endete er. Nur eine einzige, angelehnte Tür bot eine Chance auf Fortsetzung der Flucht. Monique schlüpfte in den dahinterliegenden Raum und zog die Tür wieder zu sich heran. Sie befand sich in einer Abstellkammer. Der Raum war winzig, höchstens zwei mal zwei Meter groß. Durch ein enges Fenster am Ende eines Schachtes fiel ein wenig Licht durch eine vor Schmutz fast undurchsichtig gewordene Scheibe. Bis nahe unter die Decke türmte sich Gerümpel: zwei vernagelte Holzkisten, ein ausrangierter Besen fast ohne Borsten, einige Holzlatten, ein Stück von einem schmiedeeisernen Gartenzaun, eine Anzahl teilweise zerbrochener Dachziegel, ein riesiger Topf mit durchgerostetem Boden, ein mottenzerfressener Teppich und mehrere staubige Jutesäcke waren zu erkennen.

Wäre ich doch bloß nach links gelaufen, dachte Monique und trippelte nervös mit den Füßen. Für eine Umkehr war es zu spät. Schon hörte sie Tony auf dem Korridor herumschlurfen. Ob er sie noch gesehen oder gehört hatte oder einfach auf Verdacht nach rechts gegangen war, konnte Monique nicht sagen. Tatsache war jedenfalls, daß sich Tony zielstrebig ihrem Versteck näherte.

Jetzt war aber Holland in Not! Monique klemmte sich in eine Nische zwischen Holzkisten und Dachziegel, kauerte am Boden nieder und zog zwei Jutesäcke über ihrem Kopf zusammen. Der Staub in den alten Säcken hätte sie dabei um ein Haar zum Niesen gebracht. Gerade noch rechtzeitig kniff sie sich die Nase zu.

Tony hatte die Tür erreicht und öffnete sie. Durch das grobe Sackleinen sah Monique, daß er den Lichtschein der Lampe über das Gerümpel wandern ließ. Sie bibberte und schloß die Augen gemäß der Vogel-Strauß-Methode: Gefahren, die man nicht sieht, verlieren viel von ihrer Bedrohlichkeit. Sie öffnete sie erst wieder, als Tony glucksend in sich hineinlachte. Das Licht der Taschenlampe war genau auf ihre Nische gerichtet. »Komm schon, Kleine«, sagte er fast freundlich. Ob das nur ein Bluff war?

»Deine Zehen haben dich verraten«, kicherte Tony. Er ließ den Lichtkegel nach unten wandern und beleuchtete den Stein des An-

stoßes. Der große Zeh ihres linken Fußes lugte hinter dem Kistenrand hervor. Monique seufzte und gab die Maskerade auf. Fast erleichtert warf sie die Säcke fort, was wieder einigen Staub aufwirbelte. Sie holte jetzt nicht nur ein Niesen nach, sondern gestattete sich gleich eine ganze Serie.
»Was wollen Sie jetzt mit mir anfangen?« fragte Monique. Es klang trotzig, aber innerlich war ihr ganz schön blümerant zumute.
»Weiß nich'«, antwortete Tony erstaunlich unsicher, fuhr dann aber hastig fort: »Ich meine: Das wird Gus entscheiden.«
Monique sah einen winzigen Silberstreif am Horizont. Vielleicht konnte sie Tony dazu bringen, sie laufenzulassen. Außerdem war dies die ersehnte Gelegenheit, ihm ins Gewissen zu reden.
»Tony«, sagte sie. »Streiten Sie es nicht wieder ab, denn ich weiß genau, daß Sie der Schlagersänger Tony Tholl sind. Bis gestern waren Sie mein großes Idol. Aber jetzt . . . Warum haben Sie sich mit Ganoven wie Gus und Bollmann zusammengetan? Obwohl Gus Sie niedergeschlagen hat! Ich hab' das doch mit eigenen Augen am Fernglas beobachtet.«
Man sah Tony an, daß er nicht recht wußte, ob er sich geschmeichelt fühlen oder erzürnt sein sollte. »Aber das war doch Spaß . . .«, stammelte er. »Und das sind auch keine Ganoven. Bollmann ist einer der wichtigsten Film- und Plattenbosse. Er will mich ganz groß herausbringen, das hat er mir versprochen. Ehrlich. Ich muß ihm hier nur bei der Aktion helfen. Und Gus – na ja, er ist ein bißchen rauh, aber ansonsten . . .«
Monique raufte sich in komischer Verzweiflung die Haare. Wie konnte jemand nur so naiv sein! »Bollmann ein Film- und Plattenboß? Daß ich nicht kichere! Ein Hochstapler ist das! Randale-Rudi – so nennt ihr ihn doch selbst. Sicherlich hat Ihnen Bollmann selbst gesagt, daß er Platten und Filme macht, wie?«
»Äh . . . ja«, gab Tony zu. »Aber auf Bollmann lass' ich nichts kommen. Wenn der etwas anpackt, dann ist immer eine Menge Power dahinter. Der macht das schon! Und weil er immer so viel Putz macht, heißt er auch Randale-Rudi. Aber ich weiß gar nicht, warum ich hier mit dir . . .«
»Hören Sie mir noch ein paar Sekunden zu, Tony«, unterbrach ihn Monique resolut. Sie hatte vor Aufregung ganz heiße Wangen. »Es stimmt doch, daß Ganoven in der Grotte versteckt und nach Tanger gebracht werden sollen, oder?! Und Pässe werden vermutlich ge-

fälscht! Und was ihr mit uns macht ist Freiheitsberaubung. Begreifen Sie doch endlich, Tony – wenn die Polizei Sie erwischt, sperrt man Sie ein!«

»Ich . . . äh . . .«, stotterte Tony lahm. »Ihr seid hier eingedrungen, das ist Hausbruch oder wie das heißt«, meinte er dann.

»Hausfriedensbruch«, korrigierte Monique. »Ist es aber nicht. Wir sind nur in einer Höhle herumspaziert, die offensichtlich keinem gehört. Und dann hat Gus uns mit dem Messer bedroht, wollte uns verprügeln und einsperren!«

»Bestimmt hat er nur Spaß gemacht«, gab Tony kläglich zur Antwort. »Aber was ihr alles rausgekriegt habt . . . Ich glaube, wenn Gus das hört, wird er wirklich böse . . . Also, ich geb' ja zu, daß ich mir auch schon so meine Gedanken gemacht habe, ob es richtig ist, was wir hier tun . . .«

»Ach . . .«, ächzte Monique.

»Du . . . du meinst also wirklich, man muß dafür hinter schwedische Gardinen? Wir helfen doch nur ein paar Jungs, die Schwierigkeiten haben . . .«

»Schweren Jungs, die vor der Polizei türmen«, trumpfte Monique auf. »Und das mag die Polizei überhaupt nicht. Im Ernst, Tony, wenn Sie bei diesem Unternehmen nicht aussteigen, wird man Sie bald höchstens noch als Solist im Gefängnischor von Wanne-Eickel trällern hören.«

Grübelnd legte Tony seine Stirn in Dackelfalten. »Ich muß tun, was Bollmann sagt«, entschied er sich dann. »Der blickt durch. Der weiß, was er tut.« Er machte eine kleine Pause. »Hm, na ja, daß Gus dich am Ende verhaut, gefällt mir auch nicht . . . Wenn du mir versprichst, nicht zur spanischen Polizei zu gehen, lass' ich dich nachher laufen, wenn die Luft rein ist.«

»Ich werde nicht zur spanischen Polizei gehen«, versprach Monique eifrig. Es genügte ja, wenn sie mit Inspektor Zufall redete. »Vielen Dank, Tony. Ich wußte, daß Sie eigentlich ein feiner Kerl sind. Und das andere überlegen Sie sich noch mal, ja?«

Tony wurde sogar ein bißchen rot, als Monique ihn lobte. »Gus kann jeden Moment hier auftauchen«, sagte er dann hastig. »Bleib hier in deinem Versteck, bis ich dich hole.«

»Caramba, wir haben Monique verloren«, flüsterte Juanito, der plötzlich entdeckt hatte, daß das Mädchen nicht mehr vor ihm war. Siggi stupste ihn an, damit er weiter in den engen Gang hineinkroch. »Sie wird den anderen Gang genommen haben«, raunte er. »Das ist jetzt nicht mehr zu ändern. Weiter, weiter!«
Draußen polterten Tony und Gus in der großen Höhle herum. Der Gang erweiterte sich etwas, so daß man geduckt darin stehen konnte. Die Jungen richteten sich auf, kamen aber trotzdem nicht viel schneller voran, weil sie sich ihren Weg ertasten mußten. Das bißchen Licht aus der Höhle reichte nicht aus, um ihn zu erkennen.
Bald gab es allerdings mehr Licht, nur war diese Art von Licht den beiden überhaupt nicht willkommen. Jemand mit einer Taschenlampe kroch ihnen hinterher.
»Da sind die Vögelchen ja«, grunzte eine Stimme am Ende des Ganges. Unverkennbar gehörte sie Gus. Er blitzte sie mit seiner Lampe an. Dann lachte er meckernd und kroch weiter. »Brave, dumme Vögelchen«, freute er sich. »Vögelchen, die ganz von allein den Weg in den Käfig finden . . .«
»Hört sich so an, als hätten wir mit Zitronen gehandelt«, stöhnte Siggi. »Sicher ist dies eine Sackgasse oder so was.«
»Kann aber auch ein großer Bluff sein«, meinte Juanito und ging unbeirrt weiter.
Aber Gus hatte nicht geblufft. Das wurde Siggi und Juanito blitzartig bewußt, als sie das Ende des Stollens erreicht hatten. Sie passierten eine Gittertür mit einem riesigen Schloß und befanden sich in einer kreisrunden Höhle mit einem Durchmesser von etwa zwanzig Metern. Der Raum wurde zur Hälfte von einem kleinen Teich eingenommen.
Die Höhlendecke war nicht zu erkennen, aber unerreichbar hoch über ihnen drang Sonnenlicht durch einige Spalten und Ritzen. Diesem Licht war es zu verdanken, daß sie überhaupt ihre Umgebung erkennen konnten. Einen anderen Zugang als den Stollen, durch den sie gekommen waren, gab es nicht. Soviel konnte man bereits nach dem ersten Rundblick sagen.
»Jetzt wird's herb«, schnatterte Siggi und zog sich mit Juanito in die äußerste Ecke der Höhle zurück, die nicht von dem See eingenommen wurde.

Der Lichtschein der Taschenlampe wurde heller. Gus tauchte am Stollenende auf.
»Zuviel versprochen?« erkundigte er sich süffisant. Drohend reckte er ihnen das Messer entgegen.
Siggi ballte die Fäuste und ging in Verteidigungsstellung, während Juanito wie ein nervöser Kung-Fu-Kämpfer hin und her hüpfte. Gus sah ihnen grinsend zu. Dann steckte er das Messer weg. »Regt euch ab, ihr Mickymäuse, euch passiert nichts. Ich hab' euch nämlich genau dort, wo ich euch haben wollte.« Triumphierend zeigte er ihnen einen zehn Zentimeter langen Schlüssel, den er dann in das Schloß der Gittertür steckte. »Hat sicherlich früher schon als Kerker gedient«, meinte er. »Und glaubt bloß nicht, das Schloß würde nicht funktionieren. Alles auf Vordermann gebracht. Hab' mir gleich gedacht, daß es kein Fehler sein kann, einen Privatknast zu haben, hihi.«
»Sie gehören in diesen Kerker, nicht wir!« ereiferte sich Siggi.
»Halt die Klappe, du Eierdieb«, erwiderte Gus sehr lässig.
»Moment mal, wo ist denn die kleine Rothaarige . . . Hm, die wird Tony schon aufstöbern.« Er kehrte in den Gang zurück, schloß die Gittertür und drehte den Schlüssel herum. Das Schloß funktionierte hervorragend.
»Fröhliche Zeiten«, wünschte Gus von jenseits des Gitters. »Laßt euch das eine Lehre sein. Man steckt seine Nase nicht ungestraft in die Privatangelegenheiten anderer Leute, klar? He, was ist das denn?« Er bückte sich, hob einen Metallgegenstand auf und pfiff überrascht durch die Zähne. »Donnerwetter, ihr seid mir ja schöne Früchtchen. Spazieren die doch mit einem Schießeisen durch die Gegend!« Er prüfte die Waffe. »Na ja, wenigstens nicht geladen.«
Siggis Hand war reflexartig zum Gürtel seiner Badehose geglitten. »Schreck, laß nach«, stöhnte er, als er nur ein Stück Bauch, aber keineswegs das Beweisstück fühlte. »Sie muß mir im Gang herausgerutscht sein.«
»Du bist also der Gunman«, meinte Gus und sah ihn fast mit so etwas wie Respekt an. »Noch Eierschalen hinter den Ohren, aber schon solche Pusterohre am Gürtel. Tss, tss, tss . . .«
Juanito stieß Siggi unauffällig mit dem Knie an. »Ist doch jetzt egal«, fiel er Gus ins Wort. »Die Kugelspritze ist eben futsch. Wissen Sie, er ist nämlich der Boß unserer Bande und kann großartig mit dem Ding umgehen.«

Juanito zwinkerte Siggi zu, und dieser verstand. Wenn Gus nicht von allein darauf kam, daß sie die Waffe in der Grotte hatten mitgehen lassen, dann machte man ihn besser nicht darauf aufmerksam. Sonst wurde er nur wieder wütend und ließ seine Wut dann vielleicht an ihnen aus. Sollte er doch glauben, es mit besonders gewieften jugendlichen Ganoven zu tun zu haben. Der Glaube des Menschen ist sein Himmelreich. Und ihnen konnte es vielleicht nützen. Schade nur, daß das Beweisstück, das zu erbeuten sie all die Anstrengungen unternommen hatten, nun dahin war. Aber das war jetzt ohnehin egal.

»Na dann«, verabschiedete sich Gus. »Aber ich will kein Unmensch sein«, fügte er dann noch hinzu, »ich schau' nachher noch mal vorbei und bring' euch was zu essen und ein paar Decken. Vielleicht erzähle ich euch auch eine Gutenachtgeschichte. Ihr sollt hinterher nicht behaupten, daß Service und Komfort im Hotel Geisterklippe nichts getaugt haben. Höhöhö.«

Offensichtlich bei bester Laune drehte sich Gus um und verschwand im Gang.

Sobald er nicht mehr zu sehen und zu hören war, durchquerten Siggi und Juanito die Höhle und schauten sich die Gittertür genau an. Ihre ohnehin geringen Hoffnungen sanken bald auf Null, als Juanito an der Tür rüttelte.

»Die würde selbst ein Herkules nicht aus den Angeln heben«, verkündete er enttäuscht. »Und um das Schloß zu knacken, fehlt uns das Werkzeug.«

»Vergiß es«, murmelte Siggi. Er betrachtete die Höhlenwände und blickte auch hinauf zu den Spalten, durch die das Licht hereindrang. Nein, das war auch keine Lösung. Es gab einige Nischen und Felsvorsprünge, aber Siggi hätte darauf wetten mögen, daß sich nicht mal Reinhold Messner getraut hätte, da hinaufzukraxeln. Zumal es sowieso höchst fraglich war, ob es irgendwo dort oben einen hinreichend großen Ausstieg gab.

»Hoffentlich hat Monique Tony ein Schnippchen geschlagen«, meinte Juanito. »Die alarmiert bestimmt meine Eltern und Phil, und vielleicht sogar Inspektor Zufall, wenn er wieder nüchtern ist.«

»Weiß nicht, ob die uns hier finden . . .« Siggi kratzte sich am Kopf. »Aber wir können wohl nichts anderes tun als warten. Das heißt . . .« Ein pfiffiger Ausdruck trat in seine Augen. »Mir ist da eben was durch den Kopf gegangen . . . In ,James Blond im Tempel

des gelben Drachen' gerät Blond in eine ganz ähnliche Falle wie diese hier. Und weißt du, wie er entkommt?«
»Ach, du immer mit deinem James Blond«, maulte Juanito. »Aber nun sag schon, wie er entfleucht.«
»Er taucht in den See hinein, durchschwimmt einen Verbindungstunnel zum nächsten Raum und schon ist er wieder frei.«
»James Blond vielleicht«, seufzte Juanito. »Der hat eben immer Glück. Wir armen Bäckerburschen würden uns dagegen wahrscheinlich beim Tauchen ein paar Beulen holen.«
»Wir werden sehen«, erwiderte Siggi, der bereits Feuer und Flamme war. »Sei mal still.« Er selbst blieb ebenfalls mucksmäuschenstill. »Hörst du das Gurgeln des Wassers? Ich wette drei Rollen Kautabak und ein Buddelschiff, daß es hier einen Tunnel gibt. Fragt sich bloß, ob er groß genug ist.«
»Schauen wir einfach mal nach.« Juanito war jetzt durch Siggis Eifer angesteckt worden und stieg in den See. »Brrr, ist das kalt«, stellte er fest.
Es ging steil hinunter, und nach nur zwei Metern hatte er keinen Grund mehr. Juanito begann zu schwimmen, bewegte sich zur Höhlenwand, holte gewaltig Luft und tauchte. Er blieb eine ganze Weile unten, bevor er prustend wieder die Wasseroberfläche durchbrach. Er japste erst einmal nach Luft, dann jubelte er los: »Siggi, du und dein James Blond – ihr seid wirklich die Größten! Da unten gibt es ein Loch, durch das ein Elefant spazieren könnte. Und hinter dem Loch ist eine Treppe, mitten im Wasser, die fast bis auf den Grund reicht. Na los. Worauf warten wir noch?«
Juanito pumpte sich wieder die Lungen voll Luft und verschwand. Jubelnd hechtete Siggi in den See und tauchte hinterher.
Es war wirklich ein Kinderspiel, und die Luft reichte bequem. Es war genauso, wie Juanito es erzählt hatte. Die beiden Jungen paddelten mit den Füßen, ließen sich dicht neben der Treppe nach oben treiben und steckten wenig später schnaufend die Köpfe aus dem kühlen Naß. Mit den Zähnen klappernd und sich das Wasser aus den Haaren schüttelnd, stiegen sie die Treppe hinauf. Sie befanden sich in einer Art Treppenhausschacht, und hoch über ihnen drang Tageslicht herein.
»Irre«, meinte Siggi. »Sicherlich ist hier seit hundert Jahren keiner mehr hinauf- oder heruntergestiegen. Aber wer mag sich eine solche Treppe in den Felsen gebaut haben?«

»Sicher ein Supervorsichtiger, der dort oben mal wohnte«, antwortete Juanito, während sie erwartungsvoll die uralten Steinstufen unter die Sohlen nahmen. »Vielleicht war es ein Pirat oder sonst jemand, der mit Verrat oder Überfällen rechnete. Das war dann sein Fluchtweg.«

Am obersten Treppenabsatz angekommen, entdeckten sie eine Tür. Im Gegensatz zu den anderen Türen war diese allerdings in einem ziemlich verfallenen Zustand. Das Holz sah morsch aus, und wo sich einmal Schloß und Türdrücker befunden hatten, gab es nur noch ein Loch. Ein früherer Benutzer schien das Problem eingerosteter Schlösser auf seine Art gelöst zu haben.

Trotzdem bewegte sich die Tür nicht, als Siggi dagegendrückte. »Komisch«, sagte er. »Ob auf der anderen Seite irgend etwas vor dem Eingang steht? Hoffentlich nicht gerade ein schwerer Schrank oder so was.«

»Na komm«, forderte ihn Juanito auf. »Wir spielen jetzt James Blond, so richtig mit Anlauf.«

Siggi nickte und zählte bis drei. Dann warfen sie sich gleichzeitig mit den Schultern gegen die Tür. Tatsächlich, sie gab nach. Ein Geräusch ertönte. Es war, als würde Packpapier zerreißen. Was immer dem Druck bisher widerstanden hatte – plötzlich war es nicht mehr vorhanden. Die Tür schwang auf, knallte gegen die Wand, und die beiden Jungen purzelten, von ihrem eigenen Schwung mitgerissen, kopfüber in den Raum.

Siggi rückte seine Brille, der zum Glück nichts passiert war, wieder gerade und blickte auf. Ein anderer Brillenträger starrte ihn mit vor Überraschung offenem Mund an. Es war ein kleiner dicker Mann mit Glatze, der in einem bequemen Ohrensessel keinen Meter von den beiden Jungen entfernt dasaß, kerzengerade aufgerichtet, starr wie eine Marionette und mit ungläubig geweiteten Pupillen. Er hielt ein Taschenbuch in der Hand, in dem er offenbar gerade gelesen hatte. »Ein Toter im Gefrierschrank, von Martin Kane« stand auf dem Umschlag. Auf einem Rauchtischchen neben dem Sessel lagen weitere vier oder fünf Krimis. Der Mann im Sessel war kein anderer als Dr. Julius Suhrbier!

»Wir . . . äh . . . wissen Sie, wir wollten nicht so hereinplatzen«, stotterte Siggi und blickte zu der Tür, die durch mehrere Schichten Tapete gestoßen war. »Wir . . . wir kommen von da unten . . . von der Klippe . . .« Siggi wirbelte wild mit den Armen, als würde

dies alles besser erklären. »Nun sag doch auch mal was«, forderte er Juanito auf.
Dr. Suhrbier hatte sich immer noch nicht von seinem Schrecken erholt und stierte sie weiterhin an, als seien sie eine Halluzination. Juanito sprang wieselflink auf die Füße, hob den bei ihrem unverhofften Besuch umgekippten Papierkorb auf und stopfte hektisch die auf dem Fußboden umherliegenden zerknüllten Seiten in den Korb zurück. »Es war ganz bestimmt keine böse Absicht«, versicherte er mit seinem allerunschuldigsten Sonntagslächeln.
Dr. Suhrbiers Mundwinkel zuckten. Sein Unterkiefer begann sich zu bewegen. Wie bei einem Fisch im Aquarium öffnete und schloß sich der Mund, aber es war kein einziger Laut zu hören.
»Bitte nicht aufregen«, bettelte Siggi, der sich inzwischen ebenfalls erhoben hatte. »Wir werden auch sofort verschwinden und Sie wieder ganz Ihren spannenden Krimis überlassen. Kennen Sie von Kane übrigens auch ‚Der Mörder mit der Trillerpfeife'? Sehr spannend, wirklich . . .«
»Hrrgggrr«, wimmerte Dr. Suhrbier.
»Du, ich glaube, wir haben ihn gestört und gehen jetzt besser«, schlug Siggi seinem Freund vor. »Komm, Hänschen . . .«
»Raus, raus!« brüllte Dr. Suhrbier, warf das Taschenbuch nach den beiden und kam wie ein Torpedo aus seinem Sessel hochgeschossen. Einen Moment lang schien er schwerelos in der Luft zu hängen. Er streckte die drohend nach oben gereckten Fäuste weit von sich. Dann fiel er zurück. »Schon wieder diese Jugendlichen«, kreischte er. »Herrgott noch mal, kann man denn in seinem eigenen Haus nicht mal ein winziges Viertelstündchen lang seine verdiente Ruhe haben?«
Siggi und Juanito hatten den Höhepunkt des Wutausbruchs gar nicht erst abgewartet, sondern waren schon beim ersten Anzeichen in großen Sätzen zur gegenüberliegenden Tür gerast und hinausgeflitzt. Als Dr. Suhrbier jetzt auch seine restlichen Taschenbücher als Wurfmunition benutzte, drückten sie die Tür von außen ins Schloß. Klackend prasselten die Krimis gegen die Füllung.
»Madre de Dios!« rief Juanito aus. »Ist der Mann leicht erregbar! Ein Temperamentsbolzen. Und da sagt man, Spanier seien feurig. Gegen Suhrbiers Vulkan sind wir nur kalte Asche!«
Siggi hatte sich von dem Abenteuer schon wieder so weit erholt, daß er in sich hineingluckste. Gleichzeitig achteten die beiden aber

darauf, rasch aus der Reichweite des Bücherwerfers zu gelangen, und rannten den Korridor hinab. Suhrbier machte keine Anstalten, sie zu verfolgen.

Sie rannten direkt auf die Haustür zu. Gus und Tony waren weit und breit nicht zu sehen. Mit klopfendem Herzen drückte Siggi den Türdrücker herab. Die Tür war offen. Gott sei Dank!

Erleichtert liefen die beiden Freunde aus dem Haus und rannten den Weg entlang, der durch den verwilderten Garten führte. Gus' und Tonys Arbeit zeigte noch keine allzu großen Ergebnisse. Kein Wunder, denn die vorgeblichen Gärtner trieben sich ja viel lieber an jedem anderen Ort als in Suhrbiers Garten herum. Am Ende des Grundstücks wartete eine kleine Gestalt, die die beiden fast zu spät gesehen und umgerannt hätten.

»Monique!« jubelte Siggi begeistert und fiel ihr um den Hals. Dann führten sie zu dritt einen Freudentanz auf, als hätten sie sich seit Jahren nicht mehr gesehen. Sie waren alle drei noch mal mit einem blauen Auge davongekommen.

Treffpunkt Geisterklippe

»Uaaahhh!« machte Siggi und reckte sich gähnend. Er riskierte einen vorsichtigen Blick auf den Digitalwecker. Fast neun Uhr! Er hatte vergessen, den Wecker zu stellen. Für neun Uhr war er im Frühstücksraum mit Monique und Juanito verabredet!

Er sprang mit einem Satz aus dem Bett, begnügte sich mit einer Katzenwäsche – gebadet hatte er sowieso gestern genug – und schlüpfte in Badehose, Jeans und ein frisches T-Shirt. Dann flitzte er die Treppen ins Erdgeschoß hinunter.

Nach den gestrigen Abenteuern fühlte er sich wieder blendend ausgeruht und zu neuen Heldentaten bereit. Nur geträumt hatte er nicht so gut. Ein messerschwingender Gus war in diesem Traum vor dem Hotel auf und ab gesprungen wie ein Schimpanse im Zoo und hatte dabei wilde Flüche ausgestoßen. Dann hatte er sich das Messer zwischen die Zähne geklemmt und war mit Saugnäpfen, die er an Händen und Füßen angebracht hatte, die glatte Fassade des Hotels hochgeklettert.

Dabei schrie er immer wieder: »Wir kriegen dich, du Mickymaus.«

Dann war Siggi aufgewacht und hatte voller Angst erst einmal aus

dem Fenster gelugt. Aber da gab es natürlich keinen Gus, und nach einiger Zeit war er wieder eingeschlafen.
Im Frühstücksraum herrschte viel Betrieb, aber Monique, die die Tür im Auge behalten hatte, winkte ihm eifrig zu. Madame Meyer saß neben ihr am Tisch. Benutztes Geschirr zeigte, daß die beiden ihr Frühstück bereits hinter sich hatten.
»Darf ich mich zu Ihnen setzen?« erkundigte sich Siggi höflich bei Madame Meyer und zwinkerte Monique zu.
»Wenn es denn unbedingt sein muß, junger Mann«, meinte Madame Meyer und rümpfte dabei die Nase.
Dann sprach sie auf französisch ein paar Sätze mit Monique und rauschte mit einem knappen Nicken in Richtung Siggi davon.
»Sie hat sich bei einem Gymnastikkurs angemeldet«, erklärte Monique und kicherte. »Danach will sie sich massieren lassen. Die sind wir erst mal für ein paar Stunden los.«
»Hast du den Inspektor schon gesehen?« fragte Siggi und spähte in die Gegend. »Allmählich müßte er den gewaltigen Rausch von gestern ausgeschlafen haben.«
»Anscheinend nicht«, antwortete Monique.
»Dann warten wir eben, bis er kommt. Diesmal muß er uns einfach glauben, auch ohne Beweisstück.« Das nämlich hatten die drei gestern beschlossen, nachdem sie sich gegenseitig ihre Erlebnisse erzählt hatten: Inspektor Zufall mußte eingreifen. Denn wenn sie selbst nochmals in der Grotte auftauchten und dabei geschnappt wurden . . . Er wagte gar nicht daran zu denken, was Gus dann mit ihnen machen würde. Trotzdem . . . zu gern hätte er gestern das Gesicht von Gus gesehen, als er ihnen Decken und Essen bringen wollte und die Höhle leer vorfand.
Ob er jetzt an Gespenster glaubte?
Siggi schmunzelte.
»Was ist?« meinte Monique und schmunzelte schon mal auf Vorrat mit. »Hast du dir einen Witz erzählt, den du noch nicht kanntest?«
»Nö, ich dachte nur daran, wie Gus sich unsere Flucht erklärt und Bollmann die Sache verklickert haben mag.«
»Jede Wette, daß er dem kein Wort davon erzählt hat«, sagte Monique. »Der hätte den beiden doch sonst die Hölle heiß gemacht. Wo obendrein Tony auch noch mich hat laufenlassen.« Sie rollte verträumt die Augen. »Ach, Tony . . . Jetzt bist du wieder die Nummer eins in meinen Charts.«

»Und was ist mit mir?« grollte Siggi und stocherte trübsinnig im Marmeladentopf herum.
»Aber, Siggi«, meinte Monique grinsend. »Kannst du denn überhaupt singen?«
»Ich . . . äh . . . ich meinte mehr deine private Hitparade«, erklärte Siggi und biß ein großes Stück von seinem Brötchen ab.
»Ach, weißt du . . .«, begann Monique und lächelte ihn schelmisch an. »Eigentlich, wenn ich es mir recht überlege . . .«
Sie verschluckte den Rest, denn ein im höchsten Maße aufgeregter, ganz gegen seine Gewohnheit wild herumfuchtelnder Juanito tauchte im Foyer auf und wirbelte so schnell auf ihren Tisch zu, als hätte er Räder unter den Schuhen. Siggi verschluckte auch etwas, nämlich den Rest seines Brötchens, und mußte erst mal die Krümel weghusten und einen Schluck Kaffee nehmen.
»Ist dir Graf Dracula auf dem Flur begegnet, Hänschen?« keuchte und prustete er dann.
Juanito war wirklich aufgeregt wie selten zuvor und tänzelte hin und her, bevor er sich einen Stuhl heranzog und sich zu ihnen setzte. »Zwölf Draculas!« stieß er dann hervor. »Mein Onkel hat mir gerade aus der Zeitung vorgelesen, daß zwölf Ganoven des allerschwersten Kalibers gestern in Madrid aus dem Zentralgefängnis ausgebrochen sind. Die Polizei hat noch keine Spur von ihnen. Fällt bei euch schon der Groschen?«
»Eher eine Rolle Fünfmarkstücke«, ächzte Siggi.
»Genau«, sagte Juanito. »Und du kannst auch dein restliches Kleingeld hinterherwerfen. In der Zeitung sind nämlich die Bilder der Ausbrecher abgedruckt – es sind hundertprozentig die Kerle aus Bollmanns Aktenordner!«
»Erinnert ihr euch?« sagte Monique mit weit aufgerissenen Augen. »Bollmann sagte, seine Gäste würden erst eine Nacht in der Nähe von Madrid verbringen . . .«
»Mit anderen Worten, sie sind jetzt wahrscheinlich schon hierher unterwegs!« Siggi sprang auf. »Habt ihr eigentlich mal daran gedacht, was die Schurken mit Doktor Suhrbier anstellen werden? Momentan riskieren die bestimmt nicht mehr, daß er ihnen in die Quere kommt.«
»Wir müssen ihn warnen!« rief Juanito. »Auch wenn er ein Hitzkopf ist, mit dem man nur schwer auskommen kann.«
»Wir rufen ihn an«, meinte Monique mit blitzenden Augen.

»Er hat kein Telefon«, antwortete Juanito. »Ihr wißt ja: absolute Ruhe und so.«
»Dann gehen wir eben selbst hin. Jetzt, sofort!« forderte Siggi.
»Und was ist, wenn wir Gus in die Arme laufen . . .«
Das war Juanito.
»Wir sind eben vorsichtig, basta!« Siggi wischte die Befürchtungen, die er vor wenigen Minuten selbst gehegt hatte, mit einer Handbewegung weg. »Einer von uns muß die Klippe beobachten. Kann sein, daß die Ganoven auf diesem Weg in die Grotte gelangen. Wie wär's mit dir, Monique?«
»Einverstanden.«
Hastig durchquerten die drei den Frühstücksraum und das Foyer. Juanito warf seinem erstaunten Onkel an der Rezeption ein paar eilig herausgesprudelte spanische Sätze zu, und schon flitzten sie ins Freie.
Am Strand trennten sie sich. Während Monique ein Tretboot startklar machte, rannten Siggi und Juanito am Strand entlang. Nach einer Weile bogen sie in einen der Wege ein, die zum Haus auf der Geisterklippe führten.
Obwohl die Sonne noch längst nicht im Zenit stand, schwitzten sie wie Braunbären in der Sauna, als sie sich bis zum Haus herangepirscht hatten.
Still und idyllisch ragten die alten Mauern vor ihnen auf. Nirgendwo war jemand zu sehen.
»Komm«, flüsterte Siggi und zog den Freund mit sich zur Tür.
Beide blickten sich an und schluckten. Dann drückten sie tapfer den Türgriff hinunter und traten ein. Alles blieb ruhig. Siggi und Juanito eilten den Korridor entlang und klopften an der Tür, die in Dr. Suhrbiers Allerheiligstes führte – in eben jenen Raum, in den sie gestern wortwörtlich hineingeplatzt waren.
Niemand antwortete. Juanito biß sich auf die Lippe und schaute Siggi fragend an.
»Los!« zischte Siggi. Lieber Suhrbiers Taschenbuchsperrfeuer als eine Begegnung mit diesem Gus auf dem Flur.
Juanito drückte die Klinke, und die beiden Jungen schlüpften in den Raum. Dr. Suhrbier war nicht da, aber der Raum sah aus, als hätte ihn ein Tornado verwüstet. Ein Bücherregal war umgekippt, sein Inhalt über den gesamten Fußboden verteilt. Der Ohrensessel lag mit in die Luft gereckten Beinen da. Umgekippt war auch das

Rauchtischchen. Die gläserne Tischplatte war in drei Teile zersprungen, und eine Blumenvase, die früher darauf gestanden hatte, lag in tausend Scherben daneben.
»Ich glaub', mir läuft ein Rad ab«, stöhnte Siggi. »Sag mal, Hänschen, haben wir dieses Tohuwabohu angerichtet?« Aber das konnte nicht sein, fiel ihm ein. Sie hatten nur einen Papierkorb umgekippt, und den hatte Juanito wieder aufgestellt.
»Nein, schau mal«, flüsterte Juanito und bückte sich. Er zeigte Siggi den aufgehobenen Gegenstand.
»Doktor Suhrbiers Brille!« rief Siggi.
Ganz unverkennbar, das war sie!
»Wir sind zu spät gekommen«, jammerte Juanito. »Die haben Doktor Suhrbier inzwischen kassiert.«
»Ganz recht, ihr Mickymäuse«, klang es von der Tür her. »Und eines sage ich euch, meiner Mutter Sohn entkommt ihr nicht noch einmal.« Gus lehnte lässig in der Türfüllung und spielte nicht einmal mit seinem Messer. Siggi und Juanito standen stocksteif vor Schreck da und machten einen kapitalen Fehler.
Sie starrten Gus an, wie ein hypnotisiertes Kaninchen die Schlange anschaut. Zu spät bemerkten sie, daß sich die Tür zur Treppe geöffnet hatte. Bollmann und Tony schlichen heran, jeder mit einem Sack bewaffnet. Plötzlich wurde es für die beiden Jungen duster, weil ihnen die Säcke über den Kopf gestülpt wurden. Gleichzeitig wurden sie von kräftigen Armen gepackt und trotz aller Gegenwehr zu Bündeln verschnürt.
»Hab' ich's dir nicht gesagt, Rudi?« brüstete sich Gus. »Die kommen wieder.«
»Du hättest mir gar nichts gesagt, wenn ich nicht zufällig eure Unterhaltung belauscht hätte, du Pinsel«, knurrte Bollmann. »Los, Tony, du suchst das Mädchen. Die ist mit Sicherheit irgendwo in der Nähe. Schau auch an der Wasserseite nach.«
»Und die Mickymäuse kommen zu dem dicken Literaturfritzen«, trompetete Gus, während Tony sich trollte.
Gegen Gus und Bollmann hatten die beiden Jungen keine Chance. Mit derben Stößen wurden sie durch Korridore und mehrere Treppen hinabgestoßen, bis sie einen abgelegenen Kellerraum erreicht hatten. Gus öffnete eine schwere Holztür und schubste die Gefangenen in den dahinter liegenden Raum. Gus nahm ihnen die Schnüre ab und zog ihnen die Säcke vom Kopf.

Die beiden blinzelten. Sie befanden sich in einem nackten Kellerraum ohne Fenster. Das einzige Mobilar waren ein paar leere Apfelsinenkisten und eine Petroleumlampe, die für Licht sorgte. Außerdem gab es dort noch den Dr. Suhrbier.
Der war von seiner Apfelsinenkiste hochgeschnellt, suchte mit zusammengekniffenen Augen den Gegner und machte wilde Boxbewegungen. »Spitzbuben!« schrie er.»Halunken! Schurken! Euch werde ich Mores lehren!«
Aber seine Boxhiebe und -haken trafen nur die Luft, denn Dr. Suhrbier konnte ohne Brille offenbar wirklich schlecht sehen. Er lokalisierte nicht einmal die richtige Ringecke des Gegners.
»Schau dir den Dicken an«, prustete Gus los. »Ich könnte mich scheckig lachen!«
»Das brauchen Sie gar nicht«, fauchte Dr. Suhrbier. »Sie werden schon sehr bald ein schickes Zebra-Kostüm für Ihren Aufenthalt im staatlichen Ganovenheim bekommen.«
»Polier lieber deine Glatze, statt hier Sprüche zu klopfen«, knurrte Gus unwirsch. Anspielungen auf sein Berufsrisiko hörte er wohl nicht so gern. Dann schloß er die Tür und sperrte sie ab.
»Herr Doktor«, sagte Juanito vorsichtig. »Ich hab' hier was für Sie.« Er drückte ihm die Brille in die Hand.
»Meine Augengläser!« Dr. Suhrbier freute sich hörbar und sah auf einmal wie ein dickes, zufriedenes, vor Freude strahlendes Baby aus. Seine Miene verfinsterte sich aber sofort wieder, als er die Brille aufsetzte und seine Mitgefangenen betrachtete. Zum Glück bekam er jedoch keinen neuen Tobsuchtsanfall. »Hm«, meinte er grimmig. »Ihr seid meine Plagegeister, stimmt's?«
»Wir wollten nur . . .«, begann Juanito.
»Herr Doktor«, unterbrach ihn Siggi. »Wir sind eigentlich nur hier, weil wir sie warnen wollten . . .« Und dann begann er, unterstützt von Juanito, die ganze Geschichte zu erzählen.
»Donnerwetter«, staunte Dr. Suhrbier und rieb sich erfreut die Hände. »Das ist ja spannender als ein Krimi!« In verschwörerischem Ton fügte er hinzu: »Meine Kollegen dürfen das natürlich nicht wissen, aber insgeheim bin ich ein in der Wolle gefärbter, beinharter Krimi-Fan. Aber sagt das niemals weiter! Mein Ruf wäre damit unweigerlich beim Teufel. In unseren Kreisen gilt es nämlich als schick, Bücher für spannend zu halten, die todlangweilig sind, und auf wirklich spannende Bücher mit dem Finger zu zeigen.«

»Nein, nein, wir behalten das für uns!« versicherte Siggi, und Juanito nickte bestätigend.
Dr. Suhrbier streckte ihnen die Hand entgegen. »Frieden?« fragte er verschmitzt. »Ich verspreche auch, mich nicht mehr über euch aufzuregen. Selbst wenn ihr mir mehrere Silvesterknaller in die Hose schmuggelt.«
»Viel zu gefährlich, würden wir nie machen«, beruhigte ihn Siggi.
Die beiden Jungen erwiderten den Händedruck.
»Die Friedenspfeife rauchen wir ein andermal«, bekräftigte Doktor Suhrbier.
Er hatte kaum ausgeprochen, als auf dem Korridor schon wieder Geräusche zu hören waren.
»Monique!« rief Siggi.
Aber es war nicht Monique, sondern ein ungleich größerer Mensch, der verschnürt und eingesackt in den Kellerraum geschoben wurde.
»Noch so ein Früchtchen, das meinte, hier Maulaffen feilbieten zu können«, ereiferte sich Gus und zog dem Gefangenen mit einem Ruck den Sack vom Kopf.
»Phil!« riefen Siggi und Juanito gleichzeitig.
»Aha, die Herrschaften kennen sich«, meinte Gus. »Dann war's ja goldrichtig.« Damit sperrte er die Tür wieder zu.
»Ein unangenehmer Bursche«, beschwerte sich Phil und schüttelte sich die staubigen Reste des Sackes aus den Haaren. »Was ist denn hier los? Eine Versammlung der Enterbten und Entrechteten?«
»Na, bist du immer noch der Meinung, dies sei eine geheime Angelegenheit der Regierung?« stellte Siggi die Gegenfrage.
»Nee«, erklärte Phil entschieden.
»Aber wieso bist du hier?« wollte Siggi wissen.
»Nun . . .« Phil setzte ein Lächeln auf. »Ich habe zwei und zwei zusammengezählt. Erst der Artikel in der Morgenzeitung . . .«
»Du kannst Spanisch lesen?« staunte Juanito und dachte an sein eigenes Können auf diesem Gebiet.
»Ein bißchen«, wiegelte Phil ab. »Hab' früher auch mal Romanistik studiert und die gängigen Sprachen gelernt. Also, wie gesagt, der Zeitungsartikel. Ja, und dann der Möbelwagen.«
»Was denn für ein Möbelwagen?« staunte diesmal Siggi.
»Na, der mit den Ganoven«, meinte Phil lässig, als sei dies die selbstverständlichste Sache auf der Welt. »Also, das war so: Ich mache meinen Morgenspaziergang und bemerke einen Möbelwagen,

der vor einem Gemüsegeschäft hält. Der Fahrer, ein Spanier, fragt die Verkäuferin nach dem Weg zum Haus auf der Geisterklippe. Und da höre ich doch plötzlich Geräusche aus dem Wagen. Erst dachte ich, die transportieren vielleicht ein Pferd oder so, das mit den Beinen ausschlägt. Aber dann hab' ich ganz deutlich gehört, wie sich im Inneren mehrere Spanier stritten und miteinander boxten. Und einer sagte: ‚Der ändert sich bestimmt nie. Hätten wir doch bloß Schränker-Juan im Knast gelassen.' Und da hat es bei mir deutlich Klick gemacht.«
»Dann sind die Ganoven also schon hier!« platzte Siggi heraus.
»Mit Sicherheit«, meinte Phil. »Der Lastwagen parkt abseits vom Haus. Ich habe ihn nur durch einen Zufall entdeckt. Aber da stand auch schon dieser Bursche mit dem Sack hinter mir.«
»Hoffentlich riecht wenigstens Monique den Braten und läßt sich nicht von Tony fangen«, sagte Siggi. Zu Juanito meinte er: »Wissen deine Leute etwas über diese Sache? Du hast doch heute morgen mit deinem Onkel geredet. Eigentlich müßten die doch die Gegend durchsuchen, wenn wir nicht wieder auftauchen.«
Juanito schluckte.
»Die wissen nichts. Ich wollte nicht, daß sie uns den Spaß verderben. Das haben wir jetzt davon. Klar, die Polizei wird ein bißchen suchen, wenn die Vermißtenmeldungen eintrudeln, aber auf das Haus auf der Geisterklippe kommen die bestimmt nicht.«
Diese trüben Aussichten ließen das Gespräch allmählich erlahmen. Die Minuten wurden zu Stunden.
Alles blieb still.
Dann endlich, Dr. Suhrbiers Armbanduhr zeigte schon die Mittagsstunde an, war draußen wieder ein Geräusch zu hören.
Die Tür wurde geöffnet. »Jetzt seid ihr komplett«, frohlockte Gus und schob eine weitere Gestalt mit einem Sack über dem Kopf in den Kerker.
»Monique!« riefen Siggi und Juanito, zwar halb enttäuscht darüber, daß das Mädchen nun auch gefangen, aber gleichzeitig halb glücklich, daß ihr sonst nichts passiert war.
Es war wirklich Monique, die von Gus aus dem Sack geschält wurde. Unglaublicherweise machte sie aber überhaupt keinen geknickten Eindruck, sondern blinzelte ihnen zu.
»Grrr«, machte Dr. Suhrbier, fletschte die Zähne wie ein Terrier, nahm einen Anlauf und rammte Gus die Glatze in den Bauch.

»Uff«, machte der völlig überraschte Ganove und klappte zusammen wie ein Taschenmesser.
»Nehmt ihm den Schlüssel ab und untersucht ihn nach Waffen«, ordnete Dr. Suhrbier an und rieb sich den kahlen Schädel.
Phil kümmerte sich sofort darum.
»Großartig«, begeisterte sich Monique. »Aber ihr braucht euch nicht zu weiteren Heldentaten hinreißen lassen. Schaut mal nach draußen!«
Nicht einmal das mußten sie mehr tun, denn ein freundlich grinsender Inspektor Zufall steckte seinen Kopf in den Kellerraum.
»Alles in Ordnung?« erkundigte er sich. Dann machte er Platz für zwei spanische Polizisten, die den immer noch stöhnenden Gus ergriffen und ihn in Handschellen abführten.
»Aus das Spiel, Sie Mickymaus!« konnte sich Siggi nicht verkneifen, ihm hinterherzurufen.
Draußen kamen weitere spanische Polizisten vorbei. Inspektor Zufall geleitete die befreiten Gefangenen nach oben. Fünf oder sechs Mannschaftswagen der spanischen Polizei parkten vor dem Haus, und überall ertönten Trillerpfeifen.
»Es gibt noch mindestens einen Ausgang auf der Wasserseite . . .«, begann Siggi.
»Keine Sorge«, beruhigte ihn der Inspektor. »Auch von dort aus sind Polizisten in das Labyrinth eingedrungen.«
Jetzt wurden die ersten Ausbrecher in Handschellen nach oben gebracht. Einige schauten betreten, manche blickten wütend drein.
»Wir haben sie alle erwischt«, erklärte der spanische Polizeioffizier, der den Einsatz leitete. Juanito übersetzte. »Und das verdanken wir euch, Amigos – und besonders dem kleinen Fräulein. Und auch ihm.« Er zeigte auf Tony, der mit einem verlegenen Lächeln hinter einem Busch hervortrat.
»Stellt euch nur vor«, brach es sprudelnd aus Monique hervor. »Tony ist gekommen, um mich zu warnen. Und weil er sein Unrecht eingesehen hat, ist er mit mir zu Inspektor Zufall . . .«
»Rainer«, verbesserte der Inspektor lächelnd.
» . . . zu Rainer gegangen, und dann sind wir gemeinsam zur Polizei nach Alicante gefahren.«
Trotzdem mußte Tony zu den Polizisten einsteigen, bekam aber keine Handschellen angelegt. »Viel wird ihm nicht passieren«, beruhigte Inspektor Zufall die anderen. »Nur ein kleiner Denkzettel,

der ihm hoffentlich eine Lehre sein wird.« Er räusperte sich und fuhr fort: »Am mutigsten von allen war übrigens Monique.«
Monique wurde rot und wehrte mit einem verlegenen »Ach was« das Kompliment ab.
»Doch, doch«, beharrte Inspektor Zufall. »Sie hat sich nämlich freiwillig gefangennehmen lassen, damit die Wachtposten der Ganoven kurzfristig abgelenkt waren und das heranrückende Polizeiaufgebot nicht bemerkten.«
Juanito knuffte ihr freundschaftlich in die Seite, und Siggi legte einen Arm um ihre Schultern.
Die Polizei hatte das Gelände weitläufig abgesperrt, gab es nun aber wieder frei.
Eine Schar von Neugierigen drängte heran, darunter viele Badegäste, aber auch Juanitos Eltern und Madame Meyer. Juanitos Eltern schlossen alle Geretteten lautstark in ihre Arme, selbst den überraschten Dr. Suhrbier, und sogar Madame Meyer zeigte eine ungewöhnliche Gefühlsaufwallung, indem sie Monique freundlich über die Haare strich. Noch impulsiver wurde sie, als Rudi Bollmann als letzter Ganove abgeführt wurde: Er erhielt von ihr einen Hieb mit dem Sonnenschirm, der nicht von schlechten Eltern war.
Und das wäre eigentlich das Ende dieser Erzählung gewesen. Wenn Dr. Suhrbier nicht einen brillanten Einfall gehabt hätte. »Ich . . . ähem . . .«, meldete er sich zu Wort, »möchte mich bei allen, die mir viele Tage bei Wasser und Brot in einem engen Kellerloch erspart haben, ganz herzlich bedanken. Und deshalb möchte ich euch und Sie alle am nächsten Sonntag zu einem großen Festessen in mein Haus einladen.«
Während ringsum gejubelt und Beifall geklatscht wurde, raunte Dr. Suhrbier Siggi, Juanito und Monique zu: »Und ihr müßt auf jeden Fall dabeisein.« Er zwinkerte ihnen zu. »Damit endlich mal Leben in die Bude kommt.«